WERONIKA ANNA MARCZAK

Familia Monet

Prințesa

Traducere din limba polonă de
ANCA IRINA IONESCU

LITERA
București

Rodzina Monet. Królewna
Weronika Marczak
Copyright text © Weronika Anna Marczak
Copyright ediția originală © MUZA SA, Varșovia 2022, 2023
Toate drepturile rezervate

Familia Monet. Prințesa. Partea I
Weronika Marczak

Copyright © 2024 Grup Media Litera
pentru ediția în limba română
Toate drepturile rezervate

LITERA®

Editura Litera
tel.: 0374 82 66 35; 021 319 63 90; 031 425 16 19
e-mail: contact@litera.ro
www.litera.ro

Editor: Vidrașcu și fiii
Redactor: Oana Sănițariu
Corector: Ana Ion
Copertă: Andreea Apostol
Tehnoredactare și prepress: Codruț Radu

Seria de ficțiune a Editurii Litera este coordonată
de Cristina Vidrașcu Sturza.

Descrierea CIP a Bibliotecii Naționale a României
Marczak, Weronika
Familia Monet: Prințesa / Weronika Anna Marczak. - București: Litera, 2024
2 vol.
ISBN 978-630-342-014-1
Vol. 1. - 2024. - ISBN 978-630-342-285-5

821.162.1

1
STRĂINII

– Trebuie să aveți grijă de ea.

Will, a cărui mână se strânsese protectoare pe umărul meu, le-a aruncat băieților o privire semnificativă și a adăugat:

– Vorbesc serios, să fiți blânzi cu ea.

Dylan și-a dat ochii peste cap, Shane și-a tras nasul și a dat din cap, iar Tony s-a prefăcut că nu aude, uitându-se fix în flacăra brichetei cu care se juca. Focul se reflecta în irisurile lui indiferente, de un albastru-pal, formând cu ele un contrast interesant.

Eram în garaj, și unul dintre oamenii care lucrau pentru frații mei se folosea de puterea bicepșilor săi uriași ca să ne stivuiască valizele în portbagajul unei camionete mari. Era miezul nopții și nu trecuse prea mult timp de când mă frecam la ochi cu dosul mâinii ca să mă trezesc. Mai căscam și acum din când în când, înfășurându-mă în hanoracul cald, în timp ce priveam de pe margine pregătirile de călătorie.

Încet-încet, deveneam din ce în ce mai entuziasmată, dar simțeam și unele temeri. Îmi părea foarte rău că Will nu merge cu noi în vacanță! Will era matur și excepțional de bun cu mine – ei bine, ceea ce cu siguranță nu puteam spune despre ceilalți frați ai mei.

– Iar tu trebuie să asculți de ei. Ascultă! Sunt răspunzători pentru tine.

Am privit în direcția de unde venea noua voce, deși nu era nevoie să verific deloc cui aparținea. Răceala care emana mereu din ea era, la urma urmei, unică.

Vincent a intrat și el în garaj. Eu înghețam în ciuda hanoracului pe care îl purtam, dar el, ca și restul fraților mei, era îmbrăcat doar într-un tricou și niște pantaloni de trening de culoare închisă. Era singurul dintre frați care ieșea în evidență într-o astfel de ținută. Îl văzusem prea des în cămăși clasice ca să nu fiu surprinsă să-l văd acum așa. Totuși, anumite aspecte din înfățișarea lui rămăseseră la fel, cum ar fi inelul masiv cu sigiliu de pe degetul mijlociu de la mâna dreaptă. Mă întrebam dacă îl scotea vreodată.

La vorbele lui, toți cei trei frați mai mici au zâmbit în direcția mea, iar eu mi-am înăbușit dorința de a bate din picior și de a striga ceva de genul „asta nu e corect". Era puțin probabil să fiu luată în serios, așa că mi-am strâns discret mâinile în pumni.

În cele din urmă, Will m-a sărutat pe frunte și mi-a urat distracție plăcută. Era timpul să ne urcăm în mașină. Scaunele excepțional de confortabile promiteau o călătorie relaxantă. Singurul dezavantaj major a fost că a trebuit să împart un spațiu mic cu băieții. Shane stătea lângă mine, iar Dylan vizavi de mine și am reușit deja să mă cert cu el pe drum spre aeroport. Pur și simplu nu-mi plăcea faptul că respingea unele dintre întrebările mele nevinovate cu un bădăran „du-te și te culcă".

Nu-mi puteam imagina cum voi supraviețui acestor aproape două săptămâni. Ca să nu mai vorbim de coșmarul de a fi închisă cu frații mei într-un avion – un spațiu mic, sus, în aer, fără niciun mijloc de scăpare, timp de câteva ore lungi.

Am suspinat încet.

Ajunsesem să-mi cunosc familia suficient de bine încât să mă aștept la un zbor la clasa întâi. Învățasem deja că luxul era pentru ei la fel de firesc precum respirația. Dar n-aș fi visat niciodată în viața mea că frații Monet aveau propriul avion privat.

Mă simțeam ca într-un vis când am trecut cu pași siguri pe poarta VIP, direct de pe platforma aeroportului, în micul avion. Chiar lângă scara avionului stătea și ne zâmbea o fată tânără, frumoasă, într-o uniformă îngrijită de stewardesă. Ne-a întâmpinat la bord cu maniere de primă clasă. Shane și Tony au dat imediat dovadă de aceeași politețe, iar în ochii lor se citea sclipirea de încântare pe care o recunoșteam în sprâncenele ridicate.

Dylan s-a dus imediat în cabina piloților și am auzit cum se salută cu unul dintre ei de parcă ar fi fost vechi cunoștințe. Nu m-am concentrat să aud ce anume își spuneau, pentru că rămăsesem ca hipnotizată la vederea fotoliilor simple, tapițate cu piele de culoare deschisă, a canapelei, a pernelor, a lămpilor elegante și a televizorului suspendat. Era suficient spațiu aici pentru a așeza confortabil cel puțin zece persoane.

Tony s-a aruncat pe un fotoliu și a respirat adânc, în timp ce Shane s-a aplecat spre un dulăpior ascuns în peretele avionului, în spatele ușii căruia se ascundea un minibar.

– Stai jos, a bolborosit Dylan, când i-am blocat trecerea spre secțiunea de pasageri a avionului.

Rămăsesem cu gura căscată și, în acest timp, geanta mi-a alunecat de pe umăr. Fratele meu a plescăit de nerăbdare, dar mi-a pus mâna pe spate și m-a îndrumat ușor spre un fotoliu, după ce mă ajutase mai devreme cu bagajul de mână.

M-am cuibărit în fotoliul din piele. Urma să fie un zbor îngrozitor de lung, dar perspectiva de a-l petrece în condiții atât de confortabile m-a făcut să nu-mi mai pese deloc. Stewardesa mi-a explicat cum să-mi prind centura de siguranță, care era ascunsă în pliurile scaunului și nu se vedea atât de evident ca în avioanele comerciale.

În cea mai mare parte a timpului m-am simțit intimidată și uimită de faptul că frații mei își puteau permite să zboare cu un avion privat. Am regretat că nimeni nu se gândise să mă avertizeze în legătură cu asta. Știam că au mulți bani, conduc supermașini, poartă haine scumpe și iau cina în restaurante exclusiviste, dar să aibă propriul lor avion mi se părea deja un cu totul alt nivel de bogăție.

Mai întâi am admirat norii, apoi i-am privit pe băieți, care se jucau pe consolă. Am citit un pic, m-am prefăcut că dorm puțin, măcar așa nu eram deranjată, apoi chiar am adormit. Pe la jumătatea călătoriei, când Tony și Dylan sforăiau liniștiți întinși pe locurile lor, Shane a observat că mă plictiseam. A pus pachetul de jeleuri deoparte, și-a șters mâinile de zahăr, apoi și-a scos căștile din urechi și s-a ridicat în picioare.

– Vino încoace, fetițo, a spus el și mi-a făcut semn cu mâna. Hai să-ți arăt ceva.

Eram bucuroasă că cineva mă băgase în sfârșit în seamă și speram că nu doar ca să mă tachineze.

Shane a chemat stewardesa și i-a șoptit ceva la ureche. Femeia a dispărut o clipă și s-a întors imediat, chiar înainte să am timp să-i arunc fratelui meu o privire bănuitoare. A dat din cap cu un zâmbet larg spre Shane, iar apoi mi-a făcut cu ochiul la fel de veselă.

– Ce este? am întrebat eu.

Shane nu a răspuns, ci doar și-a pus brațul în jurul meu și m-a tras spre ușa cabinei piloților. A bătut o dată și a deschis, împingându-mă înăuntru printr-un pasaj îngust.

Încăperea era înghesuită și complet dominată de cele două scaune masive ocupate de piloți. În fața lor era un panou lat cu o mulțime de ecrane, pârghii și butoane, dar cel mai impresionant lucru era priveliștea de dincolo de parbriz.

Norii se desfășurau sub noi și parcă alunecam printre ei. De undeva, dintr-o parte, soarele ne privea timid. Ce mi-a plăcut cel mai mult era albastrul nesfârșit al cerului. Cred că nu mai văzusem niciodată în viața mea ceva atât de simplu și de uimitor în același timp.

Shane a râs când piloții au încercat să stea de vorbă cu mine, iar eu, buimăcită de impresii, nici nu i-am auzit. În cele din urmă, totuși, mi-am revenit și am început să le răspund ceva. Nu-mi amintesc ce. Nici măcar nu le-am înregistrat fețele. Nu puteam să-mi iau ochii de la această priveliște minunată. Mult timp am refuzat să mă întorc la locul meu și m-am clintit doar când Shane m-a amenințat că îl trezește pe Dylan și îl trimite la mine.

Deși zborul nostru era liniștit și confortabil, m-am bucurat când, în cele din urmă, căpitanul a anunțat că suntem pe cale să aterizăm. Petrecusem în total aproape optsprezece ore în aer și era mult prea mult pentru capacitățile mele. Aveam nevoie de aer proaspăt și visam să ating pământul cu picioarele.

La fel ca prima dată când respirasem în Statele Unite, am simțit diferența și în Thailanda. Aici, aerul care îmi umplea plămânii părea mai uscat și... mai interesant, pentru că promitea o aventură.

Schimbarea fusului orar și zborul mult prea lung mă întorseseră complet pe dos și tot ce voiam să fac era să dorm adânc. Nu picotisem decât foarte puțin în avion, dar citisem cele două cărți aproape în întregime.

Din păcate, așa cum am constatat, în drum spre hotel mă așteptau alte emoții. Mă gândeam că vom lua un taxi de la aeroport, dar frații mei aveau un alt plan. Mi-am dat seama de asta abia când am ajuns în fața elicopterului.

Oh!

Dylan a schimbat câteva cuvinte cu pilotul, care era cu siguranță un localnic. Eu stăteam acolo lângă el, atât de epuizată de călătorie, încât mă lăsam în întregime în seama fraților mei. Iar ei nu m-au dezamăgit. Puteam să stau și să nu fac nimic, pentru că băieții au avut grijă de tot.

Dylan m-a ajutat să urc în elicopter. M-am așezat pe scaunul din mijloc, ceea ce însemna că urma să fiu sufocată între cei doi frați, dar asta nu mă deranja, mă simțeam chiar confortabil așa. Mă făcea să mă simt mai în siguranță. Creierul meu obosit era invadat de gânduri prostești. Îmi imaginam cât de ușor aș putea cădea. Poate că pare o prostie, dar, cum nu mai fusesem niciodată într-un elicopter, eram temătoare.

Sunetele care ajungeau la urechile mele erau înăbușite, când Shane mi-a pus pe cap niște căști mari. Microfonul era chiar în fața gurii mele, dar nu am avut puterea să vorbesc și să-l testez. O singură dată am fost tentată să-mi ridic degetele și să ating buretele moale în care era învelit. Apoi Dylan mi-a fixat cureaua.

În căști au răsunat niște voci, iar la scurt timp după aceea elicea a pornit. A început să scoată un sunet atât de puternic, încât am apreciat imediat protecția pentru urechi. În timp ce ne-am ridicat în aer, nu m-am mai concentrat asupra zgomotului.

Am înțepenit și m-am afundat în scaun. Elicopterul nu zbura la fel de sus ca un avion, dar era și mult mai ușor decât acesta și, prin urmare, mult mai puțin stabil. Am încercat să ascult vocile băieților, care glumeau non-stop, brusc incitați și exaltați. Comportamentul lor m-a calmat puțin. Chiar dacă eram îngrozită, am rămas uimită la vederea mării albastre. Sclipea ca și cum milioane de diamante ar fi fost împrăștiate pe suprafața sa. Pluteam deasupra ei de atât de mult timp, încât încet-încet m-am obișnuit cu priveliștea, nu mi-a mai fost frică și, în schimb, i-am apreciat frumusețea. Când la un moment dat am început să pierdem altitudine, am fost gata să intru din nou în panică, dar râsul fraților mei a avut din nou un efect liniștitor asupra mea. Am înțeles că nu ar fi fost atât de binedispuși dacă am fi fost pe cale să ne prăbușim.

Am aterizat pe o plajă și a trebuit să recunosc că Thailanda chiar făcea tot posibilul ca să mă trezească. O briză umedă îmi mângâia obrajii, iar priveliștile paradiziace mereu prezente mă lăsau tot timpul cu gura căscată. Aveam impresia că fusesem transportată prin intermediul unui portal într-una din lumile fantastice despre care citisem în cărți.

Elicopterul a aterizat într-un golf mic, între stânci uriașe acoperite cu plante exotice. Nu mai văzusem o asemenea nuanță luxuriantă de verde decât pe rețelele de socializare. Am

coborât cu băieții pe nisip – alb și fin ca făina. Linia țărmului
se contopea cu linia mării, atât de limpede era apa. În depărta-
re, își schimba culoarea de la verde transparent la turcoaz, mai
departe părea bleu, apoi albastră. Doar la orizont era o nuanță
amenințătoare de bleumarin.

Băieții au început să tragă cu ochiul și să-și arate unul altuia
casa care se vedea în spatele viței-de-vie verzi și dese.

Voiam foarte mult să rămân trează, dar pleoapele îmi cădeau
fără milă. Mă dojeneam în gând că nu dormisem măcar câteva
ore în avion. Fără să stau prea mult pe gânduri, m-am agățat de
brațul musculos al lui Dylan, care stătea lângă mine.

– Cât mai durează? am gemut.

– Am ajuns, a răspuns el surprinzător de încet. Aici vom
locui.

A făcut semn cu mâna spre casa ascunsă în adâncurile insu-
liței. Mi-a plăcut felul în care contrastau pereții ei de lemn cu
verdele vibrant al plantelor și cu albul plajei. Undeva, o piscină
albastră licărea lângă mine, în altă parte era o fereastră mare.

Băieții cărau bagajele, iar eu mi-am înfășurat brațele în jurul
corpului. Am strâns cel mai tare atunci când elicopterul a deco-
lat din nou, generând un vânt cu rafale atât de puternice, încât
aproape că m-a spulberat în tufișurile exotice.

Aveam o bucată mică de mers pe jos. Știind că într-o clipă
voi fi în acea casă încântătoare, m-am simțit motivată să nu cad
cu fața la pământ aici și acum. Deși, cu doar o clipă în urmă,
mă gândeam dacă să-i anunț pe frații mei că voi trage un pui
de somn pe plajă și mă alătur lor mai târziu. Ca o paranteză,
aceasta nu ar trebui să fie o problemă – vremea era cu siguranță
frumoasă. Întotdeauna am visat să fug de iarnă în țările calde.

Când am pășit pe scândurile maro de pe terasă, privirea mi-a
fost atrasă de piscina ispititoare cu forme tradiționale, angulare.
Probabil că oricare dintre noi ar fi fost încântat să facă o baie,
dacă nu ar fi fost oboseala. Puteam să pariez că nu eram singura
care se simțea lipicioasă din cauza murdăriei acumulate pe drum.

Erau și șezlonguri, o masă și chiar un jacuzzi. Văzusem astfel de lucruri doar din când în când în imagini care apăreau uneori pe internet. Am luat în considerare și posibilitatea că de fapt adormisem și acum visam. Acest lucru mi se părea mai probabil decât realitatea.

Nu am avut puterea să explorez imediat casa, așa că m-am lăsat condusă de Dylan direct în camera repartizată mie. Am răsuflat ușurată și cu plăcere când am pășit cu picioarele goale pe covorul alb pufos, iar ochii mi s-au oprit pe patul dublu imens peste care atârna un baldachin delicat, tot alb, ca și perdelele lungi de la ferestrele imense, larg deschise.

Somnul devenise prioritatea mea, așa că n-am făcut decât să dau nerăbdătoare din cap când Dylan m-a informat că valizele vor fi aduse mai târziu și că nu ar trebui să-mi fac griji, pentru că lucruri cum ar fi pijamalele și articolele de toaletă făceau parte din echipamentul camerei și erau gata de utilizare.

Ei bine, nu eram deloc îngrijorată. Am făcut aproape orbește un duș rapid, mi-am pus pijamaua roz-pal, din bumbac plăcut la atingere, compusă dintr-un tricou cu bretele și pantaloni scurți cu o fundă. Am adormit în momentul în care capul meu a atins perna confortabilă, compactă și mirosind a prospețime.

Nici nu am avut timp să analizez toate evenimentele. Iată că tocmai sosisem cu un avion privat în Thailanda. Am ajuns cu elicopterul pe insula încântătoare unde urma să-mi petrec vacanța de iarnă cu frații mei.

Încă părea prea incredibil ca să mă gândesc la asta prea mult timp.

M-am trezit târziu după-amiază. În mod normal, m-aș fi rostogolit pe partea cealaltă, dar o rafală de vânt și umbra unei frunze exotice pe perete mi-au amintit unde mă aflam.

O, Doamne!

Asta a fost suficient pentru a mă trezi de-a binelea. Îmi reîncărcasem bateriile, așa că acum puteam decide dacă să mai trag un pui de somn sau să încep să mă bucur de vacanță.

Curiozitatea și entuziasmul au învins, așa că m-am târât afară de sub așternuturi. Mai devreme, în baie zărisem un halat larg, cu mâneci largi și scurte, asortat cu pijamaua. Legându-mi un cordon în jurul taliei, m-am uitat la mare, pe care o vedeam de la ferestrele dormitorului meu. Soarele apunea încet, dar era încă rezonabil de luminos, așa că tot mai puteam admira locul fabulos spre care zburasem în această dimineață. Mi-am mai pieptănat părul înainte de a coborî scările. Simțeam deja că s-ar putea să am o problemă cu el aici. Părul meu se încrețise puțin, ceea ce am constatat cu nemulțumire, dar cel puțin fața mea părea odihnită. Mi-am pus în picioare șlapii cu barete foarte subțiri, argintii. M-am întrebat de ce mi se spusese să-mi fac bagajele, din moment ce nu aveam nevoie de conținutul valizei. Aveam pregătite aici chiar și peelinguri de corp și diverse creme.

Eram curioasă să văd dacă frații mei se culcaseră și ei și, în cazul acesta, dacă se treziseră deja. Mi-am răspuns singură la această întrebare când am pășit în liniște pe scări și am auzit zgomotul mașinii de măcinat cafea. M-am gândit că probabil Dylan își făcea un espresso dublu ca să se pună pe picioare după călătoria lungă.

În niciun caz nu mă așteptam să văd un bărbat străin plimbându-se prin bucătărie. M-am oprit brusc. Șlapii mei au clămpănit pe pardoseala de lemn, trădându-mi imediat prezența.

Privirea bărbatului avea ceva care parcă te pironea în pământ. Pur și simplu nu m-am mai putut mișca din loc. Intensitatea ochilor lui întunecați și sălbatici era sporită de ridurile adânci din jurul lor.

La început am crezut că în căsuța noastră intrase vreun tâlhar naufragiat. Citisem odată o poveste asemănătoare. Acolo personajul principal avea, de asemenea, barba și părul lungi, negre și pe alocuri încărunțite. Și, dacă îmi amintesc bine descrierea, îl purta tot așa, strâns într-o coadă de cal joasă, nu foarte îngrijită.

Cu cât mă uitam mai mult la bărbatul care stătea în bucătă-
rie, cu atât observam mai multe diferențe între el și un posibil
naufragiat. Acesta de aici era îmbrăcat foarte îngrijit cu o cămașă
albă de in. Nasturii de sus erau descheiați lejer, iar mânecile îi
erau suflecate până la coate. În jurul gâtului îi atârna un lanț
de argint, avea niște cureluşe la încheietura mâinii drepte şi o
brățară groasă de metal la stânga.

Privirea i s-a înmuiat când m-am uitat lung la el, dar tot nu
am răsuflat uşurată. Mi-am încrețit sprâncenele cu suspiciune
când am avut brusc impresia ciudată că îl recunosc de undeva.

– Scuzați, am mormăit precaută, și fiecare celulă din corpul
meu se pregătea pentru o fugă imediată. Îi caut pe frații mei.

Unde naiba au dispărut?

Buzele bărbatului s-au curbat într-o jumătate de zâmbet.

– Băieții au plecat la plajă. Nu au vrut să te trezească.

Felul în care se uita la mine mă făcea să mă simt stânjeni-
tă. În plus, cuvintele lui m-au neliniştit. Au plecat la plajă fără
mine? M-au lăsat singură? Cu un bărbat străin în casă? Nu era
genul lor. Știau măcar că este aici? Îl cunoșteau? Evident, el îi
cunoștea.

M-am uitat în tăcere la el o clipă, neștiind ce să-i răspund.

De ce se uita la mine atât de ciudat? Poate că și el mă mai
văzuse undeva înainte.

Deja deschideam gura să anunț că, în acest caz, mai bine
m-aș duce să-i caut, când el a vorbit din nou.

– Am așteptat să cobori... Hailie.

Am tremurat auzind cum mi-a pronunțat numele. Ca și cum
ar fi fost la o cină elegantă și tocmai gustase din felul principal
de mâncare. Poate că era doar imaginația mea, dar părea pericu-
los. Am vrut să-l întreb de unde îmi știe numele, dar am amuțit
auzindu-i următoarele cuvinte.

– Ești frumoasă.

Le-a șoptit mai mult pentru el decât pentru mine, dar tot
m-a trecut un fior neplăcut.

– Trebuie să-l găsesc pe Dylan, am spus, făcând repede un pas înapoi.

Cred că și-a dat seama că mă speriase, pentru că a clipit brusc și a întins o mână cu palma deschisă spre mine, ca și cum ar fi încercat să mă oprească în felul acesta. Pentru o clipă mi-am imaginat că se va dovedi că este un magician care își va folosi abilitățile supranaturale ca să mă domine, dar, din fericire, nu cred că avea niciuna, pentru că niciun zid invizibil nu m-a oprit să mă îndepărtez puțin mai mult.

– Așteaptă. Frații tăi sunt pe plajă, serios, a spus el, și în vocea lui era o notă de rugăminte care m-a intrigat.

Nu eram obișnuită să-și dorească cineva atât de mult să stea de vorbă cu mine.

– Ei știu că vreau să vorbesc cu tine. Au fost de acord să ne ofere puțină intimitate.

Am ridicat o sprânceană. Nu voiam să fac atâta caz de scepticismul meu, dar nu era vina mea că tipul îndruga prostii.

– Frații mei au mania de a mă controla la fiecare pas, iar dumneata îmi spui că au decis brusc să mă lase aici singură ca să pot vorbi cu un străin... cu o persoană străină care spune că sunt frumoasă?

Un colț al gurii bărbatului s-a dus în sus.

– Poate că a sunat ciudat, nu m-am gândit. Îmi pare rău, a recunoscut el și a clătinat din cap.

S-a apropiat de blatul de bucătărie dintre noi, dar nu l-a ocolit, ci doar și-a sprijinit mâinile de el și a suspinat adânc, devenind serios.

– Ascultă, Hailie, chiar aș vrea să vorbesc cu tine și asta cât mai curând posibil, pentru că sunt multe de discutat. Dacă nu te superi, îți sugerez să ieșim pe terasă.

A arătat nepăsător spre ușa de sticlă.

– De acolo îi vei putea vedea pe băieți. Te vei convinge că nu am mințit. Nu ți-aș face niciodată vreun rău, dar dacă te simți mai confortabil cu ei la vedere, atunci nicio problemă.

M-am gândit puțin la propunerea lui. Habar n-aveam despre ce voia să vorbească cu mine acest om, dar m-am îndreptat oricum spre terasă. În principal pentru a verifica dacă într-adevăr îi voi vedea de acolo pe frații mei. Îndreptându-mă spre terasă, am avut grijă să păstrez cât mai multă distanță față de bărbat. După evenimentele de la Audrey și din pădure, adoptasem principiul încrederii limitate.

Înconjurată de plante exotice, terasa părea neobișnuit de intimă. M-am apropiat imediat de balustrada de lemn și mi-am mijit ochii, căutându-mi frații. Am localizat rapid trei siluete mici. Două se bălăceau în mare și una stătea întinsă pe plajă și doar înclina o sticlă. Erau cu siguranță ei, iar acest lucru a fost confirmat sută la sută de răcnetele puternice ale lui Tony, care răsunau din apă și ajungeau la urechile mele aduse de ecou.

Am răsuflat ușurată.

– Vezi? În orice moment poți să te duci la ei sau poți să-i suni, m-a asigurat bărbatul, stând în spatele meu.

Păstra o distanță rezonabilă între noi, totuși era mai aproape decât mi-aș fi dorit, și m-am crispat din nou. Aș fi vrut ca băieții să se întoarcă, sau măcar să arunce o privire în direcția noastră. Știam că ar fi suficient să ridic vocea și capetele lor s-ar fi întors în direcția casei. Am înghițit în sec, pregătindu-mi corzile vocale pentru o posibilă intervenție, dar nici măcar nu am deschis gura; în schimb, m-am întors cu fața la bărbat și, după o clipă, am dat din cap cu reticență și grație.

M-am așezat pe scaunul de grădină, astfel încât să am o vedere bună spre băieți, în timp ce bărbatul a luat loc de cealaltă parte a unei mese rotunde cu blat de sticlă și a așezat pe ea o ceașcă de cafea pe care și-o pregătise mai devreme.

– Vrei ceva de băut? Apă, cola, poate o ciocolată cu gheață? m-a întrebat el și am văzut că încerca să pară prietenos, dar i-am mulțumit sec, pentru că încă îmi aminteam ce făcuse Jerry cu șampania mea și preferam să nu-mi asum niciun risc.

Îi observam pe frați. Tony trebuie să-i fi strigat ceva lui Shane, pentru că acesta și-a lăsat berea, a sărit de pe mal și a fugit în mare, împroșcând cu apă în lateral. Băieții au început să se zbenguie în mare, iar râsetele și insultele creative pe care și le-au aruncat unul altuia au reverberat printre copaci, stânci și printre pereții casei noastre de vacanță.

Atitudinea lor lipsită de griji m-a iritat. Nu-mi plăcea că mă lăsaseră aici și mă întrebam unde naiba este supraprotecția atunci când e cu adevărat nevoie de ea. Totuși, trebuia să recunosc că pur și simplu mi-era frică de situația în care eram. Mama îmi spusese întotdeauna să nu am încredere în străini. Mai ales în bărbați. Bărbați ciudați.

Pentru că tipul cu care stăteam la masă era cu siguranță ciudat. M-am bucurat că halatul și pijamaua mea erau simple și confortabile, nu sofisticate, și în niciun caz – grozăvia grozăviei – sexy, pentru că uneori parcă mă devora cu privirea. Începea într-adevăr să mă îngrijoreze din ce în ce mai mult, chiar mă irita. Avea peste cincizeci de ani, așa că ar fi fost potrivit pentru el să se stăpânească în prezența unei adolescente.

Chiar dacă se uita în principal la fața mea și căuta ceva în ochi.

– Ai putea, te rog, să nu te mai uiți așa la mine? am întrebat în cele din urmă – nu-mi păsa dacă suna nepoliticos.

Bărbatul a înclinat capul.

– Cum anume?

Mi-a acordat toată atenția, ceea ce m-a enervat și mai mult.

– Cam...

Știam exact ce cuvânt voiam să folosesc. Pervers. Dar eram prea bine-crescută ca să-i spun cuiva așa ceva în față. Mai ales unei persoane mult mai în vârstă decât mine și unui străin.

Dar bărbatul avea propria idee, așa că a terminat fraza pentru mine.

– Ca un tată care își vede fiica pentru prima dată?

2
MONSTRUL MARIN

Au trecut câteva secunde până când înțelesul acestor cuvinte mi-a ajuns la creier. Mi-a mai luat o clipă lungă să le procesez. Mi-am încruntat sprâncenele și apoi le-am ridicat aproape imediat.

Mi-am amintit o imagine de pe un site pe care îl văzusem cândva când căutasem pe telefonul lui Jason articole despre familia mea.

Am scuturat din cap aproape imperceptibil. Nu, nu e posibil! Tatăl meu este mort. La fel și mama mea.

Bărbatul mă privea în continuare la fel, adică cu seriozitate și cu un interes nedisimulat. Pe buzele lui rătăcea un zâmbet blând, dar care nu avea nimic de-a face cu batjocura pe care încercam să o găsesc.

Mi-am venit în fire în cele din urmă pentru că s-a făcut auzită vocea gândirii logice. Aceasta mi-a poruncit să mă feresc. Era ceva în neregulă cu bărbatul care stătea în fața mea și care lua acum o înghițitură mare de cafea. Nu ar trebui să port nicio conversație cu el. Am aruncat o privire spre plajă ca să mă asigur că frații mei erau încă acolo. Vederea lor m-a calmat și m-a înfuriat în același timp. Eram furioasă pentru că mă lăsaseră cu ciudatul ăsta, dar și calmă pentru că în adâncul sufletului meu știam că, la un singur țipăt disperat, într-o clipită s-ar fi năpustit toți trei aici.

– Nu știu cum se uită un tată la fiica lui, am răspuns și mi-am mutat privirea înapoi la interlocutorul meu. Eu nu am tată.

Am fost eu însămi surprinsă de câtă amărăciune a răsunat în vocea mea. Nu mi-am dat seama în acel moment, dar felul în care rostisem aceste cuvinte demonstra câtă durere strânsesem în inima mea.

Sclipirea de durere care a apărut în ochii întunecați ai bărbatului m-a surprins oarecum, dar, în loc să mă gândesc la asta, am afișat o expresie indiferentă. La urma urmei, el însuși decisese să deschidă acest subiect delicat.

– Orice om are un fel de tată.

Vocea lui șoptea ușor și avea o nuanță de cafea amară.

Am pufnit în tăcere, întorcându-mi pentru o clipă capul într-o parte, spre vegetația densă și luxuriantă care înconjura aproape din toate laturile casa noastră de vacanță.

– Ce vrei de la mine?

– Vreau să-ți spun că ești fiica mea, Hailie.

Mi-a displăcut foarte mult reacția corpului meu la ceea ce auzisem. Inima îmi bătea brusc mai tare. Fiorii care îmi treceau pe șira spinării erau atât de neplăcuți, încât bărbatul ar fi putut la fel de bine să ia un cuțit și să mă înjunghie cu el. De asemenea, mi-a înțepenit tot corpul, iar gâtul mi s-a strâns așa de tare, încât abia mai puteam să respir. Mă uitam la el cu o privire pustie, dar el îmi susținea cu curaj privirea.

Nu mă așteptam ca după moartea mamei mele cineva să-mi mai spună „fiică".

M-am ridicat brusc în picioare, scaunul a zăngănit. Masa s-a zgâlțâit și, odată cu ea, și ceașca de deasupra. S-a vărsat cafea pe farfurie și pe blatul de sticlă, dar niciunul dintre noi nu a băgat-o în seamă.

– Ce tot spuneți acolo? am întrebat cu vocea tremurând.

Ce fel de tip dat naibii e ăsta?

A mormăit liniştit, ca şi cum s-ar fi înarmat chiar înainte să ne vedem cu rezerve infinite de răbdare şi acum începea încet să le folosească.

– Hailie, îţi spun că eşti fiica mea şi eu sunt tatăl tău.

Ceva îmi tremura în piept, ceva îmi îngreuna respiraţia. Cum poate să se joace atât de crud cu sentimentele mele? Cum de poate să-mi spună asemenea lucruri? Oare acest om nu cunoştea niciun fel de limite?

– Tatăl meu este mort, l-am anunţat sec.

Să-i stea în gât glumele lui prosteşti şi nesărate!

A suspinat încet şi probabil că se întreba cum să-mi răspundă. L-am sfredelit cu privirea, aşteptând următoarea porţie de aiureli pe care avea de gând să mi-o servească şi, în timp ce mă uitam la el, am început brusc să văd ceea ce evitasem încă din primul moment în care îl zărisem.

Ochii lui, întunecaţi şi tulburi, erau aceiaşi ochi de care îmi fusese frică atunci când îi văzusem prima dată la Dylan. Sprâncenele lui, acum uşor încreţite de efortul de a alege cuvintele potrivite, erau la fel de groase şi de drepte ca cele pe care Tony şi Shane le ridicau când glumeau între ei. Felul în care stătea, felul în care vorbea, felul în care îşi mângâia bărbia, toate acestea le mai văzusem la Vincent. Şi apoi era acea expresie din privirea lui. Acum mi-am dat seama că iniţial o interpretasem greşit ca agresivă. Şi totuşi, Will se uitase adesea la mine aşa. În trecut, chiar mai des mi-o adresa mama.

Mama mea dragă, cu buclele ei frumoase roşcate. M-am uitat la părul meu lung, închis la culoare, răvăşit, care mi se revărsa de o parte şi de alta a gâtului, de-a lungul trunchiului, aproape până la talie. Nu mi-a plăcut niciodată să cred că nuanţa lui fusese moştenită de la un tată necunoscut, dar acum în faţa mea stătea dovada vie că exact asta se întâmplase.

A răspuns ceva, dar eu nu l-am auzit. Surzisem. Priveam cu ochii larg deschişi la omul pe care tocmai îl categorisisem în mintea mea drept ciudat şi pervers, şi care tocmai se prezentase ca tatăl meu. Tatăl pe care nu-l avusesem niciodată, despre care o întrebasem pe mama de mai multe ori în trecut, la care mă gândeam uneori și pe care mi-l imaginam adesea. Uneori mă gândeam la el cu nostalgie, alteori cu furie, dar cel mai adesea cu mare regret.

Am simțit brusc dorința să-l insult, de data asta cu voce tare.

– Hailie, vrei să stai jos, te rog? Știu că este dificil, dar aș vrea să-ți explic câteva lucruri. Îți sunt dator.

Privirea mi-a căzut din nou pe plajă și la băieți. Din nou am auzit râsul caracteristic al lui Tony. Dylan i-a strigat ceva. Se simțeau bine, nu-i așa? Am simțit cum crește furia în mine.

– Hailie? a repetat bărbatul încet.

M-am uitat la el exasperată. Am scuturat din cap neîncrezătoare. Ticălosul ăsta chiar arăta ca cineva care ar putea fi rudă cu mine și cu băieții. Mi-am întors imediat privirea de la el, când m-am gândit la asta. Nu voiam să mă uit la el.

Am pornit spre plajă. Am mers mai repede și tot mai repede, ignorând felul în care striga după mine. Am coborât în fugă treptele de lemn și am zburat pe cărarea de nisip dintre palmieri și liane. Șlapii mei nu puteau face față, așa că, la un moment dat, abia oprindu-mă, aproape că mi i-am smuls din picioare și i-am aruncat în urmă. Nici chiar nisipul fin și neted în contact cu tălpile mele goale nu mi-a adus alinare.

Plaja era frumoasă și intimă. Frații mei erau singurii care se bucurau în acel moment de farmecul ei. M-aș fi bucurat cu plăcere și eu împreună cu ei, dar, din păcate, stricaseră totul cu secretele lor.

M-au văzut de-abia când eram foarte aproape. Stăteau cu toții în mare. Shane se bălăcea în locul puțin adânc – stătea întins cu trunchiul scufundat sub apă, sprijinindu-se pe coate și sorbea o băutură dintr-o sticlă închisă la culoare. La vreo doi metri de el se afla Dylan.

Acolo apa era deja un pic mai adâncă. Musculatura lui impresionantă era acoperită de picături de apă sărate, care se uscau acum sub razele soarelui și accelerau procesul de bronzare. Avea părul lăsat liber și ud, acum dat puțin pe spate, dar nu la fel de îngrijit ca al lui Vincent. Vorbea cu Shane despre ceva și își arăta dinții într-un zâmbet. Tony se dusese puțin mai departe de ceilalți frați și tocmai ieșise la suprafață, unde probabil nu mai ajungea la fund. Și-a scuturat capul, semănând cu un câine ud care se întoarce de la o plimbare prin ploaie. Am ezitat doar o fracțiune de secundă înainte de a intra în apă. Purtam încă pijamaua și halatul, iar dacă vroiam să ajung la Dylan, cu siguranță trebuia să le ud. Nu contează. Făcând primii pași, m-am pregătit pentru un șoc de temperatură, care nu s-a produs, pentru că marea era încălzită de soare toată ziua. Dar nu am avut timp să apreciez temperatura caldă plăcută a apei pentru că am alunecat prin ea, aruncând stropi în lateral.

Când m-a văzut, Dylan a mijit din ochi, s-a apropiat de Shane și s-a îndreptat, ca și cum s-ar fi pregătit de luptă. Tony înota și el încet spre noi. „Un trio mare și sângeros", m-am gândit eu cu dispreț.

M-am oprit chiar în fața celui mai rău dintre frați. Din păcate, era mult mai înalt decât mine. Shane ne privea de jos, protejându-și ochii de soare cu mâna. Tony pândea undeva în spate.

– Ce naiba mai e și asta! am strigat eu cu un asemenea ton de reproș că m-am strâmbat singură. Am arătat orbește cu mâna în spatele meu, unde ar fi trebuit să fie casa noastră de vacanță.

Dylan și-a încordat privirea ca și cum nu ar fi știut despre ce vorbesc, deși, la urma urmei, cu siguranță că știa foarte bine.

– Ce e cu individul ăla?! am strigat din nou, dar de data aceasta vocea mi s-a frânt.

Am avut grijă să nu plâng. Băieții avuseseră prea des ocazia să mă vadă plângând, iar în acest moment chiar nu voiam să le arăt latura mea slabă.

– Bine, relaxează-te, a început Dylan pe un ton mediator, ceea ce nu a făcut decât să mă înfurie și mai tare.

Și-a ridicat mâinile ca și cum ar fi vrut să mă calmeze, dar nici asta nu a funcționat deloc.

– Să mă relaxez? Serios? Serios, Dylan? Individul ăla... Am arătat cu mâna înapoi. E vreun soi de glumă? Cum? Stă înfipt acolo și nu știu... Vrea să vorbească cu mine? Asta e o glumă!?

Am tăcut pentru că exprimarea gândurilor în cuvinte nu-mi reușise prea bine. Am respirat repede și am așteptat un timp, sperând că poate unul dintre frații mei va spune ceva inteligent, dar și ei tăceau.

Așadar, am decis că am două opțiuni. Să plâng, ceea ce, așa cum am spus, nu aveam de gând să fac, sau să-mi duc furia la un nivel superior. Fără să stau prea mult pe gânduri, m-am mișcat spre Dylan, ridicându-mi mâinile și flexându-mi degetele ca o pisicuță. L-am izbit cu propriul meu corp, făcându-mi probabil mai mult rău mie decât lui. Abia dacă s-a clătinat puțin pe picioare. Din fericire, aveam unghiile ca rezervă, de care aveam mare grijă și pe care le lăsasem să crească pentru astfel de situații.

Dylan a șuierat când i le-am înfipt în umăr și i le-am tras în jos pe pieptul lui musculos. Dintr-un motiv oarecare, faptul că reușisem să-i provoc măcar o durere minimă a trezit în mine un sentiment de triumf. Nu a durat mult, pentru că Dylan, cu o mână, mi-a prins rapid ambele încheieturi într-o strânsoare puternică și cu coada ochiului l-am văzut cum ridică celălalt braț. Chiar când am crezut că, după părerea lui, depășisem orice limită și decisese să mă pocnească, a băgat mâna în apă și... a început să mă stropească.

Țipam cât puteam de tare, încercând să scap de acest tsunami fără sfârșit, dar nu aveam cum, pentru că Dylan îmi imobilizase brațele, privându-mă de singurul mod în care puteam să mă apăr.

– Încetează! am țipat la început, dar în cele din urmă am renunțat, pentru că simțeam că mă sufoc în orice moment.

Mi-am băgat capul între umeri și am închis ochii, încercând să mă feresc de apă, de care începusem deja să mă satur. Apoi, imediat, plescăitul stropilor s-a estompat și am simțit căldura soarelui pe o parte a feței mele. Am deschis încet ochii și am ridicat capul neîncrezătoare.

A trebuit să-mi șterg pleoapele. Am făcut-o imediat ce mi-am dat seama că Dylan îmi dăduse deja drumul la încheieturi. Eram toată udă. Chiar toată, inclusiv halatul și părul. Am gemut zgomotos. Pe lângă asta, acum stăteam în apă puțin mai adâncă, astfel încât îmi ajungea deasupra taliei. Nici nu am observat când ne mișcaserăm.

– Te-ai potolit? a întrebat Dylan.

Stătea chiar lângă mine. După câteva secunde, când m-am calmat, m-am uitat la el, dezgustată și încă furioasă, și până în ziua de azi nu știu cum am reușit să rostesc ceea ce îi spusesem.

– Să te ia naiba!

În ciuda furiei mele, am regretat puțin că mi-am permis să-i spun așa ceva fratelui meu. La urma urmei, știam că va face scandal. Nu mă înșelasem – pe fața lui Dylan se citea iritarea, iar ochii i s-au întunecat. Semănau într-adevăr cu cei ai bărbatului care pretindea că este tatăl meu.

– Ce ai spus? Dylan a întors o ureche spre mine și a făcut un pas înainte.

– Ce ai auzit.

Încercam să-mi amintesc că eu sunt cea mai furioasă aici și să nu mă las intimidată. În același timp, am făcut un pas înapoi. Așa, pentru orice eventualitate, dacă Dylan mă înhăța din nou. I-am ghicit bine intențiile, pentru că s-a îndreptat efectiv spre mine. Imediat am luat decizia să fug de el, iar când m-am întors cu intenția de a ajunge la țărm, spatele meu s-a lovit de ceva dur, ceva care și-a înfășurat imediat brațele puternice în jurul brațelor mele, suficient de jos încât să nu pot să le ridic.

Dylan stătea în fața mea, în timp ce pe Shane l-am văzut cu coada ochiului cum privea amuzat spectacolul nostru, așadar trebuia să fie Tony, sau poate vreun monstru marin.

M-am uitat în jos și am văzut brațul tatuat al fratelui meu, ceea ce i-a confirmat identitatea.

Am încercat să mă eliberez.

– Dă-mi drumul!

Am simțit doar stomacul și pieptul lui Tony vibrând în spatele meu, iar deasupra urechii i-am auzit râsul în surdină. Cretinul râdea de mine. Am făcut din nou o încercare de a mă smuci din strânsoarea lui și din nou am eșuat.

– Trebuie s-o învățăm pe surioara noastră bunele maniere, nu-i așa? a mormăit Dylan, apropiindu-se tot mai mult.

– Lasă-mă în pace!

– Cere-ți mai întâi scuze.

Am strâns buzele ca semn că nu aveam de gând să o fac. L-am pironit cu o privire rebelă destul de lungă ca el să înțeleagă. Atunci a ridicat din umeri și... a dispărut. Sub apă.

M-am uitat automat în jos, așteptându-mă ca el să mă apuce de picioare sau să facă vreo altă glumă proastă, dar a ieșit imediat ținând în mâinile împreunate nămolul de mare pe care îl adunase de pe fundul apei.

– Ultima șansă. Aștept niște scuze frumoase, a spus el, iar eu am clipit.

Apoi, cu un zâmbet larg, mi-a întins nămolul pe partea de jos a feței. Am încercat să mă îndepărtez și să-mi înclin capul pe spate. De asemenea, am vrut să scot un țipăt puternic, dar a ieșit înăbușit, pentru că am avut grijă să nu deschid gura.

Când a terminat, Dylan și-a aplecat din nou urechea spre mine.

– Vă urăsc, băieți! am mârâit.

El a scuturat din cap, zâmbind cu dezaprobare prefăcută și a plonjat încă o dată.

De data aceasta, nisipul umed pe care îl ținea în mână a aterizat din greșeală și în gura mea. Am gemut simțind gustul neplăcut. Am început să scuip în apă, strâmbându-mă din cauza substanței nisipoase pe care o aveam acum peste tot – sub limbă, între dinți, pe gingii...

O altă porție de noroi a ajuns direct la tâmpla stângă și a fost împrăștiată cu generozitate în părul meu. Dacă n-ar fi fost faptul că Tony încă mă ținea în brațe, jur că l-aș fi sfâșiat pe Dylan în bucăți.

– Încetează odată! am scâncit, încă măcinând resturile de nisip în gură.

– Cere-ți scuze!

M-am uitat în jos la el. Stătea în fața mea, cu o sprânceană și colțul gurii ridicate, iar în mână strângea un pumn zdravăn de noroi, gata să continue tortura. Am început să mă gândesc serios să-mi bag mândria în buzunar și să-i cer scuze ca să mă lase în pace, iar după aceea să nu mai vorbesc cu el până la sfârșitul călătoriei, sau nici după aceea.

– Dylan!

Vocea aceea severă și puternică a răsunat brusc. Avea un ecou clar de avertisment și autoritate, calități pe care le auzisem și atunci când Vincent deschidea gura. Am privit în lateral, unde, departe, dincolo de plajă, pe terasa bungaloului nostru, stătea bărbatul care astăzi se prezentase ca tatăl meu. Era sprijinit de balustrada de lemn și strângea din pumni.

– Dylan și Tony! a strigat din nou.

M-a șocat cu tonul tăios, pentru că doar cu o clipă în urmă se prezentase în fața mea într-o lumină complet diferită, mult mai blândă.

Dylan s-a uitat în jos la mâinile lui, unde un alt munte de noroi aștepta să fie împrăștiat. În cele din urmă, le-a ridicat și a lăsat noroiul să alunece, iar apoi, cu un regret vizibil în ochi, a privit cum boabele de nisip dansau sub apă, scufundându-se la fund. Apoi, cu interiorul mâinii încă mânjit, m-a mângâiat pe

obraz. Am strâns din dinţi, ceea ce am regretat imediat pentru
că am simţit cum se macină nisipul între ei.

Tony l-a ascultat şi el pe bărbatul de pe terasă. Şi-a luat mâi-
nile de pe mine şi, de îndată ce am fost liberă, m-am îndepărtat
de fraţii mei şi am început să-mi clătesc gura cu apă. Nici măcar
nu m-a deranjat gustul ei sărat, de apă de mare. Am încercat, de
asemenea, să-mi spăl nămolul din păr şi de pe faţă. În acelaşi
timp, îmi ţineam halatul, care începuse să alunece de pe mine.
L-am aranjat la loc imediat, în timp ce îmi frecam ochii care
mă usturau. Băieţii, între timp, stăteau lângă Shane şi vorbeau,
uitându-se din timp în timp la mine. Când, în sfârşit, m-am mai
liniştit un pic, am avut grijă să îi măsor cu o privire rece şi m-am
apropiat încet de ei, ridicându-mi ostentativ bărbia.

– Cum e, ţi-a plăcut gustul nisipului? a întrebat Dylan,
făcându-mi cu ochiul.

– Vă urăsc.

– Eşti blocată pe o insulă privată cu noi, fetiţo, aşa că, dacă
aş fi în locul tău, aş fi mai drăguţă cu noi, m-a sfătuit Shane,
zâmbind într-un mod prietenos, în totală discordanţă cu tonul
afirmaţiei sale.

– Altfel îl vei mânca în fiecare zi la prânz, a adăugat Dylan,
plescăind de plăcere.

Băieţii au râs, iar sângele a început din nou să clocotească în
mine. Apoi m-a cuprins un sentiment de neputinţă. Era impo-
sibil să comunic normal cu ei.

Am suspinat. Ar fi fost mai bine dacă aş fi rămas în State
cu Will şi Vincent. M-am întristat la gândul că îmi trecuse aşa
ceva prin minte.

– Hei! a strigat Tony ca să-mi atragă atenţia.

– Vino aici, a adăugat Shane, făcându-mi semn cu degetul.

Băieţii se calmaseră deja şi deveniseră serioşi. Toţi trei se
uitau acum la mine. Le-am răspuns cu o privire încruntată şi
am scuturat din cap, ridicându-mi ochii spre cer şi rugându-mă
încă o dată să nu izbucnesc în lacrimi. De ce venisem în goană

la ei – asta chiar nu știu. Nu știau să se comporte decât ca niște idioți.

– Vino aici, m-a îndemnat și Dylan.

În mod normal, aș fi trecut pe lângă ei, înconjurându-i într-un arc larg de cerc, ca să-mi demonstrez aversiunea față de ei, și m-aș fi întors în casă, unde aș fi scăpat de ei, dar problema era că acolo se afla un străin pe care îl văzusem atunci pentru prima dată și care pretindea că este – Doamne ferește – tatăl meu. Și eram pe o insulă, una privată de altfel, așa cum subliniase Shane, așa că nu aveam prea multe opțiuni de a evada. Cu resemnare și durere, m-am apropiat de ei, fără să-mi mai pese ce aveau de gând de data asta.

– Individul ăla, a început Dylan, arătând cu degetul spre casă, este tatăl nostru.

– Al nostru, ceea ce înseamnă că este și al tău, a completat Shane.

Mi-am ridicat privirea spre ei. Am observat că furia mea se retrăgea încet și locul ei era luat de amărăciune și de stupefacție. Probabil că frații mei au văzut, pentru că au încetat să mai facă mișto de mine și privirile lor păreau să se înmoaie.

– De ce nu mi-a spus nimeni nimic? am întrebat încet.

Am vrut ca ei să audă tonul de reproș din acea întrebare, dar nu a funcționat, pentru că mi-a părut rău ca de obicei.

– Îți va explica el totul, dacă îl lași.

Am scuturat involuntar din cap, reținându-mi lacrimile.

– Nu vreau. Nu-mi pasă, am mărturisit în șoaptă, un pic pentru că mi se strângea neplăcut gâtul și un pic pentru că mi-era teamă că frații mei se vor supăra pe mine pentru ceea ce spusesem. Nu vreau să vorbesc cu el.

Probabil că băieții schimbaseră priviri între ei, dar nu eram sigură, pentru că eu o coborâsem pe a mea la suprafața transparentă a apei. Devenisem atât de indiferentă, încât nici măcar nu am tresărit când am văzut peștișorii galbeni caraghioși care zburdau pe fundul apei.

Începuse să-mi fie puțin frig. Marea era caldă încă, dar soarele apunea cu adevărat și nu ne mai încălzea. Mi-am înfășurat brațele în jurul umerilor.

Am auzit clipocitul stropilor de apă și am văzut că Dylan venea spre mine. Automat am vrut să mă îndepărtez de el, dar mi-am pierdut echilibrul și m-am clătinat puțin. Nu mi-a adus suficientă satisfacție nici măcar vederea zgârieturilor pe care i le făcusem pe piept. Dylan și-a pus mâna pe spatele meu și m-a ajutat să-mi recapăt echilibrul.

– Înțeleg că-ți vine greu, dar știi, nu trebuie să cazi imediat în brațele lui, mi-a spus el liniștit, îndreptându-se ușor spre mal. Lasă-l să-ți explice.

M-am uitat în jos la picioarele mele acum murdare de nisip. Buzele îmi tremurau și nu știam dacă era de la frig sau din cauza emoției. Dylan probabil că nici el nu știa, dar, pentru orice eventualitate, m-a acoperit cu un prosop. Eram încă supărată pe el pentru că probabil nu voi mai scăpa niciodată de nisipul din gură, dar îmi era foarte greu să țin supărarea la nesfârșit. Mai ales că aveam alte probleme.

Gemenii au ieșit din apă imediat după noi. Shane și-a înclinat capul și l-a scuturat ca să-și scoată apa din urechi, iar Tony s-a întins după pachetul de țigări pe care îl ascunsese în pantofii sport. Abia acum am observat și mi-am dat seama că pe abdomenul lui musculos are o cicatrice de glonț și am înghițit în sec când mi-am amintit cum o căpătase.

Mi-am adunat șlapii aruncați pe potecă, fără să mă deranjez să mi-i pun în picioare. Mergeam toți patru, umăr la umăr, iar eu m-am înfășurat mai strâns în prosop, pregătindu-mă pentru reîntâlnirea cu tatăl nostru.

3

HAPPY END

Stătea pe terasă, sprijinit de balustrada de lemn și ne privea cum ne întorceam de pe plajă. Fuma un trabuc gros, iar expresia feței sale era imposibil de descifrat, deoarece își acoperise ochii cu ochelari de soare. De cum l-am văzut, mi-am coborât privirea la picioarele goale. Îmi venea să-mi arunc un prosop peste cap și să dispar.

Nu am rămas pe terasă cu toți ceilalți, ci m-am îndreptat imediat spre centrul casei, mormăind stângaci în șoaptă că mă duc să fac un duș. Doar o scuză, pentru că, după ce mi-am spălat resturile de noroi din păr, eram convinsă că astăzi nu voi mai coborî din nou.

M-am bucurat să constat că cineva îmi adusese valiza în cameră. Înviorată, m-am așezat pe pat, luând în mâini una dintre cărțile pe care le adusesem cu mine. Prin ușa deschisă a balconului, o briză plăcută a pătruns în cameră, a alungat emoțiile negative și a adus o undă de ușurare fericită.

Bineînțeles, nu aveam parte de o liniște reală, deoarece eram constant conștientă de faptul că un bărbat care pretindea că este tatăl meu se afla încă la parter. Nu mă puteam concentra la lectură. Am rămas blocată la o propoziție, copleșită mereu de vârtejul gândurilor mele.

După o vreme, Dylan a venit să mă ia. A bătut la ușă și a deschis-o când l-am invitat cu reticență înăuntru. Și el făcuse un duș. Se schimbase și își pusese un tricou îngrijit și pantaloni scurți. A anunțat că era timpul să mergem la cină. Eu tot nu aveam dreptul să mă scuz că nu mi-era foame, așa că am acceptat în silă că trebuie totuși să mă prezint jos.

Trebuia să luăm cina afară. La masă serveau doi străini, un bărbat tânăr și o femeie mai în vârstă. Mi-am dat ochii peste cap în sinea mea. M-am întrebat a cui fusese ideea de a angaja chelneri pentru o cină atât de simplă, de care fără greutate și cu puțină bunăvoință am fi putut să ne ocupăm singuri.

Masa nu era la fel de mare ca cea din sala de mese a reședinței Monet, așa că m-am oprit o clipă ca să-mi aleg locul în mod înțelept. Gemenii se așezaseră deja pe scaune și am decis să mă înghesui pe cel rămas liber între ei, pentru că astfel nu eram obligată să stau lângă un bărbat pe care nu voiam să-l am în spațiul meu intim.

Shane și Tony mi-au aruncat priviri, dar nu și-au întrerupt discuția, din care reieșea că în viitorul apropiat plănuiau să meargă la o mare petrecere. Ni s-a alăturat imediat și Dylan, urmat din nou de domnul la vederea căruia am lăsat capul în jos. Mi s-a făcut rău de la stomac.

Am început să mâncăm și erau într-adevăr o mulțime de feluri interesante la alegere. Începusem încet să apreciez din nou bucătăria bună și în mod normal mi-ar fi plăcut cu siguranță să încerc specialități thailandeze, dar astăzi mi-am pus doar o salată. Era extrem de colorată cu o aromă deosebită, dată de nucile de caju și de sosul dulce și picant, dar am înghițit-o fără convingere pentru că gândurile mele erau acum ocupate de altceva. Frații mei vorbeau și râdeau între ei, iar din când în când auzeam și acea voce străină, răgușită, ceea ce însemna că vorbea tatăl lor.

— Hailie, cum îți place plaja? m-a întrebat el la un moment dat, iar la auzul numelui meu am înghețat.

Nu, nu, nu, lăsați-mă în pace.

Tu să mă lași în pace.

Am ridicat din umeri fără să-mi iau ochii de la farfurie și eram convinsă sută-n mie că cineva era pe cale să mă dojenească pentru o asemenea lipsă de respect. Este bine-cunoscut faptul că frații mei sunt alergici la astfel de comportamente. Spre surprinderea mea, totuși, nimeni nu a comentat răspunsul meu.

Uau, m-au lăsat în pace!

De îndată ce mi-am terminat cel puțin jumătate din porție, am ridicat capul pentru prima dată și mi-am îndreptat privirea fără să vreau spre Dylan.

– Sunt obosită, am murmurat încet, exact în momentul în care ridica paharul de bere la buze.

Privirea mea rugătoare, în care pusesem toată energia care-mi mai rămăsese astăzi, trebuie să-și fi făcut efectul, pentru că a reacționat exact cum voiam eu.

– Atunci odihnește-te.

M-am ridicat și am plecat, chiar înainte ca el să-și fi terminat fraza.

Chiar mă simțeam încă obosită și am făcut tot ce am putut ca să adorm, dar corpul meu era convins că este dimineață, nu seară, așa că a refuzat să coopereze. Pe lângă asta, erau mult prea multe gânduri care mi se învârteau în cap pentru ca să pot adormi.

De aceea m-am sculat destul de târziu. Când nu am mai putut să născocesc nimic de făcut care să-mi întârzie ieșirea din cameră, am respirat adânc și am ieșit, după ce hotărâsem în prealabil să merg la piscină. În timpul reflecțiilor de peste noapte ajunsesem la concluzia că nu mai aveam nimic de făcut decât să mă bucur de ceea ce era aici și să fac tot posibilul să evit să vorbesc cu minunata mea familie.

La parter nu am dat peste nimeni, ceea ce a fost o surpriză plăcută. Mi-a fost mai ușor să ajung la clătitele pregătite în prealabil (am ghicit că special pentru mine) ascunse sub plasa împotriva țânțarilor, fără ca Dylan să se mai lege de mine. Am luat în mâini două odată, fără să mă mai obosesc să torn peste ele sirop de arțar, să le ung cu gem sau să le presar cu fructe. În acest moment mă străduiam să respect mesele regulat și doar ocazional reușeam să mă bucur de ele.

Și nu îmi plăceau mic-dejunurile, deoarece, după ce mă trezeam, de regulă nu-mi era foame, așa că mestecam oarecum nerăbdătoare o clătită, aruncând o privire spre cafetieră și întrebându-mă dacă aș fi în stare să fac un fel de băutură cu gheață în ea, de una singură și fără instrucțiuni.

Am văzut pe terasă unul dintre șezlongurile mari, confortabile și l-am împins din umbră la soare. Mi-am pus pe el lucrurile, și anume o sticlă cu apă, o carte și un prosop, apoi m-am ghemuit pe marginea piscinei. Am fost surprinsă că până acum nu întâlnisem niciun membru al familiei, dar m-am bucurat de liniștea neobișnuită.

Am scufundat în apa plăcut-răcoroasă mai întâi un picior și apoi pe celălalt. M-am bălăcit în ea o vreme și mi-am bucurat urechile cu clipocitul ei, până când în cele din urmă mi-am făcut curaj să alunec de pe margine direct în piscină.

Am respirat adânc și m-am întins pe spate, lăsându-mi corpul să plutească inert în derivă. Am închis chiar și ochii. Răcoarea apei se potrivea perfect cu căldura soarelui, care se răsfrângea pe fața mea împreună cu briza caldă. Era plăcută și tăcerea care mă înconjura. Pentru prima dată, am simțit că sunt în vacanță.

Mi-am amintit cum mama îmi promisese că într-o zi vom merge împreună într-o vacanță.

Când am deschis ochii, am văzut bărbatul bărbos care stătea pe marginea piscinei și se uita la mine. Avea la mâini aceleași curelușe și aceeași brățară ca și data trecută. Din nou ținea trabucul într-una dintre ele, iar pe cealaltă o băgase în buzunarul pantalonilor scurți de in, de culoare vaniliei, și avea o curea maro. Astăzi, însă, purta o cămașă lejeră bleumarin, cu mâneci scurte și cu nasturii aproape pe jumătate descheiați, astfel încât lăsa să i se vadă mai mult decât cea de ieri trunchiul bronzat. Era unul dintre acei bărbați care, la prima vedere, păreau că nu dau doi bani pe garderoba lor, dar în final se îmbrăcau mai elegant decât multe modele de pe Instagram. Mi-am pierdut imediat echilibrul. M-am ridicat în picioare, stropind cu apă. Nu știam dacă ar trebui să ies din piscină sau dacă era mai bine să rămân acolo. Am răspuns cu precauție privirii ochilor întunecați, cercetători.

– Bună dimineața, a spus bărbatul în timp ce trăgea un fum din trabuc.

– Bună dimineața, am răspuns eu automat.

– Deranjez?

Da, da, mă deranjezi. Pleacă, dispari din fața mea. Dispari din viața mea.

Te-ai descurcat bine până acum.

Am strâns buzele pentru că nu aveam curajul să o spun cu voce tare, dar măcar am reușit să dau din cap.

El a oftat și a făcut un pas înapoi, așezându-se pe marginea unuia dintre șezlongurile care rămăseseră la umbră.

– Hailie, îți înțeleg reticența. Ai tot dreptul la ea. Totuși, sunt foarte nerăbdător să vorbesc cu tine, a spus el și, când nu am reacționat, și-a înclinat ușor capul și a adăugat: Te rog.

Corpul meu, parcă împotriva voinței mele, i-a dat ascultare. Poate că era din cauza vocii lui, care suna blând, dar emana în același timp un fel de autoritate și forță. Sau din cauza privirii intense care parcă pătrundea până în adâncul sufletului meu. Am înotat încet până la scară și am ieșit din piscină, udând scândurile de lemn închis la culoare.

Am luat imediat prosopul pe care mi-l adusesem și m-am acoperit cu el. Nu pentru că mi-ar fi fost frig, ci pentru că mă simțeam prost defilând doar în costum de baie. Era din două piese, albastru și cu volane, mult prea drăguț pentru a mă simți în largul meu în el în fața unui bărbat mai în vârstă care mă sorbea în mod constant cu privirea. Nu eram pe deplin convinsă că este tatăl meu și încă mă gândeam la posibilitatea ca el să fie de fapt un pervers.

M-am ghemuit pe marginea șezlongului meu și am privit în piscină, așteptând să văd ce se întâmplă. Tremuram din tot trupul, dar repet, nu din cauza frigului, ci probabil din cauza emoțiilor.

– Spune-mi, te împaci bine cu băieții?

M-am uitat fix la suprafața neîntreruptă a apei.

– Se poartă bine cu tine?

Am ridicat din umeri. Piscina asta era frumoasă.

– Și Vincent? Este bun cu tine?

Îmi venea să zâmbesc sarcastic, dar m-am abținut, de teamă că în loc de sarcasm va vedea veselie sau simpatie. De aceea, am ridicat din nou din umeri.

– Știu că are un caracter destul de... complex, a continuat el.

Înainte să vorbesc în cele din urmă, mi-am încleștat maxilarul pentru o clipă.

– Vince a avut grijă de mine după moartea mamei și îi voi fi întotdeauna recunoscătoare pentru asta.

Bărbatul și-a stins țigara într-un pahar cu apă care stătea pe jos chiar lângă piciorul lui. Și-a frecat fața cu mâna și a tras aer adânc în piept, ca și cum epuizarea îl doborâse. Apoi a scuturat din cap și s-a lăsat o clipă de tăcere până când a rupt-o din nou.

– Trăiesc în această lume de o jumătate de secol, am trecut prin multe, am văzut și mai multe, și totuși această convorbire cu tine, dragă Hailie, pare să fie cea mai mare provocare pe care am înfruntat-o vreodată.

Am tăcut.

Nu aveam de gând să îi ușurez situația.

Bărbatul și-a ridicat ochii spre cer, ca și cum ar fi căutat ajutor acolo.

– Vestea morții Gabriellei mi-a frânt inima...

– Nu, l-am întrerupt imediat, deoarece în mod ciudat mă simțeam ofensată de cuvintele lui. Mie mi-a frânt inima. Dumneavoastră nu vă păsa de ea.

– Nu am construit o relație cu mama ta, acesta este adevărul. Asta nu înseamnă totuși că mi-a fost indiferentă.

A înclinat capul, iar în ochii lui întunecați s-a văzut durerea.

– Aceasta este femeia care a dat viață copilului meu și l-a crescut. Bineînțeles că îmi păsa de ea. Bineînțeles că mă durea să știu că a murit în circumstanțe atât de tragice. Și că fiica mea și-a pierdut mama.

M-am ridicat.

– Trebuie să mă duc acasă.

– Hailie...

– Am uitat să fac ceva, am mormăit eu și, strângându-mi degetele pe prosopul care mă acoperea, aproape că m-am împiedicat când am intrat.

Camden Monet mă alungase de pe terasă pentru vreo două ore bune. Nici nu m-ar fi deranjat să stau în siguranță între cei patru pereți ai dormitorului meu, dacă nu aș fi uitat să-mi iau cartea de pe șezlong. Am îndrăznit să mă întorc după ea când am văzut de la fereastră că bărbatul dispăruse undeva pe plajă. Ieșise la o plimbare solitară, iar lângă capul lui plutea un mic norișor de fum de la un alt trabuc pe care și-l aprinsese.

Știam că aveam tot dreptul să-l evit, să nu simt nevoia să vorbesc cu el și să simt o aversiune față de el, totuși remușcările începeau încet să mă atace. Mă săturasem deja de sensibilitatea mea, care devenea din ce în ce mai mult o slăbiciune.

M-am așezat pe un șezlong lângă piscină, dar nu foarte comod, astfel încât, dacă bărbatul se întorcea, să pot pleca de acolo cât mai repede. Mă uitam mereu pe sub sprâncene la alee sau la ușa glisantă, precum și la pereții de plante, pândind semnele întoarcerii domnului Monet.

Cu siguranță că nu aveam nevoie de această precauție pentru a-i observa pe frații mei – râsetele lor ajunseseră deja la urechile mele de departe, deși nu i-am văzut decât atunci când au dat buzna pe terasă. Toți trei erau fără cămașă și, printr-un miracol, reușiseră deja să-și bronzeze abdomenele musculoase.

Dintr-odată s-a produs agitație – Shane, căscând zgomotos, a dispărut în bucătărie, dar s-a întors câteva secunde mai târziu cu o pungă de chipsuri. Imediat a băgat o mână întreagă în gură, apoi a făcut mult zgomot cu pachetul în timp ce îl rupea. Și-a protejat ochii de soare cu ochelari negri și s-a aruncat pe unul dintre scaune, întinzându-și picioarele pe altul.

Tony a sărit în piscină, stropindu-mă puțin cu această ocazie. În schimb Dylan m-a măsurat cu privirea, iar eu am suspinat în sinea mea pentru că, atunci când s-a apropiat și s-a întins pe șezlongul de lângă mine, știam că era pe cale să se agațe de ceva – altfel nu ar mai fi fost el.

Cred că reușisem să-mi cunosc destul de bine frații, pentru că nu mă înșelasem deloc.

– Ce fel de costum e ăsta? a întrebat el provocator, indicând cu bărbia spre bikini mei albaștri.

Prosopul cu care mă acoperisem mai devreme dispăruse de mult. Îl dădusem jos și acum îl țineam doar la îndemână, în caz că se întorcea bărbatul acela și m-aș fi simțit din nou stingherită.

– De baie, am răspuns, îngropându-mi privirea în paginile cărții.

– Și ce-i cu ciucurii ăia?

– Sunt volane.

– Altul mai sumar nu era?

– Ba da, am mormăit, apoi Dylan mi-a smuls cartea din mâini. Hei!

– Cine ți-a cumpărat asta? Și-a încruntat sprâncenele și mi-a pus cartea la spate.

– Eu am comandat-o online!

– Dar cine a plătit?

– Păi, Will.

Fratele meu preferat nu mergea cu mine la mall, scuzându-se că nu are timp. Dar se revanșa, invitându-mă regulat să mă așez în fața laptopului său, pe care mă punea să fac o mulțime de cumpărături online. La sfârșit, el pur și simplu plătea pentru ele, iar eu eram întotdeauna jenată la vederea prețului pentru toate articolele pe care le aruncasem în coș. Site-urile pe care mi le recomanda Will nu erau cele mai ieftine.

– A văzut măcar lucrurile pe care ți le-ai ales? a pufnit el.

– Și tu ce vrei să spui? am început să strâng din dinți de exasperare.

Dylan și-a ridicat sprâncenele la tonul meu.

– Vreau să spun că nu-mi place.

– Ei bine, nu trebuie să-ți placă ție, am oftat.

– Nici lui Tony nu-i place. S-a lăsat pe spate în fotoliu. Așa-i că nu-ți place, Tony?

Tony se relaxa în piscină. Stătea cu coatele rezemate de margine și cu ochii închiși, dar acum i-a deschis ca să se uite la mine. S-a întors repede cu fața spre soare și a ridicat din umeri cu indiferență.

– Lasă-mă în pace, am bolborosit.

Ultimul lucru pe care mi-l doream era o ceartă cu Dylan. Voiam doar să mă relaxez în vacanță și să mă bucur de soare, care nu prea exista în această perioadă a anului în Pennsylvania.

– Cred că ar trebui să te schimbi, a sugerat el aparent amabil.

Îmi testa cu succes răbdarea, căci clocoteam de furie și eram pe punctul de a exploda. Plănuiam să-i spun că eu, la rândul meu, credeam că ar trebui să-și vadă de treburile lui, dar apoi mi-am amintit cât de răi pot fi frații mei, mai ales Dylan, așa că în ultimul moment mi-am schimbat strategia.

Am lăsat capul în jos, m-am uitat la bikini și mi-am pus mâinile pe burta mea goală. De asemenea, mi-am mușcat buza pentru un efect și mai bun.

– Ai dreptate, am șoptit aparent pentru mine, dar am avut grijă să mă audă toți trei.

Când mi-am ridicat din nou privirea, abia m-am stăpânit să nu chicotesc. Dylan se holba la mine cu gura deschisă spontan. Tony privea și el încoace. Chiar și Shane se oprise din ronțăit. Mi-am încolăcit picioarele și mi-am strâns gleznele cu degetele.

– Sunt grasă.

– Ce? a gâfâit Dylan în cele din urmă.

Am ridicat din nou din umeri și am întins mâna după un prosop. M-am acoperit cu el, dar Dylan mi l-a smuls imediat și l-a aruncat la pământ.

– Ce faci? am protestat eu cu voce tare.

– Taci din gură. Ai luat micul-dejun?

Câteva secunde de tăcere au fost suficiente pentru ca el să se ridice până în poziția șezând.

– Te întreb dacă ai luat micul-dejun?

– Mi-ai spus să tac, am mormăit.

– Da sau nu?

– Ei bine, da! am strigat în cele din urmă, copleșită, enervată și epuizată de interogatoriul lui idiot.

Nu am așteptat să continue, am sărit de pe scaun și am pornit cu un pas rapid spre treptele terasei, pe care le-am urcat agitată în mare viteză.

– Hei, unde te duci? Nu e voie să te îndepărtezi singură! a strigat în spatele meu.

– Suntem pe o nenorocită de insulă privată! am strigat și eu, fără să-i mai arunc nicio privire.

Insula era într-adevăr privată și, în afară de mine, de băieți, de străinul care pretindea că este tatăl meu și de personalul de serviciu, nu puteam da peste nimeni aici. Cu atât mai absurde erau glumele lui Dylan despre ținuta mea.

M-am calmat puțin abia când am ajuns pe plajă. Până atunci avusesem destulă viteză, dar dintr-odată m-am oprit și m-am prăbușit pe nisip, uitându-mă la marea magnifică, multicoloră, a cărei priveliște liniștitoare era tot ce-mi trebuia.

Aceasta este a doua mea zi de vacanță, de fapt prima, având în vedere că ieri dormisem în cea mai mare parte. Între timp, mă gândeam deja că mi-ar fi fost mai bine dacă aş fi rămas în Pennsylvania. Ştiam că plecarea cu cei trei frați mai mici ai mei implica momente plăcute şi neplăcute, dar în această clipă aveam sentimentul că, probabil, urma să am parte numai de cele din a doua categorie.

Am trecut fără probleme de la reflecția la frații mei enervanți la analiza conversației cu Camden Monet. Chiar şi în mintea mea îmi venea greu să-l distribui pe acest bărbat în rolul de părinte al meu. Era pur şi simplu ciudat. Tatăl meu o părăsise pe mama cu mult timp în urmă, nu a vrut niciodată să mă cunoască, iar apoi pur şi simplu a murit. Aceasta este, la urma urmei, singura versiune corectă. Îmi era greu să accept brusc alta nouă.

Cufundată în gânduri, am auzit un fâșâit în spate. Începusem deja să-mi imaginez că sunt atacată din spate de un crab thailandez mutant, dar nu era decât Shane. Venea spre mine în ritm de plimbare, cu aceeaşi pungă de chipsuri în mână pe care o începuse pe terasă.

Shane purta pantaloni scurți albi, un lanț în jurul gâtului şi ochelari pe nas. Părul lui scurt şi negru era ciufulit. Este remarcabil cât de mult semăna cu fratele său geamăn, fiind în acelaşi timp diferit față de el. Deşi amândoi erau musculoşi, Shane părea îndesat. În schimb, aveau ochi literalmente identici: mari, albaştri, înconjurați de un evantai de gene dese, negre. Cu toate acestea, privirile aruncate de sub ele erau complet diferite. Ochii lui Tony erau aproape întotdeauna întunecați şi indiferenți, în timp ce ai lui Shane aveau de obicei o privire lipsită de griji şi blândă, ca şi cum puține lucruri în viață contau pentru el în afară de o distracție pe cinste.

Am suspinat adânc. Ei bine, s-a zis cu momentul meu de singurătate.

Când m-a ajuns în sfârşit, Shane s-a prăbuşit pe nisip chiar lângă mine. Mi-a strecurat în tăcere un pachet de chipsuri sub nas, dar am scuturat negativ din cap, mutându-mi privirea înapoi spre mare.

– Voiam să fiu singură, am murmurat, însetată de liniște, de calm și de foșnetul relaxant al apei, stricate de plescăitul lui.

– Știu, îmi pare rău.

M-am uitat să mă asigur că ceilalți băieți nu s-au luat după noi. M-am simțit ușurată când am văzut că aleea care leagă cabana de vacanță de plajă era goală.

Poate că nu ar trebui să fiu supărată, ci mai degrabă recunoscătoare că, din cei trei frați, cel care mă urmase până aici era Shane.

– Nu trebuie să stai aici cu mine, am încercat din nou. Mă străduiam să par calmă, nu furioasă. O să stau aici puțin și mă întorc imediat.

– Mhm.

Nu s-a mișcat.

Am inspirat adânc. Ei bine, nu face nimic. Am ridicat mâna și am băgat-o fără mofturi în punga lui.

– Hei, ascultă... a început Shane. Știi că Dylan nu a vrut să spună că ești grasă.

– Știu.

Încă un moment de tăcere.

– Unde ați fost în dimineața asta? am întrebat cu indiferență.

– La o cățărare.

Am dat din cap și am pus următoarea întrebare, înregistrându-mi cu surprindere dezamăgirea din propria voce:

– De ce nu m-ați luat cu voi?

L-am surprins și pe el, pentru că a clipit și s-a uitat la mine cu ochi mari.

– Păi... nu știam că vrei...

– Nu m-ați întrebat.

– Ei bine... da, dar... Știi, cățărarea nu este ușoară, iar tu nu ești antrenată. Ne-ai încetini și ar trebui să fim atenți la tine.

Cel puțin, a fost sincer.

– Şi tata voia să vorbească cu tine, a adăugat el.

– Ah, bine, da. Tata.

Disprețul din vocea mea a fost întâmpinat de Shane cu o privire întrebătoare.

– Ce ți-a spus?

Mi-am muşcat buza de jos, întrebându-mă dacă aveam vreo dorință să abordez subiectul cu el.

– Că este foarte întristat de moartea mamei mele.

– Crezi că minte?

Am ridicat din umeri.

S-a auzit un foşnet insuportabil când Shane a mototolit punga goală transformând-o într-un ghem mic pe care l-a strâns sub coapsă ca să nu-l piardă. Apoi şi-a scuturat mâinile şi a mormăit. Părea nerăbdător să vorbească cu mine, ceea ce era frumos, dar cred, de asemenea, că nu ştia deloc cum să procedeze.

– De ce ați mințit? am întrebat eu, luând inițiativa.

– Când?

– Ați spus că tatăl nostru este mort. Chiar şi Will a spus asta.

Am făcut o grimasă. Fratele meu preferat, în care aveam atâta încredere, chiar şi el mă mințise.

– Nu e vorba chiar că te-am mințit, doar că... Shane s-a scărpinat după ureche. Ştii ce, cred că tatăl tău ar trebui să-ți spună chiar el, nu?

– Shane, spune-mi tu, te rog.

A lăsat aerul să-i iasă din gură, clar copleşit.

– Vince ți-a spus ceva despre afacerea noastră, nu-i aşa?

Am dat din cap.

– Ce ți-a spus mai exact?

Am ghicit că prefera să mărturisesc cât de mult ştiam, ca să nu dezvăluie prea mult.

– A spus că, în general, aveți multe afaceri şi că nu toate sunt legale, am răspuns aproape automat.

Shane a dat din cap.

– Ei bine, da, pentru că, atunci când au început bunicul și străbunicul nostru, nu era legală. Abia când tatăl nostru s-a apucat de treabă a reușit în cele din urmă să legalizeze cele mai multe dintre ele, dar a muncit foarte mult pentru asta și... nu tuturor le-a plăcut. A ajuns la punctul în care a trebuit să-și însceneze propria moarte. Altfel, acum ar fi ispășit o condamnare pe viață.

– Și-a înscenat propria moarte? am repetat înfundat.

Shane și-a tras din nou nasul și s-a întors, ca și cum ar fi verificat să vadă dacă trage cineva cu urechea.

– Toată lumea crede că e mort, așa că nu se vorbește despre asta. Vincent poate conduce afacerea fără teamă, iar tata nu este în închisoare. *Happy end.*

– Și stă ascuns aici?

– Păi, într-un fel. Se ascunde în diferite locuri. De obicei pe insule ca asta. De asta am venit aici, oricum, să petrecem ceva timp împreună. Asta e tot ce ne-a mai rămas. Nu se poate întoarce în State. Ar fi prea riscant.

Nu mi s-a părut chiar un final fericit.

Shane se juca cu nisipul. Cu siguranță prefera să scormonească în el, decât să-mi întoarcă privirea.

Iar eu am râs. Am izbucnit în râs, un râs atât de pur și de colorat, încât a ridicat capul vădit nedumerit. În schimb eu m-am trântit pe nisip; stăteam întinsă și îmi acopeream fața cu mâinile, râzând în continuare.

– Asta nu poate fi adevărat. Shane, spune-mi că e o glumă – am chicotit din nou, iar apoi am revenit brusc în poziția șezând, devenind serioasă într-o secundă. E cumva o glumă, Shane? Ce este, scuză-mă, poate un film de acțiune?

– Cred că ai înțeles deja că familia noastră nu este obișnuită.

– O, da. Am început să suspectez ceva acum o lună, când un tip era să mă împuște în pădure.

– Vezi cum reacționezi. E prea mult pentru tine. De aceea n-are rost să-ți spun mai multe lucruri, a spus Shane, ridicându-se și apucând în ultimul moment punga de chipsuri înainte ca aceasta să zboare. Haide, să ne întoarcem. Vom lua prânzul curând.

M-am ridicat în picioare, dar numai ca să țin pasul cu el și să fiu sigură că va auzi răspunsul meu.

– Dacă mi-ați fi spus imediat tot adevărul, mi-ar fi fost mai ușor să pun totul cap la cap, dar în loc de asta mi-ați spus doar o părticică de fiecare dată – și ești surprins că acum reacționez așa și nu altfel! am strigat, dar el a dat doar din mână.

Shane, deși era mai drăguț decât Dylan sau Tony, era totuși enervant, iar astăzi puteam confirma oficial acest lucru. Nu puteam nici măcar să apreciez cum se cuvine faptul că îmi împărtășise niște informații importante. Deci tatăl meu își înscenase propria moarte. M-am gândit că istoria familiei mele era chiar mai complicată decât mi-aș fi putut imagina.

Nu era nicio șansă să scap de prânz, mai ales după discuția mea anterioară cu Dylan, așa că ne-am așezat toți împreună la masă. Am mâncat în sufrageria cu aer condiționat, deoarece afară era prea cald. Dylan mă enerva uitându-se tot timpul la farfuria mea. Din fericire, la prânz ne-au fost servite mâncăruri destul de ușoare. Mi-a plăcut salata de creveți picantă. Mi-am dat seama că de când eram aici mâncasem doar o salată ieri, salata de azi și două clătite. Am simțit o mică remușcare. Mi-am promis că voi oferi organismului meu ceva mai consistent la cină.

Tatăl meu a apărut și el la masă, dar părea prostdispus. A stat de vorbă cu băieții despre diverse lucruri, dar m-a lăsat în pace, deși îi simțeam din când în când privirea ațintită asupra mea.

După prânz, băieții s-au întins pe șezlonguri, pregătiți pentru somn. Eu, pe de altă parte, m-am așezat lângă ei și am început să citesc o carte. Nu era un moment mai bun să petrec timp cu frații mei decât atunci când erau atât de mulțumiți de mâncarea lor, încât au căzut într-un somn perfect de după-masă. Erau ca urșii care, atunci când sunt sătui, devin blânzi și nu mai încearcă să devoreze pe nimeni.

Curând, însă, a început să sufle o briză ușoară și am intrat în casă, la mine în cameră, ca să-mi pun ceva pe umeri. Nu m-am mai întors afară, pentru m-am lăsat pe pat și am adormit și eu. M-am trezit două ore mai târziu, întinzându-mă încântată și după un timp m-am târât încet până la baie. Încă somnoroasă, am decis să mă întorc pe terasă după carte. M-am frecat la ochi și am pornit pe coridor. Ușa unuia dintre dormitoare era deschisă și, mânată de pură curiozitate, am tras cu ochiul înăuntru. Am fost imediat captivată de camera neobișnuită. Asemănătoare de fapt cu a mea, dar cu siguranță mai mare. Primul lucru care mi-a atras atenția a fost balconul enorm, care dădea spre stânci și spre partea interioară a insulei. În mod inconștient am trecut pragul dormitorului, atrasă de peisajul extraordinar. Ușa balconului era pe jumătate deschisă, așa că am decis că nu era o problemă dacă ieșeam afară.

„Oh, de ce nu mi-a arătat nimeni asta încă", m-am gândit. În balconul larg și lung era o mobilă frumoasă de grădină, care nu cred că era folosită prea des. Am ghicit că intrasem aici prin camera lui Camden când, pe o masă joasă, am observat o scrumieră maro, probabil din ceramică, în care erau câteva trabucuri arse. Mi-am imaginat cum bărbatul venea aici seara înainte de culcare în halat, își aprindea un trabuc, stătea lângă balustradă și se gândea în tăcere, admirând priveliștea stâncilor și a vegetației dense, exotice, care forma adevărate ziduri în jurul balconului intim.

Am suspinat cu încântare. Dacă ceva merita bătaia de cap cu băieții, era acest tip de peisaj. Am constatat că balconul, deși se îngusta considerabil, se întindea de-a lungul părții stângi a casei. Curioasă, l-am urmat, dorind să văd cât de departe ajungea. Speram să văd marea din el. Dacă era într-adevăr așa, eram gata să îl declar balconul ideal.

Am făcut alți câțiva pași și am trecut pe lângă o ușă glisantă și apoi pe lângă alta. Evident, balconul făcea legătura între mai multe dormitoare, iar când am descoperit acest lucru, și-a pierdut imediat în ochii mei o parte din atractivitate. M-a străbătut un fior când mi-am imaginat că aș putea avea un balcon la care se putea ajunge și din dormitorul fraților mei.

Și apoi am tresărit când murmurul liniștit al cuiva mi-a ajuns la urechi. M-am întors repede, dar eram încă singură aici. Apoi am făcut un pas înapoi și, înainte să mă pot opri, m-am uitat pe fereastra pe lângă care tocmai trecusem.

Și asta a fost cea mai mare greșeală a mea, pentru că din acea curiozitate m-am ales cu o traumă pe viață.

4
GUSTUL VINULUI

Dylan era în camera lui, stătea lângă pat cu ochii închişi.

Am ridicat din sprâncene, dar, înainte să mă pot întreba ce naiba făcea, privirea mi-a alunecat mai jos şi am văzut doar părul negru al unei fete într-un şorţ alb, care stătea în genunchi cu spatele la mine, dar cu faţa lângă...

Am încremenit!

O, nu!

Doamne!!!

Dylan s-a uitat în jos la fată şi a mormăit din nou ceva, iar dinţii i-au sclipit într-un zâmbet. Şi-a pus mâna pe partea laterală a capului ei.

Gata să scap, m-am îndepărtat de fereastră, încercând să nu fac niciun zgomot, dar s-a dovedit inutil, pentru că, atunci când a ridicat capul, Dylan avusese timp să deschidă ochii şi privirea i-a căzut pe mine.

Am luat-o la fugă, urmată de un val de înjurături sonore din partea fratelui meu drag. Nu l-am ascultat. Nici măcar nu m-am uitat să văd dacă aleargă după mine. Am fugit în dormitorul lui Camden, prin care ajunsesem aici şi m-am oprit şovăitoare în prag.

Simţeam o nevoie imperioasă să mă descarc de ceea ce văzusem! Obrajii îmi ardeau ca focul, probabil că eram roşie toată!

Din capătul coridorului s-au auzit pași apăsați. Știam că era Dylan care mă căuta. Aș fi putut rămâne în dormitorul în care probabil m-ar fi găsit imediat, sau să mă arăt și să fug repede pe scări în jos, rugându-mă în gând să găsesc o ascunzătoare mai bună. Poate aș putea fugi în tufișuri și să stau acolo tot restul vacanței?

Am optat pentru cea de-a doua variantă. M-am aruncat afară din dormitor și am fugit la parter, auzindu-i strigătele și o altă înjurătură în spatele meu. Dar nu mi-am calculat viteza în mod corespunzător, pentru că, în momentul în care am dat să fug afară din bucătărie pe terasă, am simțit cum mâna lui Dylan se strânge pe umărul meu și mă oprește.

– Nu am văzut nimic! am strigat imediat.

Când m-a întors cu fața spre el, am închis strâns pleoapele pentru că nu aveam curaj să mă uit la el.

– Ce naiba făceai acolo? Uită-te la mine!

– Nu pot! am gemut, lăsând capul în jos și ascunzându-mi fața în mâini.

– Nu ai văzut nimic, nu? a răcnit Dylan, iar pentru o clipă mâna lui s-a strâns mai tare pe umărul meu. Dar mi-a dat repede drumul, ca și cum și-ar fi venit în fire, chiar înainte ca o nouă voce de pe terasă să mormăie:

– Ce se petrece aici?

Era Camden, care stătea pe un șezlong cu o carte în mână și se aplecase să vadă cine îi tulbura liniștea. Părea iritat, dar fața i s-a înmuiat când m-a văzut.

– Nimic, doar stăteam de vorbă, a bolborosit Dylan, și m-a cuprins cu brațul pe după umeri într-un gest fals de prietenie.

M-am crispat.

– Mhm.

Bărbatul și-a mutat privirea de la fiul său la mine.

– Este totul în ordine?

Brațul fratelui meu m-a îmbrățișat mai strâns.

– Da, da, m-am grăbit să răspund și am dat și din cap afirmativ.

Camden ne-a aruncat o privire bănuitoare, dar în cele din urmă s-a întors fără un cuvânt la lectura sa. Apoi Dylan m-a tras în casă și și-a plimbat degetul arătător prin fața nasului meu.

– Este mai bine ca treaba asta să rămână între noi.

Părea amenințător, dar știam că acest ton era provocat în primul rând de neliniște, așa că am zâmbit.

Un zâmbet larg și sincer mi-a apărut pe buze, pentru că în acel moment mi-am dat seama că în sfârșit eu eram cea care avea un as în mânecă. Simțeam că am putere asupra lui Dylan, un sentiment de care mă bucuram probabil pentru prima dată și care avea un gust superdulce. Nici Vince și nici chiar Will, care păreau să fie până acum singurii oameni de care Dylan se putea teme, nu-mi permiseseră niciodată să savurez nici cea mai mică fărâmă de control asupra lui și nici nu simțisem vreodată că l-aș putea amenința. Astăzi, însă, aflasem că există o a treia persoană pe care dragul meu frățior nu voia să o supere. O persoană care era pregătită să-mi țină partea cu mult mai multă promptitudine decât tutorele meu legal.

Pentru nimic în lume nu aveam de gând să renunț la avantajul pe care mi-l oferise soarta, chiar dacă asta însemna că la un moment dat va trebui să stau de vorbă cu Camden Monet.

Acum mai trebuia doar să-mi șterg din minte ceea ce văzusem.

Scârboșenia aia!

Dylan probabil că știa foarte bine ce-mi trecea prin minte și, ca să mă exprim delicat, nu părea încântat.

– Ei, m-ai auzit? a șuierat mai tare, aplecându-se mai aproape de fața mea.

– Da, Dylan, desigur.

Mi-am arătat dinții.

S-a uitat la mine o clipă fără să scoată un cuvânt, apoi m-a ocolit și s-a întors la etaj, dându-mi în treacăt un brânci. Mi-am pierdut echilibrul și m-am izbit de perete, dar tot nu am încetat să mă bucur.

Descoperisem astăzi că există modalități de a mă descurca cu frații mei. Nu aveam nicio șansă să îi depășesc prin forță fizică, nu aș fi putut nici să-i conving cu vorba bună, dar, fiind sora lor mai mică, puteam încerca alte trucuri. Dacă să fac apel la mila lor nu mergea, se pare că mai exista întotdeauna o altă opțiune.

Puteam să mă plâng de ei lui Camden – un om care lăsa impresia că este gata să facă mult pentru a intra în grațiile mele. Pentru prima dată în viață aveam un zâmbet atât de viclean pe buze.

Camden încerca, de fapt, fără încetare să găsească o modalitate ca să stabilească un contact cu mine. Încerca cu blândețe să discute cu mine despre fel de fel de banalități, la care eu răspundeam rar. Nu aveam ce să fac, simțeam un fel de barieră între noi. Curând mi-am dat totuși seama că nu trebuie să fug de el, pentru că era dispus să-mi respecte limitele. Reușea să nu mă înspăimânte cu agresivitatea lui. Poate de aceea am fost de acord să rămân singură cu el pe insulă când a venit weekendul și frații mei și-au exprimat dorința de a merge pe continent. Plănuiau să rămână acolo toată noaptea și să petreacă.

Dylan și Shane m-au întrebat fiecare de mai multe ori dacă nu mă deranjează să rămân singură pe insulă fără ei. La început, e drept că ideea nu mi-a surâs, dar nu am vrut să le stric planurile. Și apoi, Camden poate că nu-mi câștigase încrederea ca tată, dar mă bizuiam că nu mă va necăji. Uneori chiar mi se părea în regulă – mai ales când îl vedeam râzând împreună cu băieții sau certându-l pe unul dintre ei aspru și fără menajamente. Apoi răspundea furiei lor cu priviri discrete, care ascundeau o urmă de dragoste așa cum doar un părinte poate arăta unui copil.

Nu eram sigură că nu o inventasem eu pe asta.

La urma urmei, și eu eram însetată după astfel de relații. Dar, din păcate, nu speram că le voi avea vreodată cu el.

Doream foarte mult să vorbesc cu terapeuta mea despre acest lucru în întâlnirile la distanță pe care am continuat să le am cu ea, chiar și aici, în Thailanda. Cu toate acestea, să vorbesc cu ea despre tatăl meu, despre care lumea credea că este mort, nu mi s-a părut o idee bună. Chiar și Dylan m-a sfătuit să păstrez vestea asta pentru mine. Era vizibil jenat, probabil conștient că, dacă ascundeam informații atât de importante despre viața mea, eficiența terapiei va avea de suferit.

Așa că mă aștepta un weekend în paradis și fără frații mei enervanți. Este o naivitate, dar inițial m-am așteptat că nici Camden nu va încerca să lege prea multe conversații cu mine și mă va lăsa să mă relaxez în singurătate.

Sâmbătă după-amiază, frații mei erau deja pregătiți să se urce în elicopter. În timp ce treceau pe lângă mine, mi se învârtea capul de la intensitatea diverselor mirosuri de apă de colonie de care nu scăpasem până la sfârșitul săptămânii. Când a trecut pe lângă mine, Dylan mi-a ciufulit părul și mi-a spus să fiu cuminte. Mai că mi-a venit să-i arunc în spate cartea pe tocmai o citeam, dacă nu aș fi respectat atât de mult cărțile.

Am privit de pe terasă cum decolează elicopterul, cu frații mei emoționați de perspectiva viitoarelor distracții și am regretat că nu i-am oprit. Cu coada ochiului l-am văzut pe Camden, sprijinit de perete, cu o țigară în gură. Încă nu mă acostase, dar mai târziu, când m-am dus să mă odihnesc, a bătut la ușa camerei mele. La început am crezut că este camerista. De fapt, nu știam ce ar fi mai rău. O întâlnisem de câteva ori pe fata pe care o surprinsesem cu Dylan și, ca să mă exprim eufemistic, m-am simțit destul de stânjenită în preajma ei. Din fericire, și ea părea să mă evite.

Când mi-am dat seama până la urmă că era tatăl meu, i-am permis fără chef să intre. A deschis ușa și a rămas în pragul camerei, umezindu-și buzele.

– Voiam să te invit la cină.

– La cină? am repetat prostește, stimulându-mi celulele cenu-șii să găsească o scuză bună. Ăăă, nu aveam de gând să mănânc o cină mare în seara asta. Mă gândeam să ronțăi ceva la repezeală.

– Am rugat-o pe bucătăreasă să pregătească ceva special.

Se uita la mine așteptând răbdător un răspuns, dar degetele i se albiseră pe clanță.

– Ăăă, păi dacă e așa...

Camden a înclinat capul.

– Atunci e în regulă...

– Grozav! a comentat el imediat, iar gura i s-a întins într-un zâmbet larg care nu prea se potrivea cu imaginea mea despre el. Să fii acolo, te rog, jos, la ora opt.

Am dat din cap, iar când a închis ușa în urma lui, am oftat înciudată de lipsa mea de fermitate. Nu aveam niciun chef de niciun fel de cină.

Cu toate acestea, două ore mai târziu chiar am coborât scă-rile. Am întârziat, pentru că mi-am împletit două cozi, pe care apoi le-am prins la spate, astfel încât să se odihnească pe restul de păr lăsat liber. Nu îmi făceam prea des cozi în felul acesta și îmi displăcea gândul că în subconștient mă străduisem să mă îmbrac elegant pentru cina cu tatăl meu.

Afară se întunecase deja, dar terasa era iluminată corespun-zător. Lampioanele amplasate ici și colo creau un efect special. Unele erau chiar înșirate pe o sfoară care se înfășura în vegetația din jur și realiza o ambianță deosebit de intimă. Era și mai multă culoare pe masă. Deși era acoperită cu o față de masă albă clasi-că, farfuriile cu modele și vazele de sticlă în care ardeau lumâ-nări mici, plate creau o atmosferă deosebită. Din vazele de sticlă se răspândea un parfum delicat și dulceag, care plutea în aer.

Înainte să mă așez pe unul dintre cele două scaune pregătite, mi-am trecut mâna peste spătar, plimbându-mi privirea peste întreaga veselă. Aveam o mare slăbiciune pentru astfel de lucruri frumoase și gândul că această cină fusese pregătită cu atâta grijă pentru mine mi-a făcut să-mi zvâcnească inima.

– Dă-mi voie, s-a auzit vocea răgușită a lui Camden, care a apărut în spatele meu.

M-am întors imediat și mă pregăteam să-mi încrucișez mâinile în față, neștiind ce altceva mai bun să fac cu ele. În acest moment, bărbatul s-a apropiat și, respectând distanța dintre noi, mi-a ridicat încet mâna. Am tremurat când am simțit atingerea degetelor lui dure și reci pe pielea mea moale, dar nu m-am retras. I-am urmărit ca hipnotizată fiecare mișcare. M-a surprins când s-a aplecat să-mi atingă vârful degetelor cu buzele.

– Arăți minunat, a spus el.

Apoi mi-a pus mâna înapoi unde fusese înainte, adică lăsată lejer de-a lungul trunchiului. Gesturile lui erau atât de delicate, de parcă ar fi avut de-a face cu petala unei flori pe care nu voia să o strivească. Neobișnuită cu un astfel de tratament, m-am așezat pe scaunul pe care mi-l împinsese în spate, rugându-mă în gând doar să nu mă fac de rușine în fața lui cu stângăcia mea înnăscută.

Îi urmăream timidă fiecare mișcare în timp ce înconjura masa și se așeza vizavi de mine. În cămașa lui închisă la culoare mi-ar fi amintit acum de Vincent, dacă nu ar fi fost faptul că ținuta lui era înviorată de pantalonii albi încheiați cu o curea maro-închis. Primii câțiva nasturi ai cămășii erau și ei lăsați în mod obligatoriu descheiați și nu renunțase la bijuterii – o brățară metalică, un lanț de argint și curelușe. Părul îi era bine pieptănat pe spate, iar barba, care mi se părea că se lungește pe zi ce trece, bine îngrijită și uniform tunsă. Arăta ca o chintesență a clasei și a stilului. M-am bucurat în sinea mea că nu venisem aici cu tricoul pătat pe care îl purtam mai devreme, pentru că o clipă mai înainte acesta fusese planul meu. De asemenea, am început să mă stresez dacă nu cumva o să-mi murdăresc din greșeală rochia albă, largă, din dantelă, una dintre cele mai drăguțe pe care le comandase Will pentru mine.

Bărbatul a luat o carafă cu apă și fructe. S-a aplecat ușor peste masă ca să ajungă la paharul gol de lângă farfuria mea.

L-a umplut, iar eu i-am mulțumit în liniște, tot mai copleșită de acest tratament regal.

Înainte ca tăcerea stânjenitoare să ne copleșească, au intrat bucătăreasa și ajutorul ei, iar în fața ochilor noștri a apărut una dintre salatele mele preferate de mango, pe care le mâncam aici fără reținere și ceva îmi spunea că și Camden observase. Ne-a fost servită ca antreu, deoarece felul principal era o mâncare cu orez și un sos foarte picant servit în mod deliberat într-un vas separat. Apoi a apărut în farfuriile noastre ceva cu pui dulce și cu fructe de mare. Stomacul meu se umplea foarte repede, dar doream să gust fiecare fel de mâncare și să-l apreciez. Toate erau uimitoare. Am simțit că nu mai aveam suficient loc pentru desert, dar nu am putut refuza o cupă mică de înghețată.

Nu am prea vorbit. Am răspuns doar pe scurt la întrebările lui despre mâncare. Dacă îmi place, ce sos prefer și ce părere am despre crabii prăjiți. La sfârșit, când toate vasele fuseseră luate de pe masă și credeam că cina se terminase și mă puteam furișa sus să mor acum în pat de prea multă mâncare, în fața mea a apărut un pahar cu vin. I-am aruncat o privire întrebătoare comeseanului meu. Într-o mână încă mai ținea un șervețel, iar încheietura celeilalte se sprijinea de marginea mesei. În lumina caldă și blândă a lampioanelor, fața lui părea mai misterioasă decât în timpul zilei.

– După o cină atât de consistentă ai nevoie de ceva pentru o bună digestie, a explicat el.

– Nu pot să beau alcool, i-am răspuns.

Observasem deja că domnul Monet nu refuza alcoolul. Mai mult, chiar și băieții beau (de obicei seara). Cu toate acestea, mie nu-mi oferiseră niciodată. Așadar, de ce astăzi?

– Bineînțeles că nu, a fost de acord el, încuviințând din cap. Doar dacă nu sunt eu persoana care îți oferă un pahar de vin alb de desert la sfârșitul cinei noastre împreună.

Mi-am mușcat buza.

– Nu am voie, așa a spus Vince.

– În cazul ăsta, Vincent nu trebuie să știe.

Nu m-am putut abține să nu răspund delicat la zâmbetul lui.

– El știe tot, am șoptit.

Colțurile gurii lui s-au ridicat și mai mult.

– Atunci știe în mod sigur că ar fi o prostie să obiecteze împotriva deciziilor mele.

A ridicat paharul, degetele lui zăbovind pe piciorul îngust. Cu o mică ezitare, m-am întins după al meu. Eram foarte tentată de perspectiva prostească de a avea în sfârșit cel puțin un secret față de Vincent. Și, trebuie să recunosc, eram curioasă să gust vinul. Degustarea alcoolului mă incita pentru că nu o mai făcusem niciodată, iar paharul din mână îmi permitea să mă simt ca toate acele femei frumoase din filme și cărți. Cele care purtau rochii șic, cizme înalte și își vopseau buzele în roșu.

Camden și-a ciocnit ușor paharul de paharul meu.

– În cinstea ta, fiica mea dragă!

M-au străbătut fiorii la auzul acelui cuvânt extraordinar care se desprindea pentru a doua oară de pe buzele lui. Mâna în care țineam paharul a tremurat și am retras-o cu o mișcare rapidă. Vinul se legăna în el, dar nu era mult, așa că, din fericire, nu s-a vărsat nimic.

Tatăl meu a observat cu siguranță reacția mea, dar mi-a făcut doar cu ochiul și am luat o înghițitură.

Ah, cât de mult mi-a plăcut gustul! Era ca un compot dulce, dar salvat de o dulceață exagerată datorită gustului secundar ca un avertisment al alcoolului, care nu-mi permitea altceva decât să-l savurez pe îndelete. Am pus paharul deoparte, lingându-mi buzele cu satisfacție.

– Îți place?

Am dat timidă din cap și Camden a râs.

– Dar să nu le spui băieților. Ei vor fi geloși, pentru că atunci când erau mici nu le-am permis niciodată să bea un păhărel de vin la cină.

Mi l-am imaginat imediat pe Dylan îmbufnat pentru o asemenea prostie. Știam foarte bine că era capabil de așa ceva.

– Atunci de ce mie îmi dai voie? am întrebat eu.

El și-a înclinat ușor capul.

– Pentru că tu ești un copil bun și cuminte, iar ei erau neascultători, copii răsfățați care trebuiau să fie ținuți din scurt.

Am izbucnit în râs. Spusese adevărul pe care nimeni altcineva nu îndrăznea să-l spună cu voce tare.

– De unde știi cum sunt eu?

– Țin permanent legătura cu Vincent, a spus el. Îmi spune multe despre tine. Și acum că te-am întâlnit în sfârșit, pot să văd cu ochii mei. Ești... perfectă, draga mea Hailie.

Am clătinat din cap neîncrezătoare și, pe de o parte, mă simțeam intimidată, dar pe de altă parte, ceea ce am observat cu surprindere, eram chiar puțin încântată. Fratele meu cel mai mare nu părea să-i fi spus nimic despre câteva dintre poznele mele, dar nu aveam de gând să insist asupra acestui aspect.

Nu știu dacă am roșit, dar cu siguranță a trebuit să-mi cobor privirea la mâinile mele, care acum stăteau încordate pe genunchi.

– Hailie, dacă ai întrebări pe care vrei să mi le pui, sunt aici ca să răspund la ele cât de bine pot – a anunțat el serios după un moment de tăcere.

Am reflectat. Aveam o mulțime de întrebări, doar că nu eram sigură dacă eram pregătită să le pun. Pe de altă parte, dacă tăceam, mi se părea că ratez prostește o mare oportunitate. Așa că am căutat în mintea mea o întrebare pe care să nu-mi fie teamă să o pun.

– De ce port numele tău de familie?

A ridicat capul și fața i s-a concentrat ușor.

– Deoarece copiii mei îmi poartă numele și aici nu este nimic de discutat.

Am rămas nedumerită de acest răspuns.

– Nu mi-a plăcut, i-am mărturisit. Întotdeauna am regretat că era diferit de cel al mamei.

– Înțeleg.

– Mama spunea că, odată ce voi fi majoră, îl voi putea schimba singură.

Camden s-a uitat la mine cu atenție.

– Și mai vrei să-l schimbi?

– Nu știu încă. Am ridicat din umeri.

– Îmi porți numele, Hailie, a spus el, expirând zgomotos, poate ca să scape de asprimea bruscă din vocea lui – pentru că am luptat pentru asta. Ești fiica mea și nu te-am renegat niciodată.

– De ce ai luptat pentru un nume stupid, și nu pentru mine?

Am murmurat asta într-o șoaptă abia auzită, dar am reușit să-l fac să amuțească pentru o clipă.

– E complicat... a început el, dar eu l-am întrerupt, acum mai sigură de mine.

– Eu nu văd nimic complicat aici.

– Hailie, fetițo, problema este că eu și mama ta făceam parte din lumi diferite. Ne-am întâlnit din întâmplare și... și tot din întâmplare Gaby a rămas însărcinată.

Îmi era greu să mi-o imaginez pe mama, de obicei veselă, în treningul ei preferat de catifea gri și cu buclele ei roșcate și rebele strânse în coc, atrăgând privirea acestui bărbat. Nu era vorba de faptul că nu fusese destul de atrăgătoare ca femeie, pentru că mama mea era frumoasă, dar Camden lăsa impresia unui bărbat care, cu câteva zeci de ani în urmă, se întâlnea doar cu supermodele cu peste zece ani mai tinere decât el.

– Ai cinci fii, am insistat. Ce, niciunul dintre ei nu a fost o întâmplare?

Cam a zâmbit, iar eu mi-am dat seama că îndrăzneala mea ar fi putut fi ușor alimentată de vin. Nu băusem mult, dar chiar și o gură de băutură alcoolică dintr-un pahar elegant în prezența bărbatului care era tatăl meu îmi dăduse curaj.

– Aproape toți au fost.

– Dar nu i-ai părăsit.

El a devenit serios.

– Hailie, nu am fost prezent în viața ta nu pentru că ai fi fost, cum ai spus tu, o întâmplare.

– Atunci de ce? am suspinat, devenind încet-încet iritată că trebuie să-l trag de limbă.

– Mama ta nu a acceptat nicicum.

– Oh? mi-am încruntat sprâncenele, aplecându-mă ușor peste masă. Stai puțin, deci sugerezi că a fost vina ei?

– Nu dau vina pe nimeni, a negat el, pentru că ea a avut motive foarte întemeiate. Nu-i plăcea... natura profesiei mele.

Am tăcut, pironindu-l cu o privire agitată.

– Pe lângă asta, cred că a fost copleșită de faptul că am deja copii, o grămadă de copii. Printre altele, acesta este motivul pentru care nu a vrut să se căsătorească cu mine. Și ea știa că nu i-aș fi abandonat. Nu mi-a cerut să fac asta, desigur, dar subliniez acest lucru pentru că toate acestea ne-au pus într-o situație fără ieșire.

– Nu i-ai fi abandonat pe ei, dar pe mine m-ai abandonat?

Camden a închis pleoapele.

– Nu asta am vrut să spun...

– Nu contează ce vrei să spui. Asta e ceea ce ai făcut.

– Hailie...

– M-ai abandonat.

– Hailie.

Vocea lui părea mai ascuțită. De asemenea, și-a dat la o parte mâinile de pe chipul cu trăsături severe, dezvăluind ochii intenși, în care se reflecta o strălucire sinistră.

Am fost luată prin surprindere de această privire. M-am întrebat dacă am depășit măsura. Cu acest bărbat îmi permiteam cu siguranță mai mult. Dar probabil că nu mai era vorba doar de vin. Îl gustasem prea încet și în cantități prea mici. Era vorba de acest om și de conștientizarea existenței lui, care îmi alimentase reticența și mă îndemnase să depășesc limitele pe care de obicei le respectam cu grijă.

S-a ridicat brusc în picioare. A tras încă o dată din trabuc și l-a pus în scrumieră. Mi-a fost teamă că era supărat pe mine, dar a pășit calm, fără grabă, cu un mers demn de Vincent, în jurul mesei și s-a oprit în stânga mea. Mi-am ridicat capul în sus, privind la silueta lui impunătoare. Îmi era greu să citesc ceva pe fața lui.

S-a lăsat pe vine chiar lângă mine și m-a apucat de încheieturi. Din nou am tremurat. Am simțit că avea o strânsoare puternică, deși mă apucase cu blândețe. Ochii lui gravi și întunecați mă hipnotizau nu mai puțin decât mirosul ușor de trabuc care venea de la el amestecat cu un parfum scump.

Așa miroseau tații?

– Știu că te-am rănit, a spus el încet, dar clar.

S-a uitat în sus, la mine, și nu și-a întors privirea o clipă.

– Nu am cu ce să mă justific. Nu am fost prezent în viața ta și îmi dau seama că nu voi recupera acest timp pierdut, chiar dacă te-aș invita în fiecare zi la dineuri somptuoase, dacă ți-aș face cadou zece iahturi sau ți-aș cumpăra două case de vacanță.

Mi-am ferit privirea, iar strânsoarea lui pe încheieturile mele s-a întărit.

– Nici nu visez să cazi în brațele mele chiar acum și să-mi oferi cupa de tată al anului. Știu că nu va fi ușor să-mi recuperez fiica. Dar vreau să știi că mă voi strădui al naibii de mult, a spus el cu emfază, apoi s-a gândit rapid la ceva și a adăugat: Scuză-mă.

Camden făcea adesea mici pauze în vorbire, ca și cum i-ar fi venit să rostească o înjurătură și s-ar fi oprit în ultimul moment.

Apropierea lui mă intimida. Nu-mi puteam îndrepta capul, pentru că atunci i-aș fi întâlnit privirea, și nici să-mi mișc mâinile, pentru că el încă mă ținea de încheieturi.

– La ce te gândești? m-a întrebat.

Am făcut o mişcare ca pentru a-mi ridica mâinile din poală, iar Camden mi-a dat imediat drumul.

– Nu ştiu. La nimic, am suspinat. Mi s-a învălmăşit totul în minte.

– Îmi pare rău că trebuie să treci prin asta, a spus el compătimitor şi părea sincer, dar eu tot nu reuşeam să-l înţeleg. Istoria familiei noastre este încâlcită. Şi eu sunt dat peste cap. E greu să asimilezi totul, ştiu. Nu te grăbi, copila mea.

– Aş vrea să ştiu şi eu istoria asta.

– Ştiu că poate să ţi se pară interesantă şi cu timpul în mod sigur ţi-o vom spune, dar acum este important să ştii doar atât, că secretele din această familie sunt mari şi periculoase. Cel mai bun mod de a te proteja de ele este să ţi le ascundem.

M-am încruntat.

– Tony şi cu mine am fost atacaţi, iar fratele colegei mele de şcoală aproape că a ajutat la răpirea mea. Asta se numeşte protecţie?

Am pufnit cu amărăciune şi mi-am întors din nou privirea, dar el şi-a permis să ridice o mână şi să mi-o pună pe obraz. Cu acest gest m-a forţat să realizez un contact vizual cu el.

– Da, asta este protecţia. Dacă nu ai avea-o, ar fi mult mai rău.

– Nu înţeleg.

Şi-a luat mâna de pe faţa mea şi a pus-o din nou peste mâinile mele care stăteau pe genunchi.

– Vreau să ştii că tot ceea ce facem, fiecare decizie referitoare la tine este bine gândită şi nu are absolut nimic de a face cu încercarea de a te separa de familia ta. Tu eşti fiica mea şi sora fraţilor tăi. Cu toţii vrem ce e mai bun pentru tine. Şi trebuie să fii tratată ca o prinţesă, înţelegi?

Mi-au dat lacrimile fără să vreau şi abia am reuşit să înghit în sec. Simţeam că acest om îmi trezeşte sentimente extrem de contradictorii. Nu aveam nicio intenţie să plâng în faţa lui, aşa că am încercat să parez cu o glumă lamentabilă.

– Poți să-i transmiți ultima parte lui Vincent?

– I-am spus deja, nu s-a supus instrucțiunilor mele? a întrebat el cu o mirare prefăcută.

Am zâmbit ușor. Uneori era amuzant. Și el și-a ridicat colțul gurii, dar după o clipă a redevenit serios.

– Trebuie să știi că Vincent este așa cum este, dar ar sări și în foc pentru tine. Același lucru este valabil și pentru gorilele cu care ai venit aici. Știu că te pun la încercare, dar tot vei învăța cum să te descurci cu ei, o să vezi.

Mi-am coborât privirea la mâinile lui, care le acopereau pe ale mele. Nu mai simțeam nevoia să mă eliberez. Am analizat curelușele care îi atârnau la încheieturile mâinilor și brățara elegantă, precum și unghiile tăiate și bine îngrijite. Avea un tatuaj pe degetul mic. Abia acum l-am văzut. Un ochi mic cu o pupilă care iese din el. Destul de straniu, ca multe alte lucruri din jurul familiei Monet.

– Mulțumesc pentru o seară minunată, prințeso, a spus în cele din urmă Camden, cuprinzându-mi din nou cu blândețe una dintre mâini.

Mi-a sărutat mâna, plecându-și capul în fața mea, apoi s-a ridicat în picioare. Am închis ochii în timp ce el îmi mângâia părul și astfel s-a încheiat prima mea conversație serioasă cu tatăl meu.

Cu oarecare perplexitate, a trebuit să recunosc în sinea mea că îmi plăcuse cina. Ei bine, mâncasem mâncare bună, cunoscusem gustul vinului, într-o atmosferă plăcută, și se dovedise că nici măcar compania nu fusese atât de rea pe cât mă temusem.

Încă nu aveam de gând să-l iert pe acest om, dar am apreciat fiecare cuvânt bun pe care mi-l adresase. La urma urmei, toată viața mea visasem la un tată care să-mi vorbească atât de frumos.

Mi-am terminat vinul, i-am mulțumit pentru organizarea serii și pentru invitație, i-am urat noapte bună lui Camden și m-am dus la culcare.

Capul îmi vâjâia puțin și nu mi-am putut reprima un chicotit când am trecut pe scări pe lângă camerista lui Dylan.

5
ROCHIA GALBENĂ
ÎN CAROURI

Frații mei nu s-au întors decât în seara următoare, complet epuizați după petreceri. Chiar și o zi mai târziu, stăteau tot prăbușiți pe șezlonguri și nu-și scoteau ochelarii de soare, ca niște vampiri care se feresc de lumina soarelui. Abia douăzeci și patru de ore mai târziu își reveniseră suficient ca să reacționeze cu entuziasm la ideea de a merge în oraș. M-am bucurat, pentru că, deși îmi plăcea din ce în ce mai mult insula, voiam să văd mai mult din Thailanda, iar întoarcerea acasă se apropia.

În acea zi, Dylan mă sâcâise încă de dimineață, iar când, fără să vrea, și Shane m-a călcat pe nervi, am decis că e destul. Când mă pregăteam să plec, am ales să-mi pun rochia galbenă în carouri.

Ups, cred că era chiar mai scurtă decât îmi aminteam.

Mi-am împletit părul într-o coadă strânsă și mi-am pus pe cap o pălărie de paie cu boruri largi și cu o panglică albă adunată într-o fundă la spate, ca să mă protejez de soare. Iar în picioare mi-am pus niște espadrile ușoare și confortabile – urma să fie mult de mers.

M-am uitat la imaginea mea din oglindă o clipă mai mult decât de obicei, deoarece am fost surprinsă să observ că, împreună cu bronzul meu recent dobândit, arătam foarte bine. Cred că începusem în sfârșit să mă plac.

Am coborât într-o dispoziție bună jos, unde Camden Monet stătea pe canapea, bea cafea și citea o carte. Avea de gând să rămână acasă, deoarece se presupunea că nu trebuie să apară în locuri publice, mai ales împreună cu noi. Am crezut că mă voi bucura la auzul acestei vești, dar m-am simțit indiferentă. Dacă ni s-ar fi alăturat, ar fi fost la fel de bine și așa.

Mi s-a părut că mi-a aruncat o privire cam lungă, dar nu a spus nimic, iar eu i-am transmis doar că îi voi aștepta pe băieți pe terasă. Așa am și făcut, iar când frații mei au apărut în sfârșit, Shane a fost primul care și-a îndreptat atenția spre mine. A mijit mai întâi ochii, și apoi, când și-a dat seama de unde îmi știe rochia, și-a încleștat maxilarul. Dylan și Tony cel mai probabil nici măcar nu cunoșteau istoria ținutei, dar asta nu i-a împiedicat să îi dea imediat o apreciere negativă.

Toți au ridicat din sprâncene, iar Dylan a fost cel care a făcut imediat un pas în fața celorlalți.

– Ce naiba ți-ai pus pe tine?

– Poftim? m-am prefăcut eu surprinsă.

– Du-te și schimbă-te! Acum!

Am ridicat din sprâncene.

– Cred că glumești.

– Cred că tu glumești, fetițo. Sus, acum!

Dylan s-a apropiat, ca și cum ar fi încercat să mă intimideze cu statura lui mare și musculoasă, dar eu doar mi-am încrucișat brațele la piept.

– Suntem în vacanță și voi purta ce-mi place.

– Încetează, Hailie, a intervenit Shane iritat. Știi foarte bine că rochia asta trebuia să dispară din garderoba ta.

– Dar mie îmi place și vreau să o port!

Dylan s-a apropiat mai mult.

– Ai de gând să te schimbi chiar acum sau...

– Sau ce? Sau o să mă ajuți tu? Sunt sora ta, nu servitoarea ta. Dă-te la o parte, m-am răstit la el și m-am simțit mândră de mine când l-am văzut înroșindu-se de furie.

Exagerasem? Am început să mă dau înapoi și el a venit mai aproape de mine. M-am răsucit pe călcâie și am fugit în casă prin bucătărie. Dylan m-a apucat de braț, căci m-a ajuns din urmă, ca de obicei, mult prea repede. Am urlat cât m-au ținut puterile. Puțin de emoție, puțin de frică.

Mi-a dat drumul imediat, speriat de țipătul meu asurzitor – și atunci a apărut Camden.

– Iisuse Cristoase, ce s-a întâmplat? a întrebat el, probabil la fel de șocat de tonurile înalte pe care le putea atinge vocea mea. S-a sprijinit de tocul ușii și s-a relaxat când a văzut că eram doar eu și Dylan care ne certam din nou.

Dylan a arătat cu bărbia spre rochia mea.

– Uite ce are pe ea!

M-am uitat la tatăl meu.

– Aceasta este rochia mea preferată.

– Haide, știi al naibii de bine că nu poți să o porți, a șuierat Shane de undeva din spatele meu.

Nu îmi dezlipeam privirile de la bărbatul care părea să calculeze ceva, până când în cele din urmă a oftat din greu.

– La urma urmei este vară, las-o să poarte ce vrea, a bolborosit el, deși mi s-a părut că vorbise cu reticență.

Nu contează. Am rămas pe-a mea. Cu o expresie triumfătoare pe față, m-am îndepărtat de Dylan și apoi am ieșit pe terasă, trecând pe lângă gemeni și întrebând dacă putem pleca în sfârșit.

– Ce naiba, așa nici măcar nu se poate apleca fără să i se vadă chiloții! s-a indignat Dylan.

– Atunci ai grijă să nu trebuiască să se aplece, a ripostat tatăl său la fel de iritat.

Am încercat să-mi maschez zâmbetul, căci devenise nerușinat de larg.

Am așteptat pe terasă, sperând că băieții se vor împăca cu înfrângerea lor și vom putea, în sfârșit, să plecăm în excursie. Eram nespus de entuziasmată că încet-încet înțelegeam regulile acestui joc prostesc în care concuram cu frații mei. În cele din urmă, începusem și eu să obțin mici victorii.

Asta până când, câteva secunde mai târziu, am fost împinsă în piscină.

Mi-au trebuit câteva clipe să mă dezmeticesc și să înțeleg ce se întâmplase. Am ieșit din apă gâfâind. Mi-am șters pleoapele și mi-am văzut pălăria cu panglică albă plutind departe. Fusese împinsă de valurile create de căderea mea.

Apoi m-am uitat în jos la rochia mea, udă leoarcă.

Încet, clocotind de furie, m-am întors, exact la timp pentru a observa rânjetul răutăcios de pe fața lui Tony înlocuit cu o falsă expresie de spaimă:

– O, la naiba, ai pățit ceva?

Am strâns din buze, am lăsat umerii în jos și i-am aruncat o privire înapoi dându-i de înțeles că nu apreciam actoria lui de doi bani.

Ochii strălucitori ai lui Tony sclipeau de încântare, dar Dylan și Shane erau cei care se amuzau cel mai copios. Amândoi râdeau în hohote, iar Dylan chiar se apleca de râs și, pe deasupra, mai și aplauda.

M-am îndreptat spre scară, împroșcând apa cu furie. Am urcat ținându-mă de balustradă cu o mână și trăgând cu cealaltă de tivul rochiei ca să nu se răsucească prea mult în sus.

Când am ajuns pe scândurile de lemn, am gemut imediat și m-am ghemuit pe vine.

– Nu sta jos, du-te și schimbă-ți hainele. E târziu, e timpul să mergem, mi-a strigat Dylan, calmându-se încet.

Își rânjea dinții ca un idiot.

Mi-am pus degetele pe gleznă și am țipat.

Râsetele fraților s-au potolit.

– Ce ai pățit? a întrebat Tony.

– Pleacă de lângă mine, am bolborosit, strâmbându-mă de durere când am încercat să-mi mișc piciorul.

Tony a ignorat comanda și s-a aplecat deasupra mea. Părea ușor iritat de delicatețea mea. Când s-a aplecat, oftând, m-am aruncat cu tot corpul spre piciorul lui. Tony era un băiat vânjos, dar elementul-surpriză a jucat în favoarea mea și astfel am reușit să-mi arunc fratele în apă.

A răsunat un *pleosc!* Din păcate, nu a fost fără sacrificii. Am ajuns și eu pentru a doua oară în piscină. Râsetele lui Dylan și Shane au răsunat din nou. Am încercat imediat să înot departe de Tony. Știam că cel mai bine era să mă îndepărtez cât mai repede de el. Tony a sărit afară de sub apă ca un pește, și-a scuturat viguros capul și a scuipat. O, pfui!

A clipit și m-a urmărit cu privirea. S-a îndreptat spre mine, iar eu nu am așteptat să mă prindă, ci m-am aruncat a doua oară spre scară și de data asta, fiind grăbită, nici nu mi-a mai păsat de rochie, să o țin trasă în jos. Asta s-a dovedit oricum irelevant, pentru că eram complet depășită de el. În timp ce eu abia ieșeam din piscină, Tony era deja afară. Pur și simplu se ridicase în brațele lui puternice și se târâse pe margine. Tricoul lui, pantalonii scurți și pantofii sport de un alb murdar erau acum uzi leoarcă. M-am gândit în sinea mea că, din fericire, nu purta niciun ceas scump. Am fost îngrijorată totuși când, fără să-și ia ochii albaștri, acum indiferenți, de la mine, a băgat mâna în buzunarul pantalonilor lui îmbibați de apă și și-a scos telefonul.

La naiba!

Nu am spus-o cu voce tare, dar mi-am acoperit imediat gura cu mâna.

Îi distrusesem telefonul.

Tony și-a ridicat bărbia în sus și m-a sfredelit cu o privire încruntată.

– N-am știut, îmi pare rău, am murmurat, lăsând mâna în jos.

Telefonul lui Tony era probabil cel mai scump model pro, super, vip, cu milioane de gigabiți și multe alte chestii, de care, cu slabele mele cunoștințe tehnologice, probabil că nu aveam habar. Nici nu am vrut să mă gândesc cât ar fi putut costa.

– Ei bine, Hailie, bravo. Câte telefoane ai distrus în câteva luni? a întrebat Dylan ca să mă tachineze.

– Probabil că vreo trei, a răcnit Shane.

I-am ignorat, căci îmi concentram toată energia pe privirea rugătoare pe care i-o adresam lui Tony.

– Nu știam că-l ai în buzunar...

Încă din copilărie, mama îmi insuflase un puternic simț al responsabilității pentru acțiunile mele. Mi-am amintit cum odată, la grădiniță, mă certasem cu o fetiță și îi distrusesem păpușa din furie. Ca urmare, a trebuit să i-o dau pe a mea.

– Poți să-l iei pe al meu, am spus eu șovăitoare, știind că era un schimb prost.

– Folosit luni de zile și cu ecranul spart? Nu, mulțumesc, a răspuns Tony cu răceală.

Am suspinat resemnată.

– Atunci o să ți-l cumpăr.

Pentru prima dată, colțurile gurii lui s-au ridicat puțin. Își bătea joc de mine pentru că știa foarte bine că nu am atâția bani.

– OK.

Mi-am jurat că, dacă Dylan nu se oprește din chicotit, voi face din nou ceva ce aș regreta.

– Se potrivește foarte bine că mergem în oraș în seara asta, a adăugat Tony, punând telefonul înapoi în buzunar.

Stomacul mi s-a strâns într-un nod și mi-am mușcat buza.

– Tony, stai puțin... Nu am bani acum...

Eram furioasă pe mine însămi pentru că nu mă gândisem bine la acțiunile mele și că ajunsesem într-o astfel de situație, dar în sinea mea eram și mai supărată pe Tony, care voia să-și bată joc de mine, deși, în fond, ar fi putut să-și cumpere o sută de astfel de telefoane, să le arunce pe toate în apă și nici măcar să nu plângă după ele.

Îmi era frică să întreb cât costase acel telefon mobil al lui. Aș putea să-l vând pe al meu și să-i cer lui Vincent restul sumei. Mă întrebam dacă mi-ar da pur și simplu astfel de fonduri, sau doar mi le-ar împrumuta? Aș putea, de asemenea, să sper în liniște că Will va avea milă de mine. Singura mea teamă era că se va supăra pe mine.

Tony a înclinat capul.

– Dacă nu ai bani, cum ai de gând să mi-l răscumperi?

– O să mă gândesc la ceva... am șoptit, coborându-mi privirea, la care el doar a ridicat din umeri.

– Bine, în regulă. Atunci pentru fiecare zi de întârziere îmi datorezi încă cinci mii în plus.

Capul mi-a țâșnit de la sine în sus.

– Ce?

– Ce-ai auzit.

– Nu e corect. Nu e corect... am oftat iritată.

– Așa e viața.

– Dar sunt sora ta! am strigat, strângându-mi mâinile în pumni.

– Care mi-a distrus telefonul.

Nu înțelegeam cum de putea fi atât de rău cu mine, mai ales că avea portofelul plin cu bancnote și cărți de credit. Am văzut cu ochii mei.

– Sunteți încă aici? a întrebat surprins tatăl meu, apărând pe terasă.

Sub braț ținea aceeași carte pe care o citise mai devreme, iar pe nas avea ochelari de soare eleganți.

Nimeni nu i-a răspuns, iar el s-a încruntat când ne-a văzut pe mine și pe Tony față în față.

– Și de ce sunteți voi doi atât de uzi?

– Pentru că ea a căzut în piscină și eu m-am aruncat s-o salvez, a mormăit Tony.

– A, da?!

Tatăl meu a ridicat o sprânceană și s-a uitat la mine în aștep-
tarea unei explicații mai bune.

Am suspinat.

– L-am aruncat pe Tony în apă și el avea telefonul în
buzunar...

Nici măcar nu părea să mai conteze că el mă împinsese pe
mine acolo mai întâi.

Camden a tăcut, iar când am aruncat o privire timidă spre
el, doar a ridicat mâna pentru a-l pocni peste ceafă pe tânărul
care stătea cel mai aproape de el, Shane, care hohotea de râs. Ei
bine, nu a fost o lovitură puternică, pentru că acesta nu a încetat
deloc, dimpotrivă, împreună cu Dylan, râdea și mai încântat.

– Idioților, lăsați-o în pace, a mârâit bărbatul, apoi s-a întors
blând spre mine: Sunt impermeabile.

– Poftim? am clipit.

– Telefoanele astea ale lor sunt rezistente la apă, a repetat el.

M-am uitat la fața lui Tony pentru a căuta confirmarea cu-
vintelor tatălui meu. Am găsit-o imediat când a izbucnit în râs,
după ce se abținuse destul de mult.

M-am simțit ușurată și furioasă în același timp.

– Nu... vă urăsc... m-am înecat de indignare.

– OK, haideți, nu mai e timp. Tu – s-a întors spre mine
Dylan, încă zâmbind și bătând cu degetul în cadranul ceasului
său luxos –, du-te, dă-ți jos rochia aia, îmbracă-te cu ceva normal
și hai să terminăm odată.

– Știți ce, nu mai am chef de nicio excursie, am gemut și i-am
lăsat pe cei patru domni pe terasă, iar eu am dispărut în casă.

Eram atât de furioasă, încât nu puteam formula niciun gând.
M-am schimbat în pantaloni de trening și tocmai îmi descâl-
ceam coada udă, blestemându-i pe toți cei trei frați în capul meu,
când Camden a bătut la ușă.

– Pot să intru? a întrebat el.

Nu mi-a plăcut condescendența care răsuna în vocea lui,
dar am bolborosit „da", după ce am luat o perie. Când a intrat

încercam să descâlcesc o încurcătură deosebit de încăpățânată din părul meu.

– Ești bine? Doar te prefăceai că te-ai rănit, nu-i așa? s-a asigurat el, uitându-se la glezna mea.

Probabil că vorbise cu băieții. Am dat din cap.

– Ai jucat bine, m-a lăudat el. Ai reușit să-l arunci pe Tony în piscină. Asta e ceva.

Mi-a făcut cu ochiul, dar eu nu am zâmbit, doar m-am oprit o clipă din lupta cu părul meu încâlcit.

– Eu nu sunt ca ei. M-am săturat de asta, m-am plâns eu, iar buza de jos a început să-mi tremure. Nu pot, nu pot să mă lupt cu ei așa la fiecare pas. E ca o luptă fără sfârșit, iar ei sunt trei și eu sunt una singură. Nu am nicio șansă...

Camden s-a oprit în fața mea și m-a apucat de umeri. Îmbrățișarea lui era puternică, dar blândă ca întotdeauna. Și-a coborât ușor capul, ca să se uite în ochii mei.

– Prințesa mea, ai câștigat de mult împotriva lor. Nu-ți dai seama încă, dar de fapt îi ai la degetul tău mic.

M-am uitat tulburată în ochii întunecați ai tatălui meu. În ei strălucea un fel de foc vesel. Mi se părea că trăim pe două planete diferite și vorbim despre frați diferiți.

– Du-te cu ei în oraș și bucură-te de vacanță, mi-a șoptit el, după care a scos ceva din buzunar și mi l-a îndesat în mână.

M-am uitat în jos. Era un teanc gros de bancnote.

Am făcut ochii mari. Probabil că nu ținusem niciodată atât de mulți bani în mână – da, nici măcar nu văzusem atâția vreodată.

– Nu pot accepta așa ceva.

– Nu este nevoie să mă refuzi ca să fii politicoasă. Vreau să-i dau fiicei mele bani de buzunar pentru mici cheltuieli, bine?

Am înghițit în sec, mi-am strâns degetele pe bani.

Îmi spusese pentru a treia oară fiica lui.

Când a plecat, m-am uitat la bancnote. Erau dolari americani și nici măcar nu știam dacă pot să-i folosesc aici în Thailanda, dar câteva dintre bancnote au ajuns oricum în poșeta mea. Doar în caz că, de exemplu, Tony va începe din nou să facă glume și mă va pune să-mi plătesc consumația. Atunci aș putea găsi o casă de schimb valutar.

Am strâns din dinți la amintirea incidentului de acum o clipă și eram deja pe punctul de a-mi trage pantalonii scurți din denim pe șolduri, când privirea mi-a căzut pe rochia în carouri galbene care atârna udă pe spătarul scaunului.

La naiba, eram în Thailanda, soarele strălucea de dimineața până seara. M-am întrebat pentru o clipă ce importanță are dacă rochia se usca pe uscător sau pe corpul meu...

Hotărâtă, mi-am aruncat pantalonii scurți și m-am întins după hainele umede. Am tremurat când materialul rece s-a lipit de pielea mea, dar m-am obișnuit repede și nu m-am mai gândit la asta când mi-am pieptănat părul pentru ultima oară. L-am împletit într-o altă coadă. Din păcate, nu mai arăta la fel de frumos ca înainte de a face baie în apa cu clor.

Lui Dylan aproape că i-a plesnit o venă din frunte când m-a văzut, dar i-am aruncat o privire sfidătoare, pe care tatăl meu a susținut-o în mod semnificativ, și niciunul dintre frați nu a îndrăznit să spună nimic. Și nici eu nu le-am vorbit. M-am simțit jignită de ei și am fost de acord să-i însoțesc doar pentru că șederea noastră în Thailanda se apropia de sfârșit, iar eu voiam să văd mai mult din această țară frumoasă decât insula noastră privată.

De data aceasta am călătorit cu o barcă rapidă. Ne aștepta deja parcată lângă un ponton șubred care părea gata să se prăbușească sub greutatea mea. M-am calmat când l-am văzut pe Shane, urmat îndeaproape de Tony, sărind încrezător. De asemenea, am acceptat ajutorul lor când au întins mâna spre mine pentru a mă sprijini, în timp ce mă urcam în ambarcațiunea care se legăna.

Mi-a venit chiar să zâmbesc în timp ce ne deplasam cu barca cu motor atât de repede, încât vântul și particulele de apă mă izbeau în față. Prin urmare, în momentul în care am ajuns la țărm eram relaxată și am salutat fericită primul punct al călătoriei noastre.

Am debarcat într-un port mare, unde erau o mulțime de ambarcațiuni de tot felul, de la cele luxoase, precum barca noastră rapidă sau o mare navă de croazieră, până la cele aflate într-o stare deplorabilă, ca niște epave abia scoase de pe fundul mării. Erau, de asemenea, și o mulțime de turiști, iar limbile diferite pe care le vorbeau se îmbinau într-un vuiet puternic și plin de viață. Pentru mine, care petrecusem recent mai mult de o săptămână pe o insulă aproape pustie, era o schimbare șocantă. Deși principalele mijloace de transport în comun de aici păreau a fi acele mașini ridicole care arătau ca și cum ar fi fost construite din piese de Lego și apoi mărite (poate din cauza culorilor vii, sau poate din cauza formelor ciudate, unghiulare), pe noi ne aștepta un taxi încăpător. Cu aer condiționat și cu scaune din piele – aș fi putut număra pe degetele de la o mână mașinile similare de aici. Șoferul vorbea o engleză stricată, dar asta nu l-a împiedicat să ne ducă la destinație fără probleme.

Am aterizat, ca de obicei, în spate, între gemeni. Primul lucru care m-a surprins a fost volanul pe partea dreaptă. M-am simțit puțin ca acasă în Anglia mea și chiar m-am înveselit. În același timp, am fost uimită cât de ușor mă obișnuisem cu circulația pe dreapta în doar câteva luni.

Mă aplecam ca hipnotizată când peste Shane, când peste Tony ca să mă uit pe geam și să absorb cu ochii mei clădirile joase, colorate, încâlceala de linii telefonice care se intersectau în direcții diferite, trotuarele denivelate și mulțimile nesfârșite de oameni. Ultima dată când mai văzusem atât de mulți oameni în același loc fusese când mama și cu mine am făcut o excursie de o zi la Londra.

Mai întâi am oprit în fața unui complex de temple. Vârsta înaintată a clădirilor era mascată de ornamentele aurii, de acoperișurile ascuțite cu modele sculptate, extrem de detaliate, și mantre repetate peste tot. În opinia mea, totul părea un kitsch,

dar era și frumos în unele privințe. Oamenii se plimbau prin în-
căperi și grădini, admirând aspectul lor diferit, făcând fotografii
și transmițându-și comentariile în șoaptă însoțitorilor lor. Aici
atârnau lampioane roșii, dincolo fântânile susurau liniștite, iar
în altă parte o femeie îngenunchea și, cu o expresie de seninătate
netulburată pe chip, înfășura flori aurii în jurul statuii uriașe a
unui călugăr.

La intrarea pe teritoriul templelor, Dylan a trebuit să-mi
cumpere o eșarfă, ca să-mi acopăr umerii. Desigur, nu a ratat
ocazia de a-mi critica din nou vestimentația. M-am acoperit cu
materialul, dar nu am intrat în discuție cu fratele meu.

Am petrecut mult mai mult timp aici decât mă așteptam.
Băieții erau foarte veseli. Făceau glume proaste despre niște
sculpturi amuzante și de câteva ori chiar am izbucnit și eu în
râs. Oricum ar fi fost, au reușit să demonstreze cunoștințe de
care nu i-aș fi bănuit niciodată. Întrucât îi cunoșteam cel mai
bine ca pe niște copii răsfățați, am presupus că nu erau deosebit
de cultivați, dar m-au impresionat în mai multe ocazii când i-am
auzit schimbând opinii care sugerau că știau câte ceva despre
istoria Thailandei.

Poate că nu ar trebui să fiu atât de surprinsă. Din ceea ce re-
ușisem să aflu, Camden Monet era foarte preocupat de educația
fiilor săi. Will mi-a spus odată că la început toți studiaseră acasă
cu profesori particulari, iar apoi au mers la unul dintre cele mai
bune licee din țară. Bineînțeles că puteau să se laude că aveau
cunoștințe vaste.

Am aflat că taximetristul care ne adusese la temple fusese
angajat ca șoferul nostru privat pentru toată ziua, deoarece tot
el ne-a dus după aceea înapoi în centrul orașului. Am roșit de
fiecare dată când oamenii se uitau la mine și la frații mei pe
străzi. Cei mai interesanți erau frații mei, care erau priviți în
permanență, în special de fete tinere. De asemenea, am constatat
că stilul lor de a fi efectiv îi făcea să iasă în evidență din mulți-
me. Emanau o aură neobișnuită de stăpâni ai lumii – ca și cum

ar fi fost mai buni decât ceilalți oameni și ar fi putut face orice. Din acest motiv, am fost și eu bombardată cu priviri curioase, chiar invidioase. Numai că nu mă simțeam în largul meu, așa cum se simțeau ei.

Orașul era minunat, dar căldura începuse să mă afecteze. Probabil că problema nu era numai temperatura ridicată, ci mai ales lipsa de aer, care, combinată cu mulțimea mereu prezentă, devenea din ce în ce mai insuportabilă. Mai ales pentru cineva ca mine, care trăisem în ultima vreme pe o insulă verde și pustie. Acolo, pentru a face față căldurii, aveam o serie de soluții confortabile, pe care nu le puteam folosi aici.

S-a întâmplat dintr-odată și absolut pe neașteptate. Deși mă simțeam deja slăbită și obosită de ceva timp, am considerat că e ceva normal după o plimbare atât de lungă. La un moment dat, chicoteam la gluma pe care tocmai o făcuse Shane, dar în momentul următor mi se făcea rău de la stomac, un val de căldură m-a lovit în față, apoi m-au trecut transpirațiile, până când în cele din urmă am tras aer adânc în piept panicată și brusc imaginea din fața ochilor mei a sărit în sus – și timp de o secundă s-a făcut întuneric.

Am mai luat o gură de aer tremurând când mi-am dat seama ce se întâmplă. Am clipit buimăcită. Eram susținută de Tony. Acesta își demonstrase reflexele prinzându-mă înainte să mă prăbușesc. Corpul meu era înconjurat de brațul lui tatuat și Tony îmi spunea ceva, dar eram prea amețită ca să disting cuvintele.

Dylan s-a aplecat peste mine, iar în spatele lui se vedea fața lui Shane.

Am închis strâns pleoapele pentru o clipă și apoi am încercat să mă ridic, dar am amețit și am gemut. Dylan a spus ceva și a întins mâna spre mine, împiedicându-mă să încerc din nou. M-am uitat în jur. Mulți se opriseră și căscau gura la mine. Unii chiar își întindeau gâtul ca să vadă mai bine, ca și cum aș fi devenit acum o nouă atracție turistică.

O femeie de la taraba de alături i-a înmânat lui Shane un evantai de plastic, iar un bărbat de la un magazin din zonă s-a apropiat și ne-a invitat înăuntru, oferindu-ne o cameră cu aer condiționat. Complet dependentă de Tony, l-am lăsat să mă transporte încet acolo. Cu puținele puteri care îmi mai rămăseseră, aveam grijă să nu mi se ridice rochia, în timp ce eram așezată pe un scaun și mi s-a spus să-mi ridic genunchii sub bărbie. Mi-am înclinat capul și am respirat adânc. Unul dintre băieți îmi făcea vânt, ceea ce mi-a adus o ușurare considerabilă.

– De ce nu ai spus că nu te simți bine? a întrebat Dylan.

– Nu mă simțeam rău...

Încă aveam capul plecat și ochii închiși.

– Bea. Mult, m-a instruit Shane, îndesându-mi pe neașteptate o sticlă de apă rece în mână.

I-am urmat ascultătoare sfatul, dar stomacul meu a început să chioraie. Îmi venea să-mi dau cu pumnul în stomac și să mă răstesc la el să tacă.

– E de la foame? a întrebat Dylan, încruntându-și instantaneu sprâncenele.

– Nu.

Am încercat să-mi amintesc ce mâncasem la micul-dejun.

– Atunci de ce aud cum îți chioraie stomacul?

– Nu țipa la mine, am mormăit eu jalnic.

Dylan s-a liniștit într-adevăr, dar îl simțeam încordat. După ce am mâncat un baton energizant și am băut două sticle de apă eram deja capabilă să-mi fac vânt cu evantaiul cu propriile forțe. Am părăsit magazinul, de data aceasta sprijinindu-mă pe Dylan. Proprietarul mi-a urat multă sănătate și mi-a încălzit inima cu generozitatea lui dezinteresată. Am fost încântată când, cu coada ochiului, am observat că Tony îi lăsa câteva bancnote pe tejghea. De asemenea, i-a înmânat câteva și femeii care ne dăduse evantaiul.

Mă simțeam mai bine acum și am apreciat faptul că băieții au ales repede un restaurant, destul de exclusivist, unde am putut să stau jos din nou. Din păcate, în timp ce aşteptam mâncarea, fraţii mei au găsit timp să-mi facă morală.

– Dacă ţi-e sete, vorbeşti. Dacă ţi-e rău, vorbeşti. Dacă ţi-e foame, vorbeşti. Nu cred că eşti chiar un copil mic şi nu eşti capabilă de lucruri simple ca astea, nu-i aşa?

Dylan m-a privit cu seriozitate, iar eu am coborât capul, pentru că de data asta nu părea răutăcios, părea că are dreptate, ceea ce era insuportabil.

– Eram doar obosită şi m-am simţit brusc foarte slăbită. Îmi cer scuze, m-am bâlbâit.

Mă detestam pentru că ajunsesem în această situaţie.

– Te doare ceva? m-a întrebat Shane.

– Capul, un pic, dar acum e mai bine.

– La naiba, Hailie, trebuie să ne spui lucrurile astea, a mârâit Dylan din nou, mototolind iritat în mână un şerveţel curat, pe care îl smulsese din distribuitorul din mijlocul mesei.

– Îmi cer scuze, am repetat.

– Nu-ţi mai tot cere scuze.

Am deschis gura să-mi cer scuze pentru că îmi cerusem scuze din nou, dar am închis-o la timp.

– Am crezut că problemele tale cu mâncatul s-au terminat, a început Shane.

– Păi chiar s-au terminat...

– E clar că nu s-au terminat, a bolborosit Tony.

Şi-a sprijinit mâinile împreunate de masă, privind undeva într-o parte.

– Ba s-au terminat. S-a întâmplat din cauza vremii... am insistat.

– Nu vă mai certaţi. Stomacul tău chiorăie. Dacă ai fi avut un pic de minte, ai fi mâncat mai mult la micul-dejun, din moment ce ştiai că astăzi ne ducem în oraş şi că vom merge mult pe jos. Se pare că tot trebuie să fii supravegheată, a mârâit Dylan, apoi, privindu-mă drept în ochi, a adăugat: Ca. Un copil. Mic.

Am vrut să mai discut, dar rămăsesem fără argumente. Aroma care se ridica din farfuria cu pui pad thai aburind părea o dovadă că frații mei au oarecum dreptate. Nu m-am putut abține și am început imediat să mănânc, simțind, cu fiecare îmbucătură, că-mi recâștig puterile pierdute.

Poate că într-adevăr nu mâncasem un mic-dejun suficient de hrănitor, iar căldura și oboseala nu făcuseră decât să-mi slăbească organismul?

Mai târziu, am comandat deserturi. În cazul meu, a fost orez fiert în lapte de cocos cu mango proaspăt, care m-a încântat cu simplitatea sa. După o masă atât de decentă, mi-am recăpătat energia și am putut să mă plimb prin piață, unde eu și băieții am cumpărat câteva flecuștețe.

– Știi că azi-dimineață a fost doar o glumă, nu-i așa? a spus Tony când am încercat să împing una dintre bancnotele pe care le primisem astăzi de la tatăl meu.

– Mhm, am mormăit eu, roșind la amintirea întâmplărilor din acea dimineață.

– Nu trebuie să-mi dai bani, a spus el apăsat. Dar, o clipă mai târziu, mi-a aruncat cu o amenințare răsunătoare în glas: Ceea ce nu înseamnă că nu m-aș supăra dacă ai strica vreun lucru de-al meu.

Am zâmbit un pic nesigură, pentru că nu știam cum să interpretez aceste cuvinte încântătoare. În sinea mea m-am bucurat că îmi spusese asta. Așa că, în calitate de soră mai mică, aveam la el tarif redus.

În timp ce ne întorceam spre casă, nu aveam chef să merg cu barca cu motor. Am căscat și imediat am suspinat din greu, trăgându-mi pălăria de pe cap, iar Dylan s-a uitat la mine cu o privire gravă.

– Te simți bine? m-a întrebat el, probabil pentru a suta oară astăzi.

Am ezitat.

– Parcă începe să mă doară din nou puțin capul, am mințit.

Şi apoi s-a întâmplat ceva ce speram să se întâmple şi care fusese şi motivul pentru mica mea nesinceritate. Dylan m-a cuprins cu braţul, iar eu m-am sprijinit de pieptul lui şi am închis ochii, bucurându-mă de acest gest surprinzător de firesc.

6

RUCSACUL CU PIETRE

– Will! am strigat în receptor, fără să țin seama de emoția exagerată din vocea mea.

Am strâns cu ambele mâini telefonul pe care mi-l dăduse tatăl meu. Îl surprinsesem în bucătărie purtând o conversație cu fratele meu preferat. Ochii mi s-au aprins ca focul când m-a întrebat dacă aș vrea să vorbesc puțin cu el.

Râsul lui Will răsuna acum prin difuzor.

– Hei, micuțo! Cum reziști? Cum a fost călătoria?

– Oh, Will! E minunată insula! Ar fi atât de frumos dacă ai fi și tu aici! am suspinat.

– Băieții se poartă bine cu tine?

– Nu, sunt îngrozitori.

– Vrei să vorbesc cu ei?

– Nu, pentru că vor fi și mai răi.

– Nu, mă voi ocupa personal de asta.

– Te rog, nu, Will. Vor fi supărați pe mine pentru că m-am plâns.

– Nu le voi spune că te-ai plâns de ei.

– Își vor da seama oricum. Serios, nu e nevoie. Mă descurc și singură.

L-am convins şi am răsuflat uşurată când, în sfârşit, a cedat. Am mai vorbit o vreme despre fleacuri, dar nu am ocolit subiectul tatălui meu, pe care chiar fratele meu l-a adus în discuţie, dar într-un mod foarte blând. Am apreciat că, după ce îmi dăduse telefonul, Camden mă lăsase singură în bucătărie şi nu m-a mai stresat cu prezenţa lui. Totuşi, nu eram sigură dacă nu cumva trăgea cu urechea, aşa că, pentru orice eventualitate, am coborât puţin tonul când i-am spus lui Will cât de surprinsă am fost să aflu că unul dintre părinţii mei e în viaţă.

Nu l-am mai învinuit că a minţit, pentru că ştiam că nu fusese decizia lui să mi se ascundă acest lucru. În general, toată această situaţie era atât de complicată, încât nici eu nu mai ştiam pe cine să mă supăr, pentru cine să-mi pară rău şi pe cine să iert.

Un lucru era sigur – conversaţia cu Will mă energiza şi îmi făcea viaţa mai frumoasă. Am fost tristă când a trebuit să închid.

Călătoria de aproape două săptămâni părea o vacanţă perfectă, dar adevărul era că zilele treceau prea repede. În cea mai mare parte a timpului am stat la soare, acoperită de un strat gros de cremă de protecţie, am înotat puţin, am citit mult şi m-am pus la curent cu recenziile pe Bookstagram. Am lenevit ca niciodată.

Şi nici nu-l păcălisem pe Will când spusesem că băieţii au fost nesuferiţi. Cred că m-au enervat cel mai mult în timpul meselor, când mă băteau la cap în mod constant să mănânc. Tata a încercat la început să-mi ia apărarea, dar a încetat când i-au spus că leşinasem în timpul excursiei noastre în oraş. Era atât de supărat din cauza asta, încât uneori parcă voia şi el să ia o furculiţă şi să mă hrănească, ceea ce era extrem de neplăcut pentru mine.

Camden putea să pară inutil la prânz şi la cină, dar era util în alte situaţii. De exemplu, în timpul odihnei de după-amiază, când mă luptam adesea cu fraţii mei pentru hamac. Acesta atârna la umbră, împletit din frânghii groase albe, şi cam pe la

jumătatea sejurului nostru pe insulă ne-am dat seama cu toții
că e locul unde siestele erau cele mai dulci.

Într-una din zile am purtat un război cu Tony din cauza asta
și aș fi pierdut dacă nu ar fi intervenit tata. Zâmbetul cu care
m-am urcat în hamac mi-a dispărut totuși repede de pe față,
pentru că, atunci când tata a plecat, Tony a arătat cu bărbia spre
cartea pe care tocmai o deschisesem și i-a făcut cu ochiul lui
Dylan, care era întins pe șezlong:

– De unde naiba a luat asta?

– De unde să știu eu?!

Fratele cel rău a ridicat din umeri drept răspuns.

– Dar știi că există o scenă porno lungă de câteva pagini?

– Eeee! a exclamat Dylan către mine, ridicându-se imediat și
smulgându-și ochelarii de pe nas. Cine ți-a dat asta?

Nu citisem cartea aia până acum. În schimb, devorasem o
mulțime altele, deoarece lectura fusese cel mai bun divertisment
în timpul vacanței. Nu simțeam nevoia să mă implic în activită-
țile cu care se amuzau frații mei. Iar aceștia s-au dovedit foarte
ingenioși în născocirea mai multor distracții pentru ei. Mergeau
la activitățile lor prostești de cățărat sau de scufundări. Odată
au sărit chiar cu parașuta. Când au adus de undeva scutere ac-
vatice, Shane a fost singurul căruia i s-a făcut milă de mine și a
fost de acord să mă ia cu el de vreo două ori, dar s-a descotorosit
repede de mine.

Cu toate acestea, au existat și momente în care ne-am distrat
bine împreună. De exemplu, când am construit un castel imens
de nisip. Sună ca o joacă de copii, dar ne-a luat o zi întreagă și
rezultatul a fost cu adevărat impresionant. Trei persoane puteau
încăpea cu ușurință înăuntru. Desigur, băieții au lucrat în stilul
propriu, sorbind bere rece și tachinându-mă. Tony a modelat și o
sirenă de nisip, căreia i-a conturat sânii cu mare meticulozitate.

Ne-am uitat împreună la o mulțime de filme. Majoritatea se-
rilor le petreceam tolăniți pe canapea și am recunoscut cu timidi-
tate în sinea mea că adoram aceste momente. De obicei aterizam

undeva între băieți, deoarece locul din mijloc era cel mai puțin confortabil, dar mă descurcam foarte bine întinzându-mă acolo cu pătura și perna mea personală. Oricum, deși mi-ar fi greu să recunosc asta cu voce tare, nu mă deranja să fiu înconjurată din ambele părți de frații mei, care – mai ales la sfârșitul zilei și în prezența tatălui lor – se comportau destul de tolerabil. Nici măcar nu mă mai deranja atât de mult faptul că îmi mâncau tot pop-cornul sau că mă amenințau cu condescendență că mă vor trimite la culcare, știind foarte bine cât de tare mă enerva asta.

În două săptămâni, mă obișnuisem atât de mult cu viața lipsită de griji de pe insulă, încât atunci când a venit momentul să îmi iau rămas-bun de la ea, în timp ce îmi făceam valiza, am fost cuprinsă de tristețe.

– Ești gata să te întorci? a întrebat Camden cu dezinvoltură.

A aruncat o privire în camera mea și, după o clipă, a deschis ușa mai larg și a intrat în încăpere. Ca răspuns la întrebarea lui, am ridicat din umeri, ghemuindu-mă și împăturindu-mi cu grijă o bluză mototolită.

– Aici totul este în ordine, a comentat el admirativ, apoi a adăugat cu amuzament: Tocmai l-am văzut pe Shane cum își împachetează lucrurile. Îți spun, va fi un miracol dacă bagajul lui nu va exploda.

Am zâmbit cu indiferență, iar Cam, privindu-mă atent cu ochii lui negri, m-a întrebat:

– Ce se întâmplă?

S-a oprit din zâmbit când a văzut lacrima care îmi curgea pe obraz.

– Hei, hei... a mormăit încet și s-a aplecat să mă prindă de sub antebrațe.

Cu cea mai mare blândețe, m-a ajutat să mă ridic. L-am lăsat să facă asta și am simțit cum o altă lacrimă își croiește drum în jos, dar înainte să ajungă pe mijlocul feței mele tata a șters-o cu degetul mare. Mi-am pironit privirile în podea, evitând să mă uit la el, prea rușinată de propria mea slăbiciune.

– Hailie? a întrebat el calm și cu o îngrijorare evidentă când am izbucnit brusc în plâns.

Mâna tatălui meu m-a mângâiat pe spate, apoi mi-a pus coada înapoi peste umeri și m-a mângâiat pe bărbie și pe cap. Parcă nu știa ce să facă, cum să mă liniștească, ceea ce probabil m-a făcut să încep să plâng și mai tare.

În cele din urmă, mi-a prins fața în ambele mâini și m-a forțat să stabilesc contact vizual. O cută groasă i s-a adâncit între sprâncene, iar ochii lui mă priveau înspăimântați, ca și cum aș fi sângerat de moarte.

Am scuturat în cele din urmă din cap, făcând tot posibilul să-mi controlez buza inferioară care îmi tremura. Mi-am dat seama că îmi ținea fața în mâinile lui și m-am dat înapoi, ca să păstrez între noi distanța, pe care el ajunsese să o șteargă prea ușor în ultima vreme.

– La ce bun toate astea? am întrebat eu, înghițindu-mi lacrimile.

– Ce anume, prințeso?

A vrut să facă un pas spre mine, dar s-a abținut.

– De ce ai mai apărut în viața mea, dacă aveai de gând să dispari din nou?

S-a uitat fix la mine câteva din cele mai lungi secunde din viața mea și aș fi putut să jur că și ochii lui s-au încețoșat puțin. Dintr-odată, când m-a cuprins într-o îmbrățișare de urs, nu am mai văzut nimic altceva. De data asta nu m-am îndepărtat, nu am avut puterea sau, în mod surprinzător, voința de a face asta. Din ceea ce îmi spusese odată Vincent, tatăl meu nu era chiar cea mai afectuoasă persoană din lume, totuși nimeni nu m-a ținut atât de strâns în brațe cum mă ținea el acum. Am avut sentimentul că era pe cale să-mi zdrobească oasele. Nici măcar nu m-a deranjat atât de mult. Nu simțeam nicio durere. Dimpotrivă, simțeam nevoia să fiu îmbrățișată așa cum nu mai simțisem niciodată înainte.

– Îmi pare rău pentru tine, copila mea, dar am dorit atât de mult să te cunosc. Îmi pare rău dacă a fost un gest egoist din partea mea. Îți promit că, dacă ești de acord, nu va fi ultima dată când ne vom vedea.

Am simțit căldura respirației lui pe cap. Am vrut să-i spun că pentru moment nu sunt de acord, dar inima m-a trădat și a reacționat în mod opus, umflându-se de speranță.

– Nu mi-aș fi putut dori o fiică mai bună.

Am rămas așa în mijlocul dormitorului vreo zece minute. Mi s-a părut că încerca să compenseze pentru toate îmbrățișările paterne pe care le pierdusem în cei aproape șaisprezece ani din viața mea.

În acea ultimă seară, când ne-am uitat la film, am stat lângă el. Am făcut-o pentru prima dată și se pare că a fost foarte fericit. De altfel, și eu la fel, pentru că pentru prima dată nimeni nu m-a tachinat, nimeni nu mi-a acoperit ochii în timpul scenelor când personajele principale se sărutau sau se pipăiau. Am luat o cină delicioasă împreună și, văzând fețele vesele ale fraților mei, mi-am dat seama că și ei se bucurau de ultimele lor momente petrecute împreună cu tatăl lor.

A doua zi, în timp ce ne aflam pe plajă, la câțiva pași de elicopterul parcat pe nisip, m-am emoționat din nou. Tata m-a sărutat în creștetul capului și mi-a șoptit un alt compliment. Mi-a spus că sunt frumoasă, puternică și foarte inteligentă. Apoi i-a îmbrățișat și pe băieți – pe fiecare în parte. Îmbrățișările lor erau diferite. Camden îi mângâia bărbătește pe spate, în timp ce frații mei se uitau undeva, într-o parte. În mod clar, nu le cădea bine despărțirea și am simțit cum îmi tremură inima.

În cele din urmă, tata ne-a apucat de încheietura mâinii pe mine și pe Tony. Ne-a tras împreună și, după un moment, i-a chemat pe Dylan și pe Shane, astfel încât am stat cu toții într-un cerc strâns. M-am simțit ciudat, pentru că eram cea mai mică dintre ei.

Tata ne-a privit mai întâi câte o secundă adânc în ochi pe fiecare în parte. Aproape că am înghițit în sec, atât de serios devenise totul dintr-odată.

– Nu uitați că trebuie să aveți grijă unul de celălalt, da? a început el, la fel și de William și Vincent. Știu că sunteți tineri și vă umblă mintea la fel de fel de aiureli, dar mai știu și că sunteți copii buni și că uneori nici măcar nu sunteți proști. Așa că țineți minte – este important să rămâneți împreună. Pentru că nu există om mai puternic decât cel care are o familie în spate.

A ridicat degetul, mutându-și mereu privirea atentă de la o față la alta.

– Amintiți-vă asta întotdeauna, dar mai ales acum, când în sfârșit sunteți cu toții împreună.

După ce m-am urcat în elicopter, nu puteam să-mi dezlipesc ochii de la silueta tatălui meu. Stătea pe țărmul plajei fabuloase, cu cămașa albă descheiată și pantaloni scurți din denim. Ne privea, iar dacă existau emoții puternice, le ascundea în spatele ochelarilor de soare. Ținea o mână în buzunar și pe chipul lui nu se putea citi absolut nimic.

Cuvintele pe care ni le spusese la despărțire mi-au rămas în minte pe tot parcursul călătoriei. Băieții păreau obișnuiți cu acest tip de înțelepciune, pentru că nu păreau cufundați într-o stare de reflecție. Eu, însă, am rămas tăcută, analizând non-stop ultima afirmație a tatălui meu.

Ca unic copil crescut de o mamă singură, avusesem o relație specială cu ea. Ne iubeam foarte mult și acest lucru era pentru mine la fel de clar ca faptul că doi plus doi fac patru. În schimb, acum aveam frați mai mari, nu foarte afectuoși, care puteau avea o atitudine indiferentă față de mine, puteau chiar să nu mă accepte ca membru cu drepturi depline al familiei lor. Și totuși puteam să numesc câteva momente-cheie când au dovedit că legăturile de care vorbea tatăl meu erau și pentru ei foarte importante, și nu doar în teorie.

Și pentru mine? Mă simțeam prost acum când mi-am dat seama ce însemna familia cu adevărat. Am înțeles că frații mei − așa enervanți, nedrepți, răutăcioși și asupritori − deveniseră brusc cei mai importanți oameni din viața mea și am clipit când am ajuns la această concluzie. Nu credeam că voi ajunge să-i îndrăgesc vreodată atât de repede, atât de sincer și în ciuda tuturor defectelor lor.

Călătoria a trecut foarte repede. Mult mai repede decât zborul spre Thailanda. M-am întristat când am spus la revedere acestei țări frumoase și vacanței mele fără griji. De asemenea, m-am agățat și de gândul timid că poate aceasta nu era ultima dată când îmi vedeam tatăl.

Am fost preluați de la aeroport de același om care ne adusese aici cu două săptămâni în urmă. Am privit cu o strâmbătură de nemulțumire zăpada urâtă care se topea pe șoselele din Pennsylvania. Dezvățată de aerul aspru de iarnă, am tresărit când am coborât din mașină în garajul familiei Monet. Aici nimic nu se schimbase − toate mașinile frumoase stăteau expuse cu mândrie la locul lor. Am intrat direct în casă, urmându-mi frații, visând să dorm în patul meu confortabil.

− Bine ați venit! a spus Will, apărând în hol.

Ochii lui strălucitori au zâmbit când m-au văzut. Colțurile buzelor lui s-au ridicat și a întins brațele. Era foarte târziu, a trebuit să aștepte special sosirea noastră. Și totuși, ar fi putut deja să doarmă liniștit.

Scurta noastră conversație la telefon m-a făcut să realizez că îmi lipsise foarte mult, dar nu era nimic în comparație cu ceea ce am simțit când, în sfârșit, l-am întâlnit din nou în persoană.

Aproape că m-am topit la vederea lui. Will era perfect în toate privințele. Chiar dacă nu ar fi fost − chiar dacă nu ar fi fost deloc atrăgător, dacă ar fi fost neîngrijit, dacă irisurile lui albastre nu ar fi strălucit atât de frumos −, tot aș fi căzut în brațele lui, așa cum am făcut acum. Pentru că era un frate minunat, care era cu adevărat fericit să mă vadă, fără să-i pese deloc că toată lumea știa deja cum se înmoaie când apar eu.

– Mi-a fost dor de tine, micuțo, a șoptit el, mângâindu-mă pe spate.

Am inspirat fericită mirosul lui familiar, atât de drag. Mi-am spus în sinea mea că era un amestec de detergent și de Crăciun. De mandarine dulci și de brad de Crăciun adevărat.

Momentul nostru perfect a fost perturbat ușor de Tony, care, trecând pe lângă noi, l-a împins pe Will cu umărul. Will, la rândul său, a întins mâna și i-a strâns umărul. Mi-am dat seama că acesta era modul lor prostesc, bărbătesc de salut reciproc. Ca și cum nu ar fi putut uita pentru o clipă de poziția de mascul alfa. L-am strâns pe Will și mai tare. Nu aveam de gând să-l las să rateze ocazia de a-și arăta afecțiunea.

Will m-a condus în camera mea, încă agățată de brațul lui. M-a îmbrățișat și mi-a spus tot felul de lucruri frumoase, cum ar fi că îi fusese dor de mine în casa asta mare. A admirat de asemenea cât de bronzată eram și și-a dorit un zâmbet frumos din partea mea. Eu i l-am dăruit imediat. Nu-mi mai amintesc foarte bine, dar cred că Will a rămas cu mine până am adormit, deși probabil că asta s-a întâmplat foarte repede. M-am trezit din nou la o oră ciudată, în mijlocul zilei și am gemut cu voce tare la gândul că, atunci când organismul abia începuse să mi se obișnuiască cu fusul orar thailandez, acum trebuia să-l învețe din nou pe cel american.

După duș, am coborât în bucătărie la mic-dejun, prânz sau ceaiul de după-amiază – eram deja pierdută. Voiam doar să iau o gustare, pentru că îmi era foame, dar voiam să-l văd din nou pe Will și speram să dau peste el undeva jos. Nu m-a dezamăgit. Stătea la masă și lucra ceva la calculator, dar mi-am spus că în mod sigur mă aștepta pe mine.

A apărut și Eugenie, care m-a îmbrățișat și mi-a servit imediat o porție de spanac cu cartofi. Mi se făcuse puțin dor de aceste arome clasice după preparatele thailandeze prea sofisticate pentru mine, așa că am mâncat-o cu plăcere, ceea ce Will a privit cu satisfacție. De asemenea, i-am povestit despre călătorie. Mi-a amintit (de parcă aș fi putut să uit) de ce îl adoram atât de mult. M-a ascultat pur și simplu cu un interes sincer, ca și cum tot ce-i spuneam îl interesa cu adevărat.

Mai târziu a spus că are ceva de făcut, iar eu m-am instalat pe canapeaua din sufragerie, recunoscând în sinea mea că îmi fusese dor nu numai de locatarii reședinței Monet, ci și de casă ca atare. Era căminul meu.

Cred că pur și simplu începeam să mă obișnuiesc cu noua mea viață.

Cu un ochi la serialul de la televizor, am pus mâna pe telefon și am început să selectez din galerie cele mai interesante fotografii ale cărții a cărei recenzie intenționam să o adaug în curând în contul meu. Aveam destul de multe imagini, iar printre ele erau și unele cu frații mei. Lipsea din ele doar tata. Fusesem avertizată să nu-i fac poze. Din motive de siguranță, se înțelege.

De asemenea, am avut grijă să-i trimit Monei un mesaj lung în care îi făceam un rezumat al excursiei mele. Am stat la telefon mai bine de două ore, până când cineva a decis să mă întrerupă.

– Bună dimineața, Hailie.

M-am întors, mi-am ridicat capul și am pus mobilul jos.

O, Doamne, Vincent.

Înalt, în haine negre, elegante. Cu părul perfect pieptănat pe spate. Cu o privire fermă.

La început, inima mi s-a oprit la vederea lui. Era ca și cum aș fi uitat că locuiește și el aici. În adâncul sufletului, însă, îmi aminteam de el perfect și așteptam doar să mă găsească. Am constatat cu surprindere că îmi fusese dor și de el, dar încă nu avusesem timp să mă gândesc la asta, iar corpul meu deja se ridica și îl îmbrățișa.

Să-l îmbrățișez pe Vincent era ca și când aș fi căzut în zăpadă fără geacă pe mine. Poate fi distractiv o vreme, dar curând începi să îngheți.

I-am dat drumul când singurul act de tandrețe pe care l-am primit în schimb a fost mâna lui pe umărul meu. Totuși, nu m-a descurajat cu asta. Pur și simplu nu-i plăceau îmbrățișările. Mi-am pus în gând să învăț să respect asta.

– Cum a fost vacanța? m-a întrebat, înconjurând canapeaua.

S-a așezat lângă mine. Era puțin aplecat spre mine, cu o mână pe spătar în timp ce cu cealaltă își scutura niște scame invizibile de pe pantaloni. Și-a încrucișat picioarele. Câtă eleganță avea în el! Am fost brusc izbită de asemănarea cu tatăl său.

Am coborât ochii la gândul ăsta.

Nu știu dacă simțeam cu adevărat nevoia să vorbesc cu Vincent pe tema asta. Chiar și cu Will mi s-a părut dificil să vorbesc despre asta, totuși îmi era mult mai ușor să îmi deschid inima în fața fratelui meu preferat decât a fratelui celui mai mare.

În mod sigur, Vince nu-mi pusese această întrebare ca să afle cât de mult îmi plăcea mango în mâncarea gătită, sau dacă am citit aproape șapte cărți, nici dacă mi-e rău după zborurile cu elicopterul. De fapt, știam că îl interesează un singur lucru.

Am mormăit.

– Aș fi apreciat dacă m-ai fi informat că tatăl meu este în viață, încă înainte de plecare.

Vince s-a uitat la mine cu o expresie neutră pe față, dar cred că i-a plăcut faptul că am decis să nu merg pe ocolite.

– Nu ai fi apreciat asta.

Am ridicat o sprânceană.

– A, da, am uitat că întotdeauna știi totul mai bine.

M-am enervat și, cum nu mai avusesem de-a face de mult cu Vince, mecanismele mele de apărare erau în stare latentă. În plus, vacanța și timpul petrecut cu frații mei și (de fapt, mai ales) cu tatăl meu reușiseră să facă să-mi crească stima de sine. Și, prin extensie, mi-au dat curaj.

Ochii i s-au întunecat și în ei a străfulgerat o urmă de dezaprobare, așa că m-am uitat în altă parte. A făcut o pauză înainte de a răspunde, ca și cum ar fi vrut ca acest moment de tăcere să-mi ardă urechile, până când, în cele din urmă, a vorbit încet:

– Exact așa este. De obicei eu știu mai bine și cu siguranță mai bine decât tine. Și acum conversația noastră poate fi plăcută sau neplăcută. Ce alegi, Hailie?

Răceala din vocea lui m-a făcut să mă gândesc de două ori înainte să răspund. Evitându-i privirea, am mormăit:

– Plăcută.

– Înțeleaptă alegere.

Era un compliment, dar tonul vocii lui nu s-a schimbat. Bună treabă, Hailie, l-ai enervat chiar de la început.

– Dacă ai fi știut despre tatăl nostru înainte să-l cunoști, nu ai fi avut parte de nimic altceva decât de stres și de o listă de întrebări la care numai el poate răspunde cel mai bine.

– Nu a răspuns la prea multe dintre ele.

– Ei bine, dacă ar fi fost după mine, nu ai fi știut nici acum de existența lui.

– De ce nu ai vrut să știu? am încercat să par indignată, dar îmi era greu să-mi ascund regretul.

– Pentru că trebuie să fiu sigur, dragă copilă, că înțelegi gravitatea situației, a răspuns el apăsat. Tatăl tău a vrut să te cunoască și numai din acest motiv știi acum că este în viață. Voiai să descoperi secretele familiei noastre? Poftim, iată unul dintre ele, înmânat ție ca pe tavă. Acum sper să fii în stare să păstrezi secretul.

– Bineînțeles, am spus eu repede, de data aceasta oarecum ofensată de lipsa lui de încredere.

– Puțini oameni cunosc adevărul și așa trebuie să rămână. Știi ce s-ar întâmpla dacă ar ieși la iveală?

Abia după câteva secunde am înțeles că Vince aștepta un răspuns.

– Tata... tata ar merge la închisoare? am îngăimat, căci limba încă mi se încurca în acest substantiv neexplorat; aș fi preferat să-i spun pe numele mic, dar în fața lui Vincent mă simțeam puțin stânjenită.

Am privit timid cum fratele meu se apleca și mai mult spre mine. Aș fi jurat că pentru o clipă privirea lui s-a înmuiat, dar la fel de bine putea să mi se pară.

– Este posibil să ajungem cu toții la închisoare.

În mintea mea buimăcită, a apărut imediat o imagine a fraților Monet după gratii, ca într-un desen animat. Hainele elegante ale lui Vincent erau înlocuite cu un costum într-o culoare hidoasă, stridentă. A fost o viziune atât de suprarealistă, încât mi-am scos-o imediat din cap, dar ochii mi-au rămas larg deschiși, iar Vince doar a dat din cap.

– Hailie, nu-mi pasă cât de multe prietenii minunate, loiale și de încredere – după părerea ta – vei reuși să-ți faci în viață. Acesta este un secret pe care nu îl vei împărtăși niciodată, cu nimeni. Dacă ți se pare dificil și ai nevoie să vorbești despre asta, atunci există cinci persoane la care poți apela și toate locuiesc sub acest acoperiș în acest moment. Înțelegi cât de important este ceea ce îți spun?

Mă simțeam ca și cum cineva mi-ar fi pus în spate un rucsac plin cu pietre. Unul pe care nu-l voi mai putea da jos niciodată. Cred că m-am și cocoșat puțin.

– Putem avea încredere în tine, Hailie?

Exact asta doream, încredere. Să fiu inițiată în secretele lor. Luptasem atât de mult pentru asta. Și acum, înainte de a ajunge la formularea unui răspuns, am înghițit în sec. Nu mă așteptam la o asemenea responsabilitate.

– Nu voi spune nimănui nimic. Îți promit, am șoptit, uitându-mă adânc în ochii lui Vincent pentru a-mi dovedi sinceritatea.

– Bine, a murmurat el și, în cele din urmă, s-a lăsat pe spate și s-a relaxat puțin.

A ridicat mâna ca să se uite la cadranul strălucitor al ceasului său.

– Și mai este încă o problemă.

Mi-am ținut respirația. Nu știai niciodată la ce să te aștepți de la el. De aceea, de fiecare dată când mi se adresa cu „problemele" lui, mă crispam.

De data aceasta însă, avea să-mi spună ceva interesant.

– De mâine vei începe antrenamentele de autoapărare pe care ți le dorești așa de mult.

7
PLODUL

Mi-am strâns părul de zece ori ca să-l leg într-o coadă de cal perfectă – una care să nu mă stânjenească prea mult, să nu se desfacă și să nu mă plesnească peste față în timpul exercițiilor. Mi-am pus și pantalonii de trening și pantofii sport, comandați deja câteva zile după ce Vincent fusese de acord cu antrenamentele mele. Articolele erau de calitate superioară, așa cum erau toate lucrurile din casa Monet, iar eu arătam ca un instructor de fitness experimentat, nu ca o amatoare care era pe cale să se împiedice de propriile picioare.

Nu eram sigură dacă era deplasat să iau un caiet și un pix. Mă așteptam să învăț să exersez, dar mă gândeam că poate voi dori să și notez câte ceva. Nu aveam nicio intenție să mă duc la lecții nepregătită.

Eram foarte stresată din cauza lor și aveam din ce în ce mai multe momente de îndoială. Mă întrebam dacă este pentru mine, dacă nu cumva mă prostesc și dacă voi fi, în general, în stare să învăț ceva și să mă salvez de cineva în caz de pericol. Din fericire, primele lecții urma să le fac cu Will, iar eu știam că, orice ar fi, el avea să fie înțelegător.

Ne-am întâlnit în sala de sport, adică în acea parte a casei pe care nu o descoperisem încă. De obicei o evitam ca să nu dau peste Dylan, dar din când în când auzeam muzica din boxele de acolo, iar uneori dădeam peste unul dintre frați, care se întorcea de acolo cu un prosop pe gât, cu părul umed și cu ochii radiind de euforie.

Sala de sport din reședința Monet părea foarte primitoare. Avea pereți de sticlă care dădeau spre curtea mohorâtă și umedă – ce e drept – în această perioadă a anului, dar de unde venea multă lumină naturală. Existau, de asemenea, echipament modern, o rezervă de apă, nutrienți și saltele. Cum am pășit în încăpere, l-am văzut pe Will, care stătea întins pe una dintre ele. Când m-a observat, s-a ridicat în șezut și mi-a spus să mă așez lângă el, ceea ce am și făcut, trăgându-mi genunchii până sub bărbie.

Will ducea probabil cel mai sportiv stil de viață dintre toți frații Monet. Dylan aproape că îl egala, dar el cu siguranță se delecta mai des cu mâncare nesănătoasă și alcool, în timp ce Will era meticulos nu numai în ceea ce privește antrenamentele, ci și dieta bine echilibrată. Aceasta se vedea în frumusețea lui – fratele meu preferat se putea lăuda cu un ten neted și sănătos și cu vitalitatea care îi țâșnea din ochii albaștri.

– Mai întâi de toate, trebuie să te întreb – tot mai vrei să înveți autoapărare?

Am ridicat o sprânceană, dar imediat am dat și eu din cap nerăbdătoare.

– Folosește cuvintele, micuțo.

– Ce contează dacă răspund cu voce tare sau dacă dau din cap? am întrebat nerăbdătoare, abia reținând un hohot.

Will și-a mișcat un colț al gurii.

– Îmi este mai ușor să-mi dau seama dacă minți când îți aud vocea, mi-a explicat el. În plus, din răspunsurile verbale este mai greu să înțelegi greșit.

– Da, tot vreau să învăț autoapărare.

Deloc surprins, a suspinat, la care eu am întors capul.

– Will? De ce îți displace atât de mult chestia asta?

S-a uitat la mine pentru o clipă, apoi și-a trecut mâna cu grijă prin coada mea de cal – de sus până la vârf.

– Nu știu, a mormăit gânditor, iar un moment mai târziu a adăugat: N-aș vrea să-ți pierzi inocența.

Inima mea a început să se topească precum untul în tigaie. Am îngenuncheat și m-am ghemuit lângă fratele meu preferat, înfășurându-l cu îndrăzneală cu brațele.

– Nu o voi pierde, i-am promis. Dar voi ști ce să fac în caz de pericol. De îndată ce mă vei învăța, știi tu, cum să lupt și să trag cu arma...

M-am imaginat cu mănuși mari de box în mâini. Oh, sau în pantaloni strâmți și un tricou, o coadă lejeră și un toc de pistol atârnând pe coapsă, în care aș avea o armă ca Lara Croft sau altcineva ca ea.

O, da, eram mai mult decât pregătită să învăț cum să lupt.

– Mhm, haide. Nu eu sunt cel care te va învăța cum să tragi cu armele. Eu încă mai cred că nu e nevoie de asta. Nu vreau să te văd cu o armă în mână, a spus el și și-a trecut degetul arătător pe obraz.

Mi-am încruntat sprâncenele.

– Dacă nu tu, atunci cine?

– Cred că Tony. Will a ridicat din umeri. E foarte bun.

Am înghițit în sec și m-am întristat puțin, dar am sperat că nu se vede. Din fericire, nu am avut timp să-mi fac griji în legătură cu asta, pentru că Will a început repede cursul.

Mai întâi, mi-a explicat că ar trebui să fac exerciții în mod regulat ca să fiu în formă, ceea ce însemna că ar fi bine să vin la sală cel puțin de trei ori pe săptămână timp de o oră. De trei ori în plus față de antrenamentele mele programate! Mi-a explicat că trebuie să am grijă să mănânc sănătos și să iau ceva mai multe calorii decât de obicei, pentru că, dacă voiam să fiu mai activă fizic, le voi arde rapid. Mi-a recomandat, de asemenea, să beau multă apă. Am notat totul meticulos, iar el doar a zâmbit.

Antrenamentul cu Will era cum nu se poate mai minunat. În timpul orelor practice, mi-a arătat o mulțime de trucuri interesante și m-a bombardat cu informații, pe care majoritatea le uitasem deja, dar m-a asigurat că nu este nevoie să le notez, pentru că, după câteva lecții, toate mi se vor întipări singure în cap. M-a învățat elementele de bază ale controlului asupra corpului meu și cum să transfer greutatea în diferite părți ale corpului, ceea ce se presupune că e foarte important atunci când te lupți cu cineva mai mare decât tine. De asemenea, mi-a arătat zonele unde se aflau cele mai sensibile puncte, cum ar fi gâtul, pântecele (în special pentru bărbați), genunchii sau ochii. Will era foarte răbdător, repeta la nesfârșit tot ce voiam să aud din nou. Ba chiar s-a prefăcut că reușisem să îl las inconștient. Apoi mi-am zis că toată chestia asta cu autoapărarea e grozavă.

Ei bine, asta a fost înainte de prima mea lecție cu Dylan. Fratele meu detestat mi-a lăsat de la bun început impresia că nu dorește deloc să mă învețe și că îmi face o mare favoare dându-mi lecții. De cum i-am văzut privirea întunecată și ostilă, mi s-a făcut instantaneu dor de blândul Will.

„Haide, Dylan, la urma urmei, știu că poți fi drăguț", mi-am zis în sinea mea, când întreaga lui atitudine mă îndemna să anulez ora și să fug de acolo.

— Nu-mi face plăcere să fiu aici cu tine, a început el, măsurându-mă cu privirea din cap până-n picioare.

Am mârâit și mi-am desfăcut brațele.

— Nu trebuie să ne antrenăm împreună. La urma urmei, nimeni nu te obligă...

Lecțiile cu Will erau suficiente pentru mine. Nu aveam chef să suport toanele lui Dylan, dar el a pufnit și mi-a luat o clipă să înțeleg.

— Aha, Vince te obligă, am spus cu voce tare, dând din cap cu înțelegere, și apoi am zâmbit fără să vreau, ușor amuzată.

Dylan nu a împărtășit amuzamentul meu, s-a apropiat, m-a privit pe sub sprâncene și a îndreptat spre mine un deget de avertizare.

– Nu te bucura așa de tare, fetițo. Nu știi în ce te-ai băgat. Fuga la saltea.

Mi-am încrucișat brațele pe piept, ofensată de tonul poruncitor, dar i-am ascultat indicația fără cârtire și m-a cuprins un val de îndoială, pentru că Dylan mă respingea nu numai cu lipsa lui de maniere, ci și cu statura lui mare, mai ales când stătea cu fața la mine. Era într-adevăr uriaș.

Pentru început, a râs de caietul meu și s-a lovit în frunte când l-am dat la o parte. Apoi a comentat lipsa mea de formă fizică, scuturând din cap la bicepșii mei fleșcăiți, cum îi numea el fermecător, apoi a mai mormăit ceva neplăcut și despre reflexele mele inexistente.

– Scuzați-mă, am greșit sala de sport? am mârâit punându-mi mâinile în șolduri. Oare am nimerit la ora de lipsă de educație?

– Doar ai grijă să nu începi să bocești, fetițo, a rânjit el și apoi brusc a făcut un pas spre mine, m-a apucat de încheietura mâinii și, înainte să am timp să fac un pas înapoi sau să reacționez, eram întinsă pe saltea.

Uitându-se în jos la mine, a comentat:

– Jalnic!

– Nici măcar nu mi-ai spus ce să fac!

– Voiam să văd dacă ai instinct de apărare, a replicat el. Cu un zâmbet malițios m-a privit în timp ce mă ridicam. Nu ai!

– Ar trebui să exersăm mai întâi pașii sau așa ceva!

– Pași, la naiba! a pufnit el. Asta nu e balet, micuță Hailie.

– Mă antrenez mai bine cu Will.

– Da? Asta-i grozav. Antrenamentul cu Will îți va fi cu siguranță de folos dacă vei fi atacată de o turmă de jeleuri.

Stăteam din nou în fața lui și mă holbam prea mult la el, așa că am reacționat prea târziu când s-a mișcat din nou spre mine.

– Așteaptă!

Nu a așteptat.

Am aterizat dur pe saltea și am scos un geamăt puternic, după care, cu mâinile tremurând, m-am ridicat în poziție șezândă. Am strâns din dinți cu furie. Dylan stătea deasupra mea cu brațele încrucișate peste piept.

– Ridică-te, mișcă-te. Nu avem timp.

– Nu are rost, am scrâșnit printre dinți.

L-am sfredelit cu o privire plină de ură cum stătea așa aplecat deasupra mea, expunându-și cu mândrie silueta musculoasă care îmi tăia orice avânt.

S-a aplecat spre mine.

– Ridică-te! a repetat el încet și apăsat.

Îmi venea să-l pocnesc în față.

M-am așezat definitiv pe saltea, încrucișându-mi brațele pe piept și întorcând capul ca un copil jignit.

– Să mă ia dracu'.

Dylan și-a trecut mâna peste față. Apoi s-a aplecat și mai mult, m-a apucat de braț și m-a ridicat în picioare. Pentru el cântăream la fel de mult ca o amărâtă de ganteră.

– Lasă-mă în pace! am strigat și m-am încăpățânat să cad în genunchi, astfel că acum atârnam de mâna mea, pe care el o ținea în sus.

– Nu te purta ca un plod.

– Atunci încetează și tu să mai fii rău!

– Nu m-ai văzut încă atunci când sunt rău.

– Și nici tu nu m-ai văzut purtându-mă ca un plod! am țipat cât m-a ținut gura.

Dylan mi-a dat drumul imediat ca să-și astupe urechile, iar legile fizicii și-au făcut magia, trântindu-mă cu totul înapoi la pământ.

Eh. Asta sunt eu, o fată de aproape șaisprezece ani, răcnind la fratele ei ca un copil răsfățat de cinci ani. Cu ceva timp în urmă m-aș fi afundat în pământ, dar acum știam că în lupta mea cu Dylan nu existau limite, iar uneori trebuia să recurg la măsuri extreme.

– Am spus că autoapărarea nu e pentru tine. Du-te înapoi la grădiniță.

– Sau poate că tu ești un profesor nepriceput?

Jur că am devenit mai rea din cauza lui.

– De ce, pentru că nu îți zâmbesc ca Will? Ce ești tu, copil mic? Ridică-te odată!

M-am ridicat și, aruncându-i o ultimă privire furioasă, am plecat repede din sală. De furie, rămăsesem fără cuvinte și nu putusem să-i arunc un „la revedere" veninos. El, în schimb, doar a fluierat.

Furioasă, m-am îndreptat imediat spre camera mea. Așa a decurs primul meu antrenament cu Dylan și singurul lucru pe care probabil că puteam să-l învăț de la el era cum să cad la pământ ca să mă doară mai puțin.

Mi-am luat imediat telefonul și, mânată tot timpul de același impuls de furie, l-am sunat pe Vincent.

Dar era imposibil să vorbesc cu tutorele meu legal așa, pur și simplu. El nu era mama mea, care, dacă exista o problemă, putea fi găsită oricând trebăluind prin casă. Vincent trebuia să fie sunat mai întâi, ceea ce, desigur, nu făceam de multe ori, să sper că va răspunde și apoi să aflu dacă era măcar la reședință.

Când i-am auzit vocea rece în receptor, am simțit o mare dorință de a-mi vărsa nemulțumirile pe loc, dar, când i-am mărturisit că am o problemă, m-a invitat în biroul lui, unde se afla în acel moment.

Eu nu frecventam acea parte a casei, deoarece încă îmi era interzisă; de aceea, în timp ce mergeam pe coridor, furia mea și-a pierdut din intensitate. Întunericul rece din jurul meu, exagerat și mai mult de imaginația mea sălbatică, mi-a răcorit sângele clocotitor din mine.

Am tresărit de jenă la vederea canapelei în spatele căreia mă ascunsesem în timpul primei mele escapade aici. Din holul întunecat de vizavi, a ieșit imediat să mă întâmpine un bărbat, pe care nu l-am observat la început în costumul său negru.

M-am oprit nesigură când l-am văzut. Avea o cască în ureche și păr blond și scurt. Părea foarte tânăr și l-am recunoscut în el pe agentul de securitate pe care-l văzusem anterior pe filmare. A întins mâna spre mine ca și cum ar fi vrut să mă oprească, așa că m-am oprit ascultătoare.

– Doresc să vorbesc cu fratele meu, am anunțat.

– Desigur, domnișoară Monet.

S-a întors spre ușa biroului lui Vincent și a deschis-o special pentru mine, cu o mișcare a mâinii invitându-mă politicos să intru.

Am trecut de bărbat și am intrat pentru prima dată în încăperea care mi se părea un mare mister. Vincent nu mă adusese niciodată aici – aveam toate conversațiile în bibliotecă, în bucătărie, în sufragerie sau în camera mea. Știam că aici era locul unde își petrecea majoritatea timpului, iar acum mă uitam de jur împrejurul acestei camere, absorbind cu interes austeritatea ei – la fel ca dispoziția fratelui meu.

Biroul mare la care stătea era situat într-un punct central. Două fotolii se aflau vizavi și așteptau doar ca cineva să le ocupe pentru ca fratele meu cu aspect intimidant să poată rosti sentințe, ca un judecător.

Ușa s-a închis singură în urma mea. Am încercat să nu mă gândesc că același lucru se întâmpla mereu în filmele de groază când protagoniștii intrau într-o capcană. *Ești o proastă, Hailie, asta e meseria unui agent de pază!*

Când m-am apropiat de birou, am simțit cum furia se scurge din mine. Uitasem deja de ce eram supărată pe Dylan. Eram copleșită de semiîntunericul care domnea în birou și de atmosfera gravă care emana din toate părțile, ca și cum ar fi fost o cameră special concepută pentru a lua doar decizii-cheie.

Vincent își sprijinea un braț pe cotieră. Își ținea cealaltă mână pe telefon, bătând în tăcere cu degetele în el. M-a examinat cu o privire neutră, dar mi-a trebuit o clipă ca să-mi amintesc problema cu care venisem la el.

Mi-am permis să mă așez pe marginea unuia dintre fotolii și mi-am mușcat buza, încă ușor intimidată de atmosfera densă de aici.

– Despre ce voiai să vorbim? a întrebat Vincent.

Era la fel de calm ca de obicei și gata să mă asculte. Înainte de a-mi aduna curajul să mă uit la el, m-am uitat de jur împrejurul încăperii. Ceea ce mi-a atras atenția a fost canapeaua de piele din colț și un bar plin cu băuturi spirtoase în sticle cu cele mai renumite etichete.

Am respirat adânc.

– Nu vreau să mă antrenez cu Dylan.

S-a așternut o clipă de tăcere, iar fratele meu a ridicat din sprâncene.

– De ce?

– Pentru că este rău cu mine și deja văd că nu voi învăța nimic cu el, am explicat, încercând să adopt înfățișarea unui cățeluș nefericit.

– Ți-a făcut vreun rău? a întrebat el.

– Ce vrei să spui?

– Ce am întrebat. Ți-a făcut rău?

– Nu...

Vince nu și-a luat ochii de la mine.

– Dar m-a aruncat pe podea. De două ori... Am deja vânătăi!

– Înveți ce înseamnă autoapărarea, Hailie, se înțelege că vei fi plină de vânătăi.

– Tocmai asta e, nu voi învăța nimic cu el! Și nu îmi transmite niciun fel de cunoștințe valoroase.

– De unde știi tu ce cunoștințe valoroase ar trebui să-ți transmită, din moment ce nu ai nicio idee despre artele marțiale?

Am strâns din buze, nemulțumită.

– Dylan, pe de altă parte, știe destul de multe despre ele și cred că știe foarte bine ce face, a continuat Vincent.

M-am aplecat și m-am agățat cu degetele de marginea biroului.

– Dar Vince, el... mă provoacă mereu...

– Cum te provoacă?

Am întors din nou capul într-o parte.

– Păi, spune că sunt ca un plod... am mormăit.

– Deci vrei să spui că te tachinează?

– E atât de rău!

Vincent s-a mișcat în sfârșit și și-a schimbat poziția. S-a sprijinit de spătarul scaunului și se uita la mine cu bărbia ridicată.

– Hailie, deși îmi dau seama că Dylan este adesea insuportabil, nu văd care e problema în acest caz. Treaba lui este să te învețe autoapărare, nu savoir-vivre.

Am făcut ochii mari.

– Dar...

– Ai cerut lecții de autoapărare, așa că le-ai primit. Eu cred că este foarte important ca ele să fie variate și, ca urmare, nu pot fi predate toate numai de Will.

Mi-am coborât privirea spre genunchi.

– Nu-ți plac toți profesorii de la școală, nu-i așa?

– Dar toți mă plac pe mine, am mormăit pe sub nas.

Vince și-a ridicat colțul gurii în zâmbetul lui caracteristic, care probabil că furase inima multor femei, deși pe mine, una, mă speria întotdeauna.

– Autoapărarea este o abilitate nouă. Am avut impresia că dorești foarte mult să ți-o însușești. Bineînțeles, asta necesită dedicare și răbdare. Aș vrea să văd, Hailie, că dai totul. Gândește-te dacă merită să renunți doar pentru că nu-ți plac metodele lui Dylan.

– Dar... nu e vorba de asta...

Vocea mi-a rămas suspendată în aer și mă uitam nedumerită la Vincent. În cele din urmă, am suspinat și am îngânat:

– Bine.

Colțul gurii lui Vincent a tremurat și mai mult.

– Dar – am început din nou – Dylan e oribil și nu vreau să lucrez cu el.

– Nu trebuie să-l adori, dar ar trebui să înveți să conviețuiești cu el în primul rând pentru că este fratele tău.

A făcut o pauză, și-a luat mâna de pe telefon și a așezat-o pe celălalt braț al scaunului, schimbându-și poziția. Apoi a continuat:

– Peste o lună voi pleca pentru câteva zile și vei rămâne singură cu el și cu gemenii.

A tăcut din nou pentru o clipă, urmărindu-mi reacția.

– Și s-ar putea să mai fie situații ca aceasta în viitor și cred că ar fi rezonabil pentru tine să ai o relație bună cu el.

– Pleci?

– Doar pentru câteva zile.

– Și eu va trebui să stau cu Dylan? Te rog, nu. Am tremurat și m-am prăbușit. De ce nu cu Will?

– Will vine cu mine.

Mi-am pus brațele în jurul meu, brusc foarte îngrijorată de noile informații. Vincent se uita la mine cu capul ușor înclinat.

– De ce plecați?

– Pentru afaceri.

– Și unde?

– La Londra, Hailie, a răspuns el, apoi a ridicat mâna, văzând că înalț capul. Gata, ajunge cu întrebările!

– Încă una, te rog!

A ridicat o sprânceană, dar s-a arătat dispus să asculte.

– Pot să vin cu tine?

– Hailie, de ce naiba să vii cu mine?

M-am uitat în jos la adidașii mei albaștri, care erau într-un contrast ridicol cu podeaua întunecată și lucioasă din biroul lui Vince.

– M-am gândit că poate... am ezitat, dar am mormăit în continuare: ... că poate aș putea vizita mormântul mamei mele. Este aproape de orașul meu natal, e chiar lângă Londra. Este foarte ușor de ajuns, la aproximativ o oră și jumătate cu trenul din centru. M-am gândit că poate aș putea...

– Hailie, m-a întrerupt Vincent. Dacă simți nevoia să vizitezi mormântul mamei tale, te pot duce acolo chiar și în acest weekend.

Buza inferioară mi-a tremurat de emoție.

– Serios?

– Sigur că da. Va trebui să-mi rearanjez câteva lucruri în calendar, dar mă pot organiza.

– Nu trebuie să zburăm acolo special în acest weekend, am murmurat, surprinsă de răspunsul lui. Pot să merg cu tine și să mergem la cimitir cu ocazia...

– Nu se poate, Hailie, nu pot să te iau cu mine într-o călătorie de afaceri.

Am suspinat și am dat din cap. Deși călătoria fratelui meu mă intriga, știam că mai degrabă Dylan s-ar fi purtat frumos cu mine, decât aș fi reușit eu să aflu ceva de la Vincent.

Părea mulțumit de concluziile la care ajuneserăm, pentru că, după câteva momente de tăcere, și-a încrucișat brațele la piept și m-a întrebat:

– Spune-mi, mai vrei să vorbim și despre altceva?

Am clătinat din cap că nu.

– Atunci din partea mea asta e tot. Te voi informa în continuare despre călătoria din acest weekend. Poți pleca acum, dragă Hailie.

Mi-am luat rămas-bun de la Vincent și am ieșit din biroul lui. Deși misiunea cu care venisem aici nu fusese îndeplinită, iar perspectiva de a mă antrena în continuare cu Dylan – la care a trebuit să mă întorc cu coada între picioare – nu-mi surâdea, reușisem pe neașteptate să negociez o excursie la mormântul mamei mele. Dacă aș fi știut că Vince va fi atât de binevoitor în privința acestei idei, aș fi sugerat-o mult mai devreme.

Eram curioasă să știu de ce se ducea fratele în țara mea na-
tală, dar nu era surprinzător că un om de afaceri ca el avea ceva
de făcut acolo.

Întorcându-mă în partea de locuit a reședinței, am trecut pe
lângă paznicul cu păr blond și m-am întrebat în gând câți oa-
meni pe care nu-i cunoșteam se mai învârteau încă pe acolo...

8
ÎN SPATELE FRAȚILOR
MAI MARI

Mai târziu, Vince m-a găsit și a confirmat plecarea noastră în weekend în Anglia. Suna foarte abstract pentru mine, mai ales că, la urma urmei, abia mă întorsesem din Thailanda. În toată viața mea nu călătorisem atât de departe ca în ultimele două săptămâni sub acoperișul fraților Monet.

Cu cât mă gândeam mai mult la asta, cu atât eram mai fericită că în sfârșit voi putea vizita mormântul mamei mele. Și, în plus, organizasem această călătorie atât de ușor și pe neașteptate! Până de curând îmi era jenă să le cer fraților mei să mă ducă la mall. Și iată că ocazia s-a ivit de la sine.

Chiar înainte de călătoria emoționantă în orașul meu natal, a trebuit să mă întorc la școală. Trebuia să fie ca o gură de aer proaspăt, pentru că încet-încet devenisem puțin neliniștită în preajma fraților mei. Simțeam nevoia să reintru în atmosfera de învățare pe care o știam și o iubeam, pe care o răspândeau pereții Academiei Northeast din Pennsylvania.

Shane era cel mai dornic să mă ducă la ore, dar, de la accidentul meu și al lui Tony, lucrurile deveniseră puțin mai complicate. Tuturor ni s-a interzis mersul pe motocicletă. Mie chiar îmi convenea, pentru că, după ce trecusem prin ce trecusem, nu aveam de gând să mă mai urc pe ea niciodată, dar Tony susținea că era stilul lui de viață și a jurat că-și va repune iubitul autovehicul pe roți la primăvară. Părea să aibă o opinie atât de fermă în această privință, încât era gata să se certe chiar și cu Vince.

Vremea, însă, deocamdată nu era favorabilă, ceea ce resimțeam dureros mai ales după vacanța în căldura din Thailanda. Prin urmare, în prima zi după vacanță, a trebuit să suport compania gemenilor în mașină. Cel puțin Dylan lipsea. Din conversațiile băieților am dedus că planul lui era să ia o fată de acasă și să o ducă la școală. Asta ar avea sens, pentru că el plecase de la reședință mai devreme decât noi, dar când am ajuns în parcarea școlii, mașina lui roșie nu era încă acolo.

După ce am coborât din mașină, am fost fericită să mă despart cât mai repede de frații mei care atrăgeau prea mult atenția și am fugit în clădire. În afară de popularitatea continuă a familiei Monet, mai erau multe alte lucruri care, din păcate, erau destinate să rămână neschimbate. Atitudinea lui Audrey, de exemplu, la vederea căreia am simțit din nou un junghi în stomac, deoarece îmi aminteam de motivele pentru care încetase să mai vorbească cu mine. Am stabilit un contact vizual cu ea la dulapuri, care acum, din nefericire, erau aproape unul de celălalt. De la aventura cu Jerry, privirea ei nu încetase să clocotească de ură.

Am fost în schimb surprinsă de Lavinia, care a zburat până la mine și m-a întâmpinat cu două săruturi lipicioase pe obraji, strigând pe tot coridorul cât de tare îi fusese dor de mine. Se pare că simțea nevoia să-și exprime recunoștința infinită față de persoana mea pentru palma pe care i-o făcusem cadou lui Jason la câștigarea titlului de „fraierul anului".

Lavinia era pentru mine doar fata cu talie îngustă care îmi crea complexe și pentru care mă părăsise primul meu iubit neoficial. E puțin spus că nu-mi plăcea de ea. Cu toate acestea, undeva în interiorul meu simțeam o mică legătură cu ea. Așa că i-am tolerat comportamentul și m-am dat în spectacol împreună cu ea, punându-mi brațele în jurul gâtului ei și afișând un zâmbet plăcut.

Ceea ce îmi doream cel mai mult, însă, era să o văd pe Mona. Ne înțeleseserăm să ne vedem pe coridor, înainte de ore. După zâmbetul larg cu care m-a întâmpinat, am dedus că și ea se bucura să mă vadă.

Mi-a povestit despre călătoria ei în Canada, unde locuiau bunicii ei și câteva mătuși. Cu o mică înțepătură de gelozie, am ascultat despre reîntâlnirea cu sora ei mai mare, care studiază în fiecare zi și nu mai locuiește în casa familiei lor. În acel moment mi-am zis că este minunat să ai o soră. Ar fi frumos dacă și eu, printre toți acești frați ai mei, aș avea măcar o soră.

Mona a vorbit mult despre noile ei palete de farduri și cât de mult i-ar plăcea să le încerce pe mine. M-a complimentat și pentru bronzul meu, iar până în acest moment nu observasem încă nimic suspect în comportamentul ei. Am stat de vorbă cu mare plăcere până la prânz.

Apoi mi-a aruncat bomba pentru care nu eram pregătită.

Discuția noastră entuziastă a coborât brusc pe piste complet diferite. Stăteam în cantina școlii și toată lumea din jur părea să fie într-o dispoziție bună pentru că astăzi la prânz era pizza. De aceea am fost îngrijorată când Mona nu s-a atins de felia ei, dar în schimb se uita intens la mine.

– Te rog să-mi promiți că nu spui nimic nimănui, a repetat ea pentru a mia oară.

– Îți promit, am răspuns eu, tot pentru a mia oară. Haide, doar știi că poți avea încredere în mine.

Mona s-a foit pe scaun, apoi a început să bea din sticla de cola înghițind băutura la nesfârșit, până când, în cele din urmă, mi-a întâlnit privirea nerăbdătoare de sub sprâncenele ridicate.

– Bine!

A respirat adânc și și-a înfășurat brațele în jurul trupului, legănându-se ușor înainte și înapoi. S-a uitat nervoasă în jur.

– Ei bine? am îndemnat-o eu să vorbească, pentru că mă săturasem de aceste jocuri.

– Cred că... îl iubesc pe Tony.

A şoptit cuvintele atât de repede, încât aproape că au fuzionat şi mi-au trebuit câteva secunde să le înţeleg sensul.

Mi-am încruntat sprâncenele.

– Care Tony?

Mona şi-a înclinat capul ca şi cum ar fi spus: „Asta nu e deloc amuzant". Şi atunci am simţit cum se revarsă o găleată de apă rece peste mine.

– Oooh! am exclamat un pic prea tare şi mi-am acoperit gura cu ambele mâini.

Prietena mea s-a aplecat să mă ciupească de braţ, pentru că atrăsesem inutil atenţia asupra noastră.

– Nu poţi să spui nimănui, nimănui, ni-mă-nui, m-a implorat ea într-o şoaptă febrilă, sau voi muri, jur.

Mi-am coborât mâinile, dar m-am uitat la ea şi m-am strâmbat.

– Mona, nu... tu nu-l iubeşti deloc.

– Atunci de ce nu a existat o zi, în toată călătoria mea nenorocită, în care să nu mă gândesc la el? În fiecare noapte mi-am imaginat cum ar fi fost dacă el ar fi stat în pat lângă mine...

Mi-am astupat urechile.

Mona s-a întins din nou peste masă ca să mă tragă de încheietura mâinii.

– Ştiu că e vorba de fratele tău şi ţi-e greu să auzi, dar trebuie să spun cuiva şi, de când am încetat să mai fiu prietenă cu Audrey, te am numai pe tine.

– Dar de ce tocmai Tony? am gemut.

– Are ceva în el... Mona a oftat, fixând cu ochi visători blatul mesei, căci îşi impunea probabil cu puterea minţii să nu arunce o privire spre masa fraţilor Monet.

Am tresărit cu dezgust.

– Mona... este, nu ştiu, ar fi fost mai bine cu Shane.

– Dar m-am îndrăgostit de Tony! El, oh, Doamne, e atât de chipeș...

– Arată exact la fel ca Shane!

– Aaaah! a oftat Mona, uitându-se în jur, apoi a continuat: Tony are ceva al lui... Ei bine, nu știu, poate e din cauza tatuajelor?

Am privit-o cum se prăbușește în abisul propriei imaginații, care ascundea o viziune deformată. Mi-am mușcat buza când am ajuns la concluzia că trebuie să o salvez.

– Mona, am început eu pe un ton serios, așteptând până când atenția i-a revenit la mine. Tony nu e bun ca prieten. Oricare ar fi imaginea pe care ți-o creezi în cap despre el, crede-mă, este departe de a fi așa. Meriți pe cineva care să te trateze cu respect și căruia să-i pese sincer de tine. Iar lui Tony... Pe Tony îl interesează cel mult sânii mari.

Prietena mea și-a coborât capul și brusc l-a ridicat din nou, privindu-mă.

– Eu am sâni mari. Și încă mai cresc.

M-am rezemat de spătarul scaunului și mi-am coborât brațele, apoi și privirea. A căzut pe o pizza neatinsă, așa că am apucat repede o felie cu degetele mele amorțite, pentru ca băieții să nu creadă că iarăși nu am poftă de mâncare. Am văzut că și Mona se întindea după felia ei.

Am mestecat în tăcere o vreme.

– Ai putea... a vorbit ea brusc, dar s-a întrerupt repede.

M-am uitat la ea nefericită, ridicând nedumerită o sprânceană. Știam că orice ar fi vrut să mă roage, nu mi-ar fi plăcut.

– Ai putea încerca să faci în așa fel încât Tony să mă bage în seamă? Măcar pe Instagram? a întrebat ea încetișor, ghidând cu un deget al mâinii libere pliculețul cu sos barbecue pe marginea farfuriei.

Am respirat adânc, lăsând jos felia de pizza.

– Cum, Mona? Când el nici pe mine nu mă bagă în seamă!

S-a întristat și a coborât privirea. Mi-a părut rău pentru ea și mi-am frecat fruntea, căutând o soluție la această situație stupidă. Nu am găsit niciuna, din păcate. Revenirea la școală și reîntâlnirea presupus lipsită de griji cu Mona se transformaseră într-o ceartă, în timpul căreia a trebuit să-i demonstrez prietenei mele că renunțarea la această iubire ar fi soluția cea mai ușoară și mai puțin dureroasă pentru ea.

Mai târziu, chiar dacă discutam despre altceva, Tony apărea din când în când în conversațiile noastre și asta mă irita enorm. Trebuia să fiu vigilentă, astfel încât, de fiecare dată când Mona îl menționa, să încerc să-i scot din cap această aventură artificială visată cu fratele meu cel năzdrăvan.

Chiar și atunci când eram singură în clasă, mă indispuneam de fiecare dată când mi-i imaginam pe Mona și pe Tony ca un cuplu. La sfârșitul orelor eram deja extrem de abătută și, în consecință, mai iritabilă decât de obicei.

Prin urmare, când îmi duceam cărțile la dulap și am auzit un fluierat prelung în spatele meu, nu l-am ignorat, așa cum probabil că aș fi făcut în mod normal.

M-am întors la timp ca să văd un nătărău dintr-o pseudo-gașcă a lui Jason cum își scotea degetele din gură și chicotea prostește.

Aproape că a aterizat la pământ când fosta țintă a suspinelor mele l-a izbit puternic în umăr.

– Ține-ți gura, i-a spus încet, iar apoi a aruncat o privire rapidă în direcția mea, verificând dacă am reacționat la gestul prostesc al colegului său.

Am ridicat sprâncenele și, neputând să mă abțin, am pufnit zgomotos și disprețuitor. Nu aveam ce face, când îl vedeam pe Jason simțeam că mi se face scârbă. Poate că astăzi mă afișasem prea mult în fața lui, provocându-l chiar eu, dar tot nu mi-a venit să cred când am auzit ce a spus:

– Prințesă nenorocită!

Deși murmurase abia șoptit, am auzit insulta foarte clar. Nu mi-a trebuit prea mult în acel moment ca să renunț la orice înfrânare. M-am răsucit pe călcâie.

– Vrei, te rog, să repeți? am strigat eu tare și acuzator și o parte din mine s-a încruntat surprinsă de acest val de agresivitate, absolut neobișnuit la mine – eu nu mă comportam așa.

Ei bine, este clar că Jason era capabil să trezească tot ce era mai rău în mine, cele mai ascunse sentimente. Dar pur și simplu nu acceptam să mă las jignită de unul ca el.

– Cred că m-ai auzit.

A mijit ochii și a râs fals la mine, dar nu mi-a scăpat faptul că își freca nervos mâinile de coapse.

– Ei, lasă, e în regulă, calmează-te, a intervenit nătărăul care fluierase mai devreme. Relaxați-vă!

Se uita când la mine, când la Jason și ne-a întins mâinile în gest de împăcare. Ceilalți colegi de haită se uitau și ei la noi și pe fețele celor mai mulți dintre ei se întindeau rânjete batjocoritoare, ca și cum s-ar fi hrănit cu acest tip de hărțuială.

Mi-am ridicat privirile spre tavan, apoi m-am uitat în ochii albaștri ai lui Jason, care mă fermecaseră cândva atât de mult. Am scuturat din cap la simpla amintire a acelor vremuri triste.

– Ești de toată jalea.

Dacă aș fi fost bărbat, l-aș fi scuipat în ochi, dar am considerat că eu, Hailie Monet, nu se cuvine să fac una ca asta, așa că am avut grijă ca fața mea să exprime cel mai clar dezgust.

– Așa? Eu sunt de toată jalea? a râs Jason fără umor.

Și-a îndesat pumnii în buzunarele blugilor largi și s-a înfipt țanțoș în fața mea. Nu-mi scăpase din vedere că înainte de asta privise rapid de jur împrejur.

– Nu eu sunt cel care se ascunde în spatele fraților mai mari.

– Ai dreptate, tu doar profiți de fete și pe urmă le părăsești.

– Repeți prostii după târfa aia, Lavinia, în loc să-ți pui la treabă propriul cap sec, a mârâit el furios. De fapt, nu știi nimic despre relațiile mele. Nu ți-am făcut nimic. Ți-am făcut eu ceva?

Nu ți-am făcut nimic. Frații tăi, vajnicii tăi cavaleri apărători, sunt cei care s-au dat în spectacol. Și acum ce, te plimbi prin școală și nu poate nimeni nici măcar să se uite urât la tine, că vedeta are o problemă, a mormăit el în încheiere, punându-și mâinile pe cap. Ce chestie aiurea!

Am mai făcut un pas înainte.

– Știai foarte bine că nu am nicio influență asupra fraților mei, că ei fac ce vor. Și totuși, și tu te-ai distrat de minune când te-ai sărutat cu o altă fată în fața mea, nu-i așa?

M-am întristat numai cât mi-am amintit ce oribil mă simțisem în momentul respectiv.

Jason a ridicat sprâncenele pentru o fracțiune de secundă și mi-a aruncat un zâmbet răutăcios.

– De ce, ai fost geloasă?

– Mi-a părut rău, idiotule.

– Mă doare-n cot de părerea ta de rău.

Am tăcut, regretând că mă lăsasem târâtă în această conversație. Jason mirosise probabil o victorie, pentru că și-a ridicat capul mai sus. Tot mai zâmbea disprețuitor la mine când a adăugat:

– Și acum ce, ai de gând să zbori să te plângi fraților tăi? Ce-i rău în asta?

Am ridicat bărbia cu îndrăzneală și m-am apropiat din nou de el, așa că acum eram la o lungime de braț de el.

– Așa să știi. Și cred că de data asta chiar au de gând să-ți frângă ceva. Am ridicat sfidătoare o sprânceană. Numai un cuvânt să spui, Jason, și jur că mă duc la ei chiar acum.

Abia așteptam să deschidă gura. Haide. Eram gata să-mi pun în aplicare amenințarea cât ai clipi din ochi. Știam că „Sfânta Treime" trebuia să fie undeva prin apropiere. Eram atât de incitată, că nu-mi păsa ce vor crede ei despre mine.

Cu o satisfacție sumbră, am sesizat șovăiala ascunsă adânc în privirea nesigură a lui Jason. Vedeam că este nerăbdător să spună sau să facă ceva nepotrivit, dar a reușit să se stăpânească.

Se uita la mine ca și cum aș fi fost cel mai mare dușman al lui, ceea ce mă durea puțin, pentru că nu credeam că merit atâta ură din partea nimănui.

În cele din urmă, s-a îndepărtat clătinând din cap și s-a întors brusc ca să se amestece din nou în grupul de prieteni în preajma cărora probabil că se simțea din nou în siguranță, căci le-a murmurat ceva, dar atât de încet, încât am renunțat să mai încerc să aud.

Voiam să plec din acel coridor cât mai curând posibil, așa că m-am întors și am văzut că mai mulți colegi urmăriseră schimbul nostru de replici. Pe unii dintre ei îi cunoșteam doar din vedere, pe alții deloc, dar, parcă pentru a înrăutăți lucrurile, printre ei trebuia să fie și Audrey.

Oh, minunat, desigur, o dată am spus și eu cu voce tare câteva cuvinte în plus și ea a trebuit să le audă. Obosită și enervată de felul în care mergeau lucrurile, am decis să plec naibii de acolo.

Nu m-a deranjat nici faptul că a trebuit să fac un ocol ca să ajung la parcare. Am vrut să-i evit pe acei spectatori individuali și judecata lor, privirile lor critice. Din păcate, după numai o clipă am auzit pași în spatele meu. La început i-am ignorat, dar acel cineva mi-a strigat numele încet și atunci am strâns din pleoape.

– Tu ești Hailie Monet? s-a auzit vocea din nou.

M-am oprit și m-am întors încet, pentru că eram pe un coridor gol și nu mai era cazul să mă prefac că nu aud.

Băiatul s-a oprit și el, păstrând o distanță rezonabilă între noi. Am înclinat capul, aruncându-i o privire întrebătoare, pentru că mă intriga și, în plus, nu-l cunoșteam deloc. Nu-l știam nici măcar din vedere. Cu siguranță nu avusesem cursuri împreună cu el, nu-l mai văzusem niciodată la cantină și în mod sigur nu-l văzusem nici în haita lui Jason.

Se uita la mine șovăielnic, ca și cum ar fi dus o luptă lăuntrică. L-am așteptat să vorbească, în timp ce în sinea mea îi dădeam puncte pentru îndrăzneala de a deschide gura în prezența mea. Majoritatea băieților de la școală încă o evitau pe sora fraților Monet.

Primea alte puncte și pentru uniforma foarte îngrijită. Este ceva neobișnuit pentru un elev de la academia noastră să aibă o cravată perfect legată. Cureaua pantalonilor nu era prea largă nici măcar cu un milimetru. Iar cămașa corect băgată în pantaloni și călcată fără cea mai mică cută era o raritate.

Chipul lui exprima confuzie și, cum dădea impresia că este o persoană politicoasă, am decis să respir adânc și să-mi înăbuș frustrarea.

Am dat din cap ca să-mi confirm identitatea.

– Așa m-am gândit și eu. Am auzit conversația cu băiatul de acolo, a spus străinul, arătând în treacăt cu degetul mare în spate.

Am suspinat.

– De obicei nu mă comport așa.

Nici eu nu știu de ce, dar am simțit nevoia să mă justific.

Băiatul doar a ridicat din umeri.

– Nu te cunosc, nu te judec.

De data asta m-am uitat la el și mai atent. Chiar că nu-l cunoșteam și, la urma urmei, aceasta este o școală mică. Mi se părea că, dată fiind tendința mea spre perfecțiune, mi-aș fi amintit de cineva care arăta atât de îngrijit.

Avea și ochi interesanți. Și nu mă refer la culoare, deși erau frumoși, căprui. Am fost captivată mai mult de faptul că păreau înțelepți, ceea ce am sesizat, deși acum mă priveau atât de timid. Avea nasul acoperit de pistrui mici și, chiar la colțul ochiului stâng, la tâmplă, o mică aluniță întunecată adăuga o notă discretă farmecului său.

– Ești nou? am întrebat.

– Da, tocmai m-am înscris.

Mi-a aruncat un mic zâmbet, pe care i l-am întors pentru că îmi aminteam că și eu fusesem într-o situație similară cu doar câteva luni în urmă și am simțit o mică simpatie pentru el. Nu era ușor să te muți la o școală nouă, mai ales în mijlocul anului și la o academie ca aceasta.

– Leo Hardy, s-a prezentat și s-a apropiat timid de mine.

– Hailie Monet, i-am răspuns și i-am strâns și eu mâna rece care tremura. Te-ai mutat în apropiere?

Leo a coborât capul pentru o clipă.

– Nu tocmai. De fapt, locuiesc în zonă dintotdeauna.

– Oh, foarte bine. Deci ai fost la o altă școală?

– La o școală publică. Și-a trecut mâna pe ceafă. În semestrul ăsta am primit o bursă, așa că am putut să mă transfer aici.

Am dat din cap. Înțelegeam foarte bine. Pentru mine înscrierea la această academie era un privilegiu pe care probabil nu l-aș fi obținut niciodată dacă nu ar fi fost banii lui Vincent.

Am zâmbit mai larg.

– Felicitări atunci!

– Mulțumesc.

A urmat o tăcere și, în timp ce ne priveam așa, am început să mă simt stânjenită. Începuse să mi se pară ciudat și, chiar dacă Leo îmi făcea o impresie destul de bună, am decis că era timpul să mă îndepărtez. Deschideam deja gura ca să-mi iau rămas-bun, când el a vorbit primul:

– Locuiești cu frații Monet, nu-i așa?

Dintr-un motiv oarecare, această întrebare a făcut să-mi dispară părerea bună pe care mi-o făcuse mai înainte.

Am încuviințat din cap cu precauție.

– Hailie, ai putea să faci ceva pentru mine? Te rog.

Dintr-odată, pe chipul lui s-a așternut o expresie de îngrijorare.

Mi-am încruntat sprâncenele, luată complet prin surprindere. Apoi m-am încordat și eram deja gata să fac un pas mare înapoi. Nu eram obișnuită cu astfel de solicitări din partea străinilor, iar instinctele îmi spuneau că nu erau de bun augur.

Politețea mea dezinteresată s-a evaporat într-o clipă, iar Leo, văzând probabil acest lucru, și-a frecat fruntea stresat.

– Știu că nu ne cunoaștem și ai putea crede că sunt anormal... dar, Hailie, îți jur că sunt într-o situație fără ieșire.

– Despre ce este vorba?

– Există o problemă pe care vreau să o clarific. Iar pentru asta trebuie să vorbesc cu fratele tău...

– Stop!

Tonul meu a fost mai dur decât mă așteptam. Am întins palma drept în fața mea, pe verticală, accentuându-mi porunca.

Leo a tăcut ascultător, deși continua să afișeze o mină de martir. Am oftat, încercând să-mi cobor puțin tonul și să continui ceva mai blând:

– Leo, dacă ai o problemă cu frații mei, Dylan, Shane și Tony merg și ei la această școală. În orice moment te poți duce la ei și să vorbești despre orice dorești.

Chiar în timp ce vorbeam, mi-am dat seama că frații mei l-ar fi refuzat pe Leo înainte să-l lase să vorbească, dar asta nu mai era treaba mea.

– Dar eu trebuie să vorbesc cu Vincent.

Ah, ei bine, atunci mult noroc!

Am respirat adânc și m-am uitat de jur împrejurul coridorului pustiu. Mi-am adunat gândurile ca să-i explic în termeni cât mai simpli de ce nu voiam să mă bată la cap cu astfel de probleme. Mai întâi mi-am împreunat mâinile ca pentru rugăciune și mi-am sprijinit bărbia pe ele, apoi le-am coborât, tot împletite, respirând adânc.

– Leo, oricare ar fi problema pe care o ai cu el, cred că nu ar trebui să mă implici în asta.

– Știu, dar...

– Vincent nu ar fi mulțumit dacă ar afla că m-ai acostat.

– Eu doar...

– Nu, am spus ferm. Îmi pare rău, dar nu, nu pot să te ajut. Eu nu te cunosc. Nu înțeleg de ce ai venit la mine cu problema ta. Frații mei se ocupă cu tot felul de lucruri în care eu nu mă amestec. Dacă ai nevoie să vorbești cu unul dintre ei, atunci vorbește cu ei.

Băieții ar fi plesnit de mândrie dacă m-ar fi auzit.

Leo părea neconsolat, dar nu m-a întrerupt și nici nu a mai spus nimic. Am simțit o strângere de inimă când am văzut privirea sincer îngrijorată și dezamăgită de pe fața lui. Cu toate acestea, mi-am impus rapid să-mi vin în fire. Toată lumea are probleme, iar eu nu mi-am pierdut încă mințile, ca să-mi pun de bunăvoie frații în pericol de dragul unui străin.

– Mi-a făcut plăcere să te cunosc, Leo, ai grijă de tine, am spus eu și am început să dau înapoi până când în cele din urmă m-am întors și am plecat.

M-am abținut să-i urez noroc, deși, dacă avea ceva de-a face cu Vincent, ar fi avut cu siguranță nevoie de el. Cu toate acestea, nu am vrut să îl deprim și mai mult. Părea destul de amărât deja.

Nu am auzit niciun salut de la el, dar l-am lăsat așa, în picioare pe coridor. Bineînțeles că am fost imediat atacată de un mic sentiment de vinovăție. Am încercat să mă conving că, la urma urmei, nu eram Maica Tereza. Nu puteam să-i ajut pe toți.

Am ajuns în parcare, spunându-mi că pot să-mi văd de treburile mele și să uit de scurtul episod cu Leo.

– Ce faci, Hailie? a întrebat Shane, așezându-se pe locul din față.

Tony era deja așezat pe scaunul șoferului lângă el, iar eu, ca de obicei, m-am așezat pe bancheta din spate a mașinii. Nu l-am văzut pe nicăieri pe Dylan, dar nu aveam de gând să întreb de el.

– E în regulă.

Tony a pornit motorul și Shane a dat drumul la muzică, dar nu prea tare, probabil ca să pot auzi următoarea lui întrebare:

– Nu ai nimic să ne spui?

Am înghețat. M-am gândit la conversația pe care abia o avusesem cu Leo.

Vedeam doar profilul din dreapta al lui Tony, dar observam destul de clar zâmbetul răutăcios care se forma pe buzele lui. Și

Shane părea amuzat de ceva, pentru că l-am văzut în oglinda laterală cum îşi arăta dinţii.

– Ce? am întrebat eu cu precauţie.

– Haide, scuipă tot.

– Nu ştiu ce vrei să spui.

Tony a mârâit şi Shane a continuat pe un ton zeflemitor:

– Deci nu l-ai ameninţat pe Jason că-l vom bate?

Oh! Am simţit cum obrajii încep să-mi ardă şi mi-am coborât capul, sprijinindu-mi fruntea pe braţ.

– Cum de aţi aflat? am gemut.

Înainte ca Shane să se decidă să-mi răspundă, ambii fraţi au râs zgomotos de stinghereala mea.

– În şcoala asta, micuţă Hailie, pereţii au urechi.

– M-a pârât cineva la voi?

– Tyler a avut plăcerea de a auzi sfârşitul răcnetelor tale la adresa ticălosului ăluia.

Mi-am muşcat buza. Chiar dacă reuşeam să ascund ceva de fraţii mei, colegii lor tâmpiţi, sau mai degrabă spionii lor, erau peste tot. Nu puteam avea încredere în nimeni în şcoala asta.

– Ei, cum e, vrei să-i tragem o mamă de bătaie?

– Nu, am suspinat, întorcându-mi capul spre geam.

M-am uitat la copacii pe lângă care treceam prea repede, aşa cum se întâmpla de obicei când conducea Tony. După un moment, însă, am aruncat o privire înapoi la ceafa fraţilor mei şi am întrebat ezitant:

– Şi... dacă v-aş ruga, chiar aţi face-o?

Shane a ridicat din umeri.

– Păi, sigur că da.

Tony nu a răspuns, dar zâmbetul lui, care încă nu dispăruse, vorbea de la sine.

Am simţit pentru cei doi o afecţiune bolnăvicioasă, de care nu eram deloc mândră.

9
FOARTE URÂT

Trecerea de pe modul vacanță pe modul școală a fost doar un moment. Ceea ce s-a dovedit a fi o dificultate neașteptată a fost să suport comportamentul Monei, pe care o surprindeam tot timpul cum îi aruncă priviri pe furiș lui Tony. Mai ales la cantină, acest lucru devenea extrem de supărător.

Odată, când urmăream privirea prietenei mele – cum începusem să-i spun de curând – am fost întâmplător martora situației când Leo s-a apropiat de masa fraților Monet. Eu stăteam prea departe ca să pot auzi ceva, dar nu conta, pentru că băiatul oricum nu a avut ocazia să spună mare lucru. De fapt, frații mei l-au expediat de acolo chiar înainte să deschidă gura.

Am încercat să-mi scot din cap toate aceste probleme secundare, care, în cele din urmă, nici măcar nu erau problemele mele, și să mă concentrez pe ceva important pentru mine, și anume antrenamentele.

Deși făcusem doar câteva, m-am obișnuit repede să mă duc la sală cu ceva timp înainte de începerea lor, mai ales când le conducea Dylan. Îmi plăcea să mă întind un pic și preferam să fac acest lucru când eram singură. După aceea, stăteam cu picioarele încrucișate pe saltea și așteptam să apară el, ceea ce astăzi a fost mult după ora convenită. Cu toate astea, nu i-am reproșat întârzierea, aşa cum m-a sfătuit instinctul de conservare, care, nu se poate nega, era necesar în prezenţa fraţilor Monet.

Dylan a fost răutăcios cu mine de la început, aşa că faptul că primul nostru antrenament se încheiase cu un fiasco şi că mă plânsesem lui Vincent nu au reuşit să înrăutăţească prea mult lucrurile. Cel mult, mă dureau dinţii după un curs cu el – îi strângeam cât puteam de tare ca să nu mă cert cu el.

De data asta am exersat o mişcare, ceea ce înseamnă că în sfârşit a început să îmi arate şi ceva concret. Stăteam cu spatele la el, iar el îşi punea mâinile lui mari pe gâtul meu, ca şi cum ar fi vrut să mă stranguleze. Era înspăimântător pentru mine, deşi eram convinsă că Dylan nu ar fi mers atât de departe încât să mă omoare. Trebuia să mă eliberez răsucindu-mi braţul într-un anumit fel şi îndreptându-mi mâna spre faţa lui. Cam aşa ceva. Nu-mi ieşea prea bine. Dylan susţinea că mă mişc prea încet.

Am exersat o singură mişcare atât de mult timp, încât în cele din urmă am căzut într-un fel de transă şi am executat tot exerciţiul din nou şi din nou în mod automat. Probabil că ăsta e motivul pentru care s-a întâmplat ce s-a întâmplat – la un moment dat, când Dylan a murmurat „aşteaptă o clipă", nu am aşteptat.

Nu l-am simţit când mi-a dat drumul şi a făcut un pas înapoi. Priveam în gol drept înainte la peretele de sticlă în spatele căruia se întindea grădina reşedinţei Monet. Mă gândeam în special la piscina de acolo. Abia aşteptam să vină vara şi să fie umplută cu apă. Îmi imaginam cum îmi înmoi vârfurile degetelor în ea, nu am înregistrat pauza anunţată brusc de Dylan şi latul palmei mele l-a lovit în faţă.

Abia o secundă mai târziu mi-am dat seama că nu trebuia să fie aşa. Mâna mă durea şi, frecând-o, m-am întors instantaneu. M-am uitat la fratele meu, care, cu o expresie iritată pe faţă, ridica ochii la mine de la ecranul telefonului mobil.

– Am spus să aştepţi, a mârâit el şi cred că a simţit că ceva nu e în regulă când a mişcat buzele.

Și-a ridicat degetele și și-a atins buza superioară exact în momentul în care acolo începea să se formeze un firicel de sânge. Ochii i s-au întunecat, iar eu m-am îngrozit mai tare. Îl rănisem. Și chiar el îmi spunea mereu că trebuie să fiu mai concentrată.

Dylan și-a dus mâna la ochi ca să fie sigur că lichidul cald, vâscos pe care probabil că îl simțea pe buze era roșu. Apoi și-a mutat privirea înapoi la mine.

Sângele începea să i se adune în colțul gurii și să-și croiască încet drum în jos, dându-i aspectul unui vampir înfricoșător. În momentul în care gura i s-a întins într-un zâmbet provocator, buza i s-a crăpat mai adânc și a țâșnit și mai mult sânge din ea, pătându-i acum și câțiva dintre dinții rânjiți.

Am înțepenit.

– Bravo, surioară, a mormăit el, făcând un pas mic înainte și punând telefonul în buzunarul pantalonilor de trening.

I-am răspuns cu un pas înapoi.

– Hei, nu e decât un antrenament, nu-i așa? am scâncit eu, iar vocea îmi tremura. Lucrurile astea se mai întâmplă...

Dylan a continuat să zâmbească ca un monstru din cele mai rele coșmaruri și a continuat să se apropie încet ca prădătorii din filmele despre animalele care își pândesc prada.

– Știi ce ar trebui să faci acum?

Am scuturat nesigură din cap.

– Fugi!

Această instrucțiune simplă nu trebuia să mi-o spună de două ori.

M-am răsucit pe călcâie și am alergat spre ușa care dădea în coridor.

Tocmai întindeam mâna ca să ajung la clanță când am simțit cum Dylan mă apucă mai întâi cu degetele de tricou, apoi mă trage la el, după care unul din brațele lui puternice s-a înfășurat în jurul meu ca un șarpe.

Am cedat cu un scâncet.

– Foarte frumos, m-a lăudat el.

M-a târât la baie. Iar eu, văzând că se îndrepta spre duș, mi-am dat seama ce avea de gând. Am început să mă zbat și să țip mai tare.

– Dylan, nu!

– Taci, fetițo.

Apoi s-a întâmplat ceea ce mă așteptam, și anume că a deschis ușa cabinei mari de duș din sticlă și m-a împins înăuntru. Nu s-a lăsat tulburat de țipetele mele. Am încercat să ies, dar mi-a blocat trecerea. S-a aplecat să deschidă robinetul și din aspersorul mare care atârna deasupra mea a țâșnit un jet generos de apă rece ca gheața. Am tresărit ca și cum aș fi fost jupuită de vie. Răceala nemiloasă m-a cuprins din cap până-n picioare, iar Dylan rânjea la mine din spatele peretelui de sticlă. Sângele de lângă gură i se uscase și arăta oribil, dar eram atât de supărată pe el, încât am izbit cu palma peretele de sticlă exact la nivelul feței lui. Apoi am pipăit orbește după baterie.

De îndată ce am reușit să închid apa, am inspirat adânc și am rămas fără suflare, nu numai din cauza frigului, ci și de la ușurare că acest duș barbar se terminase. M-am frecat la ochi ca să văd mai bine și am strâns din dinți când un alt val de fiori reci mi-a străbătut corpul.

Mi-era teamă că Dylan mă va închide acum aici pe termen nelimitat, dar el plecase deja. Am ieșit singură afară din cabină și l-am văzut pe ticălos în fața chiuvetei. Stătea acolo ca și cum nimic nu s-ar fi întâmplat și își clătea gura cu apă, spălându-și resturile de sânge închegat și inspectând rana în oglindă.

Undeva cu siguranță exista un univers paralel în care eu aveam suficientă putere ca să-l prind, să-l târăsc la duș și să-l răsplătesc în același fel. Din păcate, în această realitate puteam cel mult să-i arunc o privire ucigătoare. El a prins imaginea ei reflectată în oglindă și mi-a aruncat un zâmbet răutăcios.

– Te-ai răcorit?

Hainele și părul ud mă făceau să dârdâi de frig, așa că am vrut să întind mâna după un prosop și să mă șterg cât mai repede, dar am decis să mă răzbun mai întâi pe Dylan. M-am repezit la el cu brațele deschise, mai-mai să alunec pe balta care începuse să se formeze sub mine. Înainte ca el să se poată îndepărta, m-am lipit de el ca o lipitoare, udându-i hainele și transferându-i lui tot frigul.

– Ei, la naiba, a șuierat el, ridicându-și brațele la înălțimea propriilor umeri și privind în jos la mine, cum atârnam împletită în jurul șoldurilor lui.

A încercat să se smulgă din strânsoarea mea, dar eu nu-i dădeam drumul. Mă țineam de el așa de strâns de parcă de asta ar fi depins însăși viața mea.

– Să nu mai spui „la naiba"! l-am certat răutăcioasă.

Am vrut să-l bat cu propria lui armă, dar nu prea mi-a mers, pentru că Dylan a dus mâna la dozatorul de săpun de pe colțul chiuvetei și a apăsat pe pompă cu degetul mare. Pe celelalte patru degete a țâșnit o porție generoasă de lichid, pe care apoi, fără prea multe fasoane, l-a frecat de buzele mele.

– Ba tu să nu spui „la naiba"!

M-am desprins imediat de el, am șters săpunul cu dosul mâinii și apoi am scuipat în chiuvetă ca să scap de gustul scârbos. Dylan și-a clătit mâna și apoi a șters-o neglijent pe un prosop agățat într-un cârlig de pe perete. Se îndepărta deja, gata să-și savureze victoria, dar eu nu aveam de gând să i-o recunosc și am pornit după el.

L-am ajuns din urmă în sala de sport, unde l-am tras de tricoul negru mulat pe el. Eram foarte hotărâtă. Tricoul s-a întins și s-a auzit un zgomot de țesătură ruptă. Am fost surprinsă văzând ce se întâmplase, având în vedere câți bani cheltuiau frații mei pe zdrențele lor.

Dylan a suspinat, ca și cum ar fi fost foarte obosit de lupta noastră, dar s-a întors, m-a apucat de mâini în așa fel încât, până să-mi dau seama, eram cu spatele lipit de pieptul lui. Mi-a ținut ambele încheieturi cu o mână. Cu degetul arătător și degetul mare de la cealaltă mi-a prins obrajii și a apăsat pe ei astfel încât buzele mi s-au umflat. M-a dus la o oglindă mare de pe perete și m-a pus să mă uit la imaginea noastră reflectată.

Arătam ca un hipopotam mic și umflat. Mi-a ridicat fața în așa fel încât să-i întâlnesc privirea amuzată în oglindă. Rana de pe buza superioară era încă foarte roșie.

– Ei bine, de ce te zvârcolești așa? a râs el. Ce, nu știi, surioară, că nu ai voie să-i lovești pe alții? Mai ales pe frații tăi? Nu pentru asta este antrenamentul nostru.

Dylan s-a aplecat puțin în față, astfel încât să-l pot auzi clar când și-a coborât vocea și a rostit în șoaptă:

– Nu, nu. Foarte, foarte urât, micuță Hailie.

Timp de o clipă am arătat și mai caraghios, când mi-am încruntat sprâncenele la tonul său condescendent, pe care îl folosea pentru a mă irita și mai mult. Știa foarte bine că nu-mi plăcea să fiu tratată ca un copil. Am încercat să mă eliberez încă o dată, dar el doar și-a înclinat capul, ca să nu-l lovesc cu capul meu în bărbie. Apoi și-a dat ochii peste cap și atunci a apărut ocazia perfectă să profit de faptul că degetele lui nu erau prea departe de gura mea. Am deschis gura și l-am mușcat zdravăn de unul dintre ele.

Dylan a șuierat de durere și mi-a dat drumul imediat.

– Plod răzgâiat, a mormăit el, privindu-și degetul pentru o clipă, apoi și-a ridicat privirea spre mine.

Am țipat și m-am încruntat când nu am reușit să mă feresc înainte să mă ciupească de o parte. După ce a făcut asta de câteva ori, m-am prăbușit în cele din urmă pe saltea. A fost o mișcare foarte neinspirată din partea mea, pentru că Dylan s-a aplecat peste mine și rezultatul final a fost că el stătea deasupra mea în timp ce eu mă târam pe podea.

Mi-a imobilizat din nou încheieturile mâinilor și corpul lui uriaș plana deasupra mea. Am încercat să îl lovesc orbește undeva, poate în stomac sau în coapsă, dar mi s-a părut că la fel de bine aș fi putut ataca și un trotuar de beton.

– Ar trebui s-o încasezi pentru că ai dat în mine, a spus el amenințător.

Pentru o clipă, am încetat să mă mai zbat și m-am uitat în ochii lui întunecați, care doar se prefăceau serioși, dar în care se ascundea o scânteie de amuzament. Această descoperire mi-a dat curaj. Am zâmbit încrezută.

– Știu, dar nu mă vei da de gol.

Habar n-am de unde mi-a venit această încredere.

Dylan a ridicat o sprânceană, surprins și el, dar nu a negat, doar a zâmbit larg și răutăcios. Buza lui superioară începuse să se umfle puțin și arăta de parcă ar fi fost doborât de vreun luptător egal cu el, nu de sora lui mai mică. Punct ochit.

– Nu, a recunoscut el, dar îți permiți cam multe, fetițo.

Zâmbetul mi-a dispărut de pe față când l-am văzut cum se apleacă și mai mult, își adună saliva și îi dă drumul încet din gură chiar deasupra gâtului meu expus. Am privit cu groază, cum lichidul clar, spumos picura pe pielea mea.

– DYLAN! am urlat. E dezgustător, ce naiba?!

Am început să mă bâlbâi de parcă aș fi fost posedată. În timp ce mă strâmbam de scârbă, i-am simțit saliva pe claviculă.

Încercările mele de a mă elibera erau zadarnice, așa că i-am aruncat o privire furioasă, iar el mi-a întors-o, bătându-și joc de mine pe față. Apoi am strâns din dinți de furie și... l-am scuipat și eu pe el.

Ca un pulverizator, mi-am împroșcat saliva pe fața lui.

Dylan a întors capul și s-a îndepărtat de mine, ștergându-și fața cu dosul palmei. Era momentul de neatenție pe care îl așteptam. M-am rostogolit într-o parte, m-am ridicat în genunchi și apoi în picioare și am alergat spre ușă. Fără să mă mai uit înapoi, fugeam bezmetic și mi-am ridicat în același timp tricoul, ca să-mi șterg cu marginea lui resturile de salivă ale fratelui meu de pe piele.

Probabil că aş fi zburat pe scări ca să mă ascund cât mai repede în camera mea, dar, când am trecut în fugă pe lângă bucătărie, am auzit vocile celor doi fraţi mai mari. Aşa că am încetinit, apoi m-am năpustit în încăpere şi m-am sprijinit de dulap.

Vincent şi Will şi-au întrerupt conversaţia. Stăteau lângă aparatul de cafea, amândoi cu câte o ceaşcă mică de espresso în mâini, îmbrăcaţi la cămaşă şi cu expresii serioase pe feţe. Trăsăturile lui Will s-au înmuiat când m-a văzut, dar privirea de un albastru-palid a lui Vincent doar s-a intensificat. Am sesizat întrebările din ochii lui, pe care Will le-a formulat cu voce tare şi pentru el.

– Hailie? Ce s-a întâmplat cu tine? De ce eşti udă?

Evitându-l pe Vincent, mi-am concentrat privirea către fratele meu preferat. Speram foarte mult să i se facă milă de mine.

– Dylan m-a stropit cu apă rece, m-am plâns eu.

Will era îmbrăcat elegant şi îngrijit, dar şi-a lăsat cafeaua pe blat ca să-şi deschidă braţele. M-am cuibărit bucuroasă în ele.

S-a auzit un pufnet dispreţuitor când personajul principal m-a ajuns din urmă. Îşi schimbase tricoul pe care i-l rupsesem.

Will a ridicat o sprânceană şi a aşteptat o confirmare a cuvintelor mele. Dar Dylan a ridicat doar din umeri.

– A dat în mine, a explicat el, şi a arătat cu degetul spre buza tăiată.

– Fără să vreau! am strigat înainte să simt privirea întrebătoare a lui William. Şi mi-a mânjit gura cu săpun!

– Pentru că a spus „la naiba".

– Eu doar am repetat după el! Şi a scuipat pe mine.

– Şi tu m-ai scuipat pe mine.

L-am îmbrăţişat mai strâns pe Will şi i-am aruncat lui Dylan o privire îmbufnată pe sub sprâncene, pentru că rămăsesem în pană de argumente şi nu-mi plăcea uşurinţa cu care mi le doborâse pe toate. Cu coada ochiului am văzut că Vincent se întoarce şi pleacă, lăsând pe drum ceaşca goală în chiuvetă şi clătinând din cap.

– Haide, Dylan, parcă trebuia să te ocupi de ea cu blândețe, i-a reamintit Will, referindu-se probabil la o conversație a lor la care eu nu fusesem de față.

Dylan și-a desfăcut brațele.

– Păi mă port cu blândețe. Și nu a pățit nimic. Face pe victima în fața ta, pentru că știe că o vei răsfăța.

Și a dispărut, iar eu am roșit și mi-am ascuns fața în cămașa lui Will ca să nu se vadă. El, din fericire, nu a fost deloc deranjat de cuvintele lui Dylan. M-a sărutat pe creștetul capului și apoi m-a mângâiat pe umăr și a încercat să se aplece pe spate astfel încât să mă poată privi în față.

– Ar trebui să te schimbi, hm?

Am murmurat ceva neinteligibil.

– Haide, altfel o să răcești.

Will m-a mângâiat gânditor pe spate.

– Mi-e deja frig, am murmurat eu.

El a tăcut o vreme, continuând să mă îmbrățișeze, până când, în cele din urmă, m-a apucat de sub bărbie.

– Știu ce o să facem în privința asta. Vino cu mine, micuțo.

M-am desprins cu reticență din îmbrățișarea noastră. Chiar mă făcea să mă simt prost, pentru că îi udasem hainele și lăsasem urme pe podea. Nimeni de la reședința Monet nu era preocupat de curățenie, mai ales de una care implică obiecte precum mopul sau aspiratorul, dar Will a găsit o cârpă și, în mod responsabil, a spus că trebuie să ștergem podelele ca să nu cadă nimeni pe ele.

Iar când am terminat, m-a răsplătit pentru că muncisem și înghețasem în hainele ude – cu invitația de a merge la saună. Am văzut că băieții o foloseau uneori. Din observațiile mele, se pare că cel mai mare fan al ei era Tony. El stătea uneori acolo cu Shane, și o dată l-am văzut chiar și pe Vincent ieșind într-un halat adecvat (negru, cum altfel!). Rămăsesem cu gura căscată în acel moment, căci acea priveliște îmi tulbura imaginea fratelui mai mare.

Will știa probabil că de când venisem aici nu găsisem niciodată un moment potrivit ca să vizitez această atracție de sub acoperișul reședinței Monet și a considerat că acum este ocazia perfectă pentru a face acest lucru.

Ne-am pus halate albe și pufoase, ca într-un hotel spa de lux, și am privit cu emoție mai întâi cum Will a pornit sauna, a setat temperatura potrivită, iar apoi ne-am întins înăuntru pe scândurile de lemn. Am început să mă sufoc după aproximativ zece minute, dar în final am stat acolo cu intermitențe timp de aproape patruzeci de minute.

Trecuse mult timp de când nu mă mai simțisem atât de plină de energie ca astăzi și, pentru prima dată, m-am gândit că poate ideea de a trăi atât de activ și de sănătos nu era prea rea până la urmă. Mai ales având în vedere că locuiam în reședința Monet, care avea toate dotările, respectiv o sală de gimnastică, saună și un frate drag care face cele mai bune smoothie-uri de fructe de sub soare.

Pentru toate acestea merita să suport orice, chiar și hărțuiala lui Dylan.

10
PĂMÂNTUL DE SUB UNGHII

Vineri, prea preocupată de perspectiva plecării în Anglia, nu am avut antrenament și nici măcar nu am reușit să fac efortul de a merge singură la sală pentru o scurtă sesiune de exerciții. Zborul era programat pentru seară și mi-am dat seama ce weekend intens mă aștepta.

Știam în inima mea că Vincent nu mă va dezamăgi și, din moment ce promisese că mă va duce la mormântul mamei mele, așa va face. Totuși, nu știu de ce, o parte din mine se aștepta ca el să anuleze această călătorie și să se scuze că are de lucru. Dar asta nu s-a întâmplat și iată că vineri seara ne-am pus trollerele în portbagajul unei dubițe elegante cu care unul dintre angajați ne-a condus la aeroport, undeva pe un câmp din Pennsylvania.

Faptul că în această călătorie mă însoțea chiar Vincent continua să mă surprindă. Omul acesta nu avusese timp să meargă în vacanță cu mine și cu frații mei. O vacanță în timpul căreia ar fi avut una dintre rarele ocazii de a-și vedea tatăl. De obicei, abia dacă găsea un moment ca să poarte o conversație de câteva minute cu mine. Telefonul lui suna non-stop. Și totuși, chiar își făcuse timp pentru mine în acest weekend în programul său încărcat și aveam pentru a treia oară plăcerea de a mă afla la bordul avionului privat al familiei Monet.

De data asta nu i-am văzut pe piloții care stăteau în cabina lor, iar stewardesa care ne-a servit s-a comportat față de noi extrem de rigid și formal. M-am întrebat dacă așa era firea ei sau dacă era în general veselă, însă acum era încordată pentru că trebuia să-l servească pe fratele meu cel mai mare, care de la prima vedere părea un pasager exigent.

În timp ce îmi puneam centura de siguranță, nu-mi venea să cred că acest avion chiar decola doar la cererea mea. Cel puțin trei oameni veniseră azi la serviciu pentru că am vrut să-mi vizitez orașul natal. Faptul că Vince a fost capabil să organizeze așa ceva (și practic în ultimul minut!) era incredibil pentru mine.

Fratele meu s-a așezat lângă mine și și-a deschis imediat laptopul. Inițial plănuisem să mă bucur singură de priveliștea norilor, pe care mi-o aminteam din zborurile anterioare, pentru că o găseam foarte liniștitoare, dar acum am văzut că, de fapt, era întuneric, iar în spatele geamului nu se vedea mai nimic, mai ales că în curând am ajuns deasupra oceanului.

Nu aveam unde să-mi pun ochii, mai ales că încercam din răsputeri să nu mă uit în direcția lui Vincent. Am presupus că el nu vrea să mă uit la ceea ce făcea. În plus, din ce am putut distinge, era încă la căsuța de e-mail.

Numărul de mesaje necitite din folderul „Important" m-a uimit.

Apoi am adormit de plictiseală, iar trei ore mai târziu Vincent m-a trezit pentru că observase că îmi desfăcusem centura de siguranță mai devreme, iar acum zburam printr-o zonă de turbulențe. Mi-am pus singură centura, iar ochii îmi rătăceau somnoroși pe ecranul laptopului său plat ca hârtia, pe care îl ținea încă deschis pe genunchi. A sprijinit de tastatură un calendar îmbrăcat în piele neagră și a bifat ceva pe el.

Am căscat și m-am strâmbat când avionul s-a zguduit din nou.

– Când aterizăm? am întrebat, întinzându-mă. Nu dormisem prea bine, iar acum nu aveam să mă simt deloc confortabil, căci mă stânjenea centura.

– Mai e puțin.

Nici măcar nu s-a uitat la mine.

– Muncești mult.

– Pentru că am mult de lucru.

Mi-am rezemat capul de geam și m-am uitat fix la fratele meu cel mai mare. În timp ce eu eram îmbrăcată într-un trening strălucitor, gândindu-mă la confort, Vince optase pentru eleganță mai presus de orice, așa că avea o cămașă albă clasică, pantaloni negri, curea neagră șic și pantofi bine lustruiți. Vedeam în ochii lui întredeschiși, care reflectau ecranul luminos al laptopului, că era obosit.

– De ce nu angajezi pe cineva care să te ușureze măcar de o parte din povară? l-am întrebat, pregătită pentru posibilitatea că mă va ignora și nu-mi va răspunde, dar eram atât de plictisită, încât nu-mi păsa.

– Angajez, dar unele lucruri trebuie să fie făcute bine. Și dacă vrei ca ceva să fie bine făcut, trebuie să o faci singur, dragă Hailie.

M-am mai uitat la el o clipă, apoi am privit în jur și m-am gândit dacă să iau cartea, când brusc avionul s-a zguduit din nou și a coborât rapid. Stomacul mi-a sărit în sus, provocându-mi o senzație neplăcută, ca pe un carusel nebun, iar inima a început să-mi bată mai tare. Și m-am și lovit ușor cu capul de geam. M-am îndreptat în scaun și m-am uitat panicată pe fereastră. Nu m-a ajutat prea mult, dar măcar am văzut că încă zburam și probabil nu cădeam. După câteva secunde totuși, avionul a pierdut din nou altitudine, la fel de brusc ca mai înainte. Am țipat de frică și mi s-a făcut pielea de găină.

Apoi am simțit mâna rece a lui Vincent pe pumnul meu încleștat. M-am uitat la el îngrozită, iar el mi-a întors privirea. Am simțit din acea privire că nu era absolut deloc îngrijorat.

– Sunt doar turbulențe.

Vocea lui părea prea blândă. Cu o mână încă mă liniștea pe mine, cu cealaltă își ținea computerul.

– Ce sentiment îngrozitor, aproape ca și cum am fi căzut...

Am tremurat când avionul s-a zgâlțâit din nou amenințător. Și în zborul spre Thailanda fuseseră turbulențe, dar nu semănaseră deloc cu cele pe care le trăiam acum.

– Acestea sunt excepțional de puternice, dar nici vorbă de așa ceva. Nu suntem în cădere. Calmează-te. Totul este în regulă.

M-am cuibărit în fotoliu și din timp în timp mă uitam pe fereastră, ca să mă asigur că încă zburam, dar tot ce puteam vedea era un gol negru ca smoala. Avionul încă se mai legăna din când în când, dar nu mai cobora brusc. La un moment dat, a apărut și stewardesa ca să verifice dacă eram bine. Nu părea nici ea îngrijorată, așa că mi-am lăsat curând corpul să se relaxeze. Vince și-a luat mâna de pe mine și s-a întors la muncă, total netulburat de ceea ce mie îmi provocase atâta spaimă.

– A fost îngrozitor, am șoptit când mi-am recăpătat în sfârșit puterea de a vorbi.

– Poftim?

– Am crezut că ne prăbușim.

Mi-am mângâiat mâna, pe care încă aveam pielea de găină.

– Turbulențele sunt un fenomen obișnuit, indiferent cât de periculoase par. Piloții sunt bine pregătiți și știu cum să le facă față, a spus el.

– Nu mă mai urc în viața mea într-un avion!

Nu a făcut niciun comentariu, dar s-a întors la muncă.

Acest eveniment a intrat pe lista mea, deja destul de lungă, de traume. Am mulțumit cerului că am fost la bord cu Vincent, al cărui calm m-a ajutat să mă liniștesc, pentru că, dacă mi s-ar fi întâmplat așa ceva pe un zbor comercial unde aș fi fost singură, cred că aș fi avut un atac de cord.

Nu-mi amintesc cu plăcere această călătorie nu numai din cauza acestei experiențe negative, ci și din cauza plictiselii. Nu puteam să stau confortabil, mă deranja centura de siguranță, pe care îmi era teamă să o desfac, și fusese mult mai interesant să zbor cu Dylan și cu gemenii. Măcar puteam să-i văd cum se jucau pe consolă, cum scoteau mereu câte ceva gustos de mâncare, cum purtau discuții prostești, dar amuzante, iar Shane chiar mi-a arătat cabina de pilotaj. Vincent a lucrat mai tot drumul și a tras un pui de somn scurt.

Am aterizat pe un aeroport de lângă Londra. Când am ajuns deasupra Insulelor Britanice, am simțit cum stomacul mi se strânge într-un nod, care nu s-a dezlegat nici când picioarele mele au atins pământul. Ultima dată când fusesem în această țară nu știam aproape nimic despre frații mei. Pe atunci eram doar o adolescentă orfană care nu avea habar ce înseamnă luxul.

Astăzi ajunsesem aici cu un avion privat, însoțită de fratele meu cel mai mare, iar un taxi ne-a dus la cel mai scump hotel din zonă. Îmi dădeam seama că era cel mai scump pentru că eram în orașul meu natal, pe care îl cunoșteam foarte bine. Toată lumea de aici știa că această clădire înaltă, de sticlă, cu scara lungă și cu portarul care stătea mereu la baza scărilor așteptând noi oaspeți, era cel mai bun hotel din zonă. Situat chiar în centru, aproape de primărie și de muzeu, una dintre puținele atracții turistice disponibile aici.

În mașină am stat lipită de geam și am privit dimineața de iarnă, răsfățându-mă cu amintirile. Am trecut pe lângă un teren unde un grup de fete jucau fotbal. Mă simțeam de parcă una dintre ele lovise mingea cu toată puterea și mă izbise în stomac. Le cunoșteam, se întâlneau întotdeauna sâmbăta la gimnastica de dimineață.

Am trecut pe lângă stația unde am așteptat împreună cu prietena mea când mama m-a lăsat să iau autobuzul singură pentru prima dată și am urcat în autovehiculul greșit și apoi a trebuit să așteptăm o oră până să vină următorul. Cinematograful la care mergeam mereu în excursii cu clasa ca să vizionăm filme educative. Alături era un restaurant fast-food unde aterizam întotdeauna după proiecție.

Știam că, dacă nu ne opream la hotel și am fi mers mai departe pe această stradă, am fi ajuns în fața biroului – o clădire imensă de culoarea nisipului în care eu și mama pierduserăm cândva o jumătate de zi. Iar pe stânga ar fi apărut parcul unde în fiecare an, în luna august, avea loc un festival de vară. Acolo se instala un parc de distracții și se dădeau concerte...

Anul trecut am fost acolo cu mama mea, cu prietenele mele și cu părinții lor. Mi-o aminteam ca pe una dintre cele mai minunate zile pe care le petrecusem cu ea cu puțin timp înainte să moară. Am fost fericită că a trebuit să coborâm înainte să pot vedea fie și un singur copac care creștea pe terenul acestui parc, pentru că aș fi izbucnit în plâns.

Cu siguranță, orașul meu natal nu era unul dintre cele mai fermecătoare. Erau prea multe clădiri industriale urâte în toate nuanțele posibile de cenușiu sau maro. Nu ajuta nici faptul că aici era destul de înnorat în cea mai mare parte a anului. Chiar și astăzi, deși promitea să fie o zi destul de caldă pentru sfârșitul iernii, nu puteam decât să visăm la soare. Absența lui aproape permanentă este pur și simplu una dintre caracteristicile acestui loc.

Am avut ocazia să admir cerul cenușiu împreună cu Vincent din restaurantul hotelului, situat la ultimul etaj. Pereții vitrați ofereau o vedere panoramică a orașului, dar se spunea că era frumoasă doar seara, când se lăsa întunericul și de jos străluceau luminile mașinilor, ale lămpilor de stradă și ale reclamelor colorate.

Acum doi ani, băieții din clasa mea au avut ideea să se furișeze aici când ne întorceam de la cinema. Am fugit la lift împreună cu ei, teribil de stresată că ne va descoperi cineva. Chicoteam nervos, dar, când ne-am oprit la ultimul etaj, nu am apucat nici măcar să ieșim din lift, pentru că personalul hotelului ne-a prins, ne-a întors din drum și ne-a alungat în stradă.

Dacă cineva mi-ar fi spus atunci că în viitorul nu foarte îndepărtat voi fi cazată chiar în acest hotel, i-aș fi râs în față.

Altădată, o fată dintr-o clasă paralelă se lăudase că venise la acest restaurant cu unchiul ei bogat și mâncase cel mai delicios somon din toată viața ei.

Acum, ținând meniul în mână, am văzut că aici nu se servea somon. I-am povestit asta lui Vincent ca să nu stăm la masă într-o tăcere stânjenitoare. A ascultat ambele povești cu un zâmbet mic. Abia când am comandat micul-dejun și chelnerul a luat meniul, s-a uitat mai mult la mine.

– Nu ai mâncat niciodată aici?

Am ridicat din sprâncene.

– Glumești?

– Nu.

– Este probabil unul dintre cele mai scumpe restaurante din tot orașul... am mormăit, ca și cum aș fi vrut să demonstrez asta, plimbându-mi privirea în jur, pe lângă lămpile moderne, pe tablourile ciudate și pe plantele în vase de mărimea unor mașini.

Vincent știa că nu crescusem într-o familie bogată.

Probabil că mama mea ar fi putut cu greu să se încadreze chiar și în clasa de mijloc. Până acum, nu crezusem că fratele meu cel mai mare era atât de detașat de realitate, încât nu înțelegea că oamenii ca ea nu își permiteau să ia masa în astfel de locuri, dar era posibil să mă înșel. La urma urmei, el crescuse în lux și începeam să cred că, deși era inteligent, nu se putea pune în locul unei persoane obișnuite.

A ridicat din umeri și și-a luat mâna de pe masă ca să facă loc pentru cafeaua pe care chelnerul tocmai i-o adusese.

– Nu știu cum a dispus mama ta de fondurile ei.

– Cu simț de răspundere, am mormăit, iar apoi, ca să nu par nepoliticoasă, am explicat: De cele mai multe ori bunica gătea pentru noi, mergeam rareori la restaurant. Și în niciun caz la restaurante ca acesta. Mama era foarte atentă cum își cheltuia banii.

– Deci de la ea ai învățat asta?

Pentru prima dată astăzi, Vincent era complet concentrat asupra mea și cred că îmi plăcea mai mult când era ocupat cu munca.

– Dar eu nu am nimic de cheltuit.

În ochi i se citea amuzamentul.

– Ai mult mai mult decât crezi, dragă copilă. Încă nu știi?

Am ridicat timid ochii spre el de deasupra ceaiului meu.

– Tot ce știu este că tu ești bogat.

– Greșit, Hailie. Întreaga noastră familie este bogată.

A ridicat ceașca la buze, iar în ochii lui strălucea plăcerea provocată de prima înghițitură de cafea fierbinte.

– Bineînțeles, acum ești minoră și ești în grija mea, eu sunt cel care îți controlează cheltuielile. În consecință, am dreptul să dezaprob unele dintre capriciile tale. În același timp, nu vreau să îți faci griji pentru bani. Nu este nevoie de așa ceva.

Am dat din cap, dar în loc să mă simt ușurată, eram oarecum stânjenită.

Eram curioasă ce se va întâmpla când voi fi majoră și, în același timp, îmi era rușine să întreb. Nu voiam ca Vincent să creadă că eram atât de interesată de bani. De fapt, în acel moment nu știam deloc la ce să mă aștept și cum funcționau lucrurile în familia Monet. Exista posibilitatea ca într-o zi Vince să-mi ofere cadou o mică parte din averea lui. Am simțit un nod în gât numai la gândul ce aș face cu ea. Nu reușisem să cheltuiesc nici măcar banii de buzunar pe care mi-i dăduse tatăl meu.

Felurile de mâncare comandate arătau discret diferențele dintre originile noastre. Eu, entuziasmată că mă întorc în atmosfera de acasă, mi-am comandat un mic-dejun englezesc adevărat: un ou fiert cu fasole pe pâine prăjită și o garnitură de brânză și arpagic. Vincent, pe de altă parte, a rămas fidel stilului american – clătite și bacon –, dar a cerut în plus un ou de rață prăjit.

Pentru mine era imposibil să mănânc tot la o masă atât de copioasă. Din fericire, Vince a fost destul de rezonabil și nu m-a forțat să curăț farfuria. Apoi am coborât un etaj mai jos, în apartamentul mult prea mare pentru noi doi și am rămas acolo un moment ca să ne aranjăm. Cineva l-a sunat pe Vincent în timpul micului-dejun, în timp ce ieșeam din hotel și în timpul călătoriei cu taxiul. Nu mai văzusem niciodată ca telefonul cuiva să vibreze atât de des. Bine că nu era în firea noastră să discutăm non-stop, pentru că ar fi fost pur și simplu imposibil să am o conversație mai lungă cu el. Din când în când, cineva ne-ar fi întrerupt.

Cimitirul unde erau înmormântate mama și bunica mea era situat la periferia orașului, într-o zonă deschisă, de aceea acolo vântul bătea mai tare decât în centru. Nu m-am certat cu Vincent când mi-a spus să-mi închei haina, deși eu doream să las să se vadă măcar un pic din rochia neagră de ceremonie pe care o pusesem special pentru cei dragi mie.

Vincent ducea un buchet de flori proaspete, comandate în prealabil, pășind răbdător în urma mea, în timp ce eu rătăceam printre pietrele funerare, căutându-le pe ale mamei și bunicii. Încercam să găsesc locul unde erau îngropate cele două sicrie în care se odihneau trupurile celor mai importante persoane din viața mea. Din păcate, în afară de lacrimi amare, nu-mi aminteam prea multe de la înmormântare.

După ce am găsit în sfârșit numele mamei mele gravat pe o piatră de mormânt cenușie, m-am oprit. Bunica era îngropată chiar lângă ea. Dintr-odată am simțit cum mi se strânge stomacul din nou. Mă uitam năucită și tristă la piatră. Nu știu cât timp a durat, dar Vincent s-a hotărât în cele din urmă să așeze el însuși florile pe pământ. Abia atunci m-am motivat să mă las pe vine și să aranjez florile după gustul meu, ca să fie cât mai frumos.

Culorile vii au înfrumusețat imediat locul acela urât. Aici până și iarba devenise cenușie și părea să se confunde cu unele morminte, precum și cu cerul extrem de mohorât de astăzi. Era trist că nu era nimeni care să decoreze în fiecare zi aceste două pietre funerare atât de importante pentru mine. Am zâmbit slab când mi-am amintit că atât mama, cât și bunica mea erau obsedate de plante.

Am reflectat foarte mult timp, am stat pur și simplu acolo și mă gândeam la ele. Mă întrebam dacă era adevărat ce-mi spuneau adesea străinii, că erau acolo sus undeva și se uitau la mine.

Vincent a stat alături de mine un timp, acordându-le rudelor mele apropiate respectul cuvenit decedaților, pentru care i-am fost recunoscătoare, dar apoi s-a îndepărtat. Îl vedeam de la distanță – veghea asupra mea, dar îmi oferea și un pic de intimitate.

Mă gândeam adesea la mama și îmi imaginam că îi povestesc despre diferitele lucruri care mi s-au întâmplat. Simțeam că, dacă i-aș repeta totul acum, m-ar auzi mai clar. M-am ghemuit exact între mormântul mamei și al bunicii și am început să le povestesc totul. Din ziua în care aflasem despre moartea lor până astăzi. Am vorbit cu o voce stinsă, pentru ca Vincent să nu audă, mai ales când le-am spus că uneori îmi era frică de el. I-am descris pe fiecare dintre frați, le-am mărturisit chiar lucrurile de care mi-era rușine, cum ar fi faptul că îl lovisem pe Jason, sau că furasem o țigară de la Tony. Faptul că mințisem de câteva ori. Și alte câteva năzbâtii.

De asemenea, m-am lăudat că aveam rezultate foarte bune la școală. Mi-a luat mult timp să găsesc cuvintele potrivite ca să descriu sentimentele pe care le încercasem când l-am cunoscut pe tatăl meu. Am vrut să întreb câteva lucruri și m-am simțit foarte frustrată că mama nu mi-a putut răspunde. Apoi m-am enervat și mai tare când mi-am dat seama că oricum nu puteam spune prea multe despre Camden. Nu vorbisem cu el despre subiecte cu adevărat serioase...

De ce nu profitasem de ocazie pentru a face acest lucru?

Am stat acolo timp de peste două ore. Îl vedeam ceva mai departe pe Vince, cum se plimba cu telefonul la ureche. Vântul îi sufla haina închisă. Ceva mai jos pe drum era o mașină parcată. Vince plătise un taximetrist să ne aștepte. Mi s-a părut că bărbatul își coborâse scaunul în spatele volanului și citea o carte. Avea o slujbă grozavă astăzi.

Deodată, am simțit câteva picături de ploaie. Una pe nas, în curând una pe mână și apoi două pe frunte. Primul meu instinct a fost să le ignor complet, dar o clipă mai târziu au început să se înmulțească. Mi-am ridicat fața spre cer. Nu mai era gri melancolic, acum era acoperit de nori negri, amenințători.

– Hailie, hai să ne întoarcem, a ordonat Vincent, care, de asemenea, cu câteva momente în urmă privise în sus. Și-a băgat telefonul în buzunar în timp ce se apropia de mine.

L-am privit tranșant și, văzând că se apropie, m-am încordat.

M-am uitat din nou la mormântul mamei mele. Am simțit un nod în gât la simplul gând că nu știam când îl voi mai vedea. Inima a început să-mi bată mai tare. În ciuda picăturilor reci de ploaie de pe frunte, simțeam că transpir.

Vince s-a oprit în apropiere și m-a îndemnat să plecăm, uitându-se din nou spre cer.

– Hailie.

S-a auzit un tunet înfundat, dar și amenințător.

Fratele meu s-a apropiat și a întins mâna ca să mă ajute să mă ridic. M-am uitat la el, încruntându-mi fruntea.

– Nu... am șoptit, mutându-mi privirile panicate spre piatra funerară.

Ploaia uda piatra pe care era scris numele mamei mele. Gabriella.

Ploua din ce în ce mai tare, iar furtuna se dezlănțuia din ce în ce mai vijelioasă.

– Ridică-te! a răsunat vocea lui Vincent, mai aspru de data aceasta.

Am început să scutur din cap. Nu puteam pleca de aici încă. Voiam să stau cu mama. O recuperasem în sfârșit.

– Încă puțin, am șuierat, îndepărtându-mă de fratele meu și apropiindu-mă mai mult de mormânt.

A strălucit un fulger, ca și cum cineva ar fi făcut o poză cu bliț cu un aparat imens, iar după câteva secunde a răsunat și tunetul, mult mai puternic decât celelalte.

– Hailie, plecăm de aici. Fără discuții!

– Nu, nu, nu... am gemut eu, îngrozită de moarte.

Respiram repede. Spaima mea din timpul turbulențelor nu era nimic în comparație cu ceea ce trăiam acum. Am simțit cum mâna lui Vince mă apucă de sub umăr.

– Nu! am strigat eu.

Am reușit să mă smulg din strânsoarea lui și, în patru labe, să mă târăsc cât mai departe de el. Mi-am udat genunchii, colanții și haina... Mi-am izbit umărul de piatra funerară și imediat, fără să stau pe gânduri, mi-am înfășurat brațele în jurul ei. Nu m-a deranjat frigul care răzbătea din ea.

Tremuram, dar nu-mi păsa.

Picăturile de ploaie erau acum mai mari, mai dense și mi-au udat fără milă părul, hainele, mi-au curs pe piele, amestecate cu lacrimile mele.

A fulgerat din nou și ploaia se întețea.

Vincent nu se lăsa. S-a apropiat, s-a aplecat. Nu-i puteam vedea bine fața, pentru că o zăream ca prin ceață, dar cred că am surprins momentul în care expresia i s-a schimbat de la nedumerire la înverșunare. Nu-mi plăcea acea hotărâre.

– Lasă-mă în pace! am strigat, înecându-mă cu lacrimile. Lasă-mă în pace! Pleacă de aici!

Cred că l-am și lovit, dar nu simțeam nicio remușcare. La urma urmei, voia să mă ia de lângă mama.

Dar nu l-am speriat. Paltonul lui rigid și ud leoarcă îl îngreuna cu siguranță în timp ce se apleca mai mult și mă apuca de mâini cu o forță rar folosită împotriva mea. M-a desprins de piatra funerară. Apoi brațele lui m-au cuprins în jurul taliei și m-a tras spre el. Am țipat din nou și mi-am înfipt degetele în pământ. Încercând să mă prind de ceva, am simțit cum pământul umed îmi pătrunde sub unghii.

A fulgerat și a tunat din nou.

Vincent și-a pus brațele în jurul meu ca să mă imobilizeze și nu am mai fost capabilă să mă apăr. Prinsă într-o strânsoare prea puternică, am putut doar să urlu și să încerc să-l lovesc din nou, ceea ce nu am reușit să fac. La un moment dat, s-a ivit ocazia să îl zgârii. Mi-am trecut unghiile pe pielea mâinii lui, dar nu a slăbit strânsoarea.

Am plâns și mai tare de frustrare.

Vincent se mișca cu pași repezi, iar eu mă zbăteam, mă aplecam și îmi strângeam picioarele în așa hal, încât de fapt aproape că mă ducea pe sus. Cu siguranță, o dată sau de două ori l-am călcat și pe pantofii lui lustruiți cu grijă, așa că și-au pierdut luciul. Mă înecam tot timpul și detestam că mama fusese luată din nou de lângă mine. Acum nici nu mai vedeam vreo piatră funerară pentru că eram înconjurați de ziduri de apă.

Ploaia s-a oprit brusc. Cu toate acestea, zgomotul ei tot se mai auzea, ca și cum ar fi venit din depărtare. Picăturile grele nu mai loveau ușor iarba, ci răsunau, lovindu-se de ceva dur. Mi-am plimbat ochii în jur, neavând puterea să-mi mișc tot capul.

Ne-am urcat în mașină. Vincent s-a așezat lângă mine în spate, ținându-mă încă strâns în brațe. Ceva țopăia ciudat în jur și abia după un timp mi-am dat seama că eu eram cea care mă zgâlțâiam ca posedată. E puțin spus că plângeam, mă zguduiam în hohote.

Și nu puteam să mă gândesc la nimic altceva, decât că îl uram pe Vincent pentru că mă smulsese de lângă mama.

11
UN GENTLEMAN

Eram în camera mea din apartamentul hotelului, în fața ușii care făcea legătura cu camera de zi. Îmi adunam curajul să apăs pe clanță și să dau ochii cu fratele meu. Știam că era acolo pentru că eram trează de peste o oră, stăteam doar întinsă în pat și din când în când îl auzeam vorbind în șoaptă când răspundea la telefon.

Îmi era rușine de spectacolul pe care îl dădusem la cimitir și nu mă puteam decide să ies. Eram încă tristă și amărâtă din cauza felului cum se terminase vizita la mormântul mamei. De asemenea, m-am gândit că ar trebui să-mi exprim durerea într-un mod mai matur. Nu mă vor lua niciodată în serios dacă mă las atât de ușor pradă emoțiilor.

Am închis ochii. Îmi venea să mă întorc sub plapumă și să mă înfășor în ea ca o clătită. Patul era cald, confortabil și mă puteam ascunde în el de Vincent.

Totuși, trebuia să ies și să mă duc la el. Când ne-am întors la hotel, mi-a ordonat să fac un duș cald și apoi să trag un pui de somn. De asemenea, trebuia să-l informez când mă trezesc.

Am suspinat și am deschis ușa, ieșind încet din oaza de siguranță care era camera mea de hotel. M-am simțit ca și cum aș fi intrat de bunăvoie într-o ambuscadă. Îmi alimentam fără rost propria teamă, dar ce puteam să fac – încă îmi era puțin frică de Vincent.

Fratele meu stătea cu spatele la mine și se uita pe fereastra mare la noaptea de deasupra orașului. Tot mai ploua, dar nu așa de tare, iar furtuna trecuse. Ținea telefonul la ureche. Cred că asculta un mesaj vocal. Am prins câteva cuvinte și am ridicat surprinsă din sprâncene, pentru că cel care se înregistrase pentru Vincent vorbise în franceză. Am reținut chiar și câteva cuvinte care de fapt nu mi-au transmis nicio informație.

Mesajul s-a oprit brusc și Vincent s-a întors. Probabil că îmi văzuse imaginea reflectată în geam, dacă nu cumva avea ochi la ceafă.

Se schimbase și el și făcuse un duș, pentru că arăta proaspăt și elegant ca întotdeauna. M-a examinat ca de obicei cu o privire indiferentă și și-a băgat apoi încet telefonul în buzunar.

Firava încredere în sine pe care reușisem să mi-o adun puțin înainte să ies din camera mea se risipea acum cu zgomot pe podea, ca niște dropsuri.

– Cum te simți? a întrebat el, dându-mă complet peste cap cu această întrebare.

Eram pregătită pentru o predică.

Am înghițit în sec și am vrut să mormăi un simplu „bine", dar în ultimul moment am decis să răspund sincer. Vince ar fi ghicit oricum dacă aș fi mințit și nu am vrut să-l enervez mai mult. Cu puțin noroc, ar fi putut chiar aprecia faptul că spuneam adevărul.

– Mă doare capul și mă ustură în gât. Și mi-e cam frig. Ei bine, parcă mi-e și foame, am enumerat liniștită, jucându-mă cu degetele.

Eram deosebit de mândră de mine pentru că recunoscusem că mi-e foame. Am sperat că și el a înțeles asta.

– Stai jos, mi-a spus, arătând cu o mișcare a capului spre canapeaua de colț.

M-am strecurat ascultătoare în colțul canapelei, dând la o parte câteva dosare. Se pare că el lucrase aici în timp ce eu dormeam profund. L-am privit timid cum a scos mai întâi din dulap o pătură mare, groasă, cu carouri albe și negre și mi-a înmânat-o. Apoi s-a îndreptat spre dulapul de lângă ușa din față și a luat meniul restaurantului, care se afla acolo împreună cu regulamentul hotelului și broșurile drăguțe care informau despre puținele atracții amărâte pe care le oferea orașul.

– Alege ce dorești. Prânzul și un ceai. Fără înghețată sau băuturi gazoase.

Am luat meniul de la el și l-am citit, stând învelită în pătura moale. M-am hotărât repede pentru pește și cartofi prăjiți. Mai mult de dragul cartofilor prăjiți, decât pentru pește, pentru că de ei îmi era poftă, dar știam că Vincent ar putea avea obiecții dacă nu comandam întregul fel de mâncare. De asemenea, am optat pentru ceai verde cu zmeură și suc de portocale, regretând în tăcere faptul că nu puteam să iau o Coca-Cola, de care întâmplător tocmai îmi era poftă, parcă pentru a-mi face în ciudă.

Cu coada ochiului, am văzut că fratele meu pusese un pahar cu apă pe măsuța de cafea de lângă mine și aruncase o pastilă efervescentă în el. A mai pus o pastilă lângă el și mi-a spus să iau medicamentele, în timp ce el dădea comanda, etalându-și admirabila capacitate de a vorbi la telefon. Băutura pe care mi-a dat-o avea un gust oribil. Ca o cafea diluată cu adaos de lămâie. Dar nu am îndrăznit să mă plâng.

Vincent a luat loc pe canapea, din păcate nu atât de departe de mine cum mi-aș fi dorit. Nu a spus o vreme nimic, dar a început să-și ridice mânecile cămășii. Se mișca încet și grațios, iar eu m-am concentrat să-mi beau medicamentul.

După un timp, aproape că m-am înecat cu el pentru că mi-am dat seama că lui Vincent nu i se făcuse brusc cald. Își trăgea mâneca în sus ca să văd semnele roșii pe care i le lăsasem pe piele. Mai rele chiar decât cele pe care i le făcusem cândva lui Dylan pe piept.

Mi-am coborât privirea spre paharul deja gol pe care îl strângeam în ambele mâini și m-am foit neliniștită pe canapea.

– Știu că te-ai lăsat purtată de emoții într-un moment dificil pentru tine, dar vreau să aud ce ai de spus, a început Vincent, sprijinindu-se confortabil pe canapea și uitându-se la mine.

Și-a pus picior peste picior și și-a sprijinit o mână pe coapsă.

– Ei bine... m-am panicat... am recunoscut eu, după ce am tușit, iar cum el nu a spus nimic, am continuat, pentru că simțeam că asta era singura mea șansă de a mă reabilita puțin în ochii lui: Am vrut doar... să mai rămân... Nu am avut timp să-mi iau rămas-bun... Și tu m-ai forțat dintr-odată să plec...

– Hailie, nu te-am luat de acolo cu forța dintr-un capriciu al meu, a remarcat Vince, frecându-și pentru o clipă fruntea, ca de oboseală.

Pe degetul lui strălucea, ca întotdeauna, acel masiv și misterios inel cu sigiliu.

– Stăteai ghemuită în ploaia torențială și în furtună, lipită de o piatră rece. E bine că s-a terminat doar cu o ușoară răceală.

Deja pe la mijlocul discursului său mi-am coborât privirea spre genunchi, acum ghemuiți, acoperiți în continuare cu pătura. Preferasem să cred că Vincent dorise să mă necăjească, nu că era îngrijorat pentru mine, fiindcă îmi era mai ușor să fiu supărată pe el.

Am tăcut.

– Îmi pare rău că mama ta a murit și știu că ți-e foarte dor de ea. Ai dreptul să fii supărată și tristă. Accept acest lucru. În același timp, vreau să-ți fie clar că pentru mine siguranța ta este o prioritate și este mai importantă decât confortul tău. Prin urmare, nu voi sta cu tine la mormânt și nu te voi mângâia pe păr în timp ce vijelia se dezlănțuie deasupra capetelor noastre. Înțelegi ce încerc să-ți spun?

Mi-a făcut inima să tremure.

– Voiam doar să-i mai spun ceva...

L-am auzit pe Vincent oftând, iar apoi s-a apropiat mai mult și m-a tras lângă el. Nu am disprețuit gestul, ci m-am ghemuit imediat lângă el, inhalând mirosul parfumului său puternic de apă de colonie. M-a ținut strâns în brațe, la fel ca în taxi, dar de data asta apropierea mi-a dat alinare.

— Se spune că timpul vindecă rănile, am îngânat, uitându-mă undeva în depărtare.

Vince m-a mângâiat ușor pe spate și am simțit fiori de bucurie care îmi străbăteau tot corpul.

— Asta nu este adevărat, Hailie. Timpul nu vindecă deloc răni atât de adânci ca ale tale.

Mi-am ridicat capul, dar obrazul meu era încă lipit de pieptul lui.

— Nu vei face decât să te obișnuiești treptat cu durerea, dar tot e ceva.

I-am digerat cuvintele câteva clipe, întrebându-mă dacă mă îmbărbătează sau mă deprimă mai mult. Vince m-a lăsat să mă relaxez în brațele lui până când a venit mâncarea. Mă simțeam atât de bine, încât am blestemat peștele ăla stupid în mintea mea.

Nu cred că Vince era supărat pe mine și nu-l uram deloc. A doua zi mă simțeam mult mai bine. Ne-am trezit foarte devreme pentru că îmi promisese că mergem încă o dată la cimitir înainte de plecare, ca să îmi pot lua rămas-bun de la mama și de la bunica.

I-am fost foarte recunoscătoare pentru asta.

Am coborât la micul-dejun tip bufet. Nu voiam să mănânc prea mult, așa că am optat pentru pâine prăjită simplă, dar, imediat ce am adus-o la masă, Vincent a spus să-i iau din fața ochilor, citez, „acel pesmet jalnic" și a alcătuit o masă decentă.

De asemenea, m-a întrebat dacă doresc să vizitez niște prieteni vechi, dar i-am mărturisit cu timiditate că nu am păstrat legătura cu nimeni de aici. Prieteniile mele cu cei de la școală și din curte se destrămaseră după ce m-am mutat. Mai repede decât mă așteptam.

De aceea m-am întors stânjenită când cineva m-a acostat în fața hotelului, strigându-mă pe nume.

– O, Doamne, Hailie? s-a mirat fata, făcând ochii mari.

Am recunoscut-o repede.

– Julie, bună, am salutat eu, dându-mi părul după ureche.

În fața mea stătea o fată dintr-o clasă paralelă, de la vechea mea școală, a cărei privire aluneca de obicei peste mine pe coridoare ca și cum nici nu aș fi existat. Până când moartea mamei mele a devenit o senzație, nici măcar nu știa cum mă cheamă.

Dar eu știam cine era. Vedeta școlii care se ținea după David Chapman, băiatul chipeș care mă făcuse odată tocilară, când am refuzat să-l las să copieze de la mine la un test.

Iisuse, totul părea atât de departe pentru mine acum, ca și cum aceste evenimente și personaje ar fi trăit într-o cu totul altă dimensiune.

Vince s-a oprit lângă mine, examinând-o rapid și cu indiferență pe Julie. Eram sigură că, dată fiind perspicacitatea lui, trăsese deja multe concluzii despre ea, dar, așa cum îi era firea, a rămas tăcut și m-a lăsat să mă descurc cu situația în felul meu.

– Te-ai întors? a întrebat ea. Ținea telefonul în mâna coborâtă și aș fi putut jura că și-a strâns degetele pe el, ca și cum ar fi fost deja nerăbdătoare să împărtășească vestea cuiva.

– Păi... Am venit doar în weekend.

Am făcut semn cu mâna spre hotel.

– Stai, locuiești aici?

Julie a clipit, mutându-și privirea de la clădire la mine. Nici măcar nu a încercat să pretindă că nu era surprinsă.

– Mm, doar în weekend. Am venit ca să văd mormântul mamei mele, i-am răspuns.

– Oh, bine, scuze. Adică știi, îmi pare rău.

Am forțat un zâmbet ușor.

– E o tragedie cumplită. Am auzit că acum locuiești în Statele Unite?

– Îhm.

I-am aruncat în treacăt o privire lui Vincent, care aștepta răbdător. Abia atunci Julie și-a dat seama de prezența lui. I-a fost greu să nu facă ochii mari și să ascundă impresia pe care i-o făcea persoana fratelui meu. Mai ales că ea era o fată pe care, din câte îmi aminteam, banii și luxul o impresionau ca nimic altceva.

– Vince, ea este Julie... o colegă de la școală. Julie, el este fratele meu.

– Deci e adevărat?

Ochii lui Julie au început să sclipească de emoție. Ce mai bârfiseră despre mine aici!

– E uimitor că ai descoperit că ai frați. Exact ca într-un film!

Care film? Îmi venea să întreb asta cu voce tare, dar nu am vrut să o las pe Julie să mă enerveze. I-am oferit în schimb un zâmbet strâmb.

– Vrei să mergem la o cafea și o prăjitură? a sugerat ea, devenind din ce în ce mai încântată.

Îmi venea să-i înmânez un carnețel și un stilou ca să-și noteze și să nu uite niciun amănunt picant.

– Îmi pare rău, nu cred că am timp. Avem un avion în curând.

Mi-am desfăcut brațele în lături.

– Putem pleca și puțin mai târziu, dacă vrei, a intervenit Vincent calm. Avionul va aștepta.

Îmi venea să-l bat pe umăr. Lui Julie aproape că i-a căzut falca.

– Mulțumesc, Vince, dar aș prefera să petrec acest timp în plus la cimitir, i-am spus și am dat din cap spre colega mea. A fost o plăcere să te întâlnesc.

Julie a rămas perplexă până la sfârșit și m-a privit cum mă urc cu Vincent într-un taxi.

În mașină am tras aer în piept, copleșită de această întâlnire bruscă. Mi-am dat seama că și aici, în orașul meu natal, dispăruse orice urmă a lui Hailie cea veche.

– Vrei să-ți vezi apartamentul? a întrebat Vincent din senin, în timp ce stăteam în trafic.

Am ridicat o sprânceană.

– Dar nu mai este al meu. Mama și bunica îl închiriaseră. Probabil că acum locuiește altcineva acolo.

– Știu, dar pot să-l cumpăr pentru tine dacă îl vrei.

Vince a ridicat din umeri, uitându-se prin fereastra laterală spre clădiri.

Cu coada ochiului am observat cum șoferul de taxi i-a aruncat o privire prin oglindă. Mi-am umezit buzele.

– Nici măcar nu e clar dacă proprietarul ar fi de acord să-l vândă.

– Dacă voi dori eu să-l cumpăr, va fi de acord, a răspuns Vincent cu încrederea lui firească în sine.

– Mulțumesc, dar nu este nevoie, am murmurat slab.

Nu știu de ce mă mai surprindeau astfel de texte. Apartamentul în care copilărisem valora probabil puțin mai mult decât două ceasuri din colecția considerabilă a lui Vincent. Iar el însuși dădea într-adevăr impresia unei persoane care nu se lasă refuzată.

Când ne întorceam de la cimitir, am oprit la un semafor și am zărit prin geam un restaurant care servea cea mai bună și cea mai ieftină mâncare chinezească din oraș. Eu și mama comandam mereu mâncare de acolo la pachet și, cu emoție în voce și cu nasul aproape lipit de geamul lateral, l-am informat pe Vince despre asta.

Deloc surprinzător, el i-a spus șoferului de taxi să oprească și a propus să mâncăm acolo. Interiorul restaurantului nu era foarte sofisticat – mese de lemn, gresie ieftină pe podea și decorațiuni kitsch. Pe masă, în loc de șervețele, erau cutii de șervețele, de genul celor pe care mama le cumpăra mereu când îmi curgea nasul la nesfârșit. Vince nu a comentat, dar eu, în câteva clipe m-am simțit rușinată că îl adusesem aici. Cu siguranță nu avea ce căuta în acest bar.

A ridicat o sprânceană la vederea meniului, care era o simplă foaie A4 băgată într-o folie, pe lângă faptul că era lipicioasă de la un fel de sos. Sau poate a reacționat așa la vederea prețurilor? Când spusesem că era cea mai ieftină și cea mai bună mâncare chinezească din oraș, nu mințisem. Din fericire, nivelul preparatelor din restaurant era încă ridicat, așa că am mâncat acolo foarte bine. Cred că și lui Vincent i-a plăcut, iar eu mi-am amintit de vremurile trecute – punctul culminant perfect al micii mele excursii pe meleagurile natale.

În cele din urmă, fratele meu a plătit și i-a lăsat chelneriței drăgălașe un bacșiș generos. Apoi i-a sunat telefonul și am decis să mă reped până la toaletă.

Băile de aici erau destul de neglijate și mi-au amintit de ce mama prefera întotdeauna să comande mâncare la pachet. În plus, cartierul era destul de rău-famat.

Reputația cartierului a fost confirmată de un bărbat care a ieșit din toaleta bărbaților în același moment în care eu ieșeam din toaleta femeilor. Ne-am ciocnit pe un coridor foarte îngust. M-am oprit imediat și, ca să nu mă strecor pe lângă el, am așteptat până când a trecut el primul.

Am avut un presentiment neplăcut. La început am strâmbat din nas când am simțit mirosul neplăcut de alcool și mucegai. Când i-am văzut ochii injectați, am știut deja că nu mă va lăsa să plec fără un comentariu nepoliticos. La vederea mea, bărbatul și-a frecat barba cam îngălbenită și neuniform tunsă. Era pipernicit și îmbrăcat neglijent. Arăta ca un vagabond fără adăpost care reușise să se strecoare aici pe o ușă laterală.

Nu era ușor să păstrez distanța într-un spațiu atât de îngust. M-am rugat în gând să renunțe și să meargă mai departe. Apoi să-l urmez imediat. Doar de s-ar clinti odată, la naiba.

– Ooo, măiculiță... a fluierat el răgușit.

Mi-am încleștat maxilarul. M-am gândit să mă retrag în baie. Dar dacă se dovedește a fi mai agil decât pare și se aruncă după mine, iar eu nu apuc să trag zăvorul?

Am așteptat și el a rămas pe loc, devorându-mă din priviri. Am simțit un disconfort imens și am început să mă tem. Puteam oricând să țip. Să țip acum?

– Hailie!

Vincent s-a oprit la capătul coridorului, uitându-se la mine întrebător. I-a aruncat o privire rapidă străinului. A fost ca un val de ușurare, pentru că m-am simțit imediat mai încrezătoare în prezența fratelui meu, așa că am luat-o înainte fără sfială. M-am încordat când am trecut pe lângă bărbatul ciudat. M-am străduit cât am putut de mult să nu mă ating de el din greșeală și mi-am ținut și respirația.

Nu m-a oprit, așa cum mi-am imaginat că ar fi făcut înainte, dar, exact când credeam că am trecut în siguranță de el, i-am simțit laba pe fesă.

M-am cutremurat de dezgust.

Am strâns din buze și nici măcar nu m-am întors. Voiam să ajung cât mai repede lângă Vincent, care la rândul lui a trecut pe lângă mine. M-am întors după el, sincer nedumerită.

– Dar ce... a mormăit bărbatul, ridicându-și mâinile murdare.

Datorită aspectului său dezgustător, probabil că în astfel de situații scăpa basma curată. Probabil că majoritatea oamenilor preferau să nu-l atingă, să nu intre în discuții sau să se certe cu el și voiau pur și simplu să se îndepărteze cât mai repede, așa cum făcusem și eu.

Vincent, deși el însuși era întotdeauna cât se poate de îngrijit, nu avea totuși astfel de inhibiții. Mă uitam cu gura căscată cum fratele meu își înfige mâinile în tricoul uzat al adversarului său și îl împinge înapoi în toaletă, a cărei ușă descuiată i-a lăsat imediat ascultătoare pe cei doi bărbați să intre. Apoi Vince a trântit-o și a închis-o și timp de câteva secunde lungi tot ce am putut auzi nu au fost decât gemetele răgușite ale unui bărbat. Vocea lui suna dogită și prăfuită.

Nu știam ce să fac, așa că am rămas pe loc și m-am uitat fix la ușa de la toaleta bărbaților, ascultând aceste zgomote aproape comice. O chelneriță a apărut și ea și s-a oprit lângă mine. Era clar îngrijorată, deoarece probabil ar fi trebuit să verifice ce se întâmpla acolo, dar nu cred că avea curaj. Cu toate astea, nu a fost nevoită să intervină, pentru că o clipă mai târziu văicărelile jalnice au încetat și imediat s-a auzit doar un ultim geamăt lung, zgomotul apei care curgea din robinetul deschis și apoi al uscătorului...

Ușa s-a deschis și Vince a ieșit din încăpere calm, ca și cum nimic nu s-ar fi întâmplat. Chelnerița și cu mine ne-am uitat la el fără un cuvânt. Cu siguranță nu se aștepta să-l vadă pe fratele meu elegant, care, plin de grație, s-a apropiat de mine, mi-a pus mâna pe umăr și, cu o mișcare din cap, mi-a arătat ieșirea.

Când am urcat în taxi, încă îmi mai mușcam buza de jos.

– Ce i-ai făcut? am întrebat încet.

Vincent nici măcar nu s-a uitat la mine, dar a răspuns:

– I-am explicat diferența dintre un gentleman și un golan pervers.

Nimic de adăugat, nimic de înlăturat, nu avea rost să-l trag de limbă mai departe. M-am uitat pe furiș la mâinile lui, acum ușor zgâriate, și m-am întrebat oare de ce erau capabile...

12
MAFIA

– Iisuse, fată, te invidiez pentru o viață atât de interesantă, a suspinat Mona. Știi ce am făcut eu în weekend? M-am dus cu părinții la un magazin. De mobilă. Bleh. Acum visez în fiecare noapte raionul de candelabre.

– Mai bine să visezi candelabre decât pe fratele meu, am mormăit eu, iar Mona a roșit și s-a uitat imediat spre masa frăților Monet. I-am dat un ghiont în braț: Încetează.

– Chiar tu l-ai menționat. Dar e în regulă, continuă. Cum a fost în Anglia?

– A fost o călătorie foarte scurtă și intensă. Nu s-au întâmplat prea multe, am spus evaziv.

– Nu te-ai întâlnit cu niciun vechi prieten?

– Nu am prieteni vechi.

– Dar nici mulți prieteni noi, a remarcat ea.

Am ridicat o sprânceană, neperturbată.

– Mă jignești?

– Nici eu nu am o echipă mare. Mona a arătat spre scaunele goale de la masa noastră. Întotdeauna stăteam doar cu Audrey.

– Și tot nu vrea să vorbească cu tine?

– Probabil că nu, dar nu contează, pentru că nici eu nu vreau. În afară de asta, ea... Vocea Monei a rămas suspendată pentru o clipă și apoi a continuat mai încet: ... devine ciudată.

M-am aplecat ușor spre ea, ștergând cuțitul cu un șervețel.

– Ai aflat ceva?

– Hailie Monet vrea să bârfească?

Am tresărit nemulțumită și mi-am ferit privirea, dar am ridicat imediat din umeri.

– Viața mea este atât de încâlcită, încât cred că am nevoie de un divertisment.

– Minunat, pentru că eu ador bârfele.

Mona s-a înviorat și s-a foit pe scaun.

– Se pare... dar nu știu sigur, asta nu, pentru că nu am văzut cu ochii mei, dar se pare... că Audrey s-a combinat cu Jason.

Am deschis gura.

– Ce naiba!

– Da, așa este.

– Cu Jason! am pufnit eu.

– Cu el.

– De ce? M-am încruntat. Doar știe că e un ciudat.

– A dovedit deja că nu e foarte inteligentă.

Mona a lins un cartof prăjit cu sare, apoi s-a uitat atent la mine.

– Dar poate că vrea să se răzbune pe tine.

Am simțit o crampă neplăcută în stomac.

– Încetează, pentru că încep să mă simt ca eroina unui serial pentru adolescenți.

Mona a mai înmuiat un cartof prăjit în ketchup și și-a plimbat cu un zâmbet privirea în jurul cantinei, periculos de aproape de locul unde stătea Tony.

– Jason m-a acostat recent, i-am mărturisit eu ca să-i atrag atenția la mine.

Trucul a funcționat, iar apoi i-am povestit despre mica noastră ceartă.

– Și este un porc! Acum e clar că nu s-a schimbat deloc. E foarte bine că l-ai citit.

– N-ar trebui să stau deloc la taclale cu el... Și să-l amenint cu frații mei – am mormăit, îndesându-mi o roșie cherry în furculiță.

– Hailie, tu nu înțelegi nimic.

Mona s-a oprit pentru o clipă din mestecat și a clătinat din cap cu îngrijorare.

– Tu ești sora mai mică a fraților Monet! Te plângi mereu că ești persecutată, dar de fapt ai atât de multe avantaje! S-a aplecat spre mine: Fată, ai putea conduce această școală, dacă ai vrea.

Mi-am acoperit fața cu sendvișul pe care îl țineam în mână.

– Nu vreau să conduc nimic.

– Păcat.

Mi-am dat ochii peste cap și la sfârșitul pauzei deja vorbeam despre alte subiecte decât eventuala mea domnie. De câteva ori a trebuit să o admonestez când se uita pierdută la Tony. Începea să devină foarte enervant. Poate că ar trebui de fapt să devin regina școlii doar pentru a o condamna să mănânce prânzul legată la ochi.

Dar a fost bine că bârfisem, pentru că cel puțin nu am fost prea surprinsă să-i văd pe Jason și Audrey în una din ultimele pauze împreună. Stăteau lângă perete și vorbeau. Nu stăteau îmbrățișați, dar flirtau în mod sigur zâmbindu-și unul altuia. M-am strecurat pe lângă ei, sperând că nu mă vor observa. Nu aveam puterea să-mi imaginez ce era în mintea lui Audrey. Doar știa cum se purtase Jason cu mine.

Ca și cum mi-ar fi lipsit divertismentele, în aceeași pauză m-am mai întâlnit și cu un alt băiat. Leo stătea de unul singur pe pervazul ferestrei cu nasul într-o carte. L-am recunoscut după părul său blond și scurt și după cărarea într-o parte perfect trasată. M-am simțit prost să trec pe lângă el și să-l tratez ca pe o fantomă.

– Bună, ce mai faci? am spus, străduindu-mă să folosesc un ton prietenos.

El și-a ridicat capul de la carte și a zâmbit când m-a văzut, m-a salutat și m-a întrebat ce mai fac. Politețea lui părea ceva automat, ca și cum ar fi fost un băiat bine-crescut care știe că nu se cuvine să nu răspundă la un salut. Eu însămi mă surprindeam adesea comportându-mă într-o manieră similară. Exact ca acum.

Leo mă observa, iar eu eram din ce în ce mai convinsă de ceea ce remarcasem deja, și anume că are ochi foarte ageri.

– Dacă întrebi din politețe, mie îmi convine și așa. Mulțumesc, a răspuns el.

Aș fi putut să dau din cap și să plec, dar nu am reușit. Am oftat, am aruncat o privire rapidă în jur ca să aflu cine ar putea fi un posibil martor la conversația noastră. Îmi însușisem această măsură de precauție datorită fraților mei posesivi.

Leo nu-și lua nicio clipă ochii de la mine. Acasă eram înconjurată de bărbați care aveau ochi albaștri reci sau ochi negri, ca Dylan, și astfel să fiu reflectată în irisuri cu o culoare atât de caldă era o mare schimbare pentru mine.

Și mi-a părut rău că niște ochi atât de frumoși păreau acum atât de triști.

Gândirea mea logică a îngenuncheat în fața mea și m-a implorat să nu mă las prinsă în vreo prostie și să plec cât mai repede de aici, pentru că nu aveam nevoie pe lista mea de probleme de acest prieten străin, indiferent de situație.

– Și dacă ar trebui să răspunzi sincer?

Pe chip îi apăruse ceva asemănător cu speranța, care m-a făcut să înghit în sec. Mi-era teamă că cea pe care i-o ofeream acum se va dovedi iluzorie pentru el.

– Atunci aș spune așa și așa. Există o chestie pe care trebuie să o rezolv...

Leo a închis cartea și a pus-o deoparte.

– Și pentru a o rezolva ai nevoie de Vincent?

– Trebuie să mă întâlnesc urgent cu el.

Am suspinat.

– Leo, pot să te ascult, poți să vorbești, dar asta e tot, am anunțat cu rigiditate.

Am avut impresia că în ochii lui eram o fată extrem de meschină. Acum a fost el cel care a suspinat, dând din cap ca și cum ar fi fost de acord cu condițiile mele.

– Bine, a mormăit el și, deși cu siguranță dorise foarte mult să vorbească, îi venea foarte greu să înceapă. În cele din urmă, totuși, a tras aer în piept și, vizibil stresat, și-a început povestea: Fratele meu... a înghițit în sec. Fratele meu mai mare a intrat în necazuri. Așa e el, mereu are probleme. De când mă știu. Numai că, pe măsură ce a trecut timpul, au început să devină mai serioase.

A tăcut o clipă și și-a lins buzele nervos.

– Acum sunt atât de grave, încât trebuie să plătesc eu pentru ele. Și spun asta la propriu.

Ședea cu picioarele ușor depărtate, își sprijinea coatele pe coapse și se juca cu mâinile. M-am oprit lângă el, sprijinindu-mă de pervazul ferestrei pe care ședea el. Mă uitam mai ales la fața lui, dar din când în când cercetam și coridorul cu privirea. Trebuia să fiu în gardă, pentru că nu voiam ca vreunul dintre frați să mă surprindă așa.

– De ce trebuie să fii tu cel care plătește pentru el? am întrebat, încrețind sprâncenele.

– Pentru că fratele meu este temporar... indisponibil.

– Știu că probabil îți vine greu să vorbești despre asta, dar totul este foarte neclar. Ar trebui să-mi dai mai multe detalii, ca să pot înțelege.

– Ai dreptate, doar că... e atât de complicat...

Îmi părea rău să văd cum se chinuiește. Mânată de cel mai firesc instinct omenesc, mi-am pus mâna pe umărul lui ca să-i ofer un sprijin tăcut. S-a uitat la mine surprins.

– Fratele meu a fost trimis la dezintoxicare obligatorie.

– Oh!

La asta nu mă așteptam deloc. Mi-am mușcat buza și am adăugat imediat:

– Îmi pare rău.

Leo a respirat adânc și a scuturat ușor din cap.

– Nu e chiar atât de rău. Poate că acolo îl vor ajuta în sfârșit.

A ridicat din umeri, dar nu părea prea convins.

– Problema este că drogurile sunt o dependență costisitoare.

– S-a împrumutat?

– Din câte știu eu, se ocupa cu jocurile de noroc.

Și-a frecat fruntea cu mâna.

– Tot ce știu este că a acumulat datorii uriașe, pe care acum cineva trebuie să le plătească.

– Cineva? Păi nu fratele tău după ce termină reabilitarea?

S-a uitat la mine cu seriozitate.

– Hailie, el nu are datorii la bancă. A împrumutat de la Mafie. De la Mafie, care acum vrea banii înapoi și căreia nu-i pasă cine îi dă înapoi.

Am clipit și ochii lui au strălucit intens în timp ce a continuat:

– Datorează majoritatea banilor fraților tăi, Hailie, și ei îi vor înapoi, și îi vor acum.

M-am îndreptat. Gura mi s-a strâns pungă, și odată cu ea și stomacul. Mici frisoane neplăcute mă străbăteau pe sub piele. Mă uitam la Leo fără să-l văd, la capul lui blond lăsat în jos, ca și cum nu putea sau nu voia să mențină contactul vizual cu mine. Își trecea degetele prin păr, pieptănându-și firele scurte și strălucitoare.

– Poate e o prostie din partea mea că ți-am spus asta, dar nu știu deloc ce să fac. Simt că nu mai am de ales. Frații tăi nu mă vor lăsa...

– Trebuie să plec, bine? am intervenit eu, îndepărtându-mă brusc de pervazul ferestrei.

Băiatul și-a întrerupt mormăitul, dar nu am așteptat un răspuns, ci doar m-am îndepărtat de el în pas rapid. M-a condus cu privirea și cred că a strigat ceva, dar l-am ignorat.

Nu am mai mers spre dulapuri. Am ajuns la colț, și de îndată ce am dispărut din raza vizuală a lui Leo, am luat-o la fugă. Simțeam picături de sudoare pe frunte care apăruseră brusc și de nicăieri. Urechile au început să-mi țiuie. M-a inundat un val de căldură. Am trecut pe lângă oameni pe care nici măcar nu-i recunoșteam. Am început să văd negru înaintea ochilor. În ultimul moment am reușit să mă năpustesc în baie, am tras de mânerul de la prima cabină mai bună și, fără măcar să mă deranjez să închid ușa, am căzut în genunchi în fața toaletei.

Am început să vomit și a fost cel mai oribil sentiment posibil. Am vomitat tot prânzul și micul-dejun și, probabil, și resturile din cina de aseară. Cu o mână am încercat să-mi țin părul la spate și cu cealaltă mână m-am agățat de capacul toaletei, pe care în mod normal nu l-aș fi atins nici cu unghia de la degetul mic.

Abia când am terminat, am scos un geamăt puternic și jalnic și m-am ghemuit pe podea, sprijinindu-mă de peretele cabinei și gâfâind de oboseală. În gură aveam un gust oribil de vomă, iar lacrimile îmi curgeau șiroaie pe obraji. Mușchii stomacului mă dureau de la efortul neobișnuit. Mă simțeam îngrozitor.

– Hailie, ai pățit ceva? m-a întrebat Mona.

M-am uitat în sus. Se uita la mine prin ușa larg deschisă a cabinei în care zăceam.

– Tu ce faci aici? m-am bâlbâit eu.

– Ai zburat pe lângă mine pe coridor. Am alergat după tine, să văd de ce te grăbești, a răspuns ea, și după o clipă de tăcere a repetat: Ai pățit ceva?

Am dat slab din cap și am închis ochii. Nu aveam nici măcar puterea să mă rușinez că mă vedea așa. Iisuse, nici nu trăsesem apa. Am deschis ochii anevoie și m-am sprijinit pe o mână în timp ce am întins-o pe cealaltă ca să trag apa.

Mona a dispărut din fața mea pentru o secundă, dar s-a întors repede și mi-a dat o rolă de hârtie igienică, pentru că dintr-un motiv oarecare aceasta lipsea din cabina pe care o ocupam.

I-am mulțumit și mi-am șters gura, nasul și obrajii uzi de lacrimi. Trebuia să mă controlez. Desigur, știam de mult timp că frații mei erau implicați în afaceri dubioase, dar aceasta era prima dată când cineva îi numea în prezența mea mafioți și nici nu pot să descriu cât de îngrozită am fost de acest lucru. Lăsând la o parte întrebarea dacă exista mafie în secolul al XXI-lea.

În fața ochilor minții mele stătea un bărbat în costum, cu mustață și o pălărie cu boruri largi, așezată pe părul frumos pieptănat. Stereotipul mafiotului, a cărui imagine apărea în cărți, în seriale TV și în filme. Și apoi l-am juxtapus cu figura lui Vincent, în haina sa neagră lungă, cu o cămașă elegantă, un ceas scump și un inel cu sigiliu pe deget.

Am strâns buzele.

Să numesc afacerea fraților mei „Mafie" era mult mai înfricoșător decât să-i spun simplu „afaceri", „business" sau chiar „organizație misterioasă".

Mafiile, la urma urmei, erau brutale, ilegale și nemiloase. Iar afacerile puteau fi... diferite.

Am tras aer în piept. M-am calmat încet. În cele din urmă, am reușit să mă ridic și m-am târât până la chiuvetă, unde mi-am clătit gura și m-am spălat pe față cu apă rece.

Mona s-a oferit să mă ducă la asistenta medicală. Bineînțeles că am refuzat imediat. Nu aveam nevoie de nicio agitație în jurul meu chiar acum. Voiam doar un pic de pace și liniște, să-mi adun gândurile.

Din păcate, Mona a insistat să mă ducă măcar la sala unde aveam ora următoare. La câteva momente după ce a sunat clopoțelul, am intrat în clasă și am remarcat imediat privirea scrutătoare a doamnei Roberts, profesoara mea preferată, care și ea mă adora la rândul ei.

Era o femeie minunată, foarte răbdătoare și înțelegătoare și avea o voce atât de plăcută, încât o puteam asculta la nesfârșit când vorbea despre structura vaselor de sânge. Doamna Roberts îmi amintea și de o mamă, și nu mă refer la mama mea, ci la imaginea generală a unei mame. Avea un ten de porțelan, trăsături faciale blânde, ochi frumoși și păr deschis, ușor ondulat care îi ajungea până la umeri. Era atât de drăguță, încât chiar și cei mai răi elevi, care urau cărțile, testele, profesorii și tot ce avea de-a face cu școala, încercau să se comporte cuviincios la orele ei, din pură afecțiune pentru ea.

Așa cum era de așteptat, doamna Roberts a fost îngrozită când a văzut fața mea albă ca o foaie de hârtie. Eu, la rândul meu, am oftat din greu în timp ce o instruia pe Mona să mă ia de braț și să mă ducă urgent la asistentă.

Eram bine; totuși, am preferat să mă prefac că îmi fusese rău de la stomac, decât că fusesem pur și simplu copleșită de emoție când auzisem că frații mei făceau parte dintr-o mafie.

Cabinetul infirmierei era situat într-o altă aripă, așa că a trebuit să traversăm holul principal al clădirii, unde, bineînțeles, cu norocul meu, am ajuns exact în momentul în care Shane, Tony și doi dintre colegii lor intrau în școală. Întârziaseră la orele lor, dar erau binedispuși.

Când i-am văzut, am apucat-o pe Mona de cot și am vrut să ne retragem rapid în spatele viței-de-vie, unde aveam o șansă să rămânem neobservate, dar ea rămăsese cu ochii la Tony și a înțeles prea târziu ce voiam să spun, iar apoi privirea lui Shane a căzut pe noi.

– O! a strigat el imediat.

Tony și ceilalți colegi se opriseră și ei. Probabil se întorceau de la o pauză de țigară și nu ascundeau asta deloc, pentru că cel mai zburdalnic dintre gemeni avea o pipă pusă după ureche. Unul dintre prietenii lor, probabil nefericitul Tyler, care se luase recent de mine, se juca cu o brichetă.

Eram iritată de faptul că frații Monet se bucurau de un tratament special în școală. Se comportau ca niște regi ai vieții, iar femeia care stătea în loja portarului părea să îi ignore în mod deliberat. Era de-a dreptul absurd.

Doar dacă personalul școlii nu știa în ce erau implicați frații Monet.

Mi s-a făcut din nou rău.

– De ce nu ești la ore? a întrebat Shane, apropiindu-se de noi.

Tony venea în spatele lui, lăsându-și colegii în urmă.

Îmi venea să scot un geamăt tare, frustrat. Am simțit cum Mona, care stătea lângă mine, se crispează.

– Doamna Roberts ne-a trimis... undeva, i-am răspuns, nefiind capabilă în starea în care eram să găsesc o scuză bună; nu puteam conta nici pe însoțitoarea mea, care era vizibil stresată de faptul că alături de mine era și ea în centrul atenției gemenilor Monet.

– Unde? a întrebat Tony.

Sau, mai degrabă, ne-a somat să dăm un răspuns.

Am simțit-o pe Mona tremurând.

– La infirmieră, am răspuns eu cu un oftat, căutând rapid în minte un motiv pentru care două fete să fie trimise acolo, și care să nu presupună că una dintre ele trebuie să se fi simțit rău.

Nu voiam să știe că e ceva în neregulă cu mine. Intenționam să o conving pe asistentă că totul este în ordine și speram să mă întorc imediat la oră.

– De ce? a pufnit Shane.

Amândoi s-au uitat la mine așteptând. Arătau ciudat unul lângă altul. Deși erau gemeni monozigoți, rareori semănau unul cu altul atât de mult ca acum.

Oare sunt și ei în mafie? Încă o dată am simțit o apăsare neplăcută în stomac.

– Pentru... ceva, am murmurat.

– Pentru ce? Shane a mijit ochii. Și de ce ești atât de palidă?

Am strâns din dinți, dar, înainte să-i pot da alt răspuns stupid, Tony a făcut un pas înainte, concentrându-și privirea pe sărmana mea prietenă, care arăta ca și cum ar fi comis ceva grav și acum era pe cale să mărturisească în fața părinților ei, a conducerii școlii și a instanței supreme.

– Ia să ne spui tu. De ce vă duceți acolo? s-a răstit la ea.

Îmi dădeam seama că încerca să o intimideze, ceea ce evident că a reușit. Dacă nu l-aș fi cunoscut, aș fi fost și eu speriată, așa că n-am putut-o învinui pe Mona că a început imediat să vorbească, aruncându-mi doar o privire plină de scuze.

– Hailie nu s-a simțit bine.

M-am uitat într-o parte, mușcându-mi interiorul obrazului.

– Dar ce are?

– Hm... păi...

Am simțit privirea Monei ațintită asupra mea, ca și cum m-ar fi implorat să vorbesc, dar în cele din urmă și-a dat seama că nu voi face asta și a terminat ea fraza.

– I-a fost greață?

Vrăjită de Tony și în același timp speriată de interacțiunea cu frații Monet, Mona a răspuns la toate întrebările pe care i le-au pus gemenii, iar după câteva momente aceștia au știut că vomitasem în timpul pauzei în baia școlii. Au dus-o rapid pe prietena mea înapoi la clasă. Ea a ezitat o clipă înainte să plece, dar eu am dat din cap știind că jocul era deja pierdut. M-am uitat la ea când mi-a aruncat o ultimă privire plină de vinovăție, dar i-am oferit un zâmbet trist, care a părut să o liniștească puțin.

– De ce nu ne-ai spus că nu te simți bine? a întrebat Shane, punându-și mâna pe spatele meu și împingându-mă ușor spre coridorul unde se afla biroul asistentei. Am tresărit ușor la această atingere și am sperat că el nu a simțit asta.

– Pentru că nu mi s-a întâmplat nimic.

Știam, totuși, că se întâmplase ceva foarte grav, pentru că dulcea mea liniște de care reușisem să mă agăț prin ignoranță fusese tulburată brutal. Frații mei făceau tot ce le stătea în putere să fiu cât mai mult timp posibil cu ei, iar acum înțelegeam de unde venea acest comportament. Era o altă povară grea care aterizase pe umerii mei.

– Arăți ca un zombi, a spus Shane, zâmbind puțin la mine, ca și cum ar fi vrut să mă înveselească, dar, din păcate, în această situație simțul umorului nu era suficient.

Gemenii s-aù despărțit de colegii lor, iar eu mi-am ridicat ochii spre tavan când au decis să mă conducă personal până la asistentă. Era cel mai pur act de protecție exagerată și stânjenitoare. Insistențele mele că mă simt mai bine nu au funcționat nici pentru ei, nici pentru infirmieră, care era o doamnă în vârstă renumită în școala noastră pentru strictețea și suspiciunea ei. Ea m-a luat foarte în serios, dar nu știu dacă pentru că venisem în compania gemenilor Monet sau pentru că arătam chiar atât de rău.

Mi-a pus o serie de întrebări, mi-a palpat stomacul și chiar mi-a luat temperatura. Între timp, Shane și Tony nu stăteau degeaba – au renunțat la ore și l-au informat pe Vincent despre situația mea.

– Vreau să mă întorc la ore! am gemut frustrată în timp ce stăteam pe canapea și trebuia să mă odihnesc, dar auzeam discuția dintre gemeni și asistentă – ea voia neapărat să-i trimită la ore, iar ei insistau că vor aștepta până când va veni cineva să mă ia.

Chiar mă simțeam mai bine acum. Emoțiile se potoliseră și știam că nu eram bolnavă, așa că mă puteam întoarce la ore. Nu voiam să pierd lecțiile și să rămân în urmă. În plus, ultimul lucru pe care voiam să-l fac era să provoc vâlvă.

M-am răzgândit un pic când am aflat că urma să fiu luată de Will. Când a sosit în grabă, părul lui blond-închis era puțin mai dezordonat decât de obicei, dar ochii lui albaștri erau la fel de calzi ca întotdeauna.

Fratele meu m-a îmbrățișat, a ascultat-o pe asistentă, apoi m-a ajutat să mă ridic, ca și cum aș fi avut o problemă mai degrabă cu picioarele decât cu stomacul, iar la sfârșit, pe coridor, a schimbat câteva cuvinte cu Tony și Shane, strângându-mă lângă el ca pe cea mai mare comoară. Brusc am decis că poate nu mă simțeam bine până la urmă și aveam nevoie ca Will să aibă grijă de mine. Uneori mă gândeam în tăcere că Dylan avea dreptate, iar în compania fratelui meu preferat m-aș fi înmuiat ca untul în tigaie, atât de mult îmi doream ca el să aibă grijă de mine.

Apoi m-a condus la mașină și a fost absolut adorabil. Se purta cu mine de parcă aș fi fost de porțelan. M-a rugat să-l anunț dacă mi se mai face greață, mai ales în timp ce conduce mașina. Când am ajuns acasă m-a trimis imediat pe canapea, m-a acoperit cu o pătură și m-a lăsat să mă uit cât mai mult la televizor. L-am auzit cum îi dădea lui Eugenie instrucțiuni să-mi pregătească o cină ușoară.

Oare și el face parte din mafie?

Am simțit puțină remușcare, pentru că era chiar foarte îngrijorat pentru mine. Într-o clipă, însă, mi-am amintit ce îmi provocase starea de spirit.

M-am gândit mult la Leo și cum îl lăsasem singur cu problema lui. Nu credeam că-l pot ajuta, dar poate că nu era nevoie să fie atât de deprimat. Mi-am propus să vorbesc din nou cu el, simțeam că trebuie.

Will se uita la mine doar din când în când, pentru că avea de lucru, iar acum mă întrebam în ce consta munca lui. Li se permitea mafioților să lucreze de la distanță? Era Will un mafiot? M-am strâmbat. Asta era o prostie.

Și apoi a venit Vincent să se uite la mine. Tocmai ațipisem, pentru că mă uitam la un serial nu foarte captivant pe Netflix. Telecomanda mi-a căzut din mână și s-a izbit de podea, când prezența bruscă a fratelui meu m-a smuls brusc din moțăială.

Jenată, am ridicat imediat obiectul, pentru care aș fi primit cu siguranță o săpuneală pe cinste de la Dylan și de la gemeni. Din fericire, telecomanda funcționa, așa că am pus-o deoparte și m-am concentrat asupra lui Vincent. Și el m-a întrebat dacă mă simt mai bine acum. Nu puteam face nimic în legătură cu faptul că felul lui demn de a fi mă stresa și mai mult astăzi. Oricât de greu mi-ar fi fost să cred că Tony, Shane sau Will ar fi putut face parte din mafie, cu Vincent era o poveste complet diferită. Întregul lui comportament emana avertizare și amenințare.

Acum, la vederea lui, m-am crispat mai mult decât de obicei și eram sigură că și el observase asta, așa că nu-mi rămânea decât să mă rog ca el să creadă că este un efect secundar al oboselii mele.

Vince nu a zăbovit prea mult lângă mine. De îndată ce am mormăit că sunt bine și am nevoie doar de odihnă, a cedat imediat.

Am respirat adânc. Am acceptat deja că frații mei aveau secrete în care nu trebuia să sap. Cu toate acestea, acum Leo declanșase în mintea mea mecanisme suplimentare, care mi-au stârnit și mai mult curiozitatea.

Mi-am mușcat buza de jos și m-am gândit ce să fac. Nu puteam să-i trag de limbă pe frați. Îmi lipsea curajul de a face asta. În plus m-ar fi mâncat de vie. Îmi arătaseră deja de mai multe ori cât de capabili erau să-și apere secretele. Mi-am amintit de ce erau în stare.

Dar Will cu siguranță nu făcea parte din nicio mafie. La urma urmei, tocmai îmi adusese o pătură pufoasă ca să-mi țină de cald.

Mi-am amintit că astăzi era programată și o altă întâlnire cu terapeuta mea și, dată fiind starea mea, aveam de gând să lipsesc de la ea. La început am regretat, pentru că discuția despre descoperirea mea m-ar fi ajutat cu siguranță să mă simt mai bine, dar apoi mi-am dat seama că, de fapt, acesta era al doilea lucru, în afară de chestiunea tatălui meu, pe care nu-l puteam aduce în discuție cu un străin. Dacă Vincent primește rapoarte de la ședințele mele? Dacă terapeuta mă dă de gol?

Am trândăvit restul zilei pe canapea până când gemenii mi-au întrerupt liniștea. Au apărut din senin, smulgându-mă din somn. Cu o mișcare agilă, Tony mi-a luat din mâini telecomanda pe care o țineam strâns la piept, iar Shane aproape că mi-a strivit picioarele când s-a așezat lângă mine.

Am scos ceva asemănător cu un scâncet plângăcios.

– Șșșt, a șoptit Shane, fără să se uite la mine, deoarece ochii lui erau fixați pe ecranul televizorului.

Băieții îmi întrerupseseră serialul, pe care nu-l mai urmăream de mult și nici măcar nu știam ce episod era, totuși m-am trezit și am strigat:

– Hei, mă uitam la asta!

– Du-te la culcare, a chicotit Tony disprețuitor.

– Mă deranjați!

Când în sfârșit mi-am scos piciorul de sub coapsa grea a lui Shane, l-am lovit cu el.

– Ai spus că ești bine.

Le-am răspuns ceva, dar vocea mi-a fost complet acoperită de vâjâitul unei mitraliere. Tony și Shane au început să tragă, fără să le pese că în câțiva ani își vor pierde auzul.

Nu am fugit în dormitorul meu, așa cum plănuisem inițial, ci am rămas cu frații mei și am privit până seara cum executau membrii unei bande străine. Mă întrebam dacă în viața reală sunt la fel de rapizi.

Doamne, încetează, nu e decât un joc video!

În realitate, viața nu arată așa.

13
COFETĂRIA
DOAMNEI HARDY

A doua zi eram deja mai puternică. Știam ce să fac. Ba chiar mi-am legat părul într-o coadă de cal înaltă pentru a-mi reflecta starea de spirit combativă. L-am găsit pe Leo încă de la prima pauză. Stătea pe același pervaz ca și ieri. Fără nicio introducere, m-am apropiat și i-am spus că vreau să vorbesc cu el. Am văzut că a fost surprins.

Cu degetele de la o mână își pieptăna părul blond, încrețindu-și fruntea în semn de concentrare în timp ce își prezenta explicațiile la cererea mea:

– Mama mea are o cofetărie mică. Practic, dintotdeauna. Este singura ei sursă de venit. Iar fratele meu a intrat în datorii până când în cele din urmă a împrumutat o mulțime de bani de la familia Monet și ca garanție a ipotecat cofetăria mamei. Era sigur că, dacă va câștiga, va începe să le restituie împrumutul și nimeni nu va ști niciodată. Dar, așa cum era de prevăzut, a pierdut.

Privirea i s-a întunecat.

– Apoi a fost prins și trimis la dezintoxicare. Și acum ei vin la noi o dată pe săptămână și... iau aproape totul. Hailie, dacă

asta continuă, o să ajungem în stradă. Spunând ultimele cuvin-
te, și-a ridicat spre mine ochii, care acum erau plini de lacrimi.

Am simțit un nod în gât.

– Stai puțin, frații mei vin la voi?

Leo a scuturat din cap, lăsându-l din nou în jos.

– Personal, nu, niciodată, dar oamenii care ne hărțuiesc se
presupune că lucrează pentru Vincent. Mereu aruncă în jur un
text de genul „Salutări de la Monet" sau cam așa ceva. Intră
peste noi ca la ei acasă.

Și-a strâns mâinile în pumni.

– Scot banii din casă și îi numără calm în fața ochilor noștri,
apoi se vaită că nu sunt suficienți. Ne iau marfa din vitrine. Noi
avem un apartament deasupra localului și s-au aventurat și acolo
de câteva ori. Au luat laptopul meu, au scotocit după bijuterii...

– Ce tot spui? am spus uimită. Sunt datoriile fratelui tău, nu
e permis...

Leo m-a privit lung.

– Tu știi cel mai bine cum merg lucrurile, nu-i așa?

Am ridicat din sprâncene indignată.

– Dacă tu crezi că eu și frații mei stăm la masă acasă și dis-
cutăm despre afacerile lor în timp ce bem cafea și mâncăm pră-
jituri, te înșeli, am mârâit aspru.

El s-a scărpinat la ceafă.

– Îmi pare rău, nu știu cum arată treaba asta la voi. Ceea ce
nu schimbă faptul că ar fi nevoie doar de un singur cuvânt... Ni-
meni nici măcar nu vrea să-mi stabilească o întâlnire cu Vincent.
Și tu locuiești cu el, probabil treci pe lângă el în bucătărie și pe
scări, nu știu...

– Leo, eu... am ezitat. Îl cunosc pe Vincent. Dacă mă duc la
el în numele tău, nu voi face decât să creez probleme. Va fi su-
părat pe mine și încă și mai supărat pe tine. Asta nu te va ajuta,
dimpotrivă, nu va face decât să înrăutățească lucrurile.

– Dacă ești de acord, eu îmi pot asuma riscul. Eu chiar nu
am nimic de pierdut.

Nu puteam suporta acea privire. Era atât de frumoasă și de caldă, că mi-a înmuiat inima. Și apoi mi-am spus că era opusul ochilor înghețați ai lui Vince.

– Nu înțelegi, am suspinat. Vince va fi furios că mă amesteci în astfel de lucruri. De îndată ce va afla că mi-ai spus toate astea, vei fi pierdut.

Probabil că în cele din urmă cuvintele mele au ajuns la el, pentru că a suspinat și și-a lins buzele, apoi și-a lipit privirea de podea și s-a uitat fix la ea cam un minut. Mă uitam distrată la oamenii din fundal, care se mișcau de-a lungul coridorului în depărtare.

În cele din urmă, interlocutorul meu a tresărit și și-a ridicat încet capul.

– Și dacă nu ți-aș fi spus toate astea, dar ai fi aflat singură? Atunci ai putea aduce această problemă la cunoștința fratelui tău fără consecințe pentru niciunul dintre noi.

Am înclinat capul.

– Ei bine, da, am recunoscut, încrețindu-mi sprâncenele pentru că nu prea îl înțelegeam. Apoi am întrebat cu precauție: Ai vreo idee?

Leo a afișat un zâmbet mic.

– Ești prietenă cu Mona Britt, nu-i așa?

Stăteam pe covorul de un roz-țipător din camera Monei și îi smulgeam firele lungi. Așteptam ca prietena mea să-și reîmprospăteze machiajul și să putem ieși din casă. Era joi după-amiază și imediat după școală venisem la ea acasă să „învățăm" împreună. Mona era cea mai distrată persoană, știam foarte bine, așa că mai degrabă aș fi sărit de pe un pod decât să mă pregătesc pentru un test în compania ei, dar fusese cea mai bună minciună pe care o găsisem ca să-i convingem pe părinții ei și pe Will să fie de acord să ne întâlnim la mijlocul săptămânii.

De fapt, urmam planul lui Leo, care părea atât de inofensiv, încât, după ce m-am gândit puțin, am fost de acord să iau parte la el. Băiatul practic m-a implorat să mă prezint pur și simplu la locul potrivit la momentul potrivit. Nu puteam interveni mult. Trebuia să văd ceva spre care să-i îndrept atenția lui Vincent și apoi să uit de asta.

Leo nu cerea prea mult.

Cofetăria doamnei Hardy era jefuită cu regularitate joia, de obicei după-amiaza târziu. Se pare că, din anumite motive, bandiții respectau cu rigurozitate programul. La prima vedere, părea o sinucidere din partea lor, dar Leo, cu o expresie împietrită pe față a susținut că, atunci când el și mama lui au încercat să raporteze evenimentul, poliția s-a spălat pe mâini.

Mona s-a dovedit foarte importantă în întregul plan, în special casa ei, care era situată la aproximativ cincisprezece minute de cofetărie. Doamna Hardy chiar o cunoștea pe mama Monei, care obișnuia să treacă pe la ea în fiecare duminică să ia prăjituri și tort de morcovi. În treacăt fie spus, nu se săturau niciodată de vorbit, așa că uneori doamna Britt se oprea în pragul localului, iar mama lui Leo se sprijinea de tejghea și sporovăiau așa la nesfârșit.

Când prietena mea se afla în sfârșit în fața mea, pregătită să plece, m-am ridicat și eu și mi-am băgat deliberat telefonul în încărcător. Localizatorul meu urma să rămână acasă. Nu voiam să fac un secret din faptul că ies la o plimbare, dar era mai bine ca Vince și eventualul meu bodyguard să afle după aceea.

La început am fost îngrijorată că planul nostru nu va funcționa dacă un bodyguard va sta înfipt în fața casei Monei. Mi-era teamă că i-ar fi speriat pe oamenii fraților mei imediat ce ar fi apărut. I-am împărtășit aceste îndoieli prietenei mele, care mi-a aruncat mai întâi o privire lungă când a aflat că aveam un bodyguard și apoi a conceput alt plan.

M-a dus în spatele casei, unde am sărit peste un gard jos pe terenul vecinului ei amabil. Am ieșit pe poarta lui, care era situată pe strada cealaltă. Am încercat să nu mă uit înapoi. În Pennsylvania se pare că venise în sfârșit primăvara. Plimbarea noastră a fost destul de plăcută, iar Mona pălăvrăgea neîncetat despre locurile pe lângă care treceam pe drum.

– Aici locuiește doamna Berry, care cu ani în urmă a lucrat la Disneyland. Și vezi tufișurile astea? Odată am stat în ele timp de șase ore când am fugit de acasă. Aveam zece ani și mă căuta poliția. Este unul dintre cele mai stupide lucruri pe care le-am făcut când eram copil... Acolo mă duc uneori să patinez pe role...

– Te invidiez, am mormăit.

– Poftim?

– Te invidiez pentru viața în cartier, i-am explicat. Aveți vecini, zone de plimbare care nu sunt o pădure înfricoșătoare și magazine la care poți merge pe jos. M-am întrerupt, apoi m-am plâns, înfășurându-mi brațele în jurul meu: Eu locuiesc departe de civilizație. Nu ai idee cât de mult mă restricționează. Nu pot să-mi scot nasul din casă fără să rog pe cineva să mă ducă.

– Ce tot spui, aici nimeni nu se plimbă pe jos. Sincer, nu-mi amintesc când m-am plimbat ultima dată prin centru. Și părinții mei? Merg numai cu mașina. Abia aștept să-mi iau și eu permisul, a suspinat ea cu melancolie. Nu mai e mult.

– Vei avea curând permis de conducere? am întrebat uimită.

– Peste câteva luni este ziua mea de naștere. Mona a ridicat sprâncenele. Am început deja să învăț să conduc. E ușor, cam așa ca un joc pe calculator. Mi-am ales și o mașină, e frumoasă. Tata spune că e prea scumpă, dar cred că mi-o va cumpăra oricum.

– Aș putea și eu să învăț deja?

– Bineînțeles, în scurt timp toți copiii din clasa noastră vor avea permis.

Am căzut pe gânduri. Un permis de conducere mi s-a părut întotdeauna ceva la care mă puteam gândi doar când aveam optsprezece ani, dar Mona m-a făcut să realizez că lucrurile stau altfel aici. Mă întrebam cum ar reacționa Vincent dacă i-aș cere lecții de condus. Frații mei aveau atât de multe mașini în garaj, încât teoretic nu ar trebui să fie o problemă pentru ei să-mi împrumute una.

Ne-am plimbat și am stat de vorbă după aceea despre tot felul de lucruri, încercând să ne comportăm normal, deși amândouă simțeam o emoție crescândă.

În cele din urmă, în fața noastră a apărut, într-un șir de clădiri joase, cofetăria Hardy, al cărei nume era pictat cu litere albe pe firma gri atârnată deasupra ușii de la intrare. În vitrina de lângă ele erau expuse mici prăjituri și fursecuri ca atracție pentru trecători.

Leo era deja în fața localului. Stătea sprijinit de perete și dădea click pe ceva pe telefon. În timp ce Mona și cu mine eram încă în uniformă, băiatul se schimbase în blugi și un hanorac alb. A trebuit să strâng ochii ca să mă asigur că era el, pentru că nu-l văzusem niciodată în haine atât de obișnuite.

Când ne-a zărit, și-a băgat telefonul mobil în buzunar și a zâmbit palid. Era încordat. A dat mâna cu prietena mea, prezentându-se politicos. O cunoștea pe Mona după nume datorită vizitelor mamei ei la cofetărie, dar nu făcuseră cunoștință niciodată. Mona a avut chiar nevoie de un moment lung până să înțeleagă la care Leo mă refeream atunci când am inițiat-o în planul nostru.

– Mulțumesc că faci asta, mi-a șoptit el și pentru o clipă am crezut că vrea să mă îmbrățișeze, dar s-a abținut.

Înainte să intrăm în patiserie, am mai aruncat o ultimă privire suspicioasă de jur împrejurul străzii. Părea pustie.

Cofetăria era mică, dar fermecătoare. Mirosea a zahăr glasat, iar din vitrina de sticlă te ademeneau prăjiturile.

În spate, pe perete, rafturile erau în mare parte golite la această oră a zilei, deși mai erau acolo câteva gogoși. Erau și două scaune și o măsuță rotundă, pe care se afla un trandafir roșu într-o vază de sticlă alungită.

Leo a sugerat să ne așezăm, iar intrarea lui și scaunele trase au făcut suficient zgomot pentru a o chema pe doamna Hardy din camera din spate.

Am fost luată prin surprindere de apariția ei. Poate că era
întinerită de numeroasele tatuaje care îi acopereau mâinile, sau
de machiajul sfidător – pleoapele ei erau brăzdate de linii groa-
se, pictate cu grijă cu eye-liner. Era îmbrăcată într-un tricou
negru simplu, cu un șorț alb aruncat peste el. Părul ei, vopsit în
negru, era prins sus, într-o coadă de cal, iar cerceii îi sclipeau în
urechi. Arăta mai degrabă ca un proprietar de bar decât ca un
proprietar de cofetărie.

A aruncat o privire rapidă spre mine și spre Mona, apoi s-a
uitat nemulțumită la Leo. Părea rigidă și scorțoasă – la fel a fost
și răspunsul ei la salutul nostru.

– Ce faci aici? Cine sunt fetele astea? Trebuie să fie servite
și ar fi bine să plece de aici, i-a șuierat ea fiului ei, când acesta
a apărut lângă ea în spatele tejghelei ca să ne servească gogoșile
pe care le comandaserăm.

Fie a crezut că nu o auzim, fie nu i-a păsat cu adevărat.

– Acestea sunt prietenele mele de la școală. Vor să mănânce
aici – a răspuns Leo, strecurându-și o mănușă de unică folosință
pe mână cu o mișcare eficientă.

Doamna Hardy a suspinat frustrată și s-a întors spre noi.

– Fetelor, îmi pare rău, dar azi închidem mai devreme.

– Mamă, relaxează-te, fetele știu, a mormăit Leo către ea,
aducându-ne deja două gogoși pe tăvi de hârtie.

Cred că evita în mod deliberat privirea ei.

– Poftim, ce spui?

Mona și cu mine am schimbat priviri neliniștite. Nici eu, nici
ea nu doream să ne aflăm în mijlocul unor certuri de familie.

Leo a așezat prăjiturile în fața noastră, agil ca un chelner
experimentat și abia după aceea s-a îndreptat și s-a întors pentru
a înfrunta privirea mamei sale.

– Ea este Mona Britt, a prezentat-o el pe prietena mea, ară-
tând spre ea cu mâna deschisă. Și aceasta este Hailie Monet.

Doamna Hardy s-a uitat la Mona, obișnuindu-se cu ideea
că aici, în fața ei, stătea fiica unei cliente pe care o cunoștea,

dar în clipa următoare, când a auzit numele meu, a făcut ochii
mari. Chipul ei s-a schimbat imediat și s-a uitat la mine din cap
până-n picioare, oprindu-se la expresia mea confuză.

– Ce caută ea aici? i-a șoptit ea lui Leo, iar pe frunte i-au
apărut și mai multe riduri.

– Ne va ajuta. Va vorbi cu Vincent Monet. Adică îmi va fa-
cilita o discuție cu el.

Doamna Hardy a început să dea din cap neîncrezătoare.

– O să ne bagi în și mai multe belele. La naiba, Leo!

– Trebuie să facem ceva, a spus el ferm și pentru prima dată
l-am auzit pe băiatul mereu politicos ridicând vocea. S-a uitat la
mama lui, dar nu cu ostilitate sau furie, ci cu disperare și îngri-
jorare. A ocolit încet tejgheaua ca să ajungă lângă ea și a adăugat
liniștitor: Totul va fi bine.

Doamna Hardy s-a uitat în ochii fiului ei cu dragoste, dar și
cu teamă. Leo era mai înalt decât ea. A mângâiat-o pe umăr și,
în timp ce o lacrimă îi curgea pe obraz, i-a șoptit ceva la ureche,
după care a dispărut în camera din spate.

M-am bucurat că Mona venise cu mine. Nu știam exact ce
se întâmpla aici, dar am coborât capul și am privit la prăjitura
acoperită cu glazură din fața mea.

Stăteam acolo de aproape o oră. Cofetăria a fost vizitată de
alți câțiva clienți individuali și, de fiecare dată când se deschi-
dea ușa, ochii noștri se îndreptau într-acolo și inimile începeau
să ne bată mai tare. La un moment dat, Leo a adus un puf din
camera din spate și s-a așezat la masa noastră. Apoi am încercat
toți trei să ne calmăm cu discuții lejere. Am găsit chiar și un
limbaj comun și ar fi putut fi o întâlnire destul de plăcută, dacă
nu ar fi fost, de fapt, o misiune care ne făcea pe toți să fim din
ce în ce mai stresați.

Mama lui Leo își făcea de lucru din când în când în spatele
tejghelei și nu ne mai spunea nimic. S-a apropiat o singură dată
să ia tăvile goale și șervețelele mototolite de sub nasul nostru și

să șteargă masa. Mi s-a părut că mâna ei, care strângea cârpa, tremura.

Dincolo de fereastră, soarele apunea încet și, cu cât așteptam mai mult, cu atât atmosfera devenea mai densă. Începusem să mă stresez că nu aveam telefonul la mine și îmi imaginam cum încearcă frații mei să mă contacteze. Nu mă așteptasem ca acțiunea noastră să dureze atât de mult. Am zâmbit ușor la o glumă pe care Leo a spus-o ca să ne mai relaxăm. Mona a chicotit nervoasă. Eu plănuiam deja în mintea mea să mai aștept numai cinci minute, după care voi anunța că, din păcate, trebuie să plecăm. Am început chiar să aranjez în capul meu cum să spun asta cât mai blând posibil, dar atunci ușa cofetăriei s-a deschis din nou.

Am tăcut cu toții și ne-am crispat la vederea celor trei bărbați care au pășit înăuntru cu un pas încrezător. Cel care mergea în frunte nu era foarte înalt, ci mai degrabă îndesat. Avea bucle roșii decolorate și un fel de tatuaj îngrozitor întins pe partea stângă a feței – de la tâmplă, lângă ureche, până la gât. Avea, de asemenea, un nas destul de mare și ochi strălucitori și lipsiți de compasiune. Peste un tricou negru uzat aruncase o geacă de piele și mai ponosită.

În urma lui a intrat un tip pe care l-am numit imediat în capul meu Uriașul, pentru că era la fel de musculos ca primul, dar mai înalt, și avea o barbă lungă, deasă și întunecată.

Ultimul individ era mult mai subțire decât ei și părea să fie cel mai tânăr. Ochelarii de soare îi ascundeau privirea, când, cu brațele încrucișate pe piept, s-a ghemuit și s-a sprijinit de ușă, ca și cum rolul lui ar fi fost să se țină la distanță.

Am știut imediat că nu aș vrea să am în niciun fel de-a face cu indivizi de teapa lor. Păreau amenințători și predispuși să ia decizii iraționale.

Uriașul stătea în spatele tejghelei și Roșcatul, după ce a aruncat în treacăt o privire spre masa noastră, s-a apropiat de casa de marcat ca un client care vrea să cumpere o prăjitură.

– Bună, Gina, ce mai faci? a spus el, rânjind la mama lui Leo. Apoi și-a sprijinit mâna uriașă pe tejghea.

– Ce ai pentru noi astăzi?

Doamna Hardy, cu o față împietrită, s-a aplecat și a scos un plic mare, alb, ușor încrețit și nesigilat, doar închis.

L-a aruncat pe blatul tejghelei, direct în mâinile Roșcatului.

– Ce nepoliticos, a comentat el amuzat, dar a desfăcut plicul ca să se uite.

S-a auzit un pocnet și capetele tuturor celor prezenți s-au îndreptat spre sursa acestuia. Uriașul fusese cel care nu putuse rezista și luase cu laba lui mare o bucată de tort din spatele vitrinei. Scăpase din greșeală ceva pe jos, dar a ridicat din umeri și nu s-a obosit să o ridice. Era preocupat să înfulece cu lăcomie desertul, murdărindu-și barba cu cremă.

Am văzut cum mâna lui Leo care se odihnea pe masa noastră se înclește într-un pumn. Îmi venea să o ating și să-i spun să nu se miște, să stea cuminte și să se relaxeze, dar și eu încremenisem și mi-era teamă să fac vreun gest.

– Gina... a suspinat Roșcatul, luându-și ochii de la conținutul plicului. De ce încerci mereu să ne păcălești?

Mama lui Leo nu a spus nimic, doar s-a uitat cu ură mută la vizitatorul ei. Acesta din urmă i-a făcut cu mâna Uriașului, care și-a șters mâinile lipicioase de cremă pe pantaloni și într-o clipă era lângă ea.

– În plic este atât cât ne-am înțeles! a protestat doamna Hardy, iar în vocea ei se simțea clar o notă de panică.

– Dobânda crește în fiecare săptămână, a ridicat Roșcatul din umeri.

– De când?!

– La naiba, de când spun eu!

Doamna Hardy tremura de furie și neputință, iar Uriașul care stătea deasupra ei a arătat cu o mână lipicioasă spre casa de marcat.

– Deschide-o!

– În plic e atâta cât trebuia să fie. Nu mai am nimic.

Uriașul și-a mai șters o dată mâna, de data asta pe tricou, a întins-o înapoi și a scos de la spate, din cureaua de la pantaloni, un pistol, la vederea căruia am înghițit în sec. Mi-au trecut prin fața ochilor amintiri neplăcute în care eu însămi aveam de-a face cu arme. Am auzit-o pe Mona cum trăgea adânc aer în piept.

Nici măcar nu a îndreptat arma spre doamna Hardy, dar s-a asigurat că aceasta vede ce ține în mână. Femeia și-a încleștat maxilarul și am fost sigură că se lupta să nu plângă. Trebuie să recunosc – avea tărie de caracter.

Cu degetele tremurând, femeia a bătut în tastele casei de marcat, care s-a deschis imediat. Uriașul s-a uitat peste umărul ei și a pufnit disprețuitor.

– Chiar așa, sărăcie lucie, a comentat el, totuși a băgat mâna și a scos câteva bancnote verzi.

Roșcatul și-a înclinat capul.

– Ascunzi banii de noi?

Doamna Hardy era acum aproape roșie la față.

– Nu ascund nimic, plecați dracului de lângă mine. Nu am niciun ban, nici măcar de chirie! a strigat ea și a împins sertarul cu bani la loc înainte ca Uriașul să aibă timp să mai smulgă ceva din el.

Roșcatul a ridicat o sprânceană și a râs, amuzat de izbucnirea ei. Uriașul și-a îndesat bancnotele în buzunar și a ridicat arma spre ea, iritat de comportamentul ei violent.

Atunci Leo a sărit în picioare.

– Să nu îndrăznești să țintești spre ea!

Uriașul și Roșcatul au schimbat priviri batjocoritoare.

– Stai jos în clipa asta, i-a spus brusc doamna Hardy, privind cu coada ochiului la fiul ei.

– Lasă arma jos, s-a răstit Leo, ignorând-o.

– Ei bine, Gina, cel puțin unul dintre fiii tăi nu este un papă-lapte, a râs Roșcatul, iar Leo a făcut un pas spre el.

– Nu poți să faci asta. Vreau să vorbesc cu Vincent.

Am tresărit la auzul numelui fratelui meu.

Toți au pufnit. Roșcatul și-a dat ochii peste cap și s-a îndepărtat alene de tejghea pentru a se apropia de colegul meu.

– Ascultă, băiete, ar fi bine să șezi politicos pe funduleț și să nu mai latri. Vincent nu are timp să stea de vorbă cu rahați cu ochi ca tine.

În vocea lui răsuna nu doar amuzamentul, ci și amenințarea.

Leo nu a renunțat, în ciuda admonestărilor tăcute ale mamei sale. Roșcatul începea să-și piardă răbdarea, iar fața lui căpăta o expresie tot mai severă. Atunci am decis să-l opresc eu însămi pe băiat. Mai întâi l-am apucat de încheietura mâinii, dar el a reușit să se elibereze. I-am șoptit și numele încetișor. Nimic.

Fără să mă gândesc prea mult, m-am ridicat și mi-am înfipt mai ferm degetele în brațul lui. Așa suna și vocea mea când l-am certat:

– Leo, oprește-te!

Nu a spus nimic, în schimb Roșcatul a râs încrezut.

– Prietena ta vorbește bine. Mai bine ai asculta-o. Cine știe, poate chiar o să ți-o tragi mai târziu cu ea drept răsplată.

Aceste cuvinte au fost suficiente pentru a-l provoca pe Leo. Îngrozită, l-am apucat de umeri cu ambele mâini și l-am tras înapoi. S-a clătinat și pentru o fracțiune de secundă am făcut contact vizual. Ochii lui erau plini de furie și de hotărâre. Acestea sunt sentimentele care îți iau mințile. Mi-era teamă că va face o prostie, că îi va înfuria pe bătăuși, iar aceștia vor recurge de-a adevăratelea la arme.

Am început să analizez febril situația. Acești oameni lucrau pentru Vincent, așa că exista o șansă să lase totul baltă și să plece dacă le spuneam că sunt sora lui. Doar că nu eram sigură că aveam puterea să fac asta. În plus, mă întrebam dacă Vince ar fi supărat pe mine dacă ar afla că intervenisem. Mă așteptasem ca angajații fraților mei să vină aici, să intre, să ia banii, să strige „Salutări de la Monet!" și să plece. Problema era că îmi lipsea curajul de a privi acest spectacol. Nu eram pregătită pentru asta.

Deși părea că uriașul bărbos doar o amenința pe doamna Hardy, dacă ar fi rănit-o cu adevărat, aș fi avut extrem de multe remușcări pentru că nu am vorbit.

Am decis să reacționez. Am dat drumul brațului lui Leo și m-am întors spre Roșcat, încruntându-mă și încercând să par serioasă, deși eram un copil intimidat. *Ei lucrează pentru Vincent, nu pot să-ți facă rău, trebuie doar să le spui cine ești.* Asta îmi tot spuneam.

Deschideam deja gura ca să-mi dezvălui identitatea, făcând în același timp un pas îndrăzneț spre individ, când acesta a reacționat foarte repede. Mult prea repede pentru reflexele mele. Poate că se simțea amenințat sau desconsiderat. A ridicat sprâncenele văzând îndrăzneala mea, considerând-o probabil o prostie.

Depășisem clar limita pe care o stabilise el și, înainte să apuc să rostesc un cuvânt, a ridicat brațul și m-a lovit cu dosul mâinii sale puternice, ca și cum ar fi alungat o muscă.

Deși mișcarea lui păruse neglijentă, avea atât de multă forță în ea, încât mi-a aruncat corpul zvelt la podea fără niciun efort. M-am lovit cu capul de perete, dar nu tare. Partea mea dreaptă a amortizat căderea, așa că m-a durut doar puțin. Sau poate doar din cauza arsurii pe care o simțeam pe obraz, am subestimat cucuiul care începuse deja să se formeze.

Pentru o clipă am simțit ca și cum cineva îmi ardea obrazul cu o flacără vie, așa că imediat ce mi-am revenit din primul șoc, am început să frec locul dureros. Am ridicat privirea îngrozită exact în momentul perfect ca să-l văd pe Leo aruncându-se asupra Roșcatului.

Am simțit o mână pe spatele meu. Era Mona ghemuită lângă mine, dar nici măcar nu m-am uitat la ea, căci priveam îngrozită cum colegul meu l-a lovit pe Roșcat de două ori în față înainte ca acesta să riposteze. Apoi Roșcatul a lovit o dată, de două ori, de trei ori, și de fiecare dată se auzea sunetul oribil și înfundat al pumnului greu care lovea fața lui Leo.

– Lasă-l în pace! a strigat doamna Hardy.

A ocolit în grabă tejgheaua și s-a repezit de partea noastră ca să-și ajute fiul. Uriașul, probabil luat prin surprindere, își coborâse deja arma și nu a oprit-o, uitându-se cum tovarășul său se năpustește asupra adolescentului.

Și-a venit în fire de abia când al treilea bărbat, cel cu ochelari negri, s-a repezit să-l desprindă pe tovarășul lui agresiv. El însuși nu avea suficientă putere, dar când Uriașul i s-a alăturat în cele din urmă, împreună au reușit să-l tragă pe Roșcat înapoi.

În timpul încăierării, reușise să-l țintuiască pe Leo de perete, așa că acum, când i-a dat drumul, băiatul a alunecat pe podea. Fața lui era foarte înroșită și arcada sprâncenelor spartă sângera.

Roșcatul nu mai zâmbea. Leo îi lăsase și un semn pe față, ce e drept, destul de slab, dar probabil suficient ca să-i piară buna dispoziție. S-a lăsat depășit de doamna Hardy, care a căzut în genunchi lângă fiul ei. Din fericire, Leo era conștient. Nu mi-am putut controla privirea plină de ură pe care o îndreptasem spre torționarul nostru.

Roșcatul și-a plimbat privirea în jurul nostru, peste toți cei care stăteau culcați (eu și Leo) și îngenuncheați (Mona și doamna Hardy) pe podea. A scuturat din cap, s-a întors, a prins plicul alb cu mâna înroșită, probabil rănită în bătaie, apoi a aruncat sec în drum spre ieșire:

– Ne vedem săptămâna viitoare, Gina. Să sperăm că fără nenorocita asta de grădiniță.

Ușa de la cofetărie s-a trântit când au ieșit bandiții.

S-a lăsat o tăcere asurzitoare.

Doamna Hardy l-a ajutat pe Leo să se așeze cu spatele sprijinit de perete. Băiatul ținea ochii închiși și încerca să-și calmeze respirația.

În acest moment, Mona s-a ridicat șovăielnic și mi-a dat mâinile să mă ridic și eu. M-am uitat în jos la băiat, la fața lui destul de frumoasă, acum atât de cumplit lovită.

Eram încă buimăcită. În picioare, lângă mine, Mona părea la fel de confuză. Această vizită ne surprinsese și deloc într-un sens pozitiv.

Doamna Hardy a dispărut în spatele tejghelei. A scotocit puțin prin congelator, apoi s-a întors cu două pachete de fructe congelate. Mi-a îndesat în mâini zmeura congelată și s-a ghemuit lângă fiul ei, așezându-i ușor pachețelul cu fructe de pădure pe fața care îl durea.

– Ar trebui să plecați acum, a spus ea cu rigiditate, stând cu spatele la noi.

– Ăăă, nu aveți nevoie de ajutor? a mormăit Mona, cu o expresie de groază nedisimulată pe față, în timp ce privea cum picură încet sângele din sprâncenele lui Leo.

– Nu. Vreau să plecați.

Oricât de nepoliticos ar fi sunat, după ceea ce văzusem, eram gata să îi trec cu vederea orice grosolănie.

Am vrut să-i vorbesc, să o liniștesc, să îi ofer ceva, dar mi-am dat seama repede că eram una dintre ultimele persoane pe care avea chef să le vadă. Se întâmplaseră prea multe, aveam cu toții nevoie să ne calmăm.

Am stabilit contact vizual cu Mona și am înțeles că este de acord cu mine. Leo era slăbit, dar nu i se întâmplase nimic grav, iar doamna Hardy era cu siguranță capabilă să aibă grijă de el, așa că am ieșit afară. La ușă i-am aruncat un „la revedere" tăcut, pe care ea l-a ignorat. În schimb, m-a lăsat să iau pachetul de fructe congelate. I-am fost recunoscătoare pentru asta, pentru că în drum spre casă răceala lor chiar m-a ajutat să-mi alin durerea care îmi zvâcnea din obraz.

– La asta nu mă așteptam, a șoptit prietena mea, iar eu am încuviințat dând din cap cu tristețe.

Niciuna dintre noi nu mai avea puterea sau dorința de a sta de vorbă. Am mers în tăcere, deprimate și șocate de evenimentele de la cofetărie. Simțeam cum mi se umflă partea stângă a feței și am apăsat cu disperare fructele congelate pe ea.

Ne-am întors pe același traseu, adică prin grădina vecinului. De data asta am sărit gardul ceva mai greu. Când am intrat în sfârșit în camera Monei, ușurată să mă aflu într-un mediu familiar și sigur, am întins imediat mâna după telefonul mobil. Aici era un miracol – nimeni nu mă sunase și nici nu-mi trimisese mesaje. Am închis ochii.

– Măcar asta-i bine, am mormăit, înfășurând încărcătorul.

Mona s-a prăbușit pe pat, iar eu am pus jos pachetul de zmeură dezghețată, privind într-o parte cu un oftat. Acolo era un dulap mare cu o oglindă lipită de ușă. Am încremenit.

– Doamne, uită-te la mine!

Mona și-a ridicat privirea.

Obrazul mi se umflase peste tot și era foarte roșu.

– Frații mei! am strigat eu. Nu pot să mă vadă așa!

Panicată, am început să respir din ce în ce mai repede.

– Hailie... a spus Mona șovăitoare, ridicându-se pe pat în poziție șezând. S-a uitat la mine cu compasiune. Nu vreau să te descurajez, dar ai o vânătaie mare pe față. Mâine va fi probabil mov. Nici chiar cel mai bun machiaj nu o va acoperi.

– Mona, vor fi furioși, i-am șoptit.

S-a ridicat din pat, a venit la mine și m-a îmbrățișat.

– Relaxează-te, nu e vina noastră. Nu e nici a ta. Nu ai făcut nimic rău. Ne-am dus la cofetărie. Cineva te-a lovit. Nu avea niciun drept să facă asta, m-a liniștit ea, mângâindu-mi spatele.

Reținându-mi lacrimile, care cu siguranță nu m-ar fi ajutat cu nimic, am început să mă relaxez încet-încet în brațele prietenei mele, deși nimic din ceea ce-mi spunea nu-mi putea aduce vreo ușurare reală.

Și apoi am primit un mesaj de la Dylan, în care îmi spunea că e târziu și că va veni să mă ia în douăzeci de minute.

Dylan.

Am tras aer în piept așa de brusc, încât era cât pe-aici să mă înec.

– De ce naiba Dylan, de ce nu Will? am gemut, uitându-mă din nou în oglindă. Trebuie să mă ajuți cumva să o acopăr.

– Hailie...

– Un fel de pudră sau fond de ten, haide, ai o mulțime de cosmetice, gândește-te la ceva!

Mona s-a îndreptat încet spre măsuța ei de toaletă, din sertarul căreia a scos mai multe pungi cu cosmetice. Fără convingere, a început să scotocească prin ele, scoțând câteva produse.

– Știu că nu voi putea ascunde asta de băieți la nesfârșit, dar trebuie să o acopăr cel puțin până casă. Voi fi singură cu Dylan în mașină. Cu Dylan! am accentuat.

În cele din urmă, când Mona se oprise lângă mine cu un burețel pentru aplicarea fondului de ten, renunțasem deja la idee. Dylan ar fi văzut imediat că eram machiată și și-ar fi dat seama că ceva nu e în regulă. Mai mult, ar fi fost și mai supărat că încercam să ascund asta. În plus, obrazul meu era încă foarte sensibil la durere și preferam să nu mă atingă nimeni, nici măcar Mona cu buretele ei moale.

Imediat ce a oprit în fața casei Monei, fratele meu mi-a trimis un alt mesaj. Prietena mea m-a îmbrățișat o ultimă dată, în timp ce eu le strigam „la revedere" părinților ei, care se uitau la un film în sufragerie, și, stresată, am ieșit afară.

Deși se întunecase deja, era greu să ratez mașina roșie care mă aștepta la bordură. M-am îndreptat spre ea respirând adânc de câteva ori. Mergeam cu capul lăsat în jos și când am ajuns înăuntru, nici măcar nu m-am uitat la Dylan. Am avut grijă doar să-mi răvășesc părul pe umărul stâng.

Am avut noroc, pentru că el tasta de zor ceva pe telefon. Am așteptat să pornească motorul și să mă ducă acasă. M-am rugat să se întâmple cât mai repede posibil, dar el continua să scrie și să scrie și să scrie. Nu voiam să îl zoresc, dar la un moment dat am ieșit cu grijă din spatele perdelei de păr ca să arunc o privire spre el și tocmai atunci și-a ridicat pe neașteptate ochii spre mine.

Am întors capul panicată și am știut imediat că făcusem o greșeală. Am implorat universul ca el să mă ignore, dar bineînțeles că nu a făcut-o. I-am auzit vocea și am strâns din pleoape.

– Plângi?

– Nu.

L-am auzit cum pune telefonul jos.

– Uită-te la mine.

Am înghițit în sec și am scuturat din cap, îndepărtându-mă de el și mai mult.

În cartier era liniște. Un câine lătra în depărtare, iar pe cealaltă parte a străzii un alergător trecea tropăind cu căștile în urechi. Luminile erau aprinse la multe ferestre din jur. În camera de zi a Monei, ecranul televizorului clipea.

– Hailie, uită-te la mine, a repetat Dylan.

Părea prea blând, nu-i stătea deloc în fire.

Mi-am mușcat buza. Știam că nu mă va lăsa în pace, iar obrazul meu încă pulsa dureros.

Am suspinat.

M-am întors spre el. Privirea mi-a alunecat spre cutia de viteze, nu eram pregătită să ridic ochii.

Degetele lui Dylan mi-au dat imediat părul pe spate. Am așteptat reacția lui și pentru o clipă am crezut că era diferită de ceea ce îmi imaginasem inițial.

Plăcut surprinsă și liniștită, mi-am ridicat privirea, iar apoi am văzut cât de mult mă înșelasem. Pieptul lui se ridica din ce în ce mai repede. Irisul ochilor i se întunecase atât de mult, încât aproape că se contopise cu pupilele lui. Tonul vocii lui a coborât, devenind un mârâit gutural.

– Cine ți-a făcut asta?

14
NU FOARTE VESELI

Îmi strângeam buzele, dar nu-mi ieșea niciun cuvânt. După părerea fratelui meu nerăbdător, întârziasem prea mult cu răspunsul, așa că a sărit de pe scaun și ușa mașinii s-a trântit puternic în urma lui. L-am privit cu groază cum ocolește cu un pas agitat mașina și se îndreaptă spre casa Monei.

Am deschis ochii larg.

Oh, nu!

M-am târât imediat de pe scaunul meu și m-am aruncat după el.

– Dylan, stai! Așteaptă!

Nu a așteptat.

– Dylan! S-a întâmplat la cofetărie! A fost un tip! Așteaptă! Așteaptă, te rog! am strigat panicată.

A funcționat, pentru că s-a oprit și s-a întors. Fața lui era palidă de furie. Mâinile îi erau strânse în pumni.

– Ce fel de tip? Și ce cofetărie?

– Ei bine... noi... eu... m-am bâlbâit, căutând cuvintele, dar eram prea tulburată ca să vorbesc coerent. M-am uitat la ferestrele casei Monei, îngrijorată că ne-ar putea auzi sau vedea cineva.

Dylan nu avea astfel de griji.

– Hailie, vorbește, dar acum!

S-a apropiat de mine, iar eu a trebuit să fac un efort ca să nu mă dau înapoi. Vedeam cum îi pulsează vena de pe frunte și își încordase mușchii.

– Încetează! am țipat eu. Mi-e frică de tine când ești așa.

Nu intenționasem să-i spun asta. Am sperat că, din moment ce o parte a feței mele era deja înroșită, roșeața mea de acum nu se mai vedea.

Dylan s-a uitat la mine cu o privire fără expresie, apoi a tras aer în piept. Trăsăturile i s-au înmuiat și postura i s-a relaxat. S-a apropiat de mine și m-a înconjurat cu brațul. Am tresărit, apoi am acceptat cu recunoștință această bruscă dovadă de blândețe. Am apreciat faptul că încerca să se controleze. Nu a spus nimic o vreme, doar a respirat constant, dorind să se calmeze.

Mi-a deschis portiera din partea pasagerului și mi-a spus să mă așez lateral, astfel încât să stau cu picioarele pe trotuar. Am coborât imediat capul, încercând automat să-i evit privirea, dar el a fost mai isteț: s-a ghemuit în fața mea și m-a privit în ochi de jos. De asemenea, m-a apucat de încheieturi.

– Spune-mi totul.

Încet, evitând privirea sfredelitoare a ochilor lui, am început să lipesc propozițiile între ele. Eram foarte atentă să nu mă dau de gol că excursia la cofetărie fusese planificată. I-am spus că Mona și cu mine ne-am dus să luăm niște gogoși și că am nimerit la cofetăria mamei unui coleg de la școală. Pe neașteptate, niște bărbați au năvălit înăuntru și unul dintre ei m-a lovit.

– Cum naiba?

Degetele lui Dylan s-au strâns mai tare, la care eu m-am strâmbat. Văzând asta, mi-a dat drumul, dar s-a ridicat imediat în picioare și s-a îndepărtat la câțiva pași. Stătea cu spatele la mine și își strângea mâinile în pumni.

Am tăcut, uitându-mă cu precauție la el, dar ținându-mi în același timp capul aplecat în jos.

– Nenorocită treabă! a șuierat el pentru sine.

– Dylan, l-am dojenit în liniște.

Nu-mi apăram torționarul, ci mă temeam mai degrabă de impulsivitatea fratelui meu. Mi-aș fi dorit să fi venit Will după mine sau măcar Shane. Vincent ar fi fost și el mai bun, pentru că măcar el știa cum să-și controleze perfect emoțiile. Și asta nu se putea spune despre Dylan.

Și nici măcar nu știa încă cel mai important lucru.

– Dylan, am repetat ca să-i atrag atenția. Oamenii ăștia... Cred că lucrau pentru Vincent. Adică, au spus ceva despre el. Au luat bani de la proprietară și... au fost oribili, zău așa...

M-am întrerupt când Dylan s-a întors instantaneu.

– Ce?

M-am uitat din nou în jos. Nu era ușor să vorbești cu el. Într-o clipă, Dylan era din nou ghemuit în fața mea, încleștându-și degetele pe mâinile mele, foarte ușor de data asta, ca și cum ar fi făcut tot posibilul să se controleze.

– Vorbește, Hailie. Trebuie să știu totul.

– Doar să nu te enervezi, l-am rugat fără să vreau, pentru că oricum era deja furios.

I-am descris figura Roșcatului și a Uriașului și i-am povestit cum unul dintre ei a scos o armă, cum ne-am speriat cu toții, cum a fost menționat Vincent. În mijlocul relatării mele, Dylan și-a întors capul într-o parte și a început să-l scuture cu dispreț și neîncredere.

– Îi cunoști? l-am întrebat timid când am terminat de descris tatuajele distinctive ale Roșcatului.

– Nu, a mormăit el gânditor.

– Deci nu lucrează pentru voi?

Un balon de speranță s-a umflat în inima mea la gândul că acești huligani nu aveau nimic de-a face cu frații mei până la urmă. Din păcate, Dylan l-a înțepat rapid.

– Dacă au spus că lucrează pentru Vince, probabil că așa este. Ar fi de-a dreptul idioți să se dea drept oamenii noștri. Sau cel puțin, mai mari decât sunt deja...

Mâna lui dreaptă mi-a dat drumul ca să-mi dea părul pe spate și să se mai uite o dată la vânătaia de pe obrazul meu.

Dintr-odată s-a ridicat, și-a împletit degetele mâinii stângi cu ale mele și m-a tras ușor ca să mă ridic și eu. M-am ridicat ascultătoare și l-am lăsat să mă conducă. Nu aveam nicio idee de ce ne îndepărtam de mașină. Înainte să am timp să întreb ce se întâmplă, ne-am oprit în fața unui minivan negru cu geamurile întunecate care era parcat pe aceeași stradă.

Dylan și-a ridicat pumnul și a izbit agresiv în geamul lateral.

Geamul a alunecat în jos ca la cerere. Dinăuntru s-a aplecat capul chel al unui bărbat, care s-a uitat la Dylan, încrețindu-și fruntea. Am înghețat când mi-am dat seama că trebuie să fie bodyguardul.

– Da? a întrebat el cu amabilitate.

– Vrei să-mi explici asta? a mârâit Dylan către el, trăgându-mă și mai aproape.

Cu o mișcare blândă care nu se potrivea cu tonul vocii sale, mi-a atins maxilarul pentru a-mi expune obrazul. M-am uitat în jos, simțind privirea atentă a bodyguardului care îmi examina fața.

– Nu înțeleg...

– Lasă-mă să-ți explic. Un nenorocit a lovit-o la cofetărie. Spune-mi, cum dracu ți-a scăpat asta?

Am avut remușcări pentru că bodyguardul devenise victima complotului meu.

– La care cofetărie? a întrebat el iritat.

Dylan i-a aruncat o privire care ar fi avut suficientă putere să-l smulgă pe bărbat afară din mașină, să-l stranguleze și chiar să-i și îngroape trupul. Agentul de pază s-a fâstâcit și a întins mâna tremurând după telefonul mobil, unul dintre cele al căror ecran rivaliza cu cel al unei mici tablete. A început să tasteze pe el în grabă.

– Conform localizatorului, fata a fost în clădire tot timpul, jur...

În cele din urmă, a deschis un fel de aplicație și i-a pus ecranul sub nas lui Dylan.

– Aveam bateria descărcată. Mi-am lăsat telefonul la încărcat... am mormăit eu, nesigură dacă nu voi încasa o săpuneală pentru asta.

Mi s-a părut că răspunsul meu nu i-a plăcut în mod deosebit lui Dylan, dar, când a vorbit, s-a adresat tot paznicului.

– Nu ai văzut-o când a plecat?

– Nu. Nu a plecat. Nu putea. N-aș fi ratat-o, a pledat bărbatul, iar eu mi-am mușcat interiorul obrazului sănătos, când am simțit din nou privirea lui Dylan asupra mea.

– Am ieșit prin spate... Mona mi-a arătat grădina. Îmi pare rău, nu m-am gândit...

Am vrut să continui, dar Dylan a ridicat mâna, reducându-mă la tăcere și aproape imediat a arătat cu degetul spre agentul de pază.

– Ești pus aici ca să știi câte ieșiri nenorocite are clădirea și ca să le urmărești și să le observi pe toate. Dacă nu ești în stare să faci față singur și ai nevoie de ajutor, ne anunți. Și nu stai în mașină ore întregi, mâncând sendvișuri și uitându-te din când în când la o aplicație de pe telefon, să mă ia naiba!

Nu mă simțeam confortabil știind că cineva este dojenit din cauza mea, așa că m-am uitat fix la cizmele mele negre.

– Sigur. Sigur, înțeleg. Îmi pare rău, a spus agentul de pază, iar gâtul probabil că i se uscase, pentru că a răgușit brusc.

– Îi vei cere scuze lui Vincent. Sunt sigur că te va contacta în legătură cu această chestiune, a spus Dylan cu asprime.

Apoi, continuând să mă strângă de mână, ne-am întors la mașina lui și tot ce am auzit a fost: „Sigur, desigur", rostit cu toată seriozitatea de agentul de pază care și-a luat rămas-bun de la noi.

– Ce fel de cofetărie e asta? a întrebat Dylan în timp ce ne luam locurile în mașină.

Am ezitat, iar apoi și-a ridicat ochii spre mine nerăbdător.

– Hailie, am întrebat ceva...

– Cofetăria doamnei Hardy, nu departe de aici. Dar, Dylan, vrei să mergi acolo acum? M-am încruntat, văzându-l tastând numele în hărțile de pe telefonul lui.

– Nu, la naiba, nu, vreau să comand o prăjitură de la ei.

– Dylan, de ce să te duci acolo? Proprietara a avut destule necazuri pe ziua de astăzi...

– Ce-mi pasă mie de proprietară?! Mi-a aruncat o privire de sub sprâncenele ridicate, apoi a pornit motorul și, urmând indicațiile GPS-ului, a plecat din fața casei Monei.

– Din moment ce oamenii ăia lucrează pentru voi, cum se face că nici măcar nu-i recunoști? am întrebat încet, uitându-mă la mâinile mele. Stomacul mi se strângea de stres.

– O mulțime de oameni lucrează pentru noi, dar doar câțiva dintre ei au legătură direct cu noi. Cei mai mulți dintre ei raportează cuiva, care raportează altcuiva, care raportează altcuiva și doar acea persoană răspunde în fața lui Vincent, a explicat Dylan, strângând volanul în mâini. Imbecilul ăsta nenorocit trebuie să fie vreun cap înfierbântat care a luat-o razna.

În mai puțin de trei minute, parca în fața cofetăriei, pe ușa căreia atârna o pancartă pe care scria „Închis". A coborât din mașină și a ridicat imediat capul în sus. Probabil știa că proprietarii de firme de felul acesta aveau de obicei locuința deasupra localului. La una dintre ferestrele de la etaj era aprinsă o lumină, așa că s-a îndreptat spre ușă și a tras mai întâi de mâner, apoi a început să bată cu pumnul în geam.

Mi-era rușine să dau ochii cu doamna Hardy. Îmi părea rău pentru ea și mă gândeam că nu merita să aibă de-a face cu Dylan după asemenea evenimente oribile. M-am târât fără să vreau afară din mașină și am rămas chiar în spatele lui. Când a observat soneria de lângă ușă, a apăsat pe ea fără să se oprească. Credeam deja că e pe cale să strice ceva, dar exact atunci ușa s-a deschis, iar în prag se afla doamna Hardy.

Arăta puțin altfel, își strânsese părul într-un coc lejer. Se demachiase, își dăduse jos cerceii și se schimbase în hainele ei de casă. De data asta avea un decolteu mai mare și se putea vedea un alt tatuaj, care îi acoperea o parte din sânul drept.

Mai întâi s-a uitat la Dylan cu o aversiune nedisimulată și apoi, fără să fie surprinsă, m-a observat ascunsă în spatele lui.

– Pentru ce naiba ai mai venit? Nu mi-ai făcut destule probleme? Acum vrei să-mi distrugi și ușa? a mârâit ea.

Dylan a ridicat o sprânceană.

– O să-ți distrug tot nenorocitul de magazin, a ripostat el.

Nu-mi plăcea că era atât de nepoliticos. Știam că frații mei, ca să folosesc un termen blând, nu erau întotdeauna respectuoși față de alții, dar nu-mi plăcea deloc când se comportau așa în compania mea.

– Ce dorești? a șuierat doamna Hardy.

– Imaginile de la camerele de supraveghere.

– Eu nu am camere.

Fratele meu a plescăit nerăbdător.

– Bineînțeles că ai. Dă-mi-le imediat.

Simțeam cu disperare nevoia să intervin cu un fel de „te rog", dar am stat liniștită. Mama lui Leo nu s-a clintit nici măcar un centimetru, așa că Dylan în cele din urmă s-a strecurat singur înăuntru, trecând pe lângă ea. Am fost mulțumită că măcar nu fusese atât de grosolan încât să o împingă. Doamna Hardy era destul de mică și nu ar fi avut nicio șansă cu el.

Timp de un moment, privirile noastre s-au întâlnit, dar ea a întors repede capul. Dylan a aprins lumina și a început să se uite în jur. Am intrat și eu în cofetărie și am închis ușa. M-am oprit chiar lângă ei și mi-am înfășurat brațele în jurul meu, examinând încăperea în care trăisem momente atât de neplăcute.

– La ce îmi trebuie mie camere aici? Ca să duc imaginile în care mă jefuiți la poliție, pe care voi o aveți în buzunar? a rânjit doamna Hardy.

– Da, se știe foarte bine că e inutil, a recunoscut Dylan, mutându-și privirea de la peretele din spatele tejghelei la femeie. Dar persoanele ca dumneata au întotdeauna o cameră ascunsă undeva, pentru orice eventualitate. Nu am dreptate?

Doamna Hardy s-a uitat o clipă la el cu o expresie feroce pe față, apoi și-a dat ochii peste cap.

– Am un computer în camera din spate, a mormăit ea și s-a strecurat după tejghea, iar Dylan s-a mutat imediat în spatele ei. Și mi-a făcut semn cu mâna să nu rămân singură acolo.

Camera din spate a cofetăriei era un coridor foarte strâmt. Avea o scară care ducea la etaj, probabil la apartament, și două uși. Doamna Hardy a deschis una dintre ele și am intrat cu toții într-un birou mic. Era mare dezordine, cu bibliorafturi și dosare stivuite pe rafturi și o mulțime de spațiu era ocupat de cutii de diferite dimensiuni. Pe un birou simplu, din metal, era un morman de hârtii, dar era și un monitor plat, pătrat. Doamna Hardy a dat la o parte câteva bucăți de hârtie și a dezgropat un mouse. Ecranul a pornit și după alte câteva clickuri a apărut înregistrarea respectivă.

– Hei, ce se întâmplă aici? a strigat cineva din spatele nostru și ne-am întors cu toții în acea direcție.

Leo stătea în ușa biroului doamnei Hardy. Sprânceana lui tăiată era umflată, dar bandajată, iar obrazul lui era mult mai vânăt decât al meu. Părul îi era răvășit, ceea ce era neobișnuit, și era desculț. Purta pantaloni de trening gri, dar, ceea ce era mai important, nu purta tricou. Am roșit. Nu mă așteptam deloc ca el să aibă un corp atât de frumos. Musculatura lui, desigur, nu era pe măsura lui Dylan. Probabil că Leo nu petrecea nici jumătate din timpul petrecut la sală de Dylan. Dar se putea mândri cu un abdomen ferm natural, ușor definit și o piele perfect netedă...

Jenată, m-am uitat imediat într-o parte, rugându-mă ca Leo să nu-și dea seama la ce mă gândeam. Sau, mai rău, să nu-și dea seama Dylan.

– De ce nu m-ai chemat? a întrebat colegul meu, întorcându-se spre mama sa.

– Pentru că nu am nevoie de tine aici, mă descurc.

El doar a scuturat din cap, cu o expresie de exasperare în ochi.

Dylan s-a uitat la el și la fața lui vânătă, apoi s-a concentrat din nou pe calculator, aparent hotărând că nu era deranjat de prezența lui.

– Cum te simți? Ești bine? a șoptit Leo în timp ce se apropia un pic mai mult de mine.

Am dat neliniștită din cap, încercând să nu mă uit la el. Mi-era teamă că Dylan va observa ceva, iar băiatul ăsta nu avea nevoie de mai multe vânătăi.

– Dar tu? am întrebat liniștită.

– Și eu, a murmurat el și nu a mai insistat, văzând probabil că sunt stânjenită.

Videoclipul s-a conectat în cele din urmă. Doamna Hardy a început din momentul în care m-am așezat la masă cu Mona. Am fost ușurată că filmarea era fără sunet. Era mai bine ca Dylan să nu știe despre ce vorbeam. Doamna Hardy a mers re-pede înainte și pe ecran au apărut cei trei bărbați. Fratele meu i-a spus imediat să apese pe „stop" și s-a uitat la fețele în alb-negru ale fiecăruia dintre ei. Apoi l-am văzut pe Roșcat uitându-se în plic și terorizând-o pe doamna Hardy, cum Leo îi ia apărarea, iar apoi cum eu îi iau apărarea lui Leo.

Dylan a privit cu o față gravă cum am căzut la pământ ca un sac de cartofi, iar apoi cum băiatul se aruncă asupra Roșcatului. Am înregistrat privirea scurtă pe care fratele meu i-a aruncat-o lui Leo și am fost surprinsă să văd în ea o umbră de admirație.

De asemenea, am fost surprinsă și când, în timp ce ieșeam deja din cofetărie, Dylan s-a mai uitat o dată la colegul meu.

– Ești bine? a întrebat el, arătând spre fața băiatului.

Am văzut cum doamna Hardy ridică din sprâncene. Chiar și eu am făcut ochii mari. Leo a oftat spre el și a clipit, dar și-a stăpânit uimirea și a dat din cap.

Pe drumul spre casă am tăcut. Dylan era într-o dispoziție periculos de nesigură, așa că am preferat să nu vorbesc. Și nici nu simțeam nevoia să vorbesc. Singurul lucru pe care mi-l doream în acel moment era să mă relaxez.

Din păcate, a trebuit să mai aștept puțin pentru asta. Acasă, am fost întâmpinați de sunetele cunoscutului joc cu împușcături al gemenilor. Înainte de a mă alătura lor, conform instrucțiunilor lui Dylan, m-am schimbat în haine mai comode. Am vrut să-mi leg părul, dar atunci nu aș mai fi putut să-l folosesc ca să-mi acopere obrazul învinețit, așa că în cele din urmă l-am pieptănat liber.

În salon se părea că gemenii aflaseră deja totul. Tony stătea într-un fotoliu, dar fără telecomandă în mână. Se uita la mine cu o oarecare neîncredere. Shane a întins mâna pe canapea și se aștepta, evident, să mă așez lângă el.

– Sunt bine, am mormăit, stânjenită de atâta atenție.

– În regulă, în regulă, vino aici.

Shane m-a înconjurat cu brațul pe care îl ridicase spre mine mai înainte, ceea ce mi-a plăcut, pentru că, spre deosebire de Dylan, știa să mă consoleze fără să-mi alimenteze temerile cu impulsivitatea lui. Cu cealaltă mână mi-a dat laoparte părul de pe față. Tony s-a aplecat să mă vadă mai bine și, mijind ochii, s-a uitat la urmele actului de violență pe care îl trăisem astăzi.

– Nu știa cine ești, nu-i așa? a întrebat Shane, dar i-a răspuns geamănul lui:

– Cred că e logic, nu? Dacă ar fi știut, mai degrabă și-ar fi tăiat mâna aia decât să se gândească să o ridice împotriva ei.

Tony s-a lăsat pe spate în scaun, scuturându-și capul și mutându-și privirea spre ecranul televizorului, pe care clipea meniul jocului pe care îl oprisără.

– Nu știu, ei bine, după cum poți vedea, nu dă pe dinafară de inteligență, așa că ar fi putut fi orice.

Shane a ridicat din umeri și apoi s-a uitat la mine.

– Măcar i-ai dat și tu câteva?

Tony a pufnit și eu mi-am dat ochii peste cap.

– Păi cum altfel? a exclamat Shane și mi-a frecat umărul cu brațul pe care îl ținea în jurul meu. Cu siguranță că i-ai lăsat o vânătaie mai mare decât ți-a lăsat el ție, nu?

– Bineînțeles, am mormăit, dar nu mi-am putut reține un zâmbet.

Shane avea un talent de a face oamenii să râdă cu fiecare glumă, chiar și cu cele foarte slabe.

Gemenii au mai discutat un timp despre incident și apoi s-au întors la jocul lor. Eugenie ne-a adus sendvișuri și timp de vreo oră mi-am privit frații jucând. Alături de Shane m-am relaxat treptat.

Până când Dylan a apărut din nou:

– S-au întors Vince și Will.

– Trebuie să merg acolo? am suspinat în timp ce mă conducea pe scări și știam deja că ne îndreptăm cu siguranță spre biroul lui Vincent.

– La urma urmei, ai filmarea, nu ai nevoie de mine acolo...

– Vince vrea să te vadă, a răspuns el scurt.

Nu i-am răspuns și l-am urmat prin coridorul interzis. Biroul, pe de altă parte, avea aceeași aură sumbră ca și data trecută, iar în prag am respirat adânc, căci mă așteptam să îl văd pe Vincent acolo, dar nu era decât blondul. Părea foarte tânăr pentru meseria lui – ar fi putut avea vârsta lui Dylan. Cred că el și fratele meu chiar se plăceau, pentru că au dat prietenește din cap unul către celălalt.

Vincent și Will trebuiau să ajungă aici în câteva minute. Agentul de pază terminase de vorbit, iar cineva tocmai intrase și m-am gândit că erau frații mei mai mari care sosiseră mai repede decât mă așteptam.

Dar mă înșelasem. Cei doi bărbați care ni s-au alăturat erau un alt bodyguard, în costum și cu o cască în ureche, și cireașa de pe tort: Roșcatul.

Aproape că mi-a căzut falca.

A intrat în biroul lui Vincent cu un zâmbet idiot, ca și cum ar fi venit aici așteptând laude sau o promovare. Se pare că nimeni nu-i dezvăluise adevăratul motiv pentru care fusese convocat. Încântat, i-a făcut semn din cap lui Dylan, ca și cum l-ar fi salutat, dar foarte politicos și respectuos. Prin atitudinea de acum nu mai semăna cu bufonul care își bătuse joc de doamna Hardy.

Și atunci s-a întâmplat ceea ce anticipasem, și anume privirea lui a căzut asupra mea. M-am gândit la antipatia pe care o aveam pentru acest om. De asemenea, mă simțeam încrezătoare fiind în propria mea casă, alături de Dylan și de doi bodyguarzi. Mi-a venit foarte ușor să adopt o expresie indiferentă, oarecum disprețuitoare. Am ridicat bărbia sus, așa cum făceau frații mei când încercau să fie intimidanți.

Pentru prima dată astăzi nu am încercat să-mi ascund vânătaia, ci, dimpotrivă, să o expun mai mult.

Ochii răi și urâți ai Roșcatului au dat peste mine, cum stăteam acolo puțin în spatele lui Dylan, mai întâi m-au privit din cap până-n picioare și apoi s-au oprit pe fața mea. L-am privit calm cum a mijit ochii, ca și cum nu ar fi văzut foarte bine și apoi i-a deschis foarte, foarte larg. După aceea a înghițit în sec și cred că i s-a oprit inima în loc, sau cel puțin așa mi s-a părut, pentru că a încremenit pentru o clipă.

Am fost încântată să văd cum groaza îi răpea darul vorbirii și îmi imaginam cât de chinuitor de dureros trebuie să fi fost nodul care tocmai se strângea în stomacul lui. Simțeam o satisfacție atât de mare, încât îmi venea chiar să-i fac cu ochiul, și cred că nu am făcut-o doar pentru că în acel moment au mai intrat două persoane în birou.

Vincent, îmbrăcat în paltonul lui negru, care îi ajungea până la genunchi, și chiar în spatele lui, la fel de demn, pășea Will, într-o haină aproape identică, doar că era maro. La restul detaliilor nu am avut timp să mă concentrez, pentru că eram mai preocupată să descifrez stările lor de spirit.

Ei bine, ca să mă exprim delicat, nu debordau de veselie. De îndată ce fratele meu cel mai mare a trecut pragul încăperii, atmosfera a devenit imediat la fel de densă ca aluatul de colțunași. Era serios, calm și concentrat ca un chirurg înaintea unei operații. Ochii lui erau plini de răceală, ca de obicei, și chiar și ochii lui Will erau cumva mai reci decât în mod obișnuit. Îl văzusem pe Will foarte rar atât de indiferent și de sever și nu-mi plăcea niciodată când era așa. Un lucru trebuia să recunosc – el și Vincent formau un duo teribil de intimidant.

Nu-l slăbeam din ochi pe Roșcat și nici nu am coborât capul. Ca urmare, l-am văzut pe Vincent apropiindu-se imediat de mine. Privirea lui a alunecat și peste mutra încă îndobitocită a vizitatorului nostru. Ajuns în dreptul meu, și-a pus degetele reci pe bărbia mea. Abia i-am simțit atingerea, dar capul meu s-a întors oricum în direcția dorită de el, ca și cum ar fi acceptat o comandă telepatică. A examinat vânătaia o clipă, iar în cameră s-a făcut liniște.

În cele din urmă, în timp ce îmi examina încă obrazul învinețit, a vorbit. Foarte încet și amenințător, iar vocea lui avea o putere paralizantă:

– Ai lovit-o pe sora mea?

15
NAIVITATEA

Era atâta liniște în birou, de ne țiuiau urechile.

Vince a întors în sfârșit capul și și-a lipit privirea de podea, unde Roșcatul murdărea probabil covorul cu încălțările lui. Pentru o clipă și-a adunat gândurile. Încă mă ținea de bărbie, așa că i-am aruncat o privire cu coada ochiului. Nu știu de ce inima îmi bătea cu putere.

Apoi a început încet să-și ridice ochii.

– Nu înțeleg de ce ai comite o asemenea prostie, a șoptit el, încrețindu-și sprâncenele și, de data aceasta, așteptând un răspuns.

Roșcatul a devenit palid și pe frunte i-au apărut broboane de sudoare. Ochii îi erau înspăimântați și mâinile începură să-i tremure.

– Domnule Monet, a gemut el. N-am știut... Nu aveam habar...

Vince mi-a dat în sfârșit drumul. Încă îmi țineam capul în unghiul impus anterior, până când mi-am dat seama că acum puteam să-l las în jos.

Fratele meu a întins mâna vertical în fața lui.

– Liniștește-te, a vorbit el atât de rece, încât nu știu cine ar fi putut fi liniștit auzindu-l. Aș vrea doar să înțeleg cum poate cineva să fie atât de prost, încât să ridice mâna împotriva surioarei mele, asta-i tot.

– Domnule Monet, în viața mea nu aș lovi-o pe sora dumneavoastră. În viața mea, pe cuvânt, s-a jurat Roșcatul, și chiar și-a apăsat pe piept mâna stângă tremurând, strânsă în pumn, ca și cum ar fi vrut să adauge putere cuvintelor sale. Nu știam că este ea. Nu-i știam numele...

Vincent și-a ridicat sprâncenele.

– Sugerezi că ar trebui să poarte o insignă cu numele ei, special pentru tine?

Colțurile gurii mi-au tremurat ușor.

– Nu, nu, bineînțeles că nu... Nu am vrut să spun asta... Eu doar...

– În acest caz, nu-ți accept explicațiile. Faptul că nu știai cum arată sora mea este problema ta, nu a ei.

Vince a arătat cu degetul spre el și s-a încruntat amenințător, deși vorbea în continuare foarte calm.

– Din moment ce nu ai văzut-o niciodată, ar fi fost mai bine pentru tine să presupui că orice adolescentă pe care o întâlnești ar putea fi Hailie Monet. Tu nu ai făcut-o, iar asta a fost greșeala ta, pentru care acum vei plăti scump.

Cu fața lui palidă și buclele roșii decolorate, omul arăta ca un adevărat clovn. A vrut să spună ceva, încerca să se apere, dar nu făcea decât să-și miște buzele.

Atunci a intervenit Will.

– Și ce înseamnă asta, să recuperați datoriile de față cu niște copii? De ce atunci când ați intrat în cofetărie și ați văzut adolescenții care stăteau acolo nu i-ați rugat să plece? a întrebat el critic, încrețindu-și sprâncenele în semn de nemulțumire.

– Noi...

– Le place să se dea în spectacol, a murmurat Dylan batjocoritor.

Stătea sprijinit de biroul mare al lui Vince și se bucura în mod evident văzându-i pe frații noștri chinuindu-l pe Roșcat.

– Așa cred și eu, a aprobat Will sec.

Bărbatul nu a avut niciun răspuns la asta.

Vincent a suspinat în cele din urmă.

– În regulă acum, e de ajuns. Luați-l de aici.

Cei doi bodyguarzi au știut imediat că această comandă le era adresată și s-au îndreptat spre Roșcat, care părea gata să cadă în genunchi.

– Domnule Monet, eu chiar...

Mormăitul lui jalnic a fost întrerupt de Will:

– Așteaptă. A arătat spre mine cu palma deschisă. Nu ai nimic să-i spui?

Roșcatul și-a mutat privirea ștearsă spre mine.

– Iartă-mă, Hailie, îmi pare rău...

– Pentru tine e domnișoara Monet, l-a corectat glacial fratele meu preferat.

– Desigur, domnișoară Monet. Îmi pare rău, domnișoară Monet... a mormăit Roșcatul, și pe frunte i-au mai apărut alte broboane de sudoare.

A făcut un pas spre mine, ridicându-și mâinile rugător. M-am strâmbat scârbită mai întâi când mi-am auzit numele în gura lui murdară, și apoi când am văzut îndrăzneala lui. Dar nu s-a apropiat prea mult de mine, căci Dylan s-a dezlipit de birou și l-a tras agresiv de gulerul cămășii.

– Unde te duci? Să nu îndrăznești să te apropii de ea.

Vincent a făcut semn cu mâna.

– Luați-l odată de aici.

– Vincent, eu... eu... se văita Roșcatul în timp ce agenții de pază l-au apucat de brațe și au început să-l scoată din cameră.

– Mhm, a mormăit disprețuitor fratele meu cel mai mare, apoi a adăugat pe un ton mai sumbru: Vorbim mai târziu.

S-a întors și s-a îndreptat spre birou. Și-a scos haina, pe care a așezat-o grijuliu pe spătarul scaunului, apoi și-a aranjat manșetele.

Între timp, Dylan s-a îndreptat spre uşă şi a închis-o în urma bodyguarzilor. Am rămas nemişcată, prea intimidată ca să vorbesc, aşa că am apreciat când Will s-a apropiat de mine. Am fost uşurată pentru că indiferenţa rece dispăruse de pe faţa lui şi înaintea mea era din nou fratele meu preferat, care mă privea cu o expresie îngrijorată.

– Eşti bine, micuţo? a întrebat el, mângâindu-mă pe obrazul sănătos.

Mi-am pus mâna pe mâna lui şi am dat din cap. Nu am vorbit pentru că nu aveam încredere în vocea mea. Will mi-a răspuns cu un zâmbet.

– Îmi pare rău că ţi s-a întâmplat asta. Ne vom asigura că acest om va răspunde pentru asta.

Nu ştiu dacă m-a liniştit cu această promisiune, dar cu siguranţă m-a ajutat faptul că m-a îmbrăţişat. A meritat să trec prin toate astea pentru o îmbrăţişare atât de reconfortantă din partea lui Will.

Vincent şi-a luat locul în spatele biroului şi am ştiut că nu se terminase încă. Nu ar fi fost el însuşi dacă nu ar fi avut întrebări. Aştepta cu răbdare să îi acord atenţie, iar eu mi-am prelungit şederea în braţele lui Will cât am putut de mult.

Îi auzeam pe Vince şi Dylan mormăind ceva între ei. Când am privit cu coada ochiului în direcţia lor, am văzut că amândoi se concentrau pe ecranul laptopului.

În cele din urmă, Will a început să mă elibereze încet din îmbrăţişare. Mai întâi a slăbit-o un pic, apoi m-a mângâiat pe cap şi după aceea şi-a pus mâinile pe umerii mei şi a început să mă îndepărteze uşor. Nu am protestat. O parte din mine voia să termine cu această conversaţie.

M-am întors cu oarecare reticenţă. Vincent era tot la biroul său imens, iar Dylan stătea în spatele lui, uitându-se peste umărul său. Will m-a bătut pe spate şi cu asta m-a îndreptat graţios spre unul dintre fotolii, pe care l-am ocupat cu inimă grea.

Atunci Vince și-a ridicat ochii spre mine, și-a dres glasul și s-a ridicat în picioare. Într-o mână ținea un laptop subțire și cu cealaltă și-a netezit cămașa, care nu era deloc șifonată, a înconjurat biroul și într-o clipă era deja așezat pe fotoliul de lângă mine. Am fost surprinsă că nu rămăsese la locul lui. Când stătea acolo, autoritatea i se revărsa și din urechi, chiar mai mult ca de obicei. S-ar fi putut crede că ținea să-și păstreze această superioritate față de mine pe întreaga durată a discuției noastre.

Și apoi mi-am amintit că era vorba de Vincent și că acesta nu avea nevoie de un loc stupid în spatele biroului ca să trezească respect, teamă și diverse combinații de alte emoții similare în oameni.

– Am nevoie de ajutorul tău, dragă Hailie, a spus el în timp ce și-a pus computerul în poală și a început să dea din nou click pe el.

– Aș vrea să înțeleg ce s-a întâmplat. E important, bine?

Am dat din cap, mușcându-mi buza.

Apoi a afișat pe ecranul laptopului filmarea de la cofetăria doamnei Hardy. Știam că Dylan o va arăta celorlalți frați și bănuiam că le-o trimisese imediat lui Vincent și lui Will, ca să aibă timp să se uite la ea înainte să ajungem acasă.

– Ai mers la o prietenă după școală ca să învățați împreună.

Am dat din nou din cap, văzând că aștepta confirmarea mea.

– Cum de ați ajuns la cofetărie? a întrebat Vince.

Am început să mă stresez. Mai mult decât înainte. Interviul lui Vincent este un câmp minat. O mișcare greșită și sunt terminată. Mai ales pentru că, de fapt, aveam ceva de ascuns. În plus, trebuia să-i ofer destule explicații pentru a putea scoate la lumină cazul lui Leo în final. Îi promisesem băiatului că voi face tot ce-mi stă în putere pentru a-i da posibilitatea să discute cu Vincent și acum aveam cea mai bună ocazie să fac asta. Dintr-odată, însă, mi s-a părut o misiune imposibilă.

– Am făcut o pauză pentru că ne era poftă de ceva dulce, am îngânat, uitându-mă pe furiș la Will, care își scosese haina și o lăsase pe brațul canapelei; stătea acolo acum și verifica ceva pe telefon, dar eu eram sigură că asculta conversația noastră.

– E în regulă, nu e nimic rău în asta, m-a asigurat Vincent, și m-am bucurat că nu avea o problemă cu asta, înciudată în același timp pentru că îmi păsa atât de mult de părerea lui.

– Bodyguardul ei este alt imbecil, a intervenit Dylan, de care uitasem momentan.

Se tolănise pe scaunul lui Vincent, cel din spatele biroului, dar îl dăduse puțin înapoi și își înclinase capul pe spate. Se uita la tavan și, fără îndoială, ciulise urechile.

– Nici măcar nu știa că plecase din casă.

Se pare că și Vince fusese deja informat despre acest lucru, pentru că și-a mutat privirea spre mine, iar eu m-am simțit obligată să-i iau apărarea bietului om.

– Vince, nu e vina lui. Eu... mi-am lăsat telefonul la Mona. La încărcat, i-am explicat și i-am descris și de ce ieșisem din curte pe poarta vecinului.

S-a uitat la mine cu o expresie nedumerită pe față, iar în cele din urmă a suspinat și și-a frecat fruntea.

– Poate că nu m-am exprimat suficient de clar data trecută, dar este obligația ta să ai telefonul la tine tot timpul. Nu porți localizatorul pentru distracție. Ține minte asta, te rog.

Am dat rapid din cap.

– Dacă ai o problemă cu bateria descărcată, poartă cu tine o baterie externă. Sunt destule prin casă, în sertare, întreab-o pe Eugenie, sunt sigur că îți va găsi una, a intervenit Will cu blândețe.

Vince a confirmat acest lucru cu un semn din cap și a continuat:

– Un bodyguard, pe de altă parte, se presupune că are ochi peste tot și când te păzește nu se poate baza doar pe o aplicație. Mie nu-mi pasă pe unde ai plecat din casa prietenei tale. Din partea mea, puteai să ieși chiar și pe fereastră. Treaba lui este să știe tot timpul unde te afli. Dacă a ratat deplasarea ta la cofetărie, înseamnă că nu-și face treaba bine.

– Nu vreau să aibă probleme din vina mea, am mormăit, jucându-mă cu degetele.

– Este numai din vina lui. E bine că incompetența lui a ieșit la iveală în această situație, și nu în alta care ar fi putut avea consecințe mai grave.

Chiar dacă ceea ce spunea el avea sens, mă simțeam totuși responsabilă pentru neplăcerile inevitabile cu care va trebui să se confrunte bodyguardul meu.

– Cine este băiatul acesta? a întrebat Vince, trecând la detalii – acum ne arăta cu degetul pe mine și pe Mona care intram în local împreună cu Leo.

– Un coleg de școală. Ne-am întâlnit cu el la cofetărie, am răspuns eu, încercând să par nonșalantă.

– Atunci de ce intrați împreună, toți trei?

Știam că trebuie să fiu extrem de atentă în fața lui, altfel m-ar putea demasca rapid.

– Adică ne-am întâlnit cu el în fața cofetăriei. El a sugerat să stăm înăuntru, m-am corectat.

– E fiul proprietarei, a intervenit din nou Dylan.

– Mhm, a mormăit Vince și a derulat videoclipul la momentul în care Leo ne servea dulciuri, spunându-i ceva mamei sale peste umăr. Despre ce vorbesc ei aici?

– Despre... am început și am tăcut, simțind brusc un val de panică.

Era de fapt atunci când doamna Hardy a încercat să ne invite să plecăm, iar el a spus: „Ele știu". Nu credeam că va trebui să povestesc totul atât de detaliat. Nu eram atât de bine pregătită. În cele din urmă am mormăit:

– Nu-mi amintesc.

Vincent s-a uitat la mine așteptând și apoi a arătat spre următorul cadru.

– Aici se vede clar: colegul tău vă prezintă mamei sale, nu-i așa?

Pe ecranul computerului, Leo arăta într-adevăr spre mine, iar buzele i se mișcau vizibil. Hailie Monet. Nu trebuia să fii expert în cititul pe buze ca să-ți dai seama.

– Păi... păi, da, am recunoscut.

S-a auzit un zgomot când mâna lui Dylan a lovit placa de birou.

– Deci femeia știa! a exclamat el. Știa cine e Hailie, chiar înainte să apară dobitocul ăla roșcat! De ce nu le-a spus să plece? Îți spun eu, tipa aia proastă încerca să profite de ea!

– Asta încerc să aflu, a rostit Vincent încet, iritat de impulsivitatea fratelui său mai mic. I-a aruncat o privire semnificativă, apoi s-a concentrat din nou asupra mea și a vorbit mai calm: Hailie, ți-a cerut femeia să rămâi?

Acum dădeau vina pe doamna Hardy. Am fost incredibil de speriată, pentru că ultimul lucru pe care mi-l doream era să-i fac viața și mai grea, așa că am început imediat să scutur din cap. La început plănuisem să ascund cu orice preț adevărata versiune a evenimentelor, dar nu mergea bine, așa că mi-am adunat repede gândurile. Nu aveam încotro. Trebuia să recunosc câteva lucruri. Trebuia să acționez inteligent, iar negarea prostească a faptelor cu siguranță nu era o soluție inteligentă.

– Nu. Îți jur, Vince, nu încerca să profite de mine. Ne-a spus să plecăm. Eu am fost... Am insistat să rămân, am mărturisit încet.

În cele din urmă, mi-am coborât ochii, pentru că îmi era din ce în ce mai greu să-i suport privirea sfredelitoare, în care în mod sigur nu puteam descifra o aprobare.

– Stai puțin, a spus Will, care a apărut brusc în spatele meu; nici măcar nu-i auzisem pașii sau cum se ridicase de pe canapea. Și-a pus mâna pe spătarul scaunului meu și cu sprâncenele încruntate s-a uitat în jos: Știai că localul va fi percheziționat?

Am încuviințat din cap, privind cu mare interes la mâinile mele. Mi-am imaginat că privirea lui Dylan era acum furioasă, a lui Will dezamăgită, iar a lui Vincent suspicioasă și severă, așa că nu aveam chef să stabilesc contact vizual cu niciunul dintre ei.

– Ei, asta e de-a dreptul comic, a râs fratele cel rău, scurt și fără nicio umbră de umor.

– Atunci de ce ai acceptat să stai acolo? a continuat Will fără să înțeleagă.

„Din moment ce capra e moartă oricum, trebuie să încerc să scap cumva de ea."

– Leo mi-a spus că ar fi bine să plec, pentru că în curând oamenii care lucrează pentru frații mei vor apărea acolo și că s-ar putea să fie neplăcut. Nu l-am crezut, am crezut că minte. Știu că nu toată lumea te agreează și că uneori răspândesc zvonuri stupide.

M-am uitat la Dylan, sau mai degrabă în direcția lui, dar în așa fel încât să nu-i pot vedea ochii, apoi am ridicat din umeri și mi-am lăsat din nou capul în jos.

– Se pare că Leo spunea adevărul.

L-am auzit pe Will oftând și după o clipă i-am simțit mâna pe capul meu, în timp ce îmi mângâia ușor părul. Am fost recunoscătoare pentru această atingere liniștitoare, care dovedea că încă mă mai bucuram de sprijinul fratelui meu preferat, chiar dacă era temporar puțin dezamăgit de purtarea mea.

– Nu trebuia să te implici, micuțo.

– Știu, dar chiar am crezut că minte.

A fost un moment de tăcere și cu coada ochiului am văzut că Vince reluase videoclipul și se uita la ce se întâmpla acolo. Oare reușisem să-i conving? Speram că da. Dacă aș fi recunoscut că toată acțiunea fusese plănuită de la început, cu siguranța că nu ar fi fost atât de înțelegători. A fost mult mai bine să pretind că fusese o coincidență.

O clipă mai târziu, Vince a vorbit din nou.

– De ce nu le-ai spus imediat cine ești? a întrebat el când camera a surprins intrarea huliganilor.

– Eu... la început nu am vrut să mă implic, am răspuns sincer. Și apoi cred că am așteptat momentul potrivit.

A arătat cu degetul spre obrazul meu vânăt.

– Nu s-ar fi întâmplat dacă ar fi știut imediat cum te cheamă. Acum am oftat.

– Știu, da, data viitoare o să mă prezint imediat tuturor, am murmurat cu o ușoară nuanță de ironie.

Vince a scuturat din cap, aruncându-mi o privire care mă avertiza clar împotriva folosirii unui asemenea ton.

– Nu, Hailie. Data viitoare trebuie să analizezi lucid situația. În majoritatea cazurilor, dezvăluirea identității va funcționa în favoarea ta, dar nu întotdeauna. Să ții minte acest lucru.

Apoi s-a așternut din nou tăcerea. Când a apărut pe ecran scena cu căderea mea, Will și-a mijit ochii și s-a aplecat să se uite mai atent. Era clar că nu era prima oară când se uita la filmare, dar abia acum părea să înțeleagă că mă lovisem la cap, pentru că am simțit cum degetele lui încep să mă pipăie în partea de sus a capului în căutarea unui cucui. Am tresărit când mi-a atins umflătura dureroasă. Și-a retras imediat mâna ca să nu-mi provoace durere. În schimb, m-a mângâiat ușor pe spate.

L-am privit pe Vincent cum lăsa computerul pe blat și își freca bărbia gânditor. Asta era tot? Îi convinsesem cu versiunea mea? Nu primesc săpuneala?

Putem trece la următoarea parte a conversației?

– Vince? am șoptit.

– Hm?

– De ce jefuiți o femeie nevinovată? am rostit eu fără să mă gândesc prea mult.

Ochii lui au devenit și mai reci decât de obicei. Încet, s-a aplecat pe spate și s-a rezemat de spătarul scaunului, și-a pus picior peste picior și într-o fracțiune de secundă s-a transformat în alter egoul său oficial, ceea ce nu-mi plăcea deloc.

– Ce te face să fii atât de sigură, dragă Hailie, că această femeie este nevinovată?

– Leo mi-a spus totul, am răspuns eu cu precauție.

Vince și-a ridicat bărbia mai sus.

– Oh, da. Și de unde știi că noul tău prieten nu te minte? Jumătate dintre datornici cred că au fost nedreptățiți.

Mi-am mușcat buza. Ei bine, nu puteam să-i spun că din ochii lui Leo răzbătea sinceritate, iar cuvintele lui mi-au ajuns la inimă.

– Datoria este a fratelui său.

– Și de ce nu începe fratele lui să o plătească? a întrebat el cu un scepticism palpabil.

Vincent era fie total indiferent la nedreptatea altora, fie nu știa nimic despre această problemă. Sau și una, și alta.

– Fratele lui este la dezintoxicare, am răspuns, realizând brusc cât de puțin știam cu adevărat despre situație. Ar fi trebuit să-l trag mai mult de limbă pe Leo.

Vince și-a dat ochii peste cap.

– Dacă nu este în stare să curețe mizeria pe care o lasă, atunci familia lui va trebui să o facă. Așa funcționează lumea noastră.

M-am strâmbat și m-a durut obrazul hipersensibil.

– Dar nu are sens...

Vince și-a înclinat capul cu un interes politicos și se uita la mine de parcă ar fi urmărit un program interesant la televizor.

– Ce anume nu are sens?

– Păi ce fel de logică e asta? Dacă împrumuți bani de la cineva și fugi, atunci eu trebuie să-i dau înapoi în locul tău? am întrebat eu încurcată.

Am auzit râsul discret al lui Will. Era plăcut că reușisem să fac pe cineva să râdă.

– Nu-ți face griji, surioară, m-a liniștit Dylan și mi-a făcut cu ochiul batjocoritor. Mai ai încă patru frați. Punem fiecare câte un bănuț și ne descurcăm.

Nu mi-a venit să râd.

Vince, pe de altă parte, zâmbea. Uşor, dar tot timpul.

– Eşti o fiinţă norocoasă, Hailie, pentru că te-ai născut într-o familie în care se generează profituri, nu datorii. Cu toate astea, dacă întrebi dacă noi, ca familie, împărţim responsabilitatea pentru acţiunile noastre, răspunsul este da. Ai avut deja ocazia să o simţi singură, spuse el răbdător. Omul care v-a atacat pe tine şi pe Tony nu v-a ales întâmplător. A vrut să vă rănească, printre alte motive, ca să se răzbune pe mine, îţi aminteşti? Tu nu i-ai făcut nimic. Dar acest lucru înseamnă că, dacă ai o problemă pe care nu o poţi rezolva, eu o voi rezolva în locul tău.

Trebuie să spun că, ştiind că Vincent este de partea mea, mă simţeam încurajată. S-a aşternut tăcerea şi, după puţin timp, fratele meu cel mai mare s-a ridicat, lăsând să se înţeleagă că nu mai avea nimic să-mi spună.

– Vince...

L-am oprit. Nu puteam să-i dau drumul, trebuia să duc această problemă până la capăt. Dintr-un anumit motiv, îmi părea şi extrem de rău că nu sunt singură cu el.

– Da?

Poate îi voi spune mâine? Poate în weekend? Poate cândva când va fi într-o dispoziţie bună şi totul va fi mai uşor?

– Ai fi de acord să vorbeşti cu Leo?

Am întrebat pe nerăsuflate. Eram îngrijorată că nu mă va înţelege, dar Dylan a chicotit şi şi-a ridicat ochii spre cer.

– Ei bine, nu.

M-am uitat neclintită la Vincent, care privea în jos la mine cu o faţă lipsită de emoţii, în timp ce Dylan continua să se lamenteze:

– Nu pot să cred că puştiul ăla ţi-a cerut să faci asta! Ce...

– Dylan, taci din gură, m-am răstit în cele din urmă la el, neputând să mai rezist. Nu vorbeam cu tine, nu-i aşa?

De regulă, mă străduiam să fac tot posibilul să nu-l enervez. Mă consideram o persoană conciliantă şi nu voiam să-mi fac viaţa dificilă cu conflicte inutile, mai ales cu cineva ca Dylan, dar o cerea el însuși. Se dovedea mare maestru când era vorba să mă facă să-mi ies din fire, iar apoi tot el avea pretenții când mă enerva. Ca acum.

La început, a fost uimit că am avut tupeul să vorbesc așa cu el, marele lord intangibil. Apoi a mijit ochii și a început să mă sfredelească cu privirile și dintr-odată a rânjit urât, atât de amenințător, încât am înțeles că schimbarea lui bruscă de dispoziție nu prevestea nimic bun.

– De ce ești atât de agresivă, surioară?

Și-a înclinat capul. Stătea în continuare tolănit în scaunul lui Vince. Rânjetul i s-a lățit și mai mult.

– Să fie oare posibil ca micuța Hailie să aibă un nou iubit?

Clocoteam de furie. Doamne, cât de prost e! Nu pot să cred! Dacă între noi nu ar fi fost un birou imens din lemn, cu siguranță m-aș fi aruncat la gâtul lui.

– Leo e o simplă cunoștință de-a mea, am explicat rece, încercând să rămân calmă.

– Aha. De aceea s-a aruncat ca un leu în apărarea ta și a încasat o bătaie zdravănă pentru tine?

– Chiar tu l-ai lăudat pentru asta.

– Pentru că am crezut că a fost doar un gest frumos din partea lui, dar acum înțeleg de ce băiatul face pe cavalerul nenorocit, a râs el și și-a ridicat din nou ochii, apoi a adăugat ironic: Dacă aș fi știut, în loc de laude ar fi primit încă o vânătaie.

– Vince! am gemut cu lacrimi în ochi, uitându-mă rugător la tutorele meu, care stătea și asculta schimbul nostru de replici cu sprâncenele ridicate – l-am rugat cu o privire să-mi ia apărarea.

– Ce anume ai vrea de la mine, Hailie? m-a întrebat el.

S-a sprijinit de birou astfel încât să fie chiar în fața mea, cu spatele la Dylan. Și-a încrucișat brațele pe piept. Asta era bine, cred că încă mă asculta. Trebuia doar să-mi formulez cererea.

– Aș vrea să fii de acord să vorbești cu Leo.

Vince nu a lăsat să se vadă în niciun fel dacă fusese mișcat de rugămintea mea. S-a uitat la mine cu indiferență și nici măcar nu a tresărit. Am ignorat un alt pufăit disprețuitor din partea lui Dylan.

M-am ridicat în picioare.

M-am apropiat de fratele meu cel mai mare. Vedeam că urmărește cu atenție fiecare mișcare a mea. Mi-am împletit mâinile în jurul brațului său. Bicepsul lui Vincent nu era la fel de musculos ca al lui Dylan, dar cu siguranță nu ducea lipsă de forță. Eram atât de aproape de el, încât simțeam mirosul familiar al parfumului său puternic. Aproape agățată de el, mi-am ridicat ochii spre ochii lui, încercând să le dau o expresie cât mai frumoasă și mai inocentă.

– Vince, te rog.

Brusc, am văzut în ochii lui urmele unei blândeți abil ascunse. Cu siguranță l-am surprins și pe el cu îndrăzneala mea, pentru că niciodată până atunci nu avusesem curajul să fiu atât de prietenoasă cu el.

Deodată și-a întors privirea de la mine și a respirat adânc. Brațele lui erau încă ferm așezate pe piept și nu le-a slăbit nici măcar ca răspuns la îmbrățișarea mea.

Apoi a scuturat negativ din cap.

Inima mi s-a oprit în loc. L-am strâns și mai tare de umăr și eram gata să încep să mă milogesc că „te rog mult" și „de ce nu", când el a vorbit:

– Hailie, nu vreau ca oamenii să creadă că pot ajunge la mine prin tine. Nu vreau ca ei să profite de tine.

Între noi s-a creat un fel de conexiune hipnotizantă. Eu mă înecam în ochii lui reci și strălucitori, iar el îi suporta pe ai mei rugători.

– Nu voi lăsa pe nimeni să profite de mine, promit, l-am asigurat.

Undeva în fundal, a răsunat al o sutălea țipăt al lui Dylan.

– Cu naivitatea ta? În mod sigur!

Aș fi putut să trag aer în piept cuminte, dar am deschis gura să mă răstesc din nou la cel mai enervant dintre frații mei. Înainte să apuc să spun ceva, Vincent a rostit primul:

– Taci din gură, Dylan!

– Dar e adevărat, știi foarte bine. Dacă aș fi vrut să ajung la familia noastră, sau chiar doar la tine, aș fi profitat imediat de ea. Înghite orice și e ușor de manipulat, a spus Dylan, iar ochii mei au devenit sticloși și mi-am lăsat imediat capul în jos ca să nu observe nimeni.

M-am întristat cumplit.

– Ieși afară, i-a aruncat Vincent brusc peste umăr, oferindu-i fratelui nostru o mostră de privire amenințătoare aruncată de sub sprâncene. O secundă mai târziu a adăugat mai tare și mai sever: Acum!

Abia după o clipă s-a auzit sunetul unui scaun împins violent înapoi și pașii grei și ostentativi ai lui Dylan. Nu mi-am ridicat privirea, dar cu coada ochiului am văzut că se oprise lângă noi.

– Știi că am dreptate. O spui chiar tu. Am mai vorbit despre asta.

– Dylan, pleacă de aici! a mârâit Will de undeva din spatele meu.

Dylan și-a ridicat leneș mâinile, ca și cum ar fi anunțat că renunță și s-a îndreptat spre ieșire, iar când în sfârșit m-am întors, l-am văzut pe Will care îl urma cu o expresie furioasă.

De îndată ce ușa s-a închis în urma lor, în birou s-a așternut tăcerea. Vince m-a apucat ușor de bărbie și mi-a îndreptat privirea spre fața lui.

– Dylan are probleme de autocontrol. Nu-ți face griji din cauza lui, a spus el când a văzut că eram gata să plâng.

Am dat din cap în semn de răspuns, hotărând să păstrez tăcerea despre grosolănia fratelui meu. Am continuat să strâng umărul lui Vincent, care acum avea brațele coborâte de-a lungul trunchiului.

– Totuși, și el are dreptate. Dacă oamenii află că ai ajutat o persoană, vor începe să-ți ceară favoruri, mi-a explicat el cu seriozitate.

– Vince, vreau să-l ajut pe Leo pentru că am văzut cu ochii mei ce s-a întâmplat la cofetărie. Ar putea ajunge în stradă. Nu au bani, i-am explicat, strângându-mi mâinile pe cămașa lui albă ca zăpada.

– Asta nu e problema mea. Cu atât mai puțin a ta.

M-am cutremurat în fața indiferenței lui.

A suspinat din greu când mi-a văzut chipul revoltat.

– Hailie, cineva a împrumutat bani de la noi și cineva trebuie acum să îi restituie. Eu nu conduc o organizație de caritate. A tăcut pentru o clipă. De fapt, o fac, dar nu despre asta vorbim. Eu nu dau bani. Nu este nimic de discutat aici.

Arăta ca și cum ar fi decis deja să pună capăt conversației noastre. Nu rămăsesem cu prea multe opțiuni. De fapt, aveam una singură, ultima.

M-am agățat și mai mult de brațul lui.

– Vince. Te rog, te rog, te rog. Fii de acord cu această întâlnire, te implor, m-am smiorcăit și am adăugat: Fă-o de dragul meu, te rog.

Mi-am înclinat capul în sus și l-am privit în ochi. Am observat cu satisfacție că destul de curând privirea lui dură a început să se înmoaie.

– Hailie...

– Te rog!

A strâns din buze. Și-a trecut mâna liberă peste față și a suspinat adânc.

– Săptămâna viitoare, Hailie. Săptămâna aceasta nu am când. Te voi informa cu privire la detalii, iar tu le vei transmite colegului tău.

I-am dat drumul la braț și l-am îmbrățișat strâns în jurul taliei.

– Mulțumesc, mulțumesc, mulțumesc!

M-a bătut ușor pe spate.

– Nu-mi mulțumi. Nu promit că pot face ceva pentru el, a murmurat el cu răceală.

Bineînțeles că doream ca Leo să ajungă la o înțelegere cu fratele meu, dar cum anume avea de gând să facă asta nu mai era grija mea. Îi promisesem doar să încerc să-i obțin o întâlnire și reușisem. Eram mândră de mine și de o sută de ori recunoscătoare lui Vincent pentru că fusese de acord.

Apoi Vince s-a strecurat din strânsoarea mea cu atâta abilitate, încât nu a reușit nici măcar să-mi rănească sentimentele. Mi-a recomandat să mă odihnesc și, de preferință, să mă culc devreme diseară. Am fost de acord, i-am mulțumit încă o dată, chiar am căscat și m-am îndreptat spre ieșire, fericită că această zi stresantă era în sfârșit pe cale să se termine.

Era clar că nu avea de gând să rămână în biroul său, pentru că a venit după mine și eram sigură că nu era pentru ca să mă vadă plecând.

Brusc mi-am amintit de vizitatorul nostru roșcat.

– Vince, unde a fost dus omul acela? Unde este? am întrebat, oprindu-mă și arătând automat spre obrazul meu stâng, care era încă umflat și dureros.

– Așteaptă, a răspuns el evaziv, făcând un gest pentru a mă îndemna să merg mai departe.

Am pornit, dar am tot întors capul spre el.

– Unde? Ce așteaptă? Ce se va întâmpla cu el?

Știam că i se va întâmpla ceva rău. Am înghițit în sec.

– O să-i faci rău?

Ieșisem deja din birou și m-am oprit ca să obțin de la Vincent această ultimă informație. Și-a înclinat capul și chipul lui era lipsit de orice expresie când a răspuns:

– O să stau de vorbă cu el. Noapte bună, Hailie.

16
PROBLEME DE-ALE FETELOR

A doua zi, vânătaia mea s-a făcut purpurie. Will m-a văzut dimineața când mă duceam la bucătărie și a decis fără să stea o clipă pe gânduri că trebuie să stau acasă. Nu știu dacă era pentru că în uniforma școlară, cu părul pieptănat strâns și o pată vânătă pe obraz arătam ca o victimă a violenței domestice, sau dacă știa că mă durea de fiecare dată când zâmbeam sau mă strâmbam.

– Sunt bine! am gemut exasperată, pentru că îmi doream foarte mult să merg la școală. Mai ales că aveam niște vești bune pentru Leo.

– Nu te certa cu mine, micuțo.

Mi-am încrucișat brațele pe piept.

– Exagerezi.

– Hailie. S-a uitat la mine semnificativ. Te rog să rămâi astăzi acasă.

Am suspinat ostentativ și mi-am dat ochii peste cap, dar mi-am coborât mâinile lejer și m-am răsucit pe călcâie ca să dispar pe scări și să mă schimb într-un trening confortabil. Îmi plăceau orele, da, dar eram, de asemenea, nerăbdătoare să vorbesc cu Leo cât mai curând posibil și să fiu persoana care să-l anunțe că Vince fusese de acord cu întâlnirea.

Pentru că reușisem să-l conving. Eu. Pe Vincent.

Am anticipat că voi petrece întreaga zi cu o carte în bibliotecă. Din când în când, îmi mai aplicam pe obraz câte un strat de unguent plăcut răcoritor, pe care mi-l adusese Will ieri, când a venit să mă vadă înainte de culcare.

Am fost deranjată o singură dată, când Will și Vince au venit să-și ia rămas-bun pentru că plecau astăzi la Londra. Au stat deasupra mea în paltoanele lor elegante, cu valizele lor mici alături. Vince mi-a spus să fiu cuminte și Will a întrebat dacă pot să mă descurc singură până când se întorc băieții de la școală, pentru că Eugenie era bolnavă și nu va putea veni la noi următoarele câteva zile. Era îngrijorat că din cauza vânătăii de pe obraz nu voi avea puterea să-mi fac o ceașcă de ceai. Nu glumesc.

La început am crezut că plecarea celor doi frați mai mari ai mei va însemna un adevărat dezastru, dar acum nu mai aveam nimic împotrivă. M-am gândit că ar fi un moment bun pentru mine să analizez la rece cele întâmplate, departe de ochii lor atenți și sfredelitori.

După ce l-am îmbrățișat pe Will, și chiar și pe Vincent, și mi-am luat rămas-bun, mi-am dat seama că era probabil prima dată când eram absolut singură acasă. Fără frați și fără menajeră. Înainte să sar în sus de emoție, mi-am amintit de camerele de luat vederi, de bodyguarzi și de cine știe ce altceva, așa că, până când s-au întors băieții de la școală, nu m-am mișcat din bibliotecă. Am scris o recenzie a unei cărți pe care o citisem recent, am răspuns la comentarii și am pus câteva cărți noi în coșul meu online, regretând că nu-l rugasem pe Will să mi le cumpere înainte de plecare.

M-am întrebat dacă o să scap de Dylan pentru ceea ce spusesem ieri în biroul lui Vince și o parte din mine spera că așa va fi. Simțeam nevoia să mă cert cu cineva și, deși să provoc o ceartă cu Dylan nu fusese niciodată o idee bună, chiar înainte să se întoarcă „Sfânta Treime" m-am mutat în sufragerie, știind că sigur îi voi întâlni acolo. Odată ce m-am așezat confortabil pe canapea, am adormit. Din fericire, m-am trezit când s-a trântit ușa de la garaj.

Imediat după aceea, vocile fraților mei au ajuns până la mine. Așa cum anticipasem, s-au îndreptat imediat spre sufragerie și, deși aveam ochii închiși, am știut că se trânteau pe canapeaua pe care eram întinsă. Prezența lor m-a enervat deja din start.

– Dar știu că are o vânătaie zdravănă, a comentat Shane.

L-am simțit cum se apleacă peste mine, dar pentru moment am fluturat doar din pleoape.

– Probabil că imbecilul de Roșcat are vreo zece din astea, a intervenit Tony.

– Nu încă, Will și Vince vor avea grijă de el la întoarcere, a anunțat Dylan.

– Atunci ce a făcut Vince cu el ieri?

– A stat de vorbă.

Băieții s-au încruntat.

– Dacă nu are timp să îl aranjeze, trebuia să ne anunțe, a spus Shane.

– Așa este, am fi avut o treabă mișto în weekend, a fost de acord Tony, cuvintele sale fiind însoțite de semnalul de introducere a unui joc pe consolă.

– Nu ar mai trebui să mergi la sală. Ei bine, dar se pare că Will vrea să o facă singur.

– Atunci e terminat.

– O, în regulă, taci din gură, poate că s-a trezit, a mârâit în sfârșit Dylan.

Pentru o clipă am avut de gând să mă prefac că dormisem adânc și nu auzisem nimic, dar am decis imediat că nu avea rost să joc teatru în fața lor, dacă ei înșiși erau neglijenți. După ce am digerat această discuție foarte tulburătoare a fraților, am mai clipit o dată și m-am uitat la ei.

Tony se întinsese pe fotoliu, Dylan pe canapeaua mică de lângă el, iar Shane ocupase partea liberă a canapelei unde stăteam eu.

– Despre ce vorbiți? am întrebat eu, căscând și întinzându-mă.

– Despre nimic, a bolborosit imediat Dylan.

– Despre tipul ăla, Roșcatul?

– Despre nimic, culcă-te la loc.

– V-am auzit...

– Ai visat, fetițo, m-a întrerupt Dylan cu un rânjet, iar gemenii au chicotit.

Am suspinat zgomotos și m-am ascuns sub pătură. Am rămas acolo câteva minute, torturându-mi urechile cu sunetele puternice ale jocului și comentariile necenzurate sau uneori de-a dreptul idioate pe care frații mei și le aruncau unul altuia. Când, în sfârșit, s-au potolit, primul meu gând a fost că am surzit.

– Ei, puștoaico, vom comanda de mâncare, m-a informat Shane. Ce vrei?

– Nimic.

Am tras cu ochiul de sub pătură pentru că deja mi se făcuse prea cald. Chiar atunci l-am văzut pe Shane cum aruncă telefonul, iar Dylan l-a luat și a început să se uite prin meniu, făcându-mi cu ochiul:

– O să alegi tu singură ceva sau o să mănânci ce comandăm noi pentru tine.

Când a terminat, telefonul a aterizat pe pătura mea.

– Trebuia să-l arunci? Nu puteai să mi-l dai ca o ființă omenească? am mârâit eu.

S-a uitat la mine surprins, a clipit, apoi mi-a răspuns scoțând sunete nearticulate și făcând o mutră de cretin.

Doamne, cum mă mai călca pe nervi!

Tony a pufnit în râs.

Alt nătărău.

Am luat telefonul și am început să parcurg lista cu feluri de mâncare a unui pub italian, fără să ascund cât eram de nemulțumită.

– Cineva nu e în apele sale aici, a chicotit Shane.

– Asta. O fetiță mică și răzgâiată, a pufnit disprețuitor Dylan.

Am pus telefonul jos și m-am ridicat într-un cot ca să apuc cu mâna cealaltă o pernă și să o arunc în el cu toată puterea. Am țintit spre fața lui, dar el a întins mâna la timp și s-a apărat, ceea ce am privit cu dezamăgire.

– Ei, vezi că o să treci imediat la colț, m-a amenințat el, dar mâna pe care a ridicat-o alene și a arătat spre perete tremura de râs.

Gemenii râdeau și ei.

În acel moment, am crezut că era o idee bună să arunc în el cu telefonul lui Shane. A reușit să-l prindă datorită reflexelor sale perfect antrenate, dar s-a uitat la mine cu o poftă ucigașă în ochi. A clătinat încet din cap.

– Hei, ce-ar fi să aruncăm cu telefonul tău, ce zici? mi s-a adresat Shane cu iritare în voce.

Tony, pe de altă parte, râdea acum cu hohote.

Mi se făcuse cald. Simțeam că sunt pe cale să izbucnesc în plâns, așa că m-am târât repede de sub pătură și m-am ridicat, ca să mă îndepărtez cât mai mult de ei. Încă o clipă în compania tembelilor ăstora și dispar de pe lumea asta, sunt sigură.

– Unde te duci? Și scuzele? a strigat Dylan în spatele meu.

– Lasă-mă în pace!

În caz că voia să mă urmărească, am accelerat pasul.

Din fericire, el nu s-a mișcat de pe canapea, fie pentru că a văzut că nu aveam chef de glume, fie pur și simplu din lene. L-am auzit chicotind către ceilalți:

– Ce e cu ea?

Dacă n-aș fi știut că nici Vince, nici Will nu sunt acasă, cred că aș fi alergat chiar acum direct la biroul primului ca să mă plâng de ceilalți. Probabil că aș fi regretat mai târziu, dar nu contează. Acum tremuram de furie. M-am încuiat în dormitorul meu și am stat acolo singură ore întregi. L-am lăsat pe Shane să intre doar când mi-a adus comanda, dar nu i-am spus niciun cuvânt.

Eram ferm convinsă că frații mei se comportaseră astăzi chiar mai răutăcios decât de obicei, dar mai târziu mi-am dat seama că ei erau ca de obicei, dar eu eram cea care reacționa diferit. E posibil ca această schimbare să se fi datorat descoperirii pe care am făcut-o seara, când am mers la toaletă. Am căscat ochii năucită la chiloții mei.

Nu era prima dată când mi se întâmpla asta. Avusesem prima menstruație înainte să moară mama. Îmi amintesc că i-am spus și ea a zâmbit și chiar m-a felicitat. De atunci, am mai avut câteva menstruații neregulate. Privind retrospectiv, mi-am dat seama că ciclul meu s-ar fi reglat mult mai repede dacă nu ar fi fost tragedia prin care am trecut. Iar cea mai mare influență asupra acestui lucru a avut-o problema mea cu alimentația.

Numai că nu știam asta la momentul respectiv, iar într-o casă plină de bărbați nu prea aveam cu cine să vorbesc. În acea zi a fost prima dată când am sângerat atât de abundent și la început m-am speriat. Am început să caut niște tampoane sanitare pe care le păstrasem într-o cutie de bibelouri din baie. Am găsit două. Două tampoane. Dar nu puteau să-mi ajungă.

Atunci m-am speriat peste măsură. Nu mă așteptam la o menstruație atât de abundentă și, în plus, eram total nepregătită pentru asta și îmi era o frică de moarte de astfel de situații neașteptate.

Mi-am schimbat hainele, m-am spălat pe mâini și am făcut câteva exerciții de respirație profundă. Îmi era dor de mama mea douăzeci și patru de ore pe zi, șapte zile pe săptămână, dar într-o situație ca asta, îmi venea să m-arunc la podea și să plâng de neputință. Atât de mare nevoie aveam de ea acum.

Aveam o relație atât de bună cu ea, încât, atunci când am avut primul meu ciclu, practic m-am lăudat la ea fără jenă. Acum tremuram de frică și de rușine la simplul gând că ar trebui să vorbesc cu cineva din casă despre asta. M-am simțit brusc foarte, foarte singură.

Mai întâi am coborât la bucătărie să adaug tampoanele de care aveam nevoie pe lista de cumpărături care era atârnată pe frigider. În casa Monet, Eugenie se ocupa de cumpărăturile de la supermarket și, din fericire, cele mai mari se făceau întotdeauna sâmbăta, așa că, după calculele mele, aveam o șansă de a supraviețui cumva până mâine. Am sperat că aș putea chiar să o găsesc și să o rog să meargă la supermarket un pic mai devreme.

M-am repezit în bucătărie și deja luasem un pix, când mâna mi-a încremenit în aer. Eugenie era bolnavă. Asta îmi spusese Will în această dimineață. Inima mi s-a oprit în piept. Nu se știe când se va întoarce la muncă și când va fi rezolvată această sarcină. Exista posibilitatea ca în mod excepțional băieții să se ocupe de cumpărături. Dar când anume?

Cu pași timizi am intrat în sufragerie și m-am oprit în spatele canapelei. Vestea bună era că Dylan plecase. Cea proastă, că singurul care rămăsese era Tony. Stătea tolănit pe canapea așa cum numai un bărbat se poate întinde: crăcănat, cu un picior pe pământ, iar celălalt pe măsuța de cafea. Lângă el era un castron de pop-corn, pe care și-l îndesa în gură cu pumnul. Alături se aflau telecomanda pentru televizor și cea pentru consolă și un telefon. Nu părea că are de gând să meargă nicăieri în acea seară.

– Tony? am început, iar după o clipă, când mi-am dat seama că mă auzise, dar pur și simplu mă ignora, am continuat: Dacă Eugenie e bolnavă, cine va face cumpărăturile?

Mi-am mușcat buza, iar când Tony a ridicat din umeri ca răspuns, fără să mă privească măcar, mi-am închis pleoapele. Nu puteam să vorbesc cu el despre asta. N-am ce face, o să mă descurc cumva. O să mă gândesc la ceva.

Am răscolit toate băile pe care le știam din toată casa, cu excepția celor din camerele fraților și din aripa personalului. N-am găsit nimic. În reședința Monet, în afară de dormitorul meu, nu se mai găsea nicio urmă de feminitate. În cele două băi din camerele de oaspeți, am dat chiar peste cutii de prezervative, pe care le-am aruncat ca opărită. Naiba să-i ia de frați!

M-am întors apoi în dormitorul meu și am cercetat cu atenție fiecare milimetru al acestuia în speranța că undeva se afla un pachet de absorbante proaspete, gata de utilizare. Nici vorbă! M-am așezat pe pat și m-am holbat la fotografia mamei mele. Ce n-aș fi dat să fie măcar Will acasă! Aș fi murit de rușine explicându-i situația, dar el m-ar fi ajutat. Din păcate, trebuia să ajung cât mai repede la magazin și nu puteam până duminică, când se întorcea Will.

M-am îndreptat spre ușă, hotărâtă să-i explic în sfârșit situația lui Tony.

Apoi m-am întors și am petrecut următoarea jumătate de oră stând pe pat. O să intru în pământ de rușine. Era vorba de Tony. Mi-am îndesat fața în pernă și am scos un geamăt plin de frustrare.

– Vă rog, să mă împuște cineva! am gemut și imediat mi-am amintit că locuiesc într-o casă în care armele sunt disponibile probabil sub orice formă și culoare, așa că am ridicat imediat capul și m-am uitat în jur bănuitoare, ca și cum mi-ar fi fost teamă că cineva era pe cale să-mi îndeplinească cererea.

Îmi venea să înnebunesc.

Și pe deasupra a început să mă doară și abdomenul în partea de jos. Mă simțeam din ce în ce mai rău și nu eram deloc fericită că îmi venise ciclul, așa cum se întâmplase în urmă cu câteva luni.

Trebuia să merg la magazin. Acum. Tony trebuia să mă ajute. Era fratele meu. Era obligația lui. Mai ales că, din câte se părea, eram singuri în casă. Nu aveam pe nimeni altcineva la care să mă pot duce. Când m-am oprit pentru a doua oară în spatele canapelei din camera de zi, uitându-mă la ceafa fratelui meu, care nu-și schimbase poziția de ultima dată, am simțit cum mă lasă nervii. Era ca și când niște șerpi leneși se târâseră și își făcuseră un cuib în stomacul meu.

– Tony?

De data asta m-am oprit lângă televizor ca să fiu în raza lui vizuală. Se uita la un program despre automobilism, de la care nu avea de gând să-și ia ochii.

Mi-am lins buzele.

– Tony, am nevoie de ceva de la magazin.

– Și? a mormăit el neinteresat.

Am tras aer în piept. Cel puțin vorbise.

– Cineva trebuie să mă ducă acolo...

– Și?

Mi-am încleștat maxilarul, blestemând în sinea mea pentru a suta oară faptul că locuiam într-o zonă izolată, în mijlocul unei păduri întunecoase.

– Tony, am nevoie să mă duci la magazin.

S-a uitat în sfârșit la mine, dar ca și cum aș fi căzut din pomul de Crăciun. Nu a lipsit mult să-și dea o palmă peste frunte.

Am suspinat și mi-am împletit nervos mâinile în fața mea.

– Te rog, Tony.

– Am treabă, a spus el, apoi și-a băgat o altă porție de pop-corn în gură.

M-am uitat la fereastra mare, dincolo de care se întindea o negură adâncă, ca și cum aș fi căutat în ea forța și energia necesare ca să-i fac față celui mai mic dintre frații mei.

– Este important, am spus, făcând un pas înainte.

Drept răspuns, Tony a râgâit atât de tare, încât m-am strâmbat și m-a durut obrazul. În mod normal, aș fi aruncat, probabil, un comentariu dezaprobator, dar acum am vrut să mă abțin, așa că mi-am mușcat limba.

Am încercat din toate puterile să mă gândesc la un motiv pentru care Tony ar fi fost de acord să meargă la supermarket cu mine fără să-i mărturisesc adevărul, dar era clar că nu-i păsa de nimic, așa că ar fi fost un miracol să găsesc un argument convingător.

– Dacă tot stai acolo, ai putea să-mi aduci o bere, a intervenit el după o clipă și, cum nu am reacționat din prima, a aruncat în mine cu un bob de pop-corn.

M-am scuturat de el și l-am străfulgerat cu privirea.

– Dispari!

Tony a ridicat din umeri, a pus bolul de pop-corn pe măsuța de cafea, apoi s-a ridicat și s-a îndreptat încet spre bucătărie, ferindu-se de mine cu indiferență și verificându-și telefonul pe drum. Am rămas în sufragerie, gândindu-mă febril. Și apoi am auzit clinchetul sticlei și am deschis ochii larg. Dacă bea alcool, nu mai mergem nicăieri.

Am fugit în bucătărie, exact când Tony apuca deschizătorul de bere. Fără să stau prea mult pe gânduri, l-am tras de spatele tricoului.

– Tony...

A rânjit nemulțumit și s-a întors, concentrându-și în sfârșit atenția asupra mea. Părea iritat.

– Ce vrei? Mâine te duce cineva la magazin. Dă-mi drumul!

Nu știu cum eram mai mult – furioasă sau jenată –, dar cu siguranță că m-am înroșit foarte tare când, în cele din urmă, nu am mai putut suporta și am spus cu furie:

– Mi-a venit ciclul și îmi trebuie tampoane.

Timpul s-a oprit în loc.

Tony s-a holbat la mine câteva secunde lungi. A clipit de câteva ori și apoi o grimasă de jenă amestecată cu dezgust a apărut încet pe fața lui. Și-a încrețit fruntea și și-a înclinat capul. Dacă această situație nu ar fi fost atât de stânjenitoare pentru mine, aș fi izbucnit în râs văzând expresia de pe fața lui.

Apoi și-a ridicat sprâncenele. S-a uitat de jur împrejurul bucătăriei, ca și cum ar fi căutat vreo gaură în care să sară și să se ascundă de problemele mele de fată.

– Să mă ia dracu', a mormăit în șoaptă. Și-a frecat fața și a inspirat adânc. Să mă ia dracu'.

– Tony, eu...

– Liniște, a mârâit el, ridicând mâna.

S-a întors și s-a îndreptat spre hol. Am rămas nemișcată, ca vrăjită, cu inima bătând cu putere, ascultând și încercând să evaluez eficiența sincerității mele. Și, o clipă mai târziu, s-a auzit zgomotul de chei.

Câteva secunde după aceea, Tony a strigat:

– Haide!

M-am năpustit afară din casă, fără să-i dau timp să se răzgândească. Arătam ca un orfan cu o jachetă aruncată peste pantalonii de trening și cu fața vânătă, dar nu conta. Am sărit pe scaunul pasagerului în Lamborghiniul albastru al lui Shane, pe care îl alesese Tony dintre toate mașinile disponibile aici. În timp ce îl priveam cum pornește motorul, mi-am amintit de conversația mea cu Mona și mi-am pus în gând să-l rog pe Vince să iau lecții de condus cât mai curând posibil, pentru ca în viitor, în momente ca acesta, să mă pot duce singură la magazin.

Presupunând că Vince îmi va da voie.

Mi-am văzut fața reflectată în oglinda laterală și mi s-a făcut și mai tare rușine. M-am făcut stacojie ca o pătlăgică roșie.

Poate că era un lucru bun, cel puțin Tony știa că nici pentru mine nu era o situație agreabilă. Mașinile luxoase ale fraților mei, în special mașinile sport ca cea în care tocmai mă urcasem, aveau motoare puternice care torceau zgomotos. Sunau ca niște pantere pregătite să atace și de obicei îmi plăcea acest sunet, dar astăzi vibrațiile pe care le provocau pătrundeau în întreaga mașină, inclusiv în corpul meu, și mă iritau.

Din fericire, supermarketul nu era departe. În curând eram parcați într-o mare de alte mașini aparținând unor oameni care plecaseră în ultima clipă la cumpărături.

În magazin, Tony a impus un ritm rapid, iar eu abia puteam ține pasul cu el, dar nu îndrăzneam să scot o vorbă ca să-i spun să încetinească, deși abdomenul mă sâcâia din ce în ce mai tare. Mi-era teamă pentru că nu avusesem niciodată în trecut dureri menstruale și habar nu aveam cât de puternice puteau fi.

Tony a înșfăcat un cărucior de cumpărături și l-a împins până când s-a oprit pe culoarul corespunzător. Am încercat să-l ignor, în timp ce mă concentram să fac alegerea corectă. M-am uitat la toate acele tampoane sanitare de forme și culori diferite, cu și fără aripioare, parfumate și super-delicate ca atingerea unui fluture, cu margarete pictate pe ele, extra groase, extra subțiri, pentru zi, pentru noapte, pentru bună-dimineața și altele. Mi-am mușcat buzele ca să nu izbucnesc în plâns. Habar n-aveam la care să mă decid, care marcă era cea mai bună.

Mă înfierbântasem, pe lângă asta simțeam presiunea lui Tony asupra mea. Am luat două cutii diferite, câte una în fiecare mână și am început să citesc descrierea primei. Era foarte important pentru mine să mă aprovizionez cu produsele potrivite. Dacă aveam o piele grasă, nu aș fi cumpărat o cremă care să o facă și mai grasă. Într-o manieră la fel de conștientă, voiam să cumpăr și tampoanele. Am încercat să-mi amintesc cum arăta ambalajul celor pe care le foloseam astăzi, pe care mama mi le dăruise cu mult timp în urmă, dar în zadar.

– Ei bine? m-a presat Tony.

Îmi arunca priviri nerăbdătoare și cu siguranță nu se simțea în largul lui stând împreună cu mine pe raionul ăsta. Din când în când, se uita în jur, se freca la ochi, se scărpina în cap.

– Încă un minut, am mormăit, uitându-mă la tampoanele OB.

Auzisem cândva că sunt mai igienice. Dar nu eram sigură că aș putea să le folosesc. Am întins mâna să citesc despre ele și Tony s-a încruntat.

– Nu folosești dintr-astea!

Am ridicat o sprânceană la el, neîncrezătoare.

– De unde știi tu ce folosesc și ce nu folosesc? i-am șuierat furioasă.

Mă enerva cu comportamentul lui copilăresc și pentru că nu-mi ușura deloc sarcina deja dificilă.

Tony și-a ridicat buza superioară și s-a încruntat.

– Nu știu, nu pot, plec naibii de-aici. O să aștept acolo.

A durat exact un minut, apoi a reapărut lângă mine.

– Bine, timpul a expirat, m-a informat ferm și a întins brațul tatuat – l-a înfipt de la cot până la vârful degetelor în raftul de la nivelul pieptului său și, cu o singură mișcare, a măturat toate pachetele în coșul nostru; unele au căzut pe podea, dar lui nu i-a păsat deloc.

– Dar ce faci?! am strigat, uitându-mă la micul munte care se formase în cărucior. Nu-mi trebuie atât de multe...

Tony a ridicat un deget și l-a fluturat în fața nasului meu, apropiindu-și fața de a mea.

– Mai bine te-ai gândi și ai cumpăra mai multe acum, pentru că jur că n-o să mă mai scoți niciodată la cumpărături de felul ăsta.

Am vrut să-i spun că nu voi mai permite niciodată să ajung într-o situație în care ar trebui să-l rog așa ceva, dar a fost mai înțelept să tac. Nu am vrut să mai zăbovesc în acel supermarket nicio clipă, așa că am dat din cap și m-am aplecat să iau și să pun la loc pe raft cutiile pe care Tony le dăduse jos.

– În sfârșit, a bolborosit el când am părăsit raionul de coșmar cu un cărucior supărător de plin de tampoane sanitare.

Stând la rând, eu mă uitam în dreapta și Tony în stânga. Arătam probabil ca niște comedieni ambulanți. O adolescentă roșie la față, cu o vânătaie pe obraz, și un băiat evident mai în vârstă decât ea, iar în fața lor un cărucior plin cu produse de igienă pentru fete. Îmi venea să intru în pământ.

În plus, Tony nu arăta deloc ca un frate mai mare tipic. Semăna cu unul dintre băieții răi despre care sunt atât de multe cărți. Cei tatuați, cu fețe chipeșe și învăluiți în fum de țigară.

Casierița, o fată tânără, a zâmbit mai întâi la el, apoi m-a văzut și mi-a privit obrazul, după care a început să ne înregistreze cumpărăturile. Mă întreb ce poveste era în mintea ei. Din când în când încerca să se uite la noi, dar Tony i-a aruncat în cele din urmă o privire atât de rece și de sfidătoare, că biata de ea și-a ridicat capul doar când fratele meu a plătit și ne-am îndepărtat de casă.

Între timp mă cocoșasem și mă țineam de burtă. Și când dintr-odată am simțit o crampă atât de puternică, încât am scos un țipăt, Tony s-a uitat la mine buimăcit.

– M-a durut, i-am explicat, simțindu-mă jalnică.

El m-a apucat de cot și m-a condus la o bancă. M-am ghemuit ascultătoare, aplecându-mă în două și respirând adânc.

Frații mei, oricât de răi ar fi fost, fuseseră crescuți ca niște gentlemeni, de aceea Tony căra toate pungile pline cu cumpărături pentru mine, chiar dacă nu erau deloc grele. Le-a pus acum pe bancă lângă mine și a rămas în picioare, total confuz.

În magazin era zgomot, luminile artificiale îmi iritau ochii, iar muzica enervantă care venea din difuzoare mă făcea să vreau să-mi tai urechile. Pe deasupra, am simțit o altă crampă puternică.

– Hei, hei, ce e în neregulă cu tine? a întrebat Tony, iar în vocea lui se simțea nervozitatea provocată mai mult de îngrijorare, decât de iritare. Stăteam aplecată, cu ochii închiși și cu fața ascunsă în păr, așa că nu-i puteam vedea chipul, dar eram convinsă că era măcar puțin îngrijorat.

– Mă doare, am gemut din nou.

– E... e din cauza, știi tu... asta? a întrebat el nesigur.

Îl auzeam mai clar acum, așa că mi-am imaginat că se aplecase deasupra mea. Am dat din cap și nu m-am mișcat un moment lung până când Tony a vorbit din nou.

– O, haide! Doar nu poate să doară chiar atât de tare!

În ciuda disconfortului, m-am forțat să mă îndrept puțin și să-mi ridic capul doar ca să-i arunc o privire furioasă, iar el a întins mâna ca pentru a mă liniști.

– OK, OK. Bine, a mormăit el și a tras aer în piept, uitându-se în jur.

S-a uitat din nou la mine când mi-a scăpat un alt geamăt pe care nu l-am putut controla. A încrețit din sprâncene.

– Ascultă, a început el, luându-mă în serios probabil pentru prima dată în acea seară. Nu am nicio idee despre asta, bine? Nu știu ce să fac. Trebuie să-mi spui cum să te ajut.

Am vrut să plâng și să-i spun că nici eu nu știu, dar am închis ochii și am început să respir adânc.

– Dă-mi ceva pentru durere, am cerut slab.

Când mi-am deschis pleoapele, Tony se uita din nou în jur, probabil în căutarea farmaciei. Trebuia să fie pe aici pe undeva.

– Nu te pot lăsa singură. Nu e niciun bodyguard cu noi.

– Tony! am suspinat. Haide, suntem în magazin! Pot să aștept puțin pe bancă!

Cred că a luat în considerare cererea mea, dar imediat a scuturat categoric din cap.

– Nu pot. Vince ar fi supărat dacă ar afla, a mormăit el mai mult pentru sine decât pentru mine.

În cele din urmă, Tony s-a gândit și a sugerat să mergem la o farmacie unde poți face cumpărături din mașină. Am așteptat ceva mai mult și, când mi s-a părut că mi s-au mai domolit crampele, m-a lăsat să mă agăț de brațul lui, a luat sacoșele de cumpărături și încet, în ritm de broască-țestoasă, ne-am îndreptat spre mașină.

Am stat ghemuită și cocoșată pe scaunul pasagerului, în timp ce Tony s-a apropiat de geam și a cerut, citez: „Ăăă, ceva analgezic pentru asta, ăăăă..." Din fericire, farmacistul m-a văzut și cu o sprânceană ridicată l-a ajutat pe sărmanul Tony să se exprime. Am înghițit imediat tableta, sorbind din lipsă de altceva o Coca-Cola, pe care o găsisem în mașină.

Când am ajuns acasă, Tony m-a condus până la mine în cameră. Era evident că tot nu știa ce să facă, s-a uitat fix un moment, în timp ce am luat sacoșa pe care mi-o adusese aici și m-am îndreptat încet spre baie.

După ce m-am spălat, m-am întors în camera din care fratele meu dispăruse deja. M-am așezat pe pat, gândindu-mă ce ușurare este că pot să mă întind în sfârșit. Și apoi am clipit brusc.

M-am ridicat încet în șezut. Mi-am dus mâna la abdomen. Durerea dispăruse.

Acesta este cel mai minunat sentiment din lume – absența durerii. Categoric, îl apreciam prea rar. Am închis ochii o clipă și apoi m-am smuls din acest moment încântător pentru că aveam ceva de făcut.

Am coborât liniștită în sufragerie, unde Tony era din nou așezat în fața televizorului, dar nu cred că era la fel de relaxat cum fusese înainte. Când m-a văzut apropiindu-mă timid de canapea, mi-a aruncat o privire precaută, ca și cum i-ar fi fost teamă că o să sufăr din nou de crampe în fața lui.

– Mă simt mai bine acum, l-am informat imediat.

Încă nu mă simțeam sută la sută bine, dar partea cea mai grea a torturii trecuse. Ușurarea a străfulgerat în ochii lui Tony, dar a mascat rapid totul cu indiferență, fixându-și privirea din nou pe televizor.

M-am apropiat și m-am așezat lângă el, strângându-mi genunchii sub bărbie. El nu a reacționat. Un timp am urmărit programul lui fără vreun interes deosebit, până când, în cele din urmă, am întors capul să mă uit la el.

– Mulțumesc, Tony.

Chiar mă ajutase, indiferent cât de mult dramatizase totul.

A dat din cap, dar se pare că nu a vrut să continue discuția. Se uita la televizor ca și cum nimic nu s-ar fi întâmplat, iar eu îi respectam tăcerea, hotărând să mai stau cu el un moment. Ei bine, momentul s-a transformat în ore lungi, în timpul cărora pleoapele mi s-au făcut grele și, drept urmare, am adormit în sufragerie, lângă el. Mi-am amintit doar cum m-a trezit când a oprit televizorul și cum m-a condus în camera mea.

Tony, fidel stilului său de băiat dur, nici măcar nu mi-a spus „noapte bună", dar nu a mai contat, pentru că știam foarte bine că purtarea lui din seara asta exprima mult mai mult decât cuvintele.

17
O INIMĂ BUNĂ

Weekendul cu „Sfânta Treime" a fraților mei a trecut mai liniștit decât m-am așteptat, pentru că am fost prea ocupată să mă deprind cum să funcționez în preajma lor când sunt la ciclu. Am petrecut mult timp în dormitorul meu sau pe un scaun în bibliotecă. Am băut o mulțime de ceaiuri din plante, iar Shane și Dylan, care habar nu aveau de situație, dar probabil simțeau hormonii care bâzâiau în aer, nu s-au luat de mine.

Antrenamentul a fost, de asemenea, amânat, dar asta a fost doar din cauza vânătăii de pe obraz. Frații mei supraprotectori au spus că asta exclude toate exercițiile fizice. La început am crezut că nu are rost, dar acum mă bucur că au făcut-o. Nu am fost nevoită nici măcar să caut scuze.

Duminică seara, Will a venit să mă vadă. Mă dusesem la culcare devreme pentru că aveam dureri abdominale. Recunosc că mult mai slabe, dar pentru a le calma a trebuit să apelez la tablete. M-am întins sub plapumă și mă întrebam dacă de acum încolo voi trece prin același calvar în fiecare lună.

Will a închis ușor ușa în urma lui și s-a apropiat de pat. Era îmbrăcat într-o cămașă albastră perfect ajustată și pantaloni de culoare alb-murdar, cu o curea la fel. Dintre toți frații, el era cel care semăna cel mai mult ca stil cu tatăl său. Mă întrebam dacă

într-adevăr tocmai făcuse o călătorie lungă cu avionul într-o
ținută atât de formală.

— Cum te simți?

Un zâmbet compătimitor i s-a plimbat pe buze, iar ochii
îi străluceau blând, așa cum îmi plăcea mie cel mai mult. To-
tuși, de data aceasta nu eram la fel de încântată de ei, pentru că
mi-am dat repede seama că știa.

Știa.

— Tony ți-a spus! am gemut acuzator și mi-am ascuns fața în
pernă, astfel încât Will să nu-mi vadă obrajii înroșiți.

L-am auzit cum râdea încetișor și apoi l-am simțit când s-a
așezat pe marginea patului. Mâna lui a început să mă mângâie
blând pe spate, după care m-a bătut ușurel.

— Hei, uită-te la mine.

Când nu m-am mișcat, m-a mângâiat din nou, de data asta
pe cap.

— Nu, am bolborosit în pernă. Nu pot să cred că Tony ți-a
spus.

Mă întreb cui i-a mai spus. Ca și cum nu fusese suficientă
tortura mersului la supermarket. Acum toți ceilalți locuitori ai
casei trebuiau să știe despre cele mai intime probleme ale mele.
Naiba să-l ia pe Tony.

— Mi-a spus pentru că a fost îngrijorat pentru tine. Nu ai
nimic de care să-ți fie rușine, micuțo. Dimpotrivă, este un semn
că totul e în ordine cu tine. Ești sănătoasă. Îmi pare rău că nu
există nicio femeie în această casă care te-ar putea ajuta într-o
situație ca cea de vineri.

Asta mi-a mai încălzit puțin inima. Aveam nevoie de o astfel
de abordare matură. Mi-am întors capul și m-am uitat cu pre-
cauție la Will din spatele pădurii de păr încâlcit.

— Deci doar tu și el știți? am întrebat.

— Și Vince.

Mi-am ascuns din nou fața în pernă. Știind că tocmai Vince era informat despre chestiuni atât de intime pentru mine, m-am simțit și mai stânjenită.

– Hei, hei, ia-o ușor, micuțo. Este tutorele tău, prin urmare trebuie să știe tot ce este legat de sănătatea ta. Nu ai de ce să-ți faci griji. Nu cunosc o persoană mai discretă decât el.

– Nu vreau să vorbesc cu el despre asta, am declarat.

– Nimeni nu te va forța să faci asta. Dacă ai vreo problemă sau ai nevoie să vorbești, poți întotdeauna să apelezi la mine. Știi asta, nu-i așa?

Am dat din cap și a urmat un moment de tăcere, în timpul căruia m-am uitat din nou la el.

– Will, nici nu știi ce coșmar a fost să-l rog pe Tony să facă asta... A fost oribil... am suspinat, cutremurată de rușine.

Am redeschis ochii aproape imediat, când am auzit râsul copios al lui Will. Râdea de mine, sau de Tony, sau de noi amândoi în general și mi-am întredeschis pleoapele pentru că el își acoperise ochii cu mâna și se zguduia de râs. Dacă ar fi fost oricare dintre ceilalți trei frați mai mici ai mei, l-aș fi pocnit cu o pernă, dar Will avea un ascendent față de mine, așa că doar l-am pironit cu o privire ucigașă.

– Tony e un prost, a mormăit el, clătinând din cap. În cele din urmă s-a calmat și a adăugat: Era speriat pentru că nu mai avusese de-a face cu astfel de lucruri.

Mi-am dat ochii peste cap. Dar apoi am simțit că trebuie să fiu dreaptă cu fratele meu cel ursuz, așa că am mărturisit:

– Dar m-a ajutat.

Privirea ochilor albaștri ai lui Will s-a întâlnit cu a mea.

– Bineînțeles că te-a ajutat.

Degetele lui mi-au prins ușor una dintre șuvițele de păr și au dat-o la o parte. A repetat această acțiune de mai multe ori până când în sfârșit mi-a dezvelit fața și cu degetul arătător m-a mângâiat pe obrazul expus. Foarte delicat, pentru că încă mai era acolo o vânătaie urâtă.

– Acum trebuie să plec, dar vreau să-ți amintești că poți întotdeauna conta pe noi, bine? Pe mine la fel de mult ca pe Vince sau Tony sau pe ceilalți.

Am dat din cap. Nu voi nega că mi-a plăcut să aud astfel de mărturisiri. Era foarte liniștitor să știu că, de fapt, nu eram singură pe lumea asta.

– OK.

– Dacă e OK, atunci e bine.

Will mi-a mai zâmbit o dată și s-a ridicat în picioare.

– Nu uita să-ți ungi fața, unguentul pare să ajute. Și ai grijă cu pastilele pentru durere.

– Mm. Will?

– Da?

– Unde te duci?

Stătea la ușă și ridica ușor sprâncenele și colțurile gurii.

– Să mă spăl și să mă schimb, micuțo.

– Te duci să-l vezi pe bărbatul care m-a lovit? am întrebat eu încet.

Will și-a întredeschis buzele, dar a mormăit repede.

– De ce întrebi...?

– Băieții au pomenit ceva.

– N-ar fi trebuit, treaba asta nu te mai privește, a spus el și a adăugat: Da, eu și Vince vom clarifica această neînțelegere.

– Ai de gând să vorbești cu el?

– Exact așa, micuțo. Noapte bună.

Will mi-a făcut cu ochiul și a închis ușa în urma lui, iar eu nu am putut dormi încă mult timp. Pe de o parte mă topeam de afecțiune pură pentru el, pentru că era minunat și atât de bun cu mine, dar pe de altă parte avea ceva în el care mă deranja.

A doua zi l-am văzut pe Vincent. M-a găsit în bucătărie la micul-dejun și m-a instruit să îi spun lui Leo să vină marți la ora optsprezece. Atitudinea oficială cu care îl trata pe colegul meu de școală mă uimea, dar nu am îndrăznit să-i spun nimic ca să nu se supere.

În cele din urmă, a trebuit să iau legătura cu Leo prin intermediul Monei, deoarece Vincent a insistat și el ca eu să nu merg la școală. Bănuiam că fusese atât de îngăduitor în această privință din două motive. În primul rând, mă cunoștea și știa că dădeam mereu sută la sută când venea vorba de învățat, așa că nu era nevoie să se îngrijoreze în legătură cu asta. În al doilea rând, avea suficiente relații la școală ca să-mi motiveze absențele.

Luni și apoi marți, am petrecut ore întregi recuperând acasă, dar nu mă puteam concentra, pentru că mă tot gândeam că Leo va veni aici după-amiază. Nu-l mai văzusem de joi și mă emoționam la gândul că îl voi revedea. Și încă la mine acasă.

Cu puțin înainte de ora șase stăteam ca pe ace. Eram împreună cu Shane în sufragerie. El se uita la ceva la televizor, iar eu ronțăiam pop-cornul lui, mâncându-mi nervii. Voiam ca totul să se rezolve. Ca Leo să vorbească cu Vincent, să îi explice situația lui și fratelui meu să i se facă milă de el. Ca totul să meargă bine.

Vince a apărut la parter și când l-am văzut m-am simțit și mai stresată. Odată, în școala primară, lăsasem câțiva colegi să copieze temele după mine și când învățătoarea și-a dat seama, i-a chemat pe părinții noștri pentru o discuție. Am așteptat atunci ca mama să se întoarcă, cu stomacul încleștat dureros. Acum mă simțeam exact la fel.

Fratele meu mai mare și-a făcut un espresso și a venit în sufragerie cu o ceașcă mică albă în mână. Arăta cât se poate de elegant într-o cămașă gri cu o vestă neagră pe deasupra și pantaloni negri. S-a oprit la intrarea în camera de zi și s-a sprijinit lateral de perete, iar când m-am întors spre el pentru o clipă și am văzut că se uita la mine, mi-am înfipt imediat ochii în ecranul televizorului.

De asemenea, mă uitam inconștient la telefonul meu din când în când. Îl deblocam ca să văd dacă îmi scrisese cineva, îl puneam deoparte și după un minut verificam din nou.

Leo a sosit la timp. Din câte știam eu, Vince își direcționa de obicei clienții către o intrare separată, care făcea legătura direct cu aripa de lucru. Asta ar explica de ce nu văzusem niciodată străini în preajma casei.

Colegul meu, însă, a beneficiat de un tratament special și i s-a permis să intre în reședință în calitate de oaspete. Așa că și-a parcat pe alee mașina mare, dar veche și decolorată, cu o mică adâncitură la farul din spate – chiar lângă cele două automobile sport ale fraților mei. Din nu știu ce motiv nu le duseseră în garaj. Frații mei erau ca niște copii mari și își lăsau mașinile parcate ca niște piese de Lego împrăștiate în camera unui copil de patru ani. Eu reușisem să mă obișnuiesc cu priveliștea, dar Leo clar s-a simțit copleșit. Nu doar de mașini ca atare, ci și de dimensiunea reședinței Monet și a împrejurimilor.

Am observat că devenise palid la față. Rănile lui se vindecau mai lent decât vânătaia mea. Avea pete pe arcada sprâncenelor și o mulțime de semne purpurii. Cu toate acestea, a reușit să facă o impresie destul de bună. Eu, în locul lui, aș fi leșinat deja de cinci ori.

M-am repezit în întâmpinarea lui mai brusc decât ar fi fost cazul. M-am stăpânit în ultimul moment să păstrez distanța, amintindu-mi că, la urma urmei, Vincent ne privea. Dar nu mi-am putut reține un zâmbet larg. Eram încă mândră de mine pentru că făcusem ca această întâlnire să aibă loc.

Leo a intrat în locuința noastră, uitându-se repede în jur. Și el era îmbrăcat tot în cămașă, dar de culoare kaki, și pantaloni de culoare închisă. Arăta foarte îngrijit și chipeș, deși nu putea concura cu Vincent în materie de eleganță. Ei bine, nu toată lumea își poate permite haine la comandă și ceasuri de mână care costă cât un mic apartament.

La vederea fratelui meu mai mare, Leo a încremenit o clipă, apoi a luat o expresie hotărâtă, atât de profesionistă și concentrată, ca și cum s-ar fi pregătit pentru această misiune de mult timp și ar fi plănuit să o ducă la bun sfârșit cu orice preț. A dat din cap spre fratele meu, iar întreaga sa atitudine exprima respect.

– Bună seara, a spus el tare și politicos, și am fost impresionată că vocea nu-i tremura.

Vince s-a uitat foarte atent la el și a răspuns la fel de civilizat, folosind acel ton înghețat-formal preferat, al cărui sunet de obicei mă făcea să vreau să mă învelesc într-o pătură și să țin în mână o ceașcă de ceai fierbinte.

Leo era mai înalt decât mine, dar dintre noi trei în mod clar Vince se înălța deasupra noastră.

– Leonard Hardy. Vă mulțumesc foarte mult că ați acceptat să vă întâlniți cu mine.

Colegul meu i-a întins mâna lui Vince și am simțit în gestul lui o urmă de nesiguranță, ca și cum nu ar fi știut dacă era cel mai potrivit. Fratele meu s-a uitat la mâna întinsă în fața lui și apoi la ochii aurii ai interlocutorului său.

Îmi venea să-l îmbrățișez pe Vince și să-l rog, la fel de frumos ca data trecută, să fie bun și înțelegător, dar nu am îndrăznit să scot un cuvânt. Asta pentru că fratele meu își pusese acum una dintre măștile sale – cea care mă speria pe mine cel mai mult. Se comporta ca o persoană complet străină.

Vincent a decis că nu trebuie să se prezinte, pentru că a dat doar din cap, dar i-a strâns mâna lui Leo și, deși gestul a părut foarte rigid și sever, m-am simțit ușurată.

– Vom merge la mine în birou, dacă nu ai nimic împotrivă, a spus Vince și era evident că Leo nu putea avea nimic împotrivă.

După aceste cuvinte, fratele meu s-a îndreptat spre scări, iar Leo a pornit imediat după el. Eu i-am aruncat un zâmbet de încurajare și am făcut un pas înapoi, când Vince a întors capul și m-a străpuns cu ochii lui strălucitori.

– Și tu, Hailie!

Am înghețat, devenind instantaneu serioasă.

– Eu?

– Da, tu. Tu ai mijlocit această întâlnire și vreau să fii de față la ea.

Fără alte explicații, a continuat să urce scările, iar eu am înghițit în sec. Nu eram deosebit de încântată de perspectiva conversației iminente, dar e clar că nu aveam de ales. Am schimbat doar priviri cu Leo, căruia decizia lui Vincent i s-a părut bună. Îl înțelegeam, pentru că a-l înfrunta de unul singur pe fratele meu mai mare nu era chiar floare la ureche.

L-am urmat pe Vince, privind fix la spatele lui drept și zvelt și am încercat să reprim anxietatea care creștea în mine. Cu coada ochiului, am văzut cum Shane își întorcea curios capul în spatele nostru de pe canapeaua din sufragerie.

Agentul de pază cu părul blond stătea lângă ușa de la biroul lui Vince și s-a dat respectuos laoparte în fața noastră. Fratele meu s-a așezat imediat la biroul mare, impunător, și fără să-l mai întreb, am decis să rămân în umbră și m-am așezat pe canapeaua din piele.

Eram de față, dar asta nu însemna chiar că trebuie să stau vizavi de privirea investigatoare a tutorelui meu. Leo știa foarte bine că nu avea dreptul la un astfel de privilegiu și nu avea de ales, așa că s-a așezat într-unul din acele fotolii blestemate.

Vince mi-a aruncat o privire în treacăt, dar nu părea deranjat de alegerea mea. S-a instalat confortabil în scaunul său, și-a sprijinit cotul pe cotieră și bărbia pe vârful palmei și se uita cu ochi de hipnotizator la colegul meu.

Leo privea de jur împrejurul încăperii. Când mă uitam la el, mi-am amintit cât de stresată fusesem prima dată când am avut o conversație cu Vincent. Și totuși, este fratele meu! Dacă ar fi fost un străin, cu siguranță m-ar fi înspăimântat de zece ori mai mult.

— Ei bine, Leonard. Sora mea m-a rugat să te primesc. Se pare că vrei să vorbești cu mine – a început Vince pe un ton foarte oficial care m-a făcut să regret că nu mi-am pus un pulover mai călduros.

Leo stătea încordat, dar și concentrat.

— Da. Și vă mulțumesc din nou pentru că v-ați găsit timp.

Mă simțeam de-a dreptul jenată că Leo i se adresa fratelui meu cu „domnule", dar Vince nu avea de gând să-l scutească de aceste formalități. Nici nu intenționa să-i acorde vreo concesie. Avea de gând să-l trateze ca pe oricare alt client, așa cum îi numea el pe oaspeții săi.

Îmi venea să mă strecor de aici neobservată, ceea ce era evident imposibil, așa că ședeam pe canapea și îmi mușcam buza tot mai tare și mai tare.

– Nu mi-aș fi găsit, dacă Hailie nu ar fi intervenit pentru tine.

– Știu, și de aceea îi sunt recunoscător.

Leo mi-a aruncat o privire fugară. Îi vorbea lui Vince cu toată sinceritatea. Nu eram sigură dacă și fratelui meu îi va face o impresie similară cu cea pe care mi-o făcuse mie.

– Mmm, a mormăit el, fixându-l cu o privire cercetătoare. Spune-mi, așadar, cu ce problemă ai venit la mine.

Atunci colegul meu s-a așezat mai bine în fotoliu, a tușit și a început un discurs dinainte pregătit și probabil repetat de sute de ori:

– Fratele meu, Ryder Hardy, nu știu dacă numele vă spune ceva, s-a întrerupt el și, când Vince nici măcar nu a tresărit, a continuat: Ryder v-a rămas dator. Fără să discute cu mama, i-a ipotecat cofetăria. Acum e la dezintoxicare, așa că nu câștigă nimic și, ca urmare, ea trebuie să plătească datoria lui. Și ea... Leo și-a frecat discret mâinile pe coapse. Nu avem bani pentru asta. Înainte, puteam să muncesc ca să câștig niște bani și să o ajut, dar din acest semestru am schimbat școala, am primit o bursă, pe care trebuie să o mențin și am nevoie de timp să învăț. Mama și-a terminat banii pe care îi pusese deoparte pentru zile negre și, dacă mai continuă tot așa, vom ajunge în stradă.

Auzeam această poveste a doua oară, cu câteva detalii suplimentare și acum mi s-a strâns inima și mai mult. Erau atât de multe lucruri în neregulă, încât lui Vince trebuia să-i fie milă de el.

– Ce coincidență că ai primit o bursă chiar la aceeași academie la care merg și frații mei, a remarcat el.

Leo a dat rapid din cap.

– Este într-adevăr o coincidență. Mă frământam ce să fac, iar apoi am aflat că după vacanță voi merge la aceeași școală ca sora și frații dumneavoastră mai mici. Am văzut asta ca... o oportunitate din partea... Universului?

– Mhm, a mormăit Vince politicos, apoi, fără să-și schimbe poziția, expresia feței sau tonul vocii, l-a îndemnat: Continuă.

Leo a respirat adânc și a răspuns cu curaj acelei priviri reci.

– Aș dori să cer o amânare a datoriei. Sau rate mai mici. Orice, a spus el cu primele semne de disperare în voce.

Vincent s-a aplecat ușor în față, cu coatele de data aceasta așezate pe birou și cu bărbia rezemată pe mâinile cu degetele împletite.

– Știi ce aș vrea să te rog, Leo? a întrebat el cu vocea sa înfundată, dar răspicată. Suna neplăcut și periculos.

M-am uitat la el, alarmată de schimbarea lui bruscă.

Leo părea surprins de întrebare, dar a dat încet și precaut din cap.

– Aș vrea să te rog să nu o mai bați la cap pe sora mea cu problemele tale.

Inima mi s-a oprit în loc.

– Eu, ăă... a bâiguit Leo, total luat prin surprindere. Mi-a aruncat o privire rugătoare.

– Dar, Vince, nu e vina lui, am intervenit eu și am tremurat, când cuvintele mele i-au atras atenția asupra mea ca un magnet.

Tutorele meu m-a fixat cu privirea lui fără milă. Simțeam cum citește în sufletul meu, ca într-o carte, una care avea cuprins, dedicație și epilog. Putea să pună semne de carte în ea și să îndoaie paginile. Putea să-și evidențieze pasajele preferate cu markere colorate.

Am tremurat din nou. Ceva nu era în regulă.

Vince nu a întrerupt contactul nostru vizual nici măcar atunci când Leo a vorbit mai tare.

– Îmi pare rău, aveți dreptate. N-ar fi trebuit s-o implic pe Hailie în asta.

Am înghețat și, desigur, panica și frica mi-au apărut în ochi, dar Vince nu a comentat, doar s-a uitat la mine încă un moment, suficient cât să încep să transpir din cauza stresului.

– Nu trebuia, așa este, a aprobat el. Desigur, realitatea este că nu ai fi implicat-o în nimic dacă nu ar fi fost ea însăși de acord cu asta de bunăvoie.

Începuse să-mi fie greață.

– Chiar e vina mea. Hailie nu a făcut nimic rău, jur. Îmi asum eu toată vina.

Vince și-a ridicat sprâncenele.

– Te aștepți să fiu de acord cu ceea ce spui?

Leo a respirat calm și apoi s-a uitat la podea ca să-și adune gândurile.

– Nu mă aștept la nimic, doar vă rog. Am încercat mult timp să găsesc o modalitate de a obține o audiență la dumneavoastră. Faptul că mergeam la aceeași școală ca Hailie și am putut s-o abordez pe coridor a fost pentru mine o adevărată mană cerească, sincer, a spus el, cu mâinile strânse acum pe coapse. Nu voiam să o amestec în problemele mele, dar nu mai știam ce să fac. De aceea am abordat-o în pauză. La început nu a vrut să mă asculte, zău așa. I s-a făcut milă de mine abia după un timp.

La sfârșitul expunerii sale a încercat să mă apere, dar nu dădeam doi bani pe încercările lui jalnice, pentru că nu mă interesa decât faptul că recunoscuse în treacăt că rolul meu nu fusese deloc atât de întâmplător pe cât lăsasem să se înțeleagă.

Mi-am dat seama cu încetinitorul ce necaz dăduse peste mine. Mințisem, iar Vincent tocmai descoperea acest lucru.

– Îți mulțumesc pentru sinceritate, Leo. Nu fac niciun secret din faptul că aș fi preferat să aud asta de la altcineva, a spus Vincent în timp ce și-a înclinat ușor capul în direcția mea. Totuși, îți apreciez cuvintele. Nu-ți pot promite prea multe, dar mă voi ocupa de cazul tău.

– Mulțumesc, a spus Leo repede.

Îi simțeam privirea îngrijorată asupra mea, dar nu-l vedeam, pentru că mă uitam la coapsele mele. Pur și simplu nu puteam să cred ce se întâmpla. Nici măcar nu îndrăzneam să ridic ochii.

– Vreau numai să adaug că Hailie este cu adevărat nevinovată. Ea are doar o inimă bună.

Vincent a suspinat, dar nu cu indulgența cu care o făcea de obicei când discuta cu mine, ci mai degrabă cu nerăbdare.

– Leo, este foarte frumos din partea ta că îi iei apărarea. Totuși, eu o să decid cât de mult din asta e vina ei, a spus Vince ferm, hotărât și fără să lase loc de discuții.

Iisuse, sunt gata să vomit.

– Cred că acesta este sfârșitul conversației noastre. Agentul de pază te va escorta la ieșire. La revedere, Leo.

Vince și-a luat rămas-bun și, fără să mai aștepte ca oaspetele să-i înregistreze cuvintele, s-a întors spre mine:

– Tu, dragă copilă, ești invitată să-i iei locul.

Îmi venea să plâng. Nu mă așteptam la această întorsătură a evenimentelor. Mă simțeam ca o idioată, ca o cretină. Ținându-mi capul în jos, m-am ridicat și m-am dus la fotoliul din care tocmai se ridicase Leo. Vinovăția și stânjeneala radiau din el, dar nu-l puteam privi în ochi. Nici nu i-am răspuns la privirea de la despărțire. Nu voiam să vadă starea în care mă adusese.

Eram încă șocată. Leo întârzia să plece, dar nimeni nu mai avea nimic de adăugat și nici el probabil că nu voia să pună la încercare răbdarea fratelui meu, așa că în curând s-a auzit un clic de la ușă și acesta a fost semnul că rămăsesem singură în cameră cu Vincent.

Am încercat să înțeleg cum de putuse să meargă totul atât de prost. Tăcerea a durat foarte mult timp și în cele din urmă mi-am ridicat capul, presupunând că Vince era preocupat de altceva, dar când am văzut că mă privea atent în tot acest timp, m-am simțit stânjenită și mi-am coborât din nou privirea.

– Ce s-a întâmplat, Hailie? a întrebat pe un ton impasibil care m-a înghețat din interior spre exterior. Nu poți nici măcar să te uiți la mine? Ți-e rușine?

Avea dreptate, nu mă puteam uita la el, dar m-a provocat cu cuvintele lui. Nu-mi vorbise niciodată până atunci într-un mod atât de neplăcut. Mi-am permis să fac o grimasă în timp ce îmi ridicam ochii spre el. Uitându-mă la el buimăcită, am întrebat:

– Și ai tras imediat concluzia că spune adevărul?

Vince nu a întrerupt contactul vizual în timp ce deschidea laptopul de pe birou. Probabil că avea înregistrarea gata pregătită, pentru că după un singur click a început redarea.

S-a auzit un bâzâit, urmat de râsul nostru nervos. Vocea veselă a lui Leo. Chicotitul Monei. Nu mi-am putut controla buzele, care s-au depărtat de la sine. Vince își desfăta privirea cu reacția mea. A oprit înregistrarea și din nou s-a așternut tăcerea.

– Dylan a spus că laptopul din cofetăria Hardy nu avea boxe conectate. Când am redat înregistrarea, am presupus că nu era sunet, dar mai târziu, după confruntarea noastră, am constatat că acesta fusese pur și simplu dezactivat, mi-a explicat Vincent, iar eu am încremenit. Imaginează-ți dezamăgirea mea când am descoperit că sora mea mai mică ne mințise.

Am început să caut în memorie și să-mi amintesc despre ce vorbeam atunci. Din păcate, replica pe care Leo i-o adresase doamnei Hardy vorbea deja de la sine. „Relaxează-te. Ele știu." Foarte puțin din acel video a coincis cu povestea pe care o ticluisem pentru frații mei.

Și apoi mi-am dat seama ce spusese Vincent. Era probabil cel mai rău lucru pe care îl auzisem vreodată de la el. Gâtul mi s-a strâns de vinovăție.

Îl dezamăgisem.

18
EPOCA DE GHEAȚĂ

M-am agățat spasmodic de tricoul roșu al lui Shane. Locul în care mi-am lipit fața de el era îmbibat de lacrimile mele. Plângeam isteric, umerii mi se zgâlțâiau și nu mă ajutau deloc nici cuvintele blânde pe care fratele meu mi le repeta din când în când, nici mâna lui care mă mângâia ușor pe spate.

Respirația mea era superficială și intermitentă, iar inima îmi galopa ca unui cal de cursă. Un nod mare și greu mi se formase în gât și nu făcea altceva decât să-mi sporească dorința de a vomita. Obrajii mei erau lipicioși de lacrimi. Acestea curgeau în șuvoaie neîntrerupte din ochii mei umflați și înroșiți.

– Hailie, respiră adânc. Haide, Hailie, respiră adânc. Respiră adânc, mă instruia Shane.

Brațele lui, în care căutam cu disperare sprijin, s-au încordat și s-au strâns în jurul corpului meu micuț. De asta aveam nevoie. De cineva care să mă țină strâns și să nu-mi dea drumul pentru nimic în lume.

Shane mirosea a mentă și a pop-corn proaspăt, nici sărat, nici caramel. Poate că mâncase cu ceva timp în urmă. Tricoul lui era larg și moale, probabil făcut dintr-un material foarte bun, care îl făcea mai confortabil decât orice pernă.

În cele din urmă am închis ochii, ca să nu mă las distrasă de haosul care domnea în dormitorul lui.

Acest confort care îmi alina aproape toate simțurile m-a făcut să mă calmez după un timp, deși încă mai simțeam durerea de cap.

Shane supraviețuise eroic uneia dintre cele mai grave crize de isterie pe care le avusesem vreodată. A fost aproape la fel de cumplit ca atunci când țipasem la frații mei și aproape că mi s-a făcut rău după aceea, sau când Vincent m-a luat de pe mormântul mamei.

Stăteam pe un pat mare acoperit cu o cuvertură neagră aruncată neglijent. Eugenie nu se făcuse încă bine și absența ei începea încet-încet să fie vizibilă la tot pasul în reședința Monet.

În dormitorul lui Shane era un birou de dimensiuni considerabile, pe care nu știu din ce motiv erau două laptopuri care stăteau acolo și două boxe mari amenințătoare pe care probabil că nu le folosea niciodată, pentru că mi-am imaginat că, dacă ar fi răsunat ceva prin ele, ar fi șters toată casa de pe fața pământului. Într-un colț al camerei atârna un sac de box mare, asemănător cu cele două care erau și în sala de sport. Atașat de perete avea un televizor cu ecran plat, iar pe jos, sub el, zăcea aruncată neglijent telecomanda conectată la o consolă.

– Gata? a întrebat el încet și blând.

Mi-am tras nasul și am scuturat negativ din cap, holbându-mă la pardoseală fără să văd nimic. Nu mai urlam, dar greutatea din pieptul meu nu dispăruse.

Shane a slăbit puțin strânsoarea și s-a aplecat spre noptieră. Eram lipită de el ca un scai, așa că nu i-am ușurat sarcina când a băgat o mână în sertar, l-a deschis și a scos din adâncurile lui un pachet de șervețele. L-am acceptat cu recunoștință și imediat mi-am suflat nasul, apoi mi-am șters lacrimile care nu avuseseră timp să se usuce.

– Bine, și acum spune-mi despre ce este vorba, a încercat Shane din nou, frecându-mi umărul în semn de încurajare.

Am suspinat.

– Eu... ăăă... nu cred că vreau să vorbesc...

– Ei bine, nu ai de ales, pentru că vreau să știu, a răspuns el, și o undă ușoară de amuzament i-a luminat fața.

La început m-am enervat puțin și mi-am încruntat sprâncenele, dar când Shane și-a ridicat și el sprâncenele și colțurile gurii au început să-i tremure ca răspuns la fața mea încruntată, nu am mai putut suporta și am oftat din nou. Nu puteam să fiu supărată pe el și am decis să-l las să fie vesel și chiar să fiu și eu sinceră.

– M-am certat cu Vincent, i-am mărturisit liniștită și am tresărit când mi-am amintit ce se întâmplase între noi.

Pe buzele lui Shane a apărut acum un zâmbet foarte mic și chiar compătimitor.

– V-ați certat? Sau a fost doar el cel care a țipat la tine?

M-am uitat la el cu o privire optimistă.

– Vince nu țipă, ai uitat?

– Ei bine, da, el doar șoptește amenințător, a chicotit el.

Deși nu-mi ardea deloc de râs, am chicotit.

Shane părea mulțumit de el însuși, pentru că reușise să mă înveselească puțin. Dar veselia mea nu a durat mult timp. Mi-am coborât privirea și am început să mă joc cu un șervețel folosit. În cele din urmă, mi-am adunat curajul să mărturisesc:

– I-am spus lui Vince că îl urăsc și că e un frate nesuferit și... cel mai rău frate.

M-am gândit că dacă spun asta cu voce tare mă voi simți mai bine, dar, la naiba, de fapt m-am simțit și mai rău.

Încă mai credeam că am dreptul să fiu supărată pe Vincent, dar, în timp ce rosteam cuvintele, mi-am dat seama că ceva nu e în ordine, că nu suna deloc bine și, chiar dacă simțeam această furie pe fratele meu cel mai mare, în inima mea stupidă și sensibilă se cuibărea un sentiment de vinovăție.

Oh, dar aveam dreptate...

M-am întors cu gândul înapoi la scena din biroul lui Vincent. Cu doar o clipă în urmă stăteam ghemuită într-un fotoliu în fața acelui birou imens, în poziția perfectă pentru a fi scanată de ochii lui sfredelitori. Bineînțeles, conform obiceiului meu, îmi mușcam buza.

Îl mințisem și încă atât de perfid, încât nici nu știam cum să mă apăr acum. Nu vedeam nicio speranță și nicio altă soluție decât să-mi recunosc pur și simplu vinovăția. Vince urmărea înregistrarea de la cofetăria doamnei Hardy cu sunet. Știa că vizita acolo fusese pregătită și alte minciuni nu ar fi făcut decât să pună și mai mult gaz pe foc.

Evitându-i privirea, am confirmat versiunea lui Leo, dezvăluind toată povestea planului nostru. Vince a ascultat cu atenție ce i-am spus. Știam, de asemenea, că deja mă judecase.

– Știai că nu-mi va plăcea faptul că acest băiat te-a abordat la școală, așa că tu și cu el ați pus la cale o stratagemă ca să mă înșelați, a concluzionat el rece, cu voce tare.

– Nu ca să te înșel...

Chiar nu mă gândisem la asta. Înșelătorie suna prea grav și, folosit în acest context, mi se părea un termen exagerat.

Vince și-a înfipt privirea sfredelitoare în mine. Nu știu dacă o făcea intenționat sau dacă pur și simplu avea acest stil înnăscut, dar mă adusese într-o asemenea stare, încât nu-mi mai rămăsese decât să mă aștept la un atac de cord.

– A, nu? Atunci de ce? a întrebat el cu un interes sincer și rece.

Nu aveam un răspuns bun la această întrebare și nici pentru toate comorile din lume nu eram în stare să mă concentrez să găsesc unul.

Vince, de altfel, nu aștepta justificări.

– Hailie, știi de ce colegul tău mi-a mărturisit adevărul, chiar dacă probabil se aștepta să-ți facă probleme?

Am clătinat din cap cu tristețe. Nu avusesem încă timp să analizez trădarea lui Leo.

Vince s-a lăsat pe spate în scaunul său, și-a trecut mâna prin părul pieptănat pe spate și și-a închis laptopul cu o mișcare neglijentă. Ei bine, cel puțin nu avea de gând să mă tortureze și mai mult urmărind acel videoclip.

Am așteptat încordată să vorbească din nou.

– Pentru că este mai deștept decât mă așteptam. A riscat să spună adevărul pentru că a sperat că voi aprecia asta și îi voi asculta cererea, ceea ce teoretic am și făcut. Dorea să o ajute pe mama lui cu orice preț, chiar și cu prețul de a te trăda în fața mea pe tine, adică persoana care l-a ajutat. Știi de ce a făcut asta?

Cam în acest moment ochii mei au început să ardă, pentru că am înțeles ce vrea să spună Vincent. Totuși, am preferat să scutur din cap. Știa că știam, dar i-a făcut plăcere să-mi servească replica:

– Pentru că a ales familia, nu o fătucă prostuță pe care abia o cunoscuse!

La auzul veninului și furiei ascunse în acea frază rostită pe un ton calm, am izbucnit în lacrimi.

Vince s-a uitat intens la mine și a clătinat încet din cap. Era cu adevărat furios. Nu iritat sau enervat, cum se întâmpla uneori cu mine. Era furios.

– Spune-mi, dragă copilă, de câte ori mai trebuie să te arzi ca să nu te mai arunci în foc? S-a încruntat. Cum se face că oamenii din jurul tău știu că familia vine întotdeauna pe primul loc, iar tu ești singura care încă nu reușește să înțeleagă acest lucru?

Mi-am strâns brațele în jurul corpului. Mi-era frig, iar răceala emanată de Vincent nu mă ajuta. Pe lângă asta, îmi părea rău, pentru că ceea ce spunea și felul cum interpreta el întreaga situație era complet greșit. Cu toate acestea, în loc să ascult politicoasă reproșurile fratelui meu, am ales o cale diferită.

– Poate că oamenii din jurul meu nu au familii care fac parte din mafie? am ripostat, punând accent pe ultimul cuvânt.

Una dintre mâinile mele se mişca disperată, ca şi cum ar fi vrut să se ducă la gură şi să mi-o acopere strâns, astfel încât să nu mai iasă nimic. Am oprit-o, pentru că oricum era prea târziu.

Vince nu s-a mirat, nu s-a enervat mai tare şi nici nu s-a supărat. Sau cel puţin nu a arătat nimic în acest sens, pentru că a continuat să se uite la mine cu aceeaşi expresie parcă sculptată în piatră.

– Probabil că nu, a recunoscut el în cele din urmă cu răceală.

Am deschis ochii larg. Nici măcar nu se deranjase să-mi vândă un basm.

– Nu negi?

O parte din mine ar fi vrut ca el să înceapă să râdă şi să mă asigure că nu era adevărat.

– Nu.

M-am holbat la el ca la un extraterestru. Am continuat să cred că nu auzisem bine. M-am aplecat în faţă, uitându-mă la expresia calmă şi stăpânită de pe chipul lui.

– Vince... Cum se face că, atunci când am pus întrebări mai demult, nimeni nu a vrut să răspundă la ele, iar acum tu îmi dezvălui pur şi simplu marele vostru secret? Nu are sens, este...

Am dat din cap neîncrezătoare. Trecuse mult timp de când nu mai fusesem atât de derutată.

– Nu-ţi spun un secret, Hailie. Doar îţi confirm ceea ce ştii deja. „Mafie" nu este cu siguranţă cel mai bun termen pentru a descrie ceea ce face familia noastră, dar sugerează că este vorba de afaceri, dintre care unele pot fi ilegale.

Am clipit, simţind cum creşte sfidarea în mine. Eram atât de exasperată, că nici măcar nu mi-am dat seama că sărisem în picioare şi apucasem marginea biroului care mă despărţea de Vincent.

– Detalii precum jefuirea firmelor altor oameni şi furtul banilor lor?

– Fii atentă, Hailie. Vorbeşti mult fără să ştii nimic, m-a avertizat el.

– Nici măcar nu încerci să negi! am gemut eu. Deci există mai multe persoane ca doamna Hardy?

– Oh, sunt mulți datornici. Oamenii sunt foarte dornici să ia bani cu împrumut.

Am privit cu dezgust indiferența lui.

– Aveți atât de mulți bani! De ce e nevoie de și mai mulți? De ce îi împrumutați altora, știind că jumătate dintre ei nu vor fi în stare să-i restituie? Și le impuneți o dobândă inumană!

Respiram repede pentru că preferam să las cuvintele să-mi iasă pur și simplu din gură. Tăcerea densă mă sufoca. Mă uitam la el ca o fetiță cu un genunchi vânăt, pe care nimeni nu vrea să o aline.

Vince râdea pe tăcute, dar cu acel gen de râs sfidător care nu avea nimic de-a face cu umorul. Apoi a dat ușor din cap și și-a înfipt din nou în mine privirea ascuțită și serioasă. Mai întâi s-a îndreptat, și-a înălțat bărbia, și-a sprijinit palmele de masă și s-a ridicat încet din scaun. M-am ridicat și eu în picioare, dar Vincent era în mod evident mai înalt decât mine. Era ca un tsunami care se aduna încet ca să mă doboare într-o clipă. M-am făcut mică și am regretat că mă ridicasem prima, pentru că probabil în felul acesta îl provocasem să facă și el la fel.

– Mai întâi de toate, Hailie, a început cu o voce foarte calmă și stăpânită, te rog să ai grijă la ton. Nu uita cu cine vorbești.

Aproape că mi-a căzut falca. Am văzut cât de arogant se uita la mine și simțeam o mare dorință de a-l aduce cu picioarele pe pământ, pentru că se considera fără îndoială un dumnezeu, conducătorul universului. Sau voia în mod deliberat să-mi facă mie această impresie. Am și roșit, dar nu de rușine, ci de furie. Între timp, el a continuat:

– În al doilea rând, nu crezi că remarcile tale despre fondurile familiei noastre sunt deplasate? Lasă gestionarea afacerilor în seama mea. Putem vorbi despre asta eventual în viitor, după ce vei dobândi educația sau experiența corespunzătoare.

Cu siguranță nu acum, când doar strigi lucruri pe care ți se pare că le știi și le înțelegi.

M-am înroșit și mai mult când mi-am dat seama că Vince încă vedea în mine doar un copil. O parte din mine spera în secret că poate e mai bine așa, pentru că nu voi mai fi lovită de el atât de rău, dar o altă parte din mine se revolta împotriva atitudinii lui nedrepte, neiertătoare și pur și simplu greșite.

– Dacă nu înțeleg, de ce nu-mi explici? am întrebat eu.

Încercam să păstrez aparențele, dar eram foarte emoționată. Inima era gata să-mi sară din piept, iar mâinile cu care strângeam prea tare de marginea biroului îmi transpirau abundent.

– Pentru că nu sunt nici obligat, nici dispus să fac acest lucru, a răspuns el simplu. Nu s-a schimbat nimic. Încă mai cred că nu trebuie să fii inițiată în afacerea familiei. De aceea îți spun încă o dată să nu te mai amesteci în chestiuni pe care nu le înțelegi, a mârâit el și a ridicat un deget, arătând spre obrazul meu vindecat. E un noroc că te-ai ales doar cu o vânătaie, fetițo. Din fericire.

Dacă încercase să mă sperie, reușise. Am coborât capul și am dus o bătălie interioară ca să nu plâng și mai mult.

– Voiam doar să o ajut pe mama lui Leo...

Vince s-a aplecat și mai mult spre mine.

– Data viitoare, fă-ți griji pentru tine, m-a sfătuit încet și a întors capul într-o parte. Trebuia să vii imediat la mine cu problema asta.

Am ridicat ochii spre el.

– Și ce ai fi făcut? Nu l-ai fi ajutat, nu-i așa?

– Nu. Dar te-aș fi ascultat și poate mi-aș fi schimbat părerea în viitor.

S-a aplecat din nou, fără să-și ia mâna de pe blatul biroului.

– Și aș fi continuat să am încredere în tine.

Era cumplit să aud asemenea cuvinte, iar privirea acelor ochi albaștri reci și sobri era și mai rea.

– Dar eu... eu... N-nu vreau să folosesc bani din surse ilegale.

În cele din urmă m-am înecat pentru că voiam să schimb subiectul, dar și să rezum sensul afirmațiilor mele anterioare. Încă îmi mai răsuceam degetele, dar mi-am ridicat ochii cu surprindere când Vincent a plescăit din limbă nerăbdător. A coborât mai întâi capul, ca și cum și-ar fi adunat gândurile.

– Hailie... a început el cu o voce obosită, dar în același timp iritată. Împacă-te în sfârșit cu familia în care te-ai născut. Îmi pare rău dacă îl consideri ghinionul tău. Oricum, nu-ți vei putea schimba rădăcinile, așa că îți sugerez să accepți situația...

– Spun doar că nu mai vreau haine scumpe, dacă sunt plătite cu banii doamnei Hardy.

– Nu mă întrerupe, a mârâit Vincent, acum serios iritat.

Am tăcut imediat, dar era prea târziu. Îl înfuriasem.

– Și îți spun că este imposibil, deoarece cu bani din astfel de surse a fost construită această casă în care locuiești. Cu acești bani se cumpără mâncarea după care bagi mâna în frigider. Cu acești bani îți plătesc școala, iar în viitor universitatea. Dormitorul tău a fost mobilat cu ei, cosmeticele tale, hainele tale, fiecare pix și fiecare ac de păr – toate, plătite cu acești bani. Cu ei ai fost în vacanță. Și în timp ce tu te întrebai dacă ai prefera să înoți în piscină sau în mare, colegul tău Leo se descurca cu o slujbă plătită mizerabil ca să-și ajute mama să se întrețină. Așa e lumea. Este nedreaptă. Așa că bucură-te și apreciază faptul că faci parte dintre cei privilegiați.

Vince a tăcut o clipă, uitându-se exasperat în ochii mei mari, apoi a continuat puțin mai calm:

– Da, dragă copilă. Așa este și așa va fi, atâta timp cât eu sunt tutorele tău legal. Dacă nu-ți convine, n-ai ce face.

Nu îndrăzneam să mă uit la el. Mă durea prea tare gândul că mă arătasem nerecunoscătoare. Nu așa mă crescuse mama și dintr-odată m-am simțit prost că l-am lăsat pe Vincent să creadă că mă simt atât de rău aici. Nu era așa, era vorba de altceva până la urmă.

– Ca să fiu sincer, m-am săturat deja să-ți explic mereu cât de important este pentru noi să respectăm familia. Din moment ce înveți atât de greu, singurul lucru care mi-a mai rămas de făcut este să cresc intensitatea lecțiilor tale, a continuat Vincent, iar eu am înghețat. Ai pierdut încrederea mea. Să știi că îți va fi foarte greu să o recâștigi. Dacă nu ai fi sora mea, aș spune chiar imposibil.

Vince s-a așezat în cele din urmă, dar eu nu mă puteam mișca. S-a concentrat pe telefon, a mormăit încet: „Intră", și câteva secunde mai târziu ușa de la birou s-a deschis.

În încăpere a intrat bodyguardul tânăr și blond. S-a oprit lângă un fotoliu de alături, dar nu s-a așezat, ci a rămas în picioare, gata să execute ordinele. L-am privit cu coada ochiului, apoi mi-am îndreptat privirea, oarecum suspicioasă, spre fratele meu. Nu știam la ce să mă aștept.

– Îți amintești conversația noastră din weekend? l-a întrebat Vincent.

Bodyguardul a dat din cap și s-a uitat la mine o fracțiune de secundă.

– Da, domnule Monet.

Vince și-a mutat imediat privirea la mine.

– Sonny trebuia să-l înlocuiască pe bodyguardul tău anterior. Trebuia să te însoțească în toate ieșirile atunci când nu ești însoțită de mine sau de ceilalți frați ai noștri, a început Vincent fără chef. Dar m-am răzgândit.

Sonny, concentrat la maximum, se uita fix la patronul lui, care s-a întors din nou spre el.

– De acum înainte, vei avea grijă de sora mea tot timpul. Acasă, nu trebuie să stai în aceeași încăpere cu ea, dar vreau să știi întotdeauna exact unde este. Nu ai acces în dormitorul ei decât dacă ai motive să crezi că este în pericol. Ea va fi condusă la școală de frații ei, dar vreau ca tu să o urmezi întotdeauna cu mașina ta în spatele lor, apoi în timpul lecțiilor să aștepți în afara zidurilor școlii și să îi însoțești și la întoarcere. Cât despre ieșirile ei pe cont propriu, bodyguarzii ei anteriori au încercat să fie cât mai discreți.

A luat o scurtă pauză.

– Nu-ți cer să faci asta. Din partea mea, poți chiar să o ții de mână, dacă crezi că este necesar.

– Am înțeles, domnule Monet, a răspuns Sonny, iar eu am exclamat aproape în același timp:

– Ce!?

Cu sprâncenele încruntate și protestul scris pe față, am făcut ochii mari la Vincent, iar el mi-a răspuns iritat la privire.

– Așa cum ai auzit.

Am început să scutur din cap.

– Nu. Nu poți! am ripostat indignată, la care Vince a ridicat o sprânceană. Și intimitatea mea?

– Intimitatea ta este un privilegiu care tocmai a fost restrâns.

– Dar nu poți...

– Ba pot.

Nici lacrimile mele, nici supărarea mea nu i-au făcut nicio impresie.

– Nu am nevoie de bodyguard, în niciun caz nu acasă! Faci așa numai ca să-mi faci în ciudă!

Vince a ridicat din umeri.

– Din moment ce nu pot avea încredere în tine, e mai bine să ai pe cineva care să fie cu ochii pe tine, nu-i așa? a chicotit el și, fără să aștepte răspunsul meu, a continuat: Din partea mea, asta e tot. Mai ai ceva de adăugat?

Am încercat să-mi stăpânesc lacrimile, mai ales în prezența bodyguardului, deși simțeam că Vince mă umilise deja destul în fața lui.

Fierbeam în mine.

– Te urăsc. Ești cel mai rău frate, jur! Te urăsc!

Plângeam de furie și de durere, fulgerându-l cu privirea pe bărbatul care stătea în fața mea.

Înainte să apuce să mai spună ceva, m-am răsucit pe călcâie și am fugit din birou, fără să-mi pese să închid ușa în urma mea. Am parcurs distanța până la partea rezidențială a casei într-un ritm foarte rapid și m-am ciocnit de Shane, care urca alene scările.

Am vrut să fug de el în dormitorul meu și să mor acolo în singurătate, dar el mi-a prins încheietura mâinii la timp și m-a tras la el. La început am crezut că voia să vorbească cu mine, dar, când a văzut că starea în care eram nu-mi permitea oricum să formulez nicio propoziție, m-a îmbrățișat și apoi m-am înecat în tricoul roșu și moale.

Nici nu știu când am ajuns în camera lui. Eram prea ocupată să mă lamentez.

În cele din urmă, a reușit să mă calmeze. I-am povestit cum ajunsesem într-o astfel de criză emoțională, iar el m-a ascultat.

Cine ar fi crezut că Shane putea fi un ascultător atât de bun!

Tocmai îi mărturisisem ce îi strigasem fratelui nostru și m-am uitat timid la el de sub genele ude, ca să-i văd reacția.

Shane a suspinat.

– Chiar crezi asta? Că îl urăști? Că e cel mai rău? a întrebat el.

Am respirat adânc și m-am bâlbâit.

– Nu știu. Cred că... cred că nu. Dar sunt supărată pe el. Foarte rău.

– Mai ales pentru ce?

I-am povestit înciudată lui Shane despre bodyguard, despre pierderea încrederii și toată chestia cu „ținutul de mână".

În replică, Shane a râs.

– Tipic Vince, a comentat el.

– Ce vrei să spui?

– Știe cum să își aleagă cuvintele pentru a provoca reacția potrivită. Bodyguardul ar trebui să fie o pedeapsă pentru tine și așa ți l-a prezentat, dar în realitate nu se va schimba nimic. Și ce dacă va veni după noi la școală? N-are decât să vină. Atâta timp cât nu stă cu tine în bancă, nici nu-i vei simți prezența. Și nimeni nu te va ține de mânuță, m-a asigurat Shane și a adăugat în glumă: Să îndrăznească cineva să te atingă nejustificat, și va avea de-a face cu mine!

– Chiar așa crezi?

Shane a ridicat din umeri.

– Sigur că da. În afară de asta, Sonny e băiat bun. Îl cunoaștem de mult timp.

– Pare tânăr.

– E cam de vârsta lui Dylan, dar e foarte bun. Și atașat de familia noastră de mult timp. Se poate avea încredere în el.

M-am uitat la el fără convingere, iar el și-a arătat dinții la mine și mi-a făcut cu ochiul.

– Privește chestiunea sub alt unghi. Poți să te simți ca o adevărată celebritate urmată de gărzile personale.

Chiar am zâmbit, auzind aceste cuvinte.

– Cât despre încredere... Vince s-a supărat, dar sunt sigur că va avea din nou încredere în tine în curând. Ești sora lui.

Am coborât capul și m-am întristat din nou.

– Chiar și după ceea ce i-am spus? am suspinat.

Nu-i văzusem reacția finală, dar bănuiam că nu a fost încântat că plecasem așa de furioasă din biroul lui.

– Sută la sută, a răspuns Shane încrezător, mângâindu-mă din nou pe umăr. Și după o clipă de tăcere a mărturisit: Și eu i-am strigat odată ceva de genul ăsta în față.

– Serios?

El a dat din cap.

– Eram furios, iar el s-a legat de ceva și mi-a ieșit cumva din gură. După aceea m-am simțit teribil de prost. Adică rău.

– Și ce ai făcut? am întrebat, simțind cum crește speranța în mine– deși asta mă deranja puțin, pentru că abia mă certasem cu Vince și nu voiam deloc să mă împac imediat.

Shane a ridicat din nou din umeri.

– Cumva, ne-am înțeles în cele din urmă. Ideea este că nu e cazul să fii prea îngrijorată. O să fie bine.

Am dat din cap și m-am agățat de acest gând ca de un colac de salvare. O să fie bine.

Shane mi-a redat buna dispoziție și a făcut ca disperarea mea să nu fie chiar atât de dramatică precum părea. Deși avusese cu siguranță inițial alte planuri cum să-și petreacă seara, mi-a propus să ne uităm la un film împreună. Așa că am coborât scările, am pregătit încă o porție de pop-corn și am luat câte o cutie de Coca-Cola din frigider. Eu nu m-am dezlipit niciun pas de el. Cred că mi-era teamă că, dacă îi dau drumul, nu ne vom mai îmbrățișa. Apoi ne-am instalat pe canapea și, înainte să apuc să întreb la ce ne uităm, Shane a pornit *Ice Age*.

– Chiar vrei să vezi asta? am întrebat surprinsă.

Mie îmi plăcea povestea, dar nu știam ce să zic de fratele meu.

– Păi da, a dat din cap Shane, apoi s-a uitat teatral în jur, s-a aplecat spre mine și mi-a șoptit: Am vrut să o fac de mult timp, dar mi-era teamă să nu mă prindă băieții. Acum, dacă e ceva, pot să dau vina pe tine.

Am chicotit.

– Grozav plan, dar din cauza ta o să râdă de mine.

– Oricum, ei cred că ești un copil, micuță Hailie.

I-am aruncat o privire pe sub pleoapele întredeschise, dar era greu să mă cert cu el acum.

După doar câteva înghițituri de cola, îmi era deja frig și am acceptat bucuroasă hanoracul lui Shane. L-am pus pe mine și m-am cufundat în el.

După un timp, a apărut Tony și și-a dat ochii peste cap când a văzut la ce ne uitam, iar la scurt timp după aceea a sosit și Dylan, exact la timp ca să ne strice scena cu cântecul *I've Got This Power* cu falsetul lui.

Am fost surprinsă că amândoi au decis să rămână și să urmărească filmul împreună cu noi. A fost chiar plăcut, în afară de împunsături, care, desigur, nu puteau lipsi.

Situația cu Vincent încă mă apăsa pe inimă și nu puteam scăpa de sentimentul de vinovăție.

Și apoi, la sfârșitul filmului, Vincent în carne și oase a coborât până la noi. Nu știu dacă s-a uitat măcar la mine, pentru că eu nu am îndrăznit nici măcar să arunc o privire în direcția lui. M-am uitat doar în jos.

– Avem musafiri, a anunțat el și, înainte ca vreunul dintre băieți să apuce să întrebe ce se întâmplă, ușa de la intrare s-a deschis ca la semnal și o voce veselă a răsunat până la urechile noastre:

– Bună ziua întregii familii!

19
FAMILIA

Dylan, Shane și Tony au scos în același moment un fel de strigăt de bun-venit. Ceea ce a rezultat a fost un amestec vesel de „hei!" și un „bună!" surprins, ambele marcate de o emoție sinceră.

Bărbatul nou-sosit a intrat în reședința Monet ca la el acasă. Dinții lui albi ca zăpada sclipeau orbitor deja de la intrare. Într-o singură mișcare ca de celebritate, și-a scos ochelarii de soare, pe care îi purta deși afară era deja întuneric și și-a arătat ochii veseli. S-a oprit lângă Vincent, care stătea în apropiere și, aruncându-și brațul destul de musculos în jurul gâtului acestuia, l-a strâns la piept.

Văzând cât de apropiat era acest om cu fratele meu cel mai mare, m-am uitat la el cu și mai mult interes. Trebuia, pur și simplu trebuia să fie un membru al familiei. Nu ar fi putut să nege genele familiei Monet, chiar dacă ar fi vrut. Înalt, bine-făcut, cu părul negru pieptănat cu grijă în creștetul capului și ras în părți. În jurul ochilor și al gurii avea acele riduri care se formează în timp de la multe zâmbete, dar stilul lui de a fi și de a se îmbrăca îl făceau să pară foarte tânăr.

Ceea ce îl întinerea și mai mult era femeia care îl însoțea, a cărei prezență am observat-o doar când i-am auzit țăcănitul tocurilor pe podeaua salonului. Probabil că era foarte scundă, deoarece chiar și în pantofi cu un toc stiletto uriaș abia ajungea la umerii bărbatului. În schimb, era subțire, bronzată și arăta ca doamna Vara, cu un păr auriu împletit în spic și o rochie albă înflorată, cu un decolteu adânc, o rochie atât de ușoară, încât atunci când sufla vântul cu siguranță că se înfoia în toate părțile. Avea câteva bijuterii care sclipeau ici și colo, iar buzele ei, date cu un ruj de culoarea zmeurii, erau un pic prea umflate pentru a fi opera naturii. Avea o mulțime de pistrui pe nas, iar ochii ei verzi străluceau la fel de veseli ca și ai bărbatului cu care intrase. Fără îndoială, trebuie să fi fost mai tânără decât el. Când tocmai încercasem să calculez dacă ar fi putut să fie fiica lui, ea și-a ridicat palma mică și a ciripit:

– Ne căsătorim!

Pe degetul ei inelar strălucea o piatră mare. Aș fi fost încântată să o felicit la fel de energic, dacă aș fi știut cine erau acești oameni. Am căutat răspunsuri pe fețele fraților mei, care nu păreau deosebit de încântați, surprinși sau entuziasmați de vestea anunțată. Dylan și gemenii, ca la un semn, și-au dat ochii peste cap.

– Pisicuțo, abia am intrat... a râs bărbatul, scuturând din cap îngăduitor, dar expresia i s-a schimbat când s-a uitat la mine. Aceasta este Hailie?

Femeia și-a coborât mâna și a făcut câțiva pași înainte, privindu-mă cu interes. Dintr-odată am fost în centrul atenției tuturor celor prezenți și m-am simțit imediat stânjenită.

– Ei bine, bineînțeles că este Hailie, a decis ea și și-a fluturat mâna ca și cum acesta era cel mai evident lucru din lume. Este clar o Monet, leită poleită.

– M-am gândit că poate Shane s-a așezat în sfârșit la casa lui, a chicotit bărbatul și nu-l puteam învinui pentru greșeală deoarece rămăsesem lipită de unul dintre gemeni.

– Bună glumă, a mormăit Dylan pe sub nas, la care Shane a scos din bol o mână de pop-corn, pe care a aruncat-o în el.

Porumbul s-a împrăștiat pe canapea și pe podea. Dylan la început s-a încruntat, dar după o clipă a ridicat din umeri. A început să culeagă unul câte unul boabele care căzuseră pe el și să și le arunce în gură.

– O să faci curat aici, a mârâit Vincent, iritat de nepăsarea fratelui său mai mic. Continuam să-i evit privirea, care era acum concentrată asupra lui Shane și, prin urmare, periculos de aproape de mine. Și le vei face oaspeților noștri o cafea.

– De ce eu?

– Ca să poți aprecia munca menajerei noastre.

Shane a scos un fel de suspin obosit și s-a ridicat de pe canapea, îndepărtându-mă ușor de la el. Am regretat că se ridicase în picioare, pentru că apropierea lui era liniștitoare, mai ales în prezența tutorelui meu și a unor străini pe care se pare că doar eu nu-i cunoșteam.

– Tinere, pentru mine un cappuccino. Bărbatul i-a făcut cu ochiul lui Shane în timp ce trecea pe lângă el.

– Pentru mine ceva cu lapte de nucă de cocos! a strigat femeia din spatele lui și a chicotit când a auzit ceva ca un râgâit necenzurat.

– Așadar, Hailie...

Bărbatul a bătut din palme și s-a apropiat de mine, iar eu am gemut în sinea mea.

– Îl recunoști pe unchiul Monty?

M-am uitat fix la el, făcând tot posibilul să-l recunosc, dar dacă l-aș mai fi văzut vreodată mi-aș fi amintit cu siguranță zâmbetul ironic și sclipirea din ochii lui. Prin urmare, am scuturat timid din cap.

– Ea nu te cunoaște, a pufnit Dylan.

– Dar cu siguranță a auzit de mine.

Musafirul și-a desfăcut brațele, uitându-se la Dylan.

– Nu prea cred.

– Suntem atenți la ce îi spunem. Îți cer să faci la fel. Sunt sigur că tata te-a prevenit, a intervenit Vincent.

– Da, da. Camden a menționat ceva.

Unchiul Monty a fluturat din mână ca și cum ar fi fost absolut fără importanță. M-am simțit și mai exclusă ca de obicei.

– L-ai văzut pe tata? a întrebat Dylan.

– Am închiriat un iaht și l-am răpit de pe insulă. Am navigat vreo trei săptămâni.

Oh, și acum, dintr-un motiv oarecare, am simțit altceva și mi-a luat o clipă să realizez că era înțepătura geloziei. L-a văzut pe tata? Au navigat împreună?

– Așadar, Hailie, ești nepoata mea. E bine să te avem în sfârșit în familie. Și să fie și o reprezentantă a sexului frumos în casa asta urâtă.

I-am zâmbit, cu ceva mai mult curaj de data asta și i-am strâns mâna pe care mi-a întins-o. Avea un fel de tatuaj mic pe deget și o brățară de argint la încheietura mâinii.

– Mă bucur să te cunosc, Hailie, eu sunt Maya, a ciripit femeia, s-a apropiat și ea de mine și mi-a întins mâinile. Începeam să bănuiesc că entuziasmul constant era o parte din farmecul ei personal. Evident, voia să mă îmbrățișeze, așa că din politețe m-am ridicat în picioare.

Maya mirosea puțin ca în cofetăria doamnei Hardy. Și era surprinzător de vânjoasă pentru statura ei mică.

În cele din urmă s-au așezat cu toții. Unchiul Monty, înainte să se instaleze confortabil, a dus mâna la spate cu cel mai natural gest din lume și a scos din cureaua pantalonilor un pistol simplu, pe care l-a așezat pe măsuța de cafea, lângă cutia de Coca-Cola a lui Shane, ca și cum ar fi fost un telefon mobil.

Am rămas cu ochii pironiți la pistol. Expresia feței mele a rămas impasibilă, dar nu-mi puteam lua privirea de la el.

– Ei, l-au mustrat Dylan și Vince în aceeași clipă.

Acesta din urmă și-a acoperit imediat ochii cu mâna, oftând adânc. Tony, în schimb, și-a înclinat capul pe spate și a râs în hohote.

– Ce este? a întrebat bărbatul confuz, iar apoi s-a uitat la Dylan, care arăta semnificativ cu bărbia spre mine. Abia atunci și-a dat seama și a apucat arma ca să mi-o ia din fața ochilor.

– O-o, ups, eh. Îmi pare rău.

Nu am comentat.

– O, Doamne, vă uitați la *Ice Age*! a exclamat Maya, încercând să schimbe subiectul. Îmi place filmul ăsta, e minunat. Și mesajul. Este uimitor.

– La ce vă uitați? a chicotit unchiul Monty, clătinând din cap. Se pare că nu a exagerat deloc când a spus că îi ai pe toți la degetul cel mic, Hailie.

Am coborât capul, implorându-mi în sinea mea sistemul circulator să mă scutească de roșeață, doar de data asta. Aș fi preferat ca unchiul să nu vorbească așa în fața fraților mei.

– Nu-i am, am mormăit evaziv, aruncând o privire nesigură spre Dylan, care ridica o sprânceană.

– Nu-i are, a confirmat el.

– În regulă, în regulă. Se vede imediat că e răsfățată ca o prințesă.

– Și așa și trebuie să fie, a adăugat Maya, făcându-mi cu ochiul, apoi și-a înclinat capul și, fără să-și ia ochii de la fața mea, a întrebat: Ce e cu vânătaia asta?

– A lovit-o un idiot, e o poveste lungă, i-a explicat Dylan disprețuitor.

Unchiul Monty s-a scuturat dezaprobator și și-a dat ochii peste cap, iar Maya a căzut pe gânduri.

– Când eram mică, m-a plesnit profesorul meu de muzică.

– De ce? am întrebat-o surprinsă, deoarece nu-mi puteam imagina că un profesor ar putea ridica mâna împotriva unui elev.

– Pentru că i-am spus că m-am săturat să cânt la flaut și n-are decât să și-l bage în fund.

Maya a râs când și-a amintit.

– M-a pălmuit. Tata i-a tăiat degetul mic pentru asta.

– Iisuse, Maya, încetează, a răbufnit Dylan, văzând privirea îngrozită de pe fața mea.

– Apropo de tatăl tău... ai luat legătura cu el? a întrebat Vince.

De fiecare dată când îi auzeam vocea rece, aveam frisoane. Mi-ar fi plăcut să fiu cât mai departe de el. Nu eram pregătită să stau în aceeași încăpere cu el după ultima noastră conversație.

Unchiul Monty s-a lăsat confortabil pe spate și s-a scărpinat la ceafă, iar Maya a suspinat.

– Nu încă, nu. E greu să vorbești cu el. Mai ales pentru că știi... Știi cum a fost. Este puțin cam supărat pe mine de când am fugit.

Dylan a pufnit.

– Puțin? Era foc și pară pe tine. Și pe noi, cu această ocazie.

– Vrem să facem pace cu el, a intervenit unchiul Monty și pentru prima dată tonul lui era serios. A îmbrățișat-o cu un gest protector pe partenera sa. Sperăm că i-a trecut și va binecuvânta căsătoria noastră.

Tony și Dylan au izbucnit în râs, iar Vince s-a uitat la ei ca și cum ar fi căzut de pe lună.

– Pe tine, a început fratele meu cel mai mare, arătând spre unchiul Monty, te va ucide cu mâinile goale de îndată ce te va vedea. Și pe tine... aici s-a uitat la Maya – te va închide într-o temniță sau într-un turn.

În acel moment a apărut Shane, ducând concentrat două cești de cafea. Când s-a vărsat puțin din una dintre ele, a plescăit nemulțumit și le-a dus la masă cu și mai puțină îndemânare. Le-a așezat în fața invitaților noștri și s-a întors lângă mine, oftând de oboseală, ca și cum ar fi alergat la un maraton.

– Mai trebuia să faci și curat, i-a amintit Dylan răutăcios, arătând spre pop-cornul împrăștiat pe podea sub picioarele lui.

– O să fac curat când o să-ți miști fundul ăla mare de acolo.

– Curăță acum sau o să se împrăștie.

– Ba o să te împrăștii tu, naiba să te ia!

Și atunci Dylan i-a arătat lui Shane degetul mijlociu, iar el s-a ridicat brusc în picioare, a apucat bolul cu resturi de pop-corn și a vărsat conținutul peste fratele nostru mai mare. A fost suficient pentru ca Dylan să sară de pe scaun și, fără ca măcar să se scuture de pop-corn, s-a aruncat asupra lui Shane. După o clipă, amândoi se tăvăleau pe podea.

Vince continua să se uite la oaspeți, ignorându-i complet pe cei doi frați.

– Nu cred că este o idee bună că v-ați întors în State. Charles va afla că sunteți aici, poate că știe deja. Din câte știu eu, Maya, Charles aranjase o căsătorie pentru tine cu Adrien cu mulți ani în urmă. Când ai fugit cu Monty, i-ai zădărnicit planurile. Nu vei scăpa așa ușor.

Mă interesa foarte mult subiectul căsătoriilor aranjate, dar mi-am mușcat limba, ca de obicei, ca să nu atrag inutil atenția.

– Știu, știu, este foarte adevărat, dar...

Maya a început să se joace cu inelul ei de logodnă, iar unchiul Monty a întins o mână liniștitoare spre Vincent, avertizându-l:

– Numai să nu te enervezi.

– Ne gândeam că poate... poate am putea să-i propunem lui Adrien mâna lui Hailie, a încheiat ea.

– Ce? am sărit eu fără să-mi mai pese că atrag atenția.

– Ce? au mârâit împreună în același moment Shane și Dylan, întrerupându-și lupta și aruncând o privire neîncrezătoare către Maya.

– E doar o idee, o sugestie, a spus Monty calm.

Maya mi-a întins mâna. Stătea prea departe ca să mă atingă, așa că a pus-o pe canapea.

– Adrien este o partidă foarte bună, serios. În cea mai mare parte a timpului m-am bucurat sincer că voi fi soția lui, a spus ea foarte repede. Numai că după aceea... După aceea m-am îndrăgostit, a adăugat ea și și-a mutat privirea visătoare la unchiul Monty, care a depus un sărut blând și scurt pe buzele ei.

Am rămas înmărmurită. M-am uitat la ea cu o furie nedisimulată. Mi-am mutat instantaneu privirea spre Vincent, care, ca de obicei, nu arăta nicio emoție. El mi-a întors privirea brusc, așa că m-am întors repede. Nu puteam suporta privirea lui după ce ne certaserăm.

De data asta nu aș fi întâmpinat nicio opreliște dacă aș fi vrut să-mi exprim opinia, numai că nici măcar nu știam ce să spun. Ideea era atât de absurdă, încât nu era loc pentru argumente logice.

– Charles dorea să se înrudească cu familia lui Adrien Santana. Dacă Maya se căsătorește cu mine, el se va înrudi cu familia Monet. Apoi, dacă Hailie Monet se căsătorește cu Adrien, familia Monet va fuziona cu familia Santana. Deci, în orice caz, Charles va obține ceea ce vrea. Și familia noastră va avea și ea de câștigat, pentru că, cu cât avem mai mulți aliați, este cu atât mai bine, nu-i așa? a explicat Monty.

– Nu este așa, a replicat imediat Dylan. Cu o secundă în urmă stătea peste Shane, dar acum se ridicase în picioare și făcuse câțiva pași spre unchiul său. Vrei să o împerechezi pe sora mea mai mică cu un tip care are de două ori vârsta ei? Ce înseamnă asta?

– Nu de două ori. Are douăzeci și cinci de ani, la fel ca mine. Nici măcar nu i-a împlinit, a ripostat Maya.

– Și ea are cincisprezece ani!!!

De data asta am fost recunoscătoare pentru lipsa de autocontrol a lui Dylan, pentru că eu rămăsesem fără cuvinte, așa că cel puțin el mi-a luat apărarea.

– Anul acesta face șaisprezece, nu-i așa? Asta ar însemna mai puțin de nouă ani diferență, a socotit Maya. Se pare că o femeie trebuie să caute un bărbat cu șase până la nouă ani mai în vârstă. Atunci maturitatea lor emoțională este dezvoltată la un nivel similar.

– În plus, acestea sunt doar cifre. Uitați-vă la noi. Există o diferență de cincisprezece ani și nu e nicio problemă, a adăugat Monty.

Dylan a ridicat un deget.

– Ai face bine să încetezi chiar în clipa asta, a șuierat el, apoi s-a întors spre Maya. Poate că tatăl tău trăiește încă în Evul Mediu, dar în familia noastră astfel de practici au luat sfârșit cu mult timp în urmă. Iar ea... Dylan a arătat spre mine – mai degrabă ar rămâne fată bătrână, decât să se mărite cu un nătărău ales de Charles. Mai ales dacă vorbim despre un membru al Organizației.

– Te rățoiești fără rost, a răspuns Maya. Doar îl cunoști pe Adrien. Știi că nu am propune niciodată așa ceva dacă respectivul candidat nu ar fi interesant.

– Prostiile tale nu sunt interesante.

– Tatăl nostru știe despre ideea ta genială? a întrebat Shane, fără să-și ascundă dezgustul.

– Încă nu i-am spus nimic, a mormăit Monty.

– Pentru că știi că ți-ar fi tras o săpuneală de să o ții minte! a strigat Dylan, iar Shane l-a sprijinit; Tony nu prea vorbea, dar s-a revanșat aruncându-le oaspeților noștri aceeași privire dezgustată.

– În regulă, în regulă. Am făcut și noi o sugestie, s-a apărat Monty, ridicând mâinile, apoi s-a uitat rapid la cel mai mare dintre frații Monet.

I-am prins privirea și m-am încruntat imediat. Vince nu a spus nimic, doar a analizat ceva. Îmi venea să mă arunc la el cu ghearele pentru că nu se opusese ideii la fel de categoric cum făcuseră ceilalți frați ai mei.

Totuși, în cele din urmă a vorbit.

– Oricât de mult aș înțelege de unde ți-a venit ideea, nu-mi place deloc gândul că vrei să profiți de sora mea ca să curățați mizeria voastră și mai ales a ta – s-a uitat sever la Maya. I-am spus deja asta lui Charles și îți spun din nou și ție. Ești o femeie matură și îți iei propriile decizii. Știai foarte bine care vor fi consecințele acestei decizii. Prin urmare, nu te mai juca și dormi așa cum ți-ai așternut.

Maya își mușca obrazul și se uita undeva într-o parte, iar Monty îi strângea degetele într-o mână și îi mângâia obrazul cu palma celeilalte. Am simțit repulsie față de ei. Voiau să mă folosească ca pe o monedă de schimb. Să mă vândă ca pe un obiect. Căsătorie! Cred că sunt scrântiți!

M-am simțit ușurată că Vince a fost rezonabil și a considerat și el că este o idee stupidă.

Apoi m-am enervat din nou, pentru că mi-am dat seama o dată în plus că viața mea depindea de decizia lui Vincent. Am început să mă întreb dacă într-adevăr mă putea forța să mă mărit. Nu voiam să cred că are atât de multă putere. Pentru că nu l-aș fi lăsat niciodată să facă asta. Niciodată, jur. Să-mi aleagă soțul ar fi fost exagerat. Aș fi preferat să fug de acasă, decât să-l las să decidă el. Sau să mă sinucid. În fine, orice altceva.

Eram bucuroasă că îi aveam de partea mea pe Shane, Dylan și Tony, care m-au apărat ca niște bestii însetate de sânge. Poate că amenințările lor că o să-mi bată potențialul partener erau enervante, dar astăzi am apreciat această supraprotecție fraternă.

S-a lăsat o tăcere stânjenitoare, în timpul căreia Dylan în cele din urmă și-a scuturat de pe umeri resturile de porumb și s-a așezat la locul său anterior, clătinând din cap. Shane s-a așezat din nou lângă mine. Maya a sorbit din ceașca de cafea. Iar eu, obosită, furioasă și încercând un sentiment de dezamăgire, m-am ridicat și fără un cuvânt m-am dus la mine în cameră.

Mergeam pășind fără grabă și nu-mi păsa dacă eram nepoliticoasă. De data asta nu-mi păsa. Dar nimeni nu m-a admonestat. Am primit o permisiune tăcută din partea fraților de a mă simți ofensată. Tocmai urcam și eram deja în vârful scărilor când am auzit un foșnet în spatele meu. M-am întors și am regretat imediat.

Agentul de pază cu părul blond aluneca în spatele meu ca o fantomă. Am stabilit contact vizual cu el. Fața lui era la fel de impasibilă ca în biroul lui Vincent. Își făcea treaba, mergea după mine.

Am scos un oftat zgomotos, frustrat și am simțit dorința sinceră să-l arunc pe scări, dar rațiunea mi-a spus că este mai ușor să scap de el închizând ușa în fața lui.

Plănuisem să mă culc mai devreme în seara asta. După întâlnirea cu Leo, după cearta cu Vincent, după criza de isterie cu Shane și bonusul vizitei unchiului și a logodnicei lui, care propuseseră cu atâta nonșalanță să-mi întoarcă viitorul cu susul în jos, singurul lucru la care visam era să mă relaxez și să mă îndepărtez de realitate. Nu mă puteam concentra asupra lecturii, așa că am răsfoit diverse fleacuri de pe internet, încercând să-mi eliberez o parte din presiunea de pe creier. M-am bucurat că Vince nu mi-a confiscat electronicele drept pedeapsă, așa cum făcea adesea.

Aproximativ două ore mai târziu, chiar înainte de culcare, cineva a bătut la ușă și am sperat sincer că era Will, pe care nu-l văzusem azi deloc. Mi-era teamă să mă întâlnesc cu el pentru că Vincent ar fi putut să-i spună ce se întâmplase, dar aveam încredere că, oricum, nu va fi la fel de dur cu mine ca fratele său mai mare.

Dar în vizită venise unchiul meu cu care făcusem cunoștință recent și față de care aveam în prezent o anumită aversiune. Se schimbase, își pusese un trening roșu și își scosese ghetele. Din păcate, se părea că avea de gând să petreacă noaptea la reședința Monet.

– Pot să intru? a întrebat el, oprindu-se în prag.

Nu aveam nici cea mai mică dorință să vorbesc cu el, dar am încuviințat din cap, iar Monty a închis ușa și s-a apropiat de patul pe care zăceam eu. M-am ridicat în poziție șezând, am oprit filmulețul care rula în acel moment și m-am uitat la bărbatul străin.

– Am ceva să-ți dau, a spus el și mi-a înmânat un plic gros, alb. Un mic cadou de la tatăl tău. Vorbește mereu despre tine, e fermecat de tine... Îi e foarte dor de tine.

Am simțit o căldură în inimă, dar am acceptat plicul cu ezitare. L-am strâns între degete și m-am uitat la unchiul meu cu un reproș nedisimulat.

– Și tu, pe la spatele lui, te-ai gândit să mă măriți?

– *Sorry*, fetițo. Când Maya și cu mine am vorbit despre asta, părea un plan perfect. Nu am avut nicio intenție rea, dar îmi dau seama că nu ai înțeles așa. Hai să nu ne mai întoarcem la acest subiect, bine? a spus el încet, iar eu am ridicat sprâncenele, încă neconsolată și am dat din umeri, la care el a zâmbit.

– Ei, serios, în general nu aranjez căsătorii pentru nepoatele mele.

– Nu sunt singura ta nepoată?

– Ba ești. Și eu sunt un super-unchi, o să vezi.

În ciuda voinței mele, i-am trimis un zâmbet mic, mic, iar el mi-a făcut cu ochiul. Când a ieșit din cameră, mi-a urat noapte bună.

Iar eu am mângâiat plicul.

Monty îl numise pe Camden tatăl meu și sunase foarte exotic. De asemenea, a spus că îi este dor de mine. M-am întrebat dacă și mie îmi era dor de el. Nu reușisem să mă atașez prea mult de el, dar știam că este în viață și există – ce e drept, undeva departe – și că nu-l puteam vedea pur și simplu, iar asta era greu de acceptat. Voiam să mă arăt puternică în fața fraților mei, dar nici asta nu-mi era ușor. Dacă nu m-aș fi certat cu Vince, l-aș fi întrebat cu plăcere dacă mai era planificată vreo întâlnire cu Camden.

Cu grijă, ca și cum aș fi avut o comoară în mână, am deschis plicul și m-am uitat înăuntru.

Mai întâi, din el s-a revărsat un teanc de bancnote verzi, ca și cum cineva le-ar fi înghesuit acolo înăuntru la repezeală, ca o completare. Le-am ridicat cu nedumerire, ca să nu cadă pe podea, iar după ce le-am pus deoparte, am căutat mai adânc în plic și am găsit fotografiile. Nu erau multe, dar am început să mă uit prin ele și inima mi-a bătut mai repede.

Toate fotografiile erau făcute în vacanța noastră din Thailanda. M-am uitat peste ele foarte repede la început și cu o tristețe de neînțeles am înregistrat că tatăl meu nu apărea în niciuna. Știam că trebuia să își protejeze identitatea, așa că m-am împăcat cu acest lucru și m-am uitat din nou la ele, în liniște. Nici măcar nu-mi aminteam când fuseseră făcute cele mai multe dintre ele.

Într-o fotografie, eu și băieții stăteam la o masă și râdeam în hohote de o glumă a lui Shane. Tony se înecase cu berea, ceea ce m-a făcut să râd și mai tare și strângeam din dinți, uitându-mă la el cu o sclipire în ochi. Pe masa din fața noastră erau întinse toate acele mâncăruri colorate, exotice, după al căror gust tânjeam acum.

În următoarea, stăteam toți patru întinși pe canapea în fața televizorului în timpul uneia dintre serile de film. Eu întindeam mâna la chipsuri, un castron pe care Dylan îl ținea în mod deliberat departe de mine și mă împingea cu o mână. În această imagine eram vizibil nefericită, dar acum mă amuza.

În alta, stăteam în spatele lui Shane pe un jet ski, iar fața mea radia de entuziasm. Era cu un moment înainte să pornim. În fundal, la orizont, se vedea Tony pe scuter. Sau Dylan. Nu eram sigură.

Următoarea ne arăta pe toți patru mergând pe cărarea de la cabană până la plajă. Tatăl meu ne-a făcut poza din spate, așa că ni se vedea doar spatele. Trei tipi înalți și voinici și eu, micuță, undeva la mijloc. Îmi amintesc că abia puteam să țin pasul cu ei și aproape că trebuia să fug, dar preferam să fac asta, decât să le cer să meargă mai încet.

Dintr-un anumit motiv, mi-a plăcut cel mai mult ultima fotografie, în care stăteam pe fundalul marelui castel de nisip pe care îl construiserăm împreună. Și asta pentru că eram în centrul acestei fotografii și surprinsese criza de râs care mă lovise în acel moment. Aveam pleoapele închise strâns și o față râzătoare, mă țineam de stomac cu o mână și cu cealaltă încercam să-mi șterg lacrimile din ochi. Nici nu-mi mai amintesc ce mă amuza așa de tare, dar râdeam cu toții. Băieții se uitau la mine. Dylan îmi ciufulise răutăcios părul, dar privirea lui era indulgentă, Tony ținea o sticlă de bere în mână și se uita la mine cu coada ochiului, zâmbind ușor, iar Shane mă ținea de braț, ajutându-mă să-mi țin echilibrul.

M-am uitat la imagine timp de o jumătate de oră. Când în sfârșit m-am mișcat să o pun înapoi în plic, am observat pe spatele ei un cuvânt scris îngrijit cu pixul.

Familia.

Nu știu din ce motiv, am simțit brusc nevoia să mă arunc către ușă, să-l găsesc pe Vincent și să mă împac imediat cu el.

Nu am făcut-o, pentru că nu aveam curaj și o parte din mine era încă supărată pe el. Cu toate astea, am simțit că regret.

S-a auzit din nou o bătaie în ușă. Will?

– Sunt eu, Maya!

Mi-am dat ochii peste cap.

Nu-mi surâdea să o primesc la mine în cameră chiar acum, dar am luat plicul și l-am strecurat sub pernă cu cea mai mare grijă. Abia după aceea am invitat-o pe logodnica unchiului meu înăuntru.

A intrat într-un halat lung de mătase argintie. Cu o mână îi întindea materialul ca să nu se deschidă prea mult peste decolteul deja adânc. Își desfăcuse împletitura și părul ei ondulat era acum mai lung decât părea înainte.

Mi-a făcut cu mâna și a arătat spre patul meu.

– Îmi dai voie?

Am încuviințat țeapăn din cap, iar Maya s-a așezat ușor pe marginea saltelei.

– Hailie, am venit să-mi cer scuze, a anunțat ea, iar eu m-am întors să o ascult. Pentru ideea asta cu căsătoria. Știu că pare o prostie, dar nu am vrut să-ți impun nimic. Chiar am crezut că este o opțiune grozavă. Te înțeleg dacă ai o altă părere.

– Maya... am început, făcând tot posibilul să nu par nepoliticoasă. Care parte a unei căsătorii aranjate este o opțiune grozavă?

– Totul depinde de cine urmează să fie potențialul soț. În acest caz, nu ai avea de ce să te plângi, serios, a argumentat ea, și entuziasmul îi strălucea din nou în ochi, ceea ce m-a iritat.

– Dacă e atât de minunat, mărită-te tu cu el!

– M-aș fi măritat fără să stau pe gânduri, dar ți-am spus că m-am...

– Te-ai îndrăgostit? Da, ai spus. Mi-am dat ochii peste cap din nou. Vezi tu, poate că și mie mi-ar plăcea să mă îndrăgostesc.

Maya și-a întins mâinile în fața ei într-un gest defensiv.

– Știu, știu, înțeleg. Îmi pare rău, Hailie. Așa sunt eu, îmi intră ceva în cap și gata. Dar o să mă cunoști, o să te obișnuiești cu asta. Nu vreau să te simți ofensată de mine.

De fapt, asta suna destul de frumos și sincer, iar eu aveam o slăbiciune pentru cuvintele frumoase și sincere, așa că am dat din cap.

– Bine, doar te rog să nu mai vii cu idei de genul ăsta.

Maya a râs.

– Nu mai vin.

Am zâmbit, punându-mi în gând să îi dau acestei fete încă o șansă.

– Și apropo... a vorbit ea din nou cu un zâmbet răutăcios, care a acționat ca un avertisment pentru mine, așa că m-am încordat, așteptând să termine. La ușa ta stă un bărbat foarte bine.

Mi-am încruntat sprâncenele la început, întrebându-mă despre cine este vorba, apoi am suspinat adânc când mi-am amintit că este Sonny.

– Vince mi-a dat un bodyguard. Trebuie să mă urmeze peste tot. Chiar și în casă, m-am plâns eu și m-am strâmbat.

Maya a fluturat din mână.

– Am avut doi dintr-ăștia.

Mi-am ridicat privirea spre ea.

– Serios?

– Tatăl meu era implacabil. Întotdeauna trebuia să trag după mine cel puțin doi bodyguarzi. Al tău cel puțin arată bine.

– Stai așa, serios? Și... și cum ai rezistat?

Zâmbetul Mayei a devenit și mai viclean.

– Adoram chestia asta!

Am ridicat din sprâncene, la care ea a scuturat din cap.

– Oh, Hailie, Hailie. Încă mai ai multe de învățat.

– Ce am eu de învățat?

– Cum să te distrezi, a răspuns ea. Și-a înclinat capul într-o parte și mi-a dat o șuviță de păr după ureche. Nu-ți face griji, mătușa Maya o să te învețe ce și cum.

20
DEFINIȚIA FAMILIEI

Cafelele moca cu gheață stăteau pe o masă joasă în camera de oaspeți care era temporar ocupată de Maya și Monty. Două pahare înalte erau umplute până la refuz cu băutura amestecată cu cuburi de gheață zdrobite, iar suprafața ei era completată de o porție generoasă de frișcă acoperită cu sirop de caramel, din care ieșeau paie metalice. Lângă el se afla un bol de cristal plin cu căpșune proaspăt spălate, tari și roșii.

Afară își făcea de cap o ploaie de martie, dar în compania Mayei mă simțeam ca și cum aș fi fost într-o vacanță exotică. Fata răspândea în jur o aură de soare și distracție. La început, a vrut să mă ia să mergem la cumpărături și să petrecem o zi între fete, dar Vince i-a potolit entuziasmul chiar de la micul-dejun.

Nu a fost de acord să lipsesc de la școală ca să merg la mall, dar am crezut că voia să mă pedepsească și să-mi refuze plăcerea din cauza certei noastre de ieri. Totuși, cel mai adevărat și probabil cel mai important motiv era că Vince nu voia să mă lase să merg nicăieri singură și cu atât mai puțin în compania Mayei, din cauza presupusului ei tată nebun, care în mod sigur aflase deja că iubita lui fiică se întorsese în țară.

Atunci Maya a sugerat să ne distrăm acasă. Mai întâi s-a uitat prin garderoba mea, surprinsă că era atât de mică și, cu un ochi expert, a evaluat ce haine ar trebui să arunc și care aveau potențial. Mi-a vopsit unghiile, sfătuindu-mă să găsesc în zonă o manichiuristă preferată la care să-mi fac programări regulate și mi-a împletit părul într-un spic identic cu cel pe care îl avusese ea însăși ieri. Mi-a dat pe buze cu rujul ei de culoarea zmeurii și mi-a făcut genele cu rimel.

Mă abandonasem complet în mâinile ei și acum eram în camera ei, în mijlocul unei grămezi de haine aruncate în dezordine. Nu știu cum de reușise să aducă atâtea cu ea. Nu am pus întrebări. Am lăsat-o pe Maya să mă dezbrace și să mă îmbrace ca pe o păpușă Barbie.

Mătușa mea a admirat îndelung tabloul pe care tocmai îl compusese. Mi-a împrumutat rochia ei strălucitoare cu fir de argint, care abia îmi ajungea la jumătatea coapselor. A afirmat că arătam adorabil și sexy în același timp.

Ca o bomboană. Exact acesta este cuvântul pe care l-a folosit. Am chicotit auzind această comparație și mă uitam la ea cu o fascinație nedisimulată. Ea era și mai dezbrăcată, într-un top crem care acoperea puțin mai mult decât un sutien și o fustă albă de sub care uneori, atunci când se mișca, se vedea o mică porțiune din fesele ei bronzate și atletice.

Am luat o înghițitură de cafea cu gheață, legănându-mă puțin pe ritmul muzicii latino pe care o dădusem tare, și am mușcat dintr-o căpșună suculentă. Nu eram un fan al cafelei, dar adaosul de ciocolată și frișcă o transformase dintr-o băutură stupidă și amară într-un desert dulce, plăcut și răcoros.

Maya se uita în telefon, iar brățările de la încheieturi zăngăneau de fiecare dată când își mișca mâna. Când a observat că mă uitam la ea, mi-a trimis un zâmbet larg.

Îmi plăcea de ea. Abia o cunoscusem și – să recunoaștem – nu-mi făcuse o impresie bună la început, dar nu era chiar atât de rea. De mult timp nu mă mai distrasem așa de bine ca astăzi.

Prima parte a zilei a trecut foarte repede pentru că am avut o companie care nu m-a lăsat să mă plictisesc. Când am coborât la bucătărie să umplu un castron gol cu căpșune proaspete (nu știu de unde le lua Eugenie în perioada asta a anului), i-am văzut pe Vince și Dylan stând în hol. Am fost surprinsă de prezența celui din urmă. Cei trei frați mai mici ai mei ar fi trebuit să fie încă la școală. M-am oprit, nehotărâtă dacă eram sigură că vreau să fiu văzută. Ambii frați păreau enervați.

– Nu dau doi bani pe colegiul ăsta, a bolborosit Dylan pe tonul arogant tipic.

– Dacă vrei să fii luat în serios și să ai un cuvânt de spus în afaceri, atunci îți sugerez să-ți schimbi atitudinea, pentru că, dacă nu-mi arăți o diplomă cu credite la clasa business, singurul lucru pe care te poți baza în viitor este să fii curierul meu. Asta este ceea ce vrei, Dylan? a mârâit la el Vincent.

– Mă doare în cot de credite! Pentru ce naiba am nevoie de credite? Dylan și-a desfăcut brațele în lături. Aș învăța mai multe de la tine decât de la un curs nenorocit cu un tip care cunoaște managementul afacerilor din cărți.

– Pentru că nu am de gând să-mi pierd timpul învățând pe cineva care nu se poate mobiliza ca să ia câteva examene la facultate. Studenția este un fleac în comparație cu ceea ce te așteaptă în viața reală. Prin urmare, stăpânește-te și nu te mai plânge ca un copil mic, pentru că nu am de gând să predau o parte din afacerea noastră unui băiat plângăcios și needucat, chiar dacă este fratele meu. Ai înțeles?

Dylan părea să înțeleagă, dar a pornit cu un pas agitat spre scări, iar în același moment m-am răsucit pe călcâie și am fugit pe vârfuri înapoi în dormitorul de oaspeți, mulțumind cerului că nu mă observase nimeni. Nu mă împăcasem încă cu Vincent și nu mă simțeam în largul meu în compania lui. Eram chiar gata să-mi cer scuze față de el, dar probabil avea resentimente profunde față de mine și scuzele mele ar fi nimerit ca nuca în perete. În orice caz, fusese foarte dezamăgit de mine.

Și de ce m-am bucurat să nu mă întâlnesc cu Dylan când era și furios pe deasupra, nu trebuie să explic.

Chiar în momentul când Maya s-a oferit să-mi împrumute rochia aia strălucitoare, m-am gândit că vor fi vreo cinci persoane în casa asta cărora n-o să le placă. Dar nu mă duceam nicăieri în ea. În plus, cu mătușa de partea mea, mă simțeam mai încrezătoare.

Am decis că mă voi duce să iau căpșunele alea mai târziu și m-am întors în camera unde Maya stătea întinsă pe pat cu laptopul deschis, căutând online pantofi potriviți care să se asorteze cu salopeta întinsă pe cuvertură. M-am întrebat dacă nu era mai bine să încheiem deja parada modei și să ne punem haine mai acceptabile.

Dar ce lașă eram! Detestam faptul că mă preocupa atât de mult părerea fraților mei.

– Ești bine? a întrebat Maya, uitându-se la mine peste laptop.

Ah, să-i ia naiba. I-am zâmbit.

– Da! i-am răspuns veselă și mi-am luat băutura. Cred că o să înceapă să-mi placă cafeaua.

Nu a durat mult până când mirosul îmbietor al mâncării pe care Eugenie o pregătise pentru cină – când găsise un moment liber – a ajuns la noi. Menajera noastră se întorsese astăzi la lucru și fusese foarte ocupată, deoarece nimeni de la reședința Monet nu era foarte obișnuit cu curățenia și, pe deasupra, aveam și oaspeți.

Curând, unchiul Monty a venit să ne ia. Mai întâi s-a apropiat de Maya pe la spate, s-a aplecat peste ea și i-a plasat un sărut umed pe gât, iar apoi a mușcat-o de nas glumeț. Maya mai întâi s-a strâmbat, dar i-a răspuns la sărut și i-a zâmbit șăgalnic.

Unchiul Monty a bătut din palme.

– Frumoase doamne, masa este servită, a anunțat el și, întrerupând muzica, s-a întins.

Cămașa i se ridicase și a trebuit să recunosc că avea un corp destul de bine îngrijit pentru un bărbat matur. Se pare că aceasta era o altă trăsătură caracteristică a bărbaților din familia Monet.

Mie și Mayei ni se făcuse foame, așa că am coborât imediat scările, fără măcar să ne mai schimbăm. Eugenie pusese deja masa și m-am gândit că ar putea fi chiar o cină plăcută, dar apoi mi-am amintit că Dylan era irascibil, cu Vince aveam încă o relație tensionată, iar pe Will nici măcar nu-l văzusem.

Poate că ar fi fost totuși mai bine să ne schimbăm. Tocmai mă gândeam dacă să nu mă furișez repede sus, dar când m-am întors, în spatele meu erau Dylan și gemenii, cărând pachete de câte șase beri, la vederea cărora unchiul Monty s-a luminat la față.

„Sfânta Treime" a fraților mei s-a uitat la mine încruntând din sprâncene.

– Ce naiba mai e și asta? a mârâit Dylan, pășind în față și observând silueta mea.

Unchiul Monty s-a apropiat, i-a luat o bere din brațe și s-a dus la masă. A deschis-o imediat, pentru că în spatele meu s-a auzit un fâsâit caracteristic.

– Ce anume? am întrebat eu făcând pe proasta.

– Ce este asta? Dylan a arătat cu bărbia spre rochia mea.

– Ei bine, o rochie, ce să fie? a pufnit Maya.

– Ce naiba ai făcut cu ea? a mârâit Dylan către Maya.

Tony s-a și instalat într-un fotoliu, îmbrățișând berea rece și pregătindu-se pentru un spectacol, din păcate, cu mine în rolul principal.

– O, puștiule, calmează-te, a chicotit unchiul Monty, apucând mâna Mayei care ședea lângă el și ridicând-o la gură, atingându-i degetele cu buzele.

– Despre ce vorbești? a întrebat Maya, la fel de tăios ca Dylan.

– Despre tot, începând cu rochia aia de curvă.

– E rochia mea și nu e de curvă.

– Grozav, și de ce naiba poartă rochiile tale? a întrebat-o Dylan pe Maya și apoi s-a uitat la mine. Ce, nu ai nimic al tău?

Îmi venea să oftez adânc. Știam că așa va fi. Nu pot fi tratată ca o ființă umană în familia asta.

– Pentru că așa a vrut ea. Înapoi, nu te băga, Dylan, a șuierat Maya.

Dylan s-a uitat la mine.

– Du-te și pune-ți ceva ca lumea pe tine.

– Rămâi pe loc, a protestat Maya repede.

– Du-te în clipa asta, a repetat Dylan.

– Nu te mișca, Hailie.

Am încremenit.

Dylan a mormăit nemulțumit și a făcut un pas spre Maya:

– Ce e în neregulă cu tine?

Maya și-a retras mâna din strânsoarea blândă a lui Monty și a îndreptat un deget spre Dylan.

– Voiam să te întreb același lucru.

– De ce te amesteci?

– Pentru că e clar că are nevoie de cineva care să o apere în casa asta sexistă!

Maya s-a ridicat în picioare și, deși era mult mai scundă decât Dylan, acest lucru nu a intimidat-o deloc.

– Nu e vorba despre sexism... a intervenit Shane, care se așezase deja la masă și se îndopa cu sticksuri și bere, deși urma să luăm cina.

Maya i-a aruncat imediat o privire ostilă.

– Nu? Spune-mi, Shane, Dylan sare cu gura și la tine dacă porți ceva ce nu-i place?

– La naiba, Maya, nu te preface că nu știi care e problema, a mormăit Dylan.

– Luminează-mă!

– Foarte bine, doamnă. Nu-mi place faptul că surioara mea poartă haine pe care niște tipi în călduri își imaginează că i le-ar scoate.

– Bărbații sunt libidinoși, serios, Maya, a dat Shane din cap.

– Nu-mi doresc ca unii nenorociți să tresară când o văd, a adăugat Dylan.

– Bine, bine, am înțeles, a mormăit unchiul Monty, scărpinându-se în frunte, vizibil jenat.

– Ba nu, nu înțeleg, a negat Maya. În primul rând, suntem acasă, ce naiba. Singurii băieți prezenți sunteți voi, idioților!

– Și ce dacă, să se învețe că nu poate purta astfel de haine.

– Vrei să faci pe fratele mai mare cel bun? a șuierat Maya. Atunci nu-i mai restricționa garderoba și începe să-ți folosești energia ca să te asiguri că niciunul dintre perverșii despre care vorbești nu îi face rău. Ai resentimente față de ea pentru ceea ce vor crede alții? Serios, Dylan?

– Dar, iubito, a început unchiul Monty nesigur, ca și cum nu ar fi știut dacă era o idee bună să vorbească. Imaginează-ți că intri într-o cușcă plină de câini înfometați. Te îmbraci în cârnați sau în legume?

Maya i-a aruncat o privire severă.

– Vorbești serios?

– Eu m-aș îmbrăca în legume. Nu e treaba ta dacă javrelor le este foame, dar pentru siguranța și confortul tău preferi să nu-i stârnești cu carne, nu?

– O să încep să pun legume în pat și s-a terminat cu nopțile noastre îmbătătoare, i-a șoptit ea furioasă.

– Draga mea, nu asta am vrut să spun...

Maya s-a întors spre Dylan, ignorându-și logodnicul.

– Împacă-te cu ideea, a început ea, apoi s-a uitat și la gemeni. Împăcați-vă cu toții cu realitatea că surioara voastră se maturizează și nu mai este o fetiță, ci devine o adevărată domnișoară și pot să jur, cu o siluetă ca asta, cu picioare ca astea, puteți să o puneți să se îmbrace și cu un sac de cartofi, și toți bărbații din jurul ei vor începe să saliveze la vederea ei.

Tony se uita undeva în pământ, Shane se uita la grăuncioarele de sare de pe degetul mic, iar Dylan se confrunta cu Maya din priviri.

Eu însămi îmi mușcam obrazul și la începutul schimbului lor de replici îmi venea să-i întrerup, să renunț și să mă duc să mă schimb, dar, în mod surprinzător, se pare că Maya își impusese în sfârșit punctul ei de vedere, sau mai degrabă al nostru, pentru că Dylan a ocolit-o în cele din urmă și s-a așezat la masă. Arăta de parcă ar fi vrut să-i dea un brânci cu umărul, dar bineînțeles că nu a făcut-o. Chiar trebuia să învăț de la ea.

Zâmbetul triumfător al Mayei s-a lărgit brusc când Will a intrat în bucătărie. Părul îi era umed și răvășit și era vizibil obosit, ba chiar își freca fața. Era îmbrăcat cu un pulover cu guler înalt de culoare deschisă și pantaloni gri. Arăta de parcă abia se dăduse jos din pat, făcuse un duș rapid și se schimbase în haine frumoase. Era posibil, pentru că nu venise astăzi la micul-dejun, iar când unchiul Monty a întrebat de el, Vince a răspuns că Will a fost ocupat și s-a întors abia de dimineață.

– Ei bine, în sfârșit, Monetul meu preferat! a exclamat Maya, la care toți ceilalți bărbați prezenți au strigat un „Hei!" plin de indignare, unchiul Monty arătându-se cel mai nemulțumit.

Will i-a zâmbit delicat.

– Bună, Maya! I-a făcut cu ochiul și a îmbrățișat-o, iar eu am văzut că avea o mână bandajată.

– Cum e mâna? a întrebat Dylan.

– Doar încordată, a răspuns Will evaziv, apropiindu-se de masă.

– Din câte am auzit, nu e la fel de încordată ca fața celuilalt tip, a râs în hohote unchiul Monty, apoi a ridicat pumnul sus. Bravo, Willy.

Aș fi fost o idioată dacă nu aș fi observat privirile semnificative ale fraților, care s-au îndreptat într-o fracțiune de secundă spre unchiul Monty. Iar el, dovedind încă o dată că este marele rege al gafelor, s-a uitat la mine și și-a acoperit gura cu mâna, făcând o mutră prostească.

– Am glumit.

Will i-a zâmbit aparent, dar eu îi știam deja toate zâmbetele și îmi dădeam foarte bine seama că acesta era fals.

A venit imediat și Vince și, în cele din urmă, ne-am așezat cu toții la masă. Am reușit să prind un loc lângă fratele meu preferat, dar din păcate asta însemna că trebuia să stau între el și Dylan. Și apoi Vince s-a așezat pe scaunul din fața mea și deja regretam că nu mă așezasem lângă unchiul Monty. Mai ales că nu puteam să-mi dezlipesc ochii de la mâna bandajată a lui Will.

– Îmi plac cinele în familie de genul ăsta, a suspinat încântată Maya, în timp ce Eugenie muncea din răsputeri ca să fie sigură că pe masa noastră totul arăta perfect.

– Oh, Vince, o întrebare. Maya s-a întors spre fratele meu cel mai mare, privindu-l cu interes, iar el i-a întors privirea. Te deranjează ținuta lui Hailie?

Dacă ar fi stat mai aproape, aș fi lovit-o în gleznă, chiar aș fi făcut-o. Mă bucuram că terminasem cu acest subiect și chiar nu voiam să-l mai abordez, cu atât mai puțin cu Vincent. Ne țineam tot la distanță unul de celălalt și să-i pună de față cu toată lumea întrebări care îi atrăgeau atenția direct asupra mea era de-a dreptul o cruzime și o nechibzuință. Nu vreau să o învinovățesc deschis pe Maya pentru asta, deoarece probabil că nu știa că eram la cuțite, dar puteam să înjur măcar în gând.

Ochii lui Vince au trecut peste partea de sus strălucitoare a rochiei, care expunea umerii mei și ceva decolteu.

– Nu.

Am făcut ochii mari la Maya, implorând-o să abandoneze subiectul.

– Ha, vezi, nici chiar Vince nu are nicio problemă cu ceea ce poartă Hailie! a strigat ea către Dylan.

– Dar ai văzut cât de scurtă este? a întrebat el.

– Nu. Suntem acasă, înconjurați de familie, așa că nu-mi pasă ce poartă, a răspuns Vince, fără să se mai uite la mine.

– Dar dacă ar vrea să plece așa de casă, ai pune-o să-și schimbe hainele? a întrebat Dylan.

– Da.

– Ei, ce mai zici? a aruncat Dylan în direcţia Mayei.

Mi-am înclinat capul pe spate şi am suspinat încet.

– Sunteţi groaznici cu toţii, a bombănit mătuşa mea.

Din fericire, conversaţia a deviat rapid în alte direcţii, iar eu am stat liniştită până când Will mi-a vorbit încet.

– Hei, micuţo, eşti bine?

– Nu, i-am răspuns şi, înainte să poată pune altă întrebare, am adăugat: Ce-ai păţit la mână?

– Ţi-am spus, am forţat-o. Nimic serios, nu-ţi face griji.

– Ai bătut pe cineva? am întrebat şi am observat imediat privirea îngrijorată din ochii lui albaştri.

– Hailie, dă-mi sarea, te rog, mi-a spus rece Vincent, care, evident, ne auzise conversaţia.

M-am uitat fix la el mai întâi, procesând cererea lui simplă şi faptul că îmi vorbise, apoi am clipit şi am găsit solniţa pe care Dylan o folosise recent. I-am dat-o lui Vincent, iar el mi-a mulţumit şi, privindu-mă fix tot timpul, a pus-o deoparte. Nici măcar nu a folosit-o.

– E în regulă, micuţo, nu-ţi face griji, a repetat Will, mângâindu-mi braţul.

Am dat din cap şi m-am concentrat asupra spaghetelor mele.

Masa era mare şi îmbelşugată, dar aranjată elegant. Pe ea se aflau sticle de bere, două carafe de apă în care pluteau felii de lămâie şi pahare de cristal. În farfurii speciale era parmezan de presărat pe paste, iar o cană înaltă şi îngustă era plină cu ulei de măsline. Aveam, de asemenea, farfurii separate pentru salată, preparată din rucola, roşii, avocado şi măsline negre.

Trebuie să spun că, în ciuda tuturor lucrurilor, cina în familie a fost chiar plăcută. A fost unul dintre acele momente în care am petrecut timp cu toţi fraţii mei şi, pe deasupra, au fost de faţă Maya şi unchiul Monty. Singurul lucru care mă apăsa pe inimă erau cuvintele pe care i le strigasem ieri lui Vincent.

– Tu nu bei? a întrebat-o Shane pe Maya în timp ce el însuși se întindea deja după a doua bere.

– Nu, sunt însărcinată.

– Stai, ce ai spus? a mormăit Tony, ridicând sprâncenele.

Din moment ce până și fratele cel morocănos vorbise, chiar reușise să facă senzație.

– Mm, altfel în loc de cafea cu gheață în dimineața asta Hailie și cu mine am fi băut Mimosa, a râs Maya, făcându-mi cu ochiul complice.

Și eu am clipit de câteva ori, dar mai degrabă în semn de surprindere.

– Atâta îți trebuie să îi dai alcool, a mârâit Dylan.

– Iisuse, dar posesiv mai ești. Maya și-a dat ochii peste cap și apoi s-a aplecat peste masă spre mine. Hailie, trebuie să găsești un clenci împotriva lui.

I-am zâmbit.

– Am unul.

Menajera.

Dylan și-a încruntat fruntea.

– Nu, nu ai.

– Ba am.

– Nu ai.

Toată lumea se uita la noi cu amuzament. Asta mi-a dat curaj.

– Când am fost în Thailanda... am început eu, dar mâna mare a lui Dylan mi-a acoperit imediat gura.

– Încă un cuvânt, fetițo... a șoptit sinistru fratele meu cel rău, iar eu m-am uitat imediat rugător în dreapta mea, la Will, care râdea de noi împreună cu toți ceilalți.

Am lins interiorul mâinii lui Dylan ca să-l fac să-mi dea drumul, dar, indiferent cât de multă salivă am folosit, nu s-a simțit dezgustat de asta, așa că l-am mușcat pur și simplu. Și-a îndepărtat mâna ca opărit, s-a uitat la ea, apoi și-a șters resturile de salivă pe obrazul meu.

Am tresărit și m-am aplecat spre Dylan ca să-mi șterg fața cu tricoul lui. El m-a îndepărtat ușor, iar eu l-am lovit în picior. Apoi mi-a luat paharul, în care rămăsese apă, și mi-a stropit rochia. Nu m-a udat rău, dar s-a pătat puțin. Am vrut să iau paharul lui cu apă, dar el mi-a anticipat mișcarea și l-a mutat mai departe, așa că l-am înșfăcat repede pe al lui Will și i-am stropit cămașa și pantalonii lui Dylan. Cu această ocazie, puțină apă a ajuns și pe Tony.

Will băuse mai puțin, așa că avea mai multă apă în pahar și cămașa lui Dylan era udă la mijloc până la piele. Văzând asta, m-am tras spre fratele meu preferat.

– Hai să schimbăm locurile, l-am rugat, întinzând mâna spre el, dar atunci am simțit o zguduitură, căci Dylan îmi trăsese scaunul spre el.

– Nici vorbă. Trebuie să stau cu ochii pe tine, a mormăit el.

Am încercat să-i dau la o parte mâna de pe spatele meu, dar strânsoarea lui Dylan era prea puternică, așa că am oftat și m-am lăsat pe spate, lăsându-mă învinsă.

– Sunteți absolut încântători, a comentat Maya, zâmbindu-ne.

– Mm.

Dylan s-a uitat la mine, iar eu m-am uitat la el pe sub sprâncene.

– Mi-aș dori ca și copiii noștri să fie niște frați minunați, i-a spus Maya unchiului Monty, care a cuprins-o cu brațul.

– Iubito, nu știi despre ce vorbești. Știi cât de multă muncă este cu un băiat ca Dylan? A clătinat din cap. Îmi amintesc de el când era copil. Alerga peste tot, era teribil de neastâmpărat. Mă uitam la Camden cum se chinuiește cu el și mă bucuram că eu nu trebuie să fac asta.

Dylan i-a trimis unchiului Monty un sărut peste masă, iar eu am chicotit.

– Într-adevăr, era tragic, a recunoscut Vincent, dându-și ochii peste cap.

– Nici tu nu erai cu nimic mai bun. Erai mereu capul răută-
ților, l-a mustrat Dylan. Și a adăugat în șoaptă: Și încă mai ești.

– Chiar așa, a confirmat Shane, iar Tony a încuviințat și el
din cap.

Vince a ridicat amuzat un colț al gurii.

– Cineva trebuia să vă pună la colț.

– Îmi amintesc o dată când Vince și cu mine mergeam cu
mașina la o petrecere, iar Dylan s-a ascuns în spatele mașinii, a
râs Will. Nu ne-am dat seama până nu am ajuns acolo.

Vince și-a ridicat ochii spre cer.

– Dar erai un prostănac, a suspinat el.

– Iar tu erai rău, i-a reproșat Dylan și s-a tras de ureche. Așa
mă trăgeai de ele, de credeam că ai de gând să mi le smulgi.

– Trebuia. Oricum nu asculți ce ți se spune.

După un timp efectiv râdeam cu lacrimi ascultând sporovăia-
la lor. De altfel, nu eram singura. Atmosfera era minunată. Era
unul dintre acele momente din viață care ai vrea să nu se mai
termine. Am stat până seara, iar la sfârșit toți, în afară de Maya
și de mine, erau puțin amețiți, dar într-un mod foarte distrac-
tiv. Chiar și Vincent. Nu-l mai văzusem niciodată așa. Până și
telefonul i-a sunat doar de câteva ori. Râdea în hohote împreună
cu noi și uneori, dar foarte rar, privirile noastre se intersectau.
Am încercat să-l evit, deși nu mă puteam abține să nu mă uit la
el din când în când. Poate că el știa sau simțea asta?

Cel puțin nu se uita la mine cu aversiune sau antipatie, deși
mi-ar fi plăcut foarte mult să-mi facă cu ochiul, să-mi zâmbeas-
că, așa cum făcea uneori. Din păcate, de data asta privirea lui
era mai degrabă indiferentă.

Maya ne-a explicat că aflase că era însărcinată în urmă cu
mai puțin de o lună, în timp ce ea și unchiul Monty se aflau în
Australia. Atunci s-au întâlnit cu Camden, care i-a sfătuit să
se căsătorească și să se întoarcă în State pentru ca Maya să se
poată împăca cu familia ei și să-i ceară tatălui ei binecuvânta-
rea, conform tradiției din familia lor. Acesta era motivul pentru

care se aflau aici. Am fost absolut fermecată de perspectiva unui viitor bebeluș în familie. La urma urmei, nu voi mai fi cea mai tânără. E ciudat că ieri nu-i cunoșteam pe acești oameni, iar astăzi simțeam deja o legătură cu ei, chiar dacă la început nu mi se păruse așa.

Cred că aceasta este definiția familiei despre care tot vorbea Vincent. Un grup de oameni care pur și simplu se iubesc și se susțin reciproc.

Mi-aș fi strigat scuzele chiar acum, dacă nu ar fi fost faptul că Vince nu era complet treaz și, deși cu siguranță nu era beat sau inconștient de ceea ce se întâmpla, am vrut să-i cer scuze în condiții mai bune.

Seara, în timp ce mă îndreptam spre dormitorul meu, bodyguardul se ținea scai după mine. Bietul om primise ieri din partea mea o cantitate infinită de priviri pline de ură, dar acum, pentru prima dată, când am intrat în camera mea, înainte să închid ușa, i-am zâmbit vesel.

Ce dispoziție încântătoare aveam!

Păcat că nu a durat mult.

21
DÉJÀ-VU

Noaptea a plouat torențial. Eram aproape sigură că nu visa-sem deloc și, când m-am trezit, chiar am auzit sunetul unui pian. Vincent cânta la pian? Îmi doream mult să cobor și să ascult, poate chiar să încerc să vorbesc cu el, dar m-am speriat și am lăsat piesa care îmi mângâia auzul să mă adoarmă la loc.

Dimineața mi-a fost greu să mă trezesc și să mă târăsc din pat, dar să rămân în el era imposibil, pentru că trebuia să merg în sfârșit la școală și trebuia să mă îmbrac. În timp ce făceam un duș, mă plângeam în sinea mea de vremea rea. Abia așteptam să vină primăvara însorită.

Apoi mi-am văzut imaginea reflectată în oglindă, iar fața mea lăsa cu siguranță mult de dorit. Aveam cearcăne negre sub ochi, pe bărbie îmi ieșea un coș oribil, subcutanat și, pe deasu-pra, dureros, iar părul meu nu voia defel să stea la un loc. Vâ-nătaia mea se estompase deja, dar mai rămăsese o dâră gălbuie, care arăta ca și cum m-aș fi stropit cu un fel de sos.

Nu am găsit pe nimeni în bucătărie. Mi-am pregătit micul-dejun, dar, din păcate, nu mai rămăsese decât o mână din cerealele mele preferate, așa că a trebuit să le amestec cu musliul pe care îl mânca întotdeauna Will, când se întorcea de la alergarea de dimineață. Am avut nevoie de câteva minute bune ca să aleg stafidele din porția mea.

Nu îmi plăcea acest mic-dejun și mi l-am îndesat cu forța pe gât, răsfoind plictisită știrile de pe Bookstagramul meu. După o vreme, în bucătărie a apărut fratele meu preferat și, deși m-am bucurat că era el, am reușit doar să murmur ceva în semn de salut.

Avea mâna încă bandajată, ceea ce am observat când s-a așezat lângă mine. Își pregătise într-un ritm extrem de rapid fructe cu iaurt natural, nuci și musli. Între timp, i se făcuse și cafeaua, dar, înainte să ia o înghițitură din ea, s-a uitat la mine cu atenție.

– De ce ești tristă? a întrebat el, uitându-se la fața mea.

– Nu sunt, i-am răspuns cu tristețe, privind fix la ecranul telefonului.

– Eu văd că ești.

Am oftat și am pus telefonul jos pe blat, uitându-mă în ochii îngrijorați ai fratelui meu.

– Will, cred că am o zi proastă, am declarat, fără să știu în acel moment că va deveni și mai proastă.

– Ești îngrijorată de ceva anume?

Apoi, absolut inconștient, i-am mărturisit ceva la care nici măcar nu avusesem timp să mă gândesc azi, dar care se pare că mă obseda și nu-mi dădea pace.

– Știi că Vince este supărat pe mine, nu? am mormăit încet, uitându-mă spre intrarea în bucătărie ca și cum ar fi fost un fel de secret.

Will a zâmbit compătimitor.

– De aceea te frămânți așa?

– Tu de ce nu ești supărat? i-am răspuns cu o întrebare, uitându-mă direct în ochii lui albaștri.

– Poftim?

Am coborât capul.

– Nu ești supărat pe mine pentru că v-am mințit?

Mi-a fost foarte greu să rostesc întrebarea.

Will a înțeles la ce mă refer, pentru că și-a înclinat capul și și-a frecat bărbia, ca și cum s-ar fi întrebat ce să-mi răspundă. În cele din urmă a tușit și s-a concentrat din nou asupra mea.

– Nu.

Am ridicat spre el o privire plină de speranță.

– De ce nu?

– Nu aprob minciuna, asta să fie clar, a subliniat el. Cred că ar fi trebuit să ne informezi imediat despre solicitarea colegului. Dar ești tânără și ai dreptul să faci greșeli. Eu cred că nu trebuie să fiu supărat pe tine pentru ca tu să tragi învățăminte din asta.

Îmi venea să mă arunc în brațele lui. Și apoi m-am simțit foarte prost. Will era atât de bun și înțelegător, iar eu îl dezamăgisem. Sunt sigură că, la fel ca Vince, s-a simțit înșelat, doar că a reacționat diferit.

– Will, eu chiar, chiar nu am vrut să vă mint. Mă gândeam doar să-l ajut pe Leo...

– E în regulă, Hailie.

Nu era chiar în regulă. Nu va fi până când Vince nu va începe să se poarte normal din nou. La început mă simțisem doar stânjenită din cauza felului în care mă trata, dar în dimineața asta ajunsesem probabil în punctul culminant, pentru că nu mai puteam funcționa așa.

Din cauza vizitei Mayei și a unchiului Monty îl vedeam un pic mai des decât de obicei și de aceea indiferența lui față de mine era și mai izbitoare.

Am tresărit la gândul să-mi cer scuze, și nu pentru că nu ar fi trebuit să o fac, ci pentru că Vincent mă respingea pur și simplu. Aveam impresia că, la prima încercare de a-mi cere scuze, mă va alunga.

Regretam că nu este Will tutorele meu legal. Metodele lui de parenting păreau mai prietenoase cu adolescenții. A mâncat în grabă, și-a turnat practic cafeaua pe gât și în cele din urmă m-a sărutat în creștetul capului și m-a scuturat de brațe încurajator.

– Să ai o zi bună și capul sus, micuțo!

Și a dispărut, iar eu am continuat să mă rog deasupra castronului de cereale deja fleșcăite. Nu a durat mult până când au apărut în bucătărie Shane și Tony și chiar în spatele lor au intrat, pregătiți de plecare, Vincent și unchiul Monty. Acesta din urmă părea să-i sprijine activ pe frații mei în afacerea lor, iar Vince îi aprecia în mod clar cunoștințele. Mi-am amintit că mi se spusese că unchiul Monty îl ajutase pe Vince după presupusa moarte a lui Camden. Ei bine, avea cu siguranță o experiență valoroasă, deși mi-era greu să mi-l imaginez ca pe un mafiot. La urma urmei, era atât de amuzant și glumea tot timpul.

Am așteptat ca Vince să iasă din bucătărie și să pot scăpa de rămășițele unui mic-dejun prost, dar el s-a sprijinit de dulap parcă doar așa, ca să-mi facă în ciudă și, sorbind din cafea, stătea de vorbă cu unchiul. Așa că am amestecat cu lingura în bolul cu cereale, prefăcându-mă că aveam o mare dorință să le mănânc.

Shane și Tony nu le dădeau nicio atenție, cu ochii în telefoane. Probabil că și ei erau într-o dispoziție indiferentă. Poate pentru că ploaia se oprise, deși încă mai erau nori urâți pe cer.

Iar când a venit vremea să merg la școală și am spus la revedere ieșind din bucătărie, mi-a răspuns doar unchiul meu.

– Ne vedem mai târziu, frumoaso! a chicotit el, făcându-mi prietenos cu ochiul.

Stătea sprijinit cu mâna de blatul din bucătărie vizavi de Vincent și sorbea cafeaua cu lapte din cana mea cu inimioare.

I-am zâmbit palid, dar l-am și auzit pe Tony cum pufnește și, deși el era deja pe hol, se uita în telefon și probabil nici nu-l auzise pe unchiul Monty, mi-am spus că în mod sigur, sută la sută, Tony râsese când unchiul mi-a spus că sunt frumoasă. Bine, avea dreptate, pentru că acum... cu coșul acela...

Am suspinat.

Maya m-a găsit chiar înainte să mă urc în mașină cu frații mei. Am privit-o în tăcere cum se concentra să camufleze resturile vânătăii mele cu anticearcăn. I-am simțit degetele blânde pe obraz. M-am întrebat cum de arăta întotdeauna perfect. Purta pantaloni de trening într-o nuanță roz deschis și un tricou alb, legat într-un nod chiar deasupra ombilicului. Își făcuse două cocuri de o parte și de alta a capului și arăta adorabil.

Farmecul Mayei îmi amintea de lipsa mea de farmec.

Am fost surprinsă de acest gând, pentru că de obicei nu am astfel de complexe. Poate că nu eram Miss World, dar nici nu mă consideram urâtă, însă acum începusem dintr-odată să-mi fac griji.

Și asta m-a făcut să mă strâmb.

– Te doare? Scuză-mă! a exclamat Maya, luându-și mâinile de pe mine.

– Nu, nu, nu e asta, am răspuns eu repede.

Maya și-a înclinat capul.

– Nu mă simt bine, am murmurat eu.

– Le-ai spus băieților? Poate ar trebui să stai acasă?

– Nu, nu e asta. Adică nu mă doare nimic. Doar că nu mă simt atât de... știi tu. Mental, am mormăit, gesticulând fără rost și regretând că mă scuz atâta.

De asemenea, am aruncat o privire într-o parte, ca să mă asigur că gemenii nu mă aud.

– Dragă, sănătatea mintală este foarte importantă. Nu poate fi subestimată.

– Știu, știu, sunt doar într-o dispoziție proastă. Asta se mai întâmplă, nu?

Maya s-a uitat la mine, luându-mă mult mai în serios decât m-aș fi așteptat.

– Mm. Uite, dacă simți nevoia să vorbești, te ascult, bine? a spus ea încet și clar, iar ochii ei verzi străluceau de intensitate.

– Totul e în regulă. Doar că... îmi iese acest coș oribil, chiar aici, și... și nu știu... am gemut, uitându-mă din nou în jur.

Trăsăturile Mayei s-au înmuiat, iar buzele ei frumoase s-au întins într-un mic zâmbet.

– Oh, Hailie. A aruncat tubul de anticearcăn deoparte și m-a apucat de braț. Îndreaptă-te și ridică fruntea, mi-a spus ea, ridicându-mi bărbia cu degetele. Ai încredere în tine și nimeni nu va observa nici dacă îți apar zece coșuri în același timp. În cele din urmă, m-a atins ușor pe buze cu degetul: Și zâmbește. Foarte mult. Zâmbetul este cel mai bun machiaj. Mi-a îmbunătățit puțin starea de spirit cu asta și am ridicat timid colțurile gurii pentru ea. Maya era o persoană interesantă. Întotdeauna am crezut că femeile de felul ei (a se citi: bogate, răsfățate, frumoase și tinere) sunt răutăcioase, dar ea părea diferită. Bineînțeles, nu puteam să uit ideea ei de a-mi aranja căsătoria, dar descopeream treptat că așa era Maya. Spontană, desigur, și trăia într-o realitate ușor diferită de a mea. Dar era și femeia de a cărei companie aveam atât de multă nevoie în viața mea.

Deși a fost frumos, nu a reușit să-mi înveselească ziua mohorâtă. Mai ales când am văzut cum eu și gemenii eram urmăriți de o mașină mare, întunecată, care aparținea cu siguranță lui Sonny.

Nici întâlnirea cu Mona nu m-a făcut să mă simt mai bine. Desigur, m-am bucurat să o văd, dar am început imediat să discutăm despre întâmplarea de la cofetăria doamnei Hardy. I-am povestit despre purtarea lui Leo și am trecut ușor la subiectul Vincent. Nu i-am spus totul, dar am simțit nevoia să împărtășesc cu ea faptul că tutorele meu nu avea pic de empatie și cât de mult mă afecta asta.

– E drept că l-am văzut pe Vincent doar de câteva ori în viața mea și este cu siguranță departe de a fi un părinte tipic, iar din ce spui tu, nu e nici tutorele perfect, dar știi și tu, Hailie, nimeni nu e perfect, a spus Mona în timp ce stăteam pe pervazul ferestrei pe unul dintre coridoare. Îmi iubesc părinții, dar dacă ai sta să le analizezi comportamentul, ai descoperi că și ei fac o mulțime de greșeli. Tatăl meu aproape în fiecare moment țipă la mine și e greu să ai o conversație normală cu el. Iar mama dă buzna în camera mea fără să bată la ușă – și mă enervează! Și din când în când mai inventează câte ceva ca să mă pună să fac curat. Are o problemă permanentă cu notele mele și, dacă mă gândesc bine, rareori aud ceva frumos de la ea.

Am ridicat un deget.

– DAR. Părinții tăi nu sunt implicați în afaceri dubioase, am subliniat.

Nu mă simțeam chiar în largul meu folosind cuvântul „mafie", așa că nu aveam de gând să o fac. Nici chiar în compania Monei. Vincent râdea oricum de el.

– Nu știu, în ultima vreme tata stătea atârnat de telefon și era atât de supărat, încât am crezut că va muri, pe cuvântul meu. Cine știe cu cine vorbea acolo. Și despre ce.

Știu de ce îmi era așa de greu să o ascult. Într-un sens, poate chiar neintenționat, ea îl apăra pe Vincent. Și asta m-a făcut să mă simt din ce în ce mai rău. Vinovăția nu mă mai apăsa pe piept, ci mă strivea ca un tăvălug. M-am bucurat sincer când s-a terminat pauza.

În următoarea pauză, am vrut să mă concentrez pe ceea ce știu să fac cel mai bine, adică să învăț, dar Leo m-a întrerupt. A apărut ca din senin chiar în fața sălii mele de istorie. Probabil că mă căuta. Îndată ce l-am văzut, am implorat cerul în mintea mea ca el să nu se apropie de mine. Nu mă simțeam în stare să vorbesc cu el.

Fața lui mai avea pete negre ici și colo, dar sprânceana nu mai era acoperită cu plasture, deși o mică rană era încă vizibilă. În afară de asta, arăta ca întotdeauna în uniforma îngrijită, cu părul blond.

– Hei, am așteptat să te întorci la școală, a spus el încet, oprindu-se chiar lângă mine.

– De ce? am întrebat eu sec, ridicându-mi ochii obosiți spre el. La urma urmei, ai obținut deja ce ți-ai dorit.

Leo s-a uitat la mine pentru o clipă, vizibil jenat.

– Vreau să știu dacă este totul în ordine.

– Dar pentru ce?

– Hailie, îmi pare foarte rău, dacă ai simțit că am profitat de tine. Nu a fost vorba deloc despre asta. Am încercat doar să rezolv problema cu Vincent. Asta e tot. Când stăteam vizavi de el intuiția mi-a spus că este mai bine să mărturisesc tot adevărul.

Am ridicat o privire furioasă spre el.

– Dar intuiția ta nu ți-a spus că în felul acesta mă pui în conflict cu fratele meu? Că aș putea avea probleme din cauza planului tău grandios?

Leo a tăcut.

– Știi ce? Regret că te-am ajutat, am mârâit eu la el.

– Iar eu, Hailie, îți sunt foarte, foarte recunoscător pentru asta. Dacă nu erai tu, nu aș fi fost în stare să fac nimic. Ești un om minunat, un suflet bun și am de gând să spun asta de câte ori voi avea ocazia. Îți sunt veșnic recunoscător, a spus Leo cu o față de piatră.

Am clipit, uitându-mă la el ca la o sculptură.

El a făcut un pas înainte.

– Hailie, nu știu ce s-ar fi întâmplat cu mine și cu mama dacă nu erai tu. Niciodată în viața mea nu aș fi abuzat de încrederea ta, dacă aș fi avut altă opțiune. Te rog, încearcă să înțelegi asta.

Mi-am încleștat maxilarul și am întors capul într-o parte.

– Și m-ai turnat în fața lui Vince, am scrâșnit printre dinți.

– La urma urmei, el e fratele tău. Știam că nu-ți va face niciun rău.

Am pufnit.

– Ce? Doar nu... Nu cred că ți-a făcut rău? Ce, Hailie? Nu ți-a făcut nimic, nu-i așa? a întrebat Leo, iar între sprâncene i-a apărut un rid.

Am oftat și am scuturat din cap, închizând pentru o clipă ochii. Când i-am deschis, i-am aruncat o privire furioasă lui Leo.

– Nu, am răspuns, iar apoi, spre surprinderea mea, am adăugat: Ai dreptate, nu mi-ar face niciun rău.

Ceva ca un fel de ușurare a apărut pe chipul băiatului.

– Mulțumesc. Serios.

M-am forțat să schițez un zâmbet, pe care i l-am oferit.

– Sper că nu veți mai avea probleme tu și mama ta.

Am stat așa o secundă prea mult, până când în cele din urmă am aruncat un „la revedere" indiferent și am plecat. Voiam să dau vina pe Leo pentru cearta mea cu Vince și ar fi fost destul de ușor, pentru că, într-adevăr, dacă nu ar fi fost el, nu s-ar fi întâmplat nimic, dar deciziile au fost în cele din urmă ale mele. Eu am fost cea care a fost de acord să acționeze împotriva familiei mele. Leo pur și simplu își ajuta mama.

În mod surprinzător, nu eram atât de supărată pe el pe cât mă așteptam să fiu. Eram încă puțin dezamăgită, dar creierul meu îl absolvea ușor pe Leo, știind motivul comportamentului său, mai ales că acum eram concentrată pe propria vinovăție.

Cred că e un fel de pas spre maturitate. Să îți asumi vina. Știu că Vince nu era supărat pentru că încercasem să ajut un coleg, ci pentru că mințisem și complotasem pe la spatele lui.

Am fugit de Leo la baie. Voiam să scap de el și totuși stăteam în fața sălii unde aveam următoarea oră, așa că ar fi fost o prostie să mă îndepărtez prea mult. Prin urmare, am intrat în toaletă, sperând că, atunci când voi ieși, băiatul nu va mai fi acolo.

M-am dus la oglinzi și mi-am scos anticearcănul pe care mi-l dăduse Maya de dimineață. Am început să-mi mai aplic un strat pe obraz. Tocmai înșurubam tubul când Audrey a intrat în baie.

Am clipit surprinsă când nu a trecut pe lângă mine fără să spună un cuvânt, ci s-a oprit în prag și s-a încruntat, privind drept spre mine.

– Te-am văzut vorbind cu băiatul ăla cu fața învinețită, a spus ea, iar eu am încremenit, total surprinsă că vorbea cu mine.

M-am uitat la ea, neștiind cum să reacționez.

– Și te-am văzut vorbind cu el și înainte să aibă fața vânătă, a continuat ea, iar eu m-am depărtat de oglindă, m-am îndreptat și m-am întors. Audrey se uita la mine cu seriozitate: Asta este tot opera fraților tăi?

Cred că mi-am întredeschis fără să vreau buzele.

– Ce vrei să spui?

Audrey și-a pus mâinile în șolduri.

– Te întreb dacă frații tăi au bătut un alt băiat care a îndrăznit să vorbească cu tine.

Am închis gura și mi-am încruntat sprâncenele.

– Audrey, habar nu ai despre ce vorbești.

– L-au bătut sau nu? a insistat ea.

– Nu! am răcnit eu.

Îl bătuse un angajat al lor.

– De fapt, ei îl ajută. De aceea am vorbit cu Leo. Pentru că a cerut și a primit ajutor de la ei, am informat-o.

– Cât de generoși sunt! a exclamat ea veninoasă. Este de-a dreptul încântător!

Am schimbat o privire sumbră cu imaginea mea din oglindă, apoi am suspinat tare.

– Vrei ceva anume de la mine? am întrebat-o.

Ea a tăcut o clipă și deja credeam că se va retrage, dar și-a ridicat bărbia mai sus și a spus:

– Vreau să stăm de vorbă.

– Bine...

Dintr-odată, ușa de la baie s-a deschis mai larg, iar lângă ea a apărut Jason.

– Ce s-a întâmplat? am șuierat, uitându-mă la unul dintre oamenii cel mai puțin agreați de mine care umblă prin lumea asta.

Prezența lui nu putea însemna nimic bun.

– Jason mă va ajuta să mă fac mai bine înțeleasă, a răspuns Audrey, ridicând din umeri.

Am început să mă stresez. Mă simțeam prinsă în capcană în acea baie, iar Jason și Audrey erau un amestec exploziv cu care era mai bine să nu am de-a face. În plus, nu mă plăceau. Voiam să ies de acolo.

– Ce dorești? am întrebat, iar palmele au început să-mi transpire.

– Vreau ca Jerry să se poată întoarce acasă, a răspuns ea foarte serioasă.

Am înlemnit o clipă. Am ridicat sprâncenele. I-am aruncat o privire și lui Jason, dar indiferența de pe fața lui vorbea de la sine. Nu dădea doi bani pe Jerry; el participa la această conversație din alte motive. Probabil că nu mă putea suferi și era încântat să mă vadă într-o situație stânjenitoare.

Audrey, însă, lua problema foarte personal.

– De când frații tăi idioți i-au spus să plece din stat, Jerry nu a mai pus piciorul în propria casă. Nu-și poate vizita familia. Nu poate absolvi această școală – a făcut o pauză ca să-și tragă sufletul, pentru că emoțiile preluau controlul. I-ați distrus viața. Săptămâna trecută mama și-a serbat ziua de naștere și, știi ce, în loc să sărbătorim normal, împreună, așa cum făceam în fiecare an, vorbeam cu el prin webcam și ea plângea și îl implora să se întoarcă.

Audrey și-a umezit buzele.

– Mi-e silă de voi. De frații tăi și de tine. Ești exact la fel ca ei.

Mi-am ridicat ochii spre tavan, dar nu ca să-mi manifest nerăbdarea, ci pentru a-mi aduna forțele care îmi lipseau astăzi.

– Și dacă acum pretinzi că frații tăi au ajutat un băiat oarecare, poate că ar ajuta și pe cineva față de care sunt chiar datori să o facă, a încheiat Audrey.

M-am uitat drept în ochii ei.

– Dacă vrei ceva de la frații mei, atunci apelează la ei, nu la mine.

Am avut un sentiment de déjà-vu.

Audrey și-a întredeschis ochii.

– O vei face tu în numele meu. Îl vei apăra pe Jerry. Vei face ca el să se poată întoarce acasă.

Am simțit cum crește în mine un val de furie.

– Știi ceva, Audrey, dispari de aici, am scrâșnit eu și eram deja pe cale să-mi fac loc între ea și Jason, când m-am oprit auzind cuvintele fostei mele prietene.

– Haide, nu cred că vrei ca unul dintre frații tăi dragi să dea de bucluc?

M-am oprit.

– De ce ar... am început, dar m-am întrerupt când Jason și-a scos telefonul mobil din buzunarul blugilor largi și a venit la mine ca să-mi arate ce pregătise.

Mi l-a pus sub nas, prea departe ca să mă pot întinde după el, dar suficient de aproape ca să mă uit cu atenție la imaginea de pe ecran.

– Am vreo douăzeci din astea, a anunțat el, rânjind fericit la mine.

Fără un cuvânt, m-am uitat țintă la telefonul lui mobil. Pe el era o fotografie în care Shane o îmbrățișa pe una dintre fetele din anul lui. Am recunoscut-o chiar după codițe. O cunoșteam din vedere. Shane avusese o relație tumultuoasă cu ea. Numele ei era Marge, dacă îmi aminteam bine.

Jason surprinsese în fotografii cum se pipăiau cei doi. Totul se petrecea în vestiarul școlii, judecând după bănci și dulapurile albastre distinctive din fundal. Reușise să surprindă în imagini nu de cea mai proastă calitate ceva ce regulamentul școlii interzicea strict. Jason își mișca degetul spre stânga, afișând tot mai multe dovezi ale comportamentului condamnabil al fratelui meu. La un moment dat, imaginile au început să devină obscene, așa că mi-am întors pur și simplu privirea dezgustată de la ele. Văzusem deja destul.

Jason a chicotit.

– Da, știu, devine tot mai picant.

Am încercat să-mi păstrez calmul, așa că mi-am întors capul spre el, de data asta evitând în mod deliberat să mă uit la telefon, pe care l-a închis doar după un timp. Faptul că îl ținusem cândva în mână și căutasem articole despre familia mea mi se părea acum incredibil de absurd.

– Cum ai de gând să-l ameninți pe Shane cu asta? l-am întrebat, încercând să par batjocoritoare.

– Nici chiar Shane Monet nu-și poate permite totul în această școală. Poate că nu știi, dar în trecut a mai fost deja mustrat pentru diverse prostii. I s-a promis că data viitoare va fi ultima, ceea ce înseamnă că va fi exmatriculat în cele din urmă.

– Dacă nu intervii pentru Jerry, vei fi responsabilă pentru publicarea acestor poze literalmente peste tot, a adăugat Audrey.

Știam că Jason era un nemernic, dar m-am uitat șocată la fosta mea prietenă.

– Bine, am îngânat calmă, iar fața mi-a încremenit.

– Bine, ce? a mârâit Audrey.

– Voi interveni pentru Jerry.

Audrey s-a uitat fix la mine o clipă, apoi colțurile gurii i-au tremurat, ca și cum ar fi vrut să se ridice într-un zâmbet.

– Ai face bine.

22
UN CARACTER PREA BUN

Shane făcând dragoste – fără vreo urmă de afecțiune – cu o colegă în vestiarul școlii era ceva ce chiar nu voiam să mai vizualizez în mintea mea. Cu toate astea, nu puteam scăpa de imaginația mea stupidă, care din când în când îmi mai trimitea câte o imagine de la care îmi întorceam ochii prea târziu.

Îmi frângeam mâinile la gândul cât de haotic era totul. Mai întâi situația cu Dylan și menajera, iar acum asta. Ceva nu e în regulă cu băieții ăstia. Ar trebui să facă lucruri de genul ăsta în locuri private, în spatele ușilor încuiate și cu jaluzelele trase. Îmi era greu să nu mă mir cum de nu le era rușine.

La școală?

Serios, Shane?

E dezgustător și, chiar dacă îmi plăcea de Shane, în acel moment îmi venea să-i scot ochii pentru faptul că din cauza nepăsării și a neglijenței lui ajunsesem în acea situație.

Dacă l-aș fi văzut lângă mașină, când m-am dus în parcare după ore, cred că i-aș fi spus ceva imediat, dar dintr-un anumit motiv nu se întorcea acasă cu mine și cu Tony.

– Unde este Shane? am întrebat, așezându-mă pe scaunul din față. Mi-am prins centura de siguranță și i-am aruncat o privire fratelui meu, care stătea pe locul șoferului cu o mână pe cutia de viteze și cealaltă, mâna stângă, rulând imagini de femei apărute pe Instagram.

– A plecat.

Abia după o vreme a blocat ecranul și a pus telefonul jos. Apoi s-a uitat în treacăt la centura mea și a pornit motorul.

– Unde s-a dus?

Tony nici nu s-a obosit să răspundă și mi-a aruncat doar o privire ușor iritată, care a durat doar o fracțiune de secundă, ca și cum l-ar fi deranjat faptul că aveam limbă și puteam vorbi.

– Miroși a țigări, am bolborosit, pentru că simțeam nevoia irezistibilă de a-l insulta.

De fapt, Tony nu mirosea rău. Pipele lui nu mă iritau ca cele dezgustătoare pe care le fuma Jason, de exemplu. Pe de altă parte, datorită înclinației lui Tony pentru apa de colonie scumpă, mirosul lui mă intriga mai degrabă, decât să mă deranjeze.

– Atunci coboară din mașină, a mormăit el disprețuitor.

– Nu poți să mă dai jos din mașină, am remarcat eu plictisită. M-am uitat într-o parte, la copacii deși care treceau în goană pe lângă geam.

– Să nu te miri!

Nici măcar nu ne uitam unul la celălalt, dar amândoi știam că amenințarea lui Tony era vorbărie goală. De aceea a dat imediat drumul la muzică. Ca să nu mai audă nimic din ce aveam de gând să spun.

Tot drumul înapoi m-am întrebat ce să fac cu Audrey și Jason. Parcă dinadins Shane plecase undeva, iar cu Tony nu aveam de gând să discut despre asta. Mă gândeam dacă să spun asta vreunuia dintre frați, și dacă da, cui.

Un lucru știam sigur. În ciuda promisiunii mele de a-l ajuta pe Jerry, nu aveam de gând să-l ajut nici pentru toate comorile din lume. Cu mâna pe inimă puteam recunoaște că în urmă cu doar două săptămâni probabil aș fi încercat să pun o vorbă bună pe lângă Vince, dar, în primul rând, după cele întâmplate la cofetărie, îmi învățasem lecția de a nu mă implica în lucruri de genul ăsta și, în al doilea rând, nu mi se părea că fratele meu cel mai mare se sinchisește de faptul că îmi dădusem cuvântul.

Îmi pare rău, Audrey, ai nimerit la momentul nepotrivit.

Tony a parcat în garaj, iar bodyguardul care ne urmărise tot drumul și-a lăsat mașina afară. I-am auzit însă pașii în spatele meu, în timp ce urcam scările la etaj și, ca de obicei, mi-au stârnit agresivitatea tăcută.

Ziua fusese cu adevărat oribilă. Mă simțeam ca și cum aș fi petrecut ore întregi învârtindu-mă în tamburul unei mașini de spălat uriașe, care sugea din mine toate emoțiile, lăsând în urmă doar oboseala. Apoi telefonul meu a vibrat și o privire rapidă a fost tot ce mi-a trebuit pentru a vedea că era un mesaj de la Audrey.

„Rezolvă astăzi."

M-am oprit în capul scărilor, speriindu-l pe Sonny, care călca pe urmele mele.

Jerry încercase să-mi facă rău, iar ea are tupeul să pretindă ceva de la mine și să mă zorească. Îmi venea să-i trimit un mesaj vulgar și creativ. Audrey, fato! Jerry este un psihopat! Fratele tău este un psihopat! Te-a drogat! Ți-a drogat prietena! Și pe cealaltă a vrut să o răpească! Am înțeles că este familia ta, că este fratele tău, dar la naiba! Să se coboare la un asemenea nivel?

Cuprinsă de o furie subită, m-am răsucit pe călcâie și m-am uitat de sus la agentul de pază confuz care aștepta să mă mișc.

– Vince este la el? am întrebat, abia stăpânindu-mi furia din voce.

Sonny a clipit înmărmurit că vorbeam cu el. Cred că mă adresam lui pentru prima dată în viața mea.

– Nu știu, domnișoară Monet, a răspuns el politicos, iar eu am tresărit stânjenită de politețea lui.

Mi-am ridicat sprâncenele.

– N-ar trebui să știți astfel de lucruri?

– Momentan sunt garda dumneavoastră de corp, domnișoară Monet, nu a lui.

Aproape imediat am încetat să mai fiu interesată de el şi, în loc să o iau la stânga, am luat-o la dreapta, prin coridorul interzis.

– N-ar trebui să mergeţi acolo, a intervenit Sonny, dar m-a urmat.

L-am ignorat. În fond, Vince nu-l plătea pentru comentariile lui. Cu un pas rapid care se transforma în trap, am străbătut tot holul lung şi fără să stau pe gânduri am apăsat mânerul uşii de la biroul fratelui meu.

– Hei!

Vocea aparţinea unui bărbat străin. Am ghicit repede că era probabil cel care îi luase locul lui Sonny şi acum trebuia să stea zi şi noapte în faţa uşii fratelui meu. Cel puţin asta am crezut...

Ei bine, cred că nu făcea o treabă foarte bună, din moment ce se lăsase surprins de o adolescentă.

Intrasem deja, dar m-a oprit imediat şi aş fi făcut-o eu însămi, chiar dacă noul agent de securitate nu m-ar fi apucat de braţ, pentru că pur şi simplu îmi dădusem seama că năvălisem neanunţată în biroul lui Vincent. Încă o dată, făcusem ceva ce el îmi interzisese să fac.

„Oh, Hailie, în felul acesta nu vei reintra în graţiile lui", mi-am spus.

– Dă-i drumul, i-a şuierat Sonny noului bodyguard, care nu l-a ascultat, ci a întors capul spre Vincent.

Fratele meu stătea în picioare lângă canapeaua pe care şedea unul din vizitatorii lui. Ţinea în mână un document, pe care îl studiase cu câteva secunde înainte să intru eu. Arăta ca întotdeauna, adică elegant şi îngrijit. A fost surprins, dar a scanat repede cu privirea lui rece întreaga situaţie şi a dat din cap, confirmând comanda lui Sonny. Abia atunci noul său bodyguard mi-a dat drumul, iar eu mi-am frecat locul în care degetele lui îmi strânseseră pielea delicată.

Oaspetele lui Vincent era un bărbat tânăr cu o mustaţă groasă care nu i se potrivea deloc. Avea părul negru şi era îmbrăcat mai lejer decât fratele meu, cu o jachetă mov-închis aruncată peste un simplu tricou negru. Vince, pe de altă parte, avea astăzi cămașă și cravată. Musafirul său probabil că se simțea în largul lui, pentru că stătea pe canapea cu brațele în lateral, ținându-se de spătar, și cu picioarele încrucișate. Evident, discuta despre ceva cu fratele meu, iar eu îi întrerupsesem.

– Îmi pare rău, domnule Monet, a apărut din senin, a explicat noul bodyguard.

Vince a coborât mâna în care ținea documentul și s-a uitat la mine cu aceeași privire rece care nu îmbia la o discuție cu el.

– S-a întâmplat ceva, Hailie?

Aș fi făcut orice să pot da timpul înapoi măcar cu două minute. Întotdeauna mă plângeam atât de mult de impulsivitatea lui Dylan, dar de fapt nici eu nu eram cu nimic mai brează. Vince lucra, discuta cu un client în acel moment, iar eu dădusem buzna peste el fără niciun avertisment. Da, aveam un motiv, dar nu era o chestiune urgentă și știam că Vince va crede probabil la fel.

– Ăăă... eu... m-am bâlbâit. Voiam să vorbesc...

Vincent s-a uitat la mine pentru o clipă, apoi s-a concentrat pe oaspetele său, înmânându-i documentul pe care îl ținea în mână.

– Trimite-mi o copie și mă voi gândi ce să fac cu ea, i-a spus el cu indiferență. Asta e tot pentru moment.

Vizitatorul s-a ridicat ca la comandă și nu părea încântat că este expediat atât de repede, dar nu a comentat decizia lui Vincent în niciun fel, i-a strâns respectuos mâna, a împăturit documentul în două, și-a aranjat haina și s-a îndreptat spre ieșire.

Dintr-o privire, Vince le-a făcut semn și celor doi bodyguarzi să iasă. Am rămas singură în încăpere cu el. Eram confuză și nu știam ce să fac. Mi-am înconjurat umerii cu brațele, gândindu-mă la toate emoțiile negative pe care le trăisem ultima dată când fusesem aici. Între timp, Vince s-a apropiat de birou și și-a luat telefonul, verificând ceva în el o vreme. Până la urmă, însă, l-a pus jos, şi-a dres vocea, şi-a încrucişat braţele pe piept şi şi-a mutat privirea la mine.

Mi-am muşcat buza inferioară un timp, până când mi-am dat seama cât de prostesc trebuie să pară acest gest, aşa că m-am oprit. Nu ştiam cum să încep, dar m-am gândit că oricum nu aveam prea multe de pierdut.

– Tot mai eşti supărat pe mine? am întrebat încet, dar am constatat că atinsesem un punct sensibil, pentru că faţa lui Vincent s-a înmuiat – am observat asta doar pentru că reuşisem să-l cunosc puţin, altfel cu siguranţă mi s-ar fi părut că este tot indiferent.

A suspinat şi şi-a relaxat mâinile. După o clipă, arăta deja spre canapea.

– Stai jos, mi-a spus, îndreptându-se şi el spre ea.

M-am simţit uşurată că nu mă invitase să mă aşez pe fotoliile acelea oribile din faţa biroului, aşa că i-am ascultat îndemnul cu multă plăcere. Desigur, am început să mă stresez şi mai mult, pentru că mutarea pe canapea însemna că va fi o conversaţie mai lungă, dar ştiam că trebuie să stăm de vorbă şi m-am consolat cu gândul că în cele din urmă vom termina cu asta.

Canapeaua nu era lungă, drept urmare ne-am aşezat foarte aproape unul de celălalt. Asta cu siguranţă nu m-a ajutat să-mi relaxez muşchii încordaţi.

– Am fost supărat pe tine, Hailie. Foarte tare, a spus el şi a făcut o pauză, iar eu mi-am coborât ochii, simţind privirea lui asupra mea – prea mult.

Mi-am încruntat sprâncenele la început şi apoi, inconştient, mi-am dat capul pe spate, nesigură dacă auzisem bine.

– Trebuie să-mi amintesc mereu că, deşi faci parte din familia noastră, ai crescut într-o lume complet diferită, a continuat el. Ştiu că ai avut intenţii bune şi ai vrut doar să ajuţi un coleg. Îmi cer scuze pentru că te-am tratat atât de aspru.

Am rămas uimită şi m-am uitat la el ca şi cum mi-ar fi vorbit în chineză.

Vincent și-a cerut scuze față de mine.

– E în regulă, i-am răspuns, înghițind în sec.

Trăsăturile feței lui s-au înmuiat și mai mult. A clătinat și el din cap, uitându-se la mine gânditor, ca și cum aș fi fost un rebus pe care îl rezolva încet.

– Ai un caracter prea bun.

Am zâmbit timid, pentru că în opinia mea era un compliment. Dar după o clipă am roșit.

– Nu este așa, am negat, mângâind cu mâna țesătura canapelei. Dacă ar fi fost așa, nu ți-aș fi spus că te urăsc. Am tăcut și, cum nici Vince nu a vorbit, i-am găsit ochii strălucitori și l-am asigurat cu toată sinceritatea: Dar nu gândesc deloc așa. Îți jur, Vince, am fost supărată pentru acel bodyguard, dar eu nu gândesc așa.

Vincent și-a închis pleoapele și a clătinat încet din cap, reducându-mă astfel la tăcere.

– Știu, Hailie, știu. Te-am provocat, a recunoscut el.

A întins mâna și și-a pus brațul în jurul meu, iar eu – ca la un semn – mi-am lipit obrazul de pieptul lui ferm. Nu aveam de gând să ratez ocazia unei îmbrățișări. Moliciunea cămășii lui combinată cu parfumul bărbătesc îmbătător îmi ofereau alinarea de care aveam nevoie.

Rezultatul venirii mele aici a fost chiar mai bun decât mi-aș fi putut imagina. Ce ușurare să fiu din nou împăcată cu Vince! Gata cu stângăciile.

M-a lăsat încet din brațele lui, ca și cum o îmbrățișare prea lungă amenința să-i încălzească prea mult imaginea și cred că se temea de asta ca diavolul de tămâie.

– Promite-mi că data viitoare, într-o situație similară, vei veni direct la mine, a șoptit el cu vocea lui joasă și rece, dar catifelată.

– Ei bine, tocmai asta e, pentru că... am început eu stânjenită, dându-mi părul după urechi.

Vince a simțit imediat că se întâmplă ceva, pentru că mi-a aruncat o privire întrebătoare.

– Da?

Am inspirat adânc și i-am povestit că Audrey mă acostase pe coridor și îmi ceruse să intervin pentru fratele ei.

Ochii lui Vincent s-au întunecat un moment, dar în același timp emana din el acel gen de calm formal, artificial, care de obicei mă umplea de neliniște. De data aceasta, însă, știam că nu era supărat pe mine.

– Asta e tot? Te-a rugat să o ajuți și a plecat? a întrebat Vince cu o față împietrită.

– Nu, am răspuns eu încet, șovăind. Numai că Jason, știi... îți amintești de Jason?

M-am uitat la fratele meu, care, cu aceeași atenție rece, a dat o dată din cap. Bineînțeles că își amintea de el.

– Ei bine, Jason era și el acolo, cu Audrey. El, ei de fapt împreună au spus... Deși nu, Jason a fost cel care a spus că dacă eu nu o ajut... Chestia e că el are poze...

– Ce poze? a întrebat Vincent și am avut senzația că atmosfera din jurul nostru se electrizase.

– Dar să nu le spui celorlalți...

– Ce poze, Hailie?

– Shane cu o fată în vestiarul băieților, cum... Mi-am coborât privirea. Știi tu.

Mângâiam insistent cu degetele țesătura canapelei.

L-am auzit pe Vince respirând adânc, iar când mi-am ridicat privirile spre el, am văzut că își acoperea ochii cu mâna. După ce i-a frecat și-a întors privirea spre mine.

– Îți mulțumesc că mi-ai spus. Ai făcut ceea ce trebuia. Acum vei uita totul, înțelegi?

– Dar cum rămâne cu...

– Hailie, înțelegi ce ți-am spus?

Am suspinat și am dat din cap.

– Da.

Vincent s-a ridicat și s-a dus la biroul lui. L-am urmărit, sorbind cu privirea mersul lui elegant. Ca și cum fiecare mișcare pe care o făcea ar fi fost planificată și repetată.

– Vino aici, a spus el, scoțând o foaie albă de hârtie.

A întins mâna după un pix, iar eu i-am executat comanda, deși m-am apropiat de el cu oarecare reținere. Scrie aici, te rog, numele acestor persoane.

Vince mi-a întins pixul, iar eu m-am uitat fix la hârtia albă și am ridicat mâna aproape automat. Mi-am amintit numele persoanelor care îmi plăceau cel mai puțin în acel moment. În timp ce scriam, aveam un sentiment ciudat. Era ca și cum aș fi introdus numele fostei mele prietene și al fostului, să zicem, iubit într-un registru al morții. Ca și cum aș fi pronunțat o sentință împotriva lor. Am pus încet pixul jos și Vince a luat foaia de hârtie, a împăturit-o în două și a pus-o deoparte.

– Vince? am întrebat, ridicându-mi privirea spre el.

Categoric preferam să stăm unul lângă altul, pentru că nu se înălța atât de mult deasupra mea. I-am pus următoarea întrebare doar când s-a uitat la mine.

– Cum rămâne cu bodyguardul?

– Care bodyguard?

Ei bine, scuzați, despre care poate fi vorba??

– Păi, cu Sonny? am precizat, arătând chiar cu degetul mare înapoi spre ușa închisă, în spatele căreia mie-n sută mă aștepta Sonny.

– Și ce este cu el, dragă Hailie? a ridicat Vince din sprâncene.

– Ei bine, ai putea să-i spui să nu se mai țină după mine pas cu pas? am întrebat eu cu speranță atât în ochi, cât și în voce.

– Nu.

Ei bine, a meritat să încerc. Poate că în mod normal m-aș fi rugat un pic mai mult, dar nu voiam să stric înțelegerea pe care tocmai o realizasem. Vince părea mulțumit de faptul că nu mai discutam cu el.

– Și încă ceva, a anunțat el. În weekend mergem împreună la cină.

– La un restaurant?

A încuviințat din cap.

– Cu părinții Mayei. Aș vrea să ne prezentăm în formulă completă. Îți spun din timp ca să-ți comanzi și să-ți pregătești o ținută potrivită.

Am zâmbit în sinea mea.

– Mătușa Maya are o mulțime de rochii, pot să împrumut ceva de la ea.

Fața lui Vincent s-a crispat și a ridicat un deget spre mine.

– Să nu îndrăznești, copilă dragă.

Am râs.

Mai târziu, în timp ce scriam un eseu cu cărți împrăștiate peste tot și cu laptopul deschis, Shane mi-a bătut la ușă. Auzindu-i vocea am tresărit stresată. Mi-era teamă că e supărat pe mine pentru că, în loc să mă duc mai întâi la el în problema cu fotografiile, mă dusesem direct la Vincent și deja îmi pregăteam o scuză în cap.

Era încă în uniformă, doar nasturii de sus ai cămășii îi erau descheiați, iar aceasta era scoasă din pantaloni și își lăsase cravata pe undeva. Din moment ce nu avusese timp nici măcar să-și schimbe hainele, era evident că tocmai se întorsese acasă. De la acca Marge, probabil.

– Bună, fetițo, m-a salutat el prietenește, ceea ce era un semn bun și s-a apropiat de biroul meu, plimbându-și ochii peste cărți.

– Bună, băiețelule, am murmurat, lăsându-mi pixul jos.

Am văzut cum înclină unul dintre manuale, ca și cum dintr-un motiv oarecare ar fi vrut să-i afle titlul, și îl închide apoi din greșeală, pierzând capitolul pe care mi-l marcasem. Am închis ochii o clipă, auzind cum rostește încet „ups". A deschis cartea înapoi la o pagină oarecare.

– Am vorbit cu Vince, a anunțat el după ce s-a sprijinit de birou și apoi și-a băgat mâinile în buzunare.

– Oh, da? am mormăit, evitându-i privirea.

– Mi-a spus ce s-a întâmplat la școală.

Shane a întins o mână și și-a ciufulit părul cu ea, evident jenat.

– Îmi pare rău. Asta... a ieșit cam prost. N-ar fi trebuit să vezi fotografiile alea sau să fii pusă în situația aia. E bine că te-ai dus la el.

Am lăsat încet aerul să-mi iasă din plămâni.

– Credeam că vei fi supărat pe mine, i-am mărturisit sincer, plăcut surprinsă de atitudinea lui.

– Nu. Nu mi se întâmplă nimic dacă mai primesc câte o săpuneală din când în când de la Vincent. Shane a ridicat din umeri. Pe aceasta chiar am meritat-o.

Am zâmbit compătimitor. La urma urmei, știam foarte bine și eu ce gust aveau reproșurile fratelui nostru mai mare.

– Singurul lucru pe care nu-l înțeleg e cum a reușit idiotul ăla să facă acele poze... se întreba el cu voce tare.

– Asta chiar nu mă interesează deloc, am mormăit eu, ridicând mâinile.

Shane s-a uitat la mine cu un zâmbet strâmb.

– Oh, așa este. Vince mi-a spus să-ți transmit că ceea ce am făcut a fost greșit și nu e permis.

Mi-am ridicat sprâncenele, iar el a încercat fără succes să-și ascundă râsul cu un atac brusc de tuse.

– Nu-ți face griji, nu sunt atât de toantă încât să fac dragoste în vestiarul școlii.

Nu cred că am reușit să-l jignesc, pentru că doar a înclinat capul, zâmbind în continuare.

– „Să fac dragoste", a repetat el după mine, apoi a scuturat din cap. Ești adorabilă, fetițo.

Mi-am întors capul de la el ca să-mi ascund îmbujorarea, iar el a râs încă o dată și înainte de a ieși din cameră mi-a ciufulit părul.

23

MÂȚA BLÂNDĂ ZGÂRIE RĂU

– Charles Geras este partenerul lui Vincent. E foarte impor-
tant să-l tratezi cu respect. Nu-ți face griji, va fi doar o cină for-
mală, dar scurtă. Pentru tine, probabil cam plictisitoare. Trece
repede și mergem acasă, a promis Will. Cel mai bine e să stai
aproape de mine și de băieți.

A reușit să-mi calmeze temerile legate de viitoarea cină. A
mai spus că această întâlnire era în principal pentru Maya și
unchiul Monty și că noi vom fi acolo doar ca reprezentanți ai
familiei Monet și că nu trebuie să merg cu ei dacă chiar nu vreau,
dar ar fi frumos dacă și eu, ca una dintre noi, m-aș hotărî să vin.

Ei bine, Will știa ce să spună ca să mă facă să vreau să merg
cu ei. De fapt, chiar îmi doream foarte mult să fiu una dintre ei.

Maya m-a sfătuit cu ce să mă îmbrac ca să arăt bine și chiar –
cum spunea ea – „sexy", dar în așa fel încât frații mei să nu poată
obiecta cu nimic. Mi-a comandat nu numai o rochie frumoasă
până la genunchi, ecru, cu guler, ci și accesorii, adică pantofi și
o poșetă. De asemenea, mi-a făcut bucle cu ajutorul ondulato-
rului ei, admirând cât de lung și bine-îngrijit era părul meu. Și
în final, a fost chiar tentată să mă machieze ușor. A subliniat
ceea ce aveam nevoie, dar a fost atât de subtil, încât doar Dylan

și-a dat seama că eram machiată și asta de abia în mașină, când era prea târziu să mai fac ceva în această privință.

De mult timp nu mă mai simțisem atât de frumoasă. Coșul meu de pe bărbie, dungile galbene de pe obraz, care rămăseseră de la vânătaie – toate acestea erau acoperite nu doar de fondul de ten, ci și de încrederea mea de sine, care funcționa mai bine ca niciodată în prezența Mayei. Și, deși Maya arăta superb într-o rochie aurie cu volane și tocuri stiletto uriașe, de data aceasta nu m-am simțit diferită de ea. Același lucru era valabil și pentru frații mei. Toți cinci erau foarte spilcuiți. Erau îmbrăcați în costume scumpe, extravagante și aveau o expresie arogantă pe față.

Iar eu nu stăteam undeva lângă ei ca o sărmană orfelină rătăcită, ci alături de ei ca o adevărată soră a fraților Monet. Și era cel mai minunat sentiment.

Restaurantul în care urma să aibă loc întâlnirea era unul dintre cele mai intimidante locuri în care mâncasem vreodată. Era o atmosferă ciudat de sumbră. Din tavan atârnau lămpi care luminau slab încăperea. La bar, al cărui blat auriu strălucea, stăteau la vedere băuturi scumpe. Am pășit aproape de Will, încercând să imit felul îndrăzneț în care mergea Maya.

Mătușa mea nu a sărit în sus de bucurie la vederea tatălui ei, care era deja așezat la masa discretă rezervată pentru noi. Într-un costum care se distingea printr-un model neobișnuit, făcea impresia unui om bogat și extravagant. Sperasem că va fi un gentleman mai în vârstă, politicos, care din când în când încearcă să fie amuzant și aruncă o glumă slăbuță, iar uneori se angajează într-o conversație lungă și inutilă despre politică. Unul care vrea să recâștige favoarea fiicei sale și este gata să-l accepte pe partenerul acesteia, oricine ar fi.

Din păcate, eu încă învățam că lumea asta nu este așa, iar ei nu sunt genul acesta de oameni. Tatăl Mayei părea imprevizibil.

Lângă el mă așteptam să văd o femeie, pe mama Mayei, și eram foarte curioasă să văd cum arată, dar am zărit în schimb doar un tânăr. Când l-au văzut, Maya a înjurat, iar unchiul

Monty s-a încordat. Am căutat o reacție la Will, pentru că era imposibil să desluşesc ceva de pe fața lui Vincent.

Fratele meu preferat a mijit ochii și și-a încordat uşor maxilarul.

Dacă viața ar fi un basm pentru copii, deasupra capetelor noastre s-ar fi adunat nori negri ca noaptea, undeva ar fi scăpărat un fulger periculos, rafale nervoase de vânt ar fi început să vâjâie și s-ar fi auzit o explozie de tunet anunțând Armagheddonul.

Ne-am oprit cu toții la o mică distanță de marea masă rotundă rezervată special pentru noi. Ochii tuturor fraților și ai mei s-au mutat automat la Vincent. Aşteptam instrucțiunile lui. Vincent i-a învăluit pe cei care aşteptau în privirea lui rece, probabil analizând rapid situația. Fața lui era ca sculptată în piatră, iar pleoapele, numai uşor întredeschise.

Unchiul Monty şi Maya nu se controlau prea bine. Monty s-a uitat la bărbatul de lângă Charles și și-a încleştat fălcile atât de tare, încât aproape că-i puteam auzi scrâşnetul dinților. Maya a făcut rapid un pas înainte, smulgându-și mâna din strânsoarea iubitului ei, şi a arătat spre însoțitorul tatălui ei, care se uita la ea ca la un exponat interesant dintr-un muzeu.

– Ce caută el aici? a mârâit ea tăios.

– Maya, copilă, nu e frumos să arăți aşa cu degetul, a dojenit-o tatăl ei şi a clătinat din cap, plescăind cu nemulțumire prefăcută.

Fata şi-a coborât mâna şi a strâns-o în pumn.

– Mă doare-n cot dacă e frumos sau nu!

Arăta într-adevăr foarte furioasă şi aceste emoții extreme combinate cu ținuta ei elegantă și stilată o făceau să semene cu o adevărată divă. N-aş fi vrut să-i stau în cale acum. Captiva toată atenția celor doi bărbați în acest moment. Charles se uita la fiica lui nemulțumit de comportamentul ei, în timp ce pe buzele celuilalt bărbat începea să se înfiripeze un zâmbet delicat.

– Unde este mama? a întrebat ea pe un ton poruncitor.

Maya stăpânea arta încrederii în sine, sau cel puțin știa să lase impresia că este așa. Dacă nu ar fi fost respirația accelerată și fața ușor îmbujorată, ar fi putut disimula faptul că era atât de furioasă în acel moment.

– Acasă. Nu s-a simțit bine.

Maya a pufnit.

– Și l-ai adus pe EL la întâlnire în locul ei?

Charles a suspinat și mai întâi s-a împins încet cu scaunul departe de masă, apoi s-a ridicat, ținându-și cravata, pe care o prinsese oricum de cămașă cu o agrafă elegantă. Tot atunci am văzut că purta două inele pe mâna dreaptă – un inel de aur pe inelar și un inel cu sigiliu cu un fel de piatră roșie ca sângele pe degetul mijlociu.

În ciuda costumului său pestriț, arăta foarte demn. Și-a mângâiat capul chel și a tras în piept o gură de aer, gândindu-se ce să spună exact, apoi s-a îndreptat și ne-a cuprins pe toți cu privirea. Mă bucuram că stăteam lângă Vince, pentru că nu-mi plăcea cât de alene i se mișcau ochii peste persoana mea.

– Maya, cred că vei fi de acord că a fost cazul să îl invit pe Adrien aici. Are dreptul să audă explicațiile tale, a spus el, aruncând o privire plină de înțelesuri spre fiica sa, apoi către frații mei mai mari și unchiul Monty. Sunt sigur că familia Monet înțelege.

Am tresărit când am auzit că tânărul care urma să ia cina cu noi era Adrien. Nu avusesem nimic de-a face cu acest bărbat, dar simplul fapt că cineva venise cu ideea să mă căsătoresc cu el mă făcea să am acum un sentiment de disconfort.

Cu coada ochiului am văzut doi chelneri care stăteau în apropiere și șopteau ceva între ei. Păreau iritați și se tot uitau în direcția noastră. Nu erau singurii. Deși masa noastră era situată într-un loc discret, la o distanță rezonabilă de celelalte, atunci când stăteam în picioare într-un grup atât de mare, în loc să ne luăm imediat locurile, atrăgeam prea mult atenția celor din jur. Vocea ridicată a Mayei nu ajuta deloc.

Și-a amenințat tatăl cu o privire, dar a tăcut. În cele din urmă s-a întors spre noi și s-a uitat la Vincent. Charles a sesizat imediat acest lucru și i-a spus:

– Vincent, te asigur că nu am intenții rele. Mă simțeam obligat față de Adrien și am vrut să audă de pe buzele fiicei mele de ce căsătoria lui plănuită cu mult timp în urmă nu se va realiza. În acest fel, îi pot acorda respectul pe care îl merită. Sunt sigur că mă înțelegi, a spus el și cam pe la jumătatea discursului și-a desfăcut brațele în lături. Ceva la acest om mă făcea să nu am încredere în el, doar că nu știam dacă era intuiția mea sau pur și simplu o prejudecată.

Vince l-a privit o clipă înainte să vorbească.

– În timp ce îi acordai respect lui, ai uitat să mi-l acorzi și mie și să mă informezi de prezența lui.

Charles și-a încrucișat brațele și a suspinat zgomotos.

– Nu am avut nicio intenție rea. Îți jur.

– Hm!

– Nu am gândit așa. Sincer! Vă rog să luați loc cu noi. Nu vreau conflicte, a promis Charles și cu un gest larg a arătat spre locurile goale din fața noastră, înclinând capul.

Acum ne uitam absolut cu toții la Vincent, care în cele din urmă a reflectat și a dat rigid din cap. Ca la comandă, ne-am mișcat spre scaune, deși atmosfera era încă tensionată și cu siguranță această cină nu semăna cu una dintre cele pe care le avuseserăm în trecut cu frații mei, când eram relaxați, glumeam și ne pregăteam să ne distrăm.

Oriunde aș fi stat, voiam să fiu cât mai departe posibil de acești doi bărbați ciudați și, de preferință, undeva aproape de Will, de aceea eram un pic derutată. Nu mi-am ridicat privirea, temându-mă să nu stabilesc din greșeală contact vizual cu unul dintre străini, deși aceștia probabil că nu-mi acordau prea multă atenție.

Am tresărit când am simțit o mână pe spatele meu, dar din fericire am constatat că era a lui Vincent, care, subtil, dar ferm m-a îndreptat spre locul de lângă cel pe care intenționa să-l ocupe chiar el.

Vince și-a pus mâna și pe umărul lui Dylan, mult mai puțin delicat decât pe al meu.

– Stai lângă mine, i-a mârâit încet.

Abia acum am văzut cât de încordat era fratele meu cel rău. Ceva nu-i plăcea.

– Mi-a fost dor de tine, rază de soare, a spus Charles, uitându-se la Maya peste meniul pe care tocmai îl luase în mână.

Ea, la rândul ei, se uita sceptică la el.

– Și le-ai poruncit oamenilor tăi, și citez: „să mă aducă imediat acasă de aceste frumoase cosițe aurii ale mele"?

– Nu-mi amintesc, a mormăit Charles, plimbându-și ochii pe meniu.

Chelnerul care ni le înmânase părea stresat, ca și cum nu putea decide dacă ar trebui să fie fericit că nu se ajunsese la o încăierare și ne luaserăm locurile politicos, sau dacă ar trebui să-i pară rău că nu părăsiserăm localul cât mai repede.

M-am surprins uitându-mă inconștient din când în când la acest Adrien. Era chipeș, la fel ca Maya. Avea părul șaten, puțin mai deschis decât al meu, și ochi căprui, de culoarea ciocolatei cu lapte. Erau un pic lenevoși, ca și cum nu ar fi luat în serios ceea ce vedeau, dar undeva în adâncul lor se ascundea un fel de perspicacitate pe care o observasem mereu și în ochii lui Vincent.

Când privirile noastre s-au intersectat pe neașteptate, am coborât-o pe a mea și am început să examinez descrierea unei salate, analizând brusc și atent cuvântul „roșii", ca și cum mi-ar fi fost complet necunoscut înainte. Am înțepenit și mi-am implorat obrajii să nu se îmbujoreze.

Am dat comenzile fără prea mare entuziasm. Toți se priveau unii pe alții și nimeni nu se simțea în largul său. Shane i-a aruncat o mică glumă chelnerului, ceea ce l-a făcut pe Tony să râdă puțin, dar majoritatea eram serioși. Chiar și unchiul Monty stătea vizibil iritat și prost dispus, nefiresc de aproape de Maya și probabil că pe sub masă își ținea grijuliu mâna pe coapsa ei.

Stăteam așa în tăcere, care a fost în cele din urmă ruptă de Maya. La început a oftat cu un dramatism exagerat.

– Ei bine... ascultă, Adrien... a început ea, întorcându-se spre el. Știu că am avut o înțelegere și că nu m-am ținut de cuvânt. Pentru asta, îmi pare rău. Este mare păcat, am fi putut avea o căsnicie reușită. Dar m-am îndrăgostit de un alt bărbat.

A pus mâna pe pieptul lui Monty.

Adrien îi susținea privirea și nu se putea citi prea mult pe fața lui, dar Charles și-a dat ochii peste cap.

– Maya, copilă, viața nu este o telenovelă. Nu poți să te lași călăuzită de un sentiment atât de trecător. Dragostea este o scuză, pe care o folosesc proștii ca să-și justifice greșelile. Faptul că au ales calea cea mai ușoară. Am crezut că te-am crescut ca pe o persoană mai presus de astfel de prostii.

Mâna ei, care încă se odihnea pe mâna unchiului Monty, se strânsese acum într-un pumn și mijise ochii.

– Prostii sunt ceea ce spui tu. Ești blocat într-o căsnicie fără iubire și acum vrei să mă bagi și pe mine în același lucru.

– Dar eu o iubesc pe mama ta. Recunosc, m-am îndrăgostit de ea abia după ce m-am căsătorit, dar asta nu face decât să-mi confirme punctul de vedere.

Charles s-a lăsat pe spate în scaunul său, și-a împletit mâinile în față și și-a înclinat ușor capul într-o parte.

– Maya, rază de soare, fii înțeleaptă. Căsătoria cu Adrien ne va aduce mai multe beneficii. El ocupă o poziție mai înaltă decât Montague. Dacă ai fi vrut să te măriți cu Vincent, această conversație ar fi fost total diferită.

Am ridicat o sprânceană. Omul ăsta a căzut din copac sau ce e cu el?

– Am fost de acord să mă mărit cu Adrien pentru că este plămădit dintr-un aluat bun de soț, nu ca să te ajut pe tine în afaceri, a mârâit Maya. Dar m-am răzgândit.

– Ai fost de acord pentru că ți-am spus eu. Doar că cineva ți-a sucit mințile și acum ai început o rebeliune inutilă împotriva unui angajament pe care l-ai încheiat cu ani în urmă, a răspuns tatăl ei, care arăta din ce în ce mai prostdispus.

– Uite, nu știu ce așteptai de la această întâlnire, dar dacă îți imaginezi că o să mă răzgândesc în privința căsătoriei mele cu Monty, vei fi dezamăgit amarnic. Am vrut să te invit la ceremonie, care este peste două săptămâni, dar nu te mai invit dacă o să continui să mă bați tot timpul la cap! a strigat Maya, înclinându-se spre tatăl ei și fulgerându-l cu o privire mortală. Arăta ca o zeiță din mitologie în rochia aceea și cu machiajul ei perfect.

– Două săptămâni? Cu mine nu erai atât de grăbită să te măriți, a intervenit Adrien cu o voce calmă, catifelată și oarecum înăbușită. Nu-și ascundea amuzamentul.

– Și a cui a fost vina? Tu ai vrut să termini mai întâi facultatea și apoi să te regulezi pe săturate pentru tot restul vieții. Eu am fost de acord doar pentru că și eu voiam să-mi termin facultatea și nu aveam de gând să fiu una dintre acele soții care găsesc ruj pe gulerul cămășii soțului ei!

Charles a ridicat mâna într-un gest împăciuitor.

– Haide, haide, liniște. Adrien are dreptate, de ce atâta grabă?

Maya a ridicat mândră capul.

– Pentru că sunt însărcinată și vreau să arăt bine în rochie înainte să-mi crească o burtă la fel de mare ca orgoliul tău.

Cu această declarație le-a închis gura ambilor bărbați pentru o clipă.

Adrien s-a lăsat și mai mult pe spate în scaun, iar Charles s-a uitat la fiica sa cu o expresie indescifrabilă pe față, până când, în cele din urmă, cu o mișcare bruscă, agitată, a scos un trabuc și l-a aprins fără ezitare.

– Da, vei fi bunic, nu te bucuri? a ciripit Maya, forțându-se să zâmbească dulce. Și-a atins cu o mână abdomenul încă plat.

Charles trăgea din greu din trabucul elegant, evitând privirile noastre curioase.

– Scuzați-mă, domnule, nu puteți fuma aici, i-a atras politicos atenția chelnerul în timp ce se apropia de masa noastră cu tava de băuturi pe care le comandaserăm. Începuse să ni le servească cu o dexteritate exersată până la perfecțiune, iar când a ajuns lângă Charles, se pare că a simțit mirosul de fum și, spre ghinionul lui, a decis să vorbească.

Charles a ridicat spre el o privire plină de o umilință suspectă.

– Oh, îmi cer sincer scuze. Dacă nu se poate, la naiba, nu se poate, a spus el civilizat, apoi a ridicat trabucul și l-a stins de pantalonii sărmanului chelner, care a răcnit imediat de durere și surprindere. A scăpat din mâini tava încă pe jumătate plină, iar sticlele și paharele care stăteau pe ea s-au spart, făcând mult zgomot.

Priveam cu gura căscată cum chelnerul își duce mâinile la gaura carbonizată din uniforma sa și cu ochii plini de lacrimi încearcă apoi să adune cioburile de pe pardoseala de marmură.

Bineînțeles, zgomotul atrăsese probabil atenția tuturor oaspeților prezenți în restaurant, inclusiv a personalului. Alți doi chelneri s-au grăbit să vină în ajutor și au rămas uimiți când au văzut ce se întâmplase. Unul dintre ei i-a spus imediat celuilalt să îl ducă pe angajatul rănit în camera din spate și s-a uitat la Charles cu un repros nedisimulat. Acesta din urmă, ca și cum nimic nu s-ar fi întâmplat, a sorbit o înghițitură din băutura sa chihlimbarie din paharul pe care chelnerul reușise să-l pună în fața lui înainte de a scăpa tava.

– Vă rog să mă iertați. Se mai întâmplă și accidente. Vom acoperi, desigur, pierderile, a rostit emfatic Adrien, întorcându-se spre chelnerul care dăduse indicații și care arăta de parcă abia se stăpânea să nu explodeze ca o bombă; se făcuse roșu la față, dar în cele din urmă nu a spus nimic, doar s-a îndepărtat de noi și și-a trimis subordonații să curețe mizeria și să ne servească din nou masa.

Doamne, ar fi trebuit să ne dea afară de aici și să nu ne mai primească niciodată. Maya își lăsase capul în jos și îl sprijinea cu o mână, probabil neavând puterea sau dorința să vadă răul provocat de tatăl ei imprevizibil. Vincent privea la întregul incident cu buzele strânse, dar nu a scos niciun cuvânt, iar reacția lui Dylan, Shane, Tony și Will îmi amintea de a mea – pentru prima dată în viață aceeași –, adică clipeam cu toții și nu ne venea să credem.

– Ce este cu tine? Revino-ți în fire, omule, l-a admonestat unchiul Monty cu o expresie de dezgust pe față.

Charles i-a aruncat imediat o privire iritată.

– Nu am de gând să-l ascult pe tipul care o regulează pe fiica mea, a mârâit el.

– Tată! a gemut Maya, ridicându-și ochii spre tavan.

– Tipul ăsta va fi tatăl nepotului tău, așa că poți începe să înveți ce înseamnă toleranța, a răbufnit unchiul Monty.

– Bine, bine, domnilor, noi ar trebui să vorbim, nu să ne certăm, a intervenit Adrien împăciuitor.

– Cum să nu ne certăm? Individul ăsta a lăsat-o borțoasă pe logodnica ta! a bolborosit Charles.

– Maya s-a făcut înțeleasă. Logodna a fost ruptă. Asta este – a spus Adrien, ridicând din umeri, apoi s-a întors spre Maya. Păcat, ne-am fi potrivit de minune.

Maya i-a zâmbit malițios, strâmbând din nasul ei micuț.

– E absurd, a suspinat Charles. Și cum rămâne cu planurile noastre? Ce zici de...

A făcut o pauză, în timp ce se uita la Vincent, care îl asculta concentrat în tăcere, apoi privirea i-a căzut pentru prima dată mai mult pe mine și aș fi renunțat la tot aurul și diamantele din lume, doar să pot dispărea în aer în acel moment.

Știam exact ce gând îi trecea prin cap chiar înainte să deschidă gura.

– O să te însori cu sora fraților Monet.

Vince și-a ridicat bărbia în sus și și-a pus mâna pe umărul lui Dylan, care era deja pe cale să se ridice de pe scaun. A fost oprit mai degrabă de autoritatea fratelui nostru mai mare decât de forța acestuia. Maya a început să-și privească unghiile, iar unchiul Monty a luat o înghițitură de bere, privind cu un interes brusc luminile de pe tavan.

Adrien, pe de altă parte, a pufnit zgomotos.

– Păi are vreo doisprezece ani, a spus el și mi-a aruncat o privire cât se poate de plictisită și deloc interesată.

– Împlinesc șaisprezece, am mormăit ca pentru mine din obișnuință.

Am regretat imediat pentru că tocmai se făcuse liniște și, din păcate, toată lumea m-a auzit.

– Nu contează, a pufnit Adrien, iar când am stabilit contactul vizual, am simțit că iau foc.

Poate că aș fi reacționat mai calm, dacă nu ar fi fost a doua oară când cineva mă pețea cu forța pentru el.

– Ce idee mai este și asta? a întrebat Will nervos.

– Foarte logică. Fiica mea pentru sora voastră. Vom avea cu toții avantaje din această tranzacție.

– Tranzacție! Nu, nu, nu, ține-mă sau îl omor! a strigat Dylan, încordându-și din nou mușchii.

– Ai grijă! i-a șuierat Vincent atât de încet, încât l-am auzit doar pentru că stăteam aproape.

– Nu am de gând să aștept atâția ani ca o fătucă oarecare să se maturizeze, a intervenit Adrien ferm, clătinând din cap cu hotărâre.

– În doi ani va fi majoră. Cu permisiunea lui Vincent, am putea chiar să grăbim lucrurile, a sugerat Charles.

– Vreau o relație, nu o grădiniță. În niciun caz nu am de gând să mă însor cu o adolescentă.

– Asta e pedofilie! a dat Dylan din cap către el.

Charles a fluturat mâna disprețuitor.

– Nicio pedofilie. Dacă aveți o asemenea problemă cu vârsta ei, nu trebuie să i-o băgați imediat în pat.

– Nu mai vorbi așa și pe deasupra în prezența ei! a strigat Will.

Probabil că a simțit stânjeneala mea crescândă și m-a îmbrățișat grijuliu.

– Spun eu ceva greșit? s-a agitat Charles, întinzând mâinile.

Individul ăsta chiar era nebun.

– Da! au șuierat Dylan, Will și Shane în același timp.

Privirea mea rătăcea de la o față la alta, încercând să țin pasul cu cearta. Mă simțeam ca și cum aș fi urmărit o comedie-dramă în direct.

– Charles... Vince a vorbit în cele din urmă când a simțit că este momentul potrivit să ia cuvântul.

Vincent nu era genul de persoană care să strige la masă. Știa să sesizeze acel moment unic când toată lumea își trăgea răsuflarea pentru următorul schimb de replici și când nimeni nu se aștepta să audă o voce rece și plină de autoritate.

Ne-am uitat cu toții la el. Chiar și Maya și unchiul Monty, care până atunci evitaseră cu lașitate contactul vizual cu ceilalți, probabil copleșiți de sentimentul de rușine că fuseseră primii cărora le venise în minte această idee penibilă.

Vince s-a uitat intens la Charles, câștigând chiar și atenția lui.

– Nu sunt de acord, a început el încet și clar. Nu sunt de acord cu planul tău. Nu uita că vorbești despre sora mea. Ea nu este obiectul tău de schimb, iar eu nu-ți datorez nimic. Maya și-a făcut propriile alegeri. Și când va veni timpul, Hailie și le va face pe ale ei. Trebuie să accepți că nu este totul sub controlul tău și că nu totul va merge întotdeauna așa cum vrei tu.

Am răsuflat ușurată, având grijă să nu o fac prea tare. Vince era de partea mea. Era minunat să am sprijinul lui într-o chestiune atât de importantă. Lăsând la o parte faptul că se ajunsese, în general, la o situație atât de ciudată.

Charles a tăcut, deși îi puteai vedea nemulțumirea pe față.

Adrien, pe de altă parte, a dat din cap, arătând că este de acord cu punctul de vedere al fratelui meu.

– În plus, oricum nu e genul meu, a adăugat el cu voce tare.

Mi-a displăcut profund părerea acestui idiot, dar m-am și simțit jignită de grosolănia lui.

Ceva a zburat peste masă, chiar pe deasupra capului lui Adrien, și a aterizat pe podea cu zgomot mult în spatele lui. Nu a durat decât un scurt moment ca să-mi dau seama că Dylan fusese cel care aruncase... cu o furculiță în el.

Adrien s-a uitat exasperat la fratele meu, care îl privea provocator și cu ură. Gemenii și unchiul Monty au izbucnit în râsete înfundate. Colțurile gurii mele au început să tresară atât de incontrolabil, încât la un moment dat nici eu nu m-am mai putut abține și a trebuit să-mi acopăr gura cu mâna.

Vince i-a trimis lui Dylan o privire amenințătoare și de avertizare, pe care el a evitat-o. Charles, pe de altă parte, a ridicat o sprânceană ca și cum nu înțelesese pe deplin ce se întâmplase.

– Așa cum am spus, grădiniță, a bolborosit Adrien pe sub nas, dând din cap.

– Hm, interesant, dar cine nu-și poate găsi singur o soție? Pe lângă asta se mai și ia de adolescente? a râs Dylan, iar Vince a mârâit încet către el:

– Calmează-te odată!

Adrien l-a măsurat cu o privire tulbure.

– În fond, am spus că nu mă interesează surioara ta mai mică, dar fii atent, pentru că dacă nu încetezi să mă enervezi, într-o zi, când va mai crește, voi face cu ea lucruri pe care nu le-ai mai văzut nici în filmele pentru adulți.

De data aceasta, a zburat spre el un cuțit. Nu era cuțitul bont de masă, ci un cuțit special pentru friptură, care stătea lângă farfuria lui Vincent. Ar fi trebuit să fie probabil pe partea dreaptă, dar fratele meu mai mare îl luase de acolo ca să nu fie la îndemâna lui Dylan, neanticipând că îl voi lua eu.

Am făcut-o fără să mă gândesc, provocată de insolenţa lui Adrien. Nu numai pe mine mă jignise cu acele cuvinte dezgustătoare. Dylan s-a ridicat imediat de pe scaun, Vince şi-a încleştat puternic maxilarul, iar din ochi îi scăpărau fulgere. Shane şi Tony s-au încordat ca nişte arcuri, iar amuzamentul lor s-a evaporat într-o fracţiune de secundă.

Şi apoi: bum. Will se uita dintr-o parte la mine mut de uimire şi probabil singura persoană care zâmbea era Maya, care mă privea cu un fel de mândrie ciudată pe care nu o puteam înţelege în acel moment.

De altfel, nici nu am avut timp să mă gândesc la asta, pentru că privirea mea s-a îndreptat spre cuţitul pe care îl aruncasem cu o secundă în urmă cu toată puterea spre Adrien, care stătea aproape exact în faţa mea. Vârful lui ascuţit i se înfipsese în umăr. Bărbatul nu purta sacou, ci doar o cămaşă, care nu putuse să-l protejeze de lamă.

Mă uitam amuţită la cuţitul înfipt în umăr, care nu pătrunsese, din fericire, prea adânc, aşa cum crezusem iniţial, pentru că a fost suficientă o uşoară mişcare a braţului şi Adrien a scăpat de el. Cuţitul a căzut la pământ cu un zgomot strident. Pentru o clipă, m-am simţit ca eroina unui film de groază cu buget foarte mic, genul cu cele mai proaste efecte speciale, ca să nu mai vorbim de scenariu. Încet-încet, m-a cuprins un sentiment de groază şi mi s-a făcut rău.

Trebuie să recunosc că avusesem un merit. Îi oprisem pe fraţii mei să se repeadă la gâtul lui Adrien. Dylan s-a uitat la mine ca şi cum m-ar fi văzut acum pentru prima dată în viaţa lui. Chiar şi Vince era şocat.

S-a aşternut tăcerea.

Adrien s-a uitat cu o expresie ironică la sursa durerii, apoi şi-a ridicat încet ochii spre mine. Pentru prima dată astăzi s-a uitat cu adevărat la mine, fără expresia aceea dispreţuitoare. Şi nu a fost deloc un lucru bun, pentru că mi s-a ridicat părul măciucă pe cap. Nu cred că își mai înfipsese cineva vreodată în mine o privire atât de ucigașă.

Cămașa lui era de o nuanță închisă de bleumarin și de aceea sângele, care începea să se scurgă leneș dintr-o mică rană, nu ne sărea în ochi cu roșul lui strident. Brusc, nu l-am mai văzut pe bărbat din cauza lui Will, care se aplecase de pe scaunul său astfel încât să fie între mine și el.

De cealaltă parte a mea, Vincent s-a apropiat de mine și m-a apucat de braț. S-a uitat la Adrien cu atenție, ca și cum ar fi încercat să-i ghicească următoarea mișcare.

– Adrien, a rostit el încordat.

– Văd că în această familie prostia este o trăsătură ereditară, a pufnit Adrien coborând vocea.

Cei doi bărbați păreau să comunice prin priviri. Erau distanți și serioși.

Adrien s-a ridicat în picioare. Cu toții am tresărit la această mișcare bruscă. Și-a mutat privirea la Maya, cu bărbia îndreptată spre burta ei.

– Îți urez ca micuțul tău Monty să aibă mai mult bun-simț.

Apoi s-a uitat la băieți, aruncând cele mai lungi priviri către Vincent și Charles.

– Domnii mă vor ierta.

În cele din urmă, mi-a aruncat o privire în treacăt, dar eu mi-am coborât ochii.

Și a plecat de la masă spre toalete.

Will s-a îndepărtat încet de mine și am simțit că într-o fracțiune de secundă voi fi sub focul privirilor, de astă dată nu șocate, ci serioase și nemulțumite. De aceea, așa cum îmi era firea, m-am panicat și am sărit în picioare, împingând scaunul. Fără să mă uit la nimeni, m-am retras, m-am răsucit pe călcâie și am ieșit cu un pas rapid din restaurant. Pe drum, am trecut pe lângă oaspeți care îmi aruncau priviri pline de interes, la fel și chelnerița care ducea mâncăruri somptuoase, cu siguranță la masa noastră.

Am alergat afară și am respirat adânc, lăsând frisoanele să-mi străbată tot corpul. Aerul proaspăt s-a dovedit imediat o terapie binevenită pentru nervii mei. Mi-a atras atenția o bancă de marmură frumos sculptată. Probabil era aici pentru oaspeții restaurantului care așteptau să li se aducă mașina din parcare.

Acum era goală, așa că m-am așezat pe ea. Știam că nu avea niciun rost să încerc să fug de aici. Nici măcar nu intenționam să o fac. Trebuia doar să iau o pauză pentru că știam că în mod sigur va urma un cutremur.

Fără îndoială că Vincent dezaproba aruncarea cuțitelor.

Priveam fix la gardul viu frumos tuns, așteptând să vină cineva. Eram convinsă că unul dintre frați se va repezi imediat după mine. Totuși, acest lucru nu s-a întâmplat. În schimb, cineva s-a așezat lângă mine. A fost suficient să întorc capul ca să văd că acel cineva era Sonny.

– Și tu ești aici? Credeam că nu trebuie să stai cu ochii pe mine când ies cu băieții, am mormăit cu o voce obosită.

Briza mă făcea să tremur pentru că nu-mi luasem geaca, dar în același timp îmi aducea și o oarecare ușurare.

Sonny stătea cu picioarele ușor depărtate, cu mâinile sprijinite pe coapse, aplecat în jos și cerceta constant împrejurimile cu privirea, chiar și în timp ce-mi răspundea. Tipul ăsta părea să stea de veghe douăzeci și patru de ore pe zi.

– Ținând seama de firea oaspeților dumneavoastră, am fost rugat să vă însoțesc, pentru orice eventualitate.

– Ai fost înăuntru?

A negat din cap. Nu se uita deloc la mine, dar nicio mișcare, nici măcar cea mai mică provocată de o rafală de vânt, nu scăpa atenției lui.

– S-a întâmplat ceva acolo? a întrebat el.

Mi-am pus brațele în jurul umerilor pentru că mi se făcuse frig.

– Am aruncat cu un cuțit într-unul dintre oaspeții noștri, am mărturisit uitându-mă fix la trotuar.

Sonny a fluierat apreciativ.

– Mâța blândă zgârie rău, nu-i așa? a râs el.

– M-am lăsat provocată! am suspinat, ascunzându-mi fața în mâini.

– Măcar ai nimerit?

Mi-am mușcat buza.

– Păi... în umăr.

Sonny a mai fluierat o dată și m-a făcut să râd puțin, deși nu voiam deloc să mă simt mândră.

A fost un lucru bun că am avut acel moment să zâmbesc, pentru că o secundă mai târziu i-am văzut pe frații mei care ieșeau din restaurant și am știut că s-a terminat cu veselia mea.

24

O COMPANIE EXCELENTĂ

Ochii lui Vince m-au găsit imediat și fratele meu cel mai mare a pornit spre mine cu un pas atât de hotărât, încât până și Sonny, care stătea lângă mine, s-a ridicat în picioare. Ce păcat că în astfel de momente bodyguardul meu era inutil.

Cu coada ochiului i-am văzut pe Will, Shane și pe unchiul Monty cum dădeau cheile de la mașinile lor de lux valetului elegant de la parcare.

Vincent mi-a făcut semn cu un gest al mâinii să mă ridic, dar cum eu nu mă grăbeam deloc să fac asta, degetele lui lungi și subțiri m-au apucat imediat ușor de încheietura mâinii și m-au tras în sus. Nu a folosit forța față de mine, ci mai degrabă m-a îndemnat. M-am ridicat ascultătoare, dar m-am uitat la el cu hotărâre și fără scrupule.

– Hailie, a început el destul de încet, ceea ce m-a surprins, pentru că privirea lui era pustie. Ce a vrut să însemne asta?

Am înghițit în sec, fără să întrerup contactul vizual. Vince s-a încruntat, probabil citind pe fața mea motivul comportamentului meu reprobabil și căutând o confirmare că eram în toate mințile. Am încercat să îi arăt că eram sută la sută conștientă de ceea ce făcusem.

Dar, pentru orice eventualitate, în loc să vorbesc, am ridicat prostește din umeri, ceea ce probabil nu era cel mai bun răspuns, pentru că fratele meu a clătinat încet din cap.

– Nu, Hailie, te întreb, ce a vrut să însemne asta? a repetat el serios, uitându-se în jos la mine.

Am arătat cu mâna spre restaurant, fără să-mi iau privirea supărată de la fratele meu.

– Nu ai auzit ce a spus?

– Nu mă refer la ceea ce am auzit, ci la ceea ce am văzut.

– Hailie, ai aruncat cu un cuțit într-un om, a intervenit Will, apropiindu-se mai mult de mine.

Era și el serios și puțin îngrijorat. Mi-am ridicat ochii spre cer și apoi m-am uitat la ceilalți membri ai familiei, care stăteau undeva în fundal și ne priveau.

– Și ce a vrut să însemne textul acela despre filmul pentru adulți? m-am enervat eu, copleșită de reproșurile lor.

– Calmează-te și nu țipa!

– Nu mă calmez! Cum se face că ies la un restaurant cu familia mea și dintr-odată trebuie să ascult planuri pentru căsătoria mea pe care nu mi le doresc deloc și amenințări din partea unui individ arogant, mai în vârstă decât mine, pe care un alt individ descreierat care își stinge trabucul de pantalonii chelnerului mi-l prezintă ca pe viitorul meu soț? Și toate acestea chiar înainte de aperitive!

Fierbeam de furie. Sigur, poate că nu trebuia să arunc cu cuțitul, dar nu sunt nebună, în mod normal nu fac lucruri de genul ăsta.

Un cuplu în vârstă, dar foarte distins, tocmai părăsea restaurantul. O femeie cu un frumos coc cărunt și o rochie cu paiete și un bărbat la fel de cărunt, într-un smoching negru. Întâmplător au auzit izbucnirea mea și s-au uitat la mine ca și cum mi-ar fi crescut două capete în plus.

Vince și Will s-au uitat la mine fără să rostească un cuvânt, probabil întrebându-se ce fel de predică ar fi mai bine să-mi țină în acest moment. Mi s-a părut că am auzit undeva în fundal chicotitul înfundat al lui Tony, dar mă străduiam să-mi controlez furia și nu puteam fi sigură.

– Potoliți-vă, a spus unchiul Monty, făcând câțiva pași spre noi. Maya stătea agățată de brațul lui și, pentru prima dată de când o cunoșteam, avea o expresie cu adevărat abătută pe față. S-a apropiat de noi împreună cu unchiul nostru, dar nu mai lupta ca o leoaică în apărarea mea, ci rătăcea undeva cu gândurile ei.

– Fata are dreptate, a avut dreptul să fie supărată. Adrien ăsta a cam luat-o razna, hm?

Will a întins o mână cu palma ridicată în fața lui.

– Bineînțeles că a luat-o razna, dar ăsta este un subiect cu totul diferit.

– Ce vrei să spui prin diferit? am întrebat eu.

Vincent deschisese deja gura ca să o închidă pe a mea cu o remarcă probabil inteligentă, când chiar lângă noi a oprit frumoasa lui mașină neagră. Valetul din parcare a coborât din ea și a ținut ușa deschisă, privind politicos la grupul nostru. Apoi fratele nostru cel mai mare a suspinat nerăbdător și mi-a spus:

– Mergi cu mine, urcă!

Mai devreme profitasem de ocazie ca să fac o plimbare cu Maya și cu unchiul Monty în decapotabila lor roșie, pe care, întâmplător o achiziționaseră chiar săptămâna trecută, acordându-i aproximativ la fel de multă atenție ca și cum ar fi cumpărat o pereche de șosete. Maya credea că în mod firesc în fiecare garaj ar trebui să existe o decapotabilă roșie, pentru că este o mașină elegantă și clasică. În opinia ei, să nu ai o astfel de mașină era ca și cum nu ai avea în garderobă o geantă mică neagră sau un sutien din dantelă albă sau un tanga roșu...

Și apoi Dylan i-a spus să tacă.

Apropo de Dylan.

– Nu e corect că Dylan poate arunca cu furculița și nimeni nu îi reproșează nimic, dar dacă arunc eu cu ceva, e mare tevatură, m-am plâns cu o față morocănoasă, aruncându-mă pe bancheta din spate.

– Hailie, nu ai aruncat cu ceva, ai aruncat cu un cuțit, a răspuns Will, aplecându-se spre mijlocul mașinii ca să-l aud mai bine.

Ochii lui albaștri străluceau cu o severitate care nu-mi plăcea deloc. Mi-am întors privirea de la el și m-am uitat fix la tetiera tapițată cu piele crem a scaunului din fața mea.

– Dylan, și tu la fel, a decis Vince după o clipă, luând loc pe scaunul pasagerului din față.

Cel mai rău dintre frații mei și-a dat ochii peste cap, dar s-a supus și, împingându-mă să mă dau mai încolo, s-a înghesuit în spate lângă mine.

Will s-a așezat la volan și am plecat, făcând loc pentru Lamborghiniul albastru al lui Shane, pe care valetul din parcare tocmai îl preda unuia dintre gemeni.

Am suspinat adânc, pregătindu-mă pentru un discurs care a început aproape imediat. Vince părea să fi decis în mod deliberat să nu conducă, ca să-și concentreze toată atenția asupra noastră. Era bine că stătea în față, pentru că nu putea să ne tot amenințe cu privirea, deși nu-mi plăcea deloc că putea să mă vadă în oglinda laterală.

– Ce e în neregulă cu voi, copii? a început el cu o voce iritată. Am ieșit la cină la un restaurant de lux, am făcut asta ca să aplanăm relațiile dintre familiile noastre, iar frații mei aruncă cu tacâmuri? Copiii de doi ani au mai multă minte decât voi doi.

– N-o să-mi spui că pe tine nu te-a enervat, a mârâit Dylan, uitându-se cu furie la ceafa lui Vince.

– Da, dar cuvintele sunt un lucru, faptele sunt altul. Cunoști regulile noastre, știi ce reprezentăm și totuși ți-ai permis să faci o asemenea prostie fără minte.

– Care reguli? am întrebat, iritată că iarăși este ceva ce eu nu știu.

Vince a tăcut o clipă, ca și cum nu ar fi fost sigur că vrea să mă inițieze, dar Will a intervenit, fără să-și ia ochii de la drum.

– Dacă nu am respecta anumite reguli, s-ar putea crea haos, ceea ce ar duce în cele din urmă la o concurență nesănătoasă. Acesta este motivul pentru care una dintre regulile pe care le urmăm este respectarea imunității. Și rănindu-l pe Adrien, i-ai dat undă verde să se răzbune, a explicat el.

Pentru prima dată, m-am simțit neliniștită.

– Va vrea să-mi facă rău? am întrebat încet.

– Nu. Date fiind circumstanțele, spune că va trece asta cu vederea, ceea ce nu schimbă faptul că așa ceva nu ar fi trebuit să se întâmple deloc, a spus Will, încleștându-și mâinile pe volan aproape la fel de tare ca și maxilarele.

– Bine, dar, la urma urmei, nu a fost vina ei. Ea nu știa cu ce fel de război s-ar fi putut sfârși. Iar nătărăul a meritat-o, pentru că a exagerat și încă foarte tare, a subliniat Dylan, iar eu m-am uitat la el surprinsă că îmi ia apărarea. Mă așteptasem ca el să fie cel care să țipe la mine cel mai mult.

– Da, ai dreptate, nu e vina ei, a fost de acord Vincent. Dar tu, pe de altă parte, ar trebui să ai un pic mai multă minte. Nu spun că nu ar trebui să-ți aperi sora, mai ales când cineva își permite asemenea remarci mitocănești, dar o poți face într-un mod civilizat și, mai ales, ponderat. Aruncând obiecte? A clătinat din cap. Așa nu faci decât să arăți că stai lamentabil de prost cu stăpânirea de sine. Și nu este înțelept să-ți dezvălui slăbiciunile, mai ales în fața unor oameni ca Adrien sau Charles. Ca să nu mai spun că nu cred că Hailie s-ar fi gândit să arunce cu un cuțit dacă nu i-ai fi dat tu ideea.

Dylan stătea tolănit pe banchetă lângă mine, întreaga lui postură comunicând indiferență, deși eram sigură că îl asculta pe fratele nostru mai mare. Mai ales că trebuia să admită că Vince avea dreptate. Cu toate acestea, nu am putut rezista tentației de a mormăi în șoaptă:

– Nu trebuia să-mi dea el ideea, mi-ar fi venit și mie oricum.

Bineînțeles că toată lumea m-a auzit, Dylan a zâmbit malițios și amuzat, iar Will și-a frecat fața cu o mână, ca și cum ar fi fost deja sătul de discuție.

– Hailie, apreciem, apreciem foarte mult că ți-ai apărat demnitatea și că ai reușit să-i ții piept. Problema este că acestea nu sunt persoanele potrivite cu care să te pui. Ai văzut ce i-a făcut Charles chelnerului?

– Charles este scrântit, a intervenit Dylan.

– Exact despre asta este vorba.

Dylan a mai vorbit o vreme cu Will, dar eu și Vince nu am mai participat așa mult la discuție. Eram mulțumită că doi dintre frații mei mai mari păreau, în ciuda dezaprobării lor, să-mi treacă cu vederea cascadoria fără consecințe grave. Abia în mașină am realizat ce făcusem.

Aruncasem cu un cuțit în fostul logodnic al Mayei! Și în așa fel încât chiar a început să sângereze!

Halal ieșire în oraș!

Nu eram prea mândră de mine, dar nici nu puteam spune că nu simțeam puțină satisfacție. Ei bine, pentru că meritam, indiferent cum priveai lucrurile.

Gemenii au ajuns primii acasă pentru că, bineînțeles, și-au etalat șofatul rapid, în timp ce Will a condus mult mai precaut. Ne-am întâlnit cu toții la reședință și ne-am dus mai întâi să ne schimbăm în haine comode de casă. Eu încă aveam părul prins într-o coadă de cal confortabilă și am decis să nu mă demachiez, pentru că voiam să mă mai bucur de machiaj, căci nu știam când voi mai avea ocazia să mă aranjez așa.

Apoi am coborât scările, unde frații mei erau deja tolăniți pe canapele. Pe masa joasă tocmai aterizaseră farfuriile noastre de la restaurant ambalate pentru a fi luate la pachet, de care Maya își adusese aminte. Aroma rafinată a mâncării era atât de atrăgătoare, încât, după foarte puțin timp, toți membrii familiei noastre au apărut în sufragerie.

– Tagliatellele cu trufe albe sunt de nota zece, a suspinat unchiul Monty cu încântare, luând îmbucătură după îmbucătură, chiar înainte să am timp să-mi desfac porția.

Maya i-a zâmbit logodnicului ei, dar a fost neobișnuit de tăcută, ceea ce toată lumea a observat.

– Ce ți-a spus Charles? a întrebat-o Vince direct.

Maya și-a coborât privirea.

– Dacă nu vrei să vorbești de față cu toată lumea, e în regulă, dar ar fi bine să vii la mine mai târziu și să-mi spui totul. E important.

Maya a oftat și a dat din cap, răspunzând tuturor privirilor.

– Mi-a spus că încă nu era nimic pierdut și că, după ce nasc, pot să-l las pe bastardul Monet la el și apoi să mă duc la Adrien, cu care puteam face oricâți copii doream.

– Bastardul, a bolborosit unchiul Monty, dar era clar că aflase deja despre asta.

– E țicnit, a comentat Tony, ridicând din sprâncene.

– Omul ăsta e bolnav, am șoptit mai tare decât intenționam.

M-am uitat la Maya cu compasiune, incapabilă să înțeleg cum un tată ar putea să-i spună așa ceva fiicei sale.

– E bolnav, Hailie. Nebun și imprevizibil, a suspinat ea din nou și și-a ridicat ochii spre tavan, apoi a răbufnit fără nicio umbră de umor: Și când mă gândesc că eu, proasta de mine, am crezut că aș putea vorbi cu el, să-l conving și să-l invit la nuntă. Ce proastă sunt!

– Hei, hei, haide. Ai avut intenții bune, a consolat-o Monty, punându-i un braț în jurul umerilor.

– Nu mai am niciun chef de ceremonie.

– Nu trebuie să facem din asta un mare eveniment. În ce mă privește, este suficient să fim prezenți noi doi. Schimbăm inelele și va fi o plăcere, vei vedea, pisicuțo.

– Tu nu înțelegi! a suspinat Maya. Trebuia să am o nuntă ca de regină. Trebuia să am o rochie scumpă cu o trenă care s-ar fi întins pe kilometri întregi. Covoare roșii, fântâni pline cu cea mai scumpă șampanie, porumbei albi dresați care să se încline, naibii, când mă văd. Trebuia să cânte o orchestră de renume mondial, la trăsura mea să fie înhămate cele mai frumoase și mai renumite rase de cai, urma să primesc un munte de cadouri, să dansez până cad jos și să-mi iau rămas-bun la jumătatea evenimentului și să zbor la un hotel nerușinat de luxos undeva la capătul lumii.

Maya și-a suspendat dramatic vocea și și-a ascuns fața în mâini.

– Am renunțat la jumătate din aceste visuri pentru că sunt însărcinată și nu am timp să planific un astfel de eveniment. În schimb, am vrut să am o nuntă normală, să-i invit pe cei dragi și să mă bucur de prezența lor. Și acum aflu că este prea mult!

Maya și-a coborât brațele și a îmbrățișat pieptul lui Monty, iar el a apucat stângaci o bucată de prosop de hârtie ca să se șteargă la gură, apoi a sărutat-o pe creștetul capului.

– Comoara mea, nu-ți face griji pentru nimic. Gândește-te la toate lucrurile frumoase care ne așteaptă. Vom cumpăra o casă...

– Nici măcar nu putem să cumpărăm aici! a gemut Maya.

– De ce nu?

– Cu tatăl meu prin preajmă și cu Organizația? În aceeași țară? Ne va persecuta, își va impune părerea, va încerca la fiecare pas să-mi demonstreze ce decizie proastă am luat! Fără aprobarea lui nu pot trăi aici, ar fi un coșmar!

– Bine, bine. Nici nu vrem să locuim aici. Nu-i așa? Nu vrem. Îți amintești cât de mult ți-a plăcut la Melbourne? Poate acolo?

Maya și-a ridicat capul și și-a tras nasul, luând în considerare ideea logodnicului ei.

– Australia este minunată, dar pentru o vacanță. Nu vreau să locuiesc acolo permanent.

– Bine, ce zici atunci de... nu știu, Sardinia? A fost distractiv și acolo.

De data aceasta, Maya și-a șters o lacrimă invizibilă din ochi și s-a îndreptat puțin.

– Ursulețul meu, nu pot trăi pe o insulă, am nevoie de ceva mai vibrant. Cum rămâne cu magazinele?

– Ai putea să zbori singură la Roma sau Milano oricând vrei.

– Prea multă bătaie de cap.

Ascultam discuția lor cu o anumită fascinație. Este remarcabil ce viață detașată de realitate trăiesc unii oameni! Deodată, Maya a bătut din palme.

– Franța!

Unchiul Monty a dat din cap, aparent mulțumit că reușise să-și liniștească logodnica și se putea întoarce la masă.

– De ce nu, am o slăbiciune pentru Saint-Tropez. Am putea să ne cumpărăm un iaht.

– Nu, nu, mă refeream la Paris.

– Dar, iubito, n-ai prefera să locuiești undeva lângă plajă?

– În acest caz, am putea petrece sezonul de iarnă la Paris, iar vara în Saint-Tropez sau în Monaco?

– Știam eu că ne vom înțelege.

Unchiul Monty a făcut cu ochiul vesel, apoi el și Maya au chicotit, iar un zâmbet a apărut și pe buzele mele.

Simțeam o afecțiune ciudată pentru ei.

– De fapt, unde vă duceți în luna de miere? a întrebat Dylan.

– În Hawaii sau în Fiji.

– Hei, ar trebui să mergem și noi în Hawaii, a spus Shane, dându-i un ghiont lui Tony.

– Da, la naiba, da! Hai să mergem în Hawaii!

Dylan și-a frecat mâinile.

– Vreau să merg și eu în Hawaii! m-am alăturat și eu, iar ochii mi s-au aprins de entuziasm.

– Dar aveți școală, a mormăit Will, dându-și ochii peste cap.

– La naiba! Tony și-a fluturat mâna.

– Nici vorbă. Va trebui să așteptați până la vacanța de vară ca să plecați, a anunțat Vincent.

– Camden caută deja o altă insulă pentru voi, a dezvăluit Monty.

Băieții au primit cu bucurie această informație. Eu nu am reacționat, dar eram fericită în sinea mea pentru că asta însemna că îl voi revedea pe acel om.

Mă gândeam deja că nimic nu mai poate salva această seară tragică, dar, datorită companiei bune, ziua nu s-a terminat atât de rău. Desigur, gestul meu nu a fost uitat repede. Dimpotrivă, frații mei nu m-au scutit de nicio glumă pe tema asta.

Doar Will și Vince s-au străduit să nu arate cât erau de amuzați. Probabil li s-a părut că aș putea să iau veselia lor drept o laudă pentru comportamentul meu. Dar toți ceilalți râdeau pe față.

Când, de exemplu, am vrut să iau un cuțit mic de masă, din care cineva adusese mai multe ca să întindem sos de usturoi pe o baghetă proaspătă, Dylan mi l-a luat de sub nas.

– Cred că trebuie să cumpărăm pentru Hailie niște tacâmuri de plastic, a spus el.

– Cred că, dacă eu am nevoie de tacâmuri de plastic, și tu ai nevoie.

Mai târziu, când eram pe cale să adorm, încă analizam evenimentele din timpul zilei și tot nu-mi venea să cred că mâna mea, ghidată de creierul meu, apucase un cuțit și îl aruncase pur și simplu într-un om care îmi era străin și care spunea niște lucruri scârboase. M-am gândit ce ar fi spus mama...

Și apoi, fără să vreau, m-am gândit ce ar fi spus Camden. Și, chiar dacă eram deja pe jumătate adormită, am înghițit în sec. Speram că nu-i va spune nimeni ce s-a întâmplat.

25
TĂRÂMUL PONEILOR

L-am urmat pe Tony cuminte în tăcere. Mă conducea pe coridorul interzis, dar de data aceasta am trecut de biroul lui Vincent și ne-am aventurat mai departe. A cotit undeva într-o parte, unde era o scară îngustă care ducea în jos. În timp ce partea rezidențială a casei noastre era mai degrabă luminoasă și spațioasă, adâncurile coridorului interzis erau cufundate în întuneric.

Singură nu cred că aș fi îndrăznit să merg atât de departe. Aveam încredere în Tony, dar dacă nu ar fi fost el, aș fi fugit de aici cât mă țineau picioarele. Nu glumesc, scările alea ar fi putut duce la o temniță, la pivnița unui pedofil sau la o cameră de tortură.

Începusem deja să-mi imaginez pasaje tăiate în stâncă sau podele pavate cu scânduri înfricoșător de scârțâitoare și prăfuite, dar coridorul de aici, de jos, nu era cu mult diferit de cel de la etaj. Încă mă uimea dimensiunea colosală a reședinței Monet. Am trecut pe lângă mai multe uși până când, în cele din urmă, Tony a apucat de mânerul uneia dintre ele.

– Așteaptă, mi-a murmurat el.

M-am oprit ascultătoare la comanda lui. Ușa s-a închis în urma mea, iar lămpile de pe tavan au clipit și s-au aprins imediat.

Încăperea în care ne aflam părea mică. Era doar un pătrat mochetat pentru a înăbuși pașii și avea pereții acoperiți cu panouri pătrate convexe gri și negre, care cred că serveau ca izolație fonică. Lângă unul din ei se afla un dulap mare negru și probabil metalic, din acelea cu balamale masive. Apoi mi-am îndreptat privirea spre o masă alungită despărțită de un alt perete și mi-am dat seama că această încăpere era mult mai mare decât credeam. În spatele mesei se întindeau două coridoare înguste și lungi, unde în depărtare atârnau ținte. Una mai aproape, cealaltă mai departe. Una mai perforată, cealaltă mai puțin. Un poligon de tragere.

Frații mei aveau acasă un blestemat de poligon de tragere!

Nu știu la ce mă așteptam, mai ales când Tony m-a târât în holul interzis. Credeam că vom ieși afară pe partea cealaltă și poate o să tragem în sticle goale, ca în filme. Frații Monet, însă, erau întotdeauna cu un pas înainte. Dar cine are în mod normal un poligon de tragere sub propriul acoperiș? Și încă unul profesionist? Și când te gândești că odată am fost surprinsă să aflu că există o sală de sport în reședință.

Când Tony a deschis dulapul cu aspect amenințător, am fost deja convinsă că visez. Asta părea cel mai probabil.

Stăteam în continuare cuminte în picioare, dar am aplecat curioasă capul ca să văd conținutul dulapului, sau mai degrabă al seifului uriaș. Mă deranja silueta lui Tony, însă, odată ce am reușit să văd o pușcă aproape mai mare decât mine, am tresărit.

Fratele meu a scos repede ceea ce căuta și a închis ușa cu o bufnitură. Când s-a întors spre mine, în mână ținea un pistol foarte mic și negru și o cutie – am ghicit imediat – cu muniție.

A așezat ambele obiecte pe măsuță și s-a aplecat să scoată de sub ea căștile, care atârnau pe un cârlig, și ochelarii de protecție. Semănau cu niște ochelari de înot, dar erau un pic mai subțiri și mai eleganți.

– Haide, vino aici, m-a instruit el, iar eu m-am apropiat, încercând să-mi controlez emoția care persista de când Vince mă sunase în dimineața aceasta și mă anunțase că venise timpul pentru lecțiile de tir.

Recunosc, asta mi-a evocat trauma din pădure. Mi-au revenit în minte amintirile neplăcute când Tony ținea un pistol în mâna lui acoperită de tatuaje înfricoșătoare. Apoi am tremurat și mi-am amintit că acesta nu era un joc. Nu venisem la poligon doar ca să mă distrez. Eram aici din alt motiv.

– Pentru început, iată câteva reguli pe care trebuie să le respecți, a anunțat Tony. Dacă nu le respecți, s-a terminat cu lecțiile de tir. Mă asculți?

A îndepărtat arma de mine, punând-o pe blat.

Mi-am mutat privirea de la ea la el și am dat din cap, încercând să îi arăt cât de concentrată eram.

– În primul rând, cu țeava trebuie să țintești întotdeauna doar acolo, a spus el, ridicând arma spre coridorul unde atârnau țintele. Vrei să te întorci, să-mi spui ceva, să te scarpini, să faci o mișcare, nu contează, asigură-te întotdeauna că țintești acolo, niciodată încoace.

A arătat spre el și spre restul încăperii unde stăteam noi.

– Bine. Am dat din cap.

– Rămâi mereu concentrată și ascultă ce ți se spune. Nu rătăci cu gândurile pe tărâmul poneilor, controlează ceea ce faci.

– Care ponei?

– Când îți spun să te oprești, trebuie să te oprești și să pui arma jos. Înțelegi?

– Da.

– Nu ține degetul pe trăgaci decât dacă vrei să tragi.

– Atunci unde să-l țin?

– În nas. Oriunde, dar nu pe trăgaci.

Am făcut un efort ca să dau din cap în loc să-mi dau ochii peste cap.

Apoi Tony mi-a arătat cum să încarc arma, cum să o deblochez și să o fixez la loc. Când în cele din urmă mi-a înmânat-o, i-am simțit greutatea în mână și de data asta mi-am amintit cum țintisem spre Jerry. Cum mi-a fost teamă că îl voi ucide. M-au trecut fiori când mi-am amintit de asta. Acum degetele mele se strângeau tare pe pistol, dar Tony m-a avertizat să nu-l strâng așa.

Timp de aproximativ o oră am repetat iar și iar până la plictiseală câteva mișcări. Sigur că erau cruciale, la urma urmei, fără să deblochez arma nu o puteam folosi, dar îmi doream foarte mult să încep să trag. Tony mi-a spus că, dacă nu mă concentrez așa cum trebuie pe elementele de bază, cel mai bun lucru pe care îl puteam face era să trag la un PlayStation, așa că i-am luat cuvintele în serios și în cele din urmă am reușit să execut corect toate instrucțiunile lui, deși cu o oarecare lentoare.

Cu o invidie și o fascinație nedisimulate, am privit cât de eficient mânuia el arma. O parte din mine știa că era prea tânăr pentru a fi atât de familiarizat cu ea și asta m-a deranjat puțin, dar probabil că, dacă aș fi crescut într-o casă cu un poligon de tragere, aș fi știut și eu multe până acum.

– Ori de câte ori exersezi, pune-ți astea pe urechi, a spus el, dându-mi căștile. Și asta pentru ochi, a adăugat el și mi-a mai dat și niște ochelari.

Am ajustat mărimea căștilor și mi le-am pus pe cap, după ce îmi pusesem mai întâi ochelarii, care îmi limitau doar puțin vizibilitatea. Dar m-am obișnuit repede cu ei. Căștile înăbușeau sunetele, dar când Tony a vorbit din nou, l-am auzit.

– Trebuie să stai într-o poziție stabilă, să îți distribui greutatea pe ambele picioare, m-a instruit el, aflându-se atât de aproape în spatele meu, încât aproape că mă sprijineam de el.

Arma era așezată pe masa din fața mea, dar simțeam că într-o clipă voi putea în sfârșit să trag.

– Spatele drept, picioarele paralele, depărtate la lățimea umerilor.

Și-a accentuat cuvintele punându-și o mână pe umărul meu, în timp ce cu un deget de la mâna cealaltă mă împungea în coapsă.

– Îndoaie uşor picioarele la nivelul genunchilor. Uşor. Bine, acum ţine.

În sfârşit, mi-a pus pistolul în mână.

Mi-am strâns degetele pe el şi am întins braţul în faţă, ochind ţinta. Inima îmi bătea cu putere din cauza adrenalinei. Era ca şi cum m-aş fi pregătit să sar cu paraşuta.

– De asemenea, poţi să îndoi uşor coatele dacă te simţi mai bine în acest fel. Întotdeauna ţine-l cu ambele mâini. Nu uita că vei simţi un mic recul. Fii pregătită pentru asta. Cel mai bine este să ţii încheieturile mâinilor drepte, aşa, da. Ţine capul drept. Drept am spus, nu-l înclina. Arma trebuie să se adapteze la tine, nu invers, a spus el, ajutându-mă să mă aşez în poziţia corectă. Potriveşte-o în dreptul ochiului tău. Ridic-o mai sus. Tragi la ţintă, dar privirea ta trebuie să fie concentrată pe ceea ce ţii în mâini. Dacă nu eşti concentrată şi într-o poziţie stabilă, nu vei nimeri niciodată ceea ce ţinteşti.

Am dat din cap, absorbind neliniştită toate instrucţiunile.

Tony stătea încă aproape, deşi nu mai era în spatele meu. Eram convinsă că era în alertă maximă pentru a prelua în orice moment controlul armei pe care o ţineam în mână, dacă era necesar.

– Bine, haide, a spus el şi la acea comandă m-am încordat şi mai mult.

A durat poate două secunde până să mă asigur că eram concentrată şi că mă foloseam de toate sfaturile pe care mi le dăduse fratele meu şi apoi am apăsat pe trăgaci, amintindu-mi în ultimul moment să ochesc spre centrul ţintei.

S-a auzit o bubuitură, care a fost înăbuşită de căşti. Corpul mi s-a dezechilibrat din cauza reculului, dar picioarele parcă îmi erau lipite de pământ. Undeva lângă ele căzuse un cartuş, dar glonţul cu siguranţă nu nimerise în ţintă, pentru că aceasta arăta tot ca nouă. Am comentat acest lucru cu o uşoară dezamăgire, apoi m-am uitat la Tony.

– Ei bine, ce mai aştepţi? Dă-i drumul, mi-a spus el.

Am fost mulțumită că nu a râs de mine, așa că, pe deplin pregătită, mi-am reluat poziția, de data asta amintindu-mi de țintă. O vedeam în fundal, cam neclar, pentru că mă concentram mai ales pe armă, așa cum mă sfătuise Tony.

Bine, Hailie, arată-mi de ce ești în stare.

Încă o bubuitură. Și apoi încă una. Și încă una. Până când a trebuit să mă opresc ca să reîncarc arma. Tony mi-a dat gloan-țele. Am nimerit ținta de trei ori. O dată în câmpul alb, care nu conta. Dar o dată am fost foarte aproape de punctul roșu din mijloc.

– După fiecare tragere, fă o pauză de câteva secunde ca să evaluezi cât de bine și cât de aproape de țintă a fost. Va fi mai ușor să-ți corectezi greșelile, m-a sfătuit Tony, în timp ce mă privea cum reîncarc arma cu o ușoară nesiguranță.

Urmându-i indicațiile, am tras și am reîncărcat arma nu mai știu cât timp. Tony intervenea din când în când cu comentariile lui, pe care întotdeauna le luam în serios. Înțelegeam deja de ce devenise profesorul meu. Își cunoștea meseria.

Lecția de tir a fost grozavă și m-am simțit foarte bine, mai ales pentru că vedeam progrese cu fiecare rundă. Totul avea sens. Mi-a plăcut și faptul că, spre deosebire de lupta corp la corp, aici statura mea mică nu conta. Aici era vorba mai mult de precizie, concentrare și de dexteritate, care puteau fi exersate.

– Stop! a ordonat Tony după un timp, ridicând vocea, ca să-l aud clar.

Am coborât ascultătoare arma, iar mâna lui Tony mi-a dat la o parte casca de pe o ureche.

– Ajunge, a anunțat Tony.

Deja deschideam gura să protestez, când a intervenit Vincent.

– Bravo, Hailie, m-a complimentat el și a bătut din palme alene de mai multe ori.

Am întors imediat capul spre el. Stătea în spate, sprijinit de perete și mă privea. Din cauza zgomotului și a căștilor nu-l au-zisem când intrase.

– E grozav! am exclamat cu entuziasm în glas, încântată că nu mersese atât de rău pe cât mă așteptasem.

Nu m-am gândit la nimic și m-am întors spre el, ținând încă pistolul în mână. Veselia de pe fețele fraților mei provocată de bucuria mea oarecum copilărească a fost înlocuită instantaneu de o expresie de groază.

– Ei! au strigat amândoi în același timp, întinzându-se spre mine.

Inima mi-a bătut mai tare și într-o fracțiune de secundă m-am controlat și m-am întors imediat spre poligon, blestemându-mă pentru prostia mea. Exact asta mai lipsea, să împușc din greșeală pe cineva.

– Iertați-mă! am strigat panicată, lăsându-l pe Tony să-mi ia pistolul din mâini și să-l dezarmeze cu grijă. Apoi l-a pus jos pe birou, clătinând din cap.

Am profitat de ocazie și m-am întors din nou ca să mă uit la Vince, care își acoperea fața cu mâna. L-am observat de mai multe ori făcând asta când era uluit de prostia cuiva. Ce să fac!

– Îmi cer iertare, am repetat încet.

Vince și-a ridicat privirea spre mine:

– E în regulă, Hailie, dar trebuie să fii atentă. Asta nu e o jucărie. Trebuie să fii foarte concentrată, bine?

– Da, bine, am încuviințat rapid.

Apoi Vince s-a apropiat de noi.

– Cum s-a descurcat? l-a întrebat el pe Tony.

Tony a ridicat din umeri.

– Nu prea rău. Ca pentru prima dată. Trage destul de binișor.

Am luat asta drept un compliment uriaș, așa că am zâmbit. Vincent, însă, a rămas serios.

– Ei bine, Hailie, ca să poți folosi vreodată în siguranță o armă pentru a te apăra, vreau să stăpânești arta de a trage aproape la perfecțiune.

– Așa voi face, trebuie doar să exersez, am promis.

– Hm, şi nu uita de lecţiile de autoapărare cu Will şi Dylan. Mă interesează mai mult să te antrenezi acolo.

Am suspinat şi mi-am făcut gura pungă.

– Dar eu prefer să trag. Şi Tony este mai drăguţ cu mine decât Dylan.

Vince a ridicat din sprâncene, lăsându-mă să înţeleg că astfel de argumente nu contau pentru el, dar am văzut că Tony, recuperând cartuşele de pe podea, ridicase un colţ al gurii într-un zâmbet răutăcios.

– Aşteaptă puţin, a mormăit el, dar eu l-am ignorat.

În timp ce ne întorceam în zona de locuit a casei noastre, am simţit pentru prima dată un fel de siguranţă de sine ciudată care de obicei îmi lipsea. Mergeam împreună cu Vincent şi cu Tony şi cred că şi Sonny era în urma mea. Am trecut pe lângă agentul de pază de la uşa biroului fratelui meu. Pentru prima dată nu mă mai simţeam ca o oaie rătăcită care s-a trezit din greşeală în aripa interzisă a casei doar pentru a asculta o predică de la Vincent.

De data aceasta eram o membră a familiei Monet. Învăţam să trag cu arma. Ha!

– Jason a zburat din şcoală! a strigat Mona, alergând spre maşina abia parcată, chiar înainte să cobor.

– Ce?! am exclamat şi mi-am mutat imediat privirea spre fraţii mei.

Mona, uitându-se la Tony, a roşit şi şi-a coborât privirea. Dar privirea lui a alunecat doar peste ea. Nu părea impresionat de această veste.

– Şoc, a murmurat Shane, de asemenea deloc tulburat.

M-am întors spre prietena mea şi am tras-o laoparte.

– De unde ştii tu asta? Ce s-a întâmplat?

Dar Mona nu ştia nimic altceva. Era pur şi simplu un zvon care circula prin şcoală că Jason fusese exmatriculat. Dulapul lui fusese golit și nu mai avea ce să caute aici. Mi-a căzut falca când știrea a fost confirmată. Mai mult, Audrey fusese și ea suspendată pentru două săptămâni întregi. Acest incident va fi înregistrat în dosarul ei, desigur, ceea ce va fi un obstacol serios în calea spre studiile superioare la care visase.

Uimitor. Nimeni de la secretariat nu a vrut nici măcar să-mi vorbească. Am uitat cât de mari sunt, după cum se pare, posibilitățile lui Vincent.

Numărul de priviri atente, curioase, ironice, admirative, ba chiar îngrijorate pe care le-am primit în acea zi – în clasă, pe coridor și la cantină – a început să mă copleșească.

– Bravo, Hailie! mi-a strigat Lavinia, arătându-și dinții și ridicând degetul mare în sus.

I-am zâmbit prostește și am dispărut imediat din fața ei, am luat-o la fugă, întrebându-mă cât de mult știau toți acești oameni despre toată situația. Mă simțeam ca și cum aș fi fost singura persoană căreia îi lipsea o piesă ca să termine de completat puzzle-ul.

– Hailie, m-a strigat o voce blândă, pe care am recunoscut-o imediat.

Eram deja pe cale să mă duc la Mona ca să încerc să mai obțin ceva de la ea, chiar și cu prețul de a întârzia la ore, dar când l-am văzut pe Leo m-am oprit.

S-a apropiat de mine, surprinzându-mă cu privirea lui intensă. Nu-l interesa nimic din jurul lui. Ca și când era preocupat doar să vorbească cu mine.

Sau poate că mai avea nevoie de ceva, ca ultima dată când m-a dat de gol în fața lui Vince, mi-am amintit.

– Leo.

– Ești bine? a întrebat el.

Mi-am pus mâinile în șolduri.

– De câte ori pe săptămână ai de gând să mă întrebi același lucru? am bolborosit. Sunt bine, doar dacă nu dai fuga la Vincent să mă bagi în belele.

Leo și-a coborât ușor capul, copleșit de vinovăție. Mi-a părut puțin rău pentru el, dar luase singur decizia pentru care acum trebuia să plătească. Cu toate astea, nu puteam să fac nimic în privința faptului că acest băiat avea un efect ciudat de magnetism asupra mea.

– Dar tu? am întrebat, coborându-mi mâinile și încercând să par măcar un pic mai amabilă.

A dat din cap.

– Bine. Mai bine. Puțin mai bine.

Am privit în jur, obișnuită să fiu atentă la cei din preajmă și la martorii conversațiilor mele, apoi mi-am întors privirea spre Leo.

– Puțin?

– Vincent s-a ținut de cuvânt. Ne iau mai puțini bani. Încă mulți, dar nu chiar atât de mulți. Mulțumesc, Hailie. Nu voi putea exprima niciodată cât de recunoscător îți sunt pentru ajutorul tău.

– Mi-ai mai spus asta, am mormăit, uitându-mă undeva într-o parte. Nu voiam să aud asta.

Leo a tăcut.

– Asta e tot? am întrebat, părând din nou mai furioasă decât mi-ar fi plăcut.

– Am auzit despre Jason și Audrey.

Acum îmi atrăsese atenția. M-am uitat din nou în jur, văzând doar câțiva oameni ici și colo. Cu siguranță ne aruncau priviri pe furiș, atunci când eu nu mă uitam.

– Ce anume ai auzit? am întrebat în șoaptă.

– Că au încercat să te șantajeze și să profite de tine. Eu nu știu despre ce este vorba cu adevărat. Nu cred că știe cineva. Hailie, are asta ceva de-a face cu frații tăi? Audrey și Jason au vrut o favoare de la tine? a întrebat Leo, și am fost surprinsă să aud furia din vocea lui.

Am tras aer în piept.

– Audrey s-a legat de mine pentru ceva în baie, ca de obicei, și a sărit cu gura pe frații mei, așa că, pentru a-i dovedi că nu erau chiar așa de răi, i-am spus că te-au ajutat. A fost mulțumită și s-a gândit că aș putea să-i rezolv și ei problema, pentru că de ce nu? De ce nu? am pufnit furioasă. Oricine este binevenit la o consultație la Hailie Monet, voi oferi favoruri gratuite pentru toată lumea! În cele din urmă, frații mei mă vor urî, dar ce naiba, merită, pentru că am un caracter atât de bun!

– Hailie, îmi pare rău! a spus el cu sinceritate în voce și compasiune în ochii lui aurii.

Am zâmbit amar.

– Nu, ce tot spui, Leo, tu ai fost primul meu client! am strigat sarcastic. Și serios, știi ce, cred că îți sunt recunoscătoare pentru că, datorită modului în care m-ai dat de gol în fața lui Vince, a doua oară nu m-am mai lăsat păcălită. Am mers direct la el și, iată, Jason a fost exmatriculat și Audrey suspendată. Și nici măcar nu am mișcat un deget. Zero stres, zero probleme.

Mi-am frecat mâinile una de alta și le-am aruncat în aer. Mișcările mele erau însă prea nervoase și eu însămi prea supărată pentru ca Leo să mă ia în serios. Se uita la mine îngrijorat.

– Îmi pare foarte rău. Nu merită să-ți faci atâția nervi.

S-a apropiat de mine, iar atunci a trebuit să mă scarpin puțin în cap.

– Nu mă asculți? Îți spun, zero stres, Vince avut grijă de tot... am afișat un zâmbet forțat, ridicând sprâncenele.

Și atunci Leo m-a îmbrățișat. Pur și simplu și-a întins brațele și m-a tras spre el.

– Ce faci... am protestat, dar nu am încercat să mă eliberez, doar mă uitam confuză la perete, cu un obraz apăsat pe umărul lui Leo.

Mirosea a prospețime, a detergent de rufe și a ușurare. Cum poți mirosi ușurarea? Era un miros atât de blând de pajiște și zahăr. Îmbrățișarea lui a acționat asupra mea ca un drog, dar ca

354 | WERONIKA ANNA MARCZAK

un drog slab. Mi-a atenuat subtil neliniștile, lăsându-mi o stare de calm și de stupoare delicată.

– Ai o personalitate foarte frumoasă, Hailie, nu mă pot opri să mă gândesc la asta...

Vocea calmă a lui Leo a răsunat undeva deasupra urechii mele. I-am simțit și respirația, ceea ce mi-a făcut pielea de găină.

Și imediat după aceea, m-am desprins de el și am făcut un pas înapoi.

Leo se uita la mine cu ochi mari, iar eu am răspuns privirii lui făcând ochii și mai mari.

Speriată și uluită, m-am răsucit pe călcâie și am fugit.

26
MARGE

Gemenii și Dylan erau adesea văzuți în compania fetelor, însă nu am observat niciodată ca vreunul dintre frații mei să le ia în serios pe vreuna dintre ele. Acestea erau de obicei pentru ei ca niște accesorii șic, menite să le facă viața plăcută, și nu să le-o complice. Ceva de genul unei poșete de designer pentru o femeie elegantă sau o jachetă de piele neagră pentru un băiat rebel.

Relația dintre Shane și Marge, însă, era mai deosebită. În acea zi, după ore, când am ajuns la Lamborghiniul albastru al fratelui meu, am fost întâmpinată de ochii frumoși ai unei fete, care se umflaseră de atâta plâns. Dâre de rimel îi mânjeau fața, iar buza de jos îi tremura jalnic.

Shane stătea lângă ea și nu era deosebit de dornic să își consoleze partenera, dar nici nu o ignora, doar îi vorbea calm, ca și cum i-ar fi explicat același lucru pentru a mia oară.

M-am apropiat șovăitoare de ei, nevrând să nimeresc din greșeală în mijlocul unei certe. Când m-a văzut, fata a întors imediat privirile într-o parte, ca și cum ar fi vrut să fugă din fața mea. Iar mie îmi era greu să mă uit la eroina din fotografiile intime cu care Jason încercase să mă șantajeze.

– Așteaptă în mașină, mi-a spus Shane cu o voce obosită, bătând ușor în capota mașinii sale.

M-am bucurat să urc, dar din păcate tot mai auzeam despre ce vorbeau.

– Te rog, Shane, te rog să rezolvi asta... murmura fata, înecându-se cu lacrimile.

– Ce vrei, de fapt? Pozele nu mai există, relaxează-te.

– Dar părinţii mei au fost chemaţi la şcoală! Vor afla totul de la directoare! E un coşmar...

Am văzut cum scoate o batistă albă, plină de muci.

– Şi ce ar trebui să fac? a bolborosit Shane.

Nu-i vedeam decât spatele, dar mi-l imaginam cum îşi ridică ochii spre cer.

– Nu mă poţi ajuta să ascund asta de ei? Tata mă va trimite la internat!

– Cum aş putea să fac asta?

Biata fată, lacrimile ei nu aveau niciun efect asupra fratelui meu.

Buza inferioară îi tremura.

– Nu ştiu, Shane... a gemut ea. Aşa cum ai reuşit să faci să fie exmatriculat din şcoală nătărăul acela. Te rog, eşti parţial răspunzător pentru asta, te rog...

Shane, care până atunci se sprijinise de maşină, s-a îndepărtat acum de ea şi, deşi încă nu-i puteam vedea faţa, am ghicit că era oarecum iritat.

– Bine, în primul rând, eu nici măcar nu am mişcat un deget, bine? Fratele meu a vorbit cu directoarea şi a aranjat lucrurile. Nu eu. Ţi-a luat şi ţie apărarea, pentru că în mod normal ai fi zburat din şcoală împreună cu tipul ăla, Jaxon sau cum îl cheamă. În al doilea rând, nu vorbi despre responsabilitate, pentru că ai vrut să te culci cu mine la fel de mult cum am vrut şi eu, nu te-am forţat să faci nimic. Dacă eşti atât de speriată de mami şi de tati, ar fi trebuit să fii o fetiţă cuminte, nu să-ţi dai jos chiloţii la prima ocazie. Ce pot să-ţi mai spun?

Fata i-a evitat privirea şi şi-a muşcat buza, reţinându-şi un alt val de lacrimi.

– De ce ești așa? a scâncit ea stânjenită. Și dacă ar fi fost sora ta în situația asta?

A arătat cu degetul spre mașina în care mă aflam. M-am uitat fix la vârful unghiei ei lungi, roz, ținându-mi respirația.

Shane a făcut un pas puțin prea brusc spre interlocutoarea sa și se pare că a speriat-o.

– Tu să nu vorbești despre sora mea, a mârâit el încet. Să nu-ți permiți.

– Bine, bine, a mormăit ea cu ochii ațintiți în pământ și roșind ușor.

Shane s-a întors spre mașină.

– Ascultă, trebuie să plec.

Marge a ridicat brusc capul și codițele i-au tresărit.

– Stai puțin, eu... a ezitat ea. Trebuie să-ți spun ceva!

– Mai târziu, bine? a mormăit el, apoi s-a întors spre ea pentru ultima oară: E doar sex, Marge, totul va fi bine.

Marge privea neconsolată cum Shane s-a urcat la volan și a plecat aproape imediat, fără nicio urmă de remușcare. I-am aruncat o privire, în timp ce se uita la drum, dar nu părea dornic să vorbească.

– Ești bine? l-am întrebat, dar el doar a dat din cap, fără să scoată un cuvânt.

Așa că l-am lăsat în pace.

L-am întâlnit din nou seara, când am mers la sală. Mi-am prins părul într-o coadă de cal, purtam un top sport alb și jambiere gri înalte. Îmi refăcusem recent garderoba sport. Pentru că locuiam cu frații Monet și mă obișnuisem din ce în ce mai mult cu luxul lor, arătam la sală ca toate acele modele în formă, îmbrăcate în haine de firmă, confecționate din țesături uimitoare prin care se respira cu ușurință.

Am coborât scările, pregătită pentru un mic antrenament. Primele ecouri ale unei conversații le-am auzit deja când am ajuns în zona de fitness a casei. Era întreruptă din când în când de zgomotul loviturilor puternice ale unei mănuși de box.

Mi-am încetinit pasul. Nu-mi plăcea când unul dintre frații mei era prezent la antrenamentele mele. Nu se puteau abține să nu comenteze exercițiile mele, iar asta mă stresa și deveneam foarte nervoasă.

Am intrat în încăperea mare, cu lumină artificială puternică, deoarece afară se întunecase deja.

Colțul unde se aflau saltelele negre și un sac de box mare suspendat era ocupat de Shane și Will.

Primul ataca cu înverșunare sacul. Era transpirat, fără tricou, purta pantaloni scurți negri și părul îi era răvășit, iar expresia de pe fața lui era uluitoare. Rareori îl văzusem pe Shane într-o asemenea transă. De obicei era mai degrabă blând.

În schimb, Will stătea lângă el și se sprijinea de calorifer. Purta cămașă, ceea ce sugera că era puțin probabil să fi venit aici ca să se antreneze. Se uita la fratele nostru cu o expresie serioasă pe față și cu brațele încrucișate pe piept.

– Ce situație nasoală! a exclamat Shane.

Se vedea clar că era foarte încordat și își vărsa toată energia pe sacul de box. Am tresărit la bubuitul asurzitor al mai multor lovituri de pumni.

Will era pe punctul de a-i răspunde ceva când privirea lui a căzut pe mine.

– Bună seara, Hailie, a spus el suficient de tare pentru ca Shane să știe că nu mai erau singuri.

– Bună, am mormăit eu și m-am apropiat de Will, strâmbându-mă ușor când am văzut cât de furios era Shane.

Fratele meu preferat m-a îmbrățișat, în timp ce eu mă sprijineam de calorifer chiar lângă el. Mi-a plăcut cât de firesc era pentru el să își arate afecțiunea într-un mod atât de simplu.

– S-a întâmplat ceva? am întrebat eu din politețe, fără să mă aștept să-mi răspundă cineva.

Will i-a aruncat o privire lui Shane, care s-a îndepărtat pentru o clipă de sac și și-a fluturat mâinile ca și cum ar fi avut nevoie să le încălzească. Apoi mi-a aruncat o privire și s-a frecat la nas cu mănușa roșie mare.

– Marge e însărcinată, a spus el, coborându-și mâna.

De obicei nu primeam răspunsuri la întrebările mele și mă obișnuisem cu asta. Acum, dintr-odată, Shane a decis să-mi răspundă sincer.

Am deschis gura larg, nu numai pentru că nu fusesem ignorată, ci și pentru că vestea m-a șocat.

De aceea era Will atât de serios, iar mâna cu care mă îmbrățișase, atât de crispată.

– Marge? Fata din fotografii? Din vestiarul școlii? Din parcare? Acea Marge?

– Aia, a răbufnit Shane și a dat doi pumni grei, dar leneși.

– Și e... Mi-am mușcat buza, întrebându-mă cum să cer explicații, ca să nu par idioată. Și e opera ta?

– Da. Încă doi pumni în sacul de box.

Mi-am amintit că fata plânsese în parcare cu puțin timp în urmă, pentru că îi era teamă că părinții ei vor afla că făcuse sex la școală. Acum avea lucruri mai importante pentru care să fie îngrijorată.

– Săraca fată... mi-a scăpat fără să vreau.

Shane s-a uitat la mine.

– Săracul de mine, a mârâit el.

– Sărmanul copil, a spus Will cu înțeles și am tăcut cu toții pentru o clipă.

Încet-încet, îmi dădeam seama cât de serioasă era chestiunea asta. Shane tată? Iisuse!

Shane era spiritual, amuzant și relaxat. Îi plăcea să mănânce, să petreacă, să se antreneze și să se distreze. În ciuda rezervelor minore pe care le aveam, trebuia să admit că era un frate bun, dar va fi oare și un părinte bun? M-am uitat la el, mușcându-mi buza. La urma urmei, era prea tânăr pentru o asemenea responsabilitate.

– Și acum ce ar trebui să fac?! a strigat el brusc frustrat, aplicând lovituri mai specializate și mai puternice în sacul de box.

– În primul rând, să te calmezi, l-a sfătuit Will pe tonul lui tipic, la obiect.

– Cred că glumești! a gemut Shane.

– Te duci cu ea la doctor, plătești consultația, îți asumi responsabilitatea. Asta vei face mai întâi. Pentru restul îți vei face griji mai târziu.

M-am uitat cu compasiune la Shane, care era în mod sigur foarte îngrijorat chiar acum.

– Poate că nu e adevărat. Dacă ea nu a fost încă la doctor, atunci cum poate să știe? am intervenit eu.

– M-a sunat pe camera web, mi-a arătat testele, a mormăit Shane aproape neinteligibil, pentru că în același timp a început să își scoată mănușile din mâini cu ajutorul dinților.

– Asta nu înseamnă încă nimic.

– A făcut mai multe.

– Sau poate... poate nu e copilul tău? am mai încercat eu.

– Nu știu.

Shane a aruncat o mănușă pe saltea și a început să tragă de cealaltă.

– E îndrăgostită de mine de luni de zile, nu cred că s-a mai culcat niciodată cu altcineva.

Din nou am tăcut cu toții și în acel moment a vibrat un telefon. Era mobilul lui Shane, la care s-a uitat cu reticență.

– Și acum mă sună tot timpul.

– Du-te să te vezi cu ea, i-am sugerat eu cu blândețe, iar el m-a bombardat cu o privire.

– Pentru ce?

Am ridicat sprâncenele.

– Ei bine, din moment ce fata e însărcinată, i-ar prinde bine puțin sprijin moral sau cam așa ceva, nu?

– De sprijin moral am nevoie mai degrabă eu.

– Tocmai de aceea, trebuie să vorbiți, poate asta o să vă ajute.

Shane și-a frecat fața.

– Ajută pe naiba! Nu vreau să vorbesc cu ea. Hailie, nici măcar nu-mi place așa de mult de ea. Nu vreau să vorbesc cu ea. Nu vreau să mă duc la ea, a repetat el, apoi a adăugat: Nu vreau să am un copil cu ea.

M-am îndepărtat de Will și m-am apropiat puțin de Shane, la început cu intenția de a-l îmbrățișa, dar apoi m-am răzgândit când am văzut că era ud leoarcă și mirosea a transpirație.

– Mâine vei merge cu ea la doctor și totul se va lămuri, a spus Will.

– Până mâine o să fiu nebun de legat!

– Du-te azi la ea și spune-i să mai facă un test, l-am sfătuit eu, punându-mi brațele în jurul umerilor lui. Dacă vrei... pot să vin cu tine.

O, minune, Shane nu a protestat imediat, așa cum m-aș fi așteptat, doar s-a uitat la mine pentru un moment, luând în considerare propunerea mea. În schimb, Will a intervenit.

– Ar fi mai bine să nu te amesteci în asta, micuțo.

Mi-am dat ochii peste cap, dar stăteam cu spatele la el, așa că nu a văzut.

– Nu mă amestec. Nu spun că am de gând să le cresc copilul, dar îl pot sprijini pe Shane și pot să merg cu el la Marge. A spus chiar el că are nevoie de asta, i-am răspuns eu, dar spre sfârșit m-am temut că fusesem prea tăioasă, însă Will nu a comentat. S-a uitat la noi o clipă, apoi a dat din cap.

– În regulă, dar să nu vă întoarceți prea târziu. Și trebuie să fiți atenți, mă auzi, Shane? Asigură-te că Sonny merge în urma voastră.

Ce seară bizară, ar fi trebuit să mă antrenez la sală și în schimb stăteam în Lamborghiniul lui Shane așteptându-l să se așeze lângă mine. Se dusese să facă un duș rapid. Am decis să nu mă schimb, dar am găsit în sală un hanorac aruncat de el pe jos și l-am pus pe mine.

Eram puțin emoționată. Chiar îmi părea rău pentru Shane, deși în adâncul sufletului meu știam că, dacă nu ar fi făcut sex la întâmplare, nu ar fi avut aceste probleme acum. Însă îmi era prea drag ca să ridic acum din umeri cu o privire de piatră și să-i arunc în față cuvântul „karma".

Pe drum ne-am oprit la o farmacie și am cumpărat două teste de sarcină. Cred că era chiar aceeași farmacie cu ghișeu la stradă de unde cumpărase Tony pastile pentru mine când stăteam în aceeași mașină, pe același scaun, zvârcolindu-mă de durere. De data asta cutiile cu teste au aterizat în poala mea și mi-am mușcat buzele, neîndrăznind să-mi ridic ochii spre vânzătorul care ne servea. Nu-mi venea să cred situația absurdă în care ne aflam.

– Nu te uita la ele.

Shane a vrut să-mi ia prospectul din poală. I-am smuls punga din mâini și am scuturat din cap neîncrezătoare.

– Shane, lasă-mă în pace. Știu ce este un test de sarcină. Ocupă-te de alte lucruri.

Și-a îndepărtat ascultător mâna și și-a trecut-o prin părul negru.

– Băieții m-ar ucide dacă ar afla...

– Ce să afle? Că am citit instrucțiunile pentru testul de sarcină? Chiar că e motiv să te omoare! Am șaisprezece ani, știu ce sunt sexul și sarcina, am bombănit, iritată de supraprotecția lui.

– Sexul? Cu toți nervii săi, Shane a afișat un zâmbet palid. Nu cu mult timp în urmă vorbeai despre „a face dragoste".

– Oh, taci din gură, am mormăit și mi-am întors capul spre fereastra laterală, în cazul în care obrajii mei aveau de gând să roșească la cuvintele lui.

Am simțit cum mă trage de coadă drept pedeapsă și am gemut când m-a durut. I-am întors spatele iritată.

– Ești așa de mare expert, că nu ai putut nici măcar să te protejezi.

Shane s-a încruntat.

– Întotdeauna îmi iau măsuri de precauţie, fetiţo, a suspinat el. Doar că nu funcţionează mereu. De aceea ţie ţi se va permite să te culci cu cineva doar după ce mori. Aşa, pentru orice eventualitate.

Shane a început să chicotească încet, dar eu nu râdeam.

– Prostule, am mormăit, dar am constatat că era bine că se mai relaxează puţin, chiar dacă o făcea pe seama mea.

Curând am ajuns într-un cartier drăguţ, plin de căsuţe care aveau curţi de aceeaşi mărime, împrejmuite cu acelaşi gen de garduri vii. Shane s-a oprit la una din ele, care nu se deosebea cu nimic de celelalte, şi cu coada ochiului am văzut o altă maşină oprind lângă noi. Era Sonny în mod sigur.

O lumină era aprinsă în verandă. Perdeaua de la una dintre ferestre s-a mişcat şi, chiar înainte ca Shane să aibă timp să oprească motorul, uşa din faţă s-a deschis şi Marge aştepta acolo. Era îmbrăcată într-un top scurt şi o fustă. M-am gândit că acestea sunt ultimele haine pe care le-aş fi purtat după ce aş fi aflat că aveam o sarcină neplanificată. Probabil că aş fi purtat nişte treninguri vechi pătate cu îngheţată, pe care aş fi înghiţit-o compulsiv ca să-mi controlez panica crescândă din suflet.

Marge ţinea o batistă în mână, ca şi cum tocmai s-ar fi oprit din plâns, dar a zâmbit larg văzându-l pe Shane.

– Ai venit! a suspinat exaltată, apoi m-a văzut şi pe mine şi colţurile gurii i-au căzut rapid.

– Bună, am salutat cu precauţie, ridicând mâna, iar ea a zâmbit evaziv şi a răspuns cu acelaşi gest.

Shane mi-a luat din mână punga cu testele pe care le cumpărase şi a îndesat-o în mâna lui Marge. Ea a aruncat o privire înăuntru şi a strâns din buze.

– Am făcut deja patru, ţi-am spus.

– În cazul ăsta, mai fă încă două, a sugerat Shane, încrucişându-şi braţele pe piept.

Stăteam în spatele lui şi am simţit cum Marge mi-a aruncat altă privire. S-a oprit la hanoracul lui Shane, pe care îl purtam eu.

Marge a foșnit punga, și-a dat ochii peste cap și a dispărut în interiorul casei, făcându-ne semn cu mâna să venim după ea. Shane a ezitat vizibil.

– Sunt singură, părinții mei sunt plecați, a mormăit ea, ceea ce se pare că pentru fratele meu a fost suficient.

Am intrat în casa modestă, Marge prima, apoi eu, împinsă ușor de la spate de mâna lui Shane.

M-am uitat prin interior. Era clasic. Mobilier ușor demodat, de culoarea mahonului, dar și accesorii complet ieșite din comun, cum ar fi un ceas de stejar sau o oglindă într-o ramă verde. Destul de intim.

– Nu-mi vine să fac pipi, a anunțat Marge, stând în fața noastră cu una dintre cutii în mână.

Shane era vizibil confuz și nu avea nici cea mai mică dorință să discute despre nevoile fiziologice ale prietenei sale. I se părea că nici nu se putea uita la ea, așa că s-a uitat la mine, ca și cum mi-ar fi cerut tacit sfatul.

Mi-am desfăcut brațele în lături.

– O să așteptăm.

Marge a zâmbit dulce, mijindu-și ochii. Evident, nu intenționa să mă primească cu brațele deschise, dar nu contează, nu eram aici pentru ea, ci pentru Shane.

M-am așezat la masă, Shane s-a sprijinit de bufet chiar în spatele meu și Marge ne-a servit apă dintr-o carafă în trei pahare, stând vizavi de noi. Își frământa mâinile și nu am putut alunga gândul că încerca să atragă atenția fratelui meu asupra sânilor ei expuși.

Înțelegeam deja de ce Shane era atât de panicat la vestea că Marge urma să fie mama copilului său.

– Cum te simți? am întrebat politicoasă, privind-o cum bea apă, pahar după pahar.

Marge a ridicat din umeri și a suspinat dramatic.

– Nu foarte bine.

A început să-și maseze tâmplele, și-a tras nasul de câteva ori, apoi și-a ridicat ochii spre Shane care stătea în spatele meu.

– Ar trebui să vorbim între patru ochi.

– Eu pot să aștept. Să mă duc afară sau ceva? m-am oferit eu, uitându-mă la fratele meu.

– Nu te duci nicăieri de una singură, mi-a retezat el vorba.

Am stat în tăcere o vreme. Marge nu părea să se simtă în largul ei de față cu mine, iar Shane nu era în largul lui în preajma lui Marge, astfel încât niciunul dintre ei nu voia să vorbească, iar eu nu aveam de gând să fiu clovnul care să distreze compania, așa că am tăcut și eu.

Pendula de stejar ticăia insuportabil de tare. De afară, se auzea urletul vântului și zgomotul mașinilor care treceau prin apropiere. M-am uitat prin cameră la numeroșii magneți colorați de pe frigider. Erau o mulțime de ghivece cu plante și destul de multe simboluri religioase. Era și o cruce atârnată pe perete, prea mare pentru a fi doar un decor simbolic într-o casă creștină. Imediat mi-am zis că religia trebuie să fi fost o chestiune foarte serioasă aici.

Doamne, probabil că în curând îl vor pune pe Shane în fața altarului.

În cele din urmă, Marge a luat o ultimă înghițitură de apă și a lăsat paharul jos. Apoi, dintr-o singură mișcare, a apucat punga cu teste și a spus că se va întoarce imediat. Cum era liniște totală în casă, am auzit cum Marge se foiește în baie, foșnește punga și despachetează testul. Eu îmi lingeam buzele nervoasă, iar Shane a strâns din pleoape și și le-a acoperit cu mâna.

După vreo zece minute, Marge a ieșit din baie.

– Poftiți, ne-a aruncat ea, fluturând un bastonaș în fața noastră.

Privirea ei era din nou brăzdată de lacrimi și își ținea o mână pe burtă, ca și cum ar fi fost deja atât de mare, încât avea nevoie să fie sprijinită.

Pe test au apărut două linii clare. Shane abia a aruncat o privire la ele și a întors capul în altă parte. Eu însă m-am uitat la ele cu sprâncenele încruntate, dar nu era nimic de discutat.

Două linii clare.

Marge a aruncat pe masă prospectul de la al doilea test.

– Nu mai pot să fac pipi, rezultatul va fi tot același oricum, a pufnit ea, retrăgându-se la baie.

Shane a gemut, îngropându-și acum tot capul în mâini, iar eu mă uitam la testul transparent cu o privire pătrunzătoare. Cutia cu celălalt test, neatins, era acolo, și mă întrebam ce nu este în regulă aici.

M-am întins după cutie și m-am uitat la ea. Pe ea era pictat un prunc râzând, fără dinți. Aproape că l-am sfâșiat ca să ajung la interior. Am aruncat prospectul și am scos testul nou-nouț, gata de utilizare. Alb cu un mâner roz-deschis.

Alb cu un mâner roz-deschis.

Un moment.

– Stai puțin! Marge, poți să mi-l mai arăți o dată? am strigat cu o hotărâre bruscă în glas.

Marge a apărut în ușa bucătăriei cu o expresie uimită pe față.

– L-am aruncat deja. Nu vreau să-l vadă părinții mei. De ce? a întrebat ea.

M-am ridicat și am trecut pe lângă ea, îndreptându-mă spre baie. Am intrat și am aprins lumina. Era o încăpere mică, așa că am găsit ușor cutia cu teste de pe mașina de spălat, desigilată și goală.

– Ai nevoie de ceva, Hailie? a întrebat Marge, de data asta cu o voce iritată; a venit după mine în baie și a rămas în pragul ușii.

– De fapt, da, am mormăit, de data asta ignorând-o complet, pentru că, cu cât mă gândeam mai mult la asta, cu atât eram mai sigură că am dreptate.

Am găsit coșul de gunoi mic, dar, când am ridicat capacul să mă uit înăuntru, nu am văzut mare lucru, pentru că deasupra era doar hârtie igienică mototolită. Fără să stau pe gânduri, am apucat coșul de gunoi și l-am întors cu susul în jos. M-am crispat ușor când i-am văzut conținutul revărsat pe podea.

Tampoane folosite, o mulțime de șervețele murdare, tampoane de machiaj și bețișoare de urechi. Scârbos. Dar printre ele era și testul de sarcină pe care ni-l arătase Marge, împins acum adânc în gunoi, astfel încât se presupune că părinții ei nu l-ar fi observat. Un test alb, fără mâner roz.

Marge tăcea și nici măcar nu a protestat pentru mizeria pe care o făcusem în baia ei. Am rupt o bucată de hârtie igienică și am ridicat testul, apoi m-am uitat la ea. În spatele ei stătea Shane, încrețindu-și sprâncenele și neînțelegând prea bine ce se întâmplă.

– Este altul, i-am arătat eu. Nu este cel pe care l-am cumpărat noi. E alb tot, celelalte au un pic de roz. Acesta este altul.

Marge a deschis gura, ca și cum încă se gândea ce minciună să ne mai spună, dar mintea, atâta câtă îi mai rămăsese, a convins-o să tacă. În schimb, a început să roșească brusc și ochii i se umpleau încet de lacrimi, de data asta sută la sută sincere. Își lăsase capul în jos de rușine și nu îndrăznea să-l ridice și să se uite la Shane, nici chiar atunci când el a apucat-o de braț și a întors-o spre el.

– De ce nu ai făcut un test nou, ci ni l-ai arătat pe cel vechi? E același pe care mi l-ai fluturat azi când am vorbit pe camera web, nu-i așa?

Marge nu a răspuns, dar nici nu trebuia. Adevărul era evident.

– Nu e testul tău, am dreptate? De unde l-ai luat? am întrebat eu calmă, ridicând mai sus testul vechi cu cele două linii, scos de la gunoi.

Tăcere.

– Răspunde-i! s-a răstit Shane și am tresărit amândouă.

– L-am cumpărat, a îngânat Marge încet.

La auzul acestor cuvinte am scăpat obiectul pe care îl țineam în mână. Acesta a căzut peste gunoiul împrăștiat cu un mic foșnet. Imediat m-am dus la chiuvetă să mă spăl bine pe mâini.

L-am auzit pe Shane pufnind furios. Mi-am șters mâinile pe hanorac, uitându-mă la fratele meu, care se sprijinea de perete și își ridica ochii spre tavan.

– Ai cumpărat un test de sarcină pozitiv folosit!

– Shane, am intrat în panică! a strigat ea, iar ochii i s-au umplut de lacrimi. Nu ai vrut să vorbești cu mine astăzi și ți-am spus că dacă părinții mei află despre poza aia o să mă omoare...

– Așa că ai preferat să falsifici un test de sarcină!

– Eu nu știam ce să fac și tu nu ai vrut să mă ajuți...

– Nu da vina pe Shane și pe conversația ta de astăzi, am certat-o eu, apoi m-am întors spre fratele meu: Probabil că avea testul de mult timp. L-a cumpărat cu mult timp în urmă, nu ar fi putut să rezolve ceva de genul ăsta într-o singură zi. Aștepta doar momentul potrivit să-ți întindă o cursă.

Marge a tăcut de data asta.

– Ești așa de prefăcută, că eu nici nu pot să-mi închipui așa ceva, a gemut Shane.

– Shane, eu... a început ea, iar lacrimile au început să-i șiroiască pe obraji. A încercat să se aplece spre el și să-l atingă, dar el a sărit departe de ea ca opărit.

– Nu mă atinge, s-a răstit el, iar ea a început să hohotească și mai tare. Ce e în neregulă cu tine? Ce rost au toate aiurelile astea? La urma urmei, dacă am fi mers la medic, am fi aflat imediat că nu ești însărcinată. Ai oare un creier în cap?

Marge și-a pus brațele în jurul umerilor, ca și cum ar fi vrut ca cineva să o îmbrățișeze, și a început să jelească din nou. Eu, însă, nu vedeam decât sâni bombați și o fustă scurtă.

– Voia să te seducă, am spus cu voce tare, incapabilă să cred disperarea fetei.

– Ce? a întrebat Shane prostește.

– Ai vrut să-l seduci, nu-i așa, Marge? am repetat eu încet, uitându-mă la ea cu milă.

O compătimeam nu pentru că a vrut să-i distrugă viața fratelui meu, ci pur și simplu pentru cât era de proastă.

– Ai sperat că va veni singur. Te-ai îmbrăcat sexy, ai crezut că veți vorbi și că veți ajunge în pat, fără să vă mai pese de măsurile de precauție, deoarece Shane ar fi crezut că oricum erai deja însărcinată.

Marge tăcea în mod elocvent, iar Shane bătea cu pumnul în peretele căptușit cu lambriuri de lemn.

– La naiba, asta e o glumă!

– Shane, nu e chiar așa...

– Nu ești însărcinată deloc. Nu ești, ce bine că nu ești, a spus el cu voce tare, vorbind ca pentru sine. A respirat adânc și apoi a privit-o cu o ostilitate teribilă în ochii lui întunecați: Niciodată, în toată nenorocita mea de viață, nu am simțit o asemenea ușurare. Un copil cu tine ar fi o pedeapsă pentru mine, pentru că aș simți remușcări de fiecare dată când ar trebui să-i explic de ce mama lui e atât de idioată.

– Shane, ajunge, am șoptit.

Da, Marge făcuse o prostie, dar acum era într-o asemenea stare, că nu era nevoie să-i mai provocăm altă suferință.

– Bineînțeles că ajunge, a dat el din cap. Nu am nicio intenție să mai stau nici măcar un minut aici. Haide, Hailie, plecăm.

Am ieșit din baie, hotărâtă să nu curăț mizeria pe care o făcusem acolo. Cum am trecut pe lângă Marge, care acum plângea cât o țineau rărunchii, ceva a făcut *clic!* în inima mea.

– Shane, nu putem să plecăm acum, i-am spus fratelui meu, care imediat ce m-am apropiat de el și-a pus brațul în jurul meu, ca și cum ar fi vrut să mă scoată de acolo cât mai repede posibil.

– Cum? Plecăm imediat și gata cu vorba. Dacă aș avea aripi, aș zbura naibii de aici.

M-am împotrivit când a început să tragă de mine.

– Stai puțin, nu se poate, uită-te la ea! Uită-te în ce stare e! Dacă își face ceva? am întrebat încet.

Shane s-a uitat sincer dezgustat la fata care continua să plângă, dar a încetat să mă mai îndemne. A respirat adânc. Am înțeles că a sta în aceeași încăpere cu Marge era ultimul lucru de care avea chef acum, dar fata chiar avea nevoie de sprijin.

În cele din urmă, am reușit să elaborăm un plan rapid. Am așezat-o pe Marge pe un scaun. Nu se putea stabili niciun contact cu ea, era imposibil să-i vorbești, pentru că trecea printr-un fel de criză puternică de isterie și nu făcea altceva decât să plângă și să ofteze alternativ.

Shane i-a găsit telefonul și, cu o mișcare dură, a apucat-o de bărbie ca să-i țină fața plânsă în dreptul camerei frontale. A deblocat ecranul, a găsit numărul mamei ei în lista de contacte, apoi l-a format și i-a explicat pe scurt situația. A fost destul de aspru și nu s-a zgârcit la cuvinte, dar nu era de mirare.

Mama lui Marge a intrat în panică și a promis să trimită pe cineva acasă, care să o supravegheze pe fiica ei, în timp ce ea și soțul ei se relaxau în munți.

Într-adevăr, nu a trecut mult timp până când a apărut unchiul ei sau altcineva acolo, un domn în vârstă, mustăcios. S-a uitat la Marge nedumerit, în timp ce ea privea mohorâtă către podea. Din fericire, reușise deja să se mai calmeze un pic. Shane m-a tras spre ieșire cu toată viteza.

Eram ușurată să ies din casa lui Marge, care țesuse o intrigă josnică, și m-am urcat în mașina lui Shane, unde mă simțeam în siguranță. Fratele meu a deschis portiera din partea șoferului, dar, înainte să se așeze, a răspuns la telefon. A vorbit un timp în receptor cu o voce scăzută, apoi a închis și abia după aceea s-a urcat la volan.

– Vince, a explicat el.

– A întrebat de Marge?

– Da. Și de tine. A spus să te duc acasă pentru că e târziu și mâine ai școală.

Mi-am dat ochii peste cap pentru că abia trecuse de ora zece. Shane a râs. Tot stresul acestei situații neobișnuite începea să-l părăsească și revenea încet-încet la vechea lui fire lipsită de griji.

– Mulțumesc că ai venit cu mine, mi-a spus el, luându-și pentru o clipă ochii de la drum.

De asemenea, m-a bătut pe genunchi, iar eu i-am zâmbit.

– Cu plăcere.

– Vrei un cheeseburger? a chicotit.

– La ora asta?

– Ce treabă are ora cu foamea?

– Nu ne-a spus Vince să ne întoarcem?

De data asta Shane a fost cel care și-a dat ochii peste cap.

– Tot el ți-a spus și să mănânci. Ai luat cina în seara asta?

– Nu.

– Ei bine, nu-i putem ignora ordinele, a spus el, și gândul la un sendviș aromat a făcut să mi se strângă stomacul.

– Nu aș îndrăzni.

Zâmbetul de pe buzele lui Shane s-a lărgit.

A schimbat banda și am oprit imediat în fața unui fast-food ale cărui lumini de neon străluceau în întuneric. Am parcat aproape de intrare și m-am înfășurat mai strâns în hanoracul larg al fratelui meu.

Ne-am hotărât rapid asupra comenzii și ne-am strecurat pe canapeaua acoperită cu imitație de piele crăpată de la o masă din colț. Între timp, Shane se eliberase complet de stres, ca și mine de altfel. Am râs mult, iar starea noastră de spirit s-a îmbunătățit și mai mult când ne-am luat mâncarea.

Băuturi de dimensiuni monstruoase, burgeri uriași și o grămadă de cartofi prăjiți – ceva de la care până nu cu mult timp în urmă aș fi întors capul, de teama de a nu mânca prea mult. Astăzi aceste lucruri au completat perfect ziua ciudată. Shane își devora burgerul, luând cu fiecare mușcătură și o mână de cartofi prăjiți, iar eu chicoteam încântată de lăcomia lui.

– M-ai salvat, micuță Hailie, a spus el după ce a terminat de mâncat și sorbea leneș din Coca-Cola. Din când în când mai ciugulea cartofi prăjiți din porția mea, iar eu îl lăsam să-i ia fără să spun un cuvânt.

– Nu exagera. Te-ai fi dus la doctor cu ea și adevărul ar fi ieșit la iveală.

– Dacă m-aș fi dus la ea în seara asta singur, nu mi-aș fi dat seama că mă înșală și, într-un gest de disperare, probabil că m-aș fi culcat cu ea, poate chiar de mai multe ori. Știind că este oricum însărcinată, așa cum ai spus, nu ne-am fi protejat. Ca urmare, ar fi fost posibil ca ea chiar să rămână însărcinată...

– Nu vorbi așa, nu știi ce s-ar fi întâmplat. Planul lui Marge a fost idiot. Poate că nu te-ar fi târât deloc în pat în acea noapte.

Mi-am înclinat capul, privindu-l cu blândețe.

– Ba m-ar fi târât.

Nu știam cum să comentez asta, așa că m-am concentrat pe cartofii prăjiți calzi, sărați exact atât cât trebuie, și am sorbit din cola. Am vorbit abia după o vreme:

– Shane, știi ce, te iubesc, dar ești un băiat atât de tipic, care nu gândește cu creierul, ci cu... știi tu.

Shane și-a ridicat răutăcios colțul gurii și știam deja că nu avea de gând să mă lase să scap cu asta.

– Nu știu, cu ce?

– Știi tu... am mormăit, concentrându-mi brusc toată atenția pe deschiderea plicului de ketchup.

– Ei bine, nu, nu știu, m-a tachinat el.

În cele din urmă l-am deschis, trăgând așa de tare cu dinții că chiar m-au durut, așa că m-am uitat nerăbdătoare la fratele meu.

– Cu scula!

Shane s-a înecat cu băutura pe care tocmai o sorbise și a clipit, ca și cum nu ar fi fost sigur că auzise corect, iar eu mi-am coborât capul, jenată că îmi ieșise din gură un asemenea cuvânt și încă în prezența lui.

Dintr-odată, Shane a izbucnit în râs. Un râs atât de sincer și de răsunător, încât nu cred că ceva din ce i-am spus îl mai făcuse vreodată să râdă atât de mult. Cei câțiva clienți din restaurant s-au întors să se uite la noi.

Shane își freca bărbia cu dosul mâinii, încă tremurând de râs, motiv pentru care abia l-am înțeles:

– Ce fel de vocabular e ăsta, fetițo?

I-am aruncat o privire inocentă și el a clătinat din cap, dar s-a uitat la mine zâmbind și pentru o clipă m-a privit în ochi de-a dreptul adorabil. Ca un băiețel cu părul ciufulit, cu ochii sclipind, a cărui fericire supremă era să mănânce un hamburger. În acel moment m-am bucurat enorm că pe umerii lui nu va mai sta povara responsabilității de a crește un copil, blocat într-o relație nefericită cu cineva care nici măcar nu-i plăcea.

– Hailie, a continuat el după un timp, atrăgându-mi toată atenția.

– Ce este?

– Ești cea mai faină fată cu care am petrecut timpul vreodată.

Am zâmbit timid și m-am uitat fix la cubulețele de gheață care se topeau în băutura mea, amestecând cu paiul din când în când.

– Serios, nu-mi pot imagina niciun băiat care să fie vreodată destul de bun pentru tine. Care să te merite.

– Încetează, Shane, am murmurat, pentru că simțeam, pentru a suta oară astăzi, că sunt pe cale să roșesc.

A râs de stânjeneala mea și apoi s-a uitat la telefon, încruntându-și sprâncenele pentru o clipă.

– În regulă, micuță Hailie, să mergem. Vince începe să se văicărească.

Am chicotit.

Ce îmi plăcea la Shane era că trata strictețea fratelui nostru mai mare făcând cu ochiul. Am părăsit localul și el și-a aruncat brațul greu în jurul umerilor mei, reproșându-mi în treacăt că îi luam hainele cu tot mai multă dezinvoltură.

Doamne, îl adoram!

La fel ca pe toți ceilalți.

27

NU E PENTRU URECHILE TALE

În aprilie și mai mi-am recăpătat în sfârșit echilibrul. La întâlnirile mele cu terapeuta am continuat să parcurgem aceleași lucruri, ceea ce era bine, pentru că însemna că lista mea de traume care trebuiau rezolvate se scurta.

Nu mă puteam plânge de viața mea socială pentru că în sfârșit aceasta începuse să încolțească timid. M-am apropiat și mai mult de Mona, uneori chiar stăteam într-un grup mai mare cu alte fete din același an. Pe lângă asta, mergeam la o școală unde nu mai eram hărțuită de Jason. Și nu am mai văzut-o nici pe Audrey, nici când s-a întors după suspendare. Cred că mă evita chiar mai mult decât înainte.

Maya și Monty au părăsit Statele Unite la scurt timp după cina nereușită cu Charles. Noua mea mătușă abia plecase și mie îmi era deja dor de ea. Era plăcut să am sub acoperișul meu o femeie care nu se temea să-i înfrunte pe frații Monet. Din fericire, îmi promisese că ne vom revedea în curând.

Făceam progrese la antrenamentele de autoapărare și de tir. Sau cel puțin așa simțeam eu, pentru că Dylan și Tony mă lăudau foarte rar. Cu toate astea, întotdeauna își făceau timp pentru mine și erau dispuși să-mi corecteze greșelile, lucru pe care îl apreciam, chiar dacă asta însemna că uneori făceau mișto de mine. Citeam mult și cumpăram o mulțime de cărți noi. Datorită resurselor financiare infinite ale familiei Monet, telefonului nou cu o cameră de înaltă calitate și designului estetic al reședinței noastre, am făcut fotografii din ce în ce mai frumoase pentru Bookstagramul meu. Primeam mereu comentarii de la oameni noi și vorbesc despre numere la care altădată nici nu visam. Am început chiar să primesc oferte de colaborare. Will mă ajuta să filtrez aceste mesaje și să apreciez care dintre ele erau demne de luat în considerare din punct de vedere al credibilității expeditorilor.

De asemenea, în căsuța mea poștală am găsit adesea mesaje în care eram rugată să-mi arăt fața și, deși păreau să fie trimise de destinatari nevinovați și curioși, Will și Vince le luau foarte în serios și îmi atrăgeau mereu atenția să-mi protejez intimitatea.

De asemenea, am sărbătorit ziua de naștere a lui Dylan pe 3 aprilie, iar la sfârșitul lunii mai am mers cu toată gașca la ceremonia lui de absolvire de la școală. Dylan urma să meargă la facultate și, pe de o parte, eram fericită că pe coridoarele academiei va fi un frate mai puțin, dar pe de altă parte eram îngrozită la gândul că se va muta de acasă și îl voi vedea doar în vacanțe. De multe ori mă enerva, dar i-aș fi simțit lipsa de la reședința Monet. Eram obișnuită să am cinci frați și nu voiam să pierd nici unul. Din fericire, Dylan mergea la facultate în apropiere și nu exista niciun indiciu că avea de gând să se mute. Cel mult, poate că va fi mai rar pe acasă.

Un alt aspect interesant era legat de Leo, care se învârtea nu numai pe coridoarele școlii, ci uneori și în capul meu. Trăiam pentru prima dată așa ceva. Îl evitam, iar el, probabil marcat de sentimentul de vinovăție, se ținea deoparte. De multe ori îl vedeam singur cu o carte și îmi venea să-l întreb ce citește. De asemenea, m-a impresionat când am văzut că el, împreună cu mine, eram printre elevii cu cele mai bune rezultate școlare. Academiei noastre îi plăcea să își etaleze talentele și realiza fel de fel de clasamente în care Leo și cu mine ne situam întotdeauna sus și uneori pe cele mai înalte locuri.

De asemenea, am plantat flori în grădina Monet. Am început să mă ocup de asta de îndată ce a fost suficient de cald ca să petrec afară mai mult de zece minute. Iar la sfârșitul lui martie, pe peluza îngrijită, dar tristă a reședinței Monet străluceau veseli trandafiri mari, apoi în aprilie am început să mă dezlănțui cu flori precum begonia, orhidee și preferatele mele: niște flori spectaculoase în formă de inimioare. I-am făcut mare scandal lui Dylan când a rupt din neatenție un boboc.

Până în iunie, grădina Monet era atât de plină de plante, încât Vince a fost nevoit să prelungească timpul de lucru al grădinarului nostru pentru că nu puteam să mă ocup singură de toate. Mai ales că fusesem anunțată că, de îndată ce se termină anul școlar, va trebui să mă pregătesc de plecare.

Urma să petrec încă o vacanță cu cei trei frați mai mici ai mei. Nu contează cât de mult aveau să mă tachineze, abia așteptam să vină. Mai mult decât data trecută.

Știam că mă voi întâlni din nou cu tata și, deși mă străduiam să rămân indiferentă, îmi era foarte greu să-mi ascund bucuria pe care o simțeam.

Mergeam din nou în Thailanda, dar urma să stăm pe o altă insulă privată. Când am întrebat de ce această țară, Shane mi-a explicat că poliția de acolo era mai puțin vigilentă.

Chiar de la începutul călătoriei, am simțit schimbarea care intervenise între timp în relația mea cu băieții. Cele câteva luni care trecuseră de la vacanță nu făcuseră decât să ne apropie și mai mult unul de celălalt. Am petrecut mult timp laolaltă, am sărbătorit numeroase ocazii împreună și pur și simplu nu exista altă cale decât să ne obișnuim și mai mult unul cu altul.

În avionul privat, nu numai că i-am urmărit pe băieți cum joacă jocuri pe consolă, ci m-am luptat cu înverșunare ca să mă lase să mă bucur și eu de acest divertisment. Chiar am câștigat de câteva ori împotriva lor, astfel că jocul video a ajuns ridicol de sus pe lista mea de succese personale.

Insula pe care am aterizat era mult mai puțin muntoasă decât cea precedentă, dar în schimb era acoperită cu vegetație nespus de deasă, verde și sălbatică. Acoperișul maro al vilei strălucea timid prin ea. La prima vedere, era deja evident că era o clădire imensă. Iar pe măsură ce ne-am apropiat de ea, bănuielile mi-au fost confirmate.

Casa de vacanță anterioară era oricum mare, dar nu o egala pe aceasta. Avea probabil trei etaje, o piscină imensă și un număr mare de dormitoare. În cele din urmă, am constatat că fiecare dintre noi puteam să ne alegem câte trei camere.

Tata ne-a întâmpinat deja de pe terasă. Nu s-a mai ascuns de mine ca data trecută, ci a pășit cu îndrăzneală în față și am remarcat imediat că nu se schimbase deloc. Era la fel de frumos bronzat, avea părul la fel de lung și poate doar barba puțin mai scurtă, deși la fel de deasă. Nu renunțase la fumat, deoarece ținea în mână un trabuc, al cărui miros îl simțeam chiar și după ce l-a stins pentru a-și îmbrățișa fiecare copil. Pe fiecare, prin urmare, și pe mine. A întins brațele încet spre mine, după ce în prealabil mi-a aruncat o privire atentă, ca și cum ar fi vrut să fie sigur că sunt de acord. Nu am avut obiecții.

În timpul acestei călătorii, fusesem mai înțeleaptă și făcusem câteva sieste lungi în avion, așa că nu eram atât de obosită ca data trecută. Nu simțeam nevoia să dorm după zborul lung, sau cel puțin nu imediat, așa că și eu, la fel ca băieții, m-am schimbat imediat și am fugit la plajă.

Am ajuns ultima la apă, dar, ca și ei, am zburat în valuri cu viteză maximă, fără să mă uit înapoi. Am făcut cu toții atât de mult zgomot, încât trebuie să fi alungat toți peștii din marea cristalină. Era minunat să ne bucurăm de bălăceala fără griji în apele thailandeze.

La un moment dat, Dylan m-a luat pe umărul lui, iar Tony s-a urcat pe gâtul lui Shane și am început o luptă crâncenă cine își va pierde echilibrul primul. Tony era mai puternic decât mine, evident, dar avantajul meu era baza solidă pe care mi-o oferea Dylan.

Am ieșit pe mal abia după o oră și jumătate. Acolo ne aștepta tata cu un frigider plin de beri și limonade reci și un coș de picnic cu gustări, cu care m-am ghiftuit în așa hal, încât mi-a fost greu să mă mai așez la masă după aceea. Băieții nu au avut nicio problemă cu supraalimentarea, dovedind încă o dată că stomacurile lor sunt fără fund.

– Hailie, am auzit că i-ai cunoscut pe Maya și pe Monty, a spus tata, în timp ce stăteam seara în jurul mesei, cu pleoapele grele de oboseală.

– Oh, da. Am dat din cap, luând o înghițitură de apă. I-am cunoscut.

– Fratele meu a făcut vreo boacănă? a râs el și atunci am văzut cum Shane se uită la mine și dă frenetic din cap.

Ignorându-l, am spus:

– Mi-a propus să mă mărite cu un oarecare Adrien.

Tatăl s-a înecat cu berea, iar băieții și-au ferit privirile.

– Ceeee? a răcnit Camden și și-a îndreptat privirea spre Dylan. Adrien Santana?!

– Așa i-a trăsnit lui prin cap, a mormăit fratele meu răutăcios. Știi cum e Monty. L-am potolit deja.

– Ce tâmpenie! Tata a scuturat din cap și s-a întors din nou spre mine: Iartă-mă, prințesă, fratele meu își folosește rareori creierul.

– Mișto, Hailie a demonstrat și ea clar ce părere are despre această idee.

Shane a râs, iar Tony l-a imitat.

– Hm? Tatăl meu a clipit și s-a uitat la fețele noastre. Despre ce e vorba?

Jenată, mi-am coborât privirea și băieții au început să vociferze din ce în ce mai tare.

– Dar vorbiți odată, a spus exasperat Camden.

– Micuța prințesă a aruncat cu un cuțit în Santana, i-a dezvăluit în cele din urmă Dylan, zâmbind ironic.

Tata a încremenit la început și apoi și-a mutat încet privirea spre mine.

– Ce vă rânjiți, ar fi bine să spuneți ce se va întâmpla acum? De ce eu nu știu nimic despre asta?

Nu împărtășea umorul fiilor săi și, în schimb, își încrețise fruntea îngrijorat.

– Adrien a fost înțelegător și a iertat-o, l-a asigurat Dylan.

– Sigur?

– Asta i-a spus el lui Vince. Charles a fost martor.

Camden părea încă neconsolat, plescăia îngrijorat din limbă și își freca fruntea cu degetul mare. În cele din urmă, s-a uitat din nou la mine.

– Trebuie să fii mai atentă, prințeso!

Am ridicat din umeri.

– M-am enervat.

– Știu, scumpa mea Hailie, aveai tot dreptul, desigur, dar să-ți exprimi furia prin încercarea de a ucide un asociat al familiei nu este... rezonabil.

Camden se chinuia în mod vizibil să găsească o modalitate care să-i permită să-și exprime gândurile cât mai delicat posibil.

– Nu am vrut să-l omor.

– Draga mea, dacă-mi permiți, îți voi împărtăși un sfat părintesc. Dacă nu vrei să omori oameni, atunci să nu arunci cu cuțite în ei.

Mi-a făcut cu ochiul ca în glumă, dar era încă ciudat de încordat.

Am dat din cap, puțin stânjenită. Chiar dacă tata era foarte atent cu cuvintele sale, m-am simțit ca și cum aș fi primit o mustrare de la el. Pentru prima dată în viața mea, tatăl meu mi-a arătat că ceea ce făceam nu era bine.

Doream să-i abat atenția de la mine.

– Nici Dylan nu e mai breaz, a aruncat cu furculița în tipul ăla.

Gemenii au izbucnit din nou în râs, iar Dylan s-a plesnit cu palma în frunte.

– Fir-ar să fie! Ce naiba e cu voi?! a mârâit Camden și a fluturat mâna. Știți ce, mergeți la culcare, toată lumea, acum.

Încă râzând, eu și băieții ne-am ridicat supuși. În timp ce urcam scările, l-am auzit pe tatăl nostru încă bolborosind de unul singur:

– Ăștia sunt copiii mei. Mândria mea nenorocită.

Și atunci am început să râdem și mai tare.

Așa a început vacanța noastră. Mă așteptam să fie o ocazie bună de distracție și de relaxare, dar și de conversații sincere cu tatăl meu. De data aceasta eram pregătită pentru ele. Prezența lui nu mă stresa ca data trecută, nici măcar nu mă irita. Îmi plăcea felul în care mă adora și că îmi ținea mereu partea.

Băieții m-au implicat în mult mai multe activități decât data trecută. Le ceream chiar eu să-mi acorde atenție, iar ei nu mă respingeau. Uneori doar își dădeau ochii peste cap, ca atunci când plănuiau să meargă la scufundări și am insistat că vreau să merg cu ei. Pe drum am aflat că toți cei trei frați dobândiseră calificările necesare cu ani în urmă. Cu toate acestea, niciunul dintre ei nu a îndrăznit să își asume responsabilitatea pentru mine, așa că au angajat special un instructor care să mă învețe cum să explorez lumea subacvatică în timp ce ei puteau să scape de grija mea.

Ce mi-a plăcut cel mai mult a fost când, după antrenamentul de bază pe uscat și în piscină, mi s-a permis în sfârșit să ies în largul mării. Prima dată când m-am scufundat în adâncuri, m-am simțit ca într-o altă lume. Pe fundul mării era atât de întuneric și rece, încât îmi venea să-mi pun un pulover peste spuma care mi se agăța de piele. Odată ce m-am obișnuit cu temperatura și cu senzația de imponderabilitate, am început să savurez calmul și limpezimea. Și apoi am admirat fascinată extraordinarele creaturi marine. A fost o zi frumoasă.

Altădată, frații mei și-au pus în minte să sară cu parașuta. Le plăcea să facă asta de fiecare dată când călătoreau în locuri exotice, pentru că spuneau că săritul peste o mare turcoaz era o experiență de nedescris. De data asta, însă, au refuzat ferm să mă includă în planurile lor. Când au părăsit insula, m-am încuiat în camera mea pentru o lungă perioadă de timp. Apoi am ieșit doar pe terasă. Camden m-a găsit încă îmbufnată lângă una dintre cele trei piscine ale vilei. Era preferata mea datorită faptului că în punctul ei cel mai puțin adânc fuseseră instalate două șezlonguri pe care te puteai întinde și erai pe jumătate în apă. Ceva mai departe în această piscină, un perete de apă curgea leneș de la un mecanism construit într-un balcon suspendat. Susurul cascadei era liniștitor.

— O să sari când o să fii mai mare, prințesă, o să vezi, a spus tata, văzând chipul meu bosumflat.

S-a așezat într-un fotoliu cu tapițerie groasă, bej, nu departe, dar astfel încât să fie ascuns de soare sub baldachin.

— Dar eu voiam acum, am bolborosit. Niciodată nu am voie să fac nimic.

— Nici băieții nu au avut voie să facă tot ce și-au dorit. Și-a aprins un trabuc. Și distracțiile lor au fost restricționate în funcție de vârstă.

— Shane și Tony sunt numai cu doi ani mai mari decât mine și am impresia că au putut să facă oricând orice.

— E adevărat, Shane și Tony au dobândit mai devreme o mare libertate, dar tot trebuiau să respecte anumite reguli.

— Chiar și atunci când... ai plecat? am întrebat, trecându-mi mâna prin apă și întrebându-mă cum altfel să numesc delicat plecarea tatălui meu și faptul că își înscenase propria moarte.

– Vezi tu, chiar şi de dincolo de mormânt am autoritate, a râs el.

– Asta e un noroc, pentru că nu ştiu dacă Vince şi Monty ar fi fost în stare să se descurce cu ei.

Am zâmbit uşor gânditoare şi apoi am îndrăznit să pun o altă întrebare în legătură cu un subiect pe care îmi era teamă să-l abordez cu băieţii.

– Şi ce s-a întâmplat cu mama lor?

Camden a devenit serios şi a lăsat să iasă un rotocol de fum.

– A murit când gemenii aveau mai puţin de doi ani.

Apa susura încet în timp ce eu mi-am tras genunchii până la bărbie. Şi mi-am coborât şi privirea spre el.

„Erau aşa de mici?" mi-am şoptit în sinea mea întristată, apoi m-am uitat cu precauţie la Camden.

– Cum a murit?

– E complicat şi tragic, prinţeso, a răspuns el, iar vocea i-a tremurat. Cel mai întunecat eveniment din toată viaţa mea. La fel ca perioada pe care a inaugurat-o.

– Din moment ce a murit când Shane şi Tony aveau doar doi ani, asta înseamnă că s-a întâmplat înainte să o cunoşti pe mama...?

– Sigur că da. Nu mi-aş fi înşelat soţia. Am iubit-o pe Lissy mai mult decât orice pe lume. Mi-a dăruit cinci fii.

– Ai spus că majoritatea au fost întâmplări, am murmurat, iar Camden a râs încetişor.

– Da, dar m-am bucurat de fiecare din ele. Primul a fost Vincent, căruia, după câţiva ani, am decis să-i dăruim un frate. S-a născut William, cel de-al doilea fiu. Apoi Lissy a visat să aibă o fetiţă, pe care să o îmbrace în rochiţe şi să-i cumpere păpuşi. Aşa că am încercat din nou. Şi am primit încă un băiat, pe Dylan. Şi imediat după el, absolut pe neaşteptate, Lissy a rămas însărcinată cu gemeni.

Tata a zâmbit pe sub mustaţă iar eu îl ascultam cu atenţie.

– Dar era furioasă atunci. Nu pentru că erau mai mulți fii, ci pentru că trecuse atât de puțin timp de la nașterea lui Dylan. Și iată că era din nou însărcinată, cu burta mare din nou, de data asta probabil chiar mai mare decât înainte. Și pe deasupra trei copii mici acasă, inclusiv un sugar. Și atunci mi-a făcut scandal. A clătinat din cap, trăgând un fum din trabuc și a revăzut probabil acea scenă în amintirile sale.

– Țipa ca posedată. Asta a fost, desigur, doar prima ei reacție. Îi iubise pe fiecare dintre băieți, chiar înainte ca ei să se nască. Avea mare grijă de ei. Lissy era o femeie răsfățată și cu caracter, dar o mamă bună... Nu merita ce i s-a întâmplat.

Camden privea undeva în depărtare, reflectând la trecutul lui, pe care îl împărțise cu mama fiilor săi.

– Și mama mea? am întrebat încet, pentru că mi s-a părut că ochii lui întunecați străluceau, ca și cum în ei s-ar fi adunat lacrimi.

Cred că nu m-am înșelat, pentru că înainte să-mi răspundă a luat ochelarii de soare care stăteau lângă el pe masă și și i-a pus pe nas, încruntându-se puțin înainte, ca să pretindă că îl bate soarele în ochi.

– Trebuie să știi, draga mea Hailie, că nu sunt foarte mândru de acea perioadă din viața mea. Am trecut prin doliu în felul meu. La înmormântare nu eram treaz.

Și-a mângâiat bărbia mormăind:

– Singurul lucru pe care mi-l amintesc de atunci a fost cât de urât miroseau toate acele coroane nenorocite. Era sfârșitul lui ianuarie și era frig, dar în același timp cumva atât de sufocant, încât îmi venea să vomit. Îmi venea să le omor pe blestematele de bocitoare. Ce mă enerva cel mai mult era vocea unei cucoane care stătea lângă mine și tot îngâna cântecele prostești. La un moment dat m-am întors spre ea, gata s-o înjur pe față, ca să tacă în sfârșit.

Camden a tras un fum din trabuc și și-a trecut mâna prin păr.

– Și atunci am văzut că-l ținea pe fiul meu în brațe. I-am văzut ochii ăia mari și albaștri ai lui, speriați și plângând, genele lipite între ele de lacrimi, năsucul roșu... Mă crezi sau nu, dar băieții ăștia erau niște copii adorabili.

A oftat din greu.

– Și asta mi-a înmuiat inima. Alături stătea ghemuită o a doua dădacă, îi ținea pe ceilalți doi micuți de mâini și le șoptea ceva. Iar puțin mai departe stătea Vincent. Arăta ca o mică sculptură. Avea mâinile împreunate în față și chipul serios. Se uita fix la sicriu și nu a plâns nici măcar o dată. Atunci mi-am spus că mucosul ăsta este mai puternic decât mine. Chiar lângă el, ca o umbră, stătea William. Se uita țintă ca la o icoană, voia să facă totul la fel ca fratele lui mai mare. Dar diferența dintre caracterele lor era vizibilă, deoarece William abia își putea stăpâni lacrimile. Pe parcursul întregii ceremonii a clipit și a clipit, numai ca să nu le lase să îi curgă pe obraji.

Mi l-am imaginat pe micul Will luptându-se cu emoțiile la înmormântarea mamei sale. Am vizualizat în minte cum arătau frații Monet când erau copii. I-am îmbrăcat pe toți în costume negre, miniaturale, elegante și aproape că am plâns și eu. Erau doar niște băieți mici, nevinovați. Nu mă gândisem niciodată la ei așa.

– Eram total năucit. Nu voiam să mă vadă așa, a continuat Camden. Am fugit la Miami, promițându-mi că voi petrece doar câteva săptămâni acolo, mă voi relaxa, îmi voi reveni în fire și mă voi întoarce.

A făcut o pauză pentru o clipă, oftând.

– Ei bine, Florida m-a consumat timp de peste trei luni. Am stat în cel mai scump hotel, fără să-mi pese de nimic. Fratele meu a avut grijă de afaceri, bonele au avut grijă de copii. A ridicat din umeri. Iar eu o luam razna. Nu am de gând să-ți spun exact ce se întâmpla pentru că nu e pentru urechile tale, prințesă, dar tu ești fată deșteaptă și cu siguranță știi despre ce vorbesc. Să spunem doar că nu-mi amintesc primele două luni deloc.

Nu era ușor de ascultat. În trecut, când încercam să mi-l imaginez pe tatăl meu, mă gândeam la el ca la un tip tânăr, care ar fi putut fi un student, destul de cumsecade, prea neajutorat ca să împace școala cu o slujbă cu normă întreagă și cu creșterea unei fiice. Un laș, care se temea de responsabilitate și care preferase să dispară în loc să o înfrunte. Dar nu mi-l imaginasem niciodată ca pe o persoană care zace inconștientă într-un apartament de lux, pe un așternut mototolit, cu o femeie străină lângă el și puțină pudră albă pe noptieră.

– Și apoi am cunoscut-o pe Gabriella...

M-am uitat la el emoționată. De îndată ce am auzit numele iubitei mele mame, inima mi-a bătut mai tare.

El mi-a zâmbit blând, cu multă înțelegere.

– Mama ta, Gabriella. Vezi tu, dragă Hailie, e ciudat, pentru că am cunoscut o mulțime de femei cât am stat în Florida, dar ultima dintre ele a fost ea. Călătorea singură prin State cu un rucsac în spate. Îmi amintesc cum m-a fermecat când mi-a spus că își împlinește visurile. M-am gândit în acel moment, la naiba, există și oameni atât de curajoși, care fără milioane în conturile lor bancare pot doar să se urce într-un tren și să se lase în voia sorții...

A clătinat din cap, continuând să zâmbească.

– Am văzut-o la club și mi-a plăcut imediat. Am invitat-o în loja mea, dar ea a râs fermecător și a refuzat. Îmi amintesc cum buclele ei roșii fluturau când își întorcea capul și ochii îi scânteiau amuzați.

Camden și-a ridicat colțurile gurii și mai sus, cu drag, la această amintire plăcută.

– Trebuie să înțelegi că în aceste cluburi femeile nu spun nu bărbaților ca mine. Femeile s-ar lăsa tăiate doar ca să le arăți interes, să le cumperi o băutură, să le șoptești un cuvânt dulce la ureche. Gabriella ajunsese acolo din întâmplare, ea însăși a recunoscut mai târziu că pur și simplu însoțise o fată pe care o întâlnise în aceeași seară la hostelul în care stătea.

Făceam ochii mari cât niște cești de ceai pentru că nu puteam să cred nici în ruptul capului că mama mea, care mă sfătuia mereu să fiu precaută la tot pasul, însoțise o prietenă străină într-un club exclusivist frecventat de oaspeți cu o reputație îndoielnică. Știam despre uimitoarea ei călătorie prin America, dar nu intrasem niciodată în detalii.

– Nu mi-am luat ochii de la ea jumătate de noapte, până când, în cele din urmă, am reîntâlnit-o singură, la bar. Prietena ei dispăruse cu un tip, iar Gaby se pregătea încet să plece. Se dădea la ea un mitocan, dar l-am alungat repede. Am început să vorbim. Ne-am așezat și am comandat câte o băutură. Și apoi încă una, și încă una...

Camden și-a lins buzele.

– La naiba, îți jur, Hailie, nu am mai întâlnit nici înainte, nici după aceea vreo persoană cu care să pot, ba mai mult, să doresc să vorbesc atât de mult timp.

A căzut puțin pe gânduri, privind în gol în depărtare, undeva spre vegetație și spre mare.

– Ne-am petrecut weekendul în apartamentul meu, vorbind tot timpul, fumând trabucuri, bând vin, îndopându-ne cu pizza la pachet, stând în jacuzzi, uitându-ne la filme de doi bani, vorbind mult și... făcând și acele... alte chestii. Nu contează...

S-a scărpinat în cap.

– Eh, era ca într-un basm. Pentru prima dată am simțit atunci că fac progrese și că redevin eu însumi... Ce s-a întâmplat, prințeso?

– Mama mea fuma trabuc? am repetat eu, ridicând o sprânceană. Și-a petrecut weekendul în apartamentul unui bărbat pe care abia îl cunoscuse?

– Știu că ți se pare greu de crezut ce spun. O știi pe Gabriella ca pe o persoană responsabilă și matură și chiar așa era, dar trebuie să știi că nu exagerez când spun că de la început am simțit o legătură între noi. A fost ca și cum am fi fost două suflete-pereche care s-au întâlnit în sfârșit, acea legătură era atât de neobișnuită...

A clătinat din cap, fermecat de amintire ca atare.

Îmi venea să zâmbesc la gândul că cineva vorbea atât de frumos despre mama mea, dar mi-am amintit imediat cum se terminase pentru ea această „legătură neobișnuită", și imediat l-am pironit cu privirea pe povestitor.

– Dar nu era destul de specială ca să rămâi cu ea? am întrebat eu sec.

Ochii bărbatului s-au întunecat.

– Gaby își dorea foarte mult să viziteze Key West și întâmplător eu aveam o casă acolo, așa că am închiriat o mașină și am stat acolo o lună. A fost ca în paradis. Spun asta cu voce tare pentru prima dată, în fața ta, în secret.

A tăcut o clipă și și-a scos ochelarii, probabil ca să-mi dovedească sinceritatea care emana din ei.

– Dacă aș fi întâlnit-o cu zece ani mai devreme, Gaby ar fi devenit soția mea. Dar din motive evidente nu-mi căutam altă soție în acel moment. Nici ea nu-și căuta un soț. Trebuia să fie doar o trambulină, pentru amândoi, nimic mai mult... Dar apoi Gaby a început să nu se simtă bine și a descoperit că era însărcinată.

A strâns din buze.

– Bula vrăjită s-a spart și realitatea s-a prăbușit peste noi... Îmi amintesc până în ziua de azi că lacrimile îi curgeau pe obraji în timp ce stătea ghemuită lângă mine, ținându-mă de mâini și implorându-mă să o las să plece.

M-am încruntat.

– Te-a implorat să o lași...?

Bărbatul a suspinat din greu, probabil pentru a suta oară astăzi.

– Era ca un terapeut pentru mine, știa totul despre mine. Știa cu ce mă ocupam, știa de ce plecasem în Florida, ce se întâmplase cu soția mea... a spus el. Am fost de acord la început că vom avea o simplă aventură împreună și atâta tot, o frumoasă poveste de dragoste, iar apoi ne vom întoarce la vechile noastre vieți. Nu mă voia pentru totdeauna, nu voia să se implice într-o relație cu cineva ca mine...

– Dar acum era însărcinată! Cred că asta ar fi trebuit să schimbe lucrurile, nu-i așa? am exclamat, ridicându-mă fără să vreau într-o poziție tot mai dreaptă pe șezlongul meu. Tocmai descopeream că fusesem crescută fără tată la cererea mamei și nu prea știam cum să reacționez la asta.

Camden a ridicat din umeri.

– Un motiv în plus. Gaby se temea că va ajunge ca Lissy. Mai mult, i-a fost teamă că vei sfârși și tu la fel.

– Cum a sfârșit Lissy?

– Ar fi mai bine să...

– Cum a sfârșit Lissy? am repetat insistent.

– Crimă.

Camden a tăcut o clipă, privind calm la privirea mea îngrozită.

– Brutal și urât, nu vei obține nimic altceva de la mine în privința asta.

Am înghițit în sec și doream să mă dau jos de pe șezlong și să ies din apă, pentru că, deși era cald, tremuram de frig.

– Deci, vezi tu, eu nu pot da vina pe mama ta pentru că i-a fost frică. Asta, plus tot ce a auzit de la mine... Nici chiar soția mea nu știa atât de multe lucruri despre mine. Aceste cunoștințe ar fi putut fi periculoase pentru ea dacă aș fi luat-o în lumea mea. Mai știa și că am cinci fii. Iar ea era tânără, complet nepregătită să fie mama ta, cu atât mai puțin mama vitregă a cinci copii...

– La urma urmei, nu trebuia să te legi imediat, puteai doar să ne vizitezi din când în când, puteai să... l-am întrerupt, dar apoi am tăcut.

Am roșit și m-am detestat în sinea mea pentru disperarea care emana din mine.

A tras un fum din trabuc și s-a uitat la mine, de data asta cu ochi pustiiți.

– Îngenunchease și îmi ținea fața în mâinile ei, așa! Cam și-a mângâiat obrazul cu mâna liberă. Mă privea intens, murmurând și implorându-mă să te las să trăiești în pace. Să-l las pe copilul nostru să trăiască, să am încredere în ea că va face totul pentru a-ți oferi un cămin normal, în siguranță și iubire.

A făcut o pauză și a zâmbit sumbru.

– Și nu ar fi fost un cămin sigur dacă aș fi apărut acolo chiar și ocazional. Nu voia ca cineva să facă legătura între noi. De aceea, în cele din urmă, am cedat. Cu inima grea, dar am cedat pentru că mi-am dat seama că avea dreptate.

A stins trabucul consumat în scrumieră și și-a tras nasul.

– M-a contactat o singură dată. Mi-a scris că a născut o fetiță.

Am tresărit.

– Nu eram sigur dacă îți va da cerceii pe care ți-i trimisesem...

Am răsuflat cu greutate.

– Un cadou mic, jalnic, după care s-a panicat atât de tare, încât și-a schimbat adresa. Un mesaj clar că tot nu mă voia în viața sa.

Am ridicat mâna și mi-am pipăit lobul urechii. De luni de zile purtam cerceii pe care întotdeauna crezusem că îi am de la mama. Camden a dat din cap.

– Nu pot să spun cum mi-a tresărit inima când am văzut că îi porți.

Am lăsat mâna în jos.

– Mama a spus că sunt de la ea și că a vrut să mi-i dăruiască de ziua mea când voi împlini optsprezece ani.

Camden a tăcut în mod misterios, iar tăcerea a fost sfâșiată de un urlet puternic. Am ridicat brusc capul, întrebându-mă ce naiba caută lupii pe insula noastră, până când am auzit râsul puternic care a urmat o clipă mai târziu. Nesuferitul de Tony a urlat din nou, apoi i s-a alăturat și Shane, Dylan a strigat ceva și din nou toți trei au început să râdă zgomotos. Băieții veneau acasă, în mod evident foarte binedispuși.

Tata și-a dat ochii peste cap și s-a ridicat în picioare.

– E timpul pentru cafea. Vrei ceva, prințesă? a întrebat, iar când am dat din cap că nu, s-a îndepărtat spre cabană, lăsându-mă singură pe terasă.

Aveam sentimentul că întoarcerea băieților îi căzuse foarte bine și o folosise drept scuză ca să pună capăt conversației.

Voiam să aflu mai multe detalii chiar acum, dar am decis să am răbdare, deoarece aveam deja multe lucruri la care să mă gândesc. M-am ridicat de pe șezlong și m-am șters cu un prosop, apoi am dispărut în casă ca să nu dau ochii cu frații mei, în fața cărora intenționam să mă prefac ofensată.

Nu-mi venea să cred că cerceii de la mama erau de fapt un cadou din partea tatălui meu.

28
CÂTEVA CUVINTE FRUMOASE

Am mai făcut câteva plimbări lungi ca să reflectez cu calm la tot ce auzisem de la Camden. Conștientizarea faptului că mama mea era motivul pentru care crescusem fără tată mă deprima. Întotdeauna am dezvinovățit-o și am considerat că tatăl meu fusese cel rău. Spre groaza mea, am descoperit că începeam să am resentimente față de ea – și chiar voiam să scap de senzația asta. Am plâns de câteva ori când nu mă vedea nimeni.

Acestea au fost, din fericire, doar câteva momente de slăbiciune, pentru că, în general, mă distram cât se poate de bine, mai ales că era greu să mă plictisesc cu frații mei alături. Am făcut cățărări și de data asta nu au obiectat că nu sunt destul de atletică. De asemenea, am mers de două ori cu barca rapidă în oraș, unde am reușit să nu leșin. Am petrecut mult timp pe o barcă închiriată, una cu tobogan, unde ne-am prostit ca niște copii mici. De asemenea, m-am și antrenat cu Dylan, de obicei pe plajă. Era la fel de răutăcios ca întotdeauna și pe deasupra gemenii se uitau adesea la noi și adăugau comentariile lor de doi bani. Cu toate astea, am încetat să mă mai simt stânjenită în fața lor și am început să învăț să-i ignor.

La fel ca data trecută, am avut și acum adesea nopți de film sau chiar zile întregi. În Thailanda, în iulie era sezonul ploios – și ploua mult. Uneori era doar o ploicică plăcută, dar erau și momente când ploua cu găleata. Astăzi, ploaia bătea tare în ferestre, așa că am pus la televizor o comedie. Era excepțional de slabă și din când în când nu-i mai dădeam atenție. La un moment dat, tata s-a ridicat să aducă pentru el și pentru băieți câte o bere din frigider, iar câteva secunde mai târziu cele două personaje principale de pe ecran și-au dat jos hainele. Urmărisem povestea lor de dragoste, așa că am fost încântată să văd această întorsătură a evenimentelor, dar în fața ochilor mei s-a făcut imediat întuneric.

Mi-i acoperise laba mare și grea a lui Dylan.

– Hei! am strigat eu, strângându-mi degetele pe ea.

– Asta e o scenă pentru adulți, a mormăit fratele meu, iar gemenii au pufnit în râs.

Mi-am înfipt unghiile în mâna lui și în cele din urmă, cu un șuierat, a dat-o la o parte.

– Am văzut și mai rău, i-am amintit eu pe un ton mușcător. N-am să o uit niciodată pe camerista aia.

Știam că, odată ce îi spui ceva, trebuie să te îndepărtezi imediat de el și abia după aceea să te feliciți pentru replica ta – și așa am și făcut. Am zbughit-o în direcția opusă lui, dar m-a prins de spatele bluzei și m-a tras. M-am zbătut și m-am agățat de piciorul lui Shane, care stătea lângă mine, dar acesta nici măcar nu a ridicat un deget să mă oprească sau să mă ajute. Am sărit jos de pe canapea, gata să fug, când Dylan s-a aplecat în spatele meu și m-a ciupit dintr-o parte, făcându-mă să țip tare și – neputându-mă stăpâni – am izbucnit în râs...

Dylan a profitat și m-a ciupit încă o dată, apoi a doua oară. Am țipat pentru că devenise insuportabil și făceam tot ce puteam ca să scap de el. M-am eliberat în momentul în care tata a intrat în sufragerie, cărând în mâini sticlele reci. Dylan s-a aplecat și mai mult în spatele meu, iar eu am strigat și mai tare și, fără să stau prea mult pe gânduri, l-am folosit pe tata drept scut.

– Tată! am țipat cu o voce rugătoare, dar râzând, l-am apucat de cămașă și m-am ascuns în spatele lui de fratele meu cel diabolic.

Bărbatul a tremurat, sticlele au zăngănit când s-au ciocnit una de alta, dar s-a controlat imediat, concentrându-se mai mult pe mine. L-am simțit cum încremenește.

Și într-o clipită stomacul mi s-a contractat dureros și am simțit cum mă trec frisoanele. Într-o clipă am încremenit și eu. I-am dat drumul. Nu-mi mai ardea de râs. Am făcut un pas mic înapoi ca să mă îndepărtez de spatele lat al bărbatului, pe care doar cu câteva secunde în urmă îl folosisem drept scut.

Tocmai se întorcea spre mine, așa că m-am panicat și am dat înapoi.

– Trebuie să merg la baie, am îngânat încet și, evitând orice fel de priviri (și mai ales pe ale lui), m-am răsucit pe călcâie și am ieșit din încăpere.

Am fugit la mine în cameră și am închis ușa. M-am aruncat pe pat. Îmi venea să mă pocnesc peste față sau să-mi provoc o durere, doar ca să reduc la tăcere rușinea pe care o simțeam față de mine însămi. În cele din urmă mi-am înfipt unghiile în scalp și mi-am smuls părul în tăcere.

Penibil. Asta chiar era penibil. Eu sunt penibilă. Și cât de furioasă mă simțeam! Pe mine însămi. Pentru că sunt atât de penibilă!

– Tată, am repetat într-o șoaptă disprețuitoare.

Am scuturat din cap. Abia începusem să mă simt în largul meu spunându-i tată doar în mintea mea. Și poftim! Strigasem bucuroasă „tată"! Sunt o proastă.

Nu ești. Poate că nu a auzit.

Ba ești. Bineînțeles că a auzit. Toată lumea a auzit. Nu voiam să mă întorc acolo. Da, poate chiar îmi plăcea puțin de el. Poate că uneori era amuzant și foarte drăguț cu mine. Dar tot nu știam ce simt pentru el. Nu-l iertasem. Nu eram pregătită să-i spun „tată". Iar acum își închipuia că este așa.

Cu timpul, am început să regret că făcusem atâta tevatură de dragul lui. Ar fi fost mai bine să fac pe proasta, să ignor ceea ce îmi scăpase din gură fără să vreau. Dar am fugit, am atras atenția tuturor la propria mea gafă și acum îmi venea să mor de rușine la mine în cameră.

Am gemut în pernă când s-a auzit o bătaie în ușă. Nu voiam să vorbesc cu nimeni acum. Când am auzit o voce răgușită care îmi rostea numele, mi-am dat seama că în spatele ușii era tatăl meu.

– Ce este? am îngânat eu.

– Dă-mi voie să intru, s-a rugat el și, când nu am protestat, ușa a scârțâit și i-am auzit pașii pe podeaua de lemn.

Stăteam cu capul ascuns în pernă, așa că nu am văzut când a întins mâna spre mine. Am tresărit doar când m-a atins pe umăr.

– Hailie...

– Nu am chef să vorbesc, am spus repede, cu vocea înăbușită de așternuturi.

– Vreau doar să știi, prințesă, că binele tău este cel mai important lucru aici. Să nu te simți stânjenită.

– Sunt penibilă, am gemut cu voce tare, căci nu-mi mai păsa de nimic.

Camden a negat imediat, dar am clătinat din cap și în cele din urmă m-am uitat la el.

– Ba da, am insistat, privind cu aversiune în ochii lui care mă priveau cu blândețe. Pentru că a fost suficient să te întâlnesc de două ori pe o insulă exotică și să-mi spui câteva cuvinte frumoase, iar eu am fost gata imediat să te iert și să te tratez ca pe un tată iubitor.

– Asta nu înseamnă...

– Trist și penibil! am suspinat, ascunzându-mi din nou fața.

– Hailie, nimeni nu crede asta despre tine. Te rog, copilă, trist și penibil sunt eu, la naiba! Pentru că te-am făcut să treci prin atâta suferință. Nu-ți mai adăuga și tu alta.

– Dylan avea dreptate, sunt atât de ușor de manipulat!

– Nimeni nu te manipulează, micuța mea. Și te rog să nu tratezi empatia ca pe un defect. Este marea ta calitate. Dacă mai mulți oameni ar fi ca tine, omenirea ar fi un loc mai bun, a spus el. Și Dylan ar face bine să aibă grijă ce vorbește, altfel o să-i spun câteva.

– Nu vreau să-ți spun „tată", am bolborosit, trăgându-mi nasul. Nu sunt pregătită pentru asta.

– E în regulă. Hailie, copilă, spune-mi cum vrei. Dacă preferi să-mi spui pe numele mic, e bine și așa, nicio problemă.

M-am uitat la el și am ridicat o sprânceană.

– Camden?

– Camden.

A dat din cap. M-am uitat la trăsăturile lui severe, care se înmuiau când mă privea și am reflectat.

– Bine, am încuviințat încet și i-am întors nesigură zâmbetul.

Tata mi-a dat la o parte o șuviță de păr de pe față.

– Așa, prințesă. Și-a înclinat capul. Și să nu fii aspră cu tine, nici măcar în mintea ta. E foarte important pentru sănătatea ta mintală să te respecți, mereu și oriunde. Ești puternică și bună, asta trebuie să-ți spui, Hailie, bine?

Am întors privirile în altă parte.

– Hailie, e în ordine?

Am tras aer în piept.

– Nu sunt deloc puternică, am spus. Și, ca să mă respect, n-ar trebui să mă mint, nu?

– Dar, copila mea, aici nu e nicio minciună. Nu contează ce greutăți ridici în sala de sport sau cât de des plângi în singurătate. Puterea e mai mult decât atât, e hotărâre, iar tu, prințesa mea, ai hotărârea în sânge. Ești o adevărată Monet.

– Uneori am impresia că nu am nimic de-a face cu voi, m-am plâns, înfășurându-mi brațele în jurul meu și schimbându-mi poziția ca să stau mai comod pe plapuma încrețită.

– Fleacuri. Trebuie să știi, Hailie, că am gene foarte dominante. Sunt sigur că Gabriella ar confirma asta.

A ridicat mâna și m-a mângâiat ușor pe cap.

– Tu ești fiica mea și numai un prost ar încerca să nege asta.

– E greu să simți că faci parte dintr-o familie când acea familie ascunde de tine chiar și afacerile în care este implicată.

– Nimeni nu ascunde lucruri de tine din neîncredere sau ca să te excludă. Este pentru siguranța ta, ți-am mai spus, îți amintești?

Am suspinat, pierzându-mi privirea în așternuturi.

– Aud mereu vorbindu-se despre Organizație și nimeni nu vrea să-mi spună ce este, iar asta e enervant. Oamenii bârfesc că sunteți Mafia și, serios, chiar așa pare...

Mi-am mușcat limba înainte să menționez incidentul cu cofetăria. Nu eram sigură dacă Vincent îl informase despre asta și am preferat să nu verific.

– Mafia, o, Doamne!

Camden și-a dat ochii peste cap, dar s-a uitat repede la mine cu înțelegere.

– Prințesă, într-o zi ignoranța ta s-ar putea dovedi o binecuvântare pentru tine.

A tăcut pentru o clipă, văzând că strângeam din buze neconsolată. A stat puțin pe gânduri, apoi a vorbit din nou:

– Dacă vrei cu adevărat să te implici în ceva și asta te va face să te simți mai bine, atunci am o idee...

Mi-am ridicat privirea spre el, intrigată, și am ascultat propunerea lui.

Până la sfârșitul vacanței, am încercat să mă adresez lui Camden exclusiv într-o formă impersonală. Am avut grijă să nu sar din nou la el cu „tată", dar nici nu mă simțeam bine când îi spuneam pe nume. Nu mi se potrivea.

Chiar dacă am petrecut o lună întreagă împreună, vacanța a trecut mai repede decât data trecută. Poate pentru că acum luam parte la o mulțime de activități împreună cu frații mei. În orice caz, până să-mi dau seama, a venit din nou timpul să ne luăm rămas-bun de la tatăl nostru.

Despărțirea m-a durut mult mai mult decât prima dată. Și pe Camden, care în cele din urmă m-a lăsat să mă desprind din îmbrățișarea lui de rămas-bun, probabil la fel.

Sub acoperișul casei Monet, Will era pentru mine persoana la care căutam de obicei sprijin, dar nici măcar „micuța" lui nu se compara cu „prințesa" lui tata.

Totuși, era un lucru pe care îl așteptam cu nerăbdare. Tata promisese că voi fi inclusă într-o mică parte a afacerilor familiei noastre și, deși nu putea fi cine știe ce, abia așteptam să aflu totul.

Într-o zi din august, nu la mult timp după ce mă întorsesem din vacanță cu băieții și încă încercam să ne revenim după schimbarea de fus orar, Vincent mi-a propus să merg cu el la Fundația Monet. Camden se gândise să mă implic în câteva dintre proiectele de acolo.

Mi-a fost teamă că lui Vincent nu-i va plăcea ideea, dar în mod excepțional nu avea nimic împotrivă. Astăzi trebuia doar să facă ceva rapid și suficient de simplu, astfel că puteam să merg cu el.

— Este duminică, așa că majoritatea angajaților sunt liberi, m-a anunțat Vince când eram deja pe drum. Cred că e chiar mai bine, pentru că vei avea ocazia să privești totul în liniște, să vizitezi clădirea. Asistenta mea te va conduce.

Am dat din cap, fără să-mi ascund entuziasmul.

Am mers cu mașina mai puțin de o jumătate de oră și ne-am oprit în fața unui complex de clădiri gri, drăguțe, recent construite. Unele aveau ferestre cu geamuri de sticlă de un albastru neobișnuit. O parte dintre clădiri probabil că adăposteau tot felul de birouri, dar clădirea aceasta din dreapta aparținea probabil în întregime fundației, deoarece deasupra intrării principale, de asemenea vitrată, se afla o inscripție cu litere argintii: „Fundația Lindsay Monet".

Vincent a parcat într-un loc marcat cu numele nostru. Acest lucru m-a făcut să conștientizez poziția familiei mele – eram pe punctul de a intra într-o clădire în care fratele meu era șef și m-am simțit puțin ciudat în legătură cu asta.

Când ușile de sticlă s-au deschis în fața noastră, a apărut ca din senin și Sonny lângă noi.

– Pentru orice eventualitate, a mormăit fratele meu văzând privirea mea întrebătoare.

Interiorul clădirii era curat și îngrijit, nou și ordonat, în nuanțe de gri, dar, din fericire, afișele colorate înveseleau puțin atmosfera, sugerând că ar putea fi de fapt un loc care se ocupă cu împlinirea visurilor copiilor.

Portarul ne-a întâmpinat cu un gest respectuos din cap, după ce făcuse mai înainte ochii mari văzându-l pe Vince, care nu părea să vină pe aici foarte des. Apoi privirea lui a trecut cu interes peste fața mea, dar nu a avut posibilitatea să se uite prea mult la mine, pentru că nu ne-am oprit, ci am mers direct la lifturi.

Vince a preluat un apel telefonic, i-a dat câteva răspunsuri scurte interlocutorului și a închis, chiar când am coborât la etajul doi. Acolo ne-a întâmpinat aproape imediat o femeie de vârstă mijlocie. Era un pic cam osoasă și îmbrăcată destul de simplu, în blugi și o bluză crem puțin cam mică, de parcă și-ar fi pus pe ea primele lucruri care-i veniseră la îndemână în acea dimineață. Cu toate astea, mi-a plăcut imediat, chiar înainte să ne zâmbească larg când ne-a văzut.

– O, Doamne, a venit președintele nostru! Cred că o să marchez ziua asta cu roșu în calendar, a exclamat ea, ridicând o sprânceană la Vince.

– Am fost ocupat, a spus el politicos, dar și dându-i clar de înțeles că nu avea de gând să-și ceară scuze pentru absență.

– S-au adunat câteva lucruri. Aveți o mulțime de documente pe birou. Le-am selectat pe cele mai importante, așa că, dacă

aveți un moment, v-aș fi recunoscătoare dacă ați vrea măcar să
vă uitați la ele.

Vince a dat rigid din cap și apoi mi-a pus mâna pe umăr.

– Hailie, ea este Ruby, mâna mea dreaptă la fundație. Ruby
gestionează multe proiecte și te va ajuta să te implici în unele
dintre ele. Ruby, te rog, fă cunoștință cu Hailie, sora mea, despre
care ți-am vorbit.

Am făcut schimb de zâmbete radiante cu Ruby.

– Mă bucur să te cunosc, Hailie. Bineînțeles, îți voi explica
totul imediat. Sunt foarte bucuroasă că vom lucra aici cu încă un
membru al familiei Monet, a râs Ruby, făcându-mi cu ochiul și
buclele ei castanii scurte, fiecare orientată în altă direcție, s-au
zbârlit în timp ce dădea din cap energic. Astăzi nu sunt multe
persoane pe care să ți le pot prezenta. Asta pentru că e dumini-
că. Majoritatea nu lucrează duminica. Eu sunt singura atât de
țicnită, încât abia ies de aici, ha, ha!

Îl vedeam pe Vince cum se abținea să nu-și dea ochii peste
cap.

– Ruby, te rog să o conduci pe Hailie prin clădire în timp ce
eu arunc o privire la hârtiile pe care le-ai lăsat pe birou.

– Sigur, domnule Monet! Haide, dragă, o să-ți arăt ce pot.

Până la urmă am văzut aproape toată clădirea, care nu era
atât de mare pe cât am crezut la început. Nu ne-am uitat în
toate încăperile, dar am văzut esențialul. Aveau chiar și o mică
bibliotecă aici. Exista și un loc unde se țineau cursuri formative
pentru familiile care doreau să ofere un cămin temporar pentru
copiii nevoiași. Lui Ruby nu-i tăcea gura. Mi-a spus atât de
multe lucruri, încât aproape că le uitasem pe cele mai multe,
dar mi-a povestit și lucruri interesante și chiar un pic neplăcute.
Mi-a explicat că cele mai mari strângeri de fonduri sunt înainte
de Crăciun și înainte de vacanțe, că se organizează adesea baluri
de caritate, că există proiecte separate care vizează copiii talen-
tați pentru a-i sprijini în studiile lor, iar alte proiecte se ocupă
cu strângerea de fonduri pentru tratamentul bolilor.

Tot timpul am fost însoțite de Sonny. La sfârșit, Ruby m-a condus în biroul lui Vincent, dar acesta ne-a comunicat cu o voce plictisită că mai are nevoie de puțin timp. Cum se apropia ora prânzului, mi-a spus să mă duc la cantină și să mănânc ceva, iar el urma să încerce să-și termine treaba și să vină după mine cât mai curând posibil. Am fost de acord și Ruby m-a îndrumat spre locul potrivit, unde am ajuns însoțită numai de Sonny.

Cantina era o încăpere mare unde veneau să ia masa nu numai angajații fundației, ci și oameni de la companiile din jur, așa că mi-am imaginat că în timpul săptămânii trebuie să fi fost foarte animată. Astăzi, însă, erau doar câteva persoane care dădeau târcoale pe acolo. M-am oprit lângă tejghea și mă uitam la mâncarea nu foarte sofisticată, dar care părea gustoasă. Bucătăreasa a apărut imediat, ținând într-o mână o farfurie gata să fie umplută. Am cerut macaroane cu brânză, un pahar de cola și am fost tentată și de o prăjitură cu glazură roz.

— Vă rog să puneți totul în contul domnului Monet, i-am spus eu conform instrucțiunilor lui Vince, când a venit vorba de plată.

Bucătăreasa s-a încruntat suspicioasă.

— Poftim, pe ce nume? a întrebat ea, întinzând încet mâna după caiet.

— Vincent Monet, i-am răspuns nesigură, văzându-i fața bănuitoare.

Femeia a ridicat sprâncenele.

— Și dumneata cine ești, scuză-mă, fetițo?

Am deschis gura să răspund, dar bucătăreasa nu mi-a dat șansa să vorbesc.

— Noua lui asistentă? Ai o legitimație?

— Eu... am șovăit.

— Am întrebat dacă ai legitimație.

— Nu, pentru că...

— Atunci cum îți imaginezi, așa, fără legitimație?

— Nu am ecuson pentru că nu lucrez aici, am...

– A, nu lucrezi aici? a pufnit bucătăreasa batjocoritoare. Și vrei să te pun pe nota de plată a președintelui? Scuză-mă, te rog, dar din ce motiv?

– Las-o să vorbească, femeie, a mârâit Sonny, răsărind ca din pământ.

Am fost luată prin surprindere, pentru că nu-l auzisem niciodată până atunci pe bodyguardul meu implicându-se într-o discuție și încă atât de tăios.

Bucătăreasa și-a ridicat sprâncenele pensate și și-a întins brațele în lături.

– Păi ascult, nu-i așa?

Sonny s-a aplecat spre bucătăreasă și a arătat spre mine.

– Dacă ai fi ascultat, ai fi lăsat-o pe domnișoara Monet, adică pe sora președintelui, să vorbească, a spus el încet și apăsat. Iar acum te rog frumos să faci cum îți spune și să pui totul în contul lui, iar mie să-mi pui o porție din orezul ăsta și... ce fel de carne e asta?

Nu aveam nimic de adăugat aici și doar mi-am mușcat buzele ca să nu izbucnesc în râs când bucătăreasa și-a ridicat falca de pe podea. Trăsăturile crispate ale feței i s-au relaxat imediat, a înghițit în sec și a dat din cap, apucând cu stângăcie caietul.

– Îmi cer scuze. E o tinerică, mormăi ea încet și toată atitudinea ei bătăioasă se evaporă.

S-a înroșit și l-a servit pe Sonny, fără să îndrăznească să se mai uite la mine.

La început am vrut să-i spun că nu contează, dar în cele din urmă n-am mai spus nimic despre scuzele ei și am plecat cu mâncarea la masă. În curând mi s-a alăturat și Sonny, asigurându-se în prealabil că nu mă deranjează să stea lângă mine.

– Mulțumesc, am murmurat, amestecând în paste. M-am fâstâcit din cauza ei.

– Nu este cazul, domnișoară Monet, a ripostat el. Când porți un nume ca acesta, trebuie să profiți de el.

– Exact... asta.... trebuie să învăț...

Am dat din cap gânditoare și am continuat să mănânc.

Nu am vorbit prea mult, pentru că Sonny nu era genul vorbăreț și, de fapt, nu a trecut mult și a venit și Vince, iar când l-a văzut, bucătăreasa a fost cât pe-aici să facă un atac de cord. Totuși, nu am avut inima să mă plâng de ea, deși nu pot ascunde faptul că un moment am simțit dorința să fac asta.

Iată cum a arătat prima mea vizită la fundație. Restul verii l-am petrecut lucrând meticulos la diverse proiecte. M-am implicat, de exemplu, în alcătuirea de truse școlare pentru copiii din familii sărace. Am lucrat mult online – cu această ocazie, Will mi-a cumpărat un laptop performant și scump. Era ușor, manevrabil și nu se bloca și nici nu bâzâia de fiecare dată când deschideam un motor de căutare, ca vechiul meu laptop.

Vorbeam cu Ruby mai ales prin intermediul camerei web. Făceam împreună liste cu ceea ce aveam nevoie, le comandam online și le trimiteam la fundație. Apoi mă duceam acolo cu unul dintre frații mei, sortam toată ziua lucrurile și făceam pachetele. Și cam aici se încheia participarea mea, pentru că Vincent nu-mi permitea să merg pe la casele unor oameni străini ca să le distribui. Spunea că e periculos și că poate într-o zi vom organiza și o astfel de operațiune, dar atunci aș avea nevoie de mai mulți bodyguarzi și, când am auzit asta, am lăsat-o baltă.

Am văzut odată un tată singur care a venit la fundație. Își pierduse recent soția și recurgea la sprijin în principal pentru fiii săi. A venit cu gemenii în vârstă de mai puțin de un an și cu alt copil de trei ani. Avea cearcăne negre, o cămașă murdară și zdrențuită și, în timp ce trăgea căruciorul dublu, Ruby l-a certat pentru că nu bifase și opțiunea de livrare.

Bărbatul a asigurat-o că nu e nicio problemă, iar apoi a legănat din greșeală căruciorul mai tare, astfel încât unul dintre copii s-a trezit și în scurt timp ambii micuți au izbucnit în plâns. În timp ce Ruby încerca să-l ajute să calmeze bebelușii, am privit înmărmurită la băiatul de trei ani care privea agitația de pe margine, cu ochii goi și întunecați. Cu mânuțele mici își acoperise urechile.

Am simțit cum mi se strânge inima. Am înghițit în sec și mi-au dat lacrimile. Îmi părea rău pentru băiat și pentru tragedia care se abătuse asupra acestei familii. Nu am putut suporta și am ieșit repede din încăpere ca să mă prăbușesc în toaletă și să plâng acolo de una singură.

Acest băiat semăna atât de mult cu Dylan...

Mi l-am imaginat pe fratele meu cel rău și voinic ca acest copil mic, care nu înțelegea nimic, al cărui tată fusese plecat luni la rând... Care se uită cum se joacă bonele cu frații lui mai mici și se întreabă de ce nu face asta mama lui.

Am izbucnit în lacrimi când mi-a apărut în fața ochilor o imagine cu Dylan mergând la Vincent, aproape un adolescent, și întrebându-l: „Unde e mama?" Vince, morocănos și serios, îi răspunde să îl lase în pace, și pleacă.

Și apoi se întoarce, pentru că în inima lui rece simte totuși remușcări. Îl apucă pe micuțul Dylan de sub bărbie și îi spune că are un film frumos. Îi propune să-l vadă împreună. Dylan dă din cap energic și zâmbește în timp ce Vince scoate chipsuri din dulapul cu gustări nesănătoase de care el însuși nu se atingea niciodată. Și apoi aruncă amândoi o privire în camera lui Will și îl întreabă dacă nu vrea să li se alăture. Will își șterge lacrimile de pe obraji și dă timid din cap...

Am plâns din toată inima.

29
PRINCIPIILE STUPIDE
ALE LUI VINCENT

Vacanța lungă la tata, lucrul la fundație și o serie de activi-tăți secundare – cum ar fi cititul și administrarea contului de pe Bookstagram, îngrijirea grădinii, antrenamentele de autoapărare cu Will și Dylan și mersul la poligonul de tragere cu Tony – au făcut din vacanța mea o perioadă cum nu se poate mai intensă. Dar mi-a plăcut să o petrec în acest fel.

Însă nu mi-au lipsit nici momentele complet libere, pline de o dulce relaxare, când mă scufundam în piscină, sorbeam o cafea cu gheață, așa cum mă învățase mătușa Maya, sau mă întindeam alene pe scândurile saunei.

Ca urmare, nu așteptam începutul anului școlar cu aceeași nerăbdare ca de obicei. Și totuși, o parte din mine, cea bolnăvi-cios de ambițioasă, voia deja să încerce să combine îndatoririle școlare cu munca pentru fundație. În plus, eram curioasă să văd cum va fi să frecventez o școală a cărei clădire nu e bântuită de prezența lui Dylan.

Mona fusese în Canada toată vara, ceea ce se pare că era deja o tradiție pentru ea. Am fost încântată când ne-am așezat din nou la masă în cantină, ca altădată, și am putut vorbi despre vacanțele noastre – și aveam o mulțime de subiecte. Am încercat să ignor comentariile ei despre Tony, de care, din păcate, era tot îndrăgostită după aceste două luni.

Trebuia să fiu mai atentă cu povestirile mele, pentru că nu puteam să-i dezvălui faptul că mă vedeam cu tatăl meu. Aceasta mă durea puțin, pentru că ar fi fost bine să spun cuiva, cuiva din afara familiei, dar mă obișnuisem deja încet-încet cu faptul că era pur și simplu imposibil.

Când m-am întors la școală mi-am amintit de existența unei alte persoane. Nu mă gândisem prea mult la el în timpul vacanței, așa că am fost cu atât mai surprinsă când am simțit o bucurie ciudată la vederea lui. Stăteam pe pervazul unei ferestre de pe coridorul școlii și îmi răsfoiam manualul de biologie care mirosea a nou. Îl țineam în poală și din când în când dădeam inconștient din picioare, până când aproape că l-am lovit pe Leo, care tocmai se oprise lângă mine.

– Biologie avansată?

Am ridicat capul într-o clipă.

Uitasem deja cât de bine arăta. În timpul vacanței se bronzase și părul i se deschisese la culoare. Datorită acestui lucru, și ochii îi străluceau mai mult. Zâmbea blând și mă privea cu o fascinație nedisimulată și cu un ușor amuzament, ceea ce m-a făcut să mă crispez și, în cele din urmă, să și roșesc.

– Văd că va fi mult de învățat, am spus eu și am mângâiat coperta cărții cu mâna.

– E adevărat, dar va fi cu atât mai interesant. Am făcut-o anul trecut și îți spun că merită. Mai ales dacă te orientezi spre asta în viitor.

– Nu știu spre ce mă orientez în viitor... am suspinat.

– Nu ai nicio idee despre ce ți-ar plăcea să faci? a întrebat Leo, iar în vocea lui se simțea un interes sincer, ca și cum chiar ar fi fost curios ce profesie îmi aleg în viitor.

– Nu știu. Am ridicat din umeri. Bunica m-a văzut odată lovind o minge de baschet și mi-a sugerat o carieră în NBA. Poate că ar trebui să mă gândesc la asta...

Leo a râs.

– Mi se pare că ai fi mai potrivită ca avocată.

Am ridicat o sprânceană.

– Avocată? Chiar așa? Am pufnit. Cu familia mea? Ce ți-a venit...

– Cu o familie ca a ta, ai putea probabil să ai orice profesie din lume.

– Deja îi văd mutra lui Vince când îi voi spune că mă duc la Facultatea de Drept.

– Dar are vreodată mutre?

Nu m-am putut abține și am izbucnit în râs, iar Leo m-a imitat. Erau puțini oameni pe lumea asta cu care puteam să râd de fratele meu mai mare. Glumele cu Leo aveau un gust atât de plăcut și de natural, încât am uitat complet de problemele pe care mi le făcuse cu ceva timp în urmă.

– Și tu ce planuri ai? am întrebat când ne-am liniștit.

Leo a ridicat mai întâi din umeri și apoi a răspuns pe un ton plin de încredere:

– Medicină.

– Uau! Vrei să devii medic? am întrebat eu, sincer curioasă.

– Chirurg.

– Uau! am repetat. Sună... sună... bine. Ambițios.

Leo a zâmbit.

– Și tu ești ambițioasă, nu-i așa?

– Aparent, da, aparent... m-am întrerupt pentru că mă gândeam.

Ar fi ceva să devin medic. Mi-am amintit cât de neajutorată mă simțisem când Tony sângera în fața mea. Ar fi bine să știu ce să fac în astfel de situații și să fiu utilă.

Apoi mi-am amintit cât de panicată mă simțisem în acel moment.

– Probabil că nu aș fi un medic bun.

– Ai nevoie de mai multă încredere în tine, a declarat cu convingere Leo.

– Am mai auzit asta undeva, am mormăit eu.

Și apoi nu știu cum s-a întâmplat, Leo s-a așezat lângă mine și am continuat să discutăm pe alte teme. Mi-a povestit puțin despre familia lui. Mai întâi despre tatăl său, care studiase chimia și fusese fascinat de ea, iar când a cunoscut-o pe Gina, mama lui Leo, au deschis împreună o cofetărie, întrucât ea gătea prăjituri delicioase. Se gândeau că el cunoștea diverse trucuri de chimie care i-ar fi ajutat să inventeze rețete noi. Din păcate, realitatea nu a confirmat aceste planuri și povestea s-a încheiat atunci când tatăl lui Leo și-a găsit o amantă și a plecat.

Povestea părinților mei ar fi fost de asemenea interesantă, dar din păcate nu era deloc destinată urechilor celor din afara familiei Monet, motiv pentru care nu am pomenit nimic despre ea, oferindu-i lui Leo spațiu ca să-mi spună ceva și despre fratele lui, care se împrumutase de la familia mea ca să aibă bani pentru droguri. Era mai mare decât el cu patru ani și, din ce mi-a spus Leo, părea să fie exact opusul lui. Viața lui era un dezastru, nu avea nimic în cap, dăduse chix la școală și nu-l interesa nici munca.

– Cum e posibil să fiți atât de diferiți unul de celălalt? m-am întrebat eu cu voce tare, scuturând din cap.

– Mama își pune aceeași întrebare, a râs Leo fără umor.

– Următoarea întrebare pe care și-o va pune este de ce fiul ei nu are dinții din față, a intervenit Shane.

Leo și cu mine eram atât de absorbiți de conversație, încât nici nu am observat când se apropiase fratele meu care stătea acum chiar în fața noastră. A mijit din ochi și și-a încrucișat brațele pe piept, ceea ce îl făcea să pară amenințător, iar în acel moment era departe de Shane cel simpatic care îmi plăcea atât de mult.

M-am speriat imediat. Am sărit de pe pervazul ferestrei în mod deliberat, ca să mă îndepărtez de Leo și să stau mai aproape de fratele meu. Am profitat de ocazie să mă uit dacă Tony pândea și el pe undeva prin apropiere și am fost ușurată că nu-l văd nicăieri. Cu un singur frate aveam întotdeauna o șansă mai bună decât cu doi.

Am apreciat încă o dată faptul că Dylan nu mai era în școală.

– Shane! Bună! am exclamat blând, forțându-mă să par veselă.

Am zâmbit și m-am mișcat puțin ca să stau între el și Leo. Așa, pentru orice eventualitate.

– Rahat. Ce vrea să însemne asta? a mormăit el, mutându-și privirea ostilă de la însoțitorul meu la mine.

– Ce anume?

Shane a arătat cu bărbia spre Leo.

– Despre ce naiba chicotiți aici?

– Stăteam și noi de vorbă, am spus eu cu precauție.

– Stăteați de vorbă, nu? Am văzut cum vă aplecați unul spre altul. Încă o secundă și vă băgați limbile unul în gura celuilalt.

M-am încruntat.

– Pfui, încetează!

Mi-a aruncat o privire tăioasă.

– Și eu cred că e pfui!

M-am bucurat că Leo a avut suficientă minte să nu vorbească și să nu-l provoace pe fratele meu, ci să se uite la el politicos. Și am fost și mai recunoscătoare pentru că în acel moment a sunat clopoțelul, anunțând sfârșitul pauzei.

– Oh, trebuie să mergem la ore, ei bine, asta e, trebuie să mergem... am bâiguit eu fără rost, împingându-l aparent întâmplător pe Shane spre coridorul pe care probabil că venise aici.

– Ne vedem mai târziu, Hailie, a strigat Leo din obișnuință, la care eu mi-am strâns pleoapele, în timp ce Shane, care părea că se potolise, s-a încordat din nou. Am simțit, pentru că îmi țineam o mână pe pieptul lui, apăsându-l din ce în ce mai tare.

– O, niciun „mai târziu", pricepi?

Shane a făcut un pas mare înainte, cu care a anulat toate eforturile mele. Totuși, nu am renunțat și m-am poziționat din nou între băieți.

– Pricepe, am răspuns, oftând.

– Aha, a mârâit Shane, apoi s-a smuls din strânsoarea mea și a trecut de mine fără probleme, ajungând mult prea aproape de Leo.

Visam în acel moment să fiu la fel de mare ca Dylan! L-aș fi scuturat ca să-l fac să-și vină în fire.

– Ce ai tu în capul ăla blond și sec al tău? Întâi te plângi la ea ca să ți se reducă datoria, apoi o dai de gol în fața fratelui nostru... Știi cum a plâns din cauza ta?! Nu știi, pentru că eu am fost cel care a consolat-o. Vrei să vorbești? Păi, măi problemă, poți să vorbești naibii cu mine cât de mult vrei!

La început am fost uimită și am roșit imediat când a menționat că plânsesem, mai ales că Shane începea să atragă atenția puținilor elevi prezenți pe coridor. Dar apoi l-am văzut strângându-și periculos mâna dreaptă în pumn și l-am apucat imediat de tot brațul.

– Încetează, Shane! am gemut eu.

– Ne-am petrecut doar pauza prietenește, a spus Leo.

– Nemaipomenit, n-ai decât să ți-o petreci prietenește de unul singur.

– Shane...

Am suspinat prelung, trăgând încă puțin de el.

– Domnule Monet, domnișoară Monet și domnule Hardy! E totul în ordine? ne-a întrebat doamna Roberts, privindu-ne cu ochi ageri și cu sprâncenele ridicate și strângând în brațe manualul de biologie, așa cum se cuvine unui profesor adevărat.

– Totul în ordine, a răspuns Shane, aruncând încă priviri fioroase în direcția lui Leo, dar și vizibil relaxat.

Era amuzant să-l văd pe fratele meu cel nărăvaș ascultând de o profesoară.

– Sunt foarte încântată să aud asta, domnule Monet. Acum
vă veți duce în liniște în sălile voastre de clasă. Clopoțelul a
sunat deja. Probabil că nu l-ați auzit, nu-i așa? a spus doamna
Roberts, știind foarte bine că nu acesta era adevăratul motiv.
Acum ridica doar o sprânceană și bătea în coperta cărții cu
degetul arătător. Se uita mai ales la fratele meu, mutându-și
ocazional privirea spre Leo, dar pe mine mă cruța.

– Da, a dat din cap Shane, aruncând o ultimă privire spre co-
legul meu, apoi s-a uitat în jos la mine, cu bicepșii încă încordați.

Mi-am desfăcut degetele încet și nesigur, ca și cum mi-ar
fi fost teamă că asta îl va încuraja să se arunce la gâtul lui Leo.

– Domnilor, nu avem toată ziua la dispoziție, a insistat pro-
fesoara, iar Leo a făcut primul pas, a dat din cap mai întâi po-
liticos spre fratele meu și apoi mi-a aruncat un zâmbet rapid și
mi-a făcut cu ochiul, după care s-a răsucit pe călcâie și a plecat.

Dacă nu ar fi fost doamna Roberts, cred că Shane s-ar fi re-
pezit după el, dar din fericire a reușit să se stăpânească.

– Domnule Monet, nu vreți să întârziați la oră, nu-i așa? a
continuat doamna Roberts, apelând la rezervele ei de răbdare
angelică.

– Nici vorbă, a mormăit fratele meu nonșalant,
desprinzându-și în cele din urmă privirea de la silueta lui Leo
care dispărea în depărtare.

Și atunci, în sfârșit, Shane a revenit cu picioarele pe pământ,
aruncând un mic zâmbet fals în direcția profesoarei, după care
a plecat, iar la despărțire mi-a aruncat o privire și m-a gâdilat
fugitiv sub bărbie. L-am însoțit cu o privire încruntată.

În clasă m-am gândit mult la cât de distrusă era viața mea
socială. Ca să pot vorbi nestingherită cu un prieten, trebuia mai
întâi să trec prin acest joc imposibil intitulat „Frații Monet" și
care avea cinci niveluri de dificultate. Poate că cel mai ușor se
numea Shane, iar eu nici acestuia nu i-am putut face față. Ce se
întâmplă când ajung la cele numite Dylan sau Vince?

Din păcate, problema devenea tot mai gravă, căci mă gândeam la Leo din ce în ce mai des. Nu știu cum se strecurase atât de brusc în mintea mea. În ultima vreme, credeam că în viața mea se făcuse în sfârșit ordine, pentru că aveam multe activități, pasiuni și o relație bună cu frații mei. Dar nu putea fi atât de frumos și simplu, așa că mintea mea stupidă a început să născocească mici complicații. Aceasta este singura explicație.

Mergând prin parcare spre mașina lui Shane, am încercat să nu privesc în nicio parte, ca să nu creadă că mă uitam în jur după Leo, chiar dacă voiam să fac asta. Când la jumătatea drumului am privit din greșeală în jur, m-am trezit uitându-mă nu la el, ci la Mona. Zâmbea spre mine și flutura cheile de la mașină. I-am răspuns cu un zâmbet larg.

Imediat.

Mi-am întors privirea la prietena mea, care tocmai își arunca geanta pe scaunul de lângă șofer. Am deschis gura larg.

– Mona! am strigat eu și am schimbat imediat direcția luând-o spre ea.

– Ei? a întrebat ea cu un zâmbet mândru.

– Tu conduci?!

– Fă cunoștință cu Honda. Mona a mângâiat capota mașinii.

– Ți-ai luat permisul de conducere!

Eram surprinsă nu pentru că mă îndoiam de abilitățile ei, ci doar pentru că mi se părea atât de suprarealist că o prietenă de-a mea, o fată de vârsta mea, vine singură cu mașina la școală.

– De ce nu mi-ai spus?

– Aveam multe lucruri de discutat și... am vrut să-ți fac o surpriză în parcare, a râs ea.

– Și ai reușit, am recunoscut, clătinând din cap și uitându-mă la noua jucărie a Monei, care îmi arăta cheile.

– Ei bine, acum e rândul tău.

Am aruncat o privire sumbră în direcția lui Shane, care își sucea gâtul și își încrețea sprâncenele să vadă de ce zăbovesc așa de mult.

– N-o să mă lase să conduc, am mormăit.

– Ai întrebat? Nu e ceva neobișnuit să obții permisul când împlinești șaisprezece ani.

– Poate că ai dreptate... O să întreb. Am plecat, Mona. Ai grijă cum conduci, i-am zâmbit. Ei bine, și felicitări!

– Mulțumesc!

Mona și-a pus ochelarii de soare pe nas, mi-a dat un sărut și s-a urcat la volan. Am simțit o înțepătură de invidie. M-am uitat înapoi ca să văd cum prietena mea iese din parcare într-o mașină albă, o Honda strălucitoare. M-am așezat pe scaunul din Lamborghiniul fratelui meu și am început să examinez încruntată celelalte mașini. Am fost surprinsă când am descoperit într-o clipă alți câțiva colegi de vârsta mea care se urcau în mașinile lor, erau pe punctul de a o face sau stăteau deja pe scaunul șoferului.

Era o realitate, tinerii de vârsta mea deveneau șoferi.

Nu voiam să rămân în urmă față de ceilalți colegi din anul meu, asta în primul rând. În al doilea rând, voiam cu adevărat să învăț să conduc și am petrecut câteva ore bune căutând argumente convingătoare cu care aș putea merge la Vincent.

Am stabilit o întâlnire cu el pentru joi, imediat după orele de curs, în coridorul interzis, care nu mai era chiar atât de interzis cum fusese la început. Sigur, probabil că tot aș fi avut parte de o predică dacă m-aș fi dus acolo așa, pur și simplu, dar în ultima vreme ajungeam în acea parte a casei destul de des, mai ales când Vincent voia ceva de la mine sau când voiam eu ceva de la el; și tot pe acolo treceam către poligon, cu Tony. Era încă oarecum inaccesibil pentru mine, dar acum nu mai simțeam chiar așa de acut lucrul acesta.

O schimbare vizibilă care se petrecuse cu Vincent era modul de a mă primi. Devenise mult mai puțin formal decât înainte. Mai ocupam din când în când acele fotolii din fața biroului său, mai ales atunci când veneam pentru o clipă cu o problemă specifică, dar astăzi m-am așezat pe canapea și Vince, văzând asta, s-a ridicat și a luat loc lângă mine.

După schimbul obișnuit de amabilități și întrebări de genul „Cum este la serviciu?" și „Cum e la școală?", am abordat subiectul care mă preocupa.

– Aș vrea să învăț să conduc, am început cu precauție.

Reacțiile celor mai mulți dintre frații mei erau de obicei destul de simplu de prevăzut. Știam, de exemplu, că Dylan aproape întotdeauna prefera să-mi facă în ciudă. Totuși, nu eram niciodată sigură la ce să mă aștept de la Vincent.

De data asta a dat din cap, deloc surprins de cererea mea. Poate ghicise că, în cele din urmă, voi cere acest lucru. Înseamnă că se gândise deja la asta și ori este de acord și totul va fi minunat, ori nu va accepta și niciunul dintre argumentele pe care le pregătisem nu-l va face să se răzgândească.

– Mi-ar plăcea să am permis de conducere, pentru că, în afară de faptul că voi avea cu siguranță nevoie de el în viitor, l-aș putea folosi acum. Aș putea merge cu mașina la fundație, la școală, când Shane și Tony au alte planuri, aș putea, știi tu... turuiam eu texte pregătite pentru a-mi motiva în mod corespunzător cererea, dar în final m-am oprit.

Vince mă asculta cu atenție, dar am văzut în ochii lui că știa deja exact ce să îmi răspundă. A așteptat ca să nu mă întrerupă și, când a fost sigur că am tăcut destul, a început să vorbească și el.

– Nu am nimic împotrivă să înveți să conduci, sau chiar să-ți iei permisul de conducere. Dar nu te aștepta să ai mai multă mobilitate după aceea. Nu te voi lăsa să mergi nicăieri singură, indiferent cât de bine vei conduce.

Umerii mi s-au prăbușit și sclipirea din ochii mei a dispărut momentan. Arătam ca o floare ofilită. Am amuțit pentru o clipă, străpungându-l cu privirea pe Vincent.

– Nu te uita așa la mine, a spus el, iar pe buze i-a apărut un zâmbet abia schițat, aproape invizibil. E periculos pentru tine, Hailie.

– Fără exagerare, nu voi fi într-un pericol mai mare decât atunci când merg cu Tony sau cu Shane. Conduc ca nebunii! am gemut exasperată.

– Nu mă refer doar la posibile accidente rutiere, ci și la oamenii răi, care ar putea profita de faptul că Hailie Monet, un șofer fără experiență, conduce singură mașina.

– Ce prostie...

– Numele tău reprezintă atât multe privilegii, cât și multe îngrădiri, dragă Hailie.

– Dar îl am pe Sonny, am obiectat eu, întorcându-mă să mă uit la bodyguardul meu, însă nici urmă de el în biroul lui Vincent.

Se pare că nu venise aici după mine, iar eu nici măcar nu observasem. Probabil că mă obișnuisem treptat să-l ignor.

– Sonny trebuie să meargă în spatele tău. El este bodyguardul tău și trebuie să se concentreze pe siguranța ta în orice moment. El nu trebuie să fie distras ca profesor de șofat. Regula este că el trebuie să fie în vehiculul său, întotdeauna gata să acționeze, dacă e necesar. Înțelegi despre ce vorbesc?

– Este atât de stupid, am repetat, înfrântă.

Aveam atâtea planuri. M-am lăsat pe spate și m-am rezemat de spătarul canapelei.

– Îmi pare rău, a spus Vince, dar nu am simțit deloc că îi pare rău. Mă privea cu indiferență și, văzând că nu mai spun nimic – pentru că îmi pierdusem voința să mai port vreo discuție –, m-a întrebat: Mai vrei să iei lecții de condus?

M-am uitat la el pe sub sprâncene.

– La ce bun? am mormăit grosolan.

Vince s-a ridicat încet, ca la un semn.

– Dacă nu, atunci nu mai am nimic de adăugat, a anunțat el și s-a dus la biroul său, iar pentru o clipă am simțit nevoia să-l sugrum, apoi m-am gândit că trebuie să mă controlez și am respirat adânc.

Dacă mă supăr pe el acum, până la urmă vor trece veacuri până când voi îndrăzni să mai vorbesc cu el. Și merita oricum să învăț să conduc, chiar dacă trebuia să respect principiile stupide ale lui Vincent.

– Da, tot vreau să iau lecții de condus, am spus cu voce tare, încercând să par puțin mai supusă.

Vince s-a întors spre mine și a dat doar din cap.

– Bine. Mă voi gândi la asta și te voi anunța în ce condiții vor avea loc.

Eram dezamăgită pentru că la un moment dat chiar crezusem că voi putea să scap de gemeni și să merg la școală cu propria mașină, fără să mai stau la mila lor. Ca Mona și alți colegi de vârsta mea. Cu toate astea, încă o dată realitatea în persoana lui Vince s-a așezat de-a curmezișul visurilor mele.

Oricum ar fi, el chiar a aranjat să învăț să conduc, dar mi-a cam trecut pofta când a trebuit să fac prima lecție chiar cu fratele meu cel mai mare în carne și oase. Îmi imaginam că Vince era genul de profesor exigent pentru care, chiar și atunci când dai sută la sută din tine, tot nu e suficient și care îți fixează obiective imposibil de atins.

Poate de aceea eram atât de stresată când Vince, îmbrăcat într-o cămașă neagră și pantaloni negri, dar tot cu un ceas elegant la mână și cu inelul mare cu sigiliu pe deget, a luat cheile de la cea mai puțin extravagantă mașină din garajul nostru și mi-a făcut semn cu mâna să mă urc în ea. Vince a condus generos vehiculul afară din garaj, nevrând să pună în pericol colecția de mașini dezgustător de scumpe ale fraților mei. M-a anunțat de la început că astăzi nu voi face cine știe ce, dar voia să vadă măcar cât de repede îmi însușesc elementele de bază. S-a oprit pe un petic de gazon de lângă casa noastră, unde nu erau nici copaci, nici tufișuri.

În cele din urmă, Vince s-a așezat pe scaunul pasagerului, iar eu am luat cu timiditate loc pe scaunul din spatele volanului. Destul de ciudat, eu trebuia să fiu acum persoana care controla vehiculul. Până atunci stătusem pe scaunul șoferului doar de câteva ori, când eram mică, așteptând să vină mama de la magazin și prefăcându-mă că particip la o cursă pe viață și pe moarte. Vince m-a ajutat să ajustez scaunul în poziția potrivită pentru mine, de asemenea, a coborât volanul și mi-a pus câteva întrebări de bază despre mașină ca să fie sigur că știu care sunt pedalele de frână și accelerație.

Învățam să procedez cu delicatețe și atenție. Mașina pe care învățam să conduc era destul de sensibilă, dar desigur nu la fel de sensibilă ca unele dintre mașinile sport ale fraților mei. De câteva ori am frânat prea violent, dar Vincent își strângea doar pleoapele pentru o secundă, pentru a le deschide imediat și a mă dojeni cu răbdare sau ca să-mi dea îndrumări. Am constatat că e destul de simplu să conduci mașina pe un câmp pustiu, unde era imposibil să lovești ceva și, după un timp, era chiar plăcut.

Vince îmi spunea când să virez și în ce direcție, iar eu făceam ce spunea el, străduindu-mă să-mi sincronizez mișcările volanului cu schimbarea vitezelor, care mergea cam haotic.

Apoi mă simțeam frustrată că nu mă descurcam bine și mă stresam și mai mult. Și lucrul care m-a speriat cel mai tare a fost când, din senin, a apărut Dylan, îmbrăcat într-un hanorac negru larg. Am frânat violent chiar în fața lui. S-a sprijinit de capotă cu o mână și cu cealaltă a bătut în mașină și m-a salutat, rânjind malițios.

– Pleacă de aici! i-am strigat și am știut că m-a auzit, deși geamurile mașinii erau închise.

Vince i-a făcut și el un semn disprețuitor cu mâna să plece. Dar Dylan se amuza prea bine.

– Micuța Hailie învață să conducă?

A înclinat capul, îndreptându-se și, cu coada ochiului, am văzut că Tony stătea în fața casei, sprijinit de unul dintre stâlpi și fuma o țigară, privindu-ne.

– Dar știi că asta nu e o mașină care funcționează cu monede, ci una adevărată?

– Dispari de aici, Dylan! am strigat din nou.

– Ai un scaun special pentru copii acolo, nu-i așa? A întrebat el, întinzându-și gâtul și prefăcându-se că încearcă să vadă pe ce stau.

Apoi, fără să mă gândesc, am apăsat pe accelerație. L-am izbit cu mașina, dar cu reflexele lui demne de admirat a reușit să se dea la o parte. Imediat după această manevră am frânat brusc și m-am uitat mai întâi în oglindă, unde am văzut cum Dylan dădea din cap nevenindu-i să creadă, ba chiar și un pic amuzat.

L-am auzit și pe Tony izbucnind în râs. Dar Vincent și-a ridicat ochii spre cer și și-a trecut o mână prin părul dat pe spate.

– Hm, grozav, Hailie, cred că e de ajuns pentru moment, a decis el și și-a desfăcut centura de siguranță.

– Dar o să mai mergem? am întrebat, speriată că fusesem un șofer atât de groaznic și iresponsabil, încât se mai gândește dacă să mă învețe să conduc sau nu.

Din fericire, a încuviințat din cap.

– Dar nu cu Dylan în preajmă, a precizat.

Asta îmi convenea cel mai mult.

30
CLASAMENTUL FRAȚILOR

Astfel, de fiecare dată când Vince avea un moment liber și vremea era acceptabilă, mă urcam la volan și mă obișnuiam cu mașina. În curând, cercul instructorilor mei s-a extins. Onoarea de a mă învăța nu i-a revenit lui Dylan, desigur, ale cărui impulsivitate și nerăbdare – la care se adăuga și răutatea lui – l-au eliminat din start. L-a ocolit și pe Tony, pentru că se plictisea prea demonstrativ în timp ce îmi urmărea progresul. În plus, îmi critica fiecare mișcare.

Am crezut că măcar Will se va descurca mai bine, dar s-a dovedit a fi exagerat de prudent când țineam volanul – cuta dintre sprâncene nu-i dispărea nicio clipă. Abia la sfârșit am descoperit că, dintre toți frații mei, cel mai bun înlocuitor pentru Vincent era Shane. Acesta stătea tolănit comod pe scaunul pasagerului și avea mereu ceva de mestecat. Nu mă deranja să îmi ronțăie în ureche, pentru că îl făcea să fie răbdător și relaxat, iar ăsta era genul de atitudine de care aveam nevoie. După un timp, chiar el a decis că eram gata să ies pe șosea, dar am condus doar pe străzi drepte și aproape pustii prin pădure. Întotdeauna înainte și înapoi, fără opriri, fără semafoare pe drum sau surprize.

Acestea sunt amintirile mele din acea toamnă. Lecții de condus, proiecte mici pentru fundație, antrenamente, tir, ceaiuri calde și lectură sub o pătură și... Leo.

Ochii lui Leo aveau culorile toamnei. Culorile frunzelor aurii, care cad din copaci și împodobesc trotuarele cenușii. De multe ori le comparam cu ceea ce vedeam pe fereastră când ne întâlneam pentru o clipă lângă pervaz în pauză. La un moment dat, am constatat că ne știam orarele aproape pe de rost.

Eu, pe deasupra, aflasem când unul dintre gemeni avea oră într-o sală periculos de aproape de a mea, astfel încât, pe baza acestor cunoștințe, puteam să ne întâlnim pe coridor în mod înțelept.

Poate că fetele cu care Mona și cu mine stăteam adesea la masă la cantină mă contaminaseră cu nevoia de a fi interesată de un băiat. Vorbeau despre ei tot timpul și erau fermecate de băieți la care eu nici nu mă uitam. Nu pentru că nu mi se păreau atrăgători sau consideram că nu erau demni de mine, dar cei mai mulți dintre ei erau plini de sine și încântați să fie în centrul atenției. Acești băieți aveau tendința de a căuta fete drăguțe cu caractere interesante și energie pozitivă, cu care se puteau săruta în public sau pe care le puteau vizita după ore.

Fete care nu au frați populari, exagerat de protectivi și cu tendințe agresive. Toate mărturiseau că îi plac pe gemenii Monet. Una suspina în special după Dylan, comentând cu mare regret faptul că terminase școala. Mona arunca priviri geloase spre alta, care se emoționa când vorbea despre tatuajele lui Tony.

Iar mie mi se declanșa reflexul de vomă și îmi trecea pofta de mâncare.

Niciuna dintre prietenele mele nu vorbea despre Leo și eram sigură că asta se datora talentului său de a rămâne în umbră. Nu se străduia să iasă în evidență, era discret. De cele mai multe ori îl puteai găsi undeva ascuns cu o carte. Și mi-am dat seama că se deosebea de restul elevilor și prin trecutul lui. Nu avea prea multe în comun cu copiii bogați. Își petreceau timpul liber diferit, aveau o altă atitudine față de învățare și alegerea unei facultăți, conduceau alt gen de mașini. Erau două lumi diferite. Și eu mă număram printre copiii bogați, lucru de care trebuia să țin seama în mod constant. Cu toate acestea, reușisem să găsesc un limbaj comun cu Leo. Eram din ce în ce mai atrasă de el, iar el a încetat să mai dea impresia că îi place să vorbească cu mine doar pentru că sunt cultă.

Mai întâi a început să-mi zâmbească dulce. Apoi m-a îmbrățișat prietenește, iar după un timp am învățat să-mi încolăcesc și eu brațele în jurul gâtului lui. Credeți sau nu, dar pentru mine era un salut la fel de firesc ca și cum aș fi petrecut de obicei toată ziua în brațele lui. Cu timpul, am remarcat că sub uniformă se simțeau umerii și brațele ușor musculoase, care stăteau împletite în jurul taliei mele ceva vreme. O, Doamne, era o îmbrățișare absolut prietenească!

În acea zi am schimbat câteva cuvinte, câteva zâmbete și nu știu cum s-a întâmplat că mi-am scăpat din greșeală cartea de pe pervazul ferestrei pe jos, iar Leo s-a aplecat imediat să o ridice, după ce își pusese mai întâi mâna chiar deasupra genunchiului meu. A fost un gest simplu, automat, menit să-mi comunice că nu trebuie să mă mișc, pentru că el îmi va recupera cartea.

Eu, însă, am simțit ceva mai mult, ceva de nedescris, și am rămas cu privirile pironite la acea mână, pierzându-mi complet interesul pentru ce se va întâmpla cu manualul, dacă paginile se vor încreți, dacă se va îndoi coperta... Dintr-odată, tot ce conta era această mână și apropierea ei.

Mâna a tremurat și am acoperit-o imediat cu a mea, speriată că va dispărea și voi pierde această legătură incredibilă care se formase brusc între mine și el. Când mi-am dat seama ce făcusem, mi-am ridicat capul spre Leo, care deja se îndreptase și se uita la mine cu o expresie nedumerită pe față.

Simțise și el asta. În mod sigur.

M-am uitat la buzele lui. Aveau multe calități, căci nu numai că arătau frumos, dar se și întindeau într-un zâmbet cald și, în plus, aveau multe lucruri înțelepte de spus.

Mi-am luat mâna și am sărit de pe pervaz înainte să apuc să-mi imaginez cum sărută. Eram îngrozită de propriile gânduri. Mâna lui a alunecat pe coapsa mea. Mi-am luat cartea de la el și am strâns-o cu degetele înțepenite.

– Trebuie să plec, am spus cu o voce răgușită și am trecut pe lângă el, simțind cum inima îmi pompează intens sângele. Cu siguranță, roșisem deja.

În clasă nu mă puteam concentra asupra cuvintelor profesorilor. Eram mereu surprinsă de atracția pe care o simțeam brusc pentru Leo. Îmi plăcuse de el de la început, dar până acum era doar cineva la care îmi plăcea să mă uit, nimic mai mult. Astăzi tresărisem când l-am văzut și îmi venea să-l mănânc. Sau măcar să-l sărut. Asta m-a derutat. De la primul meu sărut cu Jason nu mă grăbeam să fac schimb de salivă cu nimeni. Hotărâsem că sărutul pur și simplu nu mă interesează. Și nu pentru că Jason se dovedise un ticălos, dar pentru că nu-mi plăcuse în mod deosebit în acel moment.

Leo trezea în mine sentimente pe care nu le cunoșteam. O parte din mine voia să cedeze în fața lor, dar o alta, cea decentă și strictă, îmi interzicea astfel de ieșiri. Eram la școală, printre profesori, în plus, ne puteam întâlni cu gemenii în orice moment. Era oricum suficient că începuserăm să ne îmbrățișăm în semn de salut.

Dacă cineva ne-ar fi văzut pe mine și pe Leo sărutându-ne pe coridor, nici măcar nu aș fi avut timp să le explic fraților mei, pentru că aș fi zăcut de mult într-un sicriu, îngropată sub pământ. Pentru că în școala asta rareori se întâmpla ceva care să le scape, mai ales dacă era vorba de familia noastră. De asemenea, îmi aminteam bine reacția băieților la întâlnirile mele cu Jason și nu-mi doream deloc o repetare a distracției.

Dar nici nu voiam să-l evit pe Leo. A doua zi ne-am întâlnit din nou aşa cum făceam întotdeauna. M-am comportat normal, iar el s-a prins imediat şi nu a insistat nici el. Şi nu m-am uitat deloc la gura lui dinadins. De fapt, reuşeam extraordinar de bine să-mi ignor propriile sentimente. Leo a respectat acest lucru, sau poate că nu era interesat de mine la fel de mult cum eram eu de el? Nu ştiam sigur şi astfel am continuat relaţia noastră de prietenie până la sfârşitul lunii octombrie.

Mă plângeam în faţa lui de lipsa de înţelegere a băieţilor.

– Am ieşit cu Shane pe şosea, i-am povestit, strângându-mi pumnii cu furie. Dar se grăbea, aşa că mi-a spus să opresc şi s-a aşezat el la volan. Crezi că ne-a condus acasă? Nu, am mers la mall. Pentru că îşi amintise brusc că are neapărat nevoie să cumpere nu ştiu ce chestie nenorocită. Asta ne-a făcut să ne întoarcem mai târziu decât era planificat. Şi ştii ce, am întârziat la antrenamentul cu Dylan.

– Dylan s-a supărat? a ghicit Leo, zâmbind compătimitor.

Stătea cu picioarele încrucişate pe pervazul ferestrei, ţinându-şi genunchii cu mâinile şi îşi sprijinea spatele de perete, în timp ce eu stăteam lângă el, furioasă şi încordată.

– Dacă s-a supărat! am pufnit. Nici nu pot să-ţi spun. Pentru Dylan această sală stupidă este sacră, a urlat că nu-l interesează motivul meu şi, chiar dacă l-ar fi interesat, tot ar considera că e stupid.

– Şi ce, te-a făcut să te antrenezi mai mult?

– Leo, nu mă pot mişca, m-am plâns eu, oftând. Nu pot decât să stau în picioare, uite aşa, în poziţia asta. Nu pot nici măcar să stau jos lângă tine. Şi asta mă doare, Dylan e groaznic, la sfârşitul antrenamentului am plâns. Am mijit ochii. Nu râde de mine, vorbesc serios.

– Ştiu, ştiu, scuză-mă.

– Şi asta nu e tot. După aceea m-am dus la poligon. Deja mă durea peste tot de la antrenament, iar Tony a continuat să se răstească la mine că fac totul fără chef, că nu stau în poziţia potrivită și că, dacă nu mă concentrez, nu-mi va mai pune arma în mână.

– Ah, problemele astea ale lui Hailie Monet, a mormăit Leo zeflemitor și i-am dat un ghiont.

– S-au vorbit cu toții împotriva mea! Toți! am rostit eu indignată.

– Știu, înțeleg, a chicotit el văzând fața mea îmbufnată. Îmi pare rău că sunt atât de lipsiți de delicatețe față de tine. Ai încercat să vorbești cu Will sau cu Vince despre asta?

– Să te plângi la ei nu ajută la nimic. După aceea sunt de o sută de ori mai răi.

Mi-am pus brațul în jurul umerilor și m-am strâmbat pentru că mă dureau toți mușchii, iar apoi încă și mai tare când în fața ochilor mei a apărut dintr-odată ceva.

Am luat în mână pliantul pe care tocmai mi-l înmânase un puști, dar înainte să apuc să întreb ceva zburase deja mai departe. M-am uitat la Leo, care primise același pliant. Era mov, cu un dovleac care rânjea pictat pe el și un fel de text scris cu litere de tipar strâmbe în relief.

– „Petrecere de Halloween", a citit Leo. Cu costumație.

– Hm, am murmurat eu fără entuziasm.

– Am mai auzit de asta. E organizată de un băiat din anul meu. Ne-a pus să ghicim în vestiar câți litri de sânge fals a comandat.

– Sună foarte distractiv.

– Nu mergi?

Am ridicat sprâncenele, fluturând pliantul.

– Tu mergi?

– Așa mă gândeam... Leo și-a plimbat privirea pe coridor. Poate că e o ocazie să cunoști mai multă lume de aici.

– Shane și Tony sunt invitați?

– Ei bine, da, a mormăit Leo. Sunt invitați cu siguranță.

– Ei bine, atunci nu merg.

– Nu poți să știi dacă vor veni. Oamenii ca ei primesc o mulțime de invitații la petreceri, mai ales de Halloween.

– Oh, dacă află că sunt acolo, vor veni și-mi vor strica toată distracția. Presupunând, desigur, că Vince mă va lăsa să merg. Și sunt convinsă că nu mă va lăsa, am spus, împăturind pliantul în două și punându-l în buzunar. În plus, nu am chef de petrecere. Luna asta se împlinește un an de la moartea mamei mele și nu-mi arde de distracție.

Cu acest ultim argument i-am închis gura lui Leo, așa că subiectul petrecerii a fost îngropat și l-am dezgropat doar când m-am urcat în mașină cu Shane la sfârșitul zilei. Nu mă răzgândisem și tot nu aveam chef să mă lupt ca să mi se dea voie să merg, dar când am văzut în mașină același fluturaș, i l-am arătat pe al meu.

– Și eu am fost invitată la petrecerea asta, am anunțat.

Shane a aruncat o privire la ceea ce țineam în mână și apoi s-a concentrat iar la drum.

– Nu este o invitație, e un pliant, m-a corectat el.

– Vii și tu?

El a ridicat din umeri.

– Poate, nu știu.

– Nici eu nu știu încă, am spus și am chicotit când Shane mi-a smuls pliantul din mână și l-a vârât în buzunarul din portieră.

– Nu e o petrecere pentru copii.

– Este organizată de un băiat cu doar un an mai mare decât mine. Vor fi colegi de vârsta mea.

– Și?

– E Halloween, toată lumea se distrează.

– De Halloween fetițele se deghizează în fantome, primesc bomboane, iar apoi cel mult se pot uita la un film de groază.

– Dacă Vince este de acord, n-o să mai ai motiv să bați câmpii.

– Da... dar Vince nu va fi de acord, a pufnit Shane.

– Nu ai de unde să știi, la urma urmei, are o slăbiciune pentru mine, i-am amintit.

– Dacă îi spun că vor fi alcool și droguri, o să-i faci degeaba ochi dulci, micuță Hailie.

– Nu e corect. Când voi putea să merg la petreceri normale?

– Peste câțiva ani... poate zece...

– Shane! I-am dat un ghiont, fără să-mi pese că era la volan, iar el a râs ca un idiot. Și dacă vreau să am un prieten?

– Ce prieten? s-a strâmbat el.

Am ridicat din umeri, lingându-mi buzele, iar Shane mi-a aruncat o privire bănuitoare.

– Ascultă, a început el pe un ton de avertizare. Ai face bine să nu-mi apari cu vreun iubițel.

– Și ce ai face dacă, ipotetic vorbind, l-aș săruta, de exemplu? am întrebat, jucându-mă cu degetele și întrebându-mă dacă sunt curajoasă sau poate doar proastă aducând în discuție acest subiect.

Shane și-a dat ochii peste cap.

– Ei bine, ipotetic vorbind, tipul s-ar alege cu un ochi vânăt, dar de ce întrebi?

Am suspinat cu nerăbdare.

– Și dacă m-ai lăsa în pace să-mi trăiesc viața, de exemplu?

A tăcut o clipă, ca și cum s-ar fi gândit la ceea ce i-am spus.

– Asta e o idee proastă.

– Shane! am gemut eu.

De data asta a râs.

– Ce este, fetițo?

– Să-ți amintesc ce ai făcut în vestiarul școlii? am ridicat o sprânceană și mi-am încrucișat brațele la piept. Nu ai suferit nicio consecință pentru asta, iar eu nici măcar nu mă pot gândi să sărut pe cineva.

Shane a reflectat o clipă, apoi a ridicat indiferent din umeri.

– Incredibil, am murmurat printre dinții strânși, scuturându-mi capul și uitându-mă într-o parte la pădurea deasă, traversată de drumul bine cunoscut spre casa noastră.

– Hei, nu te supăra. Așa stau lucrurile, tu ești sora mea mai mică. E normal că nu vreau să te văd cu niciun fel de băieți, mai ales la vârsta asta, când știu că sunt proști și ușor excitabili, mi-a explicat el cu blândețe.

Am respirat adânc.

– Shane, îmi placi și ești foarte sus în clasamentul pe care l-am făcut fraților mei, dar, cu scuzele de rigoare, vorbești prostii. Faptul că ești fratele meu mai mare nu înseamnă că trebuie să iei la bătaie orice băiat care îmi place.

– Bine, bine, bine, a suspinat el, ridicând o mână ca să-mi ciufulească la nimereală părul. Am respins-o înainte să poată face un cuib pe capul meu. Apoi s-a uitat din nou la mine, amuzat: Dar de ce vorbim despre asta? Este cineva care se învârte în jurul tău?

– Poate că da, poate că nu, am bolborosit eu.

Shane s-a uitat imediat la mine surprins, pentru o clipă uitând probabil că este la volan. Din fericire, drumul era drept și pustiu.

– Cine este?

Am tăcut.

Shane se uita la mine din când în când, dar m-am încăpățânat să tac. Am început să mă întreb dacă mai avea vreun rost să discut cu Shane. Uneori puteam să am o conversație normală cu el, dar știam că nu era întotdeauna de partea mea. Eram îngrijorată că mersesem prea departe și că era pe cale să spună totul tuturor.

Se părea că Shane nu abandonase subiectul, ci pur și simplu aștepta o ocazie să tragă pe marginea drumului. De îndată ce roțile mașinii au încetat să se învârtă, s-a întors spre mine atât cât îi permitea spațiul mic.

– Spune cine este, a cerut el, uitându-se la mine nerăbdător. Și să nu îndrăznești să spui că e tipul ăla, Leo.

Shane era de obicei genul de frate care lua viața mai ușor și simțeam că am o relație bună cu el, dar, în același timp, era și unul dintre frații Monet și numele îl obliga să fie uneori un cretin supraprotector.

Ochii lui albaștri evidențiați de evantaiul genelor negre, lungi și dese mă priveau cu intensitate. Mi-a fost greu să nu mă las învinsă de această privire, așa că mi-am coborât ochii.

– Nu pot să-ți spun, am murmurat evaziv.

– Hailie, o să-mi spui tot ce vreau să știu acum, sau...

– Sau ce? am răbufnit exasperată.

Shane a zâmbit malițios și a întins mâna după telefon.

– Sau îl sun pe Dylan.

Am ridicat din umeri, intenționând să mă prefac indiferentă, deși în adâncul inimii eram puțin speriată. Și mi-am mușcat buza când Shane a apăsat fără menajamente bulina verde de lângă numărul celui mai impulsiv dintre frații mei. Am făcut ochii mari și panica mi-a apărut pe față.

– Nu! am strigat încet, dar până să mă pot elibera de centură s-au auzit bipuri și un „Bună" nepăsător rostit de Dylan.

Aproape că l-am zdrobit pe Shane, așezându-mă peste el și strângându-mi pumnii pe cămașa lui, în timp ce el se uita la mine sfidător.

– Cum merge treaba, Dylan, e totul în regulă? a întrebat Shane prietenos, punându-și microfonul la buze, fără să-și ia ochii de la mine.

Am scuturat din cap, implorându-l în sinea mea să nu vorbească.

– De ce mă bați la cap? a bolborosit Dylan.

Grozav, în plus era și iritat.

– Te rog, am șoptit, mișcându-mi buzele aproape în tăcere.

Cutia de viteze mă împungea în stomac și mă simțeam foarte inconfortabil. Probabil că arătam foarte comic.

– Bine, la naiba, pa, a mormăit Shane în telefon și a închis.

Am răsuflat ușurată, am închis ochii și mi-am lăsat capul pe trunchiul lui Shane, care a început să vibreze de la râsul lui tăcut, dar diabolic.

– Oho, ai auzit? Cred că e prostdispus. Ar fi fost mai bine să nu-l enervăm astăzi, nu-i așa, micuțo?

Am scos un geamăt nearticulat, înăbușit de materialul cămășii lui.

– Ei, cum rămâne? Ai de gând să-mi spui de bunăvoie?

Fără să-mi ascund nemulțumirea, m-am ridicat și m-am desprins de Shane, retrăgându-mă la locul meu. Pentru o clipă mi-am ațintit privirile pe chipul fratelui meu.

– Dar să nu spui nimănui, bine? Te rog. Te rog, promite-mi că nu spui.

– Ei bine, asta depinde...

– Nu, Shane, promite-mi că nu spui, am cerut cu o voce rugătoare, totuși hotărâtă.

Shane a cedat în cele din urmă.

– De acord.

– Ei bine, îl știi pe Leo Hardy, am rostit aproape imediat.

Am văzut cum i se încrețesc sprâncenele. Apoi a mijit ochii și a pufnit, dar nu foarte vesel.

– La naiba, serios?

Mi-am încrucișat brațele într-un gest de implorare ca să-i arăt fratelui meu cât de important este pentru mine ca această conversație să rămână între noi doi.

– Nu se întâmplă nimic. Pe cuvânt. Simt doar că îl plac și am vrut să...

Shane s-a uitat într-o parte și a clătinat din cap. Era puțin cam prea tensionat după părerea mea.

– Asta ai vrut? Nu poți să-mi faci confidențe despre lucruri de genul ăsta și să te aștepți să păstrez tăcerea.

– Ei bine, tocmai asta e, că pot. Îți spun asta pentru că am încredere în tine că vei adopta o atitudine rațională, am mințit.

Shane a inspirat adânc, apoi s-a uitat la mine cu îndoială.

– Băiatul ăsta te-a băgat deja o dată în belea. Fratele lui ne datorează o mulțime de bani. Familia lui ne urăște. Tu crezi că dintr-odată se va îndrăgosti gratuit de tine? A scuturat din cap. Nu știu, Hailie, mi se pare suspect. Dacă vrea doar să profite de tine? Dacă e mânat de o dorință de răzbunare și vrea să-ți facă rău? Dacă s-a amăgit singur crezând că, dacă te face să te îndrăgostești de el, Vince va renunța la datoria familiei lui?

Mi-am ascuns fața în mâini, oftând greu.

– Știu cum pare, Shane, dar... am ezitat. Nu am de gând să-l las să profite din nou de mine.

Shane a tăcut o clipă, apoi s-a aplecat spre mine și a întins un braț ca să mă îmbrățișeze. M-a lipit de pieptul lui, ceea ce mi s-a părut foarte plăcut. Îmi plăceau îmbrățișările neașteptate de genul acesta.

– Nu vreau să plângi din cauza lui mai târziu, a spus el liniștit, iar eu am zâmbit.

Oh, Shane!

– N-am să plâng.

Am rămas un timp așa, într-o îmbrățișare atât de sinceră și de frumoasă, până când, în cele din urmă, fratele meu și-a dres glasul și și-a luat brațul, așezându-se drept la volan.

– În regulă, acum am terminat cu asta. Mergem acasă.

Am dat din cap, sprijinindu-mă în sfârșit confortabil în scaun și eram pe cale să mă relaxez când mi-a trecut prin minte alt gând și m-am uitat din nou șovăitoare la Shane, care pornise deja motorul și era pe drum.

– Dacă vreunul dintre băieți află că Leo îmi place, ce crezi că se va întâmpla?

I-am văzut colțul gurii din nou ridicându-se răutăcios.

– Atunci, surioară, vei fi terminată.

Nu e chiar răspunsul la care mă așteptam.

– Dar îmi vei lua apărarea? Doar în cazul în care...?

Shane s-a uitat la mine ca şi cum aş fi fost posedată de un demon.

– Glumeşti? Dacă Tony, Dylan sau Vince află, o să iasă un asemenea scandal, încât nu am de gând să recunosc în faţa lor că ştiam deja că se întâmplă ceva. A scuturat din cap, accentuându-şi cuvintele. Nu am de gând să spun nimănui nimic deocamdată, dar asta e tot. Să ştii că gheaţa pe care păşeşti este foarte, foarte subţire.

M-am ghemuit în mine. Avea dreptate. Ar fi fost suficient ca Tony să ne vadă pe Leo şi pe mine împreună la şcoală şi ar face un asemenea tărăboi, încât ar putea să mănânce pop-corn după aceea şi să se delecteze văzând cum primesc pe rând câte o săpuneală de la Dylan şi Vincent.

Aşa că tot ce îmi rămânea de făcut era să mă ascund în continuare şi să am grijă să nu duc relaţia cu Leo la nivelul următor.

Când am parcat în garaj, mi-am desfăcut centura de siguranţă şi am tras de mânerul portierei ca să cobor, dar uşa era blocată.

– Nu aşa de repede, a mormăit Shane, uitându-se la mine cu înţeles. Mai trebuie să-mi explici un lucru.

– Ce anume? Mi-am încruntat sprâncenele.

– Ce e cu clasamentul fraţilor?

L-am privit cu surprindere şi am rămas cu gura căscată, pentru că nu mă aşteptasem în viaţa mea la o asemenea întrebare. În cele din urmă, nu am mai putut suporta privirea lui pseudo-serioasă şi am izbucnit în râs.

Am râs aşa de mult timp, că mi-au dat lacrimile şi a trebuit să mă şterg la ochi.

– Serios, Shane, lasă-mă să cobor, am spus, încercând să devin serioasă.

– Ce înseamnă că sunt „sus"? Cine este cel mai sus? a insistat el.

M-am uitat la el strâmb şi mi-am lăsat mâna înapoi pe mânerul portierei încuiate.

– Will, am răspuns fără să mă bâlbâi.

– Will, bine. Și după aceea?

Am ridicat o sprânceană.

– De obicei tu.

– De obicei?

– Clasamentul nu e fix. Se schimbă constant în funcție de cum mă tratezi.

Am ridicat din umeri. Shane s-a uitat la mine o clipă, apoi a pufnit și a scuturat din cap, apăsând alene butonul de deblocare a portierei. Când încuietoarea a făcut clic, am fugit de el râzând și l-am auzit cum mormăie ceva pentru sine, dar n-am înțeles ce a spus, însă cu siguranță a folosit cuvântul „fetiță".

M-am simțit ușurată. Era bine că vorbisem cu Shane. Deși era foarte riscant. Și dacă îmi era atât de greu să vorbesc cu el, cum ar fi fost dacă ar fi trebuit să abordez subiectul unui eventual iubit, de exemplu, cu Dylan. O, Doamne, cred că va trebui să-mi ascund până la moarte și eventualul soț de el.

Ceea ce îi mărturisisem lui Shane era adevărat. Nu aveam de gând să mă angajez într-o relație mai profundă cu Leo, deși nu puteam nega că-l plăceam și orice ziduri pe care creierul meu le construia pentru a mă izola de el inima mi le spulbera cu o singură bătaie neglijentă.

31
PARFUMURI

Fundația a planificat un eveniment caritabil pentru sfârșitul lunii noiembrie. Nu era un bal, ci mai degrabă o petrecere de mulțumire pentru personal și pentru cei mai generoși donatori. Ruby mi-a descris acțiunea ca pe un eveniment destul de intim, cu multe discursuri și antreuri delicioase.

Aveam nevoie de munca la fundație. Nu numai că îmi dădea satisfacție, dar mă făcea să înțeleg multe lucruri.

La un moment dat, de exemplu, mi-am amintit cum acum un an sau chiar numai cu câteva luni în urmă mă simțeam nesigură în compania fraților mei. Cum mă supăram pe regulile lor stupide sau din cauza comportamentului lor. Eram încă de părere că uneori reacționau exagerat, ca atunci când îl împinseseră pe Jason pe scări. Îmi aminteam ce gânduri îmi trecuseră prin cap în acel moment. Mă întrebam dacă ar trebui să-i raportez la poliție, sau dacă ar fi fost mai bine să mă adresez serviciilor sociale.

Ce proastă puteam să fiu!

Traiul zi de zi alături de frații mei și mai ales sub tutela legală totalitară a lui Vincent nu era întotdeauna floare la ureche, dar a fost cel mai bun lucru care mi s-ar fi putut întâmpla după moartea mamei și a bunicii mele.

Nicio familie adoptivă nu mi-ar fi oferit ceea ce îmi pot oferi frații Monet. Acum eram sigură de asta.

La gala de caritate, trebuia să mă prezint ca imagine a fundației Monet și simbol al familiei mele. Eram foarte stresată, deși Will m-a liniștit spunându-mi că tot ce trebuia să fac era să adresez câteva cuvinte frumoase invitaților noștri.

Îmi lipsea gustul vestimentar desăvârșit al Mayei, cu ajutorul căreia cu siguranță aș fi putut alege mult mai repede ținuta potrivită pentru ocazie. În cele din urmă, însă, am reușit cumva. Am comandat câteva rochii exagerat de scumpe pe internet și în cele din urmă am optat pentru o rochie elegantă, de culoare bleumarin care îmi ajungea până la genunchi, cu un cordon subțire de bun-gust în talie, cu mâneci lungi până la cot. Era puțin evazată în partea de jos, astfel încât îmi accentua destul de bine silueta, iar pantofii lăcuiți cu un toc mic erau strălucitori și – lucrul cel mai important – confortabili. Am vrut să-mi ondulez părul, dar nu am putut face nimic cu fierul de îndreptat, așa cum îmi făcea Maya, așa că mi l-am îndreptat pur și simplu – și avea efect și așa.

În cele din urmă, arătam ca surioara cea cuminte a fraților Monet, dar trebuia să țin ștacheta ridicată, să fiu la înălțime.

Totul a avut loc într-un hotel frumos și decent, într-o sală mare, dar nu copleșitoare. Oaspeții invitați erau îmbrăcați adecvat pentru ocazie, adică în ținute destul de discrete și elegante.

Eram cu siguranță cea mai tânără de acolo. Mergeam peste tot împreună cu Will, uneori și cu Vincent, și eram mereu prezentată cuiva. Toți erau impresionant de amabili cu mine și mă tratau cu mare respect. În timp ce frații mei mai mari mă prezentau partenerilor noștri, Dylan și gemenii stăteau tot timpul la bufet și am aruncat o privire discretă în direcția lor, dorindu-mi în secret să mă alătur lor.

Unii mi-au spus că arăt fabulos, alții că – și citez – „sinceritatea și bunătatea strălucesc în ochii mei", iar altcineva că am încheieturi frumoase.

Ruby, pe de altă parte, m-a întâmpinat cu o bucurie aproape copilărească. Nu era la fel de rafinată ca restul oaspeților noștri și am observat că unii dintre ei se uitau la ea de sus, dar ea fie nu vedea, fie îi ignora. A vorbit cu toată lumea de câteva ori, informând oaspeții despre afacerile fundației. La un moment dat m-a chemat la ea.

Am apucat microfonul cu inima bătând cu putere și am susținut privirile tuturor celor prezenți care se uitau la mine. Abia am reușit să recit cele câteva propoziții învățate, dar în ciuda bâlbâielilor minore nu cred că arătam nici pe jumătate atât de emoționată cum mă simțeam. Am încercat să evit să mă uit la frații mei pentru că mi-era teamă că-mi va paraliza limba. Chiar la sfârșitul scurtului meu discurs, când toată lumea aplauda, mi-am plimbat privirea prin mulțime și atunci ochii mi-au căzut pe omul pe care nu voiam să-l mai văd niciodată în viața mea.

Adrien, chipeș și cu foarte multă prestanță, stătea discret deoparte cu brațele încrucișate pe piept și îmi asculta discursul cu un interes politicos. Am încremenit și mi-am întors imediat privirea de la el, zâmbind spre toți ceilalți.

Când am reușit să cobor în sfârșit de pe scenă, am primit un sărut de la Will pe creștetul capului. Din nou, câteva persoane m-au acostat și toți s-au minunat de abilitățile mele de vorbire, de dicția mea și de alte lucruri. Nu știam dacă spuneau adevărul sau doar încercau să mă flateze. Cineva a spus că probabil citesc o mulțime de cărți, din moment ce vorbesc atât de bine, iar acesta a fost de departe complimentul meu preferat din acea seară.

În schimb, cele mai puțin agreabile cuvinte au ieșit din gura lui Adrien.

– Un discurs foarte frumos. Păcat că a fost atât de scurt, a spus el.

Will stătea lângă mine, dar vorbea cu cineva. M-am apropiat puțin de fratele meu, dar am încercat să răspund cu îndrăzneală privirii lui Adrien. Să-i dau un răspuns leneș, plictisit și tăios, la fel ca atunci, în restaurant.

– Mulțumesc, i-am răspuns pe un ton rigid și m-am uitat automat la umărul lui, acolo unde se înfipsese cândva cuțitul aruncat de mine.

Adrien a zâmbit ușor când a observat lipsa mea de discreție.

– Sunt bine, mulțumesc pentru grijă, a răspuns el la întrebarea pe care nu o pusesem.

Am coborât privirea, rușinată că mă lăsasem surprinsă, apoi mi-am amintit cuvintele lui despre filmul pentru adulți și m-am uitat din nou la el.

– Nu am întrebat dacă ești bine.

– Ești nepoliticoasă, Hailie Monet.

– Iar tu nu ești persoana potrivită să mă înveți ce înseamnă politețea, am ripostat.

Adrien și-a înclinat capul și colțurile gurii i-au tremurat.

– Ai aruncat cu un cuțit în mine.

– Pentru că ai spus lucruri dezgustătoare!

– Iartă-mă dacă te-am speriat, Hailie Monet. Vedeam perfect batjocura din ochii lui. Recunosc, eram enervat, dar poți să stai liniștită. Copiii ca tine nu mă interesează.

Deja deschideam gura să îi răspund, dar am simțit mâinile lui Will pe umerii mei.

– Adrien, a spus fratele meu, dând din cap cu precauție spre vizitator. Nu ne așteptam să poți veni.

– Am trecut pe aici pentru a-mi arăta sprijinul pentru surioara ta. Am plătit o sumă frumușică.

– Mulțumesc, a răspuns Will rigid.

– Maya este bine?

– Cât se poate de bine.

– Mă bucur.

Amabilitățile schimbate între ei erau atât de reci, încât mi s-a făcut frig și m-am bucurat când Will, sub un pretext oarecare, m-a tras departe de Adrien. M-a întrebat dacă sunt bine și ce mi-a spus omul acela, dar eu doar am fluturat din mână și am pornit din nou spre invitații noștri, zâmbind la fel de radioasă ca înainte.

Eram chiar mulțumită de seară și de felul în care mă comportasem. Am primit un impuls de energie și m-am simțit și mai motivată decât înainte să lucrez la fundație.

Plecând de la hotel, ne-am luat rămas-bun de la toată lumea, iar Ruby anunțase deja că în curând va trebui să începem pregătirile pentru colectele de Crăciun și pentru marele bal de caritate, ceea ce m-a bucurat foarte mult. Mi-a înmânat și câteva mici cadouri. Câteva felicitări cu urări de bine, printre care una mare, pe care se semnase împreună cu alți angajați ai Fundației, și vreo patru pachete mici. Will le-a luat pentru mine în timp ce Vince m-a ajutat să-mi pun haina.

Era prea târziu pentru a face altceva, dar și prea devreme ca să mergem la culcare, așa că, atunci când băieții și cu mine am ajuns acasă, ne-am scos hainele elegante și ne-am întâlnit în camera de zi.

Am răsuflat ușurată când mi-am înlocuit rochia elegantă cu un trening. Mi-am legat părul într-o coadă de cal și am coborât scările, atrasă de foșnetul pachetelor de chipsuri care se deschideau. Nu mâncasem prea mult pentru că eram prea stresată înainte de discurs, iar după aceea, întâlnirea cu Adrien îmi tăiase pofta de mâncare.

Starea de spirit mi se îmbunătățise când citisem în mașină felicitările, pe care le-am recitit acum. O mulțime de oameni m-au încurajat și mi-au urat succes în munca mea la fundație. Am ignorat chiar și remarca lui Dylan, care spunea că sunt o fraieră pentru că lucrez gratis.

M-am uitat mult timp la pachetele cu cadouri înainte să le deschid. Am admirat ambalajele. Unul dintre ele, foarte fantezist, mi s-a părut deosebit de atrăgător. Celelalte trei păreau de mai mult bun-gust. L-am lăsat pe primul la sfârșit, presupunând că era de la Ruby.

Will s-a răstit la gemeni, care mă tachinau spunând că vor deschide ei restul cadourilor în locul meu. Ne-am așezat cu toții împreună pe canapele, deși Vince era prezent doar fizic, deoarece s-a concentrat tot timpul asupra telefonului. Strălucirea lămpilor crea o atmosferă plăcută, ușor visătoare, dar și liniștită și casnică. La televizor era o emisiune la care nu se uita nimeni. Băieții mâncau sticksuri și beau bere, ceea ce făceau întotdeauna sâmbăta seara, când nu ieșeau la petreceri.

— Ce frumoși sunt! am exclamat încântată când am văzut cerceii din aur alb cu pandantiv de diamante care se aflau pe o pernă de catifea într-o cutie purtând sigla unui magazin exclusivist de bijuterii.

Încă mai purtam cerceii mici de aur de la tatăl meu și nu aveam nicio intenție să-i dau jos, dar era plăcut să-mi măresc încet-încet colecția de bijuterii.

— Da, acceptabil, a mormăit Will, după ce i-am admirat și i-am înmânat cutia.

— Cercei ca oricare alții, a ridicat Dylan din umeri, aplecându-se peste mine să se uite și el. S-a așezat lângă mine și mă enerva prin simplul fapt că respira. Dacă ești drăguță cu mine, îți cumpăr alții și mai frumoși.

— Nu vreau, m-am răstit la el, luând un alt pachet.

— Atunci nu-ți cumpăr.

Acest pachet era alungit și negru, iar înăuntru era un stilou elegant. Un stilou nepotrivit pentru o adolescentă, pentru că nu e genul de ustensilă pe care o pui în geanta de școală. În orice caz, nu-mi puteam imagina că voi scrie fișe de lectură cu el. Cu un stilou ca ăsta mai degrabă se semnează un pact cu diavolul. Era mai potrivit pentru biroul lui Vincent, deși bănuiam că el avea deja câteva zeci din astea.

— Grozav, Hailie, vei avea cu ce să scrii în micul tău jurnal, a exclamat Dylan, imitând vocea pițigăiată a unei fetițe.

— Ești un prost, am oftat și am mai luat un pachet, adăugând: Nu am jurnal.

– Toate adolescentele visătoare au un jurnal.

– Eu nu sunt visătoare.

Al treilea pachet era un parfum, legat cu o panglică aurie frumoasă. Sticluța arăta minunat. Era complet neagră, mată, destul de grea și cu un mic pulverizator cu pompă. Nu avusesem niciodată un parfum cu pulverizator, mai ales unul atât de bun și de scump, pe lângă faptul că era atât de sofisticat. Nu mi-a trecut niciodată prin minte să cer așa ceva, în plus, de obicei mă îmbibam cu aromele puternice ale parfumurilor masculine ale fraților mei, care se amestecau în fiecare încăpere.

Am vrut să încerc parfumul pe încheietura mâinii, dar, pentru că avea pompă, îl țineam cu ambele mâini. Așa că am întins gâtul, convinsă că parfumul va fi plăcut, iar ochii mi-au căzut din întâmplare pe Vincent, care tocmai îmi arunca o privire fugară ridicând capul de pe telefon.

Mi-am pus degetele pe pompă, simțindu-mă ca o doamnă. Dar atunci Vince și-a ridicat privirea din nou spre mine. Într-o fracțiune de secundă am văzut cum ochii i se umplu de spaimă. Telefonul i-a căzut din mână când a sărit în sus și a strigat cu o voce ascuțită, ridicată:

– Stai!

Am înghețat pentru că nu-l mai auzisem niciodată vorbind atât de tare. Will s-a aruncat spre mine și dintr-un singur gest mi-a smuls parfumul din mâini.

Am strigat de durere când o picătură mi-a ajuns pe degete și m-a ars așa de tare, că le-am strâns imediat la piept. Cu ochii înspăimântați și plini de lacrimi m-am uitat întrebătoare la frații mei.

Shane, Tony și Dylan se uitau stupefiați la Will, neștiind nici ei ce se întâmplă. Apoi atenția tuturor a fost atrasă de Vincent, care s-a apropiat de sticluța care tocmai fusese smulsă din mâinile mele. Acum zăcea nemișcată pe covor.

– Ce înseamnă asta? a întrebat Dylan, încruntându-și fruntea.

Vince a examinat-o cu privirea o clipă și apoi s-a uitat în jur, ignorându-i pe toți cei de față. S-a întins după jacheta lui Shane, pe care acesta o aruncase neglijent în sufragerie imediat ce se întorsese. A apucat sticla cu grijă ținând-o cu mâna prin material și a ridicat-o. A privit-o îndelung și cu atenție, a cântărit-o o clipă în mână și, în cele din urmă, cu un gest crispat, a apăsat pe pompă, direcționând jetul de parfum în jos, spre covor.

Pompa a fâsâit încet și, în loc de o ceață fină de parfum, a scuipat câteva picături groase, care au căzut imediat pe covor, l-au găurit cu un sfârâit, făcând mai întâi puțină spumă timp de câteva secunde, lăsând pe el doar găuri arse, fiecare de mărimea vârfului degetului mic.

Nici nu mi-am dat seama cum am sărit în picioare (nu am fost singura, pentru că toată lumea era deja în picioare), nici când am scos un strigăt puternic. Dar mi-am acoperit gura cu mâinile, probabil pentru că mi se făcuse rău. Și am început să tremur, ca și cum aș fi suferit un fel de atac.

Brațe puternice m-au prins de încheieturi și mi-au ținut mâinile departe de față. Era Dylan, care m-a întors spre el cu o smucitură fermă, apoi mi-a ridicat nedelicat maxilarul în sus ca să-mi examineze gâtul. Și-a trecut chiar și vârfurile degetelor peste el. Examenul lui a durat numai cât ai clipi din ochi. Încet-încet am înțeles ce era în sticlă și îmi era din ce în ce mai greu să respir. Dylan m-a cuprins în brațe.

I-am auzit pe frații mei spunând ceva. S-a declanșat haosul. Vocile lor fuzionau într-una singură. Cineva țipa, altcineva înjura. Mi-am ascuns fața la pieptul larg al lui Dylan, doar ca să mă izolez de toate astea. Nu mă puteam concentra, cu atât mai puțin să-mi păstrez calmul.

Nu știu cât timp a trecut până când cineva a început să șoptească ceva încet în urechea mea. La început nu l-am auzit, dar apoi treptat am simțit că plutesc, agățându-mă de el ca înecatul de un pai. Încet, încet, a reușit să mă scoată la mal din această mare neagră a dramei în care aproape mă înecasem.

Firește, Will era cel care stătea în spatele meu, cu o mână pe umărul meu în timp ce cu cealaltă îmi mângâia părul.

– Dă-i drumul, las-o să stea jos.

– Așeaz-o acolo.

– Ia pachetele de aici. Aruncă-le naibii oriunde.

O clipă mai târziu chiar stăteam jos, amețită, strângând din pleoape. Simțeam că brațele lui Dylan, care se înfășuraseră strâns în jurul meu ca un garou, începeau să se relaxeze. Se așezase odată cu mine, dar acum încerca să-și retragă sprijinul, lucru cu care corpul meu nu era de acord și chiar a protestat în mod clar, pentru că mi-am înfipt unghiile în cămașa lui, fără să-mi pese că, probabil, cu această ocazie îi zgâriam pielea.

Dylan a gemut, dar nu a renunțat la blândețea pe care mi-o arăta.

L-am simțit și pe Will când își punea mâinile pe umerii mei. Și apoi cum îmi depune un sărut pe tâmplă. Și din nou a început să-mi șoptească la ureche.

– Nu ai nimic. Ești teafără și nevătămată, a rostit el.

Am mai oftat de câteva ori, tremurând în același timp ca o frunză în vânt. Dylan m-a apucat de încheieturi și m-a desprins de el foarte subtil sau cel puțin în așa fel încât să nu-l mai rănesc.

– Ești sigur? Nu s-a stropit cu chestia aia?

– Nu, am verificat. E în regulă.

– Doar s-a speriat, a explicat Will încet, apoi a încercat să mă ajute să-mi recapăt controlul respirației.

Trebuie să recunosc că, de îndată ce am reușit să îmi revin suficient cât să nu ignor cuvintele lui și să-i urmez instrucțiunile, am început să-mi recâștig controlul asupra corpului.

Mi-am dat seama că mă agățasem de Dylan ca un ursuleț hămesit de butoiașul cu miere. M-am uitat cu ochii umflați la pata umedă pe care o lăsasem pe cămașa lui. Mi-am șters obrajii lipicioși cu dosul mâinii, pe care abia am ridicat-o, așa de grea mi se părea. Apoi mi-am tras nasul, dar am simțit imediat cum conținutul lui îmi alunecă pe gât. Am tușit și mi-a venit să izbucnesc din nou în lacrimi. Cineva mi-a dat o mulțime de prosoape de hârtie în care mi-am îngropat fața.

Am revenit la realitate în pas de melc. Mi-am șters lacrimile, deși aveam obrajii încă dezgustător de uzi, m-am șters la ochii care probabil aveau să rămână roșii până mâine-dimineață. Mi-am suflat nasul și apoi am încercat să respir adânc, uitându-mă în cele din urmă timidă în jur.

Privirea mi-a căzut pe sticluța ucigașă de care fusesem atât de încântată cu o clipă în urmă. Era așezată în mijlocul măsuței de cafea, iar toate celelalte obiecte fuseseră îndepărtate de acolo, ca și cum ar fi emanat radiații nocive. M-am cutremurat la vederea ei și am vrut să întreb despre ea, dar uitasem complet cum să-mi folosesc limba.

Stăteam tot lângă Dylan, iar Will mi-a îndesat în mâini o rolă întreagă de hârtie, probabil doar în caz că isteria mea nu se încheiase. Tony și Shane stăteau în picioare, uitându-se când la mine, când la parfum.

Vincent era și el în sufragerie, împreună cu noi, dar ceva mai departe. Stătea în spatele canapelei, chiar lângă ușa de sticlă care dădea spre terasă și vorbea cu cineva la telefon. Era palid la față și încordat, avea sprâncenele încruntate și ochii îi sclipeau ca niște pumnale. Nu-l văzusem niciodată, dar niciodată, atât de furios.

– ... să verifice camerele de supraveghere ale hotelului, vreau să știu ce mașini au parcat în apropiere, cine a intrat și cine a ieșit. Vreau să știu totul... a spus el crispat în receptor.

– Te-am lovit tare? a întrebat Will. Pentru o clipă dispăruse undeva, dar a reapărut între timp; s-a apropiat de mine și s-a aplecat, apoi, cu cea mai mare blândețe imaginabilă, mi-a sărutat mâinile: Iartă-mă.

Am scuturat din cap negativ și am vrut să-i spun că, în fond, nu pățisem nimic și să nu-și facă griji, dar erau prea multe cuvinte pentru starea în care mă aflam.

– Ce a fost asta? a întrebat Shane, uitându-se nesigur la sticluță.

– O porcărie, o otravă sau ceva de genul ăsta, a bolborosit Dylan.

– Acid, a anunțat Will printre dinții încleștați.

Am tresărit.

– Hei, a găurit chiar și podeaua, a remarcat Tony, aplecat peste găurile din covor cu o privire uimită.

Am aruncat o privire în acea direcție, dar numai cu coada ochiului, căci eram prea îngrozită. Chiar am ridicat mâna și mi-am atins pielea netedă de pe gât. Dacă m-aș fi stropit cu porcăria aia, aș fi murit în chinuri groaznice. Aș fi murit.

– Nu o atingeți, a răsunat vocea severă a lui Vincent. Oamenii noștri vor fi aici în curând, vor lua amprentele de pe flacon și îi vor examina conținutul.

– Oricine a făcut asta cu siguranță nu a fost atât de cretin încât să lase amprente, a spus Dylan.

Vince l-a sfredelit cu privirea.

– O să aflăm.

Și apoi s-a uitat la mine. Am coborât capul, nefiind pregătită să-l înfrunt. Totuși, nu am avut de ales, deoarece s-a apropiat, s-a uitat în jos la mine și a început să-mi pună o serie de întrebări. Știam că era îngrijorat ca toți ceilalți, dar se purta în manieră tipică pentru el așa că și-a acoperit emoțiile cu un profesionalism exersat și s-a concentrat în primul rând pe rezolvarea misterului tragic.

Din păcate, nu am putut să-i dau răspunsuri satisfăcătoare, care ar fi ajutat investigația. De exemplu, când m-a întrebat cu cine am vorbit la petrecere, răspunsul a fost: cu toată lumea.

– Adrien Santana a apărut și el la un moment dat, a spus Will încet, uitându-se de jos, de pe canapea, la Vincent, care stătea aplecat deasupra noastră.

– La naiba, nu. Spune-mi că glumești, a șuierat Dylan chiar deasupra urechii mele.

Se părea că fratele meu era gata să sară ca din praștie chiar acum ca să-l găsească pe Adrien, dacă nu l-aș fi ținut eu, care stăteam agățată de el ca un scaiete.

– Calmează-te, Dylan, l-a avertizat Vincent. Nu avem nicio dovadă.

– Hailie a aruncat cu un cuțit în el și el a vrut să se răzbune, cred că e logic, nu? a intervenit Tony, desfăcându-și brațele în lături ca și cum această interpretare ar fi fost cea mai evidentă din lume.

– Nu, i-a retezat-o Vince. Este cât se poate de ilogic.

Will a dat și el din cap gânditor.

– Ei bine, da. Adrien este cinic, dar acțiunile lui nu sunt nechibzuite. Situația din restaurant a fost o neînțelegere. Nu cred că ar plănui să se răzbune pe sora noastră adolescentă și încă într-un mod atât de crud. Nu-i stă în fire. În plus, a spus chiar el că nu-i poartă ranchiună.

– Așa a spus, dar nu se știe ce gândea, l-a întrerupt Shane.

– Așa e, a dat Dylan din cap. Nu am încredere în el.

– Nu spun că este imposibil să fie mâna lui Adrien, doar că este puțin probabil. Îl cunosc, știu cum gândește. Ceva nu se leagă pentru mine aici, a mormăit Vince.

– Nu se știe niciodată, a spus Shane.

– Mai ales cu un tip ca Adrien, a adăugat Tony.

– Ei bine, el se potrivește în puzzle, pentru că Hailie l-a înfruntat direct. Cine altcineva și-ar mai fi dat atâta osteneală să îi facă rău? a speculat Dylan.

O clipă s-a așternut tăcerea, iar bărbatul de la televizor tocmai își văzuse mașina modificată, de nerecunoscut, care suferise o transformare în timpul emisiunii. A început să urle de fericire ca posedat. Ne-am strâmbat cu toții din cauza acestui zgomot brusc și inutil.

– Dă-l mai încet, a spus disprețuitor Vincent, care stătea acum pe măsuța lată de cafea, având grijă să nu împingă darul meu ucigaș; își îndrepta cuvintele către Tony, care avea telecomanda la îndemână.

Gemenii se așezaseră și ei deja: Tony, pe canapeaua perpendiculară, iar Shane, în spatele lui. Fratele meu cel mai mare era chiar în fața mea, când s-a uitat la mine și m-a întrebat:

– Hailie, ce anume ți-a spus Adrien?

Concentrează-te, Hailie, fii utilă.

M-am gândit intens, dar am suspinat când mi-am dat seama că nu aveam nimic util de spus.

– A spus tot felul de prostii, nimic concret...

Am ridicat din umeri, fără să-mi pese că îmi lipisem obrazul de umărul lui Dylan, în timp ce eram sub tirul privirilor tuturor.

– Ești sigură? Gândește-te bine, micuțo. Nu a aruncat nimic, nu știu, o aluzie? a întrebat Will cu blândețe.

– Nu... A spus că sunt nepoliticoasă și mi-a reproșat asta, știți voi, chestia de la restaurant, am murmurat.

– Asta e tot ce a spus? a întrebat Vince cu răceală.

Am confirmat, iar el a clătinat din cap pentru sine.

– Atunci este prea puțin, a șoptit el.

– Ei, dar ce zici de nebunul de Charles? a întrebat Shane.

Îmi arunca din când în când priviri nesigure, îngrijorate, ceea ce era extrem de fermecător și probabil că i-aș fi zâmbit dulce dacă atmosfera nu ar fi fost atât de sumbră.

– Nici asta nu are sens, a mormăit Vince, frecându-și ușor bărbia.

– Nu trebuie să aibă! La naiba, Vince, ăștia consideră că pot să-și permită orice, doar știi și tu! a răcnit Dylan în cele din urmă, dar s-a abținut să facă gesturi violente în timp ce continua să mă îmbrățișeze.

Vince l-a sfredelit cu o privire intensă, de un albastru palid.

– Trebuie să încetezi să te mai gândești la ei ca la niște amibe. Nu-i subestima, Dylan. Sunt deosebiți, amândoi, asta așa este. Atât Charles, cât și Adrien. Cu toate acestea, fac parte din Organizație, au o tonă de afaceri, sunt educați și experimentați.

Trebuie să îi tratăm ca pe niște adversari de același nivel cu noi. Explică-mi de ce ar vrea să o ucidă pe sora noastră? Vince a arătat spre mine, dar îl fixa cu privirea pe Dylan. Și încă într-un mod atât de crud? La ce ar servi asta? Nu-i amenință nimeni, cu atât mai puțin Hailie. Este adevărat, l-a rănit pe Adrien, dar am lămurit chestiunea asta. S-a întors spre gemeni: Gândiți-vă, chiar credeți că își dorește atât de mult o răzbunare? Și pusă în aplicare într-un asemenea mod?

A tăcut pentru o clipă, apoi a continuat.

– Charles? Țipă mult, are idei trăsnite, dar are și el limitele lui. Sunt departe, da, totuși există. În plus, lucrăm împreună, nu ar risca să ne piardă afacerea. Vince și-a frecat tâmplele. De ce ar face așa ceva? Dacă unul dintre ei i-ar face rău lui Hailie, ar izbucni un război, iar războiul nu servește nimănui și aceștia sunt oamenii care își dau seama de asta. De aceea mă întreb, care este rostul acestei încercări?

S-a făcut din nou liniște. Mă jucam cu mâinile. Nu mai puteam să ascult cum scăpasem ca prin urechile acului de moarte, și încă de una atât de macabră. Știam că vorbeau despre asta în prezența mea numai pentru că situația era proaspătă și ne luase pe toți prin surprindere.

– Poate se bizuie pe faptul că n-o să facem nimic împotriva lor? Fără dovezi, nu va fi niciun război, a intervenit Will.

Telefonul lui Vince a sunat și fratele nostru cel mai mare a ieșit din încăpere. Se pare că venise cineva. Will l-a urmat, asigurându-se mai întâi că nu rămân singură. Dylan s-a uitat la el aproape indignat, strângându-și mai tare brațul în jurul meu.

Șocul și adrenalina cedau încet și începeam să simt oboseala. Tentativa de crimă îmi secase toate rezervele de energie. Cu toate astea, știam că nu voi adormi ușor. Știam deja de mult timp că există oameni care, din cauza numelui meu, erau gata să-mi facă rău. De aceea, printre altele, viața mea consta din fel de fel de interdicții și ordine. Dar nu mi se întâmplase niciodată nimic rău acasă. Eram convinsă că reședința Monet este cel mai sigur loc din lume.

De data aceasta, amenințarea intrase și aici, iar asta însemna o serie de nopți lungi, fără somn, pline de coșmaruri și imagini fantomatice care îmi vor bântui imaginația.

Gândurile îmi curgeau destul de leneș în acel moment, dar era cât se poate de neplăcut, ca și cum mintea mi-ar fi lucrat cu încetinitorul. Îmi sfredeleau dureros creierul și îmi făceau găuri în el, împiedicându-mă să mă concentrez pe ceea ce se întâmpla în cameră. Erau ca o durere de dinți surdă, care mă irita și mă tortura. Băieții discutau tot timpul despre situație și s-au întrerupt numai când am cerut o pastilă pentru durerea de cap. Mi-au dat una și o sticlă de apă, din care am început să beau imediat, căci nu-mi dădusem seama până atunci cât îmi era de sete. Era ca și cum aș fi petrecut ultimele ore în deșert.

Apoi am suspinat, am pus sticla deoparte, mi-am frecat nasul și, evitând privirile, m-am afundat din nou în umărul lui Dylan, bucurându-mă în sinea mea că, în mod clar, nu avea nimic împotrivă.

Am reușit să ațipesc. Foarte superficial, pentru că mă trezeam din când în când, dar chiar și o odihnă atât de precară îmi aducea o oarecare alinare. Am deschis pleoapele o dată când gemenii au ieșit pe terasă să fumeze și apoi din nou când, dintr-odată, toți frații mei au revenit înapoi în sufragerie împreună cu un bărbat în blugi și pulover, care, cu sprâncenele încruntate și cu mănuși albe în mâini, a ridicat sticluța de parfum de pe măsuța de cafea. A pus-o într-o pungă transparentă. Genul în care detectivii pun dovezile unei crime. De asemenea, s-a ghemuit lângă locul unde acidul arsese covorul și podeaua. Dar nu a stat mult.

Data următoare când m-am trezit din nou, băieții încă mai discutau destul de animat. Apoi am simțit că cineva mă acoperă cu o pătură. Cu altă ocazie l-am văzut și pe Vincent, care răspundea din nou la telefon. Shane, care stătea deasupra unei

găuri din covor și o lovea cu piciorul cu o față contorsionată de dezgust... La un moment dat, Dylan și-a schimbat ușor poziția cu multă blândețe, probabil ca să nu mă trezesc, așa că m-am prefăcut că încă dorm. Cine ar fi crezut că Dylan, care, la urma urmei, este format dintr-o grămadă de mușchi, poate fi o pernă atât de confortabilă pentru mine!

La un moment dat, am reușit în sfârșit să adorm ca lumea. Așa că, atunci când m-am trezit, eram întinsă la mine în pat, unde era semiîntuneric. Ceasul arăta ora unsprezece dimineața. Nu-mi amintesc când mai dormisem ultima dată atât de mult.

Am gemut prelung, asaltată imediat de durere. Am zăcut acolo o clipă, apoi m-am ridicat încet. M-am întins și m-am dus la fereastră, sperând să las soarele să intre, dar am fost dezamăgită, pentru că era o zi destul de mohorâtă. Nu puteam să las să pătrundă în încăpere altceva decât cenușiul dimineții.

Mă întrebam cum ajunsesem astă-noapte la mine în cameră. Mi-am amintit de vremurile când eram mică și adormeam în poala mamei sau în mașină și mă trezeam apoi în camera copilăriei mele.

M-am îndreptat spre baie, smulgând pe drum din dulap niște pantaloni de trening. Când am ajuns în fața oglinzii, mi-am privit imediat gâtul cu atenție. Nu mă stropisem cu acid. Mă doare capul, dar sunt în viață. Ochii îmi sunt ușor umflați după atâta plâns, dar sunt în viață.

Cineva a vrut să mă omoare, dar sunt în viață.